TÚ YA LO SABÍAS

JEAN HANFF KORELITZ

TÚ YA LO SABÍAS

Traducción de Isabel de Miquel

Umbriel Editores

Argentina • Chile • Colombia • España
Estados Unidos • México • Perú • Uruguay • Venezuela

Título original: *You Should Have Known*
Editor original: Grand Central Publishing/Hachette Book Group, New York
Traducción: Isabel de Miquel

1.ª edición Octubre 2015

© 2014 by Jean Hanff Korelitz
All Rights Reserved
© de la traducción 2015 *by* Isabel de Miquel
© 2015 *by* Ediciones Urano, S.A.U.
  Aribau, 142, pral. – 08036 Barcelona
  www.umbrieleditores.com

ISBN: 978-84-92915-70-5
E-ISBN: 978-84-9944-891-6
Depósito legal: B-18.150-2015

Fotocomposición: Ediciones Urano, S.A.U.
Impreso por Romanyà Valls, S.A. – Verdaguer, 1 – 08786 Capellades (Barcelona)

Impreso en España – *Printed in Spain*

Para Asher

Índice

PARTE I

Antes de

1

Lo sabes perfectamente

Normalmente la gente lloraba en la primera visita, y esta chica no parecía ser una excepción. Entró contoneándose y le estrechó la mano a Grace con aplomo; llevaba un portafolio en la mano, sin duda para tener un aspecto más profesional. Se sentó en el sofá y cruzó las largas piernas enfundadas en pantalones de sarga. De golpe pareció caer en la cuenta de que estaba en la consulta de una psicóloga. Se llamaba, tal como Grace se había molestado en comprobar, Rebecca Wynne.

—Oh, vaya —dijo—. No estaba en la consulta de una psicóloga desde el instituto.

Grace se sentó en su silla y cruzó las piernas, mucho más cortas que las de la chica. Para conversar con la paciente tenía que inclinarse un poco hacia delante.

—¡Es tan raro! Acabo de entrar y ya tengo ganas de berrear.

—Tengo muchos pañuelos de papel —comentó Grace sonriendo.

¿Cuántas veces había estado sentada en esta silla con las piernas cruzadas mientras oía llorar a sus pacientes? El llanto aquí era tan habitual que a veces se imaginaba que su consulta estaba bajo el agua. Como en una de las historias mágicas de Betty MacDonald que le gustaban de niña en las que la protagonista, una llorona, no dejó de llorar hasta que el agua le llegaba a la barbilla. Otras veces la consulta se inundaba de ira, ya fuera una ira chillona o silenciosa, venenosa. Entonces Grace se imaginaba que las paredes (pintadas de un inofensivo blanco roto) se oscurecían de rabia. Y cuando se llegaba a un acuerdo o a un momento feliz, Grace creía percibir un dulce olor a pino, como el que se respiraba a finales del verano en la casa junto al lago.

—No es más que una salita —afirmó en tono animoso—. Y bastante aburrida.

—Cierto.

Rebecca miró alrededor, como para asegurarse de que así era.

La sala de consulta de Grace estaba cuidadosamente diseñada para ser varias cosas a un tiempo: debía ser confortable pero no particularmente acogedora, cálida sin resultar invasiva, decorada con objetos familiares para la mayoría de los pacientes. Los abedules de Eliot Porter que había junto a la puerta, por ejemplo; seguro que todo el mundo había vivido en algún momento con uno de estos pósteres: en el apartamento de vacaciones, o en la residencia de estudiantes..., lo mismo que el *kilim**, el sofá beis y la silla giratoria de cuero donde se sentaba Grace. Encima de la mesita de centro con sobre de cristal reposaba una caja de pañuelos de papel forrada en cuero. El viejo escritorio de madera de pino que había en el rincón tenía los cajones repletos de blocs de páginas amarillas y de listas de especialistas en psicofármacos, psicoterapeutas infantiles, terapeutas que practicaban hipnosis para dejar de fumar, agentes inmobiliarios, agencias de viaje, mediadores, gestores patrimoniales y abogados matrimonialistas. Y sobre él había un montón de bolígrafos que sobresalían de la taza de cerámica —bastante fea— que había hecho su hijo Henry de pequeño (a lo largo de los años, este objeto había suscitado multitud de comentarios y había hecho aflorar un sorprendente número de recuerdos de los pacientes) y una lámpara blanca con pantalla de arpillera que arrojaba una luz tenue. La única ventana de la habitación daba a la parte trasera del edificio, donde no había nada interesante que ver, pese a que unos años atrás hicieron un intento de colocar allí una maceta con flores coloridas fáciles de mantener —es decir, gera-

---

* Alfombra oriental de colores vivos y escaso grosor, generalmente de reducidas dimensiones, que se caracteriza por estar decorada con motivos geométricos. (N. de la T.)

nios— y un poco de hiedra. El conserje se había mostrado entusiasmado con la idea, pero lo único que hizo fue ayudar a Grace a descargar la maceta de la furgoneta y a colocarla en su sitio. Las plantas murieron por falta de sol y la propia maceta desapareció poco después, dejando sobre el cemento una marca indeleble. La verdad, Grace no era muy aficionada a las plantas.

Hoy, sin embargo, había comprado flores para la consulta: unas rosas de un rosa intenso por recomendación directa de Sarabeth, quien a medida que se acercaba el Gran Día se volvía más y más mandona, hasta en los pequeños detalles. No sólo le indicó que debía comprar flores para la ocasión, sino que tenían que ser rosas, y de un rosa intenso, además.

Rosas de un rosa intenso. ¿Por qué?, se preguntó Grace. Sarabeth no esperaría una foto en color, ¿no? Ya era bastante que la revista *Vogue* publicara una foto suya en blanco y negro. Sin embargo, Grace obedeció a Sarabeth y colocó las flores, sin demasiada gracia, en el único jarrón que encontró en la diminuta cocina de la consulta, resto de un ramo anterior ya olvidado (¿se lo regaló un paciente por curarlo, o por abandonar el tratamiento?, ¿fue un regalo de Jonathan?). El ramo, colocado sobre una de las mesitas auxiliares, estaba en peligro de ser derribado por el grueso abrigo de Rebecca.

—Tiene razón —dijo Grace—. Entrar aquí da ganas de llorar. Por lo general, a todo el mundo le cuesta esfuerzo llegar hasta aquí. O traer aquí a su pareja, en el caso de esta consulta. Son muchos los que al atravesar esta puerta se desahogan. No pasa nada.

—Bueno, tal vez en otra ocasión —replicó la joven.

Tendría unos treinta años más o menos, pensó Grace, y era guapa, aunque un poco seria. Había tenido la habilidad de elegir prendas que disimulaban las curvas de un cuerpo exuberante y la hacían aparecer como una mujer flaca y aniñada. La camisa blanca de algodón parecía expresamente diseñada para ello, y el pantalón de sarga se cerraba en el punto exacto para sugerir una cintura que apenas existía. Las dos prendas eran obras maestras del ilusionismo. Quien las confeccionó sabía lo que hacía. Claro que cuando una trabajaba para *Vogue* tenía acceso a este tipo de profesionales, pensó Grace.

Tras rebuscar en la maleta que había dejado a los pies, calzados con botas, Rebecca extrajo una vieja grabadora y la colocó sobre la mesa de cristal.

—¿Le importa? —preguntó—. Ya sé que es una antigualla, pero la necesito por seguridad. En una ocasión estuve cuatro horas con una estrella del pop que no es precisamente conocida por su capacidad de pronunciar frases inteligibles y grabé la entrevista en uno de esos chismes modernos que son como una caja de cerillas. Cuando volví a casa y lo puse en marcha, descubrí que no había grabado nada. Fue el peor momento de mi carrera.

Grace hizo un gesto de asentimiento.

—Desde luego. Pero veo que logró reponerse.

Rebecca se encogió de hombros. Su pelo rubio y fino se disparaba en todas direcciones, y un collar plateado reposaba sobre sus clavículas desnudas.

—Puse en su boca unas afirmaciones tan inteligentes que hubiera tenido que estar loca para negar que las había hecho ella. Yo estaba preocupada, por supuesto. Pero de hecho su publicista le dijo a mi redactor jefe que era la mejor entrevista que le habían hecho nunca, de modo que al final quedé como una reina.

Se quedó callada y miró a Grace.

—No sé —añadió, con una media sonrisa—. A lo mejor no tendría que haber dicho esto. Es otro de los efectos de estar en la consulta de una psicóloga. En cuanto te sientas en el sofá empiezas a confesarte.

Grace sonrió.

Se oyó un clic cuando Rebecca apretó el botón de su grabadora. Tras rebuscar en su portafolio, la periodista sacó un anticuado bloc de notas y una edición del libro en galeradas.

—¡Oh, ya tiene el libro! —exclamó Grace.

Era tan nuevo que no se había acostumbrado a la idea de que alguien pudiera tenerlo en la mano; como si hubiera producido un objeto que sería solamente para ella.

—Por supuesto —respondió la joven con frialdad.

La pregunta de neófita de Grace le había devuelto su profesionalidad y su autocontrol. Grace no había podido evitarlo. Le seguía pareciendo extraño ver el libro materializado, *su libro*. Todavía no estaba publicado, pero casi. Saldría a principios de año, la mejor época para publicar un libro así, según le aseguraron la agente Sarabeth, Maud la editora y J. Colton la publicista (¡así se llamaba, J. Colton!). Le parecía extraño incluso tras los meses de revisión, la edición de galeradas (un objeto material, tranquilizadoramente sólido), el contrato, el cheque (que ingresó de inmediato, como temiendo que se evaporara), y su aparición en el catálogo. Todo era muy real, en plan *Está pasando de verdad*.

Grace había presentado el libro la primavera pasada en la editorial ante un público de representantes comerciales aburridos de recorrer las carreteras. Todos tomaban muchas notas y le sonreían (algunos se le acercaron subrepticiamente tras la presentación para pedirle consejo respecto a sus propios matrimonios en crisis; Grace pensó que más valía que se acostumbrara). Y un año atrás hubo un día de locura en que Sarabeth la telefoneó a primera hora de la mañana para comunicarle sorprendentes novedades. Había alguien interesado en el libro. Y alguien más. Una editorial... no, dos; no, tres. A partir de aquí empezó a utilizar una jerga que Grace no entendía: oferta preferente, contraoferta (¿*contraoferta?*, se preguntaba Grace), audio y digital, algo atractivo para «La Lista» (no descubrió lo que era «La Lista» hasta que leyó el contrato). Nada de esto le cuadraba. Grace llevaba años leyendo sobre el ocaso de la edición, pero en lugar de un cadáver disecado se encontró con una industria pujante y frenética; y sin embargo era otra de las industrias en declive de Estados Unidos, un resto más que quedaría en el camino, junto a las plantas siderúrgicas y las minas de oro. Se atrevió a preguntárselo a Sarabeth en una ocasión, cuando en el tercer día de la subasta se alargó el plazo y hubo una nueva lluvia de ofertas. ¿No se suponía que el sector editorial estaba en decadencia?, le preguntó. Sarabeth se rió. La verdad era que el sector estaba moribundo, le respondió en tono animado. Salvo cuando conectabas con el espíritu de los tiempos. Y al parecer el libro de Grace, *Tú ya lo sabías*, había conectado con ese espíritu.

Le llevó dos años escribirlo. En la consulta, entre un cliente y otro, sentada al escritorio de la esquina, con el portátil abierto. Y también en su dormitorio en la casa del lago, frente a la pesada mesa de roble con salpicaduras de agua y vista sobre el lago. Y en el mostrador de la cocina en su casa de la calle Ochenta y uno, por la noche, mientras Jonathan seguía en el hospital o se había metido en la cama extenuado por su día de trabajo y Henry dormía con un libro abierto sobre el pecho y la luz encendida. Lo había escrito con una taza de té de jengibre peligrosamente cerca del teclado y sus notas esparcidas sobre la encimera hasta llegar al fregadero en el otro extremo, y con los archivos de antiguos pacientes repletos de papelitos amarillos. A medida que escribía, sus teorías largamente elaboradas habían tomado cuerpo; primero de forma general, pero cada vez más refinada hasta adquirir una auténtica autoridad, una sabiduría de estar por casa que Grace no sabía que poseía hasta que leyó negro sobre blanco las conclusiones a las que había llegado incluso antes de empezar con su consulta quince años atrás. (¿Quería decir que no había aprendido nada o que lo sabía todo desde el primer día?) De hecho, ni siquiera recordaba haber tenido que aprender su trabajo de psicóloga, aunque por supuesto había estudiado los libros y escrito los trabajos necesarios para obtener el título. Pero siempre supo cómo hacerlo; no recordaba una época en que no lo supiera. Aunque hubiera pasado directamente del instituto a esta pequeña y pulcra consulta, habría sido una profesional tan eficiente como lo era ahora; habría sido capaz de ayudar al mismo número de parejas y evitado que el mismo número de mujeres eligieran al hombre equivocado. Grace era consciente de que esto no significaba que fuera especial, ni más lista. Consideraba esta capacidad natural suya, no como algo que Dios le hubiera dado (veía a Dios como un tema de interés meramente histórico, cultural o artístico), sino como una combinación de genes y educación. Era como esa bailarina que no sólo nació con piernas largas, sino que además tuvo la suerte de que sus padres la llevaran a clases de baile. Por la razón que fuera —o por ninguna razón en especial—, Grace Reinhart Sachs había nacido con predisposición a ser observadora e intuitiva, y además había crecido en un ambiente que propiciaba la conversación y el intercambio de ideas. Ella no podía cantar ni bailar, no sabía recortar papel doblado y desplegar una ristra de números. Grace no sabía tocar un instrumento, como su hijo, ni devolver la salud a niños gravemente enfermos, como su marido, aunque le hubiera encantado ser capaz de hacer cualquiera de las dos cosas, pero en cambio era capaz de sentarse con unas personas y ver —casi siempre de forma inmediata, con absoluta claridad— las trampas que se estaban poniendo a sí mismos, y cómo aconsejarles que no cayeran en ellas. Y si ya estaban entrampados, como solía ocurrir, Grace podía ayudarles a liberarse. El hecho de que escribir estas obviedades hubiera atraído a la revista *Vogue* hasta su pequeña consulta le parecía fascinante, desde luego, pero también un poco extraño. No entendía que le concedieran una plataforma nacional por señalar algo tan obvio como que el día sucedía a la noche, que la economía sufría altibajos o cualquier otra cosa que todos podían ver. (En ocasiones, cuando pensaba en su libro y en lo que les decía a las mujeres, sentía algo cercano a la vergüenza, como si quisiera venderles una cura que llevaba tiempo a su alcance.) Pero, claro, había cosas que era necesario repetir una y otra vez.

Unas semanas atrás había estado en un reservado de Craft, compartiendo mesa con una serie de profesionales (claramente descreídos, pero fascinados) de la comunicación escrita. En medio del discreto sonido de los cubiertos de plata, Grace habló de su libro y soportó preguntas trilladas (entre ellas una cargada de hostilidad por parte de un tipo con pajarita carmesí) sobre por qué su libro *Tú ya lo sabías: Por qué las mujeres son incapaces de escuchar lo que los hombres que forman parte de sus vidas les dicen* era diferente de otros libros sobre el tema. No cabía duda de que muchos de los asistentes llegaron atraídos por la comida de Tom Colicchio. Grace estuvo tanto rato escuchando a la directora de la revista que tenía al lado (es decir, tragándose el relato de su carísimo divorcio) que el camarero se llevó su plato de cordero cuando apenas lo había probado, y no parecía digno de una autora pedir que le envolvieran los restos en papel de aluminio para llevárselos a casa.

Sin embargo, la comida pareció tener efecto. Al día siguiente, J. Colton, la publicista, llamó anunciando peticiones de entrevistas en televisión. La directora del carísimo divorcio le dedicó a Grace un artículo en *More*, y el tipo hostil con la pajarita quería hacerle una entrevista en *AP* (Grace tuvo que admitir que la comida había valido la pena). Poco después llegaron los de *Vogue*. No cabía duda de que la promoción del libro estaba en marcha.

Grace había escrito (a petición de Maud, la directora) un artículo de opinión sobre por qué solía haber tantos divorcios en el mes de enero (producto de las tensiones de las fiestas más las resoluciones para el nuevo año), y a petición de J. Colton, la publicista, se sometió a una curiosa sesión con un preparador especial que se encargó de explicarle cómo comportarse ante los medios. Tenía que saber inclinar la cabeza hacia el entrevistador, caer bien a la audiencia y aprovechar cualquier resquicio para introducir en la conversación el título de su libro sin por ello parecer (o eso esperaba Grace) una estúpida narcisista.

Rebecca colocó sobre la mesa las galeradas junto a la caja de pañuelos de papel.

—Mi redactor jefe me lo envió hace unas semanas —dijo—. Me ha encantado. Creo que la gente no suele oír cosas como esta: *Si no la cagas al principio, te evitarás muchos problemas.* Es una afirmación muy directa. Normalmente, los libros que abordan estos temas proponen un enfoque menos agresivo.

Grace comprendió que la entrevista acababa de empezar y que debía poner en práctica lo que le habían enseñado: inclinar la cabeza hacia la entrevistadora, pronunciar frases cortas y comprensibles. Cuando tomó la palabra, había adoptado su voz profesional, la que consideraba su voz de psicóloga.

—Entiendo lo que quiere decir. Pero si he de serle sincera, creo que tanta comprensión y dulzura nos han hecho un flaco favor. Creo que las mujeres están preparadas para oír lo que les digo en mi libro —recalcó—. No necesitamos que nos traten con tiento. Somos adultas, y si nos hemos equivocado debemos estar dispuestas a oírlo y a obrar en consecuencia. A mis clientas les digo que si quieren que alguien les diga que todo se arreglará, o que todo lo que sucede es por una razón, o cualquiera que sea la tontería que está de moda en ese momento, no hace falta que vengan a mi consulta ni que me paguen. Ni que compren mi libro, supongo —dijo Grace con una sonrisa—. Pueden comprar cualquiera de los otros libros; hay muchos: *Cómo lograr que tu matrimonio funcione*, *Cómo recuperar el amor de tu pareja*...

—Ya, pero el título es un poco... agresivo, ¿no? *Tú ya lo sabías.* Quiero decir, es justo lo que nos decimos cuando estamos viendo una conferencia de prensa y hay un político que acaba de enviar un tuit de la foto de su pene, o acaban de descubrir que llevaba una doble vida, y vemos a la esposa mirándole estupefacta. Todas pensamos: *¿En serio no lo sabías? ¿Te ha sorprendido?*

—Yo no dudo de que la esposa se haya quedado sorprendida —asintió Grace—. La pregunta es si *debería* sentirse sorprendida. ¿No podía haber evitado encontrarse en esta situación?

—De modo que es el título que usted eligió.

—Bueno, sí y no —admitió Grace—. En realidad fue mi segunda opción. Quería llamarlo *Hay que prestar atención*. Pero nadie captaba que era una cita. Me dijeron que era un título demasiado literario.

—¿En serio? Pensaba que todos habíamos leído a Arthur Miller en el instituto —dijo Rebecca en tono socarrón, dando a entender que sabía que la cita era de *Muerte de un viajante*.

—Tal vez en su instituto —aventuró Grace con diplomacia.

En realidad Grace había leído la obra de Arthur Miller en secundaria en Rearden, la orgullosa escuela privada (hubo un tiempo en que ostentaba un aire vagamente socialista) de Nueva York donde ahora estudiaba su propio hijo.

—El caso es que llegamos a un acuerdo —prosiguió Grace—. Cuando alguien hace algo que no esperábamos, nos decimos *Con la gente nunca se sabe*, ¿verdad? Cuando descubrimos que tu pareja resulta ser un mujeriego o un desfalcador. O un adicto. Cuando averiguamos que lo que decía era mentira, o que es tan egoísta que el hecho de estar casado contigo —de tener hijos contigo, incluso— no le impide comportarse como un adolescente sin obligaciones.

—¡Desde luego! —exclamó Rebecca.

A Grace le pareció que había sonado un poco demasiado personal. Bueno, no era de extrañar. De eso se trataba, en cierto modo.

—Cuando eso ocurre, alzamos las manos al cielo y nos decimos: *Vaya, con la gente nunca se sabe.* No nos sentimos responsables de la parte que hemos jugado en el engaño. Hemos de aprender a asumir esa responsabilidad, porque, si no, no podemos cuidar de nosotras mismas. Y nos puede volver a ocurrir.

—Ajá.

Rebecca levantó la mirada del bloc de notas y miró a Grace con expresión de desagrado.

—Pero no vamos a culpar a la víctima, ¿no?

—No hay ninguna víctima —replicó Grace—. Mire, llevo quince años trabajando como psicóloga. Infinidad de mujeres me han contado los inicios de la relación con su pareja, me han explicado sus primeras impresiones. Yo siempre pensaba lo mismo, que tenían razón. Lo sabían desde el primer momento. Sabían que él no dejaría de mirar a otras mujeres. Sabían que sería incapaz de ahorrar. Se daban perfecta cuenta de que su pareja las despreciaba; lo supieron desde la primera conversación que tuvieron, o desde el momento en que le presentaron a sus amigas. Pero por algún motivo olvidaron lo que sabían, dejaron que estas primeras impresiones quedaran ofuscadas por otra cosa... Es increíble lo poderosa que es nuestra tendencia a negar las primeras impresiones, y las consecuencias desastrosas que tiene sobre la vida de una mujer. Nos pasa una y otra vez en nuestra vida personal, pero en cambio cuando vemos a otra mujer que se ha engañado nos quedamos mirándola y pensamos: ¿Cómo es posible que no viera lo que iba a ocurrir? Estoy convencida de que tenemos que aplicarnos ese mismo principio, pero *antes* de caer en el engaño, no después.

Rebecca alzó la mirada de su bloc, aunque sin dejar de escribir.

—Pero en realidad esto no pasa solamente con los hombres. Las mujeres también mienten, ¿no?

Estaba frunciendo el ceño, y en su frente se dibujaba claramente una V. Estaba claro que la revista no la había convencido —afortunadamente— de que se inyectara botulina.

—Desde luego; de eso también hablo en el libro. Pero lo cierto es que nueve veces de cada diez es la mujer la que viene desconsolada a mi consulta porque cree que su pareja le ha estado ocultando algo. Desde el primer momento decidí que este libro sería para las mujeres.

—Vale —dijo la joven, volviendo la mirada al bloc—. Ya entiendo.

—A lo mejor utilizo un tono demasiado didáctico —aventuró Grace con una risita.

—Más bien un tono apasionado.

De acuerdo, pensó Grace. Lo tendría en cuenta. Decidió seguir con la explicación de sus motivos.

—Llegó un momento en que no podía soportar ver que tantas mujeres buenas y con el corazón destrozado debían soportar meses o años de terapia y gastarse una fortuna simplemente para comprender que su pareja no había cambiado, que probablemente nunca hizo el menor intento de cambiar y ni siquiera tenía ganas de intentarlo. Entonces ellas vuelven al punto donde empezaron cuando se sentaron en este mismo sofá. Estas mujeres merecen que se les diga la verdad: que su situación no mejorará, por lo menos en la medida en que ellas esperan. Necesitan saber que posiblemente cometieron un error irreparable.

Grace se detuvo. En parte para darle tiempo a Rebecca a escribir, y en parte para saborear el efecto de esta «bomba» (así la había llamado su agente, Sarabeth, en su primer encuentro el año pasado). Todavía le producía un efecto sísmico. Grace recordaba perfectamente el momento en que decidió poner por escrito eso que le parecía cada vez más evidente con cada año que pasaba, con todos y cada uno de los libros que había leído para escribir el suyo: los manuales para encontrar pareja (que sobre esto no decían nada) y

los libros de consejos para el matrimonio (que también lo callaban).
En las convenciones de la Asociación de Psicólogos de Pareja y de
Familia a las que había asistido tampoco había oído ninguna mención. Aunque nadie la mencionara, Grace sospechaba que sus colegas la conocían tan bien como ella. ¿Debería escribir un libro sobre
ello y arriesgarse a recibir agrias críticas? ¿O tenía que seguir con el
ridículo mito de que cualquier «relación» (fuera lo que fuera) podía
«salvarse» (significara lo que significara esa palabra)?

—No se equivoque al elegir pareja —le dijo a Rebecca.

La presencia de *Vogue* en su pequeña consulta la había envalen-
tonado. Allí estaba esa mujer artificialmente flaca y alta sentada en
el insulso sofá de color beis, armada con el bloc de notas y la grabadora.

—Si elige a la pareja equivocada, su relación no durará, por más
que lo intente.

Rebecca se quedó un momento en silencio y alzó la cabeza.

—Esta es una afirmación bastante dura —comentó.

Grace se encogió de hombros. Era una afirmación dura, para
qué negarlo. Pero tenía que serlo. Si una mujer elegía al hombre
equivocado, sería siempre el hombre equivocado, y ni el mejor psicólogo del mundo podría hacer gran cosa; como mucho, lograría
que llegaran a un acuerdo. En el mejor de los casos, el resultado
sería triste, pensó Grace. Y en el peor, un castigo, un castigo para
toda la vida. Un matrimonio así no valía la pena. Si no tenían hijos,
lo mejor era separarse. En caso de que tuvieran hijos, debían respe-
tarse mutuamente y cooperar. Y divorciarse.

Claro que lo sentía mucho por ellos. Por supuesto. Lo lamentaba profundamente, en especial si se trataba de sus pacientes, porque acudían a ella en busca de ayuda y ella no podía ofrecerles
más que un trapo y una fregona para limpiar el desastre. Pero lo
que más le indignaba a Grace era que se hubiera podido evitar tanto dolor. Sus pacientes eran inteligentes, mujeres educadas, con una
formación. Algunas incluso muy inteligentes. Pero en algún punto
de su juventud se cruzaron con hombres que iban a hacerles daño
con casi total seguridad, y lo que Grace no entendía era que ellas los

hubieran aceptado como parejas y recibieran por consiguiente ese daño que ya se anticipaba desde el primer momento…, no conseguía entenderlo. Siempre le había parecido desconcertante y la había indignado. En ocasiones —no podía evitarlo—, tenía ganas de cogerles de los hombros y sacudirlas.

—Imagínese que está sentada a una mesa con alguien que acaba de conocer —le dijo a Rebecca—. Puede que sea una cita. O en la casa de una amiga, da igual. Un hombre que le parece atractivo. Desde el primer momento hay cosas que puede ver de ese hombre, cosas que intuye. Son cosas muy evidentes. Percibirá si es un hombre que se abre a los demás, si se interesa por el mundo, si es inteligente, y si hace uso de esa inteligencia. Se dará cuenta de si es amable o despectivo, curioso o generoso. Puede ver cómo le trata. Deducirá muchas cosas a partir de lo que le dice de sí mismo: qué papel tienen en su vida los amigos y la familia, qué relación tiene con sus parejas anteriores. Puede ver si cuida de sí mismo; si cuida de su salud, de sus finanzas. Toda esta información está bien a la vista y la sabemos interpretar. Pero luego…

Rebecca, con la cabeza gacha, garabateaba en su libreta.

—¿Luego, qué?

—Luego viene la historia. Él tiene una historia, muchas historias. No digo que mienta. A lo mejor sí, pero incluso si no miente, nosotras mentimos por él, porque los humanos necesitamos explicarnos historias, sobre todo si esperamos tener un papel importante en ellas. Ya sabe, *Yo soy la heroína y aquí llega mi héroe.* Incluso mientras recabamos información y nos formamos una impresión, tendemos a situarlo todo en un contexto. De modo que nos inventamos una historia sobre cómo fue su infancia, cómo lo trataron las mujeres de su vida, cómo lo han tratado en el trabajo. Y lo que vemos en el momento de conocerlo entra a formar parte de esa historia. Sus planes para el futuro forman parte de esa historia que nos inventamos: *Nadie le ha querido tanto como yo. Ninguna de sus novias ha estado intelectualmente a su altura. Yo no valgo tanto como él. Lo que admira es mi independencia.* Esto no son hechos, sino una mezcla de lo que él nos ha contado con lo que nos hemos contado nosotras mismas. Hemos convertido a esta persona en un personaje inventado de una historia inventada.

—Como el protagonista de una novela.

—Sí. Y no es buena idea casarse con el protagonista de una novela.

—Lo dice… como si fuera inevitable.

—No lo es. Si tratáramos estos asuntos con una fracción del cuidado que ponemos en nuestras decisiones como consumidores, por ejemplo, no habría tantos fracasos matrimoniales. ¿Por qué no lo hacemos? Antes de comprar unos zapatos, nos los probamos; antes de que nos pongan la moqueta, leemos un montón de opiniones de personas desconocidas para elegir al mejor profesional. Pero en cuanto un hombre nos atrae o sentimos que le gustamos, apagamos nuestro maldito sistema de detección y nos olvidamos de nuestras intuiciones. Aunque el hombre en cuestión sostuviera un cartel donde pusiera *Me llevaré tu dinero, me insinuaré a tus amigas y te dejaré arruinada y sola*, encontraríamos la manera de obviarlo, de *desaprender* lo que sabíamos.

—Pero la gente tiene dudas… —comentó Rebecca—. Puede que simplemente no haga nada al respecto.

Grace asintió. En su consulta veía aparecer muchas dudas: dudas antiguas y resecas que unas mujeres profundamente heridas y golpeadas sacaban de nuevo a la luz. Era siempre el mismo tema, con innumerables variantes: *Sabía que él bebía más de la cuenta. Nunca pudo mantener la boca cerrada. Nunca me quiso tanto como yo lo quería.*

—Muchas personas tienen dudas —reconoció—. El problema es que normalmente no comprenden lo que la duda significa. Yo creo que la duda es un regalo de nuestro ser más profundo. Como el miedo. Le sorprendería saber cuántas personas han tenido miedo justo antes de que les sucediera algo malo. Cuando piensan en ello a posteriori, comprenden que hubieran podido evitarlo. Ya sabe, cuando algo nos dice: *No vayas por esta calle. No montes en el coche de este hombre.* Al parecer somos capaces de ignorar lo que sabemos, lo que sospechamos, lo que desde un punto de vista evolutivo resulta fascinante. Pero lo que me interesa ahora es su aspecto práctico. Creo que la duda es un extraordinario don y que tenemos que aprender a escucharlo, aunque esto signifique romper un noviazgo. Ya sabe, es más fácil cancelar una boda que acabar con un matrimonio.

—Oh, yo no estoy tan segura —comentó Rebecca con sarcasmo—. Últimamente he estado en algunas bodas que... Sería más fácil cancelar los Juegos Olímpicos.

Grace pensó que probablemente tenía razón, aunque no conocía a las amigas de Rebecca. Su propia boda había sido sencilla porque su familia consistía en ella misma y su padre, y la familia de Jonathan no había querido asistir. Pero como invitada había estado en unas cuantas bodas desmesuradas.

—El mes pasado —dijo Rebecca—, mi compañera de habitación de la universidad organizó una fiesta de quinientas personas en el edificio Puck. La cantidad de flores... Dios mío. Les costaron por lo menos quince mil dólares, se lo aseguro. Tenían los regalos de boda sobre una mesa larguísima en una habitación. Como se hacía antes, ¿se acuerda?

Grace se acordaba. Era una antigua costumbre que, como otras costumbres de bodas, había renacido en toda su gloria materialista, porque al parecer las bodas de hoy en día no eran lo bastante multitudinarias o llamativas. En la boda de sus padres, en el hotel St. Regis, los regalos se expusieron en una sala junto al salón de baile: cubertería de plata de Audubon, porcelana de Haviland y un juego entero de copas de Waterford. Todo estaba ahora en manos de Eva, la segunda esposa de su padre.

—Medio Tiffany's, además de todos los artilugios que puedes encontrar en Williams-Sonoma. Lo que es un absurdo —rió Rebecca—, porque mi amiga no sabe cocinar, y no creo que él aprenda nunca a utilizar los cubiertos de plata.

Grace asintió. Había oído muchas veces historias parecidas, narradas desde este mismo sofá de color beis. Como lo difícil que fue encontrar los caramelos de colores pastel que se sirvieron en la boda de los padres de la novia y que ahora sólo se vendían en un diminuto establecimiento de Rivington, o la búsqueda frenética de unos medallones grabados para las damas de honor, o del coche antiguo de un modelo concreto que tenía que llevar a los novios al hotel Gansevoort, y los diez días que pasarían luego en las Seychelles, en el mismo centro turístico donde habían estado unos famosos para su luna de miel, en una cabaña sobre pilotes desde donde se divisaba el azul intenso del océano Índico. Allí precisamente tendrían esa primera pelea que estropearía las vacaciones, y que diez años después volvería a salir a la luz en la consulta de la terapeuta, que para entonces ya había comprendido que esas dos personas eran incompatibles, que probablemente lo habían sido siempre y así seguirían.

En ocasiones Grace habría deseado arrojar un venablo envenenado contra la industria nupcial. Si elimináramos la parte de espectáculo de las bodas del siglo XXI y las convirtiéramos en una ceremonia sencilla en la que él y ella pronunciaran sus votos en presencia de la familia y los amigos íntimos, la mitad de las parejas de novios abandonarían de inmediato la idea de casarse…, justo los que era preferible que no se casaran, pensó Grace. Si pudiera decirles a los novios que celebraran la fiesta a los veinticinco años de matrimonio, cuando él estuviera casi calvo y ella hubiera perdido la cintura a causa de los embarazos, la mirarían con expresión de horror. Pero cuando llegaban a su consulta el mal estaba hecho y no se podía remediar.

—La duda puede ser un regalo. —Rebecca pronunció la frase en voz alta, como si quisiera probar cómo sonaba—. Es una frase muy buena.

Grace percibió su tono de cinismo. A continuación ella misma se sintió cínica.

—No es que no crea en la capacidad de transformación de la persona —dijo, intentando no sonar defensiva, aunque se sentía atacada—. La transformación es posible. Requiere mucho valor y generosidad, pero es posible. Lo que quiero decir es que ponemos todo el acento en esta pequeñísima posibilidad de corrección y no pensamos en la prevención. Y eso es poco razonable, ¿no le parece?

Rebecca asintió, demasiado ocupada para responder. Estaba garabateando a toda prisa en el bloc rayado. Grace veía el bolígrafo moviéndose bruscamente. Cuando por fin acabó de escribir lo que fuera que quería dejar escrito, la periodista alzó la cabeza y le habló en un tono muy propio de una psicóloga.

—¿Le importaría desarrollar este punto?

Grace respiró profundamente. Una de las ironías de su profesión, explicó, era que cuando le preguntabas a una mujer qué buscaba en una pareja, solía darte una explicación madura y plena de sabiduría. Te decía que quería un compañero, alguien que la protegiera, que la estimulara, que la cuidara, alguien en quien pudiera confiar. Pero cuando conocías a su pareja no veías estas cualidades por ninguna parte. Estas mujeres tan sabias estaban solas o en continua pelea con su pareja, con la autoestima por los suelos. Había abandono y enfrentamiento, competición y obstáculos, y todo porque le habían dicho que sí a la persona equivocada. De modo que venían a su consulta esperando que ella les solucionara el problema, y entonces ya no servía de nada que se lo explicara. Debías habérselo explicado antes de que se unieran a la persona equivocada.

—Voy a casarme —anunció Rebecca de repente, cuando acabó de transcribir las palabras de Grace.

—Felicidades. Es una estupenda noticia.

Rebecca estalló en carcajadas.

—¿En serio?

—En serio. Espero que sea una boda estupenda. Y lo que es más importante, un matrimonio estupendo.

—¿De modo que es posible tener un matrimonio feliz?

Rebecca se estaba divirtiendo.

—Por supuesto. Si no lo creyera, no estaría aquí.

—Y no estaría casada, supongo.

Grace sonrió levemente. Le había costado ofrecer incluso la escasa información que su editora consideraba indispensable. Las psicólogas no hablaban de su vida personal, pero al parecer las autoras sí. Le prometió a Jonathan que haría todo lo posible por preservar su privacidad como familia, como matrimonio. En realidad Jonathan no parecía tan preocupado por el tema como ella.

—Hábleme de su marido —propuso Rebecca.

Grace había supuesto que lo haría.

—Se llama Jonathan Sachs. Nos conocimos en la universidad. Bueno, yo empezaba la universidad y él estaba en la Facultad de Medicina.

—¿Es médico?

Grace le explicó que era pediatra. Pero no quería desvelar el nombre del hospital. Tendría consecuencias. Esta información estaba disponible en Internet, porque unos años atrás la revista *New York* escribió un artículo sobre Jonathan en el número dedicado a los mejores médicos. En la fotografía aparecía él con su bata de médico y el pelo rizado y oscuro demasiado largo ya, pasado el punto en que ella le insistía para que fuera al barbero. Llevaba su inseparable estetoscopio colgando y una piruleta asomando por el bolsillo de la bata. Parecía tan exhausto que le costaba sonreír. En el regazo tenía a un sonriente niño calvo.

—¿Tienen hijos?

—Uno. Henry, de doce años.

Rebecca asintió, como si esta respuesta le confirmara algo. Sonó el timbre.

—Oh, bien. Supongo que es Ron —dijo Rebecca.

Ron debía de ser el fotógrafo. Grace se levantó para abrirle la puerta.

Abrió y encontró a Ron en el recibidor rodeado de pesadas cajas de metal. Estaba escribiendo un mensaje en el móvil.

—Hola —saludó Grace, más que nada para que le prestara atención.

Ron levantó la cabeza.

—Hola. Soy Ron. ¿Le dijeron que vendría?

Grace le estrechó la mano.

—Hola. ¿Cómo? ¿Ni peluqueros ni maquilladores?

Ron la miró extrañado, incapaz de adivinar si lo decía en serio.

—Lo decía en broma.

Grace soltó una carcajada, pero en el fondo le hubiera gustado contar con maquillaje y peluquería. Se había hecho ciertas ilusiones.

—Pase.

El fotógrafo entró en la consulta cargado con dos cajas y volvió a salir en busca del resto. Tenía la estatura de Jonathan y su mismo peso, pensó Grace. Aunque su marido tenía mucho más cuidado en esconder la tripa.

Rebecca salió también al recibidor.

—Hola, Ron.

Ahora los tres estaban en el vestíbulo, que era todavía más pequeño que la consulta. Ron miró con expresión de disgusto las pesadas butacas, la alfombra navajo y los ejemplares del *New Yorker* en una cesta de mimbre sobre el suelo.

—Creo que sería mejor dentro —sugirió Rebecca.

—Veamos.

Al parecer, dentro le gustó más. Trajo una lámpara, una pantalla blanca y curvada y una de las cajas, de la que empezó a extraer cámaras. De pie junto al sofá, Grace contemplaba incómoda cómo sacaban la butaca de cuero al vestíbulo. Se sentía una intrusa en su propia consulta. Ron apartó su mesa para colocar la luz, un foco brillante sobre un soporte cromado, y encajó la pantalla en la pared opuesta.

—Normalmente tengo un ayudante —le dijo a Grace.

Es un encargo de baja categoría, pensó ella. *No es prioritario.*

—Bonitas flores. Resaltarán contra la pared. Las pondré de modo que se vean en el encuadre.

Grace asintió. Vaya con Sarabeth. Había acertado.

—Usted querrá, tal vez… —Ron miró a Rebecca que esperaba de pie con los brazos cruzados sobre el voluminoso busto.

—¿Retocarse un poco? —La periodista completó la frase de Ron. Se había transformado en editora gráfica.

—Oh. Claro.

Grace entró en el baño, que era muy pequeño —tan pequeño que le provocó una crisis de angustia a una clienta obesa— y no tenía buena iluminación. Ahora esto le fastidió, porque aunque tuviera la fórmula mágica que transformara su aspecto como para ser digna de aparecer en *Vogue*, incluso a sus propios ojos, dudaba que pudiera hacerlo en un lugar tan estrecho y mal iluminado. No sabía qué hacer. Se lavó la cara con el jabón de manos y se la secó con una toalla de papel del dispensador. Esto no pareció tener un efecto especialmente positivo. Se miró en el espejo con desánimo. Su rostro estaba limpio, pero nada más. Sacó del bolso un tubo de crema correctora y se la aplicó con el dedo debajo de los ojos. Tampoco esto sirvió de mucho. Ahora parecía una mujer cansada con tapaojeras. ¿Cómo se atrevía a tratar tan desdeñosamente a la revista *Vogue*?

Se preguntó si debía llamar a Sarabeth. Lo cierto era que le costaba molestar a su agente. En el fondo no se consideraba una *verdadera* autora. Sarabeth podría estar inmersa en una apasionante conversación literaria con el ganador del Premio Nacional de Críticos Literarios. Grace no iba a interrumpirla para preguntarle si debía acudir a la farmacia de Zitomer y pedir que la maquillaran un poco. ¿Y el peinado? ¿Debía conservar el recogido con horquillas que llevaba siempre (las que hacían para los anticuados rulos de plástico, y que ahora eran cada vez más difíciles de encontrar)? ¿O era preferible que se lo dejara suelto? Esto último le daría un aspecto descuidado y aniñado.

Aspecto aniñado. Qué más quisiera yo, pensó con melancolía.

Porque, claro, ya no era una niña. Era una mujer de edad madura, una mujer refinada y segura de sí misma, con un sinfín de responsabilidades y ataduras. Hacía tiempo que había establecido unos parámetros para su apariencia física y los mantenía. No tener que reinventarse constantemente ni pretender alcanzar cotas más altas de belleza era un alivio. Grace era consciente de que la mayoría de la gente la veía como una mujer seria y formal, pero no le importaba. Se dejaba el pelo suelto en cuanto llegaba a su casa, y cuando estaba en la casa del lago se ponía vaqueros, pero esto formaba parte de su vida privada, y así seguiría siendo.

Era *suficientemente* joven; *suficientemente* atractiva. Y era lo bastante competente. Esto no le preocupaba.

En cuanto a la fama…, bueno. Ahí sí que había un problema. Si hubiera podido contratar a una actriz (más alta, más guapa que ella) para representar su papel de autora, Grace habría estado tentada de hacerlo. Una actriz a la que pudiera susurrarle las palabras que debía pronunciar *(En la mayoría de los casos, tu futuro esposo te dirá enseguida lo que necesitas saber…)*, mientras Matt Lauer o Ellen DeGeneres asentían. *Pero soy toda una mujer*, pensó Grace. Limpió pensativa la superficie del espejo con el dorso de los dedos y volvió con el fotógrafo y la redactora de *Vogue*.

Encontró a Rebecca sentada en su butaca, absorta en la pantalla del teléfono. Habían apartado la mesa de centro del sofá, y habían movido el jarro de las rosas y las galeradas de su libro para que quedaran en primer plano. No hacía falta que le dijeran dónde tenía que sentarse.

—Su marido es muy guapo —dijo Rebecca.

—Oh, sí. Gracias.

Le molestó un poco que le hicieran un comentario tan personal.

—¿Cómo puede hacer este trabajo? —preguntó Rebecca.

Ron, que ya estaba mirando por el objetivo de una de las cámaras, alzó la mirada.

—¿Qué trabajo?

—Es médico de niños con cáncer.

—Es oncólogo infantil —aclaró Grace—. En el Memorial.

En el Memorial Sloan-Kettering, en otras palabras. Confiaba en que este dato saliera en la entrevista.

—Yo sería incapaz de hacer ese trabajo. Debe de ser un santo.

—Es un buen médico —señaló Grace—. Su especialidad es muy difícil.

—Cielos —terció Ron—. Yo tampoco podría hacerlo.

Suerte que nadie te lo ha pedido, pensó Grace un poco molesta.

—Estaba intentando decidir qué hacer con mi pelo —comentó, con ánimo de distraerlos—. ¿Qué les parece? Podría soltármelo —dijo, tocándose el apretado recogido de la nuca—. Tengo un cepillo.

—No, así está bien. Se le ve mejor la cara. ¿Vale?

La pregunta de Ron iba dirigida a Rebecca, no a Grace.

—Hagamos la prueba —propuso la redactora.

—De acuerdo.

Ron miró a través de la lente de la cámara.

—Esto es una prueba, ¿vale? No se ponga nerviosa.

Antes de que Grace pudiera responder, se oyó el chasquido metálico.

Se puso rígida.

—Oh, no —rió Ron—. Esto no le hará daño. ¿No está usted cómoda?

—Lo cierto es que no —respondió Grace, forzando una sonrisa—. Es la primera vez que hago esto. Me refiero a dejarme fotografiar para una revista.

Me estoy comportando otra vez como una cría, pensó con absoluto desánimo.

—Bueno, ¡es la mejor revista para empezar! —exclamó Ron—. Quedará tan fantástica que pensará que una bellísima modelo ha ocupado su lugar.

Grace rió sin ganas y se recolocó en el sofá.

—¡Así queda muy bien! —aseguró Rebecca—. Pero cruce las piernas hacia el otro lado, ¿vale? El ángulo es mejor.

Grace así lo hizo.

—¡Allá vamos! —exclamó Ron.

Disparaba la cámara como una ametralladora mientras se movía ligeramente para obtener —según le pareció a Grace— pequeñas variaciones del mismo ángulo.

—Entonces —dijo, para distraerla—. ¿Cómo se titula su novela?

—¿Novela? Oh, no he escrito una novela. Sería incapaz.

Entonces pensó que tal vez no debería hablar. ¿No quedaría mal en las fotos si movía los labios?

—¿No acaba de sacar un libro? —preguntó Ron sin alzar la cabeza—. Creía que era usted una escritora.

—No. Bueno, sí que he escrito un libro, pero no soy una escritora. Es decir… —Grace frunció el ceño, intentando encontrar las palabras—. Es un libro sobre relaciones de pareja. Me he especializado en parejas.

—Es psicóloga —explicó Rebecca.

También era escritora, ¿no?, pensó Grace. Se le ocurrió que escribir un libro la convertía en escritora.

—No he contratado a nadie para que lo escribiera —se defendió, como si Ron la hubiera acusado de haberlo hecho—. Lo he escrito yo.

Ron había dejado de disparar y miraba el monitor digital. Le habló sin levantar la mirada.

—Ahora muévase un poco a la izquierda. Perdone, a mi izquierda. ¿Podría echarse un poco para atrás? Vale —dijo pensativo—. Puede que nos hayamos equivocado con el peinado.

—Bien —comentó Rebecca.

Grace se quitó rápidamente las tres horquillas con las que se recogía el pelo y la larga cabellera de pelo oscuro le cayó sobre los hombros. Alzó la mano para extenderla, pero Ron la detuvo.

—No, no se lo toque. Así está mejor. Tiene un aspecto escultural. Usted no lo ve, pero hay un contraste muy bonito de su pelo sobre la blusa.

Grace no le corrigió. No era una «blusa», desde luego. Era un jersey finito de cachemira de color pergamino. Uno de los cinco que tenía. Pero no tenía intención de hablar de blusas con Ron, por más fotógrafo de *Vogue* que fuera.

Él movió un poco el jarrón. Y también el libro sobre la mesa.

—Bien —anunció finalmente—. Vamos a ello.

Volvió a disparar con la cámara. Rebecca se limitaba a observar sin decir nada. Grace intentó respirar.

Casi nunca se sentaba en el sofá, y la perspectiva era curiosa. Vio que el póster de Eliot Porter estaba ladeado, y que había una marca de suciedad en la pared, encima del interruptor. *Tengo que hacer algo*, pensó. Y tal vez también era hora de que cambiara el Eliot Porter. ¿No estaban todos ya cansados de verlo?

—El matrimonio, menudo tema —comentó de repente Ron—. Se diría que ya está todo dicho.

—Siempre hay algo más que decir —apuntó Rebecca—. Es una de las cosas en las que no quieres equivocarte.

Ron apoyó una rodilla en el suelo y siguió disparando. Grace intentó recordar si desde este ángulo se le veía el cuello más largo o más corto.

—Supongo que no he pensado nunca en el tema —explicó Ron—. Yo creía que cuando conocías a la persona adecuada, lo *sabías*. A mí por lo menos me pasó cuando conocí a mi mujer. Al volver a casa se lo dije al amigo con el que vivía: «He conocido a la mujer de mi vida». Un amor a primera vista, supongo.

Grace cerró los ojos, pero recordó dónde estaba y volvió a abrirlos. Ron dejó la cámara, cogió otra y empezó a manipularla. Era el momento de hablar.

—El problema es cuando uno cuenta con saberlo al instante, y rechaza a las personas que no responden a estos parámetros. En realidad creo que hay muchas posibles parejas adecuadas para cada uno de nosotros, y nos cruzamos con ellas a menudo, pero estamos tan obsesionados con la idea del amor a primera vista que nos perdemos a personas maravillosas simplemente porque no hemos tenido una revelación.

—¿Puede mirar hacia aquí? —pidió Rebecca.

En otras palabras, ¿puede cerrar el pico?, pensó Grace. Miró a la redactora, sentada en la silla que ella solía ocupar, frente a la mesa que ella solía ocupar. Para evitar que se notara su desagrado, le sonrió ampliamente, lo que le resultó más desagradable todavía.

Y había otra cosa que la incomodaba, aparte de la forzada postura que le obligaban a adoptar en el sofá. Otra cosa que empezó a abrirse paso entre la distracción de que la fotografiaran para *Vogue* (aunque ningún lector la tomaría por una supermodelo) y la extrañeza de estar sentada en su propio sofá, y que por fin alcanzó su conciencia. Esa cosa era el hecho incontestable de que ella —lo mismo que Ron, el fotógrafo, lo mismo que innumerables pacientes en esta consulta y posiblemente muchos de los futuros lectores de su libro— había *sabido*, desde el primer momento en que vio a Jonathan Sachs, que se casaría con él y que lo amaría el resto de su vida. Era una noche fresca de principios de otoño, y Grace atravesó el río Charles en compañía de su amiga Vita y el novio de esta para ir a una fiesta de Halloween en algún antro siniestro de la Facultad de Medicina. Los otros entraron primero, pero Grace quería ir al baño y se perdió en el sótano. Empezó a recorrer pasillos, cada vez más perdida y más nerviosa, cada vez más asustada. De repente descubrió que no estaba sola, sino en presencia o en compañía de un hombre al que reconoció al instante, aunque no estaba segura de haberlo visto antes. Era un chico flaco y despeinado, con barba de varios días. Llevaba una camiseta de Johns Hopkins y una tina de plástico con ropa sucia, y un libro sobre Klondike en inestable equilibrio sobre la ropa. Cuando la vio, el chico le sonrió. Fue una de esas sonrisas que consiguen que la Tierra deje de girar y que el mundo se ilumine con una nueva luz. Por esta sonrisa Grace se detuvo en seco y su vida cambió para siempre. En un instante, este hombre del que todavía no sabía el nombre se convirtió en la persona más valiosa, deseada y cercana de su vida. Simplemente, *supo* que era él. Grace lo eligió a él, y como resultado estaba viviendo la vida que quería con el marido adecuado, el hijo adecuado, la casa adecuada, el trabajo adecuado. Lo cierto era que a ella le había funcionado. Pero esto no podía decirlo. Sobre todo, ahora.

—Eh, podríamos hacer unos primeros planos, ¿no? —preguntó Ron.

¿Debería contestar?, pensó Grace. ¿Tenía un voto en esta cuestión?

—De acuerdo —dijo Rebecca. Así confirmó que la pregunta era para ella.

Grace se inclinó hacia delante. La lente de la cámara estaba muy cerca, a pocos centímetros. La miró fijamente y se preguntó si podría ver el ojo de Ron al otro lado. Pero lo único que vio fue la superficie de la lente y el poderoso chasquido de la cámara. Allí no había nadie. Se preguntó entonces qué sentiría si fuera Jonathan el que sostenía la cámara, pero no logró recordar que su marido hubiera sostenido una cámara ni una sola vez. Y menos a esa distancia de su cara. Siempre era ella la encargada de las fotos, aunque sin todos los añadidos que había ahora en su consulta, sin la profesionalidad de Ron y sin demasiado interés en la parte técnica. Era la que hacía las fotos de cumpleaños y de las visitas de fin de semana. *Clic*, Henry dormido con su traje de Beethoven. *Clic*, jugando al ajedrez con su abuelo. *Clic*, su foto favorita de Jonathan después de ganar la carrera del Homenaje a los Caídos, en la casa del lago; acababa de arrojarse un vaso de agua en la cara y tenía una expresión de absoluto orgullo y de deseo. *O tal vez lo vio así después*, pensó Grace. *Clic*. A lo mejor vio deseo en aquella foto porque más tarde hizo cálculos y comprendió que Henry fue concebido aquella misma noche. Después de que Jonathan comiera algo y se quedara largo rato bajo la ducha, después de que la llevara a la cama que Grace había ocupado de niña y, *clic*, se moviera rítmicamente sobre ella, repitiendo su nombre una y otra vez. Grace se había sentido tan absolutamente feliz, y no porque estuvieran concibiendo el niño que deseaba con locura, ya que en aquel momento ni siquiera eso le importaba. *Clic*. Sólo le importaba Jonathan, ellos dos. *Clic*. Y qué raro que se acordara ahora de esto, ahora que veía el ojo y el otro ojo a través de la cámara. El ojo que la estaba mirando.

—Estupendo —dijo Ron.

Bajó la cámara y Grace pudo verle los ojos. Unos ojos marrones, nada especiales. Casi se echó a reír, un poco avergonzada.

—En serio, ha quedado muy bien —comentó el fotógrafo, interpretando que ella no le creía—. Ya hemos acabado.

2

¿Hay algo mejor que cuidar de tus hijos?

La dejadez totalmente intencionada de la casa de Sally Morrison-Golden en la calle Setenta y cuatro. Este se advertía ya en el exterior, en las insulsas plantas, algunas moribundas, que crecían sin orden ni concierto en las macetas de las ventanas y en el globo rojo deshinchado que seguía atado a la verja de hierro de la entrada. La casa ocupaba su lugar en esta calle tranquila y frondosa entre dos elegantes mansiones de piedra rojiza (posiblemente levantadas por el mismo arquitecto y el mismo constructor) que desde la dignidad de sus exquisitas plantas y sus ventanas resplandecientes parecían contemplar con resignación a su descuidada vecina. Cuando la rolliza niñera alemana le abrió la puerta, Grace comprobó que la desafiante dejadez de la fachada se convertía en un implacable desorden en el interior. Un desorden que empezaba ya desde la entrada (unas abultadas bolsas de la compra impedían que la puerta se abriera completamente) y continuaba a lo largo de un pasillo abarrotado de chismes de los niños hasta la cocina y las escaleras (que conducirían sin duda al desorden del piso de arriba). Esto está hecho a propósito, pensó Grace. La niñera (¿Hilda? ¿Helga?) se apartó de la puerta abierta para dejarla entrar.

En una ciudad de ricos, Sally era tal vez la persona más rica que Grace conocía, y sin duda tenía gente a su servicio entre cuyas tareas se contaba la de mantener la casa ordenada y limpia, a pesar de que aquí vivían cuatro niños (y otros dos del primer matrimonio de Simon Golden, que venían los fines de semana con todo lo que ello suponía de deberes del colegio, equipos deportivos y aparatos electrónicos). Pero esta acumulación desordenada de objetos tenía que ser deliberada. Los montones de zapatos en desuso, la pila de ejemplares de *Observer* y *Times*, a punto de venirse abajo, las abultadas bolsas de Children's Place y de Sam Flax que obstruían el paso a las escaleras. Grace calculó rápidamente lo que costaría sacarlas de ahí: cinco minutos para llevarse las bolsas, vaciarlas, doblarlas y guardarlas en el lugar que uno les destinara para una eventual reutilización; dos minutos para meter los recibos en la caja o en el archivo donde se guardaran (o deberían guardarse), quitar las etiquetas de las prendas compradas y llevarlas al cuarto de la lavadora; otros dos minutos para colocar lápices y papeles en el lugar que les correspondía; y otros dos minutos para recoger los papeles y llevarlos al contenedor del reciclado de papel. Once minutos en total. ¿Tan difícil era? La elegante casa de estilo neoclásico pedía a gritos un poco de orden. Sus molduras de dibujo rectangular y sus bonitos revoques de yeso estaban casi oscurecidos por los dibujos y otros trabajos de los niños. Los habían pegado o clavado por ahí sin orden ni concierto, como si el vestíbulo fuera la entrada de una clase de párvulos. Incluso la solemne *ketubah* de los Morrison-Golden, el contrato matrimonial judío, coloreado como si fuera una página arrancada del antiguo Libro de Kells, ostentaba un marco a base de palitos de polo, trocitos de pelusa y pegamento. (Grace no pudo evitar pensar que este detalle era acertado, ya que Sally se convirtió al judaísmo a petición de su novio, y tras el matrimonio imitó la falta de interés de su marido por todas las demás tradiciones judías.)

Guiándose por el rumor de voces, se dirigió a la parte de atrás de la casa, donde habían aprovechado el patio para ampliar la cocina. Allí estaba Sally, entre la servil Amanda Emery y Sylvia Steinmetz, madre soltera de Daisy, una niña muy inteligente que adoptó en China con un añito. Después de saltarse un curso de primaria, Daisy se había convertido en la alumna más joven de secundaria en Rearden.

Sally alzó la cabeza cuando oyó entrar a Grace.

—Gracias a Dios —dijo riendo—. Por fin podremos hacer algo.

—¿Tan tarde llego? —preguntó Grace, aunque sabía que no era así.

—No, no, pero sin tu influencia pacificadora no nos ponemos de acuerdo.

Sally acomodó al bebé que tenía sobre el regazo y que no paraba de retorcerse. La hija pequeña de Sally se llamaba Djuna (según les explicó, en honor de su suegra Doris, ya fallecida).

—¿Quiere que prepare más café? —preguntó Hilda o Helga, que había entrado en la cocina detrás de Grace.

Esta observó que estaba descalza y que no tenía los pies muy limpios. Llevaba un aro en la nariz, lo que no contribuía a darle un aspecto aseado.

—Sí, está bien. Y llévate al bebé, si no te importa. Iremos más deprisa si no la tenemos por aquí —observó Sally, en un tono que parecía de disculpa.

Le tendió a la niña, que seguía retorciéndose, y la niñera la cogió en brazos. Djuna, al ver que la apartaban del centro de las miradas, emitió un grito digno de una diva.

—Adiós, cariño —dijo Sylvia—. Dios mío, qué monísima es.

—Estupendo —afirmó Sally—, porque no pienso tener más.

—Ooh, ¿estás segura? —intervino Amanda—. Neil y yo siempre decimos que no queremos descartar nada.

Grace, que no conocía apenas a Amanda, no supo interpretar a qué se refería. ¿Vasectomía? ¿Óvulos congelados? Amanda tenía unas gemelas de diez años, y a pesar de que recientemente se había hecho un «rejuvenecimiento facial» tendría probablemente cuarenta y cinco años.

—Nosotros ya nos hemos parado. A decir verdad, Djuna fue una sorpresa, pero nos dijimos: qué caramba, ¿por qué no?

Cierto, ¿por qué no?, pensó Grace. Ella, lo mismo que las demás presentes, sabía perfectamente lo que significaban cuatro niños (o seis, en este caso) en la ciudad de Nueva York. La pareja con dos hijos aseguraba la continuidad, lo que era sensato y ya resultaba bastante caro. Tres hijos significaba que los padres tenían dinero para pagar otra ronda de facturas de colegio privado, campamentos de verano, clases de hockey sobre hielo en el centro deportivo Chelsea Piers y las clases especiales en IvyWise. Pero cuatro…, bueno, no había muchas familias en Manhattan que tuvieran cuatro hijos. Implicaba tener otra niñera y una casa más grande, para empezar. Después de todo, no podías pedirles a los niños que compartieran habitación. Los niños necesitaban tener su espacio, poder expresar su personalidad.

—Y en realidad —continuó Sally—, ¿hay algo mejor que cuidar de tus hijos? Yo tenía un trabajo estupendo, pero no lo he echado de menos ni por un segundo desde que nació Ellen. El año pasado, en la reunión con mis ex compañeras de universidad, todas me reprocharon que lo hubiera dejado, como si por estudiar en Yale tuviera que seguir un dictado sobre cómo vivir mi vida. Yo las miraba y pensaba: *Qué equivocadas estáis.* No dejéis que nadie os diga que cuidar de los hijos no es lo más importante.

—Oh, ya sé, ya sé —repuso Amanda sin convicción—. Pero la verdad es que las gemelas me dieron muchísimo trabajo. Y es imposible que quieran hacer algo juntas. Si una quiere ir a Broadway Kids después de clase, la otra elige gimnasia. Celia ni siquiera quiere ir al mismo campamento de verano que su hermana, de modo que gracias a ella tenemos que ir dos fines de semana a Maine.

Hilda/Helga trajo el café y lo dejó sobre la mesa de la cocina, de estilo rústico. Grace sacó las galletas de mantequilla que había comprado en Greenberg's, y las demás mostraron un moderado entusiasmo.

—Mis muslos te odian —comentó Sally, pero cogió dos galletas.

—Tus muslos no tienen por qué odiar a nadie —la reconvino Amanda—. Los he visto y son la envidia del barrio.

Sally pareció complacida.

—Bueno, ya sabéis que estoy entrenándome. Simon me prometió que si logro acabar la media maratón en la playa me llevará a París.

—Mi madre solía traerme estas galletas —dijo Sylvia, mordisqueando la suya—. ¿Os acordáis de esos bollitos de canela que hacían? Tenían un nombre alemán.

—*Schnecken* —aclaró Grace—. Deliciosos.

—¿Qué tal si empezamos?

Sally, que no era neoyorquina y no tenía recuerdos de infancia en la ciudad, parecía molesta.

Las demás sacaron bolígrafos y libretas y dirigieron una mirada obediente a Sally, que era la presidenta del comité y la dueña de la casa.

—Bueno, nos quedan dos días. Y estamos... —dejó la frase sin acabar y se encogió de hombros con gesto aniñado—. Pero no estoy inquieta.

—Yo sí. Un poco —dijo Sylvia.

—No, no pasa nada. Mirad...

Sally les mostró su bloc de hojas amarillas. Había una columna escrita con rotulador azul.

—La gente quiere venir y está dispuesta a gastar dinero. Eso es lo importante. El resto es secundario. Tenemos doscientas personas confirmadas. Casi doscientas personas. Es un éxito.

Grace miró a Sylvia. De las tres mujeres presentes, Sylvia era la que mejor conocía, o por lo menos la que hacía más tiempo que conocía, aunque no eran íntimas. Pero sabía que Sylvia se estaba mordiendo la lengua.

—Estuve ayer en casa de los Spenser —continuó Sally—. El ama de llaves y la secretaria de Suki me la enseñaron.

—¿Suki no estaba? —preguntó Sylvia.

—No, pero lo repasé todo con ellas.

Grace asintió. Que te abrieran las puertas de la residencia de los Spenser... era un golpe maestro, una razón de peso para los doscientos que habían confirmado su asistencia a trescientos dólares por cabeza. Suki Spenser, la tercera esposa de Jonas Marshall Spenser y madre de preescolares en Rearden, era la señora de uno de los pisos más grandes de Nueva York (en realidad, tres apartamentos que ocupaban dos plantas y la fachada que daba a la Quinta Avenida). El mes pasado telefoneó de repente..., telefoneó su secretaria, para decir que la señora Spenser no podía asistir al comité, pero que estaría encantada de cederles su residencia. Los criados servirían la comida que les trajeran, y el vino correría a cargo de la casa. La familia Spenser era propietaria de unos viñedos en Sonoma.

—¿La conoces personalmente? —le preguntó Grace a Sally.

—No, no la conozco. La saludo cuando me la encuentro por los pasillos del colegio, pero nada más. Por supuesto, le envié un correo electrónico para invitarla a formar parte del comité, pero no esperaba respuesta, y mucho menos este ofrecimiento. Las respuestas a la invitación tenían que pasar por un control de seguridad, lo que fue un engorro, pero valía la pena.

—Dios mío, estoy tan emocionada —gorjeó Amanda—. ¿Viste los Jackson Pollock?

En casa de los Spenser había dos Jackson Pollock en las paredes del salón. Grace los vio en *Architectural Digest*.

—Creo que sí —respondió Sally—. Sylvia, ¿lo de tu amigo es seguro?

Sylvia asintió. Tenía un amigo en Sotheby's que había accedido a llevar la subasta.

—Me dijo que lo hacía en pago por ayudarle a aprobar la trigonometría en el instituto. En realidad apenas hablé con él de trigonometría.

—¿Y qué subastaremos? —preguntó Grace.

Quería ver la lista de Sally avanzar un poco.

—Es cierto. Tengo una prueba del catálogo. Amanda, ¿sabes dónde la puedo haber puesto?

Amanda señaló un folleto de bordes irregulares que había entre los papeles desparramados sobre la mesa.

—Vale —dijo Sally—. No es el definitivo. Mañana por la mañana podemos añadir algo, y lo imprimen por la tarde, y… ¿Sylvia?

—Los recogeré el sábado por la mañana —propuso Sylvia, toda eficiencia.

—Muy bien.

Sally se puso las gafas y empezó a leer la primera página.

Flores de L'Olivier y Wild Poppy. Estancias en seis casas de los Hamptons, nada menos. Otra en Fire Island («en la parte para todo el mundo», explicó Sally), otras dos en Vail y en Aspen, Colorado, y otra en Carmel (esta última recibida con menos entusiasmo). Había también una sesión de consulta con un decorador de primer nivel (padre de una alumna adolescente), una clase de cocina para un grupo de ocho en un restaurante muy popular de Tribeca (el publicista del chef era padre de un alumno de doce años) y la oportunidad de convertirse por un día en la sombra del alcalde de Nueva York (un analista político era padre de gemelos y quería conseguir una de las escasas plazas para la guardería el curso próximo). También se subastaba un «*lifting* facial con células madre» con un doctor de la Universidad de Nueva York, un tratamiento que parecía tan terrible (y al mismo tiempo tan intrigante) que Grace tomó nota mentalmente para preguntar más tarde a Jonathan por él.

—Y creo que os envié un correo sobre esto —dijo Sally—. O tal vez no. Pero Nathan Friedberg nos ha ofrecido una plaza en su campamento.

—¡Sally, esto es fantástico! —exclamó Amanda.

—¿Qué campamento? —preguntó Grace.

Amanda se volvió hacia ella.

—Su campamento. El que acaba de abrir.

—Salió en *Avenue* —añadió Sally—. ¿Lo ha puesto en marcha él?

—Costará veinticinco mil dólares el verano —precisó Sylvia.

—Esto da para... un montón de esquí acuático —comentó Grace.

—Nada de esquí acuático. Nada de fuegos de campamento ni de nudos marineros —comentó Sylvia, un poco desconcertada—. Los hijos de los simples mortales es mejor que ni se molesten en apuntarse.

—Pero... lo siento, no lo entiendo. ¿No se trata de un campamento de verano? —preguntó Grace.

—De hecho creo que es una idea genial —dijo Amanda—. Porque, sinceramente, estos son los niños que dirigirán empresas. Tienen que saber cómo funciona una compañía, tienen que aprender a ser filántropos. Nathan me habló de esto. Se preguntaba si las mellizas querrían asistir. Le dije que a mí me encantaría, pero que las niñas me matarían si las privaba de sus campamentos en Maine. Allí tienen sus pandillas.

Grace seguía sin entender.

—¿Y a dónde van entonces? ¿Qué hacen en este campamento?

—Oh, siguen viviendo en su casa. Un autobús los recoge por la mañana, y estas personas tan importantes vienen a darles charlas —explicó Sally—. Gente del mundo empresarial y artístico. Así aprenderán sobre planes de negocio, inversiones. Visitan empresas en la ciudad y en los alrededores. Sé que por lo menos un día van a Greenwich Village. Tienen los fines de semana libres para hacer lo que suelen hacer. Yo he apuntado a Ella. Bronwen prefiere quedarse todo el verano en la playa; tiene allí su caballo. Pero entonces me pregunté si nos donarían una plaza en el campamento. ¡Vale veinticinco mil dólares! Sería estupendo para el colegio.

—¡Bravo Sally! ¡Es una idea genial! —exclamó Amanda sonriendo.

—Claro que sí —reiteró Grace.

Todavía estaba atónita. Y un poco horrorizada también.

Volvieron a centrarse en la lista. Un asesor para la elección de universidad. Un asesor para la elección de parvularios. Una genealogista que venía a tu casa con su ordenador para que no te molestaras en hacer el proceso vía Internet y te hacía un árbol genealógico de precioso diseño. (Por un momento, Grace se preguntó si no debería comprar uno —al fin y al cabo tendría que comprar algo, y sería un buen regalo para Henry—, pero desechó la idea al recordar la horrible familia de Jonathan. Pensar que su hijo tenía a esas personas tan odiosas en su árbol genealógico la enfureció, luego le hizo sentir culpable y finalmente se sintió triste por él. Ya era bastante malo que sólo tuviera un abuelo. Pero pensar que esas personas estaban a unas horas de distancia en coche y que no tenían la menor intención de conocerlo resultaba todavía peor.) La lista siguió con doctores, dermatólogos y cirujanos plásticos. Y un tipo al que Amanda denominó «de los dedos del pie».

—Tiene una hija de nueve años y otra en la clase de Daphne —le dijo a Sylvia.

Esta frunció el ceño.

—¿Y lo llaman «el de los dedos del pie»?

—Es famoso por hacer que el segundo dedo sea más corto que el pulgar. Cuando me encontré con su esposa a la salida del colegio, le pregunté si haría donación de un «acortamiento».

¿Sólo uno?, pensó Grace. *¿Y el otro pie?*

—Bueno, yo estoy dispuesta a pedir cualquier cosa, ¿por qué no? Como mucho, te pueden decir que no. Casi nunca se niegan, porque se trata del colegio de sus hijos. Deberían estar contentos de poder donar sus servicios. Y qué más da si es un fontanero o un médico, ¿no?

Grace no pudo evitar protestar.

—Bien, pero... aquí estás hablando de *elecciones*. La mayoría de los médicos no se dedican a... —estuvo a punto de decir «la vanidad humana», pero se contuvo—. Quiero decir que tratan los problemas por los que normalmente vas al médico.

Amanda se apoyó en el respaldo y miró directamente a Grace. No parecía enfadada, sino sorprendida.

—No es cierto —dijo—. Quiero decir que todos queremos cuidar de nuestra salud. Lo mismo da que sea... no sé... un médico de la tripa o del corazón, los dos contribuyen a nuestro bienestar. Y siempre buscas al mejor profesional, ya sea un asesor financiero o un médico. ¿Cuántas esposas comprarían una consulta con el mejor cardiólogo para su marido?

—El marido de Grace es médico —comentó Sylvia, como quien no quiere la cosa.

Grace sabía perfectamente por qué lo hacía. Ahora las dos verían el efecto inevitable.

—Oh, es verdad. Lo había olvidado —reconoció Amanda—. ¿Y cuál es su especialidad? No lo recuerdo.

—Jonathan es oncólogo infantil.

Amanda frunció un instante el ceño y luego suspiró. Al parecer había llegado a la conclusión de que nadie querría a un oncólogo infantil, por famoso que fuera.

Sally sacudió la cabeza.

—Siempre se me olvida. Cuando lo veo, parece tan animado. ¿Cómo lo consigue?

Grace se volvió para mirarla.

—¿A qué te refieres?

—Bueno, trabaja con esos niños enfermos y con sus padres. Yo sería incapaz de hacerlo.

—Tampoco yo podría —concedió Amanda—. Apenas puedo soportar que a uno de mis hijos le duela la cabeza.

—Si es tu hijo, no es lo mismo —intervino Grace.

Ella tampoco soportaba que Henry estuviera enfermo, lo que no había ocurrido muy a menudo. Su hijo había sido un niño muy sano.

—Cuando es un paciente, tú puedes ayudarle con tu conocimiento. Es totalmente distinto. Estás ahí para ayudar, para intentar que su vida sea mejor.

—Ya —dijo Amanda en tono desagradable—. Pero se mueren igual.

—De todas formas has hecho todo lo posible —insistió Grace—. Los médicos no pueden evitar que la gente enferme y se muera, y algunos son niños. No puedes hacer nada al respecto. Pero preferiría tener un hijo con cáncer ahora que hace veinte años. Y preferiría tenerlo en Nueva York que en cualquier otro lugar.

Amanda, sorda a estas razones, se limitó a sacudir la cabeza.

—Yo no podría resistirlo. Detesto los hospitales. No me gusta cómo huelen.

Se estremeció como si acabaran de vaporizarla —allí mismo, entre la carísima mugre de la casa de Sally Morrison-Golden— con una nube de desinfectante.

Sylvia, que había sido la responsable de sacar el tema, hizo un intento de cambiar el rumbo de la conversación.

—Ojalá tuviéramos más artistas y escritores —comentó—. Podríamos poner «Comida con un cantante de ópera» o «Visita al estudio de un pintor». ¿Por qué no tenemos más artistas?

Porque no envían a sus hijos a Rearden, pensó Grace irritada. En la topografía de las escuelas privadas de Nueva York, Rearden quedaba situado en un paso de montaña entre la Cordillera de Wall Street y los Picos de los Abogados de Empresa. Los hijos de los profesionales creativos, gente del teatro y novelistas, iban a otros colegios: Saint Ann's, Fieldston, Dalton. En otro tiempo, cuando Grace era una niña, la frontera no estaba tan clara. Una de sus amigas era hija de un poeta que dio clase en Columbia, otro era el hijo sin afición por la música de dos miembros de la Filarmónica de Nueva York. Pero todos los compañeros de clase de Henry eran hijos de caballeros de las finanzas y guerreros de los fondos de inversión. No era muy agradable, pero así era.

—Creo que esto lo tenemos controlado —anunció Sally—. Tenemos cuarenta lotes, de modo que habrá algo para cada uno, ¿vale? Salvo que me haya equivocado. Todavía estamos a tiempo de incluir algo más.

—Yo había pensado —dijo Grace, y se vio asaltada por una oleada de timidez—. Bueno, si os parece bien, claro. Tengo mi libro. De momento está en galeradas, pero puedo donar uno. Un ejemplar firmado, quiero decir.

—Oh, es cierto —intervino Amanda—. No me acordaba de que habías escrito un libro. ¿Qué clase de libro es? ¿Una novela de misterio? Siempre busco lectura para la playa.

Grace frunció el ceño, sobre todo para no reírse.

—No, no. No soy ese tipo de escritora. Soy psicóloga, ya sabes. Es un libro sobre matrimonios. Es mi primer libro.

Le desagradó notar el tono de triunfo en su voz.

—Se titula *Tú ya lo sabías*.

—¿Cómo? —preguntó Amanda.

—*Tú ya lo sabías* —repitió Grace, alzando la voz.

—No, si ya te oí. Mi pregunta es: ¿qué debería haber sabido?

—Oh. Que siempre conoces mejor de lo que crees a la persona con la que inicias una relación.

En el largo silencio que siguió a esta afirmación, Grace tuvo tiempo de reconsiderar el título, la tesis del libro y casi todo lo que consideraba importante, por lo menos en el plano profesional.

—¿Por qué no ofreces una sesión de terapia? —preguntó Sally con entusiasmo—. Ya sabes, algo del tipo: «Haz terapia de pareja con una experta matrimonial».

Grace se quedó tan atónita con la propuesta que apenas tuvo fuerzas para negar con la cabeza.

—No creo que sea apropiado.

—Pero seguro que a la gente le encanta la idea.

—Lo siento, pero no.

En la tersa frente de Amanda apareció una leve arruga de desaprobación. En ese momento sonó el timbre de la entrada, un carrillón grave y perezoso que disipó la tensión. Grace le estuvo inmensamente agradecida.

—Hilda, ¿quieres abrir? —pidió Sally.

Se oyó movimiento en la cocina.

—¿Tenía que venir alguien más? —preguntó Amanda.

—Bueno, no —contestó Sally—. En realidad, no.

Sylvia rió.

—¿Qué quieres decir?

—Es que me comentó que a lo mejor venía, pero como después no dijo nada más, pensé que…

Se oyeron unas voces amortiguadas, imposibles de reconocer. Y algo más: un sonido agudo como de muelles. Hilda hizo su aparición.

—Dejará el cochecito en el pasillo, ¿vale?

Sally movió la cabeza un poco desconcertada.

—De acuerdo.

Cuando alzó de nuevo la cabeza, Sally exhibía una dentuda sonrisa de bienvenida.

—¡Hola! —saludó, y se puso de pie para recibir a la mujer que seguía a Hilda.

Era una mujer de altura mediana, de piel color caramelo y pelo oscuro y rizado que le llegaba a los hombros. Tenía los ojos muy negros y unas cejas espesas y arqueadas que le daban un aspecto insinuante. Llevaba una falda de color tostado y una blusa blanca que se abría lo bastante para mostrar dos objetos notables: un crucifijo de oro y el canalillo entre dos senos voluminosos. Parecía un poco intimidada por lo que la rodeaba, la casa grande pero desordenada, las mujeres asombradas, la reunión que había interrumpido y que —a juzgar por los folletos y los papeles desparramados sobre la mesa— estaba a punto de acabar. La recién llegada las saludó tímidamente con la cabeza y se quedó en el umbral, sin atreverse a entrar.

—Siéntate, por favor —dijo Sally.

Le señaló la silla junto a Grace.

—Os presento a la señora Alves. Es la madre de Miguel Alves. Lo siento mucho, pero tendrás que ayudarme a pronunciar tu nombre.

—Málaga.

Tenía una voz suave, casi musical.

—Málaga —repitió, esta vez más despacio y haciendo énfasis en la primera sílaba.

—Málaga —repitió Grace.

Extendió la mano para saludarla.

—Hola. Yo soy Grace.

Sylvia y Amanda la imitaron.

—Hola, hola. Lo siento. Llego tarde. El bebé es muy llorón.

—No te preocupes —dijo Sally—. Hemos adelantado mucho. Por favor, siéntate —repitió.

La recién llegada tomó asiento al lado de Grace. Se sentó un poco de lado, con las rodillas alejadas de la pesada mesa de madera y cruzó las piernas. Grace observó que eran rollizas, pero bien torneadas. Málaga se inclinó hacia delante hasta casi tocar la mesa con el pecho exhibiendo más carne a través del escote. Carnosa, pero sin dejar de resultar atractiva, pensó la psicóloga. ¿No había mencionado un bebé? Tenía el aspecto de haber dado a luz recientemente. Conservaba ese aspecto redondeado, productivo. Había puesto las manos sobre la mesa, con los dedos entrelazados. En el anular de la mano izquierda lucía una fina alianza de oro.

Sally tomó la palabra. Grace observó que hablaba despacio.

—Hemos hablado de lo que podemos subastar. Cosas por las que la gente puede pagar de modo que los beneficios sean para el colegio. Para las becas —añadió, con la mirada puesta en su cuaderno de notas—. Generalmente, les pedimos a los padres que nos aporten ideas. Les preguntamos si pueden ofrecer algo relacionado con su trabajo. Como pueden hacer un artista o un médico. Si se te ocurre algo, dínoslo, por favor.

La mujer, Málaga, asintió. Parecía consternada, como si acabaran de darle pésimas noticias.

—Bueno, sigamos adelante —propuso Sally.

Y eso hizo. La llegada de Málaga tuvo el efecto de un pistoletazo de salida. De repente todo el mundo aceleró. Decidieron en un momento el programa de cada una de ellas en los próximos días, quién iba a presidir la mesa en el vestíbulo (una tarea poco apetecible), quién recibiría a los invitados arriba, en el majestuoso vestíbulo de mármol de los Spenser, y si Sylvia tenía el *software* necesario para cobrar a todo el mundo al final de la velada. Habría una prefiesta —«un cóctel con el director»— que teóricamente no era su responsabilidad, pero que también requería coordinación, y un acto posfiesta en la sala Boom Boom del hotel Standard. Amanda era más o menos la encargada de esto último (en otras palabras, la mayoría de los asistentes eran amigos suyos). De todas formas, pudieron dejarlo todo organizado.

Málaga no decía nada ni cambiaba de expresión; seguía la conversación de ellas tres y su mirada se movía de una a otra. Y justo cuando hablaban de la espinosa cuestión de cómo salir del acto benéfico cuando llegara el momento de asistir a la posfiesta sin que pareciera que abandonaban a nadie (porque ya habían comunicado al Standard el número de asistentes y no podían permitir que nadie se colara), les interrumpió el llanto entrecortado de un bebé. Málaga, la mujer silenciosa, se levantó de un salto y salió de la habitación. Volvió al cabo de un momento con una niña pequeña y morena envuelta en un arrullo de rayas verdes, y sin hacer mucho caso de los cloqueos de las reunidas se sentó en su sitio. A continuación desnudó un brazo de la manga de su camisa de seda y dejó al descubierto el sostén blanco y todo un costado del cuerpo. Lo hizo tan rápidamente que Grace apenas tuvo tiempo de sentirse incómoda. Al mirar de reojo al otro lado de la mesa vio que Amanda parecía escandalizada y miraba con los ojos como platos, pero al momento recuperó la compostura para que nadie más fuera testigo de su reacción.

Por supuesto, el problema no era que le diera de mamar. Grace estaba segura de que todas (con excepción de Sylvia) habían hecho lo mismo movidas por una mezcla de principios, orgullo, comodidad y preocupación por la salud de sus bebés. El problema era la total y despreocupada desnudez que Málaga exhibía: el seno que bajaba hasta la ávida boca de la niña, el grueso brazo que sostenía amorosamente su cabecita, la gruesa carne del vientre. Málaga no llevaba un sujetador para amamantar como el que había tenido Grace, con una discreta abertura para el pezón, una prenda ingeniosamente diseñada para ocultar el seno a los ojos de un adolescente, por ejemplo, que sería incapaz de distinguir entre lo maternal y lo sexual.

Tras ocuparse de la niña, Málaga Alves dirigió de nuevo su atención a la mesa, esperando que se reanudara la conversación, de modo que las otras cuatro mujeres, como si se tratara de una obra de teatro con un guión predeterminado, se vieron obligadas a fingir que ella no estaba allí. La cría succionaba con fuerza y emitía ruiditos de frustración. A los pocos minutos, cuando Grace había alcanzado un cierto grado de insensibilidad a la situación, Málaga sacó el pezón húmedo, que golpeó contra la mejilla de la criatura, y en lugar de meterlo en el sujetador procedió simplemente a destapar el otro y a colocar a su hija en posición.

Para entonces el nerviosismo alrededor de la mesa era palpable. Las mujeres hablaban rápidamente y sin rodeos, haciendo lo posible por poner fin cuanto antes a la reunión. Grace observó que ninguna de ellas miraba a Málaga, excepto Hilda, que se había quedado en la entrada y la contemplaba con expresión de disgusto. En cuanto a la propia Málaga, seguía tan tranquila. Tenía la blusa de seda sobre los hombros como una capa, y el sujetador arrollado bajo los pechos desnudos. Grace pensó por un momento que si esta mujer tuviera mal carácter, su comportamiento podría considerarse de una exquisita hostilidad, pero no tardó en descartarlo. Aunque la neoyorquina Málaga Alves pudiera albergar resentimiento contra la neoyorquina Sally Morrison-Golden, lo cierto era que no había mostrado ni el más leve asomo de mala intención. Por el contrario, en todo caso se detectaba una ausencia de reacción, una suerte de repliegue energético. Sus acciones eran las de una mujer que no se consideraba visible, y mucho menos capaz de escandalizar. Grace la miró con disimulo, y en aquel momento le recordó una escena en el vestuario de su gimnasio en la Tercera Avenida. Hacía mucho tiempo, un día que salía de su clase de aeróbic Grace vio a una mujer de pie frente al espejo junto a las duchas; estaba totalmente desnuda, ni siquiera llevaba la toalla anudada en la cintura o sobre el pecho. Tendría entre treinta y cuarenta años, esa edad en la que tu aspecto depende sobre todo de lo que te hayas cuidado, más que del tiempo que hayas vivido, y no era ni gorda ni delgada. Mientras Grace se quitaba los leotardos sudados, entraba y salía de la ducha, se secaba el pelo y llevaba a cabo su ritual habitual, la mujer seguía de pie ante el espejo y en la misma posición, cepillándose el pelo. Tanto su postura como su actitud daban a entender mucho más que la suma de sus partes, un hecho que era evidente para todas las demás mujeres del vestuario, que daban un cuidadoso rodeo para no tocarla y procuraban no mirarla. La desnudez es algo habitual en un vestuario, por supuesto, y cepillarse el pelo mirándose al espejo no tiene nada de extraño. Pero de aquella mujer emanaba algo raro: estaba inmóvil, demasiado cerca del espejo, demasiado concentrada en sí misma, con las piernas un poco separadas y el brazo izquierdo apoyado en la cadera mientras la mano derecha pasaba el peine una y otra vez por su oscuro cabello húmedo. Aquella mujer tenía la misma expresión que Málaga Alves, pensó Grace. Lo confirmó con una rápida mirada y miró luego a Sally para no parecer demasiado curiosa. El trabajo avanzaba rápidamente; se decidía un punto tras otro sin discusión, en un esfuerzo por finalizar cuanto antes con la maldita reunión. Sally, tal vez recordando los tiempos en que tenía un puesto importante, se comportó como una jefa implacable, totalmente indiferente a las vidas privadas de sus subordinadas. Asignó tareas a cada una y convocó una reunión para el sábado por la tarde en casa de los Spenser. (Se detuvo un instante para preguntar: «¿A ti te va bien, Málaga? Oh, vale».) Mientras tanto, el bebé seguía mamando ruidosamente. A Grace le parecía imposible que un ser tan pequeño pudiera seguir hambriento por tanto tiempo. De repente, sin previo aviso, la niña apartó la cara del seno de su madre y miró con ávida curiosidad alrededor.

—Creo que ya lo tenemos todo —dijo Sally con firmeza—. No se me ocurre nada más. Sylvia, ¿crees que falta algo?

—No.

Sylvia cerró con un chasquido su archivador de tapas de cuero.

Amanda ya estaba levantándose y recogiendo los papeles que había sobre la mesa. No quería esperar ni un minuto más. Málaga había colocado a la niña en una posición más o menos vertical y no parecía tener prisa por taparse.

—Encantada de conocerte. Creo que tu hijo va a la clase de mi hija Piper. A la de la señorita Levin, ¿no?

Málaga asintió. Amanda seguía metiendo los papeles en su cartera Birkin de color verde pálido.

—Todavía no he tenido ocasión de conocer a los padres de este curso —dijo—. Deberíamos celebrar una reunión. Sólo los padres de la clase de la señorita Levin.

—¿Cómo está Miguel? —preguntó Sally—. Es un niño encantador.

La respuesta de Málaga fue una leve sonrisa mientras le daba unos golpecitos en la espalda a su hija.

—Sí. Le va muy bien. La profesora le está ayudando.

—Piper me contó que estuvo jugando con Miguel en la azotea —observó Amanda.

La azotea era el patio de los niños pequeños, con equipamiento de vivos colores, el suelo de corcho para que no se hicieran daño y una red para que no salieran volando.

—Qué bien —comentó Málaga.

La niña emitió un profundo y poco femenino eructo. Grace sintió un deseo terrible de salir corriendo.

—Bueno, adiós a todas —se despidió en tono alegre—. Sally,

llámame si se te ocurre algo más. Pero no me cabe duda de que está todo controlado. Es increíble que hayas logrado tanto en tan poco tiempo.

—Bueno, con la ayuda de Suki Spenser —rió Sally—. Si cuentas con un multimillonario que posee un salón de baile y una bodega, no hace falta mucho más.

—De modo que esto es lo que me falta —dijo Grace, que estaba acostumbrada a este tipo de comentarios—. Adiós, Málaga.

Málaga había empezado a meter de nuevo sus pesados senos en el sujetador. Grace levantó su portafolio de cuero y se lo colgó del hombro con gesto decidido.

—¿Vuelves al trabajo? —preguntó Sylvia.

—No. Acompaño a Henry a su clase de violín.

—Ah, claro. ¿Sigue con el método Suzuki?

—No, la verdad es que no. Después del Libro Ocho o el Libro Nueve, más o menos, ya dejan ese tema.*

—¿Y lo sigues acompañando a clase? —preguntó Sally, en un tono ligeramente condenatorio—. Dios mío, si yo llevara personalmente a mis hijos a todas sus clases, no podría hacer otra cosa. Dos de ellos van a gimnasia, y también hay clases de piano, ballet y esgrima. Aparte de Djuna, claro, que sólo va a Música en Familia y a Gymboree. Pero la cuarta vez que fui a Gymboree decidí que ya era suficiente. Ahora es Hilda la que va. Las mamás van diciendo que su niña es listísima porque sabe bajar por el tobogán, y yo tengo ganas de soltarles: «He tenido cuatro hijos, y siento deciros que la fuerza de la gravedad hace que *todos* bajen por el tobogán». Y en Música en Familia me pasaba lo mismo, de modo que le dije a Hilda que también tendría que ir ella. Tenía la sensación de que llevaba diez años agitando las mismas maracas.

—Si tuviera más hijos, estoy segura de que ya no acompañaría a Henry —respondió Grace—. Pero con uno solamente no cuesta tanto.

---

* El método Suzuki confiere una gran importancia a la participación de los padres en el aprendizaje musical de los niños. *(N. de la T.)*

—Estaba pensando en apuntar a Celia a clases de violín —dijo Amanda.

Celia era la gemela de Daphne, una niña robusta, que le sacaba una cabeza a su hermana, por lo menos, y con un retrognatismo maxilar que requería un costoso tratamiento ortodóncico.

—¿Donde da clases el profesor de Henry?

Grace hubiera querido responder que no importaba dónde viviera el profesor de Henry, ya que no estaría dispuesto a darle clases a una niña de once años que empezaba con el violín, por mucho dinero que tuvieran sus padres. El profesor de Henry, un húngaro setentón, tenía un talante depresivo y una lengua mordaz, y sólo había aceptado tener a Henry de alumno tras hacerle una severísima audición y examinar a fondo su capacidad musical. Y aunque todos estaban seguros de que Henry iría a la universidad y no al conservatorio (lo que ya les iba bien, tanto a Grace y a Jonathan como al interesado), no cabía duda que el joven tenía el suficiente talento como para mantener su plaza entre el escaso y selecto alumnado del profesor. Grace podía haberle contestado a Amanda que Vitaly Rosenbaum daba clases en Juilliard (hasta una fecha reciente, por lo menos), o incluso en Columbia (en cierto modo era así, ya que algunos de sus alumnos que no tomaron el camino del conservatorio estudiaban o se habían licenciado en Columbia y todos iban a clase en su apartamento de Morningside Heights). Había una sola cosa, sin embargo, que haría que la conversación se evaporara por completo, y fue la que Grace eligió.

—Vive en la calle Ciento catorce Oeste —dijo.

—Oh —musitó Amanda—. Bueno, no importa.

—Me encanta Henry —comentó Sally—. Siempre se comporta con tanta educación. Ah, y es tan guapo. Haría cualquier cosa por tener sus pestañas. ¿Te has fijado en las pestañas que tiene? —le preguntó a Sylvia.

—Pues… creo que no —replicó Sylvia con una sonrisa.

—Me parece tan injusto que haya chicos con las pestañas tan largas. Me gasto una fortuna en productos para hacer crecer las mías, y luego aparece Henry Sachs por el pasillo, parpadea y casi notas una ráfaga de aire.

—Bueno... —dijo Grace.

Estaba convencida de que Sally pretendía hacerle un elogio a Henry, o tal vez a ella misma, pero encontró de mal gusto estos comentarios sobre lo apuesto que era su hijo.

—Supongo que tiene las pestañas más bien largas —dijo por fin—. Hacía tiempo que no lo pensaba, pero cuando era un bebé recuerdo que me fijé en lo largas que eran.

—Mi hija tiene pestañas largas —intervino de repente Málaga Alves.

Señaló con la cabeza a la niña que dormía en su regazo, y que realmente tenía unas largas pestañas.

—Es una niña preciosa —dijo Grace, contenta por el cambio de tema. No era difícil hablar de la belleza de un bebé—. ¿Cómo se llama?

—Se llama Elena —contestó Málaga—. Como mi madre.

—Es preciosa —repitió Grace—. Oh, tengo que irme. Mi hijo el de las largas pestañas se pone nervioso si llega tarde a clase de violín. Adiós a todas —se despidió, ya dirigiéndose a la puerta—. Os veré en el colegio o... el sábado. ¡Saldrá muy bien!

Grace se encaminaba a la cocina, con el bolso colgado del hombro, cuando oyó que Sylvia la llamaba.

—Espera un momento. Salgo contigo.

Se detuvo con cierto fastidio en el vestíbulo. Por lo menos Sylvia era la que mejor le caía de aquel grupo. En cuanto la puerta de la casa se cerró tras ellas, se quedaron mirándose en los escalones de entrada.

—¡Guau! —exclamó Sylvia.

Grace, que no quería decir nada hasta que no supiera a qué se refería, guardó silencio.

—¿Vas al colegio? —le preguntó.

—Sí, tengo otra reunión con Robert. Otra de mis innumerables sesiones con Robert. Me extraña que no cotilleen sobre nosotros.

Grace sonrió. Robert era el director de Rearden. Su casamiento con el que llevaba tiempo siendo su pareja, el director artístico de una importante compañía de teatro *off*-Broadway, fue una de las primeras bodas gays que apareció en la sección de chismorreos del *Times*.

—¿Es acerca de Daisy? —preguntó.

—Sí, siempre es acerca de Daisy. ¿La pasamos de curso o la mantenemos donde está? ¿Es mejor para ella que haga trigonometría con los de quince años o que se quede haciendo higiene con los de once? ¿Puede saltarse la introducción a la biología y pasar directamente a química avanzada o es preferible que siga haciendo estudios sociales con los de su clase? Es agotador. Ya sé que no debería quejarme. Comprendo que mi deber es apoyarla académicamente, pero al mismo tiempo quisiera que fuera una niña normal, ¿sabes? No quiero que se salte la infancia, porque sólo se es niño una vez.

Iban caminando en la misma dirección. Cuando llegaron a Lexington, se dirigieron hacia la parte alta. El comentario de Sylvia le recordó a Grace un hecho doloroso que le costaba esfuerzo admitir. Henry también era hijo único, y también ella empezaba a vislumbrar el final de su infancia. Todavía era un niño (por lo menos para ella seguía siendo el pequeño Henry), pero el tiempo volaba, y Grace era consciente de ello. El hecho de que no hubiera más niños en casa haría este final más traumático todavía. Cuando Henry se despegara de ella, volvería en cierto modo a ser una mujer sin hijos.

No es que hubieran planeado tener sólo un hijo, claro. Ahora Grace comprendía que había malgastado un tiempo precioso cuando Henry era pequeño preocupándose por cuándo (*si*) volvería a ser madre (Johnathan, que había visto muchos casos de cáncer como para dejarla avanzar por el camino de los tratamientos hormonales, puso un freno tras seis tomas de Clomid que no tuvieron éxito). Grace se instaló con el tiempo en esta vida familiar que giraba alrededor de Henry, pero como todas las configuraciones familiares en Nueva York, esto tenía unas consecuencias. Si las familias con dos hijos procreaban con modestia y las familias con tres o más ostentaban un título superior, los padres de un hijo único tenían su propia arrogancia; no necesitaban seguir reproduciéndose, puesto que su hijo o su hija era tan especial que contribuiría al mundo igual o más que un número indeterminado de niños. Los padres de un hijo único tenían una manera insufrible de mostrar a su retoño como si le hicieran al mundo un gran favor. Era un fenómeno que Grace conocía perfectamente. Ella y Vita, su amiga de infancia, escribieron unos versos sobre este tipo de padres, y los cantaban siguiendo la música de *Bye Bye Birdie*:

Un niño, un niño especial.
Un niño al que querer siempre.
Un niño, no dos ni tres...
Un niño, un niño perfecto.
Un niño que me querrá siempre.
Un niño, así tendría que ser...

La propia Grace era hija única, claro. Sus padres no le habían insuflado precisamente una tremenda autoestima, y se había sentido a menudo muy abandonada. No es que se sintiera abandonada —se corrigió mentalmente—, sino sola. Estaba sola en casa, y también durante los veranos en la casa del lago. Sola con papá. Sola con mamá. El poder y las embrolladas complicaciones de las relaciones entre hermanos la fascinaban. A veces, cuando estaba en el laberíntico piso de Vita en la calle Noventa y seis Este, se quedaba en silencio en el pasillo para empaparse de los ruidos y las conversaciones (normalmente discusiones) entre los tres hermanos de su amiga. Aquello, tan opuesto a su familia, era lo que debía de ser la vida familiar. Era lo que Grace había querido ofrecerle a Henry y no había podido darle.

Vita ya no estaba. No es que *no estuviera*, por supuesto. No se había *muerto*. Pero el caso era que ya no estaba. Siempre había formado parte de su vida —confidente, amiga, compañera de piso en una casa desvencijada (realmente inclinada, a punto de caerse) en Central Square en el último año de universidad, Grace en Harvard y Vita en Tufts y, por último, su dama de honor— hasta que se casó; entonces Vita desapareció y la dejó con amistades que eran meras copias. Y ni siquiera eran muchas. Incluso después de tantos años, Grace se sentía tan sorprendida por cómo Vita se había evaporado de su vida que ni siquiera podía enfadarse y estaba demasiado enfadada para sentir tristeza.

Sylvia interrumpió sus pensamientos.

—¿Tú sabías que vendría?

—¿Quién? ¿La mujer que llegó tarde?

—Sí. ¿Te comentó algo Sally?

Grace sacudió la cabeza.

—No conozco muy bien a Sally. Sólo del colegio.

En realidad lo mismo podría decirse de Sylvia, aunque habían sido alumnas de Rearden en la misma época (Grace iba dos cursos por detrás). Ya entonces, Sylvia le caía bien. Sentía admiración por ella. No debía de ser fácil criar a una hija sola, trabajar a tiempo completo (Sylvia era abogada laboralista) y en los dos últimos años ocuparse además de sus padres cuando se pusieron enfermos hasta que fallecieron, uno después del otro. Lo que más respetaba de Sylvia era que no se había casado con un hombre que sabía que no la iba a hacer feliz simplemente para ser madre, algo que evidentemente deseaba. Cuando Grace les explicaba a sus clientas que abstenerse de casarse con el hombre equivocado no significaba que no pudieran ser madres, siempre se acordaba de Sylvia y de su inteligentísima hija china.

Una mañana, a la entrada en el colegio, otra madre comentó con admiración lo lista que era Daisy Steinmetz, y Sylvia se limitó a encogerse de hombros. Grace oyó su comentario: «Ya sé, pero no tiene nada que ver conmigo. No son mis genes. Daisy no oyó una palabra de inglés hasta que casi había cumplido un año, pero a los dos meses de traerla a casa en Nueva York ya charlaba por los codos. Antes de los tres años ya leía. Claro que me alegro por ella de que sea tan lista. Creo que le hará la vida más fácil. Yo soy una buena madre, pero su inteligencia no es mérito mío».

En el marmóreo vestíbulo de Rearden, unas palabras así eran como mínimo poco frecuentes.

—Es muy rara —dijo Sylvia.

—¿Sally?

—No.

Sylvia soltó una breve carcajada.

—Me refiero a esa mujer, Málaga. ¿Sabes que suele sentarse en uno de esos bancos del parque mientras el niño corretea por ahí? Ella no hace nada.

—¿Con el bebé? —preguntó Grace preocupada.

—Ahora con el bebé. Antes lo hacía cuando estaba embarazada. Ni siquiera lee un libro. ¿No tiene nada que hacer en todo el día?

—Supongo que no.

Para Grace, lo mismo que para Sylvia y probablemente para todos sus conocidos en la isla de Manhattan, estar sin hacer nada —o tan sólo no estar frenéticamente ocupados en todo momento— resultaba inadmisible. Para las neoyorquinas como ellas, decir que una persona no hacía nada era la forma más sublime de decir que no valía para nada.

—A lo mejor está preocupada por su hijo, Miguel —apuntó Grace.

—Miguel, sí.

—Puede que quiera estar disponible por si el niño la necesita.

—Um.

Caminaron una manzana en silencio.

—Ha sido muy extraño —dijo al fin Sylvia—. Quiero decir, que estuviera allí sentada de esa manera.

Grace guardó silencio. No porque no estuviera de acuerdo, pero no quería mostrar oficialmente su acuerdo.

—Puede ser un tema cultural —comentó.

—Oh, por favor —protestó la mujer cuya hija china estaba preparándose para el *bar mitzvah**.

—¿Quién es su marido? —preguntó Grace.

Estaban cerca del colegio y empezaban a cruzarse con madres y niñeras.

---

* El *bar mitzvah* señala el fin de la niñez de un niño según las tradiciones judías. (*N. de la T.*)

—No lo he visto nunca. Bueno, y quiero que sepas que me sorprendió tanto como a ti que Sally te propusiera subastar una sesión de terapia de parejas.

Grace rió.

—Vale, muchas gracias.

—Supongo que es cierto que necesitamos una comunidad para educar a nuestros niños, pero no entiendo por qué tenemos que aguantar a tantos idiotas. Quiero decir, ¿quién ha oído hablar de reducir los dedos de los pies?

—Es cierto. Por otra parte, hace unos años tuve una clienta a la que su marido abandonó porque decía que tenía los pies feos.

—Dios mío.

Sylvia se detuvo. Grace se detuvo a su vez.

—Menudo cretino —dijo Sylvia—. ¿Era un fetichista o qué?

Grace se encogió de hombros.

—Es posible, pero eso es lo de menos. El caso es que dejó claro qué era importante para él. Este hombre siempre le había dicho que tenía los pies feos, desde el primer día. Y cuando se separaron, los pies de su esposa encabezaban la lista de razones por las que no podía seguir con ella. Era un cretino, por supuesto, pero un cretino sincero. Y sin embargo ella se casó con él, aunque estaba clarísimo que este hombre era capaz de decirle cosas desagradables. ¿Qué quería que hiciera? ¿Que cambiara?

Sylvia suspiró y sacó el móvil del bolsillo trasero. Estaba vibrando.

—Dicen que la gente cambia.

—Bueno, pues se equivocan —dijo Grace.

3

Esta no es mi ciudad

La escuela privada Rearden no siempre había sido el coto privado de los tiburones de las finanzas de Wall Street y demás reyes del universo. Se fundó en el siglo XIX para educar *tanto* a los hijos *como* a las hijas de los trabajadores. Hubo un tiempo en que se la consideraba una escuela de judíos ateos con hijos comunistas. Los padres que llevaban a sus niños allí eran periodistas y artistas, actores que habían estado en la lista negra del senador McCarthy y cantantes de canción protesta. Los alumnos de la generación de Grace explicaban con perverso orgullo que su escuela fue tachada de «bohemia» (por el *Official Preppy Handbook**, nada menos). Desde hacía unas décadas, sin embargo, Rearden —como las demás escuelas de Manhattan, y algunas de Brooklyn— había tomado la dirección del dinero, no tanto en el sentido político, pero sí de forma general. Los padres de los actuales alumnos de Rearden ganaban dinero a partir del dinero; solían ser impetuosos, distraídos, riquísimos y casi nunca estaban en casa. En cuanto a las madres, habían sido abogadas o analistas financieras y estaban agotadas por el trabajo que implicaba llevar varias casas y supervisar la crianza de varios niños. Solían ser muy rubias y delgadísimas. Las veías ir corriendo a clase de gimnasia en SoulCycle, cargadas con el abultado bolso Barenia Birkin de puntadas blancas. Los alumnos eran sobre todo blancos (ya no necesariamente judíos), aunque había unos cuantos indios y orientales. En los folletos de Rearden se hacía es-

---

* Podría traducirse como «Cómo ser un Auténtico Pijo», un libro que tuvo mucho éxito en los años ochenta. *(N. de la T.)*

pecial hincapié en la existencia de este grupo de estudiantes, junto con el menos numeroso de alumnos negros e hispanos, y en cambio no se hablaba nada de los alumnos privilegiados; al contrario, más bien se ocultaba. Y estos eran los hijos de los antiguos alumnos de Rearden, hombres y mujeres que no eran titanes de la industria ni podían igualarles en riqueza, sino que trabajaban al igual que sus predecesores en las artes, el mundo académico o —como Grace— en profesiones relacionadas con la salud. Habían estudiado en Rearden antes de que la escuela se inundara de dinero y se diera estos aires de importancia.

La época de Grace, en la década de 1980, fue la última etapa de inocencia en Rearden antes de que los Másteres del Universo invadieran las escuelas independientes de la ciudad y tiraran a la vieja guardia por la ventana. En aquellos tiempos dorados, Grace y sus compañeros de clase sabían que no eran pobres, pero no se consideraban *ricos*. (Incluso entonces había niños ricos que llegaban al colegio en larguísimos coches conducidos por hombres con gorra, lo que daba pie a las consiguientes chanzas.) La mayoría de los alumnos vivían en los clásicos apartamentos de dos dormitorios y dos baños de Upper East y Upper West de Manhattan (en aquel entonces la mayoría de las familias donde el padre o la madre trabajaban —como médicos, contables— podían permitirse algo así), y sólo los más iconoclastas vivían en el Village o incluso en SoHo. Las vacaciones y los fines de semana solían pasarlos en casitas no demasiado confortables de Westchester o Putnam County. En el caso de Grace, en la modesta casa junto al lago de Connecticut que por alguna razón misteriosa adquirió la abuela (y tocaya) de Grace en plena época de la Depresión por la insólita cantidad de cuatro mil dólares.

Hoy, en cambio, los padres con los que Grace se encontraba en las reuniones la miraban con visible altanería cuando les decía que ella era psicóloga y su marido médico. Serían incapaces de entender cómo podían vivir en un abarrotado apartamento de tres dormitorios ni que viajaran hasta Connecticut si no era para alojarse en una mansión con su propia caballeriza, cancha de tenis y casa de invitados. Estos padres habitaban el mundo de los colosos de las finanzas y de las personas a su servicio que residían en la Quinta o en la Cuarta Avenida. Sus viviendas estaban constituidas de varios apartamentos unidos y ocupaban más de una planta, de modo que pudieran albergar al servicio (del que dependían por completo) y celebrar espléndidas fiestas. Cuando estas familias de Rearden salían un fin de semana, era para ir a una isla privada, una mansión en la montaña o un palacete en los Hamptons con caballos en los establos y embarcaciones amarradas en el embarcadero.

Grace intentaba no darle importancia. Era la experiencia escolar de su hijo, no la suya. ¿Por qué le afectaba tanto la diferencia entre los ricos y los asquerosamente ricos cuando el propio Henry era un chico afable y poco dado a la envidia? Era posible que sus compañeros vivieran en opulentas casas llevadas por una pareja (el hombre de mayordomo y la mujer de cocinera), y que tuvieran a un ejército de niñeras, tutores y entrenadores personales que los cuidaban. Tal vez tenían iPhones desde el parvulario y tarjetas de crédito antes de los diez años, pero esto no parecía afectar a Henry en lo más mínimo, de modo que Grace hacía esfuerzos para que tampoco le afectara a ella.

Hasta que un sábado sufrió un desaire que fue como si le dieran un portazo en las narices que acabó de una vez por todas con sus intentos de acercamiento a esa gente. Había llevado a Henry a una fiesta de cumpleaños en un ático de Park Avenue al que se accedía por un ascensor privado. El edificio daba a los cuatro vientos, y ya desde el vestíbulo con suelo de mosaico Grace pudo ver las magníficas vistas de las ventanas. Mientras esperaba, observó a los niños en el inmenso salón, al otro lado de la arcada de mármol, que seguían a un mago con bombín. Grace le entregó el regalo que había traído —un equipo de ciencia para niños— a una persona del servicio —(¿secretario?, ¿organizador de la fiesta?)— cuando la dueña de la casa pasó por delante de ella sin prestarle atención.

No sabía gran cosa de la anfitriona, salvo que se llamaba Linsey y era sureña. La había visto a la entrada del colegio. Era una mujer alta, esbelta, con los pechos sospechosamente altos y esféricos. Se dirigía a los amigos de su hijo con esa palabra —chicos— tan útil cuando no sabes los nombres. Tuvo que admitir que era una forma práctica de salir del paso. (Hacía tres años que Henry y el hijo de Linsey iban a la misma clase, pero Grace no estaba segura de que supiera su nombre.) El marido, un alto cargo en el banco de inversión Bear Stearns, tenía otros hijos de un matrimonio anterior. Grace reconoció que Linsey siempre se había mostrado amable, pero tras su fachada de educación no parecía haber nada más.

Otra cosa importante que había deducido de Linsey era que poseía una alucinante colección de bolsos Birkin de Hermès, un auténtico abanico de colores en piel de avestruz, cocodrilo y cuero. A ella le encantaban los bolsos Birkin. Tenía un Birkin Togo marrón de piel rugosa que le regaló Jonathan en su treinta aniversario. (El pobre Jonathan pasó por muchos aros en la tienda Hermès de Madison Avenue. En su ingenuidad, creía que bastaría con entrar y comprar el Birkin. Un encanto, la verdad.) Grace cuidaba el bolso con devoción. Lo guardaba en una estantería forrada de tela en su armario con sus distinguidas tías, los dos Hermès Kelly heredados de su madre. Grace se moría de ganas de ver los bolsos de Linsey, sobre todo in situ, dondequiera que estuvieran en aquel piso enorme (seguramente en su propio armario, ¡o en una caja fuerte!), y esperaba que le enseñara la casa.

—¡Hola!

Linsey saludó a Grace y a su hijo cuando los vio llegar. Henry corrió sin más preámbulos a reunirse con los niños en el salón. De pie frente a la anfitriona, la psicóloga se preguntó si le haría señal de entrar. A través de una arcada vio el largo comedor y la puerta abierta de la cocina, donde había mamás tomando café alrededor de la isla central. No le vendría mal un café, pensó. Por la tarde tenía que ver a una pareja en crisis, pero era sábado y tenía la mañana libre.

—¡Estoy encantada de que hayáis podido venir! —exclamó la anfitriona, tan amable como siempre.

La fiesta acabaría a las cuatro. Y si ahora Grace necesitaba un taxi, no tenía más que decírselo a uno de los porteros.

Podía decirle al portero que llamara a un taxi.

Algo aturdida, Grace se dirigió a la puerta y entró en el ascensor para iniciar el largo descenso. En el edificio donde vivía y donde pasó su infancia, los porteros eran sobre todo irlandeses, búlgaros o albanos, unos tipos simpáticos que participaban como voluntarios en la brigada de bomberos de Queens y le enseñaban fotos de sus hijos. Además te abrían la puerta y te ayudaban con la maleta, salvo que les indicaras que no era necesario. Y te paraban un taxi. Por supuesto. Grace no necesitaba que le dijeran lo que hacían los porteros.

Cuando salió a Park Avenue se sentía rara, como la niña del Mago de Oz cuando el tornado la transporta a un mundo en tecnicolor. El edificio de Linsay era famoso porque allí habían vivido algunos barones del hampa. El socio del bufete del padre de Grace también vivió allí muchos años, y de pequeña ella asistió a fiestas de Año Nuevo en su apartamento un poco más abajo del de Linsey. Había ido con un vestido elegido por su madre, zapatos de cuero comprados en Tru-Tred y un bolsito. El aspecto del vestíbulo ya no era el mismo, por supuesto; había sido redecorado varias veces desde entonces. Grace se dio cuenta de que ya no recordaba los detalles de la opulencia de la Era del Jazz que siempre había asociado con el edificio. El actual vestíbulo era de granito, mármol y brillante tecnología, con porteros de uniforme y guardias de seguridad lo bastante visibles como para que supieras que estaban allí. Y de este ambiente de riqueza protegida, inalcanzable, Grace emergió a la calle. Era primavera, y los bulbos plantados en las medianeras de Park Avenue —rosa intenso y amarillo intenso— se estaban abriendo, pugnando por el tímido sol. ¿Cuántas primaveras, cuántos bulbos había visto crecer en las medianeras de Park Avenue? ¿Cuántos años había visto el árbol de Navidad, las estatuas de Botero y la escultura de Louise Nevelson en la calle Noventa y dos, que se supone que representa a Manhattan? Incluso recordaba que los fines de semana, en lo que era entonces el edificio Pan Am (hoy Metlife) dejaban encendidas las luces de algunas oficinas para que se viera una cruz luminosa al final de la avenida. En aquel tiempo a nadie le extrañaba, y desde luego a nadie le podía escandalizar. Así de antiguas eran las memorias que tenía Grace de esta calle.

Podía decirle al portero que llamara a un taxi.

Esta no es mi ciudad, pensó. Salió a la avenida y se dirigió hacia el norte. Un día fue su ciudad, pero ya no. En realidad nunca había vivido en ningún otro sitio, salvo cuando fue a la universidad, y nunca se había planteado vivir en otro sitio. Claro que Nueva York no le daba importancia a esto. En este sentido era una ciudad curiosa: te aceptaba enseguida, desde el instante en que bajabas del autobús, o del avión, o del medio en que hubieras llegado, sin someterte a un periodo de prueba durante el que te consideraran extranjero, un recién llegado o un yanqui, hasta que tus bisnietos pudieran ser neoyorquinos. No, aquí te aceptaban desde el primer momento, siempre y cuando pareciera que sabías a dónde ibas y tuvieras prisa. En Nueva York no les importaba tu acento, ni si tus antepasados habían llegado a bordo del *Mayflower*. Bastaba con que quisieras estar aquí en lugar de ir a otro sitio (aunque la sola idea de que prefirieras otro sitio rozaba el absurdo). Grace, que nació en la calle Setenta y siete y se crió en la Ochenta y uno, que vivía en el mismo piso donde pasó su niñez, que llevaba a su hijo al colegio donde había ido ella, seguía llevando la ropa a la tintorería de su madre y comía en algunos de los restaurantes preferidos de sus padres, le compraba los zapatos a su hijo en Tru-Tred, la zapatería donde fue de niña (Henry se sentaba en la misma sillita que ella y le medían el pie con el mismo instrumento que emplearon para medir el suyo)… Era neoyorquina. Jonathan se crió en Long Island, pero se metamorfoseó en neoyorquino en el instante en que abrió la puerta de su primer apartamento en la ciudad, en un feo edificio de ladrillo blanco en la calle Sesenta y cinco Este, cerca del hospital Memorial Sloan Kettering. Pero para Linsey, que nada más llegar del brazo de su nuevo marido había ido a parar directamente a un magnífico piso en uno de los lugares legendarios de la ciudad, Manhattan era una suerte de salón de bienvenida a la Gran Manzana (esta tienda, este colegio, este salón de belleza, esta agencia de servicio doméstico). Linsey se relacionaba con otras esposas recién llegadas como ella y no entendía la ciudad como una historia que se inició mucho antes de su llegada y que seguiría (eso esperaba Grace) tiempo después de que ella se fuera, sino como el lugar en el que vivía ahora, que igual hubiera podido ser Atlanta, Orange County o uno de los suburbios elegantes de Chicago..., ¡y ella también era una neoyorquina, por todos los santos!

Sally tenía razón, por supuesto. Henry no necesitaba que lo llevara a la clase de violín, y mucho menos que fuera a recogerlo. Los niños neoyorquinos se movían solos por la ciudad a partir de los diez años, y la mayoría de los demás niños de doce años se molestarían si vieran a su madre esperándolos en el vestíbulo de mármol de Rearden School a las tres y cuarto. Henry, sin embargo, todavía la buscaba con la mirada cuando bajaba por la escalinata de piedra, y cuando veía que había ido a buscarlo, en sus ojos de largas pestañas se encendía una chispa de alivio. Aquel era para Grace el mejor momento del día.

Lo vio llegar con el estuche del violín colgando del hombro, lo que siempre le resultaba inquietante (un instrumento tan caro, y Henry lo llevaba de una forma tan descuidada). Él le dio un levísimo abrazo que era más un *Salgamos de aquí cuanto antes* que un *Me alegro de verte*. Grace lo siguió y reprimió la habitual advertencia de que se abrochara bien el abrigo.

Henry solía darle la mano a su madre cuando estaban a una manzana del colegio. Esta vez también lo hizo, y ella se esforzó por no estrechársela con fuerza. Le preguntó, en cambio:

—¿Cómo te ha ido el día? ¿Qué tal está Jonah?

Jonah Hartman había sido el mejor amigo de Henry, pero el curso pasado le anunció de repente que su amistad había terminado, y desde entonces no le dirigía apenas la palabra. Ahora Jonah estaba siempre con otros dos amigos.

Henry se encogió de hombros.

—Puedes encontrar otros amigos —sugirió Grace.

—Ya sé. Ya me lo has dicho.

Pero él quería a Jonah, claro. Habían sido amigos desde el parvulario, habían jugado juntos casi cada domingo. Todos los veranos

Jonah pasaba unas semanas con ellos en la casa del lago, en Connecticut, y acudía con Henry al campamento local. Pero el año pasado la familia de Jonah se rompió. Su padre se marchó y su madre se mudó con los niños a un apartamento en el lado oeste. En el fondo a Grace no le sorprendía el comportamiento del chico; hacía lo posible por controlar las pocas cosas sobre las que podía decidir. Intentó hablar del tema con Jennifer, la madre de Jonah, pero sin éxito.

El profesor de violín de Henry vivía en Morningside Drive, en un deslucido edificio con un vestíbulo amplio y oscuro. La mayoría de los vecinos eran viejos refugiados europeos y profesores de Columbia. El edificio contaba en teoría con un portero, pero siempre estaba ausente cuando Henry y Grace llegaban, fuera la hora que fuera. Ella pulsó el botón del interfono junto a la puerta de la calle y esperó un par de minutos a que el señor Rosenbaum saliera del cuarto donde daba las lecciones y llegara al telefonillo de la cocina para abrirles la puerta. Una vez dentro del desvencijado ascensor, Henry sacó el violín del estuche que llevaba colgado y lo cogió debidamente por el mástil. Los últimos minutos los empleaba en prepararse para el exigente señor Rosenbaum, quien solía recordarles a sus estudiantes que otros —eso es, con más talento— ocuparían rápidamente el puesto de aquel que resultara menos dotado o no practicara con suficiente fervor. Henry sabía perfectamente —Grace se lo había explicado— que si podía estudiar con Vitaly Rosenbaum era debido a su talento natural, y curiosamente esto parecía importarle más a medida que pasaban los años. No quería perder este privilegio, no quería que tomaran las decisiones por él. Grace lo comprendía.

—Buenas tardes.

El profesor los estaba esperando en la puerta del apartamento, con el pasillo débilmente iluminado a su espalda. De la cocina emergía un inconfundible olor a col, uno de los platos del limitadísimo repertorio culinario judío que Malka Rosenbaum se había traído directamente de su aldea.

—Buenas tardes —respondió Grace.

—Hola —dijo Henry.

—¿Has practicado? —le preguntó Vitaly Rosenbaum.

El chico asintió.

—Pero esta mañana tenía examen de mates y tenía que estudiar. Anoche no pude practicar.

—La vida es un continuo examen —le reprendió el profesor, como era de esperar—. No puedes dejar de practicar por las matemáticas. La música es buena para las matemáticas.

Henry asintió. En los últimos años había oído que la música era buena para la historia, la literatura, la salud física y mental, y por supuesto para las matemáticas. Pero tenía que estudiar.

Grace no los acompañó al cuarto donde daban clase. Se sentó como de costumbre en la silla del pasillo, de asiento bajo y recargado respaldo de madera, residuo de una época en la que no importaba la comodidad del mobiliario, y sacó el móvil para comprobar si tenía correo. Había dos mensajes: uno de Jonathan diciendo que había ingresado a dos pacientes en el hospital y que llegaría tarde, y otro de una paciente de Grace diciendo que cancelaba la cita para el día siguiente, sin explicación y sin petición de nueva cita. Se preguntó si debía preocuparse por ella. Su marido confesó en la sesión anterior que lo que él denominaba «experimentos de juventud» con otros hombres no finalizaron al dejar la universidad, sino que se habían prolongado hasta la fecha. En opinión de Grace, eran algo más que experimentos. Sin embargo, llevaban ocho años casados y tenían unas gemelas de cinco. Grace buscó el número de teléfono de la mujer y le dejó un mensaje; quería hablar con ella.

Desde el otro extremo del pasillo le llegaba el sonido de la música: *Sonata número 1 en sol menor para violín* de Bach, el movimiento Siciliana. Escuchó hasta que la voz del señor Rosenbaum interrumpió tanto la melodía de su hijo como su ensoñación. Entonces volvió a su agenda y tachó la sesión que le habían cancelado. Llevaba ocho meses de sesiones con esa pareja, y desde el principio tuvo sospechas sobre la orientación sexual del marido. Prefirió no decir nada y esperar a que el tema surgiera solo, y así ocurrió. Hubo semanas y semanas de conversaciones sobre lo distante que se mostraba él, su falta de empatía y de comunicación, sesiones en que la esposa parecía una flor mustia en el sofá beis. Hasta que un día mencionó que, cuando empezaban a salir, él le comentó que había tenido una relación con un compañero de universidad. «Bueno, no sé por qué lo sacas ahora —dijo el marido—. Te dije que siempre había sentido curiosidad.»

Ping. Fue como el sonido de una campanilla.

Fue solamente con una persona. Sólo una relación importante. Los otros...

Ping.

Oh, por favor, pensó Grace, mientras dibujaba una caracola alrededor de la cita cancelada. En aquel momento, sentada en la incómoda silla del pasillo de Vitaly Rosenbaum, en el apartamento con olor a col de Morningside Heights, le invadió el mismo sentimiento de frustración que había experimentado horas antes en la oficina. Un sentimiento de frustración muy familiar.

Al marido le diría: *He aquí las cosas que puedes y las que no puedes hacer si eres gay. Puedes: ser gay. No puedes: fingir que no lo eres. No puedes: casarte con una mujer y tener hijos con ella, salvo que ella sea perfectamente consciente de lo que eres y lo acepte.*

A ella le diría: *Si un hombre te dice que es gay, no te cases con él. Y no hay duda de que te lo dijo. A su manera, con medias verdades, de forma irresponsable. Pero no digas que no te lo dijo. ¡Tú ya lo sabías!*

Cerró los ojos. Hacía ya ocho años que venía a este apartamento. Y cada vez que giraba la esquina de la calle Ciento catorce se acordaba de la tutora que tuvo en la universidad y que vivía en Morningside Drive, un par de manzanas más al norte. La doctora Emily Rose —o Mama Rose, como la llamaban todos, como ella *insistía* en que la llamaran, aunque Grace nunca entendió por qué— era una psicóloga de otra época: un tiempo de fuertes abrazos cuando llegabas y abrazos más fuertes cuando te ibas, de cogerte de la mano (literalmente) y otros gestos asociados a ese movimiento sobre el potencial del ser humano en el que había basado su trabajo académico de «psicología transpersonal». Mama Rose se reunía con sus alumnos en el mismo cuarto donde visitaba a sus pacientes, una sala luminosa que daba a Morningside Park, con las paredes llenas de esas plantas ornamentales que llaman cintas y pinturas abstractas sin enmarcar. El suelo estaba cubierto de inmensos cojines tipo kilim donde se suponía que todos se sentarían con las piernas cruzadas, y tanto las clases, como las reuniones de tutoría, y sin duda las sesiones terapéuticas, empezaban con ese deprimente abrazo (por lo menos lo era para Grace, que lo encontraba terriblemente invasivo). Durante mucho tiempo pensó en cambiar de tutora, pero al final se quedó, y por la razón más innoble: le dijeron que Mama Rose nunca había calificado a un alumno por debajo del sobresaliente.

Se oyeron unos apagados pasos al otro lado del departamento. Malka Rosenbaum se dejaba ver pocas veces, y casi nunca decía nada. Su marido llegó a Estados Unidos antes que ella, al acabar la guerra, pero ella se quedó años atrapada en la burocracia de la cortina de acero. Así perdieron la oportunidad de tener hijos, suponía Grace. Pero por alguna razón sentía menos simpatía por ellos que por los muchos clientes que había tratado, y que habían tenido que luchar o seguían luchando con la infertilidad. Vitaly era un buen músico con pasión por el violín, tal vez incluso por sus alumnos, pero era una persona sin alegría, y Malka ni siquiera era una persona. No tenían la culpa. Les habían robado, les habían herido profundamente, habían visto cosas terribles. Algunas personas encontraban razones para recuperar la alegría y el amor por la vida después de un trauma así, pero otras no. Estaba claro que los Rosenbaum no lo habían logrado. Cuando Grace se los imaginaba cuidando de un bebé, un niño pequeño, sentía la tristeza de una luz que se apaga.

La siguiente estudiante de Vitaly, una delgada chica coreana que llevaba una sudadera de Barnard y el pelo recogido en una coleta con una gomita rosa, llegó minutos antes de que acabara la clase de Henry y pasó por delante de Grace sin mirarla. Apoyada en la pared del estrecho pasillo, se puso a hojear sus partituras. Cuando Henry salió de la clase acompañado de Vitaly, los tres tuvieron que ejecutar un forzado baile para no chocar entre sí. Henry y Grace esperaron a estar en el descansillo para ponerse los abrigos.

—¿Ha ido bien? —preguntó ella.

—Bien.

Cogieron un taxi en Broadway, se dirigieron hacia el sur y atravesaron el parque para llegar a la parte este.

—Lo que he oído sonaba muy bien —dijo Grace, sobre todo porque quería que su hijo le hablara.

Henry hizo un gesto de indiferencia. Sus delgados hombros despuntaron por debajo del suéter.

—No es lo que opinaba el señor Rosenbaum.

—¿No?

Otro encogimiento de hombros. Una paciente le comentó a Grace en una ocasión que el encogimiento de hombros era el barómetro más certero de la adolescencia. Más de un encogimiento de hombros por hora señalaba el despertar de la adolescencia. Más de dos indicaba que estaban en la plenitud de la misma. Cuando el joven volvía a emplear palabras, si es que lo hacía, significaba que la etapa adolescente llegaba a su fin.

—Creo que piensa que le estoy haciendo perder el tiempo. No es que me diga que lo hago mal, pero está ahí aposentado con los ojos cerrados...

—Sentado —matizó Grace con suavidad.

—Sentado. Antes me hacía comentarios. ¿Crees que quiere que abandone?

Ella sintió un espasmo de preocupación. Fue como si le hubieran inyectado un líquido de contraste en las venas y le hubiera alcanzado el corazón. Esperó a tranquilizarse antes de contestar. Vitaly Rosenbaum tenía muchos años y una salud frágil. Era posible que quisiera desprenderse de los alumnos que no estuvieran a la altura de dar un concierto o de asistir al conservatorio, pero de momento no le había dicho nada a Grace.

—No, claro que no —respondió en el tono más animoso que pudo—. Cariño, no tocas para el señor Rosenbaum. Tienes que respetarlo y hacer lo que te dice, pero tu relación con la música es personal.

Pensó en los años que llevaba Henry tocando, en lo bien que lo hacía, en lo orgullosos que estaban ella y Jonathan. Y en el dinero que les había costado, Dios mío, muchísimo dinero. Ahora no podía dejar las clases. ¿Acaso no le gustaba la música, no le gustaba el violín? De repente comprendió que no lo sabía, y que no quería saberlo.

Henry volvió a encogerse de hombros, como era de esperar.

—Papá me dijo que podía dejarlo si quería.

Grace se quedó tan sorprendida que no supo qué decir. Delante de los ojos tenía la pantalla de televisión del taxi, sin sonido, donde aparecían los últimos anuncios de Zagat: L'Horloge, Casa Home, The Grange.

—¿Ah, sí? —murmuró.

—El verano pasado no me llevé el violín a la casa del lago, ¿te acuerdas?

Grace se acordaba. Le molestó mucho, porque significaba que su hijo no practicaría durante las tres semanas que estuvieran en Connecticut.

—Papá me preguntó si me seguía gustando el violín y le dije que no estaba seguro. Me dijo que la vida era demasiado corta para pasar tanto tiempo haciendo algo que no me gustaba. Insistió en que tenía que pensar en mí mismo, y que había muchísima gente que vivía su vida sin aprender a tocar el violín.

Grace estaba aturdida. *¿Tenía que pensar en sí mismo?* ¿Qué quería decir con eso? Jonathan no podía decirlo en serio, con el trabajo que hacía. Él, precisamente, que se entregaba a los enfermos y a sus familias; él que respondía a sus llamadas a cualquier hora del día o de la noche y salía corriendo al hospital, que pasaba noches agotadoras buscando desesperadamente hasta el último momento una solución para el niño que se moría, como si fuera el abogado de un condenado a muerte en el día de la ejecución. Jonathan era todo lo contrario de un hedonista. Renunciaba a la mayoría de los lujos y placeres. Su marido, lo mismo que ella, estaba entregado a ayudar a personas que sufrían muchísimo, y como compensación tenía el cariño de su vida personal y familiar y los modestos placeres de un hogar confortable. *¿Tenía que pensar en sí mismo?* Era imposible que le hubiera dicho eso. Grace se sintió como si la hubieran sacado a empellones del taxi. No sabía qué tema abordar primero: si su necesidad de corregir a su hijo cuanto antes (lo habría entendido mal), su propia sensación de culpa, su repentino enfado contra Jonathan, o lo extraño que le parecía su comentario. ¿Cómo se le ocurrió decirle esto a Henry?

—¿Quieres dejar el violín? —le preguntó, intentando que la pregunta sonara natural.

De nuevo el chico se encogió de hombros. Esta vez fue un gesto más lento, como si se hubiera cansado del tema. El taxi giró hacia el sur y enfiló por la Quinta Avenida.

—Te diré lo que haremos. Volveremos a hablarlo dentro de unos meses. Es una decisión muy drástica, y tienes que estar seguro. Tal vez deberíamos pensar en otras posibilidades, como un cambio de profesor. O puede que quieras probar otro instrumento.

Pero incluso esta posibilidad le resultaba dolorosa. Vitaly Rosenbaum era un hombre depresivo, antipático, pero era un excelente y reputado profesor de violín. Cada año, en agosto, llevaba a cabo una selección entre los numerosos niños y niñas cuyos padres habían oído hablar de él y lo querían de profesor para sus retoños. Rosenbaum aceptaba a unos pocos. Henry fue uno de los seleccionados. Entonces era un niño de cuatro años con las manos grandes para su edad, al que le faltaba un incisivo frontal, y dotado de un oído absoluto, una herencia genética que desde luego no venía de sus padres. En cuanto a cambiar de instrumento, lo cierto era que a Grace no le gustaba ningún otro. Tenían un piano vertical en el apartamento, recuerdo de las lecciones que le obligaron a tomar cuando era pequeña, pero el piano no le gustaba. En dos ocasiones quiso quitárselo de encima, pero no lo logró. (Curiosamente, nadie quería un piano desafinado y de marca desconocida de 1965, más o menos, y pagar para que se lo llevaran resultaba escandalosamente caro.) Los instrumentos de viento, los metales y los otros instrumentos de cuerda tampoco le gustaban. A Grace le gustaba el violín, le gustaban los violinistas porque desprendían un aire de serenidad y de concentración. Parecían inteligentes. Cuando ella iba al colegio, había una niña que se marchaba casi siempre temprano y se saltaba la gimnasia y las actividades sociales de después de clase. Pero no parecía importarle, y exudaba un aire de confianza y serenidad que a Grace le parecía admirable. Un día, cuando tenía unos diez años, su madre la llevó a una pequeña y lustrosa sala al lado de Carnegie Hall. Fueron con otras madres y otros compañeros de clase, y estuvieron una hora escuchando a esta niña interpretar una música de asombrosa complejidad, acompañada por un pianista gordo y calvo. Los niños se removían en sus asientos, pero las madres, en especial la suya, escuchaban con arrobo. Después del concierto, la madre de Grace fue a hablar con la de la niña, una mujer de aspecto regio, con un vestido Chanel. Ella se quedó en la silla, sin atreverse a felicitar a su compañera de clase. La niña dejó el colegio a los trece años para seguir los estudios en casa y dedicar más horas al violín. Grace le perdió la pista, pero cuando llegó el momento quiso que su hijo aprendiera a tocar el violín.

—Como quieras —dijo Henry.

O por lo menos eso le pareció oír a ella.

4

Fatalmente compasiva

Grace hizo un supremo esfuerzo en pro de la captación de fondos para Rearden y se ofreció para el peor puesto: le tocó quedarse en el amplio vestíbulo de los Spenser, en una mesa delante del ascensor privado, donde controlaba a los invitados y les entregaba un folleto de la subasta. Le sorprendió comprobar que conocía a muy pocos por el nombre. Algunas madres le resultaban familiares porque coincidía con ellas a la hora de recoger a los niños; entraban taconeando sobre el suelo de mármol y miraban a Grace con ojos entrecerrados, como si no recordaran su nombre o incluso dudaran si era una de ellas o una persona contratada para la ocasión. Normalmente optaban por la prudencia y la saludaban con un «Eh, hola. ¿Qué tal estás?» que no comprometía a nada. En cuanto a los hombres, Grace no conocía a ninguno. De pequeña había ido al colegio con un par de ellos, de hecho, aunque los rostros que recordaba quedaban velados por los años transcurridos y la prosperidad. A la mayoría no los había visto en su vida. Salvo para la ocasional charla con el profesor o una intervención disciplinaria, no habían atravesado el umbral del colegio desde que pidieron la admisión de sus retoños (para eso sí habían encontrado tiempo, claro). Seguro que asistían a alguna función de los sábados obligados por sus esposas.

—Tenemos una subasta fantástica —le comentó Grace a una mujer.

La recién llegada tenía los labios tan hinchados que la psicóloga no pudo evitar preguntarse si el hombre de aspecto amable y distraído que la acompañaba le habría dado un puñetazo.

—La vista es impresionante —le dijo a una mamá de la clase de Henry que apenas podía contener las ganas de subir—. No te pierdas los Pollock del comedor.

A las siete y media ya había subido todo el mundo. Sola en el inmenso vestíbulo de mármol, Grace repiqueteaba con la uña sobre la mesita de recepción y se preguntaba cuánto tiempo debía quedarse.

Participar en el comité de recaudación de fondos era la única tarea voluntaria que hacía para Rearden. Estaba contenta de hacerlo, pero había sido un trabajo de locura. Hubo una época, no tan lejana, en que este tipo de actividades se distinguía por su falta de *glamour*; los decorados eran cursis y el menú resultaba tan anticuado que tenía su encanto: *fondue* de queso y aperitivos salados, todo regado con un fuerte brebaje preparado el día anterior. Eran fiestas alegres, poco serias; las subastas resultaban divertidas porque la gente se emborrachaba y pujaba por una sesión con un entrenador personal o un papel de figurante en un capítulo de la serie *One Live to Live*. Todos lo pasaban bien, y se recaudaban veinte mil o treinta mil dólares para las becas del colegio. El objetivo, suponía Grace, era que no todos los alumnos fueran hijos de gente rica y que la presencia de niños como Miguel Alves, por ejemplo, hiciera del colegio un lugar más interesante y diverso. Era un buen motivo, se recordó a sí misma. Un motivo encomiable. Esta nueva manera de recaudar fondos que ella encontraba tan desagradable —sin duda por puro esnobismo— no era más que una versión aumentada de aquel acto digno de encomio para recaudar dinero (mucho, *mucho más* dinero) para una buena causa. Esto debería hacerla feliz, pero no era así.

Grace seguía en su puesto de la mesita del vestíbulo. Movía de un lado a otro las etiquetas con los nombres que quedaban, como si fuera una experta trilera, y se tocaba el lóbulo izquierdo, que le dolía un poco más que el derecho. Llevaba unos pendientes de diamantes con cierre de clip que habían pertenecido a su madre (que tampoco tenía los lóbulos perforados). Decidió que eran los pendientes apropiados para un inmenso dúplex que daba a un prado que formaba parte de Central Park, y adecuó su vestimenta en base a ellos: blusa de seda de color negro (el color que más se ponía, lo mismo que tantas mujeres de Manhattan), los zapatos de tacón más alto que tenía (la hacían parecer tan alta como Jonathan) y los pantalones de tela *shantung* de color rosa intenso. Grace fue la primera sorprendida cuando se los compró el otoño pasado en Bergdorf's. Era el atuendo más indicado para sentirse abrumada delante de un Jackson Pollock o explicarle a un empresario, que por supuesto no le prestaría atención, que era psicóloga y tenía una consulta.

Los pendientes formaban parte de una colección un tanto ostentosa que su padre, Frederich, le había ido regalando a su madre, Marjorie Reinhart, a lo largo de los años, pieza a pieza. Grace las guardaba en un tocador con espejo que su madre tenía en el dormitorio que ahora ocupaban ella y Jonathan. Había muchas piezas. Entre ellas, un broche formado por una piedra rosada sobre una superficie rugosa que sujetaban unas manitas de oro, un grueso collar de jade que su padre encontró a saber dónde, un brazalete de diamantes amarillos y negros, imitando la piel de un leopardo, un collar de zafiros y otro de gruesos eslabones de oro de extrañas proporciones. Lo que todas estas joyas tenían en común era su total —imposible evitar la palabra— vulgaridad. Todo era más grande de lo necesario: los eslabones de oro, las piedras, los ostentosos diseños. Era casi enternecedor que su padre hubiera elegido tan mal los regalos para su esposa. Era un hombre tan torpe en este sentido que en cuanto entraba en una joyería para comprarle un regalo a su mujer se debía de convertir en presa codiciada para un buen vendedor. Esas joyas eran una muestra de alguien que quería decir *Te quiero*, y de la persona que respondía *Ya lo sé*.

Tap, tap, tap, hizo Grace con la uña, limada y pintada para la ocasión. Incapaz de soportar los pendientes por más tiempo, se los quitó y los guardó en su bolso. Se frotó los lóbulos con alivio y barrió con la mirada el vestíbulo vacío, como si con esto adelantara algo. Hacía veinte minutos que no entraba nadie. Sobre la mesa quedaban cinco etiquetas sin recoger: Jonathan y otras dos parejas que Grace no conocía. Los demás estaban arriba, incluyendo a los miembros del comité, el director del colegio y el numeroso grupo que lo acompañaba (venían del evento previo «Cócteles con el director», que se celebró en el mismo apartamento donde Linsey, la señora de los Birkin, le dijo a Grace que el portero podía conseguirle un taxi). Vio incluso a Málaga Alves pasar ante ella. La señora Alves no se detuvo, pero era mejor así, ya que Grace no tenía una etiqueta con su nombre. En cuanto a la ausencia de Jonathan, no le extrañaba ni le preocupaba. Dos días atrás murió un paciente de ocho años de edad, un hecho horrible al que uno nunca se acostumbraba. Los padres eran judíos ortodoxos y el funeral se celebró inmediatamente. Su marido asistió al funeral, y esta tarde debía regresar a Brooklyn para visitar a la familia, que vivía en Williamsburg. Se quedaría allí el tiempo necesario y luego vendría al evento. Eso era todo.

Grace no sabía el nombre del paciente fallecido. Ni siquiera sabía si era un niño o una niña. Cuando Jonathan se lo explicó, ella sintió alivio por la barrera que ambos habían mantenido entre su vida familiar y lo que ocurría en el hospital. Gracias a esa barrera, el crío fallecido era *el paciente de ocho años*, lo que ya era suficientemente triste. Pero sería mucho peor si conociera su nombre.

—Lo siento —dijo, cuando su marido le comunicó que iría a visitar a la familia y llegaría tarde.

Y Jonathan respondió:

—Yo también lo siento. Detesto el cáncer.

Grace esbozó una sonrisa. Hacía años que él decía eso, y siempre en el mismo tono: era un hecho, una constatación. Se lo comentó por primera vez años atrás, en la residencia universitaria de la Facultad de Medicina en Boston. Aunque entonces sonó como un grito de guerra. *Jonathan Sachs, que está a punto de ser residente y será un día oncólogo infantil, especializado en tumores sólidos, detesta el cáncer. El cáncer que se prepare, tiene los días contados. ¡Estaba avisado, y el que avisa no es traidor!* Sin embargo, ahora lo decía sin entusiasmo. Todavía detestaba el cáncer, más que cuando era estudiante, y más con cada paciente que perdía. Lo detestaba hoy más que nunca. Pero al cáncer le importaban un pimiento sus sentimientos.

A Grace no le hacía gracia tener que recordarle eventos como La Noche de Rearden, tan alejados del dolor de los niños y el terror de los padres. Pero tenía que hacerlo. La recaudación, la escuela, la casa de los Spenser. Eran tres pisos reconvertidos en uno. Una supermansión urbana, así se la describió a Jonathan unas semanas atrás. Él se acordaba de todo, pero tenía tantas cosas en la cabeza que a veces era difícil lograr que prestara atención. Había que pedirlo con tiempo, como los libros de la Biblioteca de Nueva York. A veces tardaba un poco.

—Grace, espero que no hayas empleado mucha energía en esto —le dijo entonces—. ¿No puedes dejar que se ocupen las mujeres que no trabajan? Tienes cosas más importantes que hacer que recoger fondos para una escuela privada.

Pero tenía que tomar parte en las actividades de la escuela, respondió ella. Jonathan lo sabía perfectamente. Y no tenían bastante dinero como para permitirse no participar. Eso también lo sabía.

Además, ya lo habían hablado otras veces, claro. Cuando una pareja lleva tiempo casada, todo ha ocurrido, como corrientes que pasan una y otra vez por el mismo lugar, ya sean frías o calientes. No podían estar siempre de acuerdo.

Jonathan llegaría… cuando llegara. Y si alguien le preguntaba por qué no estaba allí, Grace estaría encantada de explicárselo, porque su marido tenía demasiadas preocupaciones como para atender a todos los que sentían una fascinación enfermiza por su trabajo.

Esto era lo que nadie parecía entender de Jonathan, que bastaba rascar un poco en su capa de amabilidad para encontrar a un hombre que sufría continuamente por el dolor ajeno. Hablaba del cáncer y de los niños que morían con una frialdad que causaba asombro a mucha gente. Cuando le preguntaban sobre estos temas, a menudo la gente empleaba un tono casi acusatorio: *¿Cómo puedes hacer ese trabajo? ¿Cómo puedes soportar ver sufrir a los niños? ¿No te quedas destrozado cuando muere uno de tus pacientes? ¿Por qué elegiste esta especialidad?*

Había veces en que Jonathan intentaba responder a estas preguntas, pero no servía de nada, porque aunque todos quisieran conocer detalles, lo cierto era que no podían resistir las cosas que él les contaba, y al rato se iban en busca de conversaciones más agradables. A lo largo de los años, Grace había visto muchas veces esta escena, con ligeras variaciones —en cenas, días de visita al campamento, con los anteriores comités de recaudación de fondos—, y siempre le producía desazón, porque le recordaba que esa mamá tan agradable de la clase de Henry, o el simpático matrimonio que alquiló un verano la casa del lago, o el presentador de radio que vivía dos pisos más arriba (era lo más cerca que estuvo su edificio del mundo de los famosos) no llegarían a ser amigos suyos. Hubo un tiempo en que pensó que su vida social se compondría de oncólogos, con las mismas vivencias intensas que Jonathan, y sus parejas, pero lo cierto es que esas relaciones tampoco llegaron a cuajar, probablemente, pensaba Grace, porque los colegas de su marido preferían dejar atrás todo cuanto les recordara al hospital cuando salían del trabajo…, tal vez esto lo hacían mejor que Jonathan. Unos años atrás hicieron cierta amistad con Stu Rosenfeld, el oncólogo que todavía hoy le hacía las sustituciones a Jonathan, y su esposa. Fue agradable. A los Rosenfeld les encantaba el teatro; siempre sabían qué entradas había que comprar con antelación, y al final podían sentarse en la cuarta fila junto a Elaine Stricht el primer sábado después de la elogiosa crítica en el *New York Times*. Grace sentía más admiración que simpatía por Tracy Rosenfeld, una americana de origen coreano, abogada de profesión y aficionada a correr, pero era agradable salir con otra pareja y disfrutar de lo bueno que ofrecía la ciudad. Ella y Tracy lograban apartar a sus maridos de los temas que trataban habitualmente entre ellos (personajes del hospital, problemas del hospital, niños enfermos); en general fingían ser mejores amigas de lo que eran y hablaban de temas culturales: Sondheim, Wasserstein y las feroces críticas de John Simon en la revista *New York*. Era todo bastante inocuo, y hubiera podido seguir así hasta la actualidad. Pero un día, cinco años atrás, Jonathan anunció que Stu le había dicho una cosa muy extraña después de cancelar su plan para cenar el domingo (nada fuera de lo corriente, simplemente un restaurante que les gustaba en el lado oeste) por segunda vez. Stu dijo que lo sentía, pero que tal vez era mejor que no se siguieran viendo fuera del hospital. Tracy estaba a punto de convertirse en socia del bufete y... bueno.

—¿Bueno? —preguntó Grace.

Se había puesto colorada.

—¿A qué se refería?

—¿Tracy y tú... habéis discutido? —preguntó Jonathan.

Entonces Grace se sintió invadida por la culpa. Esa culpa que sientes cuando estás segura de no haber hecho nada malo, o casi segura por lo menos. Porque nunca estás totalmente segura, ¿no? La gente oculta sus fragilidades. A veces ignoras lo que puede dolerles.

De modo que dejaron de ver a los Rosenfeld, salvo en eventos relacionados con el hospital, que eran poquísimos. Alguna vez que se encontraron por casualidad en el teatro, charlaron amigablemente y hablaron de cenar juntos un día, sin que ninguno de ellos hiciera nada al respecto, como pasaba con tantas parejas demasiado ocupadas, fuera cual fuera su intención.

Jonathan no volvió a mencionar el tema. Estaba acostumbrado a la pérdida, por supuesto, y no solamente en el sentido que solemos darle a la pérdida —la muerte— provocada por una enfermedad terrible y dolorosa, despiadada. Había habido otras pérdidas que no podían obviarse, por más que en teoría fueran personas que estaban vivas y no demasiado lejos, digamos en Long Island. En opinión de Grace —tanto personal como profesional—, esto se debía en gran parte a la familia donde creció su marido: unos padres que nunca le dieron su apoyo y casi lo maltrataban física y emocionalmente, y un hermano que eligió cortar todo vínculo con él. Jonathan no necesitaba a casi nadie en su vida; nunca había necesitado a nadie desde que Grace lo conocía, solamente a ella y a su hijo.

A medida que pasaron los años, la propia Grace empezó a sentirse así, a dejar que la gente se apartara de su lado. Fue más duro al principio —lo *más* duro fue cuando Vita se esfumó—, pero poco a poco se acostumbró; primero las amistades de la universidad, luego los de Kirkland House (que de todas formas ahora vivían desperdigados y sólo se veían en las bodas), y otras dos personas de ninguna parte en particular con las que lo había pasado bien. Pero ni ella ni Jonathan eran personas solitarias, por supuesto. Ambos tomaban parte en la vida de la ciudad y veían a diario a mucha gente que les contaba sus problemas. Grace no se consideraba una mujer especialmente cariñosa o sensible, pero eso tampoco era grave. Claro que le importaban sus pacientes, le importaba lo que pensaban y sentían fuera de su consulta. También ella había tenido a lo largo de los años llamadas telefónicas en mitad de la noche, y siempre había contestado y había hecho lo necesario, ya fuera hacer compañía a personas desconsoladas en la sala de urgencias, o hablar por teléfono con paramédicos, operadores de emergencias y médicos de los hospitales y centros de rehabilitación de cualquier punto del país. Pero esto no era lo habitual en su caso, y salvo que tuviera un paciente con un ataque de depresión o de angustia, o que alguno no se presentara a la consulta sin dar explicaciones, en general no tenía que preocuparse.

En el caso de Jonathan era muy distinto. Él era demasiado blando, un hombre humano y generoso que sabía consolar a un niño moribundo y a los desolados padres con las palabras adecuadas, con un gesto. Sabía infundir esperanzas, y también negarlas con toda ternura si ya no había nada que esperar. Había momentos en que llegaba a casa tan sumido en el dolor por lo que había dejado en la sala del hospital o incluso en la morgue que era incapaz de hablar con Grace y con Henry. Entonces se metía en el estudio al fondo del apartamento, la habitación que habría sido para su segundo hijo, y no volvía a aparecer hasta que se sentía mejor.

En una ocasión, el mismo otoño en que se conocieron, Grace llegó al hospital donde Jonathan era médico residente y lo vio abrazando a una anciana que estaba temblando. El hijo de la anciana, un hombre de mediana edad con síndrome de Down, había muerto a causa de un defecto congénito de corazón. Su muerte era algo con lo que contaban desde el mismo día en que nació, y sin embargo la mujer daba alaridos de dolor. Grace llegó unos minutos antes de que Jonathan acabara su turno de treinta y seis horas y se quedó en el pasillo contemplando la escena; se sintió un poco incómoda, avergonzada de presenciar este momento de pura interacción humana.

Entonces ella estaba en el último año de universidad. Era una estudiante de conducta humana, una futura especialista en tratar el dolor, aunque en su caso era el dolor psicológico. Y, sin embargo, el sufrimiento que vio ese día en el hospital al otro extremo del largo pasillo la dejó casi sin aliento. Era un sentimiento tan poderoso... Nadie se lo había explicado, ni en el seminario que hizo sobre la Dora de Freud ni en el fascinante curso de psicología anormal que hizo en su primer año. Le hablaron de teorías sobre ruedas, eslabones y ratones que recorrían laberintos, sobre drogas y diversas formas de terapia: aversión, instinto primario, arte y música, palabrería aburrida y sin sentido. Pero esto... Grace estaba a varios metros y aun así apenas podía soportarlo.

Lo cierto era que Jonathan siempre se topaba con el sufrimiento; mejor dicho: el sufrimiento lo encontraba a él, como si estuviera escondido hasta que pasaba alguien al que podía pegarse. Era especialista en atraer a desconocidos que se sentían tristes o que querían confesarle su culpa. Los taxistas le contaban sus penas, y no podía pasar junto al conserje sin que le explicara la última historia de la parálisis del sobrino o los síntomas de demencia del padre. Cuando iban a su restaurante italiano habitual en la Tercera Avenida, Jonathan tenía que preguntar al propietario si la cistitis fibrosa de su hija respondía bien al tratamiento, una conversación que siempre acababa con malas noticias. Pero cuando estaban los tres solos podía mostrarse animado, y este era el motivo por el que Grace protegía con tanta eficiencia la intimidad familiar. Pero Jonathan era demasiado bueno y siempre había gente que se aprovechaba de él.

Aunque sufría, tal vez Jonathan no tuviera miedo al sufrimiento como los demás y se sumergiera de lleno en el dolor, dispuesto a ganar la partida, como si fuera posible que no llegara a asestarle ni un golpe. Era un rasgo que Grace apreciaba y admiraba en su marido, pero que también la dejaba agotada. Y en ocasiones le preocupaba. No le cabía duda de que el cáncer acabaría por vencerle. La lucha de las personas, la infinita variedad de tristezas que acarreaban, eso no cesaría nunca, ni un ápice. Esto era lo que hacía que Jonathan fuera tan vulnerable. Grace había intentado decírselo en más de una ocasión, hacerle entender que ser tan bueno en un mundo donde la bondad no era la norma podía acabar perjudicándole. Pero él no quería aceptarlo. Ni siquiera parecía capaz de ser tan malpensado como ella.

5

Llegar al meollo de las cosas

Nada más salir del ascensor que llevaba a la residencia de los Spenser, ahora abarrotada de gente, Grace comprendió que la ausencia de los anfitriones era la comidilla de la velada. A Sally, sobre todo, se la veía todavía abrumada por la inesperada noticia de que los Spenser no sólo no habían estado para recibir a los invitados, sino que tampoco vendrían más tarde. Al parecer Jonas estaba en China —esto era más aceptable—, pero nadie sabía decirles dónde se encontraba Suki. Podía estar en otra parte de Nueva York o en su mansión de los Hamptons. Incluso podía encontrarse en algún rincón de ese piso inmenso. Los miembros del comité no tenían ni idea. Pero no importaba: el caso era que no estaba donde todos pensaron que estaría, es decir, con los demás padres. Sally ardía de furia, y casi resultaba cómico ver cómo se esforzaba en fingir delante de los criados que estaba feliz y agradecida.

Mientras Grace estaba en su mesita del vestíbulo, uno de los invitados le preguntó a bocajarro si los Spenser estaban en la fiesta.

—Tengo entendido que él se encuentra en Asia —respondió con vaguedad, porque suponía que era lo que Sally quería.

Pero no era lo que Sally quería. Sally parecía haber decidido que había que poner a todo el mundo al corriente sobre cuál era la situación. De pie en el recibidor, con una copa de champán que Sylvia le trajo y que aceptó agradecida, Grace vio a Sally en plena acción: revoloteaba de un grupo a otro, observaba, polinizaba la fiesta como un colibrí insatisfecho, dejando a su paso un claro rastro de olor a pánico. Grace y Sylvia se limitaron a mirarla mientras bebían su champán. Ya habían intentado calmarla. Le recordaron que el piso era espectacular, con habitaciones inmensas y obras de arte dignas de figurar en el MoMa, y que no tenía nada de qué disculparse. Aunque algunos invitados se sentían frustrados porque el dueño del piso, un coloso de los medios de comunicación, no estaba presente, por lo menos disfrutarían del lugar. Era comprensible que un coloso tuviera cosas más importantes que hacer que asistir a un evento de recaudación de fondos (en realidad, la mayoría de los invitados hubieran podido asistir a algo más importante), y un marido ni siquiera se daría cuenta de la ausencia de su esposa (ni le importaría en lo más mínimo). Las mujeres eran otro tema. Ellas sí que afilarían los colmillos cuando se dieran cuenta de que ninguno de los Spenser estaba presente en la fiesta. Pero más tarde, después de la subasta, cuando ya se hubieran extendido los cheques. ¿No era de eso de lo que se trataba?

El piso de los Spenser estaba acordonado por su personal de servicio. La secretaria era la persona al mando, y tenía a sus órdenes a diez guardias uniformados en puestos clave que protegían el paso a las áreas privadas de la casa. (Esto sin contar con las criadas y los camareros, además de dos mujeres caribeñas que Grace vio salir de la cocina portando bandejas y atravesando puertas que llevaban a partes desconocidas de la vivienda.) Más que una fiesta en casa de unos padres del colegio parecía un evento que tuviera lugar en un espacio público, un sitio precioso, pero de pago, como podría ser una mansión de Newport o el Templo de Dendur. A Grace ya se le había pasado el disgusto, pero entendía perfectamente lo que Sally había deseado, lo que esperaba: anécdotas divertidas y personales de los dueños de la casa sobre las obras de arte, y sobre el trabajo que les costó encontrar esa tela de damasco para las cortinas del salón, tal vez incluso que les permitieran echar un vistazo al famoso armario de Suki (que aparecía habitualmente entre las «Mejor Vestidas»). Grace sabía que Sally (y también ella, debía admitirlo) hubiera querido ver la inmensa y bien provista despensa que la dueña de la casa, nativa de Hokkaido, había provisto de una gran variedad de productos japoneses —según *Vanity Fair*, los hijos de los Spenser seguían una dieta estrictamente macrobiótica— o tal vez lo que era el último grito del diseño de interiores en Nueva York, la inmensa lavandería que apareció fotografiada en *Architectural Digest*, donde tres mujeres uniformadas planchaban las sábanas de un incalculable número de hilos. Pero esto no pudo ser. El acceso a las habitaciones más interesantes estaba bloqueado, y al parecer a Sally le estaba costando hacerse a la idea. Una hora antes de que empezara formalmente la fiesta Una Noche por Rearden, Sally recorrió arriba y abajo el espacio accesible del piso (seguida de cerca por dos guardias uniformados). Seguida de Grace y de Sylvia, alineaba la mesa de subastas, comprobaba el bar provisional (en el vestíbulo, debajo de la escalinata). Para mitigar su decepción tal vez se permitía imaginar que era la señora de la casa. Por lo menos se había vestido como tal, con un Roberto Cavalli con estampado de tigre que daba un poco de miedo y que dejaba ver buena parte de sus abundantes (pero al menos naturales) senos, y zapatos de tacón vertiginoso. Estaba literalmente cubierta de diamantes. A Grace le recordó a una niña pequeña que se hubiera disfrazado con todas sus joyas de plástico: collar, pendientes, pulsera y anillo.

—Mira a Málaga —dijo Sylvia.

Grace siguió su mirada. Málaga Alves estaba de pie frente a uno de los ventanales, con una copa de vino en la mano y la otra mano escondida en la espalda, como si no supiera qué hacer con ella. Estaba sola y parecía sentirse incómoda, pero no fue por mucho tiempo. Grace y Sylvia asistieron fascinadas a la escena que se desarrolló ante sus ojos. Primero se le acercó un hombre enchaquetado y luego otro: Nathan Friedberg, nada menos, uno de los del campamento de veinticinco mil dólares. Málaga alzó la cabeza y les sonrió, y Grace vio el cambio —no, la *transformación*— que se produjo, aunque al principio no supo interpretarlo. Al verse rodeada de los dos hombres altos —uno guapo y el otro no—, pareció abrirse como una flor (así podría haberlo descrito Fitzgerald) y se convirtió en una mujer espléndida, regia. Llevaba un sencillo vestido de color rosado que moldeaba sin apretar su cuerpo de reciente posparto y dejaba ver sus bien formadas rodillas, y su único adorno era la cruz de oro colgada del cuello. Cuando Málaga inclinó su bonito cuello primero hacia uno y luego hacia el otro y les sonrió, Grace fue de nuevo consciente de la suavidad de su piel, del escote abundante y natural (lo bastante pronunciado como para mostrar la curva de sus pechos) y de sus brazos redondeados, descaradamente poco tonificados. Toda ella resultaba tan... —la psicóloga se esforzó en dar con la palabra adecuada— *femenina*.

Un tercer hombre se acercó a ella, un tipo corpulento que Grace reconoció como el padre de una niña que iba a la clase de Henry; le sonaba que tenía un cargo en Morgan Stanley. Un tipo muy, muy rico. Los tres hombres hablaban con Málaga Alves, o entre ellos, y ella alzaba los ojos para mirarlos. Lo cierto era que no parecía tomar parte ni partido en lo que fuera que hablaran las cabezas que se movían y se agitaban por encima de su cabeza. Grace y Sylvia vieron fascinadas cómo un cuarto hombre se acercó al grupo con la excusa de saludar a los otros tres y puso toda su atención en Málaga Alves.

Para Grace, que no era neófita en el estudio de las relaciones sociales, era una asombrosa exhibición de pura atracción sexual. Málaga Alves no era especialmente guapa si mirabas sus rasgos por separado (¡y estaba gordita: mejillas llenas, brazos gruesos, algo de papada!), pero la suma de todo componía un resultado muy distinto. A Grace le hizo gracia ver el comportamiento de los hombres, pero también se sintió consternada y encontró un poco desagradable su hipocresía. Porque era más que probable que estos cuatro hombres tuvieran empleadas parecidas a Málaga Alves, con rasgos corrientes, una piel cremosa y un cuerpo lleno, de pechos voluminosos y nalgas redondas debajo de esos uniformes normalmente tan discretos. Seguro que se relacionaban con mujeres así varias veces al día, ya fuera en el trabajo o en su propia casa. Seguro que en este preciso momento había una mujer así cuidando de sus hijos o haciéndoles la colada. Pero ¿se comportarían con ellas como con esta mujer a la que no conocían? Desde luego que no, si querían seguir casados, pensó Grace.

La suntuosa sala estaba repleta de mujeres que se cuidaban con esmero, algunas reconocidas (famosas, incluso) por su belleza. Eran mujeres que hacían aeróbic, iban a la peluquería para teñirse y peinarse, se hacían la pedicura y se afeitaban las ingles, vestían los modelos de las revistas... y sin embargo era indudable que el olor de la atracción provenía de Málaga Alves. Era una atracción poderosa, una fuerza capaz de hacer tambalear a auténticos colosos, pero que pasaba inadvertida para esas mujeres tan elegantes, pensó Grace, al pasear la mirada por la gente que abarrotaba la sala, desde las paredes doradas hasta las relucientes ventanas; al parecer era un canto de sirena que solamente el cromosoma Y podía detectar.

Al ver que Sally estaba entre dirigiendo y empujando a la gente hacia la sala principal para empezar la subasta, Grace entregó su copa a uno de los camareros y acudió en su ayuda. Sylvia fue en busca de su amigo, el que de estudiante había tenido dificultades con la trigonometría y ahora era el especialista de mobiliario americano en Sotheby's, un hombre calvo y muy delgado que se había puesto una pajarita azul y verde (los colores de Rearden), y lo condujo al podio en un rincón de la sala.

—¡Hola a todos! —gorjeó Sally.

Tapó el micrófono con su larga uña y esperó a que la gente dejara de hablar y de taparse los oídos.

—¿Está el micrófono conectado? —preguntó.

La gente le dio a entender con muchos aspavientos que así era.

—Hola a todos —saludó Sally—. Antes que nada, quiero pedir un aplauso para nuestros anfitriones, Jonas y Suki Spenser por su fantástico ofrecimiento —añadió, sin mucha convicción—. Les estamos muy agradecidos.

Los padres aplaudieron. Grace se unió a los aplausos.

—También quiero dar las gracias —siguió Sally— a nuestro comité, que ha trabajado duramente para traeros hasta aquí a la fuerza y para que tuvierais cosas buenas para comer y bonitos objetos en los que gastaros el dinero. Amanda Emery, ¿dónde estás, Amanda?

—¡Hola!

Amanda respondió alegre desde el fondo de la habitación y agitó la mano adornada con una brillante pulsera por encima de su rubia cabeza.

—Sylvia Steinmetz, Grace Sachs.

Grace levantó la mano e intentó reprimir su irritación. Ella no era «Grace Sachs». Nunca se hacía llamar así. No era que le disgustara el nombre o que no quisiera que la relacionaran con los judíos de *Our Crowd** (aunque lo cierto era que la rama de Jonathan no tenía nada que ver con los Warburg, Loeb y Schiff; sus antecesores procedían de una aldea en el este de Polonia y llegaron vía Boston), pero ella no se hacía llamar así, sino Reinhart. Era Reinhart en el trabajo y en la cubierta del libro que estaba a punto de publicar, y constaba como Reinhart en todos los documentos relacionados con el colegio Rearden, incluyendo el programa de la subasta. Curiosamente, la única persona que la llamaba a veces Grace Sachs era su padre.

—Y yo soy Sally Morrison-Golden —dijo Sally.

Antes de seguir hizo una pausa para que el público asimilara la información.

—Estoy encantada de teneros aquí esta noche para homenajear a nuestra fantástica escuela y lograr que la experiencia de nuestros hijos sea la mejor posible. Sé que algunos os estáis preguntando —añadió con una sonrisa—: Pero, ¿no pago ya lo suficiente?

Unas risitas incómodas se extendieron por la sala.

—Y pagáis lo suficiente, claro. Pero es nuestra responsabilidad asegurarnos de que Rearden pueda aceptar a los estudiantes que quiera aceptar, y de que estos estudiantes sigan en la escuela sea cual sea su circunstancia familiar.

¿En serio?, pensó Grace. *¿Desde cuándo?*

El público aplaudió sin muchas ganas.

—Y desde luego —continuó Sally— tenemos que asegurarnos de que nuestros magníficos profesores estén bien pagados para que no se vayan a otro colegio. ¡Nos encantan nuestros profesores!

—*¡Lo suscribo!* —gritó alguien que estaba junto a los Jackson Pollok.

---

* Se refiere a un famoso libro de los años sesenta que documenta la historia de las más relevantes familias judías de Estados Unidos. *(N. de la T.)*

Esto levantó carcajadas entre la gente, no tanto por su demostración de acuerdo como por lo anticuado de la expresión. Por supuesto que todos apreciaban a los profesores de Rearden, pensó Grace, aunque no lo suficiente como para invitarlos al evento de esta noche. Claro que ¿cuántos de ellos podrían gastarse trescientos dólares en una entrada?

—De modo que espero que hayáis traído vuestros talonarios, porque aunque nos encanta estar aquí para beber un fantástico vino, comer cosas deliciosas y disfrutar de las vistas, el objetivo es el que es.

Sally sonrió a los presentes, encantada con la agudeza de su comentario.

—¡Aceptamos Visa, MasterCard, la Tarjeta Negra de American Express! ¡Bonos y acciones!

—¡Obras de arte! —añadió Amanda Emery—. ¡Bienes inmuebles!

El público rió un poco incómodo.

—Y ahora —dijo Sally— antes de arremangarnos y ponernos en serio a gastar dinero, nuestro propio Mr. Chips*, Robert Conover, nos dará la bienvenida oficial. ¿Robert?

El director de la escuela alzó la mano desde un extremo de la sala y se acercó al micrófono para pronunciar (de nuevo) las habituales palabras de agradecimiento y recordarles (de nuevo) por qué se necesitaba dinero, así como las cosas tan fantásticas que podrían hacer en pro de la excelente educación que estaban recibiendo sus hijos y lo mucho que apreciaban esto los profesores.

Grace, mientras tanto, pensaba en otras cosas. Miró alrededor. A su lado estaba Sylvia sentada frente a una mesita y con el ordenador en el regazo, preparada para anotar los resultados de las pujas. En la pantalla marcaban claramente las 8:36, lo que significaba que Jonathan hoy no se había retrasado un poco, sino muchísimo. Echó una ojeada a las personas que estaban en los extremos de la sala y

* Se refiere al protagonista de una novela que fue llevada al cine en dos ocasiones. (*N. de la T.*)

buscó luego entre las que ocupaban la parte central, de izquierda a derecha, de atrás a delante. Jonathan no estaba, No estaba en ninguna de las puertas, ni entre las personas que entraban, entre las que Grace reconoció a algunos matrimonios de las clases de preescolar que probablemente habían tenido primero una celebración privada. Puede que estuvieran demasiado bebidos para haber visto los percheros en el vestíbulo. Llegaron envueltos en piel y cachemira, riéndose como locos, seguramente por algo que no tenía nada que ver con Una Noche por Rearden, hasta que uno de ellos se dio cuenta del escándalo que hacían e hizo callar a los otros tres. Jonathan no estaba con ellos, no formaba parte de aquel grupo. Tampoco subía detrás de ellos en el ascensor privado, que abrió sus puertas para depositar a nueve personas y volvió a bajar.

Bueno. La visita a los padres del fallecido se había alargado. Tal vez le habían insistido para que comiera algo, o la madre del niño no quería que se fuera, porque si el médico de su hijo se iba, también se iba su hijo. O tal vez se había reunido un *minyán*, el número de adultos necesarios para el *kaddish*, la oración que se reza en la religión judía por los muertos. A esto no habría podido negarse, y tendría que fingir que tomaba parte en la oración, porque Grace no creía que la conociera de memoria, incluso después de todos estos años de asistir a funerales. No entendía que Jonathan pudiera soportar hacer otra visita de condolencias, otra familia destrozada, otro *kaddish*. Debía resultar durísimo atender a estos niños y a sus aterrados padres, pensó. Desde luego no tenía nada que ver con el aura de desdén y de prepotencia de los presentes en la sala, que asentían sonrojados por la bebida a las palabras tranquilizadoras del director. Robert Conover les aseguraba que sus hijos sanos y bien alimentados habían quedado bien situados en los resultados del último estudio sobre las escuelas privadas de Nueva York, o que estaban en la senda del grupo que obtendría un porcentaje más elevado de aceptaciones en las universidades de la Ivy League en detrimento de escuelas como Trinity y Riverdale. Todos sonreían y reían a la vez, como si estuvieran a punto de subir al podio de los ganadores. ¿Y por qué no? Todo estaba bien en su mundo, en lo más alto de la ciudad. Estos hombres que extraían dinero del dinero, y las mujeres que se dedicaban a gastarlo, incluso la bonita tarea en la que estaban inmersos en este momento: hacer un «donativo» a —¡menuda coincidencia!— esa misma escuela a la que acudían sus hijos, ¿qué tenían que ver con lo que hacía su marido? Grace se lo imaginó en un pequeño apartamento de Crow Heights, con un viejo retal cuadrado prendido en la solapa, estrechando manos y bajando la cabeza durante la oración, sintiéndose —eso lo sabía ella muy bien— como si hubiera fracasado.

A saber cuándo llegaría. A saber *si* podría venir siquiera. Por un instante se sintió invadida por el resentimiento. Pero pronto se rehízo, y en su lugar la inundó una oleada de culpabilidad.

Había momentos en que se encontraba detestable.

El subastador acababa de empezar y ya se había salido del guión.

—Miren esto.

Sostenía en la mano un vaso de agua medio lleno, un vaso normal. Grace, que estaba bastante segura de a dónde conducía esto, no se atrevió a mirar a Sally.

—He aquí mi donativo al colegio Rearden, el motivo que nos ha traído hasta aquí. Lo que ofrezco para subastar es un vaso de agua del grifo. Agua del grifo normal y corriente, de Nueva York. Cualquiera de ustedes habría podido ir a la cocina y servirse un vaso así.

No, no podrían, pensó Grace.

—Déjenme que les pregunte, ¿cuánto vale este vaso de agua? ¿Qué valor tiene para ustedes?

El subastador miró al público. No cabía duda de que había hecho esto mismo otras veces, o algo muy parecido. Y todavía disfrutaba haciéndolo, eso también estaba claro.

—¿Es un vaso medio vacío o medio lleno? —preguntó un hombre al fondo de la sala.

El subastador sonrió y alzó el vaso.

—¿Cuánto me ofrecen?

—Mil —pujó un hombre en el centro. Era Nathan Friedberg.

—Ah —dijo el subastador—. Ahora este vaso de agua vale mil dólares. ¿Debo entender, caballero, que está usted dispuesto a do nar mil dólares a la Asociación de Padres de Alumnos de Rearden por este vaso de agua?

Nathan Friedberg rió. Su esposa, observó Grace, estaba junto a él. Con una mano enjoyada sostenía un vaso de vino y con la otra agarraba a su esposo del codo.

—No —respondió sonriente Nathan Friedberg—. Estoy dispuesto a donar dos mil dólares.

Hubo suspiros y movimientos generales entre el público, como para disipar la tensión.

El subastador asintió con la cabeza.

—Ahora este vaso de agua vale dos mil dólares. Este es el momento en que debemos recordar por qué estamos aquí. ¿Necesitamos de verdad unas entradas para un espectáculo de Broadway? Probablemente no. ¿Somos capaces de alquilar por nuestra cuenta un apartamento en París? Por supuesto que sí. Pero no es por eso por lo que hemos venido. Estamos aquí porque *vale la pena* dar dinero al colegio donde estudian nuestros hijos. Estos objetos que estamos a punto de subastar *valen* nuestro dinero. Aunque debo decir —añadió con una sonrisa— que he estado en muchas subastas, y esta es una de las mejores que he visto.

Simon Golden levantó la mano.

—Tres mil —dijo.

—¡Gracias!

El subastador levantó el vaso de la ahora valiosísima agua.

—¿Les he dicho ya que espero hacer toda la recaudación con este vaso de agua?

Todo el mundo se rió. Otro marido entró en la competición, y otro más. Cada nueva puja eran mil dólares más. Cuando llegaron a los once mil dólares, el subastador alzó el vaso, como si incluso él pensara que ya no podía subir más.

—¿Alguien da más? Último aviso.

No hubo más pujas.

—¡Vendido! Un vaso de agua corriente de Nueva York, *aqua Giuliani*, a este caballero de la elegante corbata azul, por once mil dólares. Caballero, aquí tiene su vaso de agua.

En medio de un estruendoso aplauso, Nathan Friedberg se abrió paso hasta la mesa del subastador y bebió el vaso que este le tendía. Su premio.

—¡Está deliciosa! —anunció—. Merecía la pena pagar este precio.

Y con este disparo de salida cargado de testosterona dio comienzo la verdadera subasta. Viajes, joyas, una mesa en la cocina de Blue Hill, entradas para la ceremonia de los premios Tony, una semana en Canyon Ranch… Las subastas llegaban una tras otra sobre un cojín rosa de helio, y cada vez que el subastador adjudicaba algo con un seco golpe del martillo, el público exhalaba un suspiro de satisfacción. Grace observó que Sally estaba exultante. Solamente llevaban la mitad de los lotes y ya habían recaudado más de lo que pensaban recaudar en toda la noche.

Era absurdo, pero tampoco era nada extraordinario entre estos colegios. Incluso Grace era consciente de ello. En Dalton, por ejemplo, subastaron una visita al despacho oval de la Casa Blanca para el hijo del mejor postor. En Spence, alguien ganó un asiento junto a Anna Wintour, la jefa de edición de *Vogue*, durante un desfile de Fashion Week (aunque probablemente no se incluía una conversación con el gran árbitro de la moda). Se rumoreaba que en Collegiate subastaron entrevistas cara a cara con los responsables de la admisión de alumnos en Yale y Amherts. En otras palabras, se subastaba el acceso, y no un acceso sin consecuencias, como podrían ser las bambalinas del Madison Square Garden, aunque al parecer esta entrada también se había subastado en otras escuelas de la ciudad. Acceso a información, acceso al meollo de las cosas.

Mientras se subastaba animadamente una semana en Montauk, Grace salió de la sala y se dirigió al baño, que estaba fuera, pero lo encontró ocupado.

—¿Hay otro baño? —le susurró al inevitable guardia que estaba junto a la puerta.

El hombre señaló con la cabeza la puerta por la que habían desaparecido una hora antes dos mujeres caribeñas.

—¿Puedo entrar allí? —preguntó Grace.

Al otro lado de la puerta había un pasillo no muy ancho, tapizado con una especie de sisal que crujía al pisarlo. Estaba discretamente iluminado por pequeñas arañas de techo dispuestas cada tres metros, pero las obras maestras que colgaban de las paredes tenían su propia iluminación, unos pequeños focos que las hacían resplandecer. Grace no pudo resistirse y se detuvo frente a un desnudo de Rembrandt. Le impresionaba pensar que no estaba en un museo, sino en una casa particular, y en la parte menos visible de la casa, además. Nada más atravesar la puerta, fue como si el resto del piso y la fiesta hubieran desaparecido por completo.

Había habitaciones en un lado del pasillo. A Grace le recordaron a las que en una gran mansión se destinan a las personas de servicio, y comprendió que probablemente lo eran. Recordó a las dos caribeñas que había visto entrar por esa puerta con sus platos de comida. Probablemente habían acabado su turno de trabajo, ya fuera que trabajaran aquí o en otra parte, porque tal vez trabajaban en otras casas de los Spenser. Todas las puertas estaban cerradas. Siguió pasillo adelante, admirando cada cuadro, como si atravesara el río saltando de un nenúfar a otro. Distinguió el cuarto de baño al final del pasillo por la luz que pasaba a través de los resquicios de la puerta, que dejaban entrever el blanco deslumbrante de las baldosas. También esta puerta estaba cerrada. Del interior llegaba el zumbido de un ventilador en marcha y el sonido de un grifo abierto. Y algo más que hizo que Grace arrugara el ceño. Un sonido con el que ella, como psicóloga, estaba muy familiarizada: un llanto de pura desesperación que intenta acallarse tapándose la cara con las manos. A lo largo de los años, había oído llorar a muchas personas, pero este llanto desgarrador le llegó al corazón. Se quedó un instante frente a la puerta, sin apenas atreverse a respirar. No quería que la pobre mujer supiera que una desconocida la oía llorar.

No era difícil imaginar quién lloraba y por qué. Grace, como cualquier neoyorquina con un mínimo de inteligencia, era consciente de que la mayoría de las mujeres que cuidaban de los niños neoyorquinos tenían hijos propios. Pero sus hijos estaban normalmente muy lejos, en otras islas, en otros países. ¿Cuánta amargura, cuánto dolor podía encerrar un acuerdo social semejante? Era un tema del que nunca se hablaba en el grupo de madres, ni en el vestíbulo del colegio; nunca atravesaba la barrera insalvable que se levantaba entre las madres de los niños y las mujeres que los cuidaban. No era un secreto, por supuesto, pero lo parecía, porque era brutal e insondable, una monstruosa ironía. No era extraño que llorara, pensó Grace, que seguía paralizada en la alfombra de sisal, a pocos metros de la puerta cerrada. Para cuidar y dar cariño incluso a los hijos de Jonas y Suki Spenser, esta mujer a lo mejor había dejado a sus hijos muy lejos, en otra casa que no tenía nada que ver con este ático espectacular, que estaba muy por encima de esta ciudad tremendamente cara. Tal vez había aprovechado este momento de soledad, ahora que la casa estaba abarrotada de desconocidos y la familia se encontraba ausente, para dar rienda suelta al dolor de una madre separada de sus hijos.

Grace dio un paso atrás, confiando en que el sisal no crujiera. No hizo ruido. Dio un paso más y volvió por donde había venido.

Cuando entró en el vestíbulo, notó una vibración en el bolso que llevaba en la mano. Extrajo el móvil y vio que tenía un mensaje de Jonathan. Le informaba de que no estaba en la fiesta —eso ya lo sabía ella—, y lo curioso era que había estado en casa de los Spenser durante una parte de la subasta. «Retraso por funeral», decía el mensaje. «Pte del hosp pasado mala noche. Intento volver. Lo siento.»

En la vida de Jonathan siempre había un «pte» que pasaba una mala noche, un niño o una niña que acababan de ingresar, o sufrían una complicación, o se ponían mucho peor de repente. Siempre había una madre que lo llamaba desesperada porque su precioso niño de cinco años había recibido el mazazo de una guillotina que se había materializado sobre su cabeza, como la rueda que vio el profeta Ezequiel. Siempre había padres a punto de estallar de pura impotencia. Jonathan había sido el depositario de algún golpe, muchas lágrimas, interminables monólogos. Lo habían llamado para hacerle confesiones: *¿Ha ocurrido esto porque estuve con una prostituta? ¿Ha sido porque durante cuatro años la madre estuvo fumando*

en secreto, incluso durante el embarazo? Los días de Jonathan eran
una cinta sinfín de situaciones críticas, todas ellas susceptibles de
resultar letales y de provocar alteraciones drásticas, brutales, en la
vida de las familias. Ni siquiera Grace, que en más de una ocasión
se había encontrado con un cliente aparentemente normal que acababa estampándose contra un muro o buscando el olvido en un
sueño eterno, podía imaginar cómo sería una vida cotidiana tan im-
previsible como la de su marido.

«No te he visto», contestó ella, pulsando las teclas con los pulgares. Por desgracia lo había hecho tan a menudo que era una experta.

«Estuve haciéndote señales como un loco», respondió él.

Grace suspiró. No valía la pena continuar. Por lo menos había
conseguido venir un momento.

«Te veo en casa», le escribió. «Bsos.»

«Bsos», respondió él. Era su despedida electrónica habitual.

Cuando Jennifer Hartman salió del cuarto de baño, Grace la
saludó con una inclinación de cabeza y entró. De la lámpara del
techo colgaban enormes lágrimas de cristal que dibujaban sombras
sobre las paredes enceradas. Sobre el inodoro había un autorretrato
de Warhol, y Grace no pudo evitar pensar que era ideal para interrumpir la micción de los hombres. Se lavó las manos con el jabón
de lavanda.

La subasta estaba a punto de terminar. Sólo quedaba el Campamento de Entrenamiento para Millonarios (así era como Grace había bautizado secretamente el proyecto de negocio de Nathan
Friedberg), que tras una puja entre cuatro que quedaron en tres y
luego en dos, se llevó el mejor postor por treinta mil dólares, una
auténtica ganga, según anunció Friedberg, porque como obra de
beneficencia lo podías desgravar de impuestos.

Robert Conover se le acercó de repente, le puso la mano en el
hombro y le dio un beso en la mejilla. Le aseguró a Grace que había
hecho un buen trabajo.

—Ha sido sobre todo obra de Sally —dijo ella—. Bueno, y de
los Spenser. Tenemos que reconocer que nos han sido de ayuda.

—Desde luego, pero *in absentia*.

—Sobre eso no podemos opinar.

Grace se encogió de hombros.

—Personalmente nunca le encuentro peros a un regalo. Además, debes reconocer que tiene su encanto poder estar aquí sin ellos. Como los ratones del cuento *El sastre de Gloucester*.

—O más bien aquello de «cuando el gato no está, los ratones bailan» —intervino el director del colegio—. Apuesto a que varios de los presentes están pensando cómo husmear en la parte privada de los Spenser, en el piso de arriba.

—¡Y las mujeres quieren ver los cuartos de baño! —comentó Grace.

Robert se rió.

—Dios mío, hasta yo quiero echarles un vistazo.

—¿Julian no ha podido venir? —preguntó Grace.

Hacía poco tiempo que había visto su producción teatral, una versión densa y experimental de *El juicio* de Kafka, y estaba deseando comentarla con Julian.

—Es una lástima, pero está en un congreso en el Taper de Los Ángeles. ¿Y dónde está tu marido? Lo vi durante la subasta.

—Oh, lo llamaron del hospital y tuvo que volver.

No le sorprendió que en el rostro de Robert apareciera una mueca de desagrado. Ocurría muchas veces cuando relacionaba a su marido con la palabra *hospital*.

—Dios mío, no entiendo cómo lo aguanta —dijo Robert, como era de esperar.

Grace exhaló un suspiro.

—Hacen todo lo que pueden por los niños. Hay avances, poco a poco.

—Entonces, ¿hay avances?

—Oh, claro —confirmó Grace—. No tan rápidos como sería deseable. Pero los hay.

—No entiendo cómo puede entrar cada día en ese hospital. Cuando la madre de Julian estaba allí ingresada…, tenía cáncer de colon…

—Lo siento —replicó Grace.

—Sí. Estuvo ingresada un mes, hará cuatro años, y otras cuatro semanas al final. Cuando todo se acabó y entramos por última vez en el hospital, pensé: *Espero no volver a entrar en este hospital en mi vida.* Allá donde miraras, todo era dolor, dolor, dolor.

Sí, sí, pensó Grace. Intentaba mantener su compasión a un nivel profesional. Jonathan, de haber estado presente, le habría contestado a Robert Conover que en el hospital se trabajaba mucho y que era emocionalmente duro, pero que se sentía privilegiado de poder ayudar a la gente en esos momentos de especial intensidad, cuando lo que más deseaban seguramente era protegerse y pedirle a todo el mundo que se marchara, por favor, porque lo peor que podían imaginar, la peor cosa que podía pasar les estaba pasando en ese momento. Jonathan le diría que a veces no podía curar al niño que era su paciente, pero casi siempre podía facilitar las cosas, y esto incluía evitarle el dolor, lo que era importante para el niño y también para su familia. Le habían hecho más o menos la misma pregunta —«¿Cómo puede trabajar en algo así?»— cientos de veces. Bueno, cientos de veces en presencia de Grace, y él respondía sin el menor asomo de irritación, con una amplia sonrisa.

Pero Jonathan no estaba, y ella no se sentía autorizada a dar sus respuestas.

—Es muy difícil —le dijo.

—Oh, Dios mío. Yo ni siquiera sería capaz de pensar con claridad —comentó Robert.

Un hombre que se dirigía al ascensor le puso un pesado brazo sobre el hombro, y el director se despidió de él amablemente. Luego siguió hablando con Grace.

—No podría hacer nada, me limitaría a llorar como un chiquillo. Incluso se me saltan las lágrimas cuando mis alumnos no son admitidos por la universidad que habían elegido.

—Bueno, esto sí que es una tragedia —comentó secamente Grace.

—No, hablo en serio.

Al parecer, el director quería que le diera una respuesta.

—Es un trabajo muy duro, pero consigue ayudar a la gente, de modo que vale la pena.

Robert asintió con la cabeza, aunque no parecía satisfecho.

Con cierto retraso, Grace se preguntó por qué este tipo de preguntas no se consideraban de mala educación. ¿Acaso le preguntarías al tipo que vacía la fosa séptica *cómo puedes dedicarte a esto?* Sin embargo, le concedió a Robert el beneficio de la duda. El director le caía bien.

—Tengo buenas noticias sobre tu pequeño estudiante. Le va bien en el colegio, muy bien.

Grace sonrió tímidamente. No le sorprendía que Henry obtuviera buenos resultados, por supuesto. Era un niño muy listo —lo que no era una virtud, sino un accidente genético—, pero trabajaba lo bastante duro como para que nadie envidiara su suerte en este aspecto. Era uno de esos niños que no muestran sus capacidades, más bien las esconden porque las encuentran molestas. O tal vez les molesta que los demás les concedan demasiada importancia. De todas formas, le pareció curioso estar hablando de esto, como si estuvieran en una reunión colectiva de padres y profesores en la que todos llevaban sus mejores galas.

—Le encanta el profesor de mates que tiene este año —observó Grace.

Y era cierto.

En ese momento, Sally Morrison-Golden agarró a Robert de los hombros, posiblemente tanto para no perder el equilibrio como para demostrarle afecto. Grace comprendió que Sally, que le estampó un beso en la mejilla y le dejó una marca rosa, estaba más que ligeramente bebida y tambaleante sobre sus altos tacones. Cuando hicieron la estimación de lo recaudado en la fiesta —o incluso antes de hacer los números—, debió de dejarse llevar. Y ahora estaba muy suelta.

—Una noche maravillosa —le comentó Robert.

—Aaah, cla... ro —farfulló Sally—. Qué bonito que nuestros anfitriones no se presentaran, ¿no?

¿Qué más da?, pensó Grace.

—No importa —le dijo a Sally—. Lo hemos pasado bien y hemos recaudado mucho. ¿No te parece increíble este piso, Robert?

—Si viviera aquí, ahora estaría en mi casa —contestó Robert amablemente—. Y tendría colgado sobre el sofá este Francis Bacon. Estaría muy bien.

Acto seguido, el director se despidió de ellas con un beso y se marchó. Grace sintió alivio de verlo marchar.

—¿Te ha dicho algo Málaga? —preguntó Sally—. Te estaba buscando hace un rato.

—¿Me buscaba a mí? —preguntó Grace con extrañeza—. ¿Y para qué?

—Dios mío, ¿viste cómo babeaban esos hombres con ella? Eran como perros de Pavlov. Amanda y yo comentábamos: «Tenemos que averiguar qué les da». Jilly Friedberg por poco pierde los nervios. Se acercó a su marido y lo sacó de allí.

Grace lamentaba un poco haberse perdido la escena. Esbozó una sonrisa.

—Estaba muy guapa —comentó.

Sally se tambaleó ligeramente y se encaminó al comedor. Se movía como si tuviera los pies *en pointe*, como las bailarinas, lo que dada la altura de sus tacones no era de extrañar.

Grace tenía ganas de irse a casa, de modo que fue a despedirse de Sylvia.

—¿Nos podemos ir ya? —le preguntó—. ¿Te parece que es correcto?

—Creo que es más que correcto. Es necesario —dijo Sylvia—. ¿Has visto cómo nos miran estos guardias? Quieren que nos vayamos cuanto antes.

—De acuerdo.

Grace se sintió aliviada. Estaba convencida de que al personal de servicio no le gustaría que se quedaran demasiado, y le preocupaba que Sally quisiera quedarse todo el tiempo posible, o que pretendiera alargar la fiesta bajo los Jackson Pollock.

—Yo me voy. Estoy agotada.

—¿Dónde está Jonathan? —preguntó Sylvia—. Me pareció verlo hace un rato.

—Sí, estuvo aquí —respondió Grace—. Pero lo llamaron del hospital y tuvo que volver.

—¿Al Sloan-Kettering? —preguntó Sylvia, como si Jonathan hubiera trabajado en otro hospital.

Grace temió tener que enfrentarse a otra ronda de «¿Cómo puede trabajar en esto?», pero gracias a Dios Sylvia se contuvo y se guardó cualquier comentario, de modo que se marchó antes de que pudieran detenerla. Quería estar en casa cuando llegara Jonathan, quería estar disponible si él la necesitaba. Y por la experiencia que tenía, era probable que la necesitara, porque acababa de enterrar a un niño de ocho años en Brooklyn, y ahora tenía otro paciente en crisis en el hospital. Cuando volviera, a la hora que fuera, estaría agotado. Estas cosas le afectaban mucho.

PARTE II

Durante

6

No por mucho más tiempo

El final llegó, no con un estallido ni con un sollozo, sino con el parpadeo del icono del correo en su móvil. Estaba programado para que parpadeara una vez si había un mensaje, dos veces si había dos mensajes y así sucesivamente, hasta que alcanzaba una determinada masa crítica de mensajes y entonces parpadeaba sin parar, como una alita iridiscente que se agitara en la esquina del móvil. Más tarde Grace recordaría ese parpadeo, tan habitual que no le hizo caso durante los primeros pacientes de la mañana (una pareja que luchaba inútilmente por salvar su matrimonio), ni durante el segundo (un paciente que tenía desde hacía tiempo y estaba a punto de sufrir una crisis maniaca), y ni siquiera durante la pausa de la comida, que dedicó a preparar la entrevista con un productor del programa de televisión *Today*.

Habían transcurrido cuatro días desde la noche de la subasta, Una Noche por Rearden.

El productor le explicó a Grace que la entrevista no se emitiría hasta el próximo año, pero como estaban a punto de llegar las vacaciones intentaban adelantar el trabajo.

—¿Ya le han dado las preguntas que le harán?

Grace contestó que no, no se las habían dado. Pero era bastante obvio, ¿no?

—Sí, bueno, este tipo de historias pueden ir improvisándose sobre la marcha.

La entrevistadora se llamaba Cindy Elder. Grace se apuntó el nombre en una libreta, una costumbre que le quedaba después de años hablando con potenciales clientes. Irónicamente, Cindy Elder parecía muy joven, prácticamente recién licenciada.

—Si conociera a una persona interesante, ¿cuáles diría que serían las cosas importantes que tendría que averiguar sobre ella? —fue la primera pregunta.

—Más que hacer preguntas concretas sobre la infancia, o esos grandes temas en los que todos suelen centrarse cuando empiezan a salir con alguien, como el dinero o la religión —contestó Grace—, yo diría que es cuestión de escuchar lo que esa persona intenta decirnos. Los grandes temas son importantes, por supuesto, pero creo que es todavía más importante detectar lo que nos dice el comportamiento o el tono de voz de una persona cuando habla con los demás.

Grace oía de fondo el repiqueteo del teclado de Cindy Elder y los ajá que emitía de vez en cuando para demostrar que la escuchaba.

Ya había hecho suficientes entrevistas como para saber de qué lado soplaba el viento. Le gustara o no, *Tú ya lo sabías* se presentaría como un manual para encontrar la pareja ideal, y seguramente se expondría en las librerías junto al odioso *Las reglas del juego* y *Relaciones para dummies*. Sería imposible evitarlo si pretendía que su libro fuera un éxito, pensó Grace.

—Dígame algunas de las cosas que podemos detectar en el tono de voz de un hombre.

—Podemos detectar que habla con desprecio de sus ex parejas, o de sus colegas de trabajo, o de sus padres, de sus hermanos. Todos tenemos sentimientos negativos hacia alguien, pero si detectamos un patrón de hostilidad es que hay un problema. Y en los hombres, la hostilidad hacia las mujeres es una luz roja que nos alerta.

—Bien —prosiguió Cindy Elder mientras tecleaba en su portátil—. ¿Qué otra cosa es significativa?

—La falta de interés en los demás. Que hable de los demás como si solamente existieran en relación con él, y no como individuos con su propia vida. Esta actitud puede que nunca cambie, ni con el matrimonio ni con los hijos siquiera. No olvidemos que este hombre ha llegado a la edad adulta siendo así, que no cree que tenga que cambiar. Incluso puede mostrarse así ante una persona que no conoce muy bien y a la que en teoría está intentando impresionar.

—De acuerdo —dijo Cindy.

—Nuestra responsabilidad, sobre todo como mujeres, es prestar atención. A veces tendemos a ponernos las orejeras con un hombre, sobre todo si nos atrae sexualmente. Si la química de la atracción es lo bastante poderosa, puede anular otros receptores.

El tecleo se interrumpió.

—Hace que esto suene muy frío. ¿Es su intención?

—Bueno —respondió Grace—. Sí y no. Creo que es posible ser romántica sin perder de vista la realidad. No toda atracción tiene que llevarnos a una relación de por vida. El problema se presenta cuando nos sentimos tan atraídas por una posible pareja que hacemos oídos sordos a lo que nos está diciendo.

—¿Como por ejemplo…?

—Como por ejemplo… No me interesas como pareja. O no me interesa nadie como pareja. O, incluso, no me interesa *ninguna mujer* como pareja. O, sí que me interesas, pero sólo si haces lo que yo te diga, aunque esto te haga profundamente desgraciada.

—¡Vale! Creo que ya tengo suficiente —dijo Cindy.

—Muy bien.

Se dieron mutuamente las gracias. Grace colgó el teléfono y volvió a mirar su móvil. Un rato antes, mientras esperaba que la llamaran al fijo para su entrevista, echó un vistazo a los remitentes de los mensajes y decidió no hacer caso. El primero de la lista era de M-G, su abreviatura para Sally Morrison-Golden, que después de la subasta había desarrollado una actividad casi tan frenética como la de antes del evento. El segundo mensaje era del colegio de Henry, pero de ninguna persona en particular que quisiera comunicarle que su hijo estaba enfermo o que se había producido un problema académico o de conducta que requiriera una reunión con alguno de sus profesores. Era uno de los mensajes automáticos que indicaban no-conteste-a-este-mensaje que les llegaban continuamente de Rearden para informarles que mañana era el día de los disfraces o que la semana próxima los alumnos saldrían temprano porque los profesores tenían un curso de formación, o que se había confirmado un caso de piojos en la guardería. En invierno, había mañanas en que Grace recibía un mensaje de este tipo anunciándole que nevaría, y lo cierto era que habían caído unos copos esta mañana, un poco pronto para la época del año, pero tampoco tanto, y desde luego no requería respuesta. Siguió mirando la lista de mensajes. Sylvia Steinmetz. M-G. M-G. M-G.

Señoras, por favor, pensó Grace con exasperación.

Este sería el momento en que más adelante reconocería como «antes de».

Se dispuso a leer los mensajes.

Primero el de Sally: «Hola a todas. Todo el mundo me repite lo bien que estuvo el evento, y recibí algunas donaciones tardías. Tenemos que acabar algunas cosas, no es demasiado trabajo. Creo que lo podremos hacer en una hora, máximo en hora y media. Amanda ha sido tan amable de ofrecernos su casa. ¿Os va bien el jueves a las nueve de la mañana? Park Avenue 1195, apartamento 10B. Decidme algo cuanto antes».

Luego el del colegio: «Nos causa inmensa tristeza comunicar a los padres la tragedia familiar que ha sufrido uno de nuestros alumnos. Mañana unos psicólogos visitarán las aulas de los tres grupos del cuarto curso para hablar con los niños. Queremos pedir comprensión a todos los miembros de la comunidad escolar ante este trágico hecho. Muchas gracias. Robert Conover, director del colegio».

¿Qué quería decir con esto?, se preguntó Grace. El comunicado —o anuncio, mensaje o lo que fuera— se había redactado con tanto cuidado que no decía absolutamente nada. Parecía claro que había muerto alguien, pero no se trataba del alumno de cuarto curso, porque esto no se describiría como «tragedia familiar». Y en Rearden, como en todas partes, ya había habido «tragedias familiares». El pasado año habían fallecido dos padres de alumnos de secundaria, uno a causa del cáncer y el otro al estrellarse su avión privado en Colorado, y ninguna de estas muertes había dado lugar a un mensaje así, pensó Grace. Puede que fuera el suicidio de uno de los progenitores, o la muerte de un hermano. Pero en tal caso el hermano no iría a Rearden, porque el mensaje sería diferente. Le irritaba mucho, la verdad. ¿Para qué enviar un mensaje que daría lugar a todo tipo de especulaciones si lo que querían era que se tratara el asunto con delicadeza? Si no dices nada, ¿para qué te molestas en enviar un mensaje?

Estaba tan molesta que lo borró.

El mensaje de Sylvia: «El jueves me va bien. Puede que llegue un poco tarde porque tengo que llevarle al médico una muestra de orina de Daisy».

De Sally: «Asunto: tragedia familiar, cuarto curso. ¿Sabéis algo?»

Queda eliminado, pensó Grace, y borró el mensaje.

De Sally otra vez: «Grace, llámame en cuanto puedas».

De nuevo Sally: «Grace, se trata de Málaga Alves. ¿Te has enterado?»

Este mensaje no lo borró. Lo releyó una y otra vez, como si pudiera cambiar, o adquirir sentido. ¿«Se trata» de Málaga Alves? ¿Cómo que «se trata»?

El móvil que tenía en la mano sonó. Grace se sobresaltó, lo agarró más fuerte y lo levantó con pulso inseguro. Era Sylvia. Dudó sólo un momento en responder.

—Hola, Sylvia.

—Dios mío, ¿te has enterado de lo de Málaga?

Grace tomó aire. Explicar lo que sabía y lo que no le resultaba un esfuerzo demasiado grande.

—¿Qué ha pasado?

—Está muerta. No puedo creerlo. La vimos el sábado.

Grace asintió con la cabeza. Comprendió que tenía ganas de decir las frases habituales y dejar el tema. No tenía ganas de saber más, ni de preocuparse, ni de sufrir por este niño de cuarto curso o por la cría a la que habían visto tomar el pecho en una curiosa escena hacía apenas unos días.

—¿Qué es lo que sabes?

—El niño… ¿Cómo se llama?

—Miguel —le indicó Grace, sorprendida de saberlo tan bien.

—Miguel volvió a casa el lunes, porque su madre no fue a buscarlo. La encontró en el apartamento con la niña. Es terrible.

—Espera…

Grace intentaba encajar las piezas, y al mismo tiempo no quería saber.

—¿El bebé se encuentra bien?

Sylvia se tomó un momento para pensarlo.

—La verdad es que no lo sé. Supongo que sí. De otra forma habríamos sabido algo.

Ah, pensó Grace. De modo que ahora formaba parte de un grupo al que le interesaba saber.

—¿Has recibido el mensaje del colegio? —preguntó Sylvia.

—Sí, pero lo verdad es que no lo entiendo. Sabía que era algo muy malo, eso sí.

—Bueno, aparecía la palabra «tragedia» —dijo Sylvia en un tono que sonó lleno de sarcasmo.

—Sí, pero… no sé. Es como si prendieran un fuego y luego le arrojaran gasolina. ¿Por qué lo han hecho? Entiendo que es muy triste, pero ¿por qué no se han limitado a decir que ha muerto la madre de un alumno? Es lo que hicieron cuando el año pasado murió Mark Stern. Entonces no llevaron psicólogos a las aulas.

—Esto es distinto —replicó Sylvia secamente.

—¿Ha sido un paro cardiaco? ¿Un aneurisma? Tiene que haber sido repentino. La otra noche parecía encontrarse perfectamente.

—Grace…

Sylvia hizo una pausa. Más tarde, Grace decidió que su amiga estaba anticipando el placer de comunicarle la mala noticia.

—No lo entiendes. La han asesinado.

—La han…

Grace ni siquiera podía asimilar esta palabra. Pertenecía a las novelas policiacas en edición de bolsillo y al *New York Post*, que ella no leía en ningún caso. Las personas de sus círculos, aunque fueran conocidos como Málaga Alves, no morían asesinadas. Muchos años atrás, el hijo de la asistenta de su casa, una jamaicana llamada Louise, se metió en una banda y mató a alguien. Lo sentenciaron a cadena perpetua, lo que afectó seriamente la salud de su madre y le acortó la vida.

—Esto es… —Grace fue incapaz de decir qué era; era…—. Oh, Dios mío, el pobre niño. ¿La encontró él?

—La policía estuvo hoy en el colegio, en el despacho de Robert. Fue él quien decidió llamar a los psicólogos. No sé, ¿crees que es lo apropiado?

—Bueno, desde luego, espero que no les expliquen a los de cuarto curso que han asesinado a la madre de un compañero.

Grace hizo una pausa para imaginar esta terrible posibilidad.

—Desde luego espero que los padres no se lo digan a sus hijos.

—Puede que no se lo digan directamente —dijo Sylvia—. Pero se enterarán de todas formas.

Grace, por su parte, deseaba con todas sus fuerzas dejar de hablar del tema, pero no encontraba la forma de expresarlo.

—¿Cómo se lo dirás a Daisy? —preguntó, como si Sylvia fuera la experta en comportamiento humano y ella la que le pedía consejo, en lugar de ser al revés.

—Fue Daisy quien me lo contó —le espetó Sylvia—. Se lo contó Rebecca Weiss, quien lo había oído de su madre, quien a su vez lo sabía a través de nuestra amiga Sally Morrison-Golden.

—Mierda —rezongó Grace.

—Digamos que todos se han ido de la lengua.

—¿Crees que…? —Grace dejó la frase a medias, pero no hacía falta terminarla.

—Bueno, no lo creo. La verdad es que no espero mucho de Sally. Pero eso no tiene nada que ver. Sally tiene la madurez emocional de una niña de quince años, y puede que sea una bruja, pero no ha matado a nadie. Esto es una tragedia de todas formas, lo digas como lo digas. Y será terrible para todos, no solamente para los niños. Estoy pensando en la prensa, en las noticias que saldrán en plan «Asesinada la madre de un alumno de colegio privado». Aunque en realidad no fuera «madre de un alumno de colegio privado», ¿sabes?

Grace se quedó perpleja.

—Quieres decir… Espera, ¿qué quieres decir?

Oyó el bufido de exasperación de Sylvia.

—*Ya sabes*, Grace. Quiero decir que el colegio costea la escolarización del niño. Una madre que llevaba a su hijo a Rearden por el precio de treinta y ocho mil dólares. Sí, ya sé que suena mal, pero es cierto. Se lanzarán contra el colegio, y en el último párrafo dirán que el niño era de una familia modesta y estaba becado, pero seguiremos siendo el colegio de un alumno cuya madre fue asesinada.

Grace comprendió que la irritación que sentía —por el egoísmo de Sylvia, el histrionismo de Robert y la torpeza y falta de conciencia de Sally al ir expandiendo la noticia— acallaba el horror por lo ocurrido. Esto le permitía mantener cierta distancia.

—No creo que ocurra eso —le dijo a Sylvia—. Sea lo que sea lo que haya pasado, no tiene relación con Rearden. En serio, deberíamos esperar a que se supiera algo más. Tendríamos que centrarnos en ayudar a los niños. A tu hija y a mi hijo no les afectará mucho, pero a los de cuarto curso…

Para esos niños sería un golpe terrible que uno de sus compañeros hubiera perdido a su madre de una forma repentina, y además violenta, pensó Grace. El impacto se transmitiría a los alumnos de cursos superiores, aunque tal vez no a los más pequeños, a los que (así lo esperaba) no se les diría nada. Pensó en Henry, que nunca había experimentado algo así (la madre de Grace murió antes de que él naciera, y los padres de Jonathan, aunque totalmente ausentes de su existencia, por lo menos estaban vivos). No sabía lo que contestaría cuando un día su hijo volviera del cole y le preguntara: «¿Te has enterado de que han asesinado a la madre de un niño de cuarto curso?»

—Estoy segura de que las madres de Dalton se están telefoneando unas a otras diciendo: «Aquí esto no habría pasado».

—Pero es que no ha pasado en el colegio —le recordó Grace—.

No tenemos ni idea de cómo era la vida de Málaga. Nunca he oído nada de su marido. No estaba en la subasta, ¿no?

—¿Bromeas? ¿No viste cómo flirteaba con esos tipos?

—Eran ellos los que flirteaban con ella —puntualizó Grace.

—Oh, por favor.

Sylvia habló en tono de amargura, y Grace se preguntó por qué. Ninguno de los hombres que flirteaban con Málaga era su marido. ¡Sylvia ni siquiera tenía marido! Pero no quería molestar a su amiga, de modo que cambió de tema.

—Málaga estaba casada, ¿no?

—Sí. En el directorio de padres consta como Guillermo Alves y tiene la misma dirección. Sin embargo, nadie lo ha visto.

Grace se preguntó con cuántas personas había hablado Sylvia para mostrarse tan contundente.

—¿Tú lo has visto alguna vez? —preguntó.

—No —suspiró Grace.

—Ya. Le pega lo de llevar al niño al colegio cada mañana y sentarse en el parque con el bebé para luego volver a casa por la tarde.

Este comentario de Sylvia derribó la distancia que intentaba mantener Grace y depositó a sus pies la tragedia: una madre asesinada, unos niños huérfanos, pobreza (relativamente, claro) y tristeza. Era terrible, terrible. ¿Es que ni Sylvia ni Sally se daban cuenta de lo terrible que era?

—Vaya, tengo que irme. Acaba de llegar mi paciente de la una. Muchas gracias por explicármelo, Sylvia —dijo Grace sin entusiasmo—. Mejor que no digamos nada más hasta que la policía nos cuente qué ha ocurrido.

—Por supuesto —respondió su amiga, en el mismo tono. Y tal vez para tener la última palabra, añadió—: Te llamaré mañana.

Grace pulsó el botón para terminar la llamada y dejó el móvil sobre la mesa. Su cliente de la una no había llegado, pero llegaría de un momento a otro, y lo cierto era que no sabía qué hacer mientras tanto. Le habría gustado llamar a Jonathan, pero casi nunca le llamaba en horas de trabajo; ya tenía suficientes problemas e imprevistos como para que lo interrumpiera con tonterías. Y no quería que pensara que se trataba de una emergencia. Además, no estaba en el hospital, sino en Cleveland, en un congreso de oncología, y tendría el móvil apagado. Lo que significaba que podía llamarle y dejarle un mensaje sin miedo a interrumpir. Pero en realidad, ¿qué podía decirle?

Henry le había programado el móvil con iconos: un violín le representaba a él, un estetoscopio a su padre, un fuego encendido era el teléfono fijo de casa, un embarcadero el de la casa de verano en Connecticut. El padre de Grace estaba representado por una pipa (aunque hacía años que no fumaba) y Rearden por el escudo del colegio. Todo lo demás eran simples números. No cabía duda de que esas imágenes eran los pilares de la existencia de Henry, y probablemente también los suyos, pensó antes de pulsar el estetoscopio y llevarse el móvil al oído.

El buzón de voz de su marido saltó inmediatamente.

«Este es el teléfono de Jonathan Sachs. Ahora no estoy disponible, pero le llamaré en cuanto pueda. Si es un tema importante, llame al doctor Rosenfeld en el dos uno dos-nueve cero tres-uno ocho siete seis. Si se trata de una emergencia médica, marque por favor el novecientos once o vaya directamente a urgencias.»

Grace esperó al pitido para hablar.

—Hola, cariño. Estamos bien, pero ha ocurrido algo en el colegio. —Rápidamente añadió—: Henry está bien, no te preocupes, pero llámame cuando puedas. Espero que el congreso vaya bien. No me dijiste si volverías mañana o el viernes. Dímelo para que pueda confirmar a mi padre o a Eva si vendrás mañana a la cena. Te quiero.

Se quedó esperando como si Jonathan fuera a emerger por arte de magia desde el otro lado del buzón de voz, desde el cuarto de hierro fundido al que iban a parar las voces hasta que alguien pudiera oírlas…, como los árboles que caen en el bosque sin hacer ruido porque no hay nadie que los pueda oír. Se imaginó a Jonathan cómodamente sentado en un insípido auditorio de Cleveland, con una botella de agua todavía cerrada —regalo de alguna de las farmacéu-

ticas que querían venderle sus productos— encajada en el portava-
sos, tomando notas de los decepcionantes resultados obtenidos en
las últimas pruebas con el fármaco que tan prometedor parecía.
¿Cómo le iba a importar a Jonathan la muerte de una mujer adulta
—a la que ni él ni su hijo conocían ni siquiera de vista— cuando se
pasaba los días intentando ayudar a niños que tal vez sabían, o tal
vez no, que se estaban muriendo, y a sus padres, quienes siempre
eran conscientes de ello? Era como señalarle una mota de polvo a
uno de esos «limpiadores extremos» que se encargan de hacer desaparecer la mierda y los residuos de esas casas convertidas en basu-
rero. Grace pulsó el botón para terminar la llamada y dejó el móvil.

Ahora lamentaba haber llamado a su marido. Lamentaba haber
cedido al impulso infantil de esperar que él la tranquilizara y le hiciera sentir mejor. Jonathan tenía cosas demasiado importantes que
hacer para que lo distrajera en busca de —¿y por qué lo necesitaba,
además?— unas palabras de apoyo y comprensión. Como todo el
mundo —como Sylvia, sin duda—, Grace también se engañaba
pensando lo de «esto-no-me-puede-pasar-a-mí». ¿Han violado a
una mujer en Central Park? *Es horrible, desde luego, pero me pregunto qué hacía corriendo por el parque a las diez de la noche.* ¿Un niño
que se ha quedado ciego a causa del sarampión? *Lo siento, pero no
sé en qué pensaban los padres si no lo vacunaron.* ¿Unos turistas atra-
cados a punta de pistola en Ciudad del Cabo? *No sé de qué se sor-
prenden. ¡Estaban en Ciudad del Cabo!* Aunque en el caso de Málaga
Alves no podía formularse una crítica concreta. No era culpa suya
que fuera de origen hispánico y seguramente pobre. Y desde luego
nadie podría reprocharle que hubiera conseguido una beca para su
hijo en uno de los mejores colegios de la ciudad. ¡Para eso estaban
las becas! ¿Dónde se suponía que tenían que situar —la propia Grace entre ellos— la barrera que les separaba de esa pobre mujer?

Era cuestión de suerte. De pura suerte. Y de dinero, que en el
caso de Grace también había sido cuestión de suerte.

Porque ella seguía viviendo en el mismo piso donde vivía de
niña, un piso que no hubiera podido permitirse pagar ahora, y
mandaba a su hijo —que no era más listo, aunque tampoco más

tonto, que sus compañeros— al colegio de su infancia, que daba facilidades a los hijos de los ex alumnos. En ocasiones, su padre había tenido que ayudarle a pagar la escolarización de Henry, que era alucinantemente cara, y trabajar como psicóloga y como oncólogo infantil no era la mejor manera de acumular dinero en la ciudad de Wall Street. Pura suerte. No como Sylvia, que, aunque también se beneficiaba de su estatus de ex alumna, tenía que trabajar como una loca para llevar a su inteligentísima hija a Rearden y poder mantener su apartamento de un dormitorio. *Tendría que mostrarme más amable con Sylvia*, pensó Grace, como si fuera la señora de la casa. Tal vez se refería a que hubiera debido mostrarse más amable con Málaga, aunque ahora era fácil pensar así.

Oyó el zumbido del interfono y apretó el botón para abrir la puerta de la calle. A continuación escuchó las voces del matrimonio que se acomodaba en el vestíbulo. Hablaban con voz queda, tranquilamente, algo poco habitual entre sus pacientes, que por lo general venían dispuestos al ataque. Los miembros de esta pareja eran buenas personas, abiertas a la terapia, dispuestas a hacer un esfuerzo para cambiar. A Grace le caían bien, aunque sabía que ambos tenían tan profundas heridas de su infancia que en cierto modo era preferible que no tuvieran hijos. Algunas personas deberían tenerlos y no podían, y otras podían, pero no deberían. No era justo. Esta pareja tenía más suerte que otras, porque por lo menos se habían encontrado el uno al otro.

Ahí estaba, sentada ante su escritorio mirando el teléfono, como si así pudiera entender lo que acababa de ocurrir. En realidad podría concederles unos minutos extras al hombre y a la mujer que esperaban al otro lado de la puerta. Sería un gesto generoso de su parte. Podría haberse levantado a abrir y hacerles pasar un poco antes de la hora. Podría haberlo hecho, y tal vez hubiera debido hacerlo, pero por alguna razón no lo hizo. La manecilla del reloj siguió avanzando como si nada hubiera cambiado, y Grace continuó sentada como si nada hubiera cambiado, porque quería y podía hacerlo. Aunque no por mucho tiempo.

7

Un ramillete de hechos inútiles

Henry era el primer violín en la orquesta de Rearden, un hecho que tanto él como su madre intentaban ocultar a Vitaly Rosenbaum, quien en teoría no quería que otro profesor pudiera influir sobre sus alumnos. Los ensayos eran los miércoles por la tarde, después de clase, y su hijo solía volver solo a casa, o digamos que solo con su teléfono móvil. Grace se preocupaba, pero no demasiado, porque ahora la ciudad era segura, o como mínimo había seguridad en esa parte de Manhattan. Además Henry tenía un móvil: eso lo cambiaba todo.

Cuando se marchó el último paciente de su consulta, Grace hizo un par de paradas en el camino de vuelta. Primero en Duane Reade, en Lexington con la calle Setenta y siete, para comprar sobres de regalo (los usaban para entregar el aguinaldo de fin de año a los conserjes y al responsable de la vigilancia), y luego en Gristedes, para comprar chuletas de cordero y coliflor, dos cosas que su hijo no tendría problema en comer. Estaba pensando en poner agua a hervir y en encender el horno cuando dobló la esquina hacia la calle Ochenta y uno, su calle. No recordaba el nombre del nuevo conserje que estaba en la puerta debajo del toldo (que en la parte frontal tenía grabado el nombre «The Wakefield») hablando con dos hombres fornidos, uno de los cuales fumaba un cigarrillo, y se preguntó si el aguinaldo de este nuevo portero debía ser el mismo que el de uno que llevara todo el año trabajando. ¿Era justo? Y en ese instante, antes de que el portero sin nombre alzara la cabeza, la viera y la señalara, los dos individuos se giraron. El que fumaba tiró al suelo el cigarrillo (¿o era un puro? Parecía un purito de color pardo, como los que fumaría o podía haber fumado una mujer). Grace pensó: *Recoge eso, cretino.*

—Es ella —oyó que decía el portero.

Estuvo a punto de volver la cabeza para ver quién venía detrás de ella.

—¿Es usted la señora Sachs?

Uno de los policías era calvo y nervudo. Llevaba una tachuela de oro en la oreja y una chaqueta barata de cuero. El otro, el fumador, era más alto y vestía una chaqueta muy elegante. Una imitación de firma italiana, aunque de buen tejido. Jonathan tenía una chaqueta igual, pensó Grace. Pero la suya era auténtica.

Entonces comprendió.

Le había ocurrido algo a Henry. Le había pasado algo... entre Rearden y su casa. ¿Cuántas manzanas había? No importaba la distancia, sólo hacía falta un instante: un conductor distraído, un atracador, un loco. Desde principios de la década de1990, gracias al *cabrón de Giuliani,* la mayoría de los locos estaban en las calles. Y bastaba con uno. Grace estaba tan asustada que le costaba hablar.

—¿Qué ocurre? —No quería pronunciar el nombre de su hijo. Qué locura—. ¿Ha pasado algo?

Por supuesto que había ocurrido algo. Si no, a qué habían venido los policías.

—¿Se trata de mi hijo? —les preguntó.

Al oírse, Grace pensó que parecía otra, pero por lo menos se mostraba calmada.

Los policías se miraron.

—Señora Sachs, soy el detective O'Rourke.

Naturalmente, qué típico, pensó ella, sin poder evitarlo.

—No se trata de su hijo —terció el otro policía—. Perdone si la hemos asustado. A veces nos pasa, aunque no lo pretendemos.

Grace se volvió a mirarle, pero era como si su mirada fuera al ralentí y dejara un trazo pintado tras ella. Supuso que así sería un viaje de ácido, aunque nunca había tomado LSD.

—Joe Mendoza —se presentó el policía que no estaba allí a causa de Henry.

Le tendió la mano a Grace, y ella seguramente se la estrechó, aunque no era consciente de ello.

—Detective Mendoza. Lo siento. ¿Podríamos hablar un momento?

No se trataba de Henry. ¿Sería Jonathan? ¿Un accidente aéreo? Pero no era hoy cuando volvía en avión. Estaba en un congreso. ¿Había delincuencia en Cleveland? Pues claro que sí. Había delincuencia en todas partes. Entonces pensó: *¿Y si se trata de mi padre?*

—Por favor, díganme qué ocurre —instó a los policías.

El nuevo conserje la miraba fijamente. *Pensará que estoy loca*, se dijo Grace irritada. *Vale, pues sí. Vete a la mierda.*

—Supongo que ya habrá oído que han matado a la madre de un niño que va al colegio de su hijo —dijo Mendoza—. Ha recibido el mensaje del colegio, ¿no? No mencionaban a la persona fallecida.

Oh. Grace sintió que un inmenso alivio se derramaba sobre su cabeza, empapaba su cuerpo y recorría sus venas. Tuvo ganas de abrazar a los dos policías, y también de regañarlos. *¡Me habéis dado un susto de muerte! ¡Esto no se hace!*

—Sí, claro que lo he recibido. Lo siento mucho. Bueno, es que me han dado un susto, como le habría pasado a cualquiera que tenga hijos.

Los policías asintieron, pero uno con más comprensión que el otro

—Claro. Yo tengo dos hijos —manifestó el que Grace había clasificado como el clásico policía irlandés.

Pero llevaba un pendiente y una chaqueta barata. No era tan clásico, después de todo.

—No se disculpe —añadió el policía—. ¿Le importa que hablemos un momento? ¿En un sitio más privado?

Grace asintió. El policía era su salvador y estaba dispuesta a obedecerle. No podía decirle que no. Sin embargo, una vocecita dentro de su cabeza se despertó para ponerla en guardia, a pesar del alivio que sentía. *No les dejes entrar en tu casa*, le dijo la voz. Y Grace le hizo caso.

—Hay unos asientos aquí dentro —comentó.

La mayoría de los vestíbulos de los edificios neoyorquinos tienen un sofá, unas butacas o ambas cosas donde no suele sentarse nadie. Los conserjes tienen su propio lugar para sentarse. Los vendedores esperan a que les dejen pasar, y los repartidores suelen esperar aquí a que alguien venga a pagarles. Las butacas no eran un vestigio de otra época, porque Grace recordaba que nunca habían servido de nada. No recordaba ni una sola vez en que estas butacas (tapizadas unos años atrás con un estampado floral que parecía propio de hotel) se utilizaran para conversar; ni cuando era niña ni ahora que vivía aquí con su hijo. De modo que llevó a los policías a esta zona del vestíbulo y dejó en el suelo su bolso y la bolsa de plástico de Gristedes.

—Acabo de saber lo de la señora Alves —les contó en cuanto se sentaron—. Cuando leí el mensaje, no entendí nada. Me refiero al mensaje de la escuela —aclaró—. No entendía lo que había pasado. Luego me dijeron que esa mujer había sido asesinada. Es terrible.

—¿Quién se lo dijo? —preguntó O'Rourke.

Sacó una libretita de notas del bolsillo de su horrible chaqueta.

—Mi amiga Sylvia —respondió Grace.

De inmediato, sin saber por qué, deseó no haber dado el nombre de Sylvia. ¿La habría metido en un lío? Pero recordó que en realidad no había sido Sylvia.

—Bueno, en realidad otra amiga ya me había dejado un mensaje en el móvil. De modo que no fue Sylvia.

—¿Sylvia qué? ¿Cuál es su apellido? —inquirió O'Rourke.

—Steinmetz —respondió Grace en tono culpable—. Pero el mensaje era de una mujer llamada Sally Morrison-Golden. Era la organizadora del comité de la escuela del que Sylvia y yo formábamos parte. Y también la señora Alves.

Aunque en realidad la señora Alves no formaba «parte» del comité. No había hecho nada, sólo asistió a una reunión. ¿Estaba su nombre en el comité que aparecía en el folleto de la subasta? Grace no lo recordaba.

—¿A qué hora fue?

—¿Perdone?

—¿A qué hora supo usted que habían matado a la señora Alves?

Era una pregunta tremendamente concreta, pensó Grace molesta. Si iban a preguntarles a todos los miembros de la comunidad del colegio a qué hora se habían enterado… Parecía más un trabajo de sociología que una investigación policial.

—Oh, bueno —contestó pensativa—. Un momento, miraré mi móvil.

Sacó el móvil del bolso y repasó la lista de llamadas. No fue difícil localizarla.

—Eran las doce cuarenta y seis de la mañana —dijo extrañamente aliviada, como si esto demostrara algo—. Estuvimos hablando un poco más de ocho minutos. Pero ¿por qué les parece importante? Es decir, si puedo plantearles la pregunta.

El hombre llamado Mendoza exhaló un suspiro extrañamente musical.

—Ya no sé lo que es importante —manifestó con una media sonrisa—. Hubo un tiempo en que solamente preguntaba lo que me parecía importante. Por eso tardé tanto tiempo en que me nombraran detective. Ahora lo pregunto todo, y luego decido lo que me vale. Usted es psiquiatra, ¿no? ¿Sólo hace preguntas importantes?

Grace miró a un detective y luego al otro. Ninguno de los dos sonreía.

—¿Cómo saben que soy psiquiatra? En realidad no soy psiquiatra, soy psicóloga.

—No es ningún secreto. Ha escrito usted un libro, ¿no?

—No era paciente mía —argumentó Grace, con un salto de dirección totalmente falto de lógica—. Me refiero a la señora Alves. Yo no era su psicóloga. Estaba con ella en el comité del colegio. Creo que ni siquiera llegamos a tener una conversación. Sólo charlamos un poco.

—¿Sobre qué charlaron? —preguntó Mendoza.

Grace vio que su vecina del piso de arriba atravesaba el vestíbulo cargada con una bolsa de Whole Foods y su rollizo perro lhasa de la correa. La mujer miró sorprendida al grupo de tres personas que parecían conversar en las butacas. ¿Sabría que los dos hombres eran policías?, se preguntó Grace. La vecina llevaba casi diez años en el piso de arriba. Vivía sola con su perro, y con otro perro antes que este. *Willie*, se llamaba, o *Josephine*..., el perro, no la mujer. Ella era la señora Brown, Grace no conocía su nombre de pila. Así es una comunidad de vecinos en Manhattan, pensó.

—No sé... Oh, de su hija —respondió, al acordarse—. Su bebé. Recuerdo que comentamos que tenía unas pestañas larguísimas. Como le dije, nada importante.

—¿Hablaban de las pestañas de su hija? —preguntó Mendoza—. ¿No le parece raro?

—Estábamos admirando a la niña, ya sabe.

Aunque tal vez no lo sabían. Tal vez nunca habían comentado lo guapo que era un bebé.

—Le dijimos que era una niña preciosa, con unas pestañas larguísimas —insistió Grace—. Nada especial.

O'Rourke asintió con la cabeza y tomó nota en su cuaderno de este importante punto.

—Y la reunión del comité fue el pasado jueves cinco de diciembre, ¿no?

¿Había dicho ella que era el cinco de diciembre? Grace no estaba segura. Estos policías parecían tener un ramillete de datos sin importancia.

—Supongo que sí. Fue la única vez que hablé con ella.

—Aparte de la subasta del sábado por la noche —comentó Mendoza.

Grace comprendió que habían hablado con Sally, por supuesto. Probablemente la propia Sally los llamó, pensó, molesta. Seguro que les dijo: *Yo la conocía. Yo estaba al cargo del comité. Grace Sachs puede confirmarlo*. A la mierda Sally.

—La vi el sábado en la fiesta, en efecto, pero no hablé con ella —le corrigió Grace.

—¿Por qué no? —preguntó Mendoza.

¿Por qué no? Grace no entendía la pregunta. No había ninguna

razón. Más bien habría que preguntarse por qué iba a hablar con Málaga Alves en la fiesta de captación de fondos.

Se encogió de hombros.

—Por nada en especial. No hablé con casi nadie en la fiesta. Estuve gran parte del tiempo en la planta baja, entregando etiquetas con el nombre y folletos. Cuando subí, había mucha gente y empezó la subasta. Hay mucha gente con la que no llegué a hablar.

—¿Observó si la señora Alves hablaba con alguien en la fiesta? Aunque no llegara usted a hablar con ella. ¿La vio hablando con alguien en particular?

Ajá, pensó Grace. Miró a los policías y se sintió al momento dividida entre su parte feminista y su parte no feminista, y no digamos entre su deseo de ayudar y su desdén hacia Sally. Ella no era como Sally, a quien indignaba la llegada de una chica más guapa, o con una carga de feromonas capaz de atraer a los machos. Si los hombres, como en el caso de los de la fiesta de Rearden, querían agruparse en torno a Málaga Alves y dejar de lado a su mujer por la atractiva recién llegada, a ella no le importaba. Sobre todo porque su marido no estaba allí. En realidad no se podía culpar a Málaga por ser tan sensual; más bien parecía que ella no le daba importancia, ni siquiera en una situación tan propicia. Eran los hombres que babearon junto a ella quienes debían responder de su conducta, sobre todo ante sus esposas.

Pero esto no era asunto suyo.

—Supongo que me pregunta si me di cuenta de que estaba rodeada de hombres —dijo Grace, respondiendo a la pregunta en sus propios términos—. Claro que me di cuenta. Habría sido difícil no verlo. Es… era una mujer muy atractiva. Por lo poco que vi, no me pareció que se comportara indecorosamente.

Grace esperó a que Mendoza terminara de escribir lo que acababa de decirle. *Pero en cualquier caso*, pensó, *espero que no deduzcan que se merecía que la mataran*. Estuvo a punto de decirlo en voz alta, pero se contuvo.

—O sea que no habló con ella el sábado —concluyó Mendoza.

—Así es —corroboró Grace.

Acababa de ocurrírsele que Henry estaba a punto de llegar. Y ella no quería que viera… esta escena en el vestíbulo.

—Pero la saludaría cuando llegó.

¿Cuál de los dos había dicho esto? Grace los miró, intentando dilucidar quién había hablado, como si pudiera leerlo en sus gargantas. Pero el cuello de O'Rourke estaba cubierto de barba incipiente, y el de Mendoza por unos pliegues de grasa. A ella siempre le habían repelido estos cuellos. Nunca había pensado en hacerse cirugía estética, pero si tuviera esa papada, no sería capaz de mirarse al espejo. *Mi punto débil*, pensó, *es el cuello*.

—¿Cómo dice?

Grace frunció el ceño.

—Nos ha dicho que estaba en el vestíbulo. En la fiesta.

—El acto para recaudar fondos —puntualizó el otro, Mendoza, el de la papada.

—Eso. Tuvo que hablar con ella. Ya sabemos que entregaba etiquetas con el nombre a los invitados.

—Y el catálogo —añadió Mendoza—. ¿Verdad?

—Oh, claro. Tal vez hablé con ella. No lo recuerdo. Continuamente llegaban personas.

Grace estaba enfadada. ¿Qué más daba que le hubiera entregado a Málaga el estúpido catálogo de la subasta y la etiqueta? ¡Ni siquiera había una etiqueta! Málaga no había respondido a la invitación.

—Entonces, ¿desea corregir su primera declaración? —preguntó el policía en tono amable.

Había una palabra que rondaba la cabeza de Grace desde hacía… ¿cuánto tiempo? Cinco minutos a lo sumo. Pero cinco minutos era mucho tiempo. La palabra era *abogado*. De hecho, se le ocurrían otras, además de *abogado*. *Mal*. Algo no le gustaba. Y también, aunque fuera por una razón ridícula, incomprensible, otra palabra le venía a la mente: *Idiotas*.

—¿Señora Sachs? —preguntó O'Rourke.

—Miren —contestó Grace—. Estoy dispuesta a colaborar, desde luego, pero no entiendo que pueda ayudarles de ninguna manera. No sé nada de esa mujer. Solamente hablé una vez con ella, y sobre nada importante. Es terrible lo que le ha pasado, sea lo que sea. ¡Ni siquiera sé lo que ha ocurrido! —protestó, elevando la voz—. Pero, sea lo que sea, estoy convencida de que no tiene nada que ver con la escuela. Y tampoco tiene nada que ver conmigo.

Los policías la miraron con expresión extrañamente satisfecha, como si hubieran estado esperando ver en ella una muestra de resentimiento y acabaran de descubrirla. Grace lamentó de inmediato haberles ofrecido esta exhibición de exasperación, pero quería que se marcharan antes de que llegara Henry y los viera allí. Y no se iban.

—Señora Sachs —dijo por fin O'Rourke—. Lamentamos haberla molestado. No queremos retenerla por más tiempo. Me gustaría hablar con su marido, si no le importa. ¿Se encuentra en casa?

Grace los miró fijamente, y sus pensamientos volaron de repente a un universo de 1950 en el que estos hombres —estos *hombres*— no la dejarían en paz si no tenían la aprobación de alguien con un cromosoma Y. Esto la irritó todavía más. Pero lo que preguntó fue:

—¿Por qué?

—¿Hay algún problema? —preguntó el otro detective.

—Bueno, es que mi marido no está en casa. Está en un congreso médico. Pero aunque estuviera aquí, no podría contestar a sus preguntas. Ni siquiera conocía a esa mujer.

—¿En serio? —preguntó el primero, el irlandés—. ¿No la conocía a través del colegio, igual que usted?

—No. Yo soy la que llevo y recojo a mi hijo del cole.

Los policías la miraban extrañados.

—¿Todos los días? —preguntó Mendoza—. ¿Su marido no lo lleva nunca?

Grace estuvo a punto de reírse. Sin saber por qué, se acordó de una pareja que había tratado tiempo atrás. Ente los dos pusieron en marcha un negocio, trabajaban juntos y les iba muy bien. Pero cuando volvían a casa y había que ocuparse de los niños, la mujer se encontraba sola frente a todas las tareas. Ella era quien se tenía que acordar de pagar el colegio, comprar el papel higiénico, cumplir con las vacunas, los impuestos y la renovación de los pasaportes; ella preparaba la cena, cuidaba de que los niños hicieran los deberes y limpiaba la cocina mientras el marido se relajaba después de un duro día de trabajo. La mujer era una olla de presión a punto de estallar. En terapia ambos dieron vueltas y más vueltas a esta absurda situación, hablaron de cómo la familia de él le había llevado a creer que en esto consistía la vida marital, y de lo que supuso para ella la pérdida prematura del padre. Elaboraron listas de tareas y horarios para cada uno, en un intento de equilibrar responsabilidades; visualizaron la vida familiar que deseaban para ellos y para sus hijos. Y un día, cuando la esposa le explicaba al marido por qué no era justo que programara su día de salida con amigos cuando había una reunión en el colegio, él tuvo una de esas raras pero intensas epifanías de las que tanto se precia la terapia. Con un arrebato de indignación, se sentó en el sofá y se volvió hacia su mujer —su socia en el negocio, la madre de sus hijos, la única mujer a la que había querido, según sus propias palabras— y le espetó: «No pararás hasta que yo haga la mitad, ¿verdad?»

Grace pensó que tal vez era un poco hipócrita, que tal vez quería ser la que acompañara a su hijo al colegio y le esperara, la que lo llevaba a clase de violín. A lo mejor prefería no compartir con Jonathan ese precioso tiempo con su hijo, y su marido nunca lo pidió, por cierto. De todas formas, eso no era asunto de la policía. ¿Por qué demonios les importaba? Soltó una carcajada que sonó forzada.

—Bueno, puede que seamos más modernos, pero dudo que en los colegios de sus hijos sea de otra manera. ¿O es que hay muchos hombres en las reuniones del colegio y de los patrocinadores del equipo escolar?

Los policías se miraron. El que tenía dos hijos se encogió de hombros.

—No lo sé. Es mi mujer la que asiste a las reuniones.

Exactamente, pensó Grace.

—Pero de todas formas podían conocerse, ¿no? Me refiero a su marido y la señora Alves.

En ese momento llegó Henry. Entró en el vestíbulo con el violín a la espalda y la pesada cartera de cuero llena de libros golpeándole en la cadera a cada paso. Al ver que había gente en las butacas levantó la cabeza, y a Grace se le encogió el corazón, aunque no hubiera podido decir por qué.

Henry había sido un niño muy guapo y se convertiría en un hombre guapo, aunque ahora estaba atrapado en el istmo de la preadolescencia. Lucía una incipiente sombra en el labio superior y había heredado el pelo rizado y negro de Jonathan, pero tenía los huesos finos y el cuello largo de Grace. Lo mismo que sus padres, era de pocas palabras.

—Hola, mamá.

—Hola, cariño —saludó ella.

Henry se quedó ahí parado, toqueteando la llave que había sacado de la cartera. *El llavín*, pensó Grace. Pero Henry no era de esos niños que estaban solos cuando llegaban a casa. Probablemente creyó que ella estaría arriba esperándole. Y cuando ella no estaba, Henry sabía que no tardaría en llegar. De hecho ya habría estado en casa de no ser por estos dos tipos que la pararon. Henry seguía esperando.

—Puedes subir —dijo Grace—. Enseguida estoy.

Su hijo hizo una pausa lo bastante larga como para hacerle saber a Grace que tendría que explicarle lo que pasaba y por fin se volvió y cogió el ascensor. El violín, a su espalda, se bamboleaba ligeramente.

Los dos hombres no dijeron nada hasta que el ascensor se puso en marcha.

—¿Qué edad tiene su hijo? —inquirió uno de ellos.

—Henry tiene doce años.

—Una edad curiosa. Es cuando se encierran en su cuarto y tardan una eternidad en salir.

El comentario fue como una señal para ellos dos. Soltaron unas risas, y uno de ellos, O'Rourke, sacudió la cabeza mirando al suelo, como si recordara lo repelente que era a los doce años. Grace no sabía si defender a su hijo, que ciertamente había empezado a encerrarse en su cuarto (normalmente para leer o practicar con el violín) o marcharse sin más. Pero no hizo ninguna de las dos cosas.

—¿Conoce su hijo al niño Alves? —preguntó Mendoza, como de pasada.

Grace lo miró.

—¿Cómo se llamaba? —le preguntó Mendoza a O'Rourke.

—Miguel.

—Miguel —le informó a Grace, como si no estuviera allí mismo.

—No, claro que no.

—¿Por qué «claro que no»?

Mendoza frunció el ceño.

—Es un colegio pequeño, ¿no? Es lo que he leído en la página web. Por eso cuesta tanto dinero. Dicen que los niños tienen atención individual. ¿Cuánto dices que costaba el colegio? —le preguntó a su compañero.

¿Podría marcharse ahora?, se preguntó Grace. ¿Podía una irse cuando hablaba con la policía, o era como con la realeza, que debía esperar a que le dieran permiso?

—Él nos dijo que treinta y ocho mil —respondió el otro.

Grace pensó: *¿Él?*

—¡Caramba! —exclamó Mendoza.

—Bueno, ya has visto ese lugar. Parecía una mansión.

Ese lugar, pensó Grace molesta, *se fundó en la década de 1880 para educar a los hijos de los trabajadores y los inmigrantes.* Fue el primer colegio privado de Nueva York que admitió a niños negros e hispanos.

—¿Cómo piensa que lo pagaba? —le preguntó el policía, ahora más en serio—. ¿Tiene alguna idea?

—Que si tengo... —empezó Grace, perpleja—. ¿Se refiere a la señora Alves? Ya le dije que apenas nos conocíamos. Difícilmente iba a confiarme sus asuntos financieros.

—Pero no era una mujer rica. El marido... ¿recuerdas a qué se dedica?

Esta última pregunta iba dirigida a O'Rourke.

—Es impresor. Dirige una imprenta en el centro. En la zona de Wall Street.

A su pesar, Grace se sorprendió. Y se avergonzó de su propia sorpresa. ¿Qué se había imaginado? ¿Que el marido de Málaga Alves repartía postales en la Quinta Avenida anunciando la liquidación de género de una «famosa» marca de ropa? Que el niño tuviera una beca no significaba que su padre fuera un menesteroso. ¿O acaso la familia Alves no tenía derecho a su sueño americano?

—Es posible, supongo —sugirió con tacto— que Miguel tuviera una beca. Nuestro colegio siempre ha tenido un programa de becas. Creo que no me equivoco si digo que Rearden tiene una proporción más alta de niños becados que cualquier otra escuela privada en Manhattan.

Mierda, pensó inmediatamente. *Espero que sea cierto*. ¿Dónde lo había leído? Probablemente en el *New York Times*, pero ¿cuándo? A lo mejor ahora ya les había alcanzado Dalton o Trinity.

—En todo caso —prosiguió—, si digo que mi hijo no conoce al hijo de la señora Alves es porque un chico de séptimo probablemente no tiene relación con uno de cuarto. Y eso debe de ocurrir en cualquier colegio. Se habrá cruzado con él en el pasillo, pero no creo que lo conozca. Miren —concluyó, poniéndose de pie y confiando en que no lo consideraran una transgresión—, dejen que se lo pregunte. Si resulta que lo conoce, les llamo. ¿Tienen una tarjeta?

Les tendió la mano.

O'Rourke la miraba fijamente, pero Mendoza se levantó y sacó su billetera. Extrajo una tarjeta mugrienta, tachó algo y se la entregó.

—Es vieja. La ciudad de Nueva York no quiere encargar las nuevas. Aquí tiene mi móvil —añadió, señalándolo con el bolígrafo.

—Bien, muchas gracias —dijo Grace.

Les tendió la mano, también de forma automática. Estaba encantada de poder alejarse de ellos, pero Mendoza no se la soltaba.

—Oiga, ya sé que quiere protegerle —comentó.

Dicho esto, alzó la cabeza y miró al techo del vestíbulo. Instintivamente, Grace siguió su mirada y comprendió. Se refería a Henry. ¡Pues claro que quería protegerle!

Mendoza la miraba ahora con expresión afable.

—Ya sé que quiere protegerle. Pero no lo haga. Sólo empeorará las cosas.

Grace lo miró. Todavía tenía la mano en la manaza del policía y no podía marcharse. Pensó: *¿No puedo retirarla sin más?* Pensó: *No sé de qué diablos me está hablando.*

8

Alguien acaba de enviarle
un correo electrónico a tu marido

Grace estaba furiosa. Tan furiosa que hasta que no hubo acabado de subir los seis pisos en ascensor no se calmó lo suficiente como para comprender que no estaba sufriendo un fallo multiorgánico y requiriera atención médica con urgencia, sino que estaba simplemente furiosa. No se atrevió a mirarse en el espejo del ascensor por miedo a ver su rostro desfigurado por la furia y clavó la mirada en el falso acabado de madera del techo mientras apretaba las mandíbulas como si quisiera romper algo duro entre los dientes.

Pero la rabia flotaba alrededor, llenaba el cubículo cerrado. *¿Cómo se atreven...?* pensó varias veces durante su ascensión al sexto piso. ¿Cómo se atrevían... *a qué*, exactamente? Grace no estaba acusada de nada. En todo caso, no podían acusarla de no mostrarse especialmente acogedora con la nueva madre incorporada al colegio de su hijo, una mujer que más tarde, por una desafortunada concatenación de circunstancias imposibles de prever, había resultado asesinada. ¿Por qué habían elegido a Grace para interrogarla? ¿Por qué no se habían dirigido a los padres del curso de Miguel? O si querían que sirviera de escarmiento, ¿por qué no arrastrar a la madre representante de la clase por Park Avenue, con grilletes en los tobillos? *¿Qué demonios les pasaba?*

Lo peor de todo, pensó mientras introducía la llave en la cerradura, era no tener en quién descargar su enfado. Era preferible enfadarse cuando había un motivo y un curso de acción. Si te inmovilizaban el coche con el cepo o se lo llevaba la grúa, sabías a dónde ir y a quién chillarle. Si había padres o niños antipáticos en la clase de Henry, Grace podía mostrarse distante, no tenía necesidad de fingir que le caían bien, ni acercarse a ellos en los eventos escolares. Si en una tienda te tratan mal o no te gusta el servicio en un restaurante, dejas de ir y ya está. En Nueva York nadie tenía el monopolio de nada, lo que era estupendo. Incluso ese lugar al que no puedes acceder se verá pronto reemplazado por otro. (Grace solamente conocía una excepción a esta regla, y eran los colegios privados, pero Henry estaba debidamente inscrito en la promoción de Rearden de 2019 desde que tenía tres años, y esto en Manhattan era como tener la vida solucionada, por lo menos en el plano educativo.) Sin embargo, esto era distinto. Por supuesto, Grace respetaba a la policía, como cualquier otro ciudadano amante del orden, sobre todo desde el 11 de Septiembre, cuando tantos policías y ciudadanos fueron presa de las llamas. Era exasperante.

· Incluso en el caso de que supiera cómo desahogarse, ¿de qué se quejaba? Los dos policías que investigaban el terrible asesinato que había dejado a dos niños sin madre se mostraron correctos con ella. ¿Le molestaba que quisieran llevar al responsable (porque sin duda era un hombre) ante el juez? ¿Se quejaba de que le hubieran hecho preguntas? Lo había visto muchas veces en la serie *Ley y orden*. No era nada especial.

Al dejar el bolso en la mesa del recibidor oyó que se cerraba la puerta de la nevera (Henry se tomaba cada día, después del colegio, casi tres litros de zumo de naranja). Se preguntó si debía llamar a Jonathan. Con él podría lamentarse, desde luego, pero tal vez era egoísta interrumpir su congreso para quejarse. Además, en el mundo de su marido los niños morían. ¿Cómo iba a lamentarse por la muerte de una mujer a la que nunca había visto, o a compadecerse de Grace que tampoco la conocía apenas? Seguramente no le haría gracia que dos policías hubieran hablado con ella y le hubieran dicho, al parecer, que no protegiera a su hijo de doce años. No, esto a Jonathan no le haría ninguna gracia.

¿Protegerlo de qué?, le preguntaría. Grace se imaginó el rastro que dejarían estos pensamientos en su electrocardiograma.

¿Protegerlo de... saber que habían matado a la madre de un niño de su colegio, más pequeño que él, al que Henry no había visto nunca, o que por lo menos no conocía por su nombre? *Ya sé que quiere protegerle.* Sería gracioso si no fuera porque uno de los policías —el irlandés o el otro— lo había dicho.

Podría llamar a Robert Conover y pegarle un par de gritos, pero en realidad no estaba segura de que el director hubiera hecho nada, salvo enviar un correo absurdo. *Eso sí que estuvo mal.* Pero por supuesto se sintió obligado a hacer algo, decir algo; debía intentar adelantarse a los acontecimientos. Y lo cierto era que la mayoría de las personas se expresaban mal por escrito, incluso los directores de colegio podían decir un sinsentido o una idiotez como la que acababan de enviar. O tal vez, pensó Grace, debía enfadarse con Sally, porque seguro que había sido ella —la responsable del comité benéfico— quien proporcionó a la policía el nombre de Grace; además, esa mujer solía hacer tonterías. O podía enfadarse con su padre.

Aunque en general Grace no se enfadaba con nadie. Y menos con su padre, quien hacía mucho tiempo que dejó claro que sólo quería relacionarse con la faceta intelectual de su hija, la que él había entrenado y contribuido a educar, y cuyos comentarios irónicos e inteligentes apreciaba. Grace no era por naturaleza inestable ni emotiva, y eso estaba bien, pero incluso ella tuvo que pasar los altibajos hormonales de la adolescencia, lo que dio lugar a algunas escenas en restaurantes y en lugares públicos, delante de los amigos de sus padres. Estos incidentes, como Grace bien sabía, afectaron mucho a su padre. Afortunadamente, era hija única.

A pesar de todo, el amor de su padre por ella no flaqueó nunca. Incluso cuando se quedó viudo (la madre murió después de que Grace hubiera abandonado teóricamente la casa familiar) y se volvió a casar, su padre siguió portando la capa de autoridad paterna que se puso al convertirse en padre, en esa habitación donde antes se quedaban los hombres mientras sus esposas daban a luz. Grace suponía que mantenían una buena relación, si por ello se entendía que se veían con frecuencia, que él le comentaba que estaba guapa y que aprobaba tanto su elección de marido como el hijo que tenía, e incluso puede que estuviera orgulloso de lo que había logrado en su profesión. Ni Grace ni su padre eran aficionados a grandes declaraciones, de modo que todo iba bien. Tenían sus rituales, por supuesto, como una cena a la semana en el apartamento donde vivía con su nueva mujer, su esposa desde hacía casi dieciocho años, que Grace seguía (¿maliciosamente?) considerando como «nueva». (Al principio cenaban juntos los viernes, en deferencia hacia Eva, que se tomaba muy en serio los preceptos judíos; pero más tarde pasaron a otro día debido a la incapacidad de Grace y Jonathan de seguir esos preceptos y porque la hija y el hijo de Eva se negaron a seguir fingiendo que no tenía importancia.)

Ahora que había pensado en su padre, sintió la necesidad de llamarle. De todas formas, tenía que llamarle, o como mínimo llamar a Eva para confirmar si cenaban en su casa al día siguiente. Y no lo había hecho porque ignoraba si Jonathan estaría ya de vuelta de Cleveland.

Henry apareció con una barrita de cereales de las que se anuncian como saludables, pero que en realidad están tan cargadas de azúcar como cualquier otra cosa de la sección de dulces.

—Eh, hola —saludó Grace.

Él asintió y dirigió la mirada hacia la puerta de su cuarto. Grace pensó entonces que a lo mejor le estaba estorbando el paso.

—¿Has vuelto bien a casa?

—¿Quiénes eran esos tipos? —preguntó Henry, sin irse por las ramas.

—Eran del departamento de policía. No era nada.

El chico sostenía la barrita de cereales con el brazo extendido, como sostiene el águila del escudo de Estados Unidos la rama de olivo y las flechas. Miró muy serio a su madre por debajo del largo flequillo.

—¿Qué quieres decir con que no era nada?

—¿Te has enterado de lo que le ha pasado a un niño en tu colegio? ¿El que se ha quedado huérfano de madre?

—Sí. —Henry asintió—. Pero ¿por qué te preguntan a ti?

Grace se encogió de hombros. Con este gesto esperaba transmitir cierta distancia. Quería transmitir distancia.

—La madre estaba en el comité benéfico donde yo estaba, para el evento de recaudación de fondos de la semana pasada. Pero apenas la conocía. Creo que solamente hablé con ella en una ocasión. No les he podido ayudar mucho.

—¿Quién lo hizo?

La pregunta sorprendió a Grace. *Pensará que lo que le ha pasado a Málaga Alves le puede pasar a su madre*, se dijo. Henry siempre había sido un poco aprensivo. De pequeño tenía pesadillas si veía escenas de miedo, aunque fueran dibujos animados. En el campamento de verano, le explicaron a Grace los monitores, esperaba a que los demás niños fueran al baño en el bosque para ir con ellos porque no quería ir solo. Incluso ahora quería saber siempre dónde estaba su madre. Grace confiaba en que esto se le pasaría, pero al parecer estaba hecho así.

—Cariño, lo van a averiguar. Lo que ha pasado es espantoso, pero averiguarán quién ha sido. No te preocupes.

Sé que quiere protegerle.

Claro que quería protegerle. Era su deber. Y también su deseo, desde luego. Hizo un esfuerzo para apartar su pensamiento de ellos, de esos dos hombres horribles.

Henry asintió. Grace pensó que lo veía delgado. Tenía la cara delgada, o por lo menos diferente. La cabeza de los niños sufre cambios a medida que crecen; las mandíbulas, los pómulos, las cuencas de los ojos cambian de posición. Los pómulos del chico parecían más prominentes; la piel estaba tirante y arrojaban una sombra a cada lado. Iba a ser un chico guapo como su padre, aunque no se le parecía mucho. En realidad, pensó Grace de repente, se parecía al abuelo.

—¿Dónde está papá? —preguntó Henry.

—En Cleveland. Estoy casi segura de que vuelve mañana. ¿Te dijo a ti cuándo iba a volver?

Se dio cuenta de que hasta tenía que preguntarle al chico cuándo volvía su marido. Pero ya era tarde para retirar la pregunta.

—No, no me lo dijo ni a dónde iba.

—Espero que regrese a tiempo para la cena en casa del abuelo y Eva.

Henry guardó silencio. Se llevaba bien con Eva, quien —salvo que ocurriera una transformación radical en la vida y la forma de ser de la madre de Jonathan— era la única abuela que conocería.

Los padres de Jonathan llevaban décadas perdidos en sus adicciones (Naomi era una alcohólica y David no se había pasado un día sin Valium desde los años setenta). Estaban entregados al hermano pequeño de Jonathan, un tipo desastroso, incapaz de acabar los estudios o de tener un empleo fijo, que vivía en el sótano de la casa familiar y no hacía más que darles preocupaciones y pedirles dinero. No entendieron que Jonathan tuviera ambiciones profesionales, y les horrorizó que quisiera dedicarse a ayudar a gente que pasaba por momentos muy difíciles. Al parecer, seguían viviendo en Roslyn, pero era como si vivieran en la luna, porque Henry no los veía desde que era un bebé.

Grace tampoco conocía apenas a la familia de Jonathan. Después de la presentación oficial, comieron en un restaurante chino de la ciudad y, como por obligación, se acercaron al Rockefeller Center para ver el árbol de Navidad. La conversación fue muy forzada. Ni el padre ni la madre asistieron a la boda. (Solamente el hermano hizo acto de presencia, se quedó a cierta distancia en el jardín trasero de la casa junto al lago en Connecticut y se marchó sin despedirse siquiera.) Después de esto, Grace vio a los padres unas pocas veces más, entre ellas una tensa visita al hospital Lennox Hill después de que naciera Henry. Nunca olvidaría que le trajeron un arrullo que estaba hecho a mano, tremendamente anticuado. Seguramente tenía algún significado para ellos, pero a ella le horrorizó que fueran tan torpes. No pensaba tapar a su adorado y largamente esperado hijo con ese trapo viejo, un poco maloliente, que habrían encontrado en un mercadillo o en una tienda de segunda mano. Le pidió permiso a Jonathan para dejarlo en el cubo de basura de su habitación de hospital.

Ni los padres ni el hermano de su marido mostraron interés por Grace (aunque en realidad esto no tenía importancia) ni por Henry cuando nació. Como era un niño listo y voluntarioso, Jonathan se hizo a sí mismo desde una edad muy temprana, lo que Grace encontraba digno de admiración. Era mucho más de lo que ella había hecho. Los padres de Grace no eran especialmente cariñosos, pero siempre la habían hecho sentirse querida. Le hicieron comprender desde muy joven que necesitaba educarse, sentir curiosidad por las cosas y dejar una impronta en el mundo. Jonathan, en cambio, tuvo que llegar a estas conclusiones por sí mismo, sin el apoyo ni el consejo de nadie. Grace no sentía lástima por su marido porque él mismo no se compadecía, pero sí que sentía tristeza por Henry, que se merecía tener por lo menos una auténtica abuela.

—¿Qué tal los deberes? —le preguntó.

—Bien. He hecho una parte en el colegio. Pero tengo un examen mañana.

—¿Quieres que te ayude?

—Más tarde, a lo mejor. Primero tengo que estudiar. ¿Podemos pedir un plato de cerdo en el chino para cenar?

Era su plato preferido cuando cenaban los dos solos. Jonathan no era religioso, pero no le gustaba mucho la comida china. Al padre de Grace y a Eva no les comentaban que pedían cerdo en el chino.

—No, hoy he comprado chuletas de cordero.

—Oh, bien.

Mientras Henry se metía en su cuarto, presumiblemente para estudiar, Grace se fue a la cocina a preparar la cena. Logró apagar los rescoldos de su furia hacia los policías con media copa de Chardonnay bien frío y sacó del armario el recipiente de mimbre para hacer la coliflor al vapor. Una vez que colocó la cazuela al fuego, salpimentó las chuletas de cordero y lavó y secó media lechuga de Boston en la centrifugadora de ensaladas, se sintió lo bastante recuperada como para intentar llamar a Jonathan. Pero otra vez saltó el buzón de voz. Le dejó un mensaje muy corto pidiéndole que le llamara. Luego marcó el número de teléfono de su padre, que sona-

ba con ese timbre anticuado que ya sabías que sólo podía conducir
a un contestador de la era predigital, con su mensaje mal grabado y
su largo pitido.

Pero esta vez Eva contestó.

—¿Ho-la?

Por el tono de su voz comprendías que no sabía quién estaba al
otro lado. El teléfono de su padre no tenía identificador de llamadas, su padre tampoco tenía reproductor digital ni ordenador. Tanto él como la madrastra de Grace interrumpieron la adquisición de
nuevas tecnologías después de los teléfonos de teclas y el videoca-
sete (decidieron no continuar con su colección de *Obras maestras
del teatro*, de los años ochenta). Si tenían móviles, era porque tanto
Grace como los hijos de Eva les habían insistido en ello, pero sus
móviles tenían pegado un papel con instrucciones y con los números imprescindibles. Grace nunca llamaba a su padre al móvil, ni él
la había llamado desde ese número.

—Hola, Eva. Soy Grace.

—Oh, Grace.

Más que decepcionada, parecía que le hubieran confirmado
una mala noticia.

—Tu padre no está.

—¿Te encuentras bien? —preguntó Grace, siguiendo el guión.
Hablar con Eva, que se trajo de Viena la rígida educación de antes
de la guerra de una familia acomodada y la incorporó a su acomodada vida de posguerra en Nueva York, requería ciertos formalis-
mos. De haber deseado un empleo, habría podido ser un excelente
sargento de instrucción.

—Sí, bastante bien. Os esperamos a cenar mañana, ¿no?

—Sí, nos apetece mucho, pero no estoy segura de que Jonathan
llegue a tiempo.

Este pequeño inconveniente bastó.

—¿Ah, no?

—Se encuentra en Cleveland, en un congreso.

—¿Sí?

—No estoy segura de a qué hora llega su vuelo.

Esto ya era indignante para Eva, quien encontraba incomprensible que Grace no supiera *qué día* llegaba su marido. No entendía que la vida de una esposa no girara totalmente alrededor de las necesidades de su esposo. Que Grace tenía su propia vida con sus obligaciones, sus horarios y compromisos (claro que le habían hablado del libro que estaba a punto de publicarse, de la gira, las apariciones en los medios, pero era como si no lo captara), por no hablar de las incertidumbres que conllevaba la vida de un médico, hasta el punto de anular las obligaciones sociales cuando la gente empeoraba y requería su intervención, a Eva le resultaba tan desagradable que lo apartaba de su mente.

—No lo entiendo —dijo—. ¿No lo puedes averiguar? ¿Tan difícil es hacer una llamada de teléfono?

Desde luego, era la antítesis de la clásica madre inmigrante, pensó Grace. La clásica madre inmigrante de cualquier parte ponía más platos en la mesa si invitabas amigos a cenar, y con su pasta, *gulash* o asado alimentaban a todo el mundo que hiciera falta. Eva tenía una casa impecable, pero poco acogedora. La madre de Grace, la de verdad, no era buena cocinera, pero por lo menos te hacía sentir bien acogida cuando te servía las estupendas sopas de su cocinera dominicana. Eva, en cambio, era una excelente cocinera, pero una buena comida hecha sin calor humano no resultaba agradable.

—He intentado llamarle —repuso Grace sin convicción—. Podríamos pensar que somos tres, y si al final Jonathan no viene, te avisaré. Mejor que sobre comida que no que falte, ¿no?

Parecía como si le hubiera propuesto que guardara la basura en la nevera.

—Es terrible esto que ha pasado en el colegio de Henry —comentó de repente Eva.

El comentario fue tan inesperado que al principio Grace no entendió a qué se refería su madrastra.

—¿Su colegio? —preguntó vacilante.

Estaba cortando el tallo de la coliflor y se quedó con el cuchillo suspendido sobre la tabla.

—La madre asesinada. Tu padre me llamó esta mañana desde la oficina.

La idea de que su padre se había enterado de la noticia de la muerte de Málaga Alves antes que ella le resultó inquietante. Su padre no era precisamente un chismoso, ni personal ni tecnológicamente.

—Sí, ya lo sé. Es terrible.

—¿La conocías?

—Oh, no. Bueno, la conocía un poco solamente. Parecía una persona muy amable.

Lo dijo sin pensar, el típico comentario que se hace de alguien que ha muerto. La verdad era que no parecía demasiado amable. Pero ¿qué importaba eso?

Grace colocó la cabeza de la coliflor en el cestillo vaporizador y puso mantequilla a calentar para preparar el *roux*. Había acostumbrado a Henry a comer coliflor bañada en una salsa de queso que le enseñó tiempo atrás su amiga Vita. Lamentablemente, esta salsa era una de las pocas cosas de Vita que permanecían en su vida.

—¿Ha sido el marido? —preguntó Eva, como si Grace pudiera saberlo—. Normalmente es el marido.

—No tengo ni idea —contestó—. Seguro que la policía lo está investigando.

De hecho, pensó molesta, tengo la *certeza* de que lo están investigando.

—¿Qué clase de hombre mata a la madre de su hijo? —preguntó su madrastra.

Grace, que estaba rallando queso *cheddar* sobre la tabla de cortar, puso los ojos en blanco. *No lo sé*, pensó. *¿Un hombre malo?*

—Es terrible —dijo, y cambió de tema—. ¿Qué tal está papá de la cadera? ¿Le sigue doliendo?

Pero sabía que incluso esta pregunta representaba una intrusión para Eva y su agudo sentimiento de propiedad; las caderas de su marido de ochenta y un años eran un asunto demasiado íntimo para hablarlo con su única hija. El hecho de que antes o después

—más antes que después— tendrían que ponerle una cadera artificial, o incluso ambas, no ayudaba a abordar el tema.

—Está bien. No se queja.

Grace notó la reticencia a hablar y decidió dar por terminada la conversación. Le prometió que le confirmaría la asistencia de Jonathan en cuanto supiera algo. A continuación colocó las chuletas de cordero en la parrilla y empezó a remover la harina en la mantequilla fundida.

Después de cenar, Henry volvió a su cuarto para ensayar con el violín. Grace recogió la cocina, entró en su dormitorio y sacó el portátil de la cartera de cuero donde lo guardaba. Jonathan y ella habían estado de acuerdo en que el dormitorio tenía que estar libre de aparatos tecnológicos, a excepción del reproductor de CD Bose que él tenía junto a la cama. (Tenía cientos de CD, cuidadosamente guardados en archivadores de cuero y ordenados por género y alfabéticamente por intérprete en el mueble de su lado de la cama. Mucha gente dice que le gusta todo tipo de música, pero sólo escucha rock, o jazz o blues, pero Jonathan tenía realmente gustos musicales tan variados que tanto podía traer a casa una colección de música aborigen australiana como un concierto de cámara barroco o el disco más reciente de Alison Krauss.) Grace no estaba en contra de la tecnología. Utilizaba el iPhone para manejar su vida, la de su marido (por lo menos la parte no profesional) y la de su hijo, y había escrito su libro en el ordenador portátil, pero tampoco le gustaba verse continuamente asaltada por información, por lo menos en casa. Fuera de casa era inevitable: no paraban de llegarle productos e ideas cada vez que miraba o escuchaba algo, y hasta su emisora de radio preferida, NPR, había abierto la veda y ahora dejaba que entraran en sus ondas una serie de anuncios corporativos. No compartía el gusto de su marido por el *didgeridoo* australiano (Henry coincidía con ella, y un día se refirió al instrumento como «indigerible»), pero al menos esa música no pretendía venderle nada.

Sin embargo, el dormitorio, con sus paredes de color verde musgo, sus cortinas rojas y la cama Craftsman que había sido de sus padres (¡con un colchón nuevo, por supuesto!) era un paraíso para otro tipo de comunicación. A Grace le encantaba despertarse aquí, sobre todo cuando todavía no había salido el sol, y contemplar la silueta del huesudo hombro de su marido. Le gustaba despertarse cuando Jonathan llegaba a casa tarde por la noche, y volver a dormirse notando la calidez de su cuerpo, sin saber si estaba dormida o despierta: el amor en una atmósfera liminal propiciada por el sueño REM, el deseo y la privacidad de su cama matrimonial. De pequeño, Henry había dormido aquí con ellos; primero era ella quien lo traía a la cama, llevada por ese terror de la madre primeriza a que le pasara algo durante la noche; luego era él mismo quien se subía. Pero Jonathan insistió en que tenía que dormir en su cuarto al otro lado del pasillo. Entonces el cuarto estaba adornado con un estarcido de lunas y estrellas, pero eso era muchos años atrás. En aquella misma época Grace hizo un esfuerzo por cambiar el aspecto del dormitorio. Aparte de la cama, que le encantaba, y el tocador de su madre, que conservaba solamente porque le recordaba a ella, eliminó todo lo que era de la época de sus padres, desde la tarima flotante (perfectamente conservada porque estuvo siempre protegida por una moqueta beis) hasta el intenso verde de las paredes. Cuando el decorador que había contratado se mostró horrorizado con la tela que ella eligió para las cortinas, lo despidió y contrató a una modista que no opinaba. Jonathan dijo que mientras ella fuera feliz, lo demás no le importaba.

Y Grace era feliz. Se sentía muy feliz con su dormitorio, con su vida. Lo bastante feliz como para decirles a otras personas cómo encontrar la felicidad. Nunca había sido la más rica, ni la más guapa. No era la más afortunada. En ocasiones —aunque no muchas veces, porque incluso después de tantos años le producía una intensa punzada de tristeza—, pensaba en los niños que habían empezado a formarse en sus entrañas, pero que no llegaron a nacer. A veces todavía tenía el impulso de telefonear a Vita y se detenía de repente, desconcertada y tremendamente dolida, porque nunca entendió por qué habían dejado de ser amigas. Y todavía echaba de menos a su madre. La mayor parte del tiempo, sin embargo, no podía creer que estuviera viviendo junto a este hombre tan inteligente y compasivo al que todavía miraba con admiración, pensando: *Me casaré con él*, como si no fuera ya su marido, y con este hijo guapo y listo, en este apartamento donde era hija, esposa y madre al mismo tiempo. La verdad, pura y dura, era que ella había tenido mucha suerte, mientras que Málaga Alves —Grace volvía a acordarse de ella ahora que estaba en la cama de sus padres, con su hijo a salvo, haciendo los deberes en su cuarto— no había tenido ninguna.

Abrió el portátil y empezó a buscar la información que todo el mundo ya parecía saber. Como era de esperar, la página web del *Times* no hablaba del asesinato de una mujer cuyo hijo asistía a una prestigiosa escuela privada de Manhattan. Pero tanto el *News* como el *Post* lo mencionaban en sendos breves, tan similares que podría haberlos redactado la misma persona. En la versión del *Post*:

La prestigiosa Academia Rearden, en Upper East Side...,

¡Sic!, pensó Grace.

ha quedado conmocionada tras la muerte de la madre de un alumno de cuarto curso. De acuerdo con la policía, Miguel Alves, de diez años de edad, volvió a casa del colegio y se encontró a su madre, Málaga Alves, de 35 años, muerta. Había sangre por todas partes.

¿Sangre por todas partes?, pensó Grace. Por eso solamente leía el *Times*.

La niña de pocas semanas que estaba en el apartamento resultó ilesa. La policía no ha podido localizar todavía al marido de la víctima, Guillermo Alves, de 42 años y natural de Colombia. Alves dirige Amsterdam Printing, en Broadway, 110, una de las imprentas más antiguas y con más éxito del distrito financiero. La Academia Rearden es uno de los colegios más prestigiosos de la ciudad, y sus alumnos ingresan normalmente en las universidades más importantes de la Costa Este, Stanford y el MIT. La escolarización en Rearden cuesta entre 30.000 y 48.000 dólares anuales, dependiendo del curso. Entre sus alumnos se encuentran los hijos del coloso de los medios de comunicación Jonas Marshall Spenser y los de Nathan Friedberg, el fundador de Aegis Hedge Fund, uno de los fondos de inversión más importantes.

Si alguien tiene información relacionada con este o cualquier otro caso reciente, puede ponerse en contacto con Crime Watch en el número 1-888-692-7233.

Eso era todo, pensó Grace. No era gran cosa. No lo suficiente como para que se armara un escándalo. Pero llevaba el tiempo suficiente como lectora de la revista *New York* para saber que no dejarían así como así el asesinato de una madre de Rearden, especialmente en un apartamento con sangre por todas partes. Incluso aunque resultara —era lo más probable, había que admitirlo— que Guillermo Alves, el marido nacido en Colombia que estaba en paradero desconocido, había apuñalado a su mujer por alguna de las clásicas razones de honor (celos, adicción, problemas financieros, adulterio), sería difícil resistirse a una historia tan truculenta en el seno de la élite social de Manhattan.

Grace no halló nada más de interés. Algunos comentarios en el foro Urban Baby («¿Quién sabe algo de la mamá de Rearden que ha sido asesinada?»). Una búsqueda en Google de «Málaga Alves» produjo escasos resultados, como era de esperar. No cabía duda de que Málaga era una de esas personas que J. Colton, la publicista, hubiera calificado como de «insignificante presencia *online*». (La propia Grace tenía una «insignificante presencia *online*» antes de que J. Colton pusiera sobre ella sus manos virtuales. Ahora contaba con una página web, una cuenta de Twitter y un perfil en Facebook, todo manejado, gracias a Dios, por una joven de Carolina del Norte contratada por la editorial.) Grace examinó los resultados de Google, que pronto se separaban en dos partes (Málaga, España, Málaga Rodríguez, Celeste Alves, Alquileres Málaga/José Alves alquiler de villas...) y le sorprendió comprobar cómo se reforzaba su sentimiento de distancia respecto a la persona que esas dos palabras representaban. No conocía a ninguna Málaga Rodríguez ni a ninguna Celeste Alves. No había estado en Málaga, España, y si algún día iba allí, no pensaba alquilar una villa.

Seguro que el marido ya estaba muy lejos. Probablemente estaría en Colombia y había abandonado a sus hijos. Una joya. Aunque lo encontraran no podrían traerlo de vuelta, o les llevaría muchos años. No podría hacerse justicia, y era tristísimo pensar en lo que sería de los niños. La niñita estaría bien si la adoptaba una buena familia, pero el niño, Miguel, no se recuperaría nunca de lo que había visto, de lo que le habían hecho. Estaba perdido, irremisiblemente perdido. No hacía falta ser psicóloga para verlo. Ni siquiera hacía falta ser madre.

Ahora Grace se sentía más comprensiva hacia los policías que la interrogaron. Tenía que resultar frustrante saber que la persona que había hecho esto ya se encontraba fuera de su alcance y que probablemente no podrían cogerla nunca. Lo único que podían hacer era dar vueltas alrededor de la vida que había dejado atrás, recorrer una y otra vez la periferia. Al pensar esto, deseó haberles podido ofrecer algo, cualquier cosa, que pudiera ayudarles. Pero no tenía nada.

Por encima de todo deseaba que su marido estuviera aquí con ella. Jonathan, tan versado en los matices de la muerte, sabría qué decirle y cómo acallar la incomprensible punzada de culpa que sentía desde que habló con Sylvia. (¿Por qué? ¿Qué se suponía que hubiera tenido que hacer, introducirse en la vida de una desconocida y decirle: «Su marido podría matarla»?) Ojalá Jonathan hubiera oído ya los mensajes. Ojalá telefoneara. Ojalá no desconectara tanto de todo lo demás cuando estaba en uno de esos congresos. ¿Para qué servían tantos medios de comunicación si no los utilizabas?

Grace prefería el teléfono. Era su medio favorito. Jonathan, sin embargo, iba más de acuerdo con los tiempos, primero el correo electrónico y luego los mensajes de móvil. Grace decidió que miraría sus mensajes de correo y cogió el portátil. Normalmente usaban el correo electrónico para los mensajes prácticos; no tenían mucha importancia en la vida familiar, pero eran útiles como recordatorio («Por favor, procura llegar antes de las 7. Ya sabes que Eva se pone muy nerviosa si se retrasa la cena»), o para cambiar los planes («Me ha surgido un problema con un paciente. ¿Puedes llevar a Henry a clase de violín?»). Y este era claramente un caso de correo electrónico. Escribió la dirección de Jonathan y una línea de asunto: «Esposa busca a su Esposo».

Cariño, llámame, por favor. Tengo que saber cuándo llegas para decirle a la Gran Eva si vienes a cenar mañana. Además ha ocurrido algo en Rearden que no tiene que ver con Henry. Pero, por raro que parezca, la policía ha venido a hablar conmigo. Ha sido muy raro y bastante horrible. ¡Eh, y hoy me han hecho una entrevista para *Today*! Un beso, G.

Y pulsó la tecla de envío.

Entonces oyó ese sonido, como un hipido tecnológico, varias veces. Era un sonido que formaba parte de su banda sonora, por lo menos desde que se casó, porque cuando tu marido es médico, el tipo de médico que —siempre— tenía pacientes graves en el hospital, y cuando los padres de estos pacientes tenían necesidad de contar en todo momento con el médico de su hijo, este sonido interrumpía continuamente las cenas y los conciertos con Jonathan, los paseos y las noches con Jonathan, y hasta los momentos en que hacían el amor: *clic/gulp, clic/gulp, clic/gulp*. Y luego silencio. Quería decir: alguien le ha enviado un correo a tu marido.

Grace dirigió la mirada hacia el sonido y vio en la mesita de noche de Jonathan, con su lámpara de cerámica (exactamente igual que la suya), el *New Yorker* de la semana pasada, un CD de Bobby Short (*At Town Hall*, uno de sus favoritos) y uno de los muchos pares de gafas para leer que ella le compraba (de las baratas, las que vendían en las farmacias, porque Jonathan las perdía o rompía de-

masiado a menudo como para comprar gafas caras). Ninguno de
esos objetos emitían sonidos así, pero ella lo había oído, estaba segura. Todavía no estaba asustada. ¿Por qué iba a asustarse de un
sonido familiar en un lugar tan familiar, aunque no tuviera sentido
que sonara allí?

Apartó a un lado el portátil, salió de la cama y se arrodilló a un
lado. De repente notaba unas pulsaciones en la cabeza tan fuertes
que, aunque estuviera pensando algo, no podría oírlo. Abrió la
puerta del armario junto a la cama, y todo lo que vio eran objetos
familiares: tres abultadas carpetas de cuero repletas de jazz, rock,
pop *vintage* del Brill Building y *didgeridoo* «indigerible», además
de folletos de menús para llevar y el programa del último recital de
los estudiantes de Vitaly Rosebaum. Grace pensó que lo había imaginado. Había sido una alucinación, tal vez provocada por el hecho
de que echaba de menos a su esposo y porque —esto se le acababa de ocurrir— no sabía exactamente dónde se encontraba. Pero si
era así, si estaba tan convencida de haber imaginado ese sonido
como de hipido que significaba «alguien le ha enviado un correo a
tu marido», ¿por qué había empezado a retirar las carpetas y a mirar lo que había detrás hasta ver lo que no estaba preparada para
ver: el dispositivo BlackBerry de Jonathan, con la luz parpadeante
que indicaba que la batería estaba acabándose y la lucecita verde
diciéndole a Grace —como si no lo supiera ya— que alguien le
acababa de enviar un mensaje a su marido.

9

¿Quién escucha?

El fin del mundo llegó ahora cabalgando sobre un rumor que sonaba igual que el miedo. Grace cerró con llave la puerta del armario donde había encontrado el móvil, como si temiera que se fuera a escapar, y pasó una noche espantosa sentada en la cama, contemplando el abismo que se había abierto a sus pies. Afortunadamente, de momento era un abismo dividido en varias partes, aunque cada una de ellas ya era mala en sí misma: por una parte estaba Jonathan, luego esa mujer, casi una desconocida, que había sido asesinada, y por otra parte la policía. Henry se acostó sobre las diez. Primero entró en su cuarto para el abrazo de buenas noches, y Grace lo abrazó con una sonrisa forzada, confiando en que su hijo no notara su temblor. Unas horas más tarde, seguía despierta.

Tenía algunas posibles líneas de actuación, por supuesto. Podía llamar a Robertson Sharp III (al que Jonathan siempre había tratado con cierto desdén) y explicarle que su marido —¡ya sabes lo despistado que es!— se había dejado el teléfono en casa, de modo que necesitaba saber si había alguien más del hospital en el congreso. O podía llamar al congreso, pero primero tenía que recordar exactamente cómo se llamaba y dónde se celebraba. Congreso de Oncología Infantil en Cleveland era demasiado general. Podía llamar a Stu Rosenfeld, que normalmente le hacía las sustituciones a su marido, pero supondría anunciar a los cuatro vientos que la esposa de Jonathan Sachs no tenía ni idea de dónde estaba su esposo y estaba histérica.

Y ella no estaba histérica, desde luego.

O quizás sí.

Volvió mentalmente al café que tomaron el lunes por la mañana mientras Henry (el único que comía algo a esa hora) desayunaba y repasaban las tareas del día, que para ella —según recordó— incluía visita de pacientes hasta las cuatro de la tarde y luego la clase de violín de su hijo. Jonathan tenía que ir al dentista para que le pusieran una corona dental en el diente que se rompió el año pasado cuando tropezó y se dio un golpe con las escaleras del hospital. ¿Y no habían hablado de que uno de ellos compraría algo para cenar en el camino de vuelta a casa? Al repasar los acontecimientos del lunes, Grace descubrió que no habían hablado de Cleveland. ¿Era posible que lo hubiera planeado más tarde? ¿Tal vez después de cenar, cuando estaban los dos solos? Puede que en algún momento Jonathan decidiera que cenar en casa con ellos dos, aunque poco frecuente, no era suficiente para retrasar un vuelo para el congreso a la mañana siguiente. Puede que tomara la decisión sobre la marcha, comprobara si había posibilidades de comprar el vuelo y pasara por casa para coger sus cosas, pensando que ya la telefonearía más tarde. La telefoneó el lunes por la tarde, pero ella no oyó el mensaje hasta que revisó su teléfono durante la clase de violín de Henry, en el mal iluminado pasillo de Vitaly Rosenberg. Por eso ella y su hijo acabaron cenando en un restaurante cubano de Broadway. El mensaje de Jonathan no fue nada especial: «*De camino al aeropuerto para el congreso del que te hablé. No recuerdo el nombre del hotel. Nos vemos en un par de días. ¡Te quiero!*» Grace ni siquiera conservaba el mensaje, ¿para qué debía conservarlo? Jonathan partía para un par de días. Iba a menudo a congresos en ciudades del Medio Oeste con hospitales importantes, como la clínica Cleveland —en Ohio— o la clínica Mayo… Eso estaba en… ¿Minnesota? No siempre estaba segura del lugar exacto, ¿por qué debería estarlo? Normalmente, los neoyorquinos no tenían que moverse de la ciudad para recibir la mejor atención médica. Además, Jonathan la llamaría, o ella lo llamaría. Ya estuvieras en China o en la calle de al lado, marcabas un número de teléfono —el de tu marido— y él te contestaba.

Pero Jonathan se había olvidado el teléfono en casa.

No, en realidad no se lo había olvidado. Lo que Grace veía ahora con una claridad brutal era que Jonathan no podía haberse olvidado el teléfono en el lugar donde ella lo encontró: entre las carpetas de cuero del armario junto a la cama. Uno no se «olvidaba» algo tan importante como el móvil en un lugar de tan difícil acceso.

Esto era lo que no era capaz de entender, por más vueltas que le daba.

Elaborar los planes para el día: vale.

Cambio de planes para el día: vale también.

Dejarse el móvil con las prisas después de comunicar el cambio de planes: era posible.

Pero ¿dejarse el móvil dentro del armario junto a la cama, detrás de las carpetas de cuero?

Eso no tenía sentido. Además sabía que a él le gustaba llamarla. En una ocasión le dijo que el sonido de su voz, incluso su voz grabada en el contestador, le reconfortaba y le calmaba. Esto la emocionó. Grace sabía —lo supo siempre— que desde el día en que se conocieron se convirtió en la auténtica familia de Jonathan. Ella le proporcionaba el sentimiento de seguridad que tan importante era para un niño y que él nunca había experimentado en su familia biológica. Lo que demostraba la pasta de la que estaba hecho era que, a pesar de las carencias de su infancia, se había convertido en un hombre amable y cumplidor. Esto era lo que enamoraba a Grace de su marido.

Entonces recordó algo, a una persona, una mujer que acudió a su consulta muchos años atrás. El sofá era el mismo, pero la consulta estaba en otro lugar, en York, en los primeros años de la década de 1980. Entonces estaba empezando como psicóloga, acababa de licenciarse y salía de las claustrofóbicas alas de Mama Rose. Y esa mujer, esa paciente... Grace no recordaba su nombre, pero sí su cuello, largo y elegante, muy bonito. Había venido sola, pero no para hablar de sí misma; solamente quería hablar de su marido, un abogado polaco que conoció en el gimnasio del barrio, y luego en su cafetería favorita, donde el hombre le explicó, durante su breve noviazgo, la historia de su terrible infancia, un auténtico catálogo de abandono y pobreza que hubiera encogido hasta el corazón más endurecido. Creció en una familia casi analfabeta y logró ir a la universidad, emigró solo y llegó sin un duro y con un título en derecho a los Estados Unidos, donde trabajó para abogados que eran más jóvenes y con menos preparación que él, mientras compartía piso con muchas otras personas en Queens, amenazado siempre con ser deportado... Bueno, una historia terrible. Hasta que ella lo rescató con su amor, se casó con él y le proporcionó las herramientas para legalizar su situación en el país. Cuando Grace le insinuó amablemente que a lo mejor no conocía a este hombre tan bien como pensaba, la mujer le dijo una cosa que ahora le hacía pensar. *Mire de dónde viene y en qué se ha convertido*, respondió molesta, tensando el cuello. *Es todo lo que necesito saber.*

Grace recordó que el hombre nunca fue a su consulta. Era polaco, le explicó la mujer, y por lo tanto no creía en la terapia. Luego la mujer también dejó de venir. Años más tarde, la vio en Eli's on Third, en el mostrador del queso, y la saludó. La mujer le explicó que seguía viviendo en el mismo pisito, pero que ahora estaba sola con su hija. El marido polaco la abandonó poco después de que naciera la niña, se trajo a una polaca que conocía de antes de emigrar, se casó con ella y contrató a un abogado de su nuevo bufete para que le representara en el divorcio. Y sí, había logrado encontrar un refugio para su dolor y su sufrimiento.

Grace seguía muy quieta.

Se oyó el ulular de una sirena en la Cuarta Avenida. Se cubrió los hombros con una manta. No era capaz de abrir el portátil. Se imaginaba tecleando las palabras «pediátrica», «Cleveland», «oncología» y «congreso», pero no se decidía a hacerlo. Además, todo se aclararía de alguna manera. Estaba nerviosa y lo veía todo negro, pero nada más. Lo había visto centenares de veces en su consulta. A veces era por algo, claro, pero no siempre. No siempre pasaba algo.

De hecho, pensó Grace con alivio, en otras ocasiones había pasado algo parecido sin consecuencias graves. Años atrás, cuando llevaban poco tiempo casados —recordaba perfectamente el incidente y el mismo ataque de pánico, totalmente innecesario—, ocurrió algo así, porque durante un par de días no supo dónde estaba Jonathan, que entonces era residente en el hospital. Y claro que los residentes tienen turnos espantosos de treinta y seis horas seguidas durante las que desaparecen dentro del hospital para reaparecer más tarde exhaustos, mentalmente confundidos y muy poco comunicativos. Entonces no existían los móviles, de modo que cuando desaparecías, desaparecías de verdad, sin señales en el radar, sin miguitas de pan en el bosque. Curiosamente, era mejor saber que resultaba imposible establecer contacto. Ahora Grace no permitiría que Henry saliera de casa sin el móvil —francamente, si pudiera le implantaría un localizador GPS—, pero entonces, quince años atrás, no fue tan terrible que Jonathan desapareciera un par de días y no contestara a los mensajes que ella le dejaba en el hospital ni en su servicio de mensajería. Hacía poco que estaban casados y trabajaban muchísimo los dos, de manera que a ella le llevó un tiempo descubrir que no tenía ni idea de dónde estaba su marido. Pensaba que conocía sus turnos y que en cualquier momento lo vería llegar tambaleándose a su incómodo apartamento de la calle Sesenta y cinco para caer derrumbado en la cama, pero cuando no apareció, se preguntó dónde podía estar y pasó las siguientes horas dejándole mensajes. ¿Había tenido que sustituir a otro, había acumulado otro turno después del suyo? A lo mejor estaba demasiado cansado para volver a casa y se había acostado en una de las camas que el hospital habilitó para los médicos después del escándalo de Libby Zion, cuando se culpó —con razón o sin ella— de la muerte de un adolescente a un residente que llevaba horas sin dormir. Curiosamente, aunque entonces tenían menos medios de contactar, a Grace le resultó mucho más fácil convencerse de que no pasaba nada. Era un sentimiento sordo e insistente que redirigía sus pensamientos, fueran cuales fueran entonces. (¿Qué pensaba aquellos días, antes de tener el niño? ¿Pensaba en las noticias? ¿En qué preparar para la cena?) Fue un episodio desagradable, pero no tanto como ahora. Ahora había algo que la perforaba, que se infiltraba en su ser y que ni siquiera se atrevía a nombrar. Y hacía daño, mucho daño.

¿Cuánto tiempo duró entonces? Un día y una noche, y otro día más, y casi un tercer día, hasta que de repente Jonathan volvió a casa con un aspecto —eso era lo más curioso— bastante alegre. Grace sintió un tremendo alivio al verle. ¿Dónde había estado?, le preguntó. ¿Había hecho otro turno?

Sí.

¿Se había quedado a dormir en el hospital?

Sí, así era, le dijo.

¿Y no había recibido sus mensajes?

¿Mensajes? Resultó que no había recibido ninguno. La recepción del hospital tenía fama de no entregar los mensajes personales. En teoría era su función, pero estaba lejos de ser su prioridad. En un hospital dedicado al cáncer había comunicaciones mucho más cruciales, y se daba por supuesto que algunos mensajes personales se quedarían por el camino. Y sí, aquel mismo día había recibido un mensaje en el busca con su número, pero como esperaba volver a casa en unas horas no había querido despertarla.

Pero ¿por qué no la había llamado mucho antes? ¿Por qué no le había explicado la situación? ¿No pensó que ella estaría preocupada?

Jonathan no entendía por qué demonios Grace tenía que preocuparse. Él no padecía cáncer. No era uno de los niños que estaban en el hospital para que les inyectaran veneno ante la mirada llorosa de sus padres.

Esto, por supuesto, hizo que Grace se sintiera fatal. Hizo que se avergonzara de haberse preocupado de forma tan desproporcionada. Vale, su marido no la había llamado a cada momento, ¿y qué? Jonathan tenía que ocuparse de los niños enfermos en el hospital, su vida estaba repleta de cosas importantes. Por eso le había elegido ella, ¿no? Y además, ¿qué era exactamente lo que la preocupaba tanto? Si a Jonathan le hubiera ocurrido algo grave, si hubiera sido víctima de repente de una de esas cosas horribles (¡ataque cardiaco!, ¡apoplejía!, ¡tumor cerebral!), uno de sus colegas o incluso una de esas operadoras tan ocupadas de centralita se habría puesto en contacto con ella. Si no lo hacían, significaba que a su marido no le pasaba nada. Grace se había comportado de forma irracional.

Ojalá pudiera ahora utilizar la misma lógica que entonces.

Tan centrada estaba en convencerse de que esto ya había ocurrido anteriormente y no había significado nada que no veía que el simple hecho de que hubiera ocurrido tenía un significado. Si un paciente le hubiera contado esta misma historia, sin duda le habría señalado dónde estaba el truco.

A Grace nunca se le había pasado por la cabeza que Jonathan pudiera dejarla. No se le ocurrió entonces, muchos años atrás, cuando pasó tres días horribles (con sus tres noches) sin saber de él, y tampoco lo pensaba ahora. No lo había pensado nunca desde que lo vio por primera vez en el sótano de la residencia de la Facultad de Medicina de Harvard y supo con una mezcla de alivio y deseo que él era el hombre de su vida. En una ocasión, una de sus pacientes describió así el momento en que conoció a su futuro marido: «Oh, qué bien, ya puedo dejar de salir con chicos». Esto era más o menos lo que había sentido ella. *Finis!*, pensó entonces, aunque esta vocecita práctica quedó casi sofocada por el intenso deseo que sentía. Esas especulaciones sobre el hombre del que se enamoraría, con el que se casaría, tendría hijos y envejecería... por supuesto que las había pensado. Pero en su caso, en cuanto conoció a Jonathan, ya no pensó más con quién se casaría, sino si podría casarse con ese hombre y vivir a su lado el resto de su vida. Jonathan Gabriel Sachs: veinticuatro años, con hoyuelos, delgado y despeinado, inteligente y encantador, y vivo, Y mira de dónde había salido.

Así pasó la noche, inmersa en un malestar físico y en una agonía psíquica mucho mayor, con breves momentos de sueño inquieto que terminaban con un despertar doloroso. A las siete de la mañana despertó a Henry para acompañarlo al colegio. Le preparó la tostada y se hizo un café, como si fuera una mañana normal. Pero se puso nerviosa mientras esperaba a que su hijo recogiera sus cosas, lo que no tenía sentido porque en realidad lo que más temía era el momento en que dejara a su hijo en el colegio y volviera sola a casa para seguir con sus pensamientos recurrentes.

Nada más girar por Lexington, Grace y Henry advirtieron que en la escuela había pasado algo, porque vieron la furgoneta de una cadena de noticias (NY1) y unos cuantos individuos en la acera que eran a todas luces periodistas. También estaban los padres, claro. Muchos padres, o muchas madres, mejor dicho, porque en un momento así, ¿quién iba a dejar que la niñera llevara al niño al colegio? Las aceras y el patio estaban abarrotados de mamás vestidas con mallas de yoga y sudadera que llevaban al perro atado con una correa de cuero y hablaban animadamente entre ellas. El ver a tantas madres juntas arrancó a Grace de sus preocupaciones privadas y le recordó lo que ocurría en el mundo real: una madre muerta, unos niños profundamente afectados, el impacto psíquico que esto tendría para los demás niños y el colegio en conjunto. Por un momento esto le hizo sentirse un poco mejor. El problema con su marido se arreglaría, desde luego, mientras que no habría reparación posible para Málaga Alves y sus hijos. Grace le dio a Henry un discreto apretón en el hombro y le dejó marchar. Se acercó al grupo de Sally Morrison-Golden.

—¡Oh! Esto es terrible —comentó Sally.

Tenía en la mano un vaso grande de Starbucks y alternaba los movimientos pesarosos de cabeza con soplidos sobre la superficie de su café.

—¿Alguien llegó a ver a su marido? —preguntó una mujer que Grace no conocía.

—Yo lo vi en una ocasión —contestó Linsey, la de los bolsos Birkin.

Hoy tenía un aspecto más joven y más fresco incluso que el día de la fiesta de su hijo, cuando sacó a Grace de su casa con el valioso consejo de que el conserje podía conseguirle un taxi.

—Al principio no sabía que era uno de los padres. Pensé que, ya sabes, que trabajaba en el colegio. Creo que le hice saber que faltaban toallas de papel en el baño de señoras.

Lo peor era que Linsey lo dijo sin sentimiento de culpa. A Grace le ofendió el comentario, pese a que ese hombre ausente era quien presuntamente había apuñalado a su mujer.

—¿Fue en la reunión de padres? —preguntó alguien.

—Exacto —respondió Linsey—. Luego vi que entraba en la clase y se sentaba y pensé: «¡Oh, cielos, el hijo del portero va a la clase de Willie!»

Estaba claro que todavía le hacía gracia la anécdota, porque puso los ojos en blanco.

—Ya sabéis que soy del sur. Así es como funcionan las cosas allí.

¿Qué quiere decir con... las cosas?, pensó Grace. Decidió que no valía la pena averiguarlo. Sería mejor preguntar si alguien tenía una información concreta.

—¿Dónde están los niños? —preguntó.

Todas las miradas se posaron en ella.

—¿Qué niños? —inquirió la mamá de un preescolar.

—Los de Málaga Alves. Miguel y el bebé.

La miraron sin comprender.

—Ni idea —contestó alguien.

—¿Estarán en acogida? —preguntó otra mujer.

—A lo mejor los han enviado de vuelta a México —comentó una mujer que Grace no conocía, una de las habituales del grupo de Sally.

—Esta tarde vendrá un psicólogo —anunció Amanda—. Para hablar con los de cuarto curso. Les hablará de Miguel. No sé, ¿no deberían habernos preguntado primero?

—Ya nos lo preguntaron —observó la mujer que Grace no conocía—. ¿No recibisteis el mensaje? Decían que si alguien tenía una objeción, que se pusiera en contacto con el director.

—Oh —dijo Amanda, y se encogió de hombros—. Ya casi nunca miro mi correo electrónico. Uso Facebook para todo.

—¿Han venido psicólogos para todos los niños? —preguntó Linsey—. No recuerdo que Redmond me lo mencionara.

Redmond, su hijo mayor, se había convertido en el principal atormentador de Internet de los de séptimo curso, un chico con malos sentimientos en general. Lo que no era ninguna sorpresa.

—No —intervino Amanda, dándose importancia—. Sólo han hablado con los de cuarto, con los niños de la clase de Miguel. Como Daphne —aseguró—. Daphne me contó que se sentaron en corro y hablaron de Miguel, de que tenían que ser especialmente amables con él cuando volviera.

—Si es que vuelve —puntualizó Sally.

Y tenía razón, desde luego.

—¡Dios mío! —exclamó Linsey.

Había sacado las gafas de sol de su bolso Birkin del momento (en piel de avestruz de color fucsia) y miraba hacia los escalones de la entrada.

—¿Habéis visto a esos tipos?

Grace miró. Eran sus amigos de ayer, el irlandés y el hispano. Charlaban en la puerta del colegio con Helene Kantor, la mano derecha de Robert Conover. Ninguno de ellos tomaba notas, pero asentían mucho con la cabeza.

Mendoza, pensó Grace, pero se lo guardó para sus adentros. Mendoza el del cuello rollizo.

—¿Habéis hablado con ellos? —les preguntó a las demás.

—Yo sí, ayer por la mañana —respondió Sally—. Me llamaron para preguntarme por el comité, la fiesta de recaudación y todo eso. Por supuesto, los habría llamado, pero ellos se me adelantaron.

—¿Qué les dijiste? —preguntó la amiga cuyo nombre Grace no sabía.

—Les dije que estuvo en mi casa, en una reunión del comité. Y les expliqué lo que pasó en la fiesta.

¿Y qué pasó?, pensó Grace irritada. Afortunadamente, Amanda pensó lo mismo.

—¿Qué quieres decir con «lo que pasó»?

—Bueno, ¿os pareció normal que estuviera rodeada de casi diez hombres que babeaban por ella en casa de los Spenser? No creo que esto sea una tontería. No digo que se haya buscado lo que le pasó. No estoy culpando a la víctima —argumentó Sally, a la defensiva—. Pero si esto les ayuda a encontrar al culpable, es importante, ¿no?

—¿El culpable? —preguntó Linsey horrorizada—. ¿De qué estás hablando? Lo hizo el marido. Ha desaparecido, ¿no?

—Bueno —intervino la mujer cuyo nombre Grace ignoraba—. Podría ser un tema de drogas. A lo mejor un cártel de la droga buscaba al marido y la encontraron a ella, y ahora él se ha escondido. ¡Es de México! Un país con muchos problemas de violencia a causa de la droga.

No es de México, pensó Grace. *Es de Colombia.* Pero en cuanto a cárteles de droga no estaba segura de que ninguna de ellas conociera la diferencia.

Pensó que ya tenía suficiente y echó una ojeada alrededor en busca de una vía de escape. El patio estaba lleno de grupitos de madres que —supuso Grace— intercambiarían similares retazos de información. No se respiraba la misma animación de otros días, lo que era bueno, pero al mismo tiempo había algo chocante en el ambiente general. Todo el mundo comprendía que era una tragedia y había mostrado preocupación por lo que sentirían sus propios hijos, pero ahora, una vez quedaba esto claro, Grace detectaba una vaharada de emoción apenas contenida. La furgoneta de los medios de comunicación estaba en la calle porque no se le permitía entrar en el recinto, pero las madres estaban dentro. Claro que ellas ya estaban más que acostumbradas a estar en el centro de todo. Estaban acostumbradas a que las acompañaran hasta la mesa del restaurante, a que contestaran al teléfono por ellas, a que aceptaran a sus hijos en prestigiosos colegios, a comprar a través de un profesional para evitar las colas, a que el guardia de seguridad les abriera la cancela de la urbanización sólo con hacerle un gesto. Sin embargo, pensó Grace, no solían encontrarse al otro lado de una investigación criminal. Y ahora estaban lo bastante próximas a la acción como para que fuera emocionante, pero a suficiente distancia como para no tener que vérselas con la policía. Era una oportunidad única, una perspectiva… muy especial. Y lo estaban aprovechando al máximo.

De repente Grace oyó que alguien la llamaba. Se volvió.

Sylvia estaba a su lado. Ella no la había visto antes en el patio.

—¿Has visto a Robert? Te estaba buscando.

—¿En serio? ¿Qué quería?

Pero en realidad ya sabía lo que quería. Seguro que intentaba contactar con los profesionales de la salud mental que hubiera entre los padres a fin de pedirles consejo. Grace pensó que ojalá lo hubiera hecho antes de enviar ese críptico correo electrónico.

—No lo sé —contestó Sylvia—. Por *lo que ha pasado*, supongo.

—Me imagino que sí. Bueno, puedo hablar con los niños, si quiere.

Estaban detrás del edificio del colegio, entre la calle y el patio, en el callejón que a veces se usaba para los simulacros de incendios. Grace nunca había visto que se utilizara como entrada alternativa al colegio. *Tiempos difíciles*, pensó.

—Oh, no creo que esto vaya a más. A partir de ahora todo empezará a calmarse —le comentó a Sylvia—. No tiene nada que ver con el colegio.

Su amiga se encogió de hombros.

—Espero que tengas razón.

Grace dejó la aglomeración de madres, entró en el vestíbulo del colegio y subió a la primera planta, donde estaba el despacho del director. Las paredes de la escalinata estaban cubiertas de cuadros pintados por los alumnos, fotografías enmarcadas de las clases, pósteres de las representaciones musicales y teatrales del colegio. Algunas fotos se remontaban a la época en que ella era alumna en Rearden. Como siempre, echó una ojeada a una versión preadolescente de sí misma disfrazada para la representación de la obra musical *The Gondoliers* (participó en el coro), y observó por enésima vez cómo destacaba la blanca línea que dividía su oscuro cabello en dos trenzas. Ya no recordaba la última vez que se había hecho trenzas. O que se había hecho una raya en el medio.

La pesada puerta de roble del director estaba entreabierta, pero Grace golpeó suavemente con los nudillos,

—¿Robert?

—Oh.

El director se sobresaltó y casi dio un brinco.

—Oh, bien, muy bien. ¿Te ha localizado Sylvia?

—Estaba abajo.

—Oh, vale.

Parecía un poco confuso.

—Cierra la puerta, ¿quieres?

Grace cerró la puerta y se sentó en una de las sillas frente al escritorio. No pudo evitar sentirse como si fuera pequeña y la hubieran llamado al despacho del director, aunque nunca se había sentado allí, ni como alumna ni como madre. Siempre había sido obediente y trabajadora, y Henry también.

Como le pareciera que el director dudaba, como si no supiera bien para qué la había llamado, Grace tomó la palabra, más que nada para echarle una mano:

—Es terrible lo que ha pasado.

—Terrible. ¿Y tú cómo estás?

Curiosamente, el director no la miraba.

Ella se quedó sorprendida.

—Oh, estoy bien. Apenas la conocía, pero hiciste bien en tomar medidas desde el primer momento —dijo.

No le mencionó el mensaje de correo electrónico. Si el director quisiera saber su opinión al respecto, se lo preguntaría.

Pero no le preguntó nada. De hecho, no parecía dispuesto a decirle nada.

Grace volvió a tomar la iniciativa.

—¿Quieres que hable con los niños? No suelo trabajar con niños, pero estaré encantada de ayudarte si lo necesitas.

Por primera vez, Robert la miró a los ojos.

—Grace, la policía ha estado aquí, ¿sabes?

Ella se incorporó un poco en la silla.

—Bueno, ya me lo imagino. Supongo que han venido a hablarte de lo ocurrido.

Se expresó con cuidado, pronunciando despacio las palabras. Y sin embargo Robert seguía mirándola como si hubiera algo que no entendía. *¿Está trastornado?*, pensó Grace. Era muy distinto del hombre relajado, triunfante y un poco borracho con el que había estado hablando el sábado por la noche. ¿Cuántos días hacía? Grace lo calculó: no muchos. Pero ahora Robert parecía traumatizado. Bueno, después de lo ocurrido era normal, pensó.

—Hemos tenido varias conversaciones, de hecho.

—¿Sobre su hijo? —preguntó Grace, intentando entender—. ¿Sobre Miguel?

Él asintió en silencio. Un rayo de sol se posó en su cabeza con el ángulo justo para destacar su calva debajo del escaso pelo. *Pobre Robert*, pensó Grace. *Esto va demasiado rápido para ti. Y eso que eres bastante guapo.*

—Estaban muy interesados en los acuerdos financieros con la escuela para la escolarización de Miguel —comentó el director—. En su beca.

—Vaya, qué curioso —replicó Grace.

Lo mismo que esta conversación, pensó.

—¿Y por qué les interesa la beca de Miguel?

Robert apretó los labios y se quedó mirándola. Parecía haberse quedado sin palabras.

—Grace, supongo que entiendes que tengo que colaborar plenamente con la policía. Ignoro cuál es su metodología, pero la situación escapa de mi control.

—De acuerdo —concedió ella, totalmente perpleja—. Sigo... sin entender por qué les interesa tanto el sistema de becas del colegio, pero, como tú dices, ahora esto está en sus manos.

—La beca de Miguel no siguió los conductos habituales. Es un caso especial en el colegio.

Oh, Dios mío, pensó Grace, con un rebrote de rebeldía adolescente. *¿Y a mí qué más me da?* Pero como no tenía ninguna respuesta racional que darle al director, levantó las manos.

Robert la miraba ahora fijamente y en silencio, como si también él hubiera perdido el hilo de la lógica en esta conversación cada vez más extraña. ¿Cuántos minutos llevaba Grace en el despacho del director? Y seguía sin saber para qué había querido verla. El ambiente se tornaba espeso por momentos. Francamente, pensó Grace, era preferible estar abajo con las mamás, aunque estuvieran un poco histéricas.

—Bueno… ¿Quieres que hable con los alumnos? Hoy tengo la mañana muy ocupada, pero podría venir por la tarde.

—Oh… —Robert se incorporó en la silla y forzó una tensa sonrisa—. No hace falta. Muy amable de tu parte, pero creo que tenemos suficientes psicólogos.

Grace se encogió de hombros y pensó: *Bien, pues entonces, yo…*

Se levantó y salió del despacho. Ojalá se hubiera podido ahorrar la escena. No estaba muy satisfecha con Robert, y por primera vez se preguntaba si era capaz de soportar la presión. Tal vez era él quien quería ayuda, pensó mientras bajaba las escaleras y pasaba de nuevo frente a su foto con trenzas. Tal vez por eso le costaba tanto decir: *Esto me sobrepasa. ¿Puedo hablar contigo?* Por un momento, se sintió preocupada por él y tan culpable que se detuvo con la mano en la barandilla y miró hacia arriba.

Pero no podía volver. Se moría de ganas de salir de allí. Necesitaba aire, aire fresco.

Salió por la puerta principal y giró hacia el este por la calle de tres carriles y después en dirección sur por la Tercera Avenida. Iba camino de su consulta en la calle Setenta y seis, pero de hecho faltaba casi una hora para que llegaran sus primeros pacientes. Cuando pensó que iba a estar allí sentada en silencio (o peor aún, mirando de nuevo su portátil), comprendió que tenía miedo. Su móvil, que había estado consultando cada diez minutos, seguía sin decir nada, o por lo menos nada que no fuera irritante. Una alerta de noticia de la CNN sobre un terremoto en Paquistán, una oferta de una tienda de la que nunca había oído hablar y de un producto que no quería, un aviso de Rearden donde se informaba a los padres de que los psicólogos estarían a partir de las tres de la tarde en el comedor de preescolar para que pudieran «preguntarles lo que quisieran sobre el estado emocional de sus hijos». Grace estaba sorprendida y furiosa. *¡Qué narcisistas nos hemos vuelto!*, pensó. *¡Qué* *importancia tan tremenda concedemos a nuestros sentimientos! ¿Me preocupa el estado emocional de mi hijo? Lo que me preocupa es que haya alguien capaz de matar a una mujer y de dejar que su hijo la encuentre en un charco de sangre. Creo que esto puede ser malo para un niño. Le puede causar «problemas». Podría resultar «traumático», indicar una «disfunción» familiar.*

Además, no tengo ni idea de dónde está mi marido.

Llegó a la consulta unos diez minutos antes de la hora en que tenían que llegar sus pacientes y siguió su rutina: encender las luces, comprobar si faltaba algo en el cuarto de baño, reponer los pañuelos de papel y echar un último vistazo a las visitas del día. *Aquí creo que tenemos un problema*, pensó, al ver el programa. La pareja que estaba a punto de llegar se separó el año pasado después de que el marido tuviera una aventura. Luego decidieron hacer lo posible para intentar una reconciliación, pero Grace (aunque alababa su esfuerzo) no creía realmente que el marido, que era guionista, pudiera dejar de perseguir a otras mujeres. Después de ellos venía la mujer con un marido que había tenido «experiencias» con otros hombres en la universidad. Este tema había vuelto a salir y se había convertido en el tema principal de sus sesiones, Hoy la mujer vendría sola. Grace no solía acceder a ver por separado a los miembros de la pareja, pero en este caso estaba convencida de que las sesiones conjuntas ya no tenían sentido y de que la mujer querría seguir con la terapia tras la separación. A continuación venía una nueva paciente. A su novio lo habían arrestado por desfalco en la empresa en la que ambos trabajaban y ella estaba muy afectada.

Luego se suponía que iba a casa de su padre a cenar.

Seguía sin conocer el paradero de Jonathan.

Se dispuso a enviar un nuevo mensaje electrónico y tecleó la dirección de su marido. Le molestaba bastante tener que darle instrucciones para que se pusiera en contacto con ella. Jonathan podía ser muy despistado. Grace lo había visto olvidarse de innumerables citas, reservas para cenar, recitales de violín y por supuesto de cosas tan tontas como el Día de la Madre o de San Valentín, que eran festividades creadas con el único propósito de vender chocolatinas y postales. Pero siempre había habido una razón para sus olvidos, el tipo de razón que hacía que te sintieras avergonzada de haberle pedido explicaciones, como por ejemplo que un niño estaba muriendo de cáncer.

«Jonathan —escribió—, ponte en contacto conmigo AHORA MISMO, por favor. Quiero decir EN CUANTO LEAS ESTE MENSAJE. Henry está bien —añadió, sintiéndose culpable por el susto que podría darle leer estas palabras—. «Pero llámame LO ANTES POSIBLE.»

Acto seguido envió el mensaje al éter para que volara hasta Jonathan en cualquiera que fuera la ciudad del Medio Oeste donde tenía lugar el congreso. Pero ¿era realmente un congreso de oncología infantil? Tal vez él lo había llamado así porque la oncología infantil era lo que le interesaba, pero el congreso podía ser de pediatría, o de oncología, e incluso de un tema tangencial. Podía ser... un congreso sobre una nueva medicación basada en anticuerpos, o sobre tecnología genética, o cuidados paliativos, incluso sobre terapias alternativas. Bueno, seguramente esto último no. Grace no podía imaginarse a Jonathan asistiendo a un congreso sobre terapias alternativas. Como casi todos los médicos que le rodeaban, su marido era un firme convencido de la bondad de la medicina occidental. La única colega de Jonathan que mostraba un cierto interés en lo que ella misma denominaba «estrategias de curación paralelas» hacía tiempo que ya no ejercía en Nueva York y se había ido a algún estado del suroeste.

En realidad, esto era culpa suya, pensó Grace. Había estado demasiado distraída por... bueno, un montón de cosas: su trabajo, su hijo, la fiesta de captación de fondos, el libro. Por Dios, no era extraño que únicamente pudiera recordar conceptos sueltos del congreso, como pediatría, oncología, un lugar al que había que ir en avión, y que hubiera acabado por inventarse que se trataba de un congreso de oncología infantil en Cleveland. *¡Típico de mí!*, pensó casi alegremente.

Pero en realidad no era típico de ella. Grace nunca había sido así.

Cuando llegó el matrimonio de la primera sesión, Grace les preguntó cómo había ido la semana. El marido empezó a quejarse amargamente del productor que le compró un guión el año pasado y que no parecía dispuesto a convertirlo en película. Mientras tanto, la mujer permanecía callada y tensa, hecha un ovillo en el otro extremo del sofá. El hombre enumeró las quejas y agravios que formaban su resentimiento: la asistente del productor, que era pasiva-agresiva y no entendía que si querías progresar en tu carrera debías ser más simpática; su propio agente, que tardaba cuatro días en devolver una llamada, aunque era evidente que no estaba a las puertas de la muerte, porque lo habían visto comiendo en Michael's, pero no había sido capaz de pulsar las teclas del móvil.

Grace, que en realidad no estaba escuchando, asentía cada vez que el hombre se paraba para tomar aliento, pero no tenía fuerzas para interrumpirle. Estaba un poco aturdida y se sentía culpable. Recordó un chiste que corría entre los estudiantes cuando hizo su máster y que ella no encontraba especialmente gracioso. Era sobre dos psicoterapeutas que llevaban años coincidiendo cada día en el ascensor: se encontraban cuando subían a sus consultas y volvían a coincidir cuando bajaban al final del día. Uno estaba siempre amargado y deprimido por las historias de sus pacientes. El otro estaba siempre de buen humor. Tras años de que se repitiera la misma escena, el amargado le preguntó a su colega: «No lo entiendo. Nuestros pacientes soportan unas vidas terribles. ¿Cómo puedes pasarte el día escuchando sus problemas y estar tan feliz?»

El otro hombre le contestó: «¿Y quién los escucha?»

Grace siempre escuchaba.

Pero ahora mismo era incapaz. No podía *oír* siquiera.

La esposa se movía inquieta, cada vez más irritada con las invectivas que desde el otro extremo del sofá lanzaba su marido contra todos. La actriz que quería representar un papel para el que ya era mayor. El joven fan de Tarantino, que se quejó de él en Facebook porque ¿cómo iba a enseñar escritura de guiones si no había hecho ninguna película? La hermana de su mujer, que insistía que estas navidades fueran a su casa en el puto Wisconsin, lo que era ridículo, porque ni siquiera les tenía simpatía; siempre se había portado mal con su hermana pequeña, su esposa. ¿Por qué iban a gastarse una fortuna en billetes de avión y aguantar las colas en los aeropuertos, en las peores fechas del año? Estaba como una cabra.

—¿Ah, sí? —preguntó Grace.

La esposa exhaló un suspiro lento y silencioso.

—Es por la madre de Sarah —respondió el marido—. Hace unos meses telefoneó a Sarah y le dijo que ella y Corinne podían ir a vivir con ella en Madison. Como si mi familia fuera asunto suyo.

—Steven —intervino la esposa en tono de advertencia.

—Pero mi mujer le contestó que no. Porque es mi *esposa*, y Corinne es mi *hija*. Los problemas que podamos tener los arreglaremos entre nosotros, sin ayuda de mi suegra. Pero ahora tenemos que fingir que no ha pasado nada y coger un avión para ir a esa mierda de sitio a tomar pastel de higos.

Grace sabía que tenía que decir algo. Era lo que se esperaba. Cualquier cosa. Pero no lo hizo.

—Están preocupados por mí —comentó Sarah—. Tú también te preocuparías por Corinne si supieras que tiene problemas en su matrimonio, en su vida.

—Ya he vuelto a casa —rezongó él, como si así quedaran resueltos los demás problemas.

—Sí, y lo aprecian. Saben que lo estamos intentando. Pero quieren que todos nosotros nos sintamos apoyados en Navidad.

Grace, que miraba de reojo al marido, comprobó que ese «todos nosotros» le resultaba tan poco creíble como a ella.

El hombre miró a su esposa con indignación.

—Soy judío, Sarah.

—Todo somos judíos. Eso es lo de menos.

El marido estalló. Expuso un nuevo motivo de agravio, uno que no había surgido todavía en la terapia, pero tan parecido a los otros (su carrera, la interferencia de sus padres, el repentino cambio sufrido por su hija adolescente, que ya no le mostraba la misma adoración que antes) que Grace, sin moverse de la butaca, podía anticipar exactamente cómo se desarrollarían los cuarenta minutos que quedaban de sesión. Las dos mujeres guardaron silencio mientras él descargaba sus agrios ataques. Grace contemplaba las persianas de la ventana que había detrás de él y pensaba que el cristal que se entreveía parecía sucio del hollín de Nueva York. De vez en cuando le daba una propina al portero, Arthur, para que limpiara la ventana por fuera, pero ya hacía tiempo desde la última vez. Se le ocurrió que si se levantara sin hacer ruido y se pusiera a limpiar la ventana, ninguno de sus dos clientes se daría cuenta, y por lo menos ella haría algo útil y entraría más sol. Si es que hoy hacía sol. De repente era incapaz de recordar si el día era soleado.

Cuando el hombre acabó su perorata, empleó las fuerzas que le quedaban en resistir el impulso de pedirles disculpas y los despidió con el consejo de que no hablaran del viaje de Navidad antes de la próxima sesión. Mejor que pensaran cuidadosamente qué querían que las navidades representaran para ellos y para su hija. Empleó los cinco minutos que faltaban antes de que llegara su siguiente paciente en comprobar si tenía nuevos mensajes en el móvil o en el portátil.

Y no había nada, por lo menos nada de Jonathan. Una tal Sue Krause de NY1 le había dejado un mensaje de voz pidiéndole una declaración sobre «la situación» en el colegio Rearden y preguntándole si tenía recuerdos de Málaga Alves que quisiera compartir con siete millones de neoyorquinos. Le desagradó encontrar este tipo de petición en el contestador de su oficina, aunque por supuesto hubiera sido peor encontrarla en su móvil, en su cuenta de correo personal o, Dios no lo quiera, en el contestador de su casa. No, no todo el mundo estaba deseoso de ponerse delante de una cámara a la mínima ocasión para contar tonterías sobre una tragedia real. Grace borró el mensaje y entonces vio el silencioso parpadeo que indicaba una llamada entrante. Era un móvil de Nueva York que no conocía, pero de todas formas escuchó el mensaje.

«Doctora Reinhart Sachs, soy Roberta Siegel, de Page Six.»

Lo decía como si ella tuviera que saber lo que era Page Six. Pero el caso era que Grace lo sabía. Todo el mundo lo sabía, de hecho, incluso los que —como ella— se resistían a estar al corriente de las celebridades del momento. Era una pésima señal que Page Six se interesara por lo que ocurría en Rearden, porque indicaba el estado de la nación. Por lo menos de la parte de la nación que tenía demasiado tiempo libre.

«Me han dicho que era usted una buena amiga de Málaga Alves y me pregunto si podría dedicarme unos minutos.»

Grace cerró los ojos. No entendía cómo había pasado de ser una compañera del comité a «buena amiga» de Málaga Alves, pero seguramente no valía la pena desentrañar el misterio. También borró este mensaje, pero antes se preguntó si Sally Morrison-Golden, otra «buena amiga», había recibido este mismo mensaje de Page Six. Confiaba en que no.

La siguiente paciente empezó a llorar en cuanto llegó. Era la mujer que había cancelado su cita la semana pasada. Su marido estaba en Chelsea en paradero desconocido, sólo accesible a través del trabajo (había que dejar un mensaje y esperar respuesta). Al parecer ya no estaba interesado en hacer terapia matrimonial, dijo —o más bien gimió— la esposa, sólo quería un abogado. La mujer se llamaba Lisa, tenía treinta y tantos años y era bajita y musculosa, aunque ella misma se definía como «patosa», lo que Grace podía confirmar después de ser testigo de los golpes que se había dado contra una esquina de la mesa de centro. Esta misma semana, su marido le comunicó que quería el divorcio —un comunicado amable, informó la mujer a Grace, como si quisiera defenderle— y le dio las señas del abogado que había contratado, así como una lista de posibles abogados para ella. (¿Era un gesto de educación extrema?, se preguntó Grace, ¿o simplemente olía a turbio?)

La mujer estuvo largo rato llorando, arrugando un pañuelo de papel tras otro, cubriéndose y destapándose la cara alternativamente. Grace no intentó detenerla. Pensó que debía resultarle difícil encontrar el momento de llorar, con un trabajo a tiempo completo en uno de los organismos públicos más en el punto de mira de la ciudad y con hijas de cinco años, todavía en el parvulario. Ahora que el marido se había ido, tal vez no podría pagar el apartamento o la escuela privada a la que esperaba mandar a sus hijas el año próximo, pensó la psicóloga preocupada. Ni la terapia, por supuesto. Pero la terapia no sería un problema. Grace había tenido casos parecidos y siempre conservaba a la paciente, por lo menos hasta ayudarle a superar la crisis.

Resultó que el marido tenía un amigo —¡qué sorpresa!— con un dúplex estupendo en una calle principal de Chelsea. Y allí era donde —¡nueva sorpresa!— se había mudado. La mujer le contó a Grace entre sollozos que lo había seguido hasta allí.

—Tenía que hacerlo. No contestaba mis llamadas. Le dejé un mensaje en la oficina y no tuve respuesta. Sammy me preguntaba por qué papá no las llevaba al colegio. Finalmente me dije que estaba *mintiendo* a mis hijas. Y ni siquiera sabía por qué.

—Habrá sido duro para usted —aventuró Grace.

—Quiero decir que bueno, lo entiendo —replicó la mujer con amargura—. Quiere divorciarse, ya lo sé. Es gay. Pero tenemos dos hijas. ¿Qué debo decirles? ¿Les digo que su padre salió a comprar queso y no regresó? Oh, por cierto, y que su mamá es idiota porque, cuando este hombre tan guapo le dijo que estaba enamorado de ella y que quería formar una familia, ella se lo creyó.

Grace suspiró. Ya habían hecho antes este mismo recorrido.

—Siempre he sido pragmática y racional, ¿sabe? Quiero decir, buf, que ya sabía que yo no era una belleza rubia. No iba a salir con el capitán del equipo de fútbol. ¡Ya lo sabía! Y no me importaba, porque la verdad es que no quería salir con el capitán del equipo de fútbol. Salí con chicos estupendos que me querían tal como era y no esperaban que cambiara. Hubiera podido ser feliz con uno de esos chicos, pero de repente aparece este tipo tan guapo y yo me digo: «¿En serio que puedo salir con él?» Y en un momento se va todo al garete. Supongo que me vio tan cegada, tan patética que pensó que si me pedía en matrimonio no me daría cuenta de lo mierda que era él.

—Pero, Lisa —le comentó Grace a su llorosa clienta—, creo que gran parte de lo que te dijo Daniel era cierto. Quería casarse y tener una familia. Puede que incluso pensara: «Para ahogar este deseo que siento, desarrollaré la otra parte de mí que desea otras cosas». Pero no lo consiguió. La mayoría de personas no podemos hacerlo, porque la atracción de lo que realmente deseamos es demasiado fuerte.

—Yo no cedo a todo lo que deseo —replicó Lisa en tono malhumorado.

—Nunca has intentado no sentirte atraída por los hombres. Ya sabes que algunos hombres se ordenaban sacerdotes para huir de su homosexualidad. Esto te demuestra el miedo que tienen, porque renunciar a la sexualidad para el resto de tu vida es un paso muy importante; tienes que detestar tu identidad sexual para que esto te parezca buena idea. Y es evidente que Daniel te quería, te quiere, y que deseaba ser un marido y un padre. Lo intentó y no lo logró, pero esto es su problema, no el tuyo. Tu problema es que en algún momento tuviste la ocasión de adivinar lo que le pasaba y no la aprovechaste. Dentro de un tiempo esto te permitirá ver lo sucedido con más tranquilidad, pero no ahora. Ahora mismo estás muy triste, y tienes todo el derecho a estarlo.

—Quieres decir que ya lo sabía —replicó ella secamente.

Sí, pensó Grace.

—No, lo que quiero decir es que lo querías, confiabas en él y deseabas lo mismo que él. Y esto —prosiguió Grace— te impidió ver cosas que seguramente habrías visto en otras circunstancias. Eres un ser humano; has cometido un error, no un pecado. Lo peor que podrías hacer es castigarte por no haberte dado cuenta. No serviría de nada y te quitaría mucha energía, y ahora mismo necesitas toda tu energía para cuidar de ti misma y de las niñas. Además, estoy convencida de que Daniel se siente culpable por no haber sido capaz de decirte la verdad.

—Oh, estupendo.

La mujer cogió otro pañuelo.

En el silencio que siguió, Grace no pudo evitar ponerse a pensar en otras cosas. Quería prestar atención, permanecer con esta mujer y su problema, que era un problema muy serio. Lo que le pasaba a ella seguramente no sería nada, pero pensar en ello le resultaba demasiado doloroso.

—¿Ya lo sabías? —le preguntó su paciente.

Grace no entendió la pregunta.

—¿A qué te refieres?

—A Daniel. ¿Sabías lo que era?

—No.

Pero no era del todo cierto. Grace lo había sospechado desde el principio, y al poco tiempo ya tenía la certeza. Observó la lucha que se desarrollaba en su interior y comprendió que la parte de Daniel que deseaba estar con Lisa sucumbía inexorablemente a la poderosa atracción de su sexualidad. En los ocho meses que llevaba tratándoles como pacientes, nunca vio que él la tocara.

—Tiene un Rothko.

—¿Daniel? —preguntó Grace.

Se preguntó si iban a empezar a hablar de acuerdos financieros.

—No, Barry. El tipo que vive en la calle Treinta y dos.

Grace comprendió que Lisa no era capaz de referirse a él como «el novio».

—¿Esto es importante para ti?

—Lo que digo es que tiene un maldito Rothko sobre la chimenea, en su bonita casa de Manhattan. Lo vi a través de la ventana mientras estaba fuera en su preciosa calle del encantador barrio de Chelsea. Y yo comparto una caja de cerillas con dos niñas en York Avenue. Le he dado dos hijas para que pueda hacer de padre los fines de semana, como él quería, y pasarse el resto del tiempo siendo «él mismo».

«Ser él mismo» era una expresión que el propio Daniel había empleado en la terapia, y al parecer se había convertido en un mantra para Lisa.

—Tienes todo el derecho a estar enfadada.

—Oh, qué bien —repuso Lisa amargamente—. Y te gustaría decirme algo más, ¿no?

—¿Qué es lo que crees que quiero decirte?

La mirada de Lisa se posó —¿o eran imaginaciones suyas?— en la esquina del escritorio, donde estaban las galeradas de su libro.

Grace no había informado a sus pacientes de que había escrito un libro (le pareció mal, como un médico que colocara sus productos en la mesa de recepción), pero algunos pacientes habían visto u oído hablar de la reseña en *Kirkus*. Uno de ellos, que trabajaba para *Good Morning America*, se había enterado incluso de que tres programas matutinos se la habían disputado.

—Que podía haber evitado esto, que debía haber escuchado con más atención.

—¿Es esto lo que crees que pienso?

—Oh, ¡basta de esa mierda freudiana! —exclamó Lisa.

Se inclinó hacia Grace. Su voz estaba cargada de rabia. De repente, por alguna razón salió a la luz la rabia que había ido acumulando contra ella. En este momento, el objetivo *c'est moi*, pensó Grace.

—Es decir, si quisiera que alguien se quedara ahí sentada y se limitara a repetir lo que digo —manifestó con sarcasmo—, buscaría una psicoanalista. Está claro que piensas que debería haberlo visto venir, que me lo he buscado. Desde el principio lo has estado pensando: *¿Cómo es posible que no supiera que se había casado con un gay?* Hace tiempo que me he dado cuenta. Vale, ya entiendo que no puedas convertirte en una persona cálida y cariñosa conmigo, pero por lo menos no me juzgues.

Respira y no digas nada, pensó Grace. *No ha acabado. Le quedan cosas en el tintero.*

—Yo no te elegí como psicóloga. Prefería al otro que fuimos a ver en enero. Tenía la consulta cerca de Lincoln Center. Era un tipo enorme, con patillas. Parecía un oso. Pensé: *Me siento segura aquí, me siento protegida.* Pero Daniel te prefirió a ti. Pensó que eras más dura, y que era lo que necesitábamos. Pero yo ya tengo bastante dureza alrededor, gracias. Quiero decir, ¿alguna vez muestras *sentimientos*?

Grace notó la tensión en la espalda, en las piernas, que tenía cruzadas, y esperó unos instantes para responder con toda la calma que pudo reunir.

—No creo que mis sentimientos te sirvan de gran cosa, Lisa. Me refiero al plano terapéutico. Estoy aquí para ofrecerte mis conocimientos y experiencia, y mi opinión en algún caso. Mi tarea consiste en ayudarte a resolver los problemas que te han traído hasta aquí. Te seré más útil si te enseño a comprenderte a ti misma que si te muestro mi comprensión.

Lisa se encogió de hombros con aire de abatimiento y volvió a sollozar un poco.

—Estoy convencida de que puedo ayudarte —continuó Grace—. Creo que eres muy fuerte, lo vi el primer día. Ahora estás enfadada con él, enfadada contigo y también conmigo, desde luego. Pero eso no es nada comparado con tu tristeza por haber perdido la familia que creías tener. La verdad es que no hay manera de evitar estos sentimientos de enfado y de tristeza. Tendrás que atravesarlos para llegar al otro lado, y me gustaría ayudarte en esta travesía, porque sólo así encontrarás cierta paz para ti y para las niñas. Y en tu relación con Daniel, porque seguirá presente en tu vida. Puede que yo no tenga patillas ni un temperamento cariñoso, y te aseguro que no eres la primera paciente que me lo dice…

Lisa dejó oír una risa entre las lágrimas.

—Pero si no pensara de verdad que puedo ayudarte, ya te lo habría dicho. Y te habría ayudado a encontrar un terapeuta más cariñoso, si tú quisieras.

Lisa apoyó la cabeza en el respaldo del sofá y cerró los ojos. Parecía exhausta.

—No, ya sé que tienes razón. Pero es que… hay momentos en que te miro y me digo: *a ella nunca le habría pasado esto*. Yo, bueno, soy un auténtico desastre, pero tú siempre pareces tan *serena*. Ya sé que no puedes hablar de tu vida personal, y tampoco es que quiera hablar de ello, pero a veces cuando digo *serena*, pienso: *zorra fría y calculadora*. No es que me sienta orgullosa de ello. Y bueno… por supuesto busqué información sobre ti en primavera, cuando empezamos con la terapia. Espero que no te moleste, pero hoy en día buscamos información incluso del fontanero, y con más razón de la persona a la que vamos a contar nuestros secretos.

—No me molesto —dijo Grace.

Y tampoco hubiera debido sorprenderse.

—Me enteré de que llevas muchos años casada, de que está a punto de salir tu libro sobre cómo no casarse con un psicópata o algo así. Y aquí estoy yo como una de las estúpidas lectoras a las que va dirigido.

—Oh, no —la refutó Grace—. No va dirigido a estúpidas, sino a mujeres que tienen algo que aprender.

Lisa arrugó el pañuelo que tenía entre las manos y lo guardó en el bolso. Se había acabado el tiempo.

—Supongo que debería leerlo —dijo.

Grace no hizo nada por apoyar la idea.

—Si te interesa, claro que sí.

Bajó la mirada y empezó a hacerle la factura. Oyó que Lisa decía:

—Me servirá para la próxima vez.

Grace no pudo evitar una sonrisa. *Buena chica*, pensó. Era muy buena señal que incluso en estos pésimos momentos que estaba viviendo Lisa pudiera pensar en una próxima vez. Esta mujer saldría adelante, pensó. Incluso con menos dinero y más trabajo, incluso con la humillación de ver a su marido en una de esas casitas típicas de Manhattan (Grace las conocía perfectamente) de una de las calles más bonitas de la ciudad, era capaz de vislumbrar un futuro.

Claro que, por lo menos, pensó, *ella sabe dónde está su marido.*

10

Territorio Hospital

Se marcharon sus últimos pacientes y Grace no sabía qué hacer. No soportaba la idea de quedarse en la consulta esperando a que sonara el teléfono y temiendo que no sonara, ni de volver a Rearden y recorrer el mismo camino de la mañana sin saber más pero con más miedo que entonces. No quería contar cuántas furgonetas de periodistas había ni ver a las madres representando su papel a las puertas del colegio. Tampoco quería oír nada de lo que pudiera decirle Sally Morrison-Golden, en especial sobre el tema de Málaga Alves. No tenía ni idea de lo que podía haberle ocurrido a esa mujer, y cada vez le importaba menos. Málaga, esa pobre mujer que había muerto, no tenía nada que ver con ella, pero en cambio había un asteroide en el horizonte que se iba agrandando a medida que pasaban las horas.

¿Dónde estaba Jonathan? ¿Dónde se encontraba y por qué no se ponía en contacto con ella para decirle que estaba bien? ¿Cómo se atrevía a desaparecer de esta manera? Grace no sabía qué decirle a su hijo, ¿no había pensado Jonathan en eso? ¿Qué le diría a su padre? ¿Y a la pesada de Eva, que siempre tenía que saber exactamente cuántos servicios disponer en la mesa?

Grace nunca había estado tan enfadada con su marido. No recordaba haber tenido nunca tanto miedo.

A las dos de la tarde salió de la consulta y el mal tiempo la engulló. Ni el *New York Times*, ni el cielo de hacía unas horas ni ninguno de sus anteriores pacientes la habían puesto sobre aviso. Se arrebujó en el abrigo, pero seguía teniendo frío y estaba empapada. Inclinó el cuerpo contra el vendaval y descubrió con sorpresa que el viento y la lluvia que le daban en la cara no importaban. Todos tenían la cara mojada. *Parece que estemos todos llorando*, pensó, y se llevó la mano helada a la mejilla para secarse. No lloraba, sólo que... no pasaba un buen momento. No era ningún delito, y sobre todo era asunto suyo, de nadie más.

Se dirigió hacia el sur en dirección contraria al colegio de Henry y bajó por Lexington, repleta de puestos de venta de revistas, tiendas coreanas de comestibles y esos pequeños restaurantes que siempre le habían gustado, donde podías comer una estupenda hamburguesa sentada en un taburete y con una cestita de caramelos de menta junto a la caja registradora. Todo el mundo luchaba contra el viento. Dos mujeres mayores que salían de Neil's dieron un grito de sorpresa y volvieron a meterse dentro rápidamente para abrocharse los abrigos. Grace había ido muchas veces a Neil's con Jonathan cuando él era residente en el Memorial. Estaba lo bastante cerca del hospital como para que pudiera llegar pronto y lo bastante lejos como para no encontrarse con sus colegas. A Grace le encantaba la hamburguesa rusa del menú. Durante esos años en que intentaba quedarse embarazada y estaba tan pendiente de las reacciones de su cuerpo, en más de una ocasión fue corriendo a Neil's porque le apetecía una hamburguesa, como si la satisfacción de un capricho pudiera dejarla preñada o hacer que un cigoto se convirtiera en una persona. Pedía la carne bien hecha, para no correr riesgos, y sin queso, porque con el queso nunca sabías. No valía la pena arriesgarse después de tantos fracasos, de que tantos fragmentos de vida se le escurrieran entre las piernas.

Hacía tiempo que Grace no pensaba en eso. Hubiera sido una falta de tacto tras el nacimiento de Henry. Logró convencerse de que esos fragmentos, esas posibilidades truncadas habían sido un preludio, la alfombra roja que anticipaba la llegada de la auténtica estrella. Desde el momento en que Henry nació, todo giró a su alrededor. Había deseado la llegada de su hijo, lo había esperado, se había preparado para él.

Hacía años que Grace no volvía a Neil's, ni con Jonathan ni con nadie. Un día encargó que le llevaran la comida a la consulta, que estaba a un par de manzanas, pero aunque llamó nada más empezar su hora del almuerzo, la hamburguesa llegó con un retraso de quince minutos y estaba fría en el centro, de modo que no lo volvió a intentar.

Estaba en la esquina de la calle Sesenta y nueve con Lexington, esperando a cruzar cuando notó vibrar el móvil en el bolsillo del abrigo. Le costó encontrarlo en las profundidades del bolsillo, pero finalmente lo pescó.

Cuando vio quién llamaba, fue como si le clavaran un puñal en el corazón. Quería arrojar el móvil en medio del tráfico, pero no podía, y tampoco podía dejar de contestar. De modo que pulsó el botón con un dedo húmedo de lluvia.

—Hola, Maud.

—¡Grace! —exclamó Maud—. Espera. J. Colton, ¿estás ahí?

—¡Al habla! —exclamó la publicista—. Estoy en Los Ángeles, pero estoy al habla.

—Queríamos hablar contigo las dos al mismo tiempo, Grace —continuó Maud—. ¿Estás en la oficina?

La psicóloga se incorporó y buscó un toldo donde resguardarse, pero lo único que vio fue un pequeño saliente en la puerta del Chase Bank. Resignada, se aplastó contra el escaparate.

—No, estoy en la calle —respondió, con el móvil apretado contra la oreja.

—¿Qué tal en California? —le preguntó Maud a la publicista.

—Estupendo.

—¿Y qué tal nuestra estrella de cine?

—No me pagas suficiente.

Maud rió encantada. A Grace le pareció fuera de lugar. La risa no concordaba con Lexington Avenue, donde llovía a cántaros, y justo cuando estaba tan obsesionada que no podía pensar en otra cosa.

—Nos referimos a una actriz dramática de la que hablaremos luego —aclaró Maud, para conocimiento de Grace—. No es una persona famosa por su modestia.

—Bien —condescendió Grace.

Cerró los ojos.

—Pero escucha. Tengo una novedad para ti. ¿Estás preparada?

Delante de Grace, al otro lado de la calle, un hombre alto luchaba con su paraguas.

—¡Sí!

Le salió en tono trágico, pero ninguna de sus interlocutoras pareció darse cuenta.

—¡*The View*!

Siguió un momento de silencio. Grace no había comprendido.

—¿A qué te refieres?

—Al programa. Cinco mujeres y un sofá. ¿No lo has visto nunca? El de Woophi Goldberg.

—Ah, sí. He oído a hablar. ¿Dices que me van a entrevistar ahí?

—¡Toquemos madera! —cacareó Maud.

—Estupendo.

Grace dirigió la mirada al suelo. Se le habían mojado las botas de cuero. Qué *desastre*, pensó con amargura. No entendía por qué se había puesto estas botas. ¿Cómo se le había ocurrido? ¿Desde cuándo hacía las cosas sin pensar?

—No puedes imaginarte lo difícil que es colocar un libro en *The View* —aseguró J. Colton.

Grace imaginó que estaría en la piscina del hotel, en Los Ángeles. Pero se dio cuenta de que no recordaba qué aspecto tenía.

—Les enviamos todo lo que hacemos, claro —decía la publicista—. Pero ¿lo leen? Quién sabe. He recibido una llamada de la productora, Barbara Walters, que me dice: «Las mujeres tienen que leer este libro». Y yo le digo: «¡Exactamente!»

—Exactamente —confirmó Maud—. Esto es fantástico, Grace. Ah, ¿y qué pasa con Miami?

¿Qué pasa con Miami? Grace no entendía nada. Pero al parecer la pregunta no iba dirigida a ella.

—Miami es imprescindible —manifestó la californiana J. Colton.

—Tienes que ir a la Feria del Libro de Miami —insistió Maud con voz animada—. ¿Qué opinas sobre Florida, en general?

Grace frunció el ceño. Todavía tenía la cara mojada y los pies helados. Esta conversación tenía demasiadas incógnitas. Se preguntó si estarían hablando un dialecto que ella no entendía. No tenía una opinión especial sobre Florida en general. Sabía que no era un lugar donde quisiera vivir, aunque en este preciso momento seguramente tendría un tiempo más agradable. ¿Le estaban insinuando que se fuera a vivir a Florida?

—No sé —contestó al fin.

El Consejo Judío del Libro, le explicó Maud, les había comunicado que Grace, que su libro, *Tú ya lo sabías*, sería el primero de su lista para el invierno.

—¿Sabes lo que significa esto? —le preguntó J. Colton.

Significaba más viajes a las grandes comunidades judías, repletas de lectores. Muchas de estas comunidades estaban en Florida.

—Pero en realidad no es un libro judío —respondió Grace pensativa.

—No, pero tú eres una autora judía.

En realidad no es así, estuvo a punto de decir Grace. En casa de sus padres nunca se practicaron los rituales judíos ni se habló de creencias judías. Su madre, que era todo lo antisemita que puede ser una persona judía, cumplía con los gestos y las vestimentas requeridas en los *bar mitzvah* de los hijos de sus amigos y las bodas, pero mimaba su vida interior con música clásica y otras cosas bonitas. Su padre mostraba el típico desdén del judío alemán hacia las costumbres de Europa Oriental. No obstante, respetaba que su segunda mujer cumpliera estrictamente con los rituales judíos. En cuanto a Grace, no tenía ninguna creencia ni seguía ninguna tradición.

—Nunca eligen este tipo de libros —comentó Maud—. Novelas, memorias, muchos libros de divulgación. Pero un libro como *Lo sabías*…

Así solía abreviar Maud el título de *Tú ya lo sabías*. No cabía duda de que el libro necesitaba una abreviatura, pero Grace sería incapaz de llamarlo *Lo sabías*.

—Ni siquiera recuerdo si han elegido un libro parecido. J. Colton, ¿han elegido alguna vez un libro así?

—Creo que también pusieron en su lista *Las reglas del juego* —observó la publicista.

Grace puso los ojos en blanco. Suerte que no podían verla.

—También tuvieron el de la doctora Laura.

—Oh, Dios mío, si es horrible... —apuntó Grace.

Lo que era al principio aversión se había convertido en auténtico horror.

—Es horrible y tiene millones de seguidores, Grace —rió Maud—. Intentaremos que te entrevisten en el programa.

La psicóloga guardó silencio.

—En cuanto al *tour* —terció Maud—, lo estamos preparando para principios de febrero. Queremos que la gente tenga la oportunidad de conocer el libro antes de enviarte de gira. ¿Sabías que la gente tiene que oír tres veces el título de un libro antes de comprarlo?

Grace no lo sabía. Nunca había pensado en el tema.

—De modo que primero leen algo en una revista, una reseña que lo deja muy bien, y cuando apareces en la tele la gente dice: «¡Eh, yo había oído algo de este libro!» O van a la librería y lo ven expuesto sobre la mesa principal, un espacio que le cuesta un ojo de la cara a la editorial. Esto ya lo sabías, ¿no?

Aunque podía deducir lo que significaba en este contexto «un ojo de la cara», la verdad era que Grace no lo sabía. Su ignorancia crecía por momentos. La lluvia golpeaba en el pavimento y saltaba, mojaba desde arriba y desde abajo. Unos pasos más allá, un elegante perro teckel se negaba a caminar. Se encogía, temblaba y apoyaba firmemente sus cortas patas marrones mientras su amo lo contemplaba disgustado. Grace empezaba a preguntarse cómo podría poner fin a esta conversación.

—Estaremos todo un mes en Barnes and Noble. Estoy encantada de que lo hayamos conseguido. ¿No te parece estupendo, Grace?

La psicóloga asintió.

—Sí —logró decir.

En un primer momento programaron *Tú ya lo sabías* para el 14 de febrero, lo que a Grace le pareció un poco cínico, pero Maud lo cambió para principios de enero, a fin de que no compitiera con el libro de un columnista de relaciones sexuales que publicaba otro sello de la misma editorial. Le explicó a Grace que enero era un mal mes para sacar novedades (como si ella supiera qué tipo de libros se publicaba en las distintas épocas del año), pero que esto tenía sus ventajas. Porque significaba que los articulistas que reseñaban libros no tenían tanto trabajo y había más posibilidades de que publicaran una reseña de su libro. Además, después de las fiestas la gente tenía tendencia a mostrarse más reflexiva, a quererse más.

Si Maud lo había dicho, sería verdad.

—Es mucho más fácil que te pongan en la lista de más vendidos en enero que en otoño, por ejemplo.

—Como... ¿te acuerdas de la autobiografía que publicamos? —preguntó J. Colton, que seguía junto a la piscina—. ¿El de la chica mordida por perros rabiosos? Salió en enero. Sólo tuvimos que vender veinte mil ejemplares para que entrara en la lista.

Grace intentó comprender —chica, mordida (¿o había mordido?), perros, la lista—, pero resultó que J. Colton no hablaba con ella.

La publicista y Maud habían empezado otra vez a hablar de libros. Esta gente no sabía hablar de otra cosa: los libros que querían leer o deseaban haber leído, los libros que les habían dicho que eran estupendos, los que ella —Grace— debería leer, los que *tenía* que leer, los que era *imposible* que no hubiera leído. *¡Tienes que leerlo!* Lograban que Grace, que era una buena lectora, se sintiera totalmente analfabeta.

Pensó: *Estoy de pie bajo un saledizo en la avenida Lexington, con un abrigo de lana y unas botas mojadas, y la mano con la que sostengo el teléfono está fría y temblorosa. El móvil también tiembla. Tengo treinta y nueve años, llevo dieciocho años casada y tengo un hijo de doce. Este invierno seré la autora principal del Comité Judío del Libro en Florida. Tendré que ir a Florida. Estas son cosas de las que estoy segura.*

—Grace, ¿estás ahí? —preguntó Maud.

—Oh, perdona. Son muy buenas noticias.

Debió de mostrarse convincente porque la dejaron marchar.

Grace agachó la cabeza y abandonó la protección del saledizo. Se fue en dirección sur y luego hacia el este, por las calles que le recordaban a sus primeros años con Jonathan. No sabía a dónde iba hasta que llegó al mugriento edificio de la posguerra en la Primera Avenida, donde ella y su marido vivieron en un apartamento feo y pequeño al fondo de un sórdido pasillo de color beis. El edificio estaba igual, con la misma planta artificial sobre la mesa del vestíbulo y la fabulosa lámpara de techo de Staten Island. No reconoció al conserje de uniforme, pero de todas formas le dedicó una media sonrisa, un gesto de reconocimiento de su pasado. Una pareja joven salió del edificio y se detuvo un momento en el umbral. Podían ser una copia de ella y su marido de jóvenes: dos flamantes profesionales con carteras y colchonetas de yoga, el saco de la ropa sucia al hombro y unas cestas de cañamazo muy ecológicas para hacer la compra. Se dirigían a D'Agostino. Cómo detestaría ahora vivir aquí, pensó. Ya lo detestaba entonces, aunque hizo lo posible por mejorarlo. Pintó las paredes con los tonos de la paleta de Martha Stewart para «mediados de siglo» (a Grace no se le ocurría una expresión mejor para definir aquellas habitaciones tan insulsas) y se negó a completar los pocos muebles de calidad que tenían con otros feos y baratos (con lo que las habitaciones quedaban muy minimalistas). En aquel tiempo no le importaba demasiado la decoración; en realidad sólo pensaban en unas pocas cosas: sus respectivas carreras, ante todo, y tener un hijo. Grace se detuvo bajo la lluvia, volvió a sacar el móvil del bolsillo y lo miró con odio. Luego lo guardó de nuevo y siguió adelante.

Ahora que ya sabía a dónde iba, apretó el paso y se encaminó en dirección sur por York. Había entrado en Territorio Hospital, así llamaba Jonathan al barrio y así lo llamó luego ella. No sólo porque era una parte de la ciudad con varios hospitales —Cornell, el de Cirugía Especial y, por supuesto, Memorial, el barco nodriza del resto—, sino porque se trataba de una zona que había experimentado una metamorfosis gradual alrededor de los hospitales para darles servicio, alojar a sus trabajadores y anticipar sus necesidades.

Y es que los hospitales no eran lugares normales de trabajo. Las tiendas y los restaurantes se vaciaban por la noche y se cerraban hasta el día siguiente. En una oficina se apagaba una luz detrás de otra hasta que el último trabajador se marchaba dejándola a oscuras. Pero los hospitales no se vaciaban nunca, jamás cerraban sus puertas. Vibraban con lo que pasaba dentro, palpitaban continuamente, estaban en permanente estado de emergencia. Eran mundos en sí mismos, impulsados por el arte, la ciencia y también el negocio de la enfermedad, por supuesto. Eran inmensos escenarios donde se representaban sin cesar un número incalculable de grandes historias (la mayoría trágicas): escenas de reconocimiento y de cambio, de fervor religioso, de redención y de reconciliación, de pérdida traumática. En Territorio Hospital ibas dando bandazos de un acontecimiento a otro. Era el lugar donde se quebraban los caparazones y asistías al meollo de la experiencia humana. Este sentimiento de urgencia, de sentido último de las cosas, impregnaba todo el barrio.

Territorio Hospital era un terreno fértil y abonado para Jonathan, que se había encontrado a sus anchas en la Facultad de Medicina. Era uno de esos hombres que conocen a todas las personas por su nombre y están al tanto de lo que ocurre en sus vidas. Grace, que no tenía esta capacidad (y en el fondo tampoco lo deseaba), lo veía hablar con todos en el hospital, ya fueran administrativas, médicos y enfermeras o celadores, o incluso con el tipo que transportaba las sábanas sucias a la inmensa lavandería del centro. Lo había visto charlando con las señoras con redecilla en el pelo mientras hacía cola en la cafetería del hospital. Era amable y conversador con todos, reyes o plebeyos, y estaba siempre interesado por lo que tenían que contarle. En cuanto lo ponías al lado de otro ser humano, veías cómo se transformaba: ponía toda su atención en esa persona, quien a su vez no podía por menos que responder y volverse hacia esta maravillosa fuente de energía. A Grace le recordaba a las películas hechas a base de fotografías sucesivas, donde se ve cómo las flores se vuelven hacia el sol y abren sus pétalos. Hacía casi veinte años que veía este fenómeno y todavía le parecía emocionante.

Jonathan aspiraba a conocer a los demás. Quería saber quiénes eran, qué les importaba, tal vez incluso cuáles eran las pruebas de su vida que habían forjado su carácter. Casi siempre lograba que la gente le hablara de la muerte de su padre, de su hijo drogadicto. A ella le parecía admirable, aunque había supuesto muchos momentos de espera en la acera mientras su marido acababa de hablar con el taxista, o de sujetar los abrigos mientras él le escribía el título de un libro o el nombre de un hotel en Lesbos a un camarero. Grace suponía que había sido siempre así. Se mostró así con ella cuando se conocieron en el sótano. Seguramente era así desde que nació. Normalmente no esperabas que los médicos tuvieran buen carácter. Por lo general se les consideraba fríos, altivos, un poco endiosados, y no sin cierta justificación, pensó. Pero si tenías un hijo que estaba enfermo —muy enfermo— era un gran consuelo dejarlo en manos de un hombre que haría lo posible por ayudarle, que mostraría un gran respeto por ti y por tu hijo, que comprendía perfectamente cómo te sentías y trabajaría para que tú y el niño sufrierais lo menos posible.

Grace caminaba por la calle Sesenta y nueve en dirección Este sintiéndose invisible. Hombres y mujeres con ropas de distintos tonos y estampados pasaban rozándola. Los únicos que no se movían eran los grupitos de fumadores (resguardados bajo los saledizos del hospital de cancerosos, o incluso bajo la lluvia). Se sentía como si la rodeara un halo de luz que le daba un aspecto sospechoso, como si hiciera algo prohibido. Sólo deseaba salir de allí cuanto antes. Casi había llegado a la esquina. Si giraba por York y se alejaba de la entrada del Memorial podría escapar sin que nadie sospechara que le había pasado algo malo esta tarde, algo que tal vez sería muy malo en su vida. Pero en lugar de alejarse, lo que hizo fue dar media vuelta de repente, sin pensar, como siguiendo una coreografía o una marcha militar, de modo que chocó con los transeúntes, ocupados ciudadanos de Territorio Hospital que hasta un instante antes caminaban detrás de ella con prisa. Algunos le dirigieron miradas de reproche y uno de ellos la llamó por su nombre.

—¿Grace?

Levantó la mirada bajo la lluvia y se encontró con la cara de Stu Rosenfeld.

—Me pareció que eras tú —dijo Stu en tono amable—. Te has teñido el pelo.

Grace se había teñido un poco el pelo, porque empezaba a tener canas. Le avergonzaba reconocer cuánto le afectaba. Jonathan no parecía haberse dado cuenta, pero curiosamente —dadas las circunstancias— Stu Rosenfeld lo había notado.

—Hola, Stu. Un día estupendo.

El médico rió.

—Desde luego. Tracy me aconsejó que cogiera el paraguas, pero por supuesto se me olvidó.

Tracy era su esposa. Grace estaba casi segura de que *no* se había peleado con ella.

—¿Cómo está Tracy?

—Estupendamente —respondió Stu con una sonrisa—. ¡De seis meses! Vamos a tener un chico.

—Oh —dijo Grace, intentado ocultar su sorpresa—. Es fantástico. No tenía ni idea.

Por supuesto que no tenía ni idea. Una de las cosas que recordaba de Tracy Rosenfeld era la alegría con la que aseguraba que ella y su marido no pensaban tener hijos. «Algunos no deseamos esto», manifestó en una ocasión, como si «esto» fuera algo que el conjunto de la sociedad pretendiera imponerles. Y Grace, que acababa de sufrir un aborto (¿el tercero o el cuarto?) casi se echa a llorar, aunque lo cierto era que en aquel entonces muchas cosas la hacían llorar. Y seguramente todavía le habría entristecido más si la nada amable señora Rosenfeld hubiera anunciado que ella y su marido sí que deseaban «esto».

Pero era evidente que Stu, un hombre de buen corazón, no recordaba esta afirmación de tiempo atrás, y empezó a explicarle encantado a Grace (a pesar de la lluvia y el curioso encuentro) lo fácil que estaba resultando todo. Nada de náuseas ni de cansancio. Tracy seguía corriendo sus cinco kilómetros cada mañana, dos vueltas alrededor del estanque, pese al horror de su obstetra y pese al caso que llevaba en el trabajo, que era una auténtica pesadilla.

Grace no recordaba qué edad tenía su mujer.

—¿Cuántos años tiene Tracy? —preguntó. La pregunta sonó maleducada. No había querido mostrarse de esa manera, pero a lo mejor no podía evitarlo.

—Cuarenta y uno.

Stu no parecía en absoluto molesto.

Cuarenta y uno. Grace se preparó para la oleada de rabia que estaba a punto de invadirla. Poder cambiar de opinión a su edad, quedarse embarazada y mostrarse tan despreocupada, tan imprudente incluso. ¿Cómo se atrevía a correr a los cuarenta y un años estando embarazada? Grace lo sentía como un insulto personal. Pero ¿por qué? ¿Qué tenía que ver con ella?

—Es fantástico. Qué suerte.

—Y he oído que tú también estás a punto de dar a luz.

Grace lo miro con desconcierto. No sabía cómo responder ni cómo reaccionar.

—Tracy me comentó que has escrito un libro. Creo que mencionó que lo había leído en el *Daily Beast*, en un artículo titulado «Los libros más esperados del invierno», o algo así. ¿Qué clase de libro es? ¿Una novela?

No soy Truman Capote. Es un libro de divulgación. Casi lo dijo en voz alta. Pero ¿por qué tomarla con el pobre Stu?

Grace sonrió.

—Nada de eso. Es sobre algunas de las cosas que he aprendido en mi consulta, cosas que pueden ayudar a la persona que busca una pareja.

—Oh, ¿como *Las reglas del juego*? Mi hermana lo leyó hace unos años.

—¿Y le funcionó? —preguntó Grace.

Siempre se lo había preguntado. Sabía que *no debería* funcionar. Pero ¿y si funcionaba?

—No, bueno, ella tampoco se lo tomó muy en serio. ¿Así que no puedes devolver la llamada al tipo la primera vez que te llama?

¿Y debes romper con él si no te hace un regalo el día de San Valentín? Le dije a mi hermana que la mayoría de los hombres ni siquiera saben cuándo es San Valentín. Nuestro padre nunca le compró un regalo a mi madre en ese día, y llevan treinta años casados.

Grace asintió. Estaban de pie bajo la lluvia y tenía mucho frío.

—Pero es fantástico que hayas escrito un libro. Lo compraré cuando llegue a las librerías. Será la primera vez que leo algo que no está publicado en una revista médica desde… no sé, desde la universidad.

—Oh, no hace falta —dijo Grace.

Pero la verdad era que no podía molestarse con Stu. Era un hombre inteligente y amable, exactamente la clase de médico que querrías tener a tu lado si tu hijo se ponía enfermo. Él y Jonathan se habían hecho mutuamente sustituciones en el hospital durante ocho años, por lo menos, y su marido nunca había criticado las decisiones de Stu, lo que dada la complejidad de los tratamientos y de las relaciones con los niños con cáncer resultaba realmente asombroso. Jonathan se mostraba más crítico con respecto a otros colegas. Ross Waycaster, su jefe, era un médico sin sentimientos, excesivamente precavido, poco creativo. Se mostraba tan incapaz de explicar a los padres con palabras claras y sencillas lo que le pasaba a su hijo que a veces Jonathan se los encontraba llorando desesperados en los pasillos. En cuanto a la residente que se había ido a Santa Fe o a Sedona —¿cómo se llamaba? ¿Rona? ¿Rena?—, la que era partidaria de emplear «estrategias de curación paralelas», era una cabeza hueca que no hubiera debido estudiar medicina. ¿Para qué ir a la universidad si lo único que piensas hacer es pases con un palo sucio mientras entonas cantos druídicos? En cuanto a las enfermeras, algunas pretendían que no le oían cuando les pedía algo educadamente porque estaban inmersas en su eterna lucha de poder con la clase médica, y la oficina de relaciones públicas no hizo ninguna mención cuando lo citaron en el número dedicado a los Mejores Médicos de la revista *New York*, aunque esto por supuesto había sido excelente para el hospital. Y luego estaba Robertson Sharp el Zurullo —así lo llamaba—, un administrador de miras cortas, obsesionado con las normas.

Pero Stu Rosenfeld no era así. Tenía una nariz ancha y muchas entradas, pero su sonrisa era encantadora. Grace se imaginó el niño que tendrían: un niño feliz, seguramente muy listo, con las mejillas redondeadas de Tracy y la sonrisa de su padre, que lo llevaría sobre sus anchos hombros. Se alegró por Stu. Por un instante se sintió feliz. Ya no estaba bajo la lluvia, aterrada por el cerco innombrable que se había levantado a su alrededor (y que no se movía, no tenía prisa) y procurando hacer oídos sordos al murmullo malicioso que parecía acompañarla a todas partes. Por un momento fue una mujer que charlaba en la acera, bajo la lluvia, con un buen amigo de su marido, como si no pasara nada especial. Charlaban de cualquier cosa, de libros, de un bebé que se llamaría Seth Chin-Ho Rosenfeld, y del día de San Valentín. Jonathan siempre le compraba algo el día de San Valentín; le regalaba flores, pero no rosas. A Grace no le gustaban las rosas. Le gustaban los ranúnculos, que eran densos y delicados a un tiempo. No se cansaba de mirarlos. Stu Rosenfeld sonreía porque su mujer estaba embarazada, y todo iba bien, y ella estaba contenta porque estaba a punto de creerlo. Casi podía creerlo.

Pero entonces Stu Rosenfeld dijo esas palabras y la campana de cristal se estrelló contra el suelo, dejando escapar su aire venenoso. Eran siete palabras. Grace las contó más tarde. Las repasó una y otra vez, las reordenó intentando que no parecieran anunciar un cataclismo, el final de una etapa, el final de una vida. Pero no lo consiguió. Estas fueron las palabras de Stu:

—Bueno, ¿a qué se dedica ahora Jonathan?

11

Todo lo que sube debe confluir

Grace nunca supo exactamente cómo logró salir de ese sitio aterrador, en la acera de la calle Sesenta y nueve Este con York, y cómo llegó a Rearden por las horribles callejuelas de East Side. ¿Qué impulsaba sus piernas? ¿Qué le impidió mirar en los escaparates para verse reflejada, para ver a aquella mujer muerta de frío? En su mente se alternaban la parálisis y el pensamiento acelerado, y ambas cosas le resultaban insoportables. Además estaba la vergüenza que sentía, ella que no acostumbraba a sentir vergüenza. Hacía años que había renunciado a la vergüenza, desde que descubrió que no necesitaba la aprobación de los demás y asumió que además era imposible gustar a todos, los necesitara o no. Tras este descubrimiento liberador decidió que únicamente le importaba lo que pensaran de ella sus familiares más cercanos, con lo cual no hacía falta sentirse avergonzada.

Pero la cara que puso Stu tras hacerle esa pregunta tan sencilla, Dios mío. Stu Rosenfeld se quedó mirándola y ella seguramente lo miró a su vez. Por su expresión tuvo que comprender que ella, Grace Reinhart Sachs, desconocía algo esencial, no sabía algo importante que había ocurrido. El problema que tenía unos momentos antes —que no sabía exactamente dónde estaba su marido, que no estaba segura de dónde podía estar— quedó aparcado de golpe. Y el nuevo problema era mucho peor.

Grace dio un paso atrás. Se apartó de Stu, con un movimiento tan ruidoso y doloroso como arrancar una tira de velcro. La acera pareció inclinarse a un lado.

—¿Grace?

Oyó que Stu la llamaba, pero en un dialecto desconocido que ella apenas entendía. No se sentía con fuerzas para descifrarlo, de modo que decidió marcharse.

—¿Grace?

Stu repitió su nombre y ella lo esquivó como un futbolista que busca un hueco para escabullirse. Pasó junto a él sin mirarle y no volvió la vista atrás.

Calle Sesenta y nueve con la Primera Avenida.

Calle Setenta y uno con la Segunda Avenida.

Calle Setenta y seis con la Tercera. Grace avanzaba sin conciencia de ello. No era como cuando caminas y piensas al mismo tiempo y te fijas en lo que hay por el camino, era más bien como despertarte por la noche, comprobar la hora en el despertador y volver a sumirte en la oscuridad. Y así pasar la noche de sobresalto en sobresalto, sin descansar de verdad. Su mente funcionaba a una velocidad vertiginosa, era inútil tratar de pararla.

Dos manzanas más.

Sintió una sacudida, una punzada de dolor.

Otras dos manzanas.

Era como estar enferma. Grace nunca se había sentido tan mal.

Lo único que quería era encontrar a Henry, aunque tuviera que irrumpir como un vendaval en la escuela y llamarle a gritos por los pasillos, entrar en su laboratorio o en su sala de estudios, agarrarlo por el espeso pelo negro y montar una escena como la loca en la que parecía haberse convertido de repente. Se imaginó gritando: *¿Dónde está mi hijo?* Y lo más curioso era que en su imaginación no le importaba la cara que pusieran los otros. Si encontraba a su hijo, lo sacaría del colegio, se lo llevaría a casa.

¿Y después, qué?

Después no había nada. Grace no podía imaginar un paso más. Era como correr a ciegas y encontrarte al pie de un acantilado. Te detenías jadeante y sin aliento; no podías trepar por la pared de roca.

Al llegar a Rearden vio que la calle estaba atestada de gente que no era del colegio. Había más unidades móviles de los medios —por lo menos de comunicación tres más—, cada una con su logo y la antena en forma de disco adosada al techo. Había mucha gente en la acera, carroñeros en busca de los restos de la pobre Málaga Alves. Aunque hacía tiempo que Grace no pensaba en Málaga Alves, de modo que cuando una joven delgada que lucía una sonrisa perfectamente falsa intentó detenerla diciéndole «Hola, ¿puedo hacerle unas preguntas?», ella por poco la tiró al suelo. En otra vida le habría preocupado la muerte de una mujer con la que sólo había hablado una vez. Pero hoy se encontraba al borde del abismo. Lo que le ocurría —ya no podía negar que le ocurría algo— sólo le concernía a ella, a su marido y a su hijo.

En el patio interior (la entrada en forma de arco había hecho la función de cordón de terciopelo, y dentro únicamente estaban los que pertenecían al colegio) decidió que tampoco quería hablar con las madres y descubrió con alivio que imperaba una atmósfera de solidaridad. Las mamás ya no cuchicheaban entre ellas, como esta mañana. Permanecían separadas, juntas pero solas, y, aparte de algunos signos de comunicación no verbal, no había intercambio alguno entre ellas. Era casi como si hubieran experimentado una crisis personal desde esa mañana, o tal vez la trágica realidad del asesinato de una mujer había superado las diferencias de clase social y de dinero que separaban a Málaga Alves del resto. Tal vez comprendían ahora que el problema de su muerte no se resolvería tan rápidamente como pensaban, puesto que no sabían nada nuevo desde la mañana, y que si este asunto iba a alargarse sería mejor comportarse con decoro. Hoy se veían pocas niñeras en el patio del colegio, al otro lado del cordón de terciopelo. Las madres de Rearden parecían haber decidido en masa que algunos momentos en la vida de un niño —el primer asesinato en la escuela de Max o la primera cobertura mediática de Chloe— eran demasiado delicados para que los manejara otra persona que no fuera su madre. De modo que la mayoría de las mamás lo habían dejado todo para recoger a sus retoños a medida que los psicólogos especialistas en duelo de Robert Conover los soltaban. Así esperaban estar a la altura del momento especial en la vida de sus hijos, un momento que seguramente recordarían tiempo después. Años más tarde, estos niños y niñas recordarían el día en que la madre de un compañero había sido brutalmente asesinada, y lo confusos y asustados que estaban al tener que enfrentarse a la realidad de esta inexplicable crueldad humana. Recordarían que su mamá fue a buscarles y que para compensarlos los llevó a tomar algo especial antes de volver a casa o de llevarlos a clase de baile o a las clases de refuerzo escolar. Lo curioso era que nadie miraba a los demás.

Los niños que iban saliendo no parecían en absoluto traumatizados. Algunos estaban muy sorprendidos de ver a su madre. Henry fue uno de los últimos en salir, con la cartera en bandolera y el abrigo colgado de la correa que se arrastraba por el suelo. Grace estaba tan contenta de verlo que ni siquiera le llamó la atención por ello.

—Hola —saludó.

Su hijo la miró.

—¿Has visto cuántas furgonetas de la tele hay fuera?

—Sí.

Grace se puso el abrigo.

—¿Te han dicho algo?

—No. Bueno, lo han intentado. Es ridículo.

—¿Qué se supone que vas a saber?

Nada, por supuesto, pensó Grace. A lo mejor la habían clasificado como alguien que sabía algo.

—¿Ha vuelto papá? —preguntó Henry.

Estaban bajando por las escaleras que llevaban al patio. En la acera había periodistas de televisión. Por lo menos dos personas hablaban a una cámara, con el colegio de fondo. Instintivamente, Grace agachó la cabeza.

—¿Qué dices? —preguntó.

—Si ha vuelto papá.

Ella hizo un gesto negativo.

—No.

Entonces se le ocurrió algo.

—¿Te dijo que vendría hoy?

Henry se quedó pensativo. Pasaron bajo las arcadas de hierro, salieron a la calle y tomaron el camino a casa.

—En realidad, no.

Estaban casi en la esquina. Grace tomó aire. Por un momento pensó horrorizada que iba a ponerse a llorar ahí mismo, en la calle.

—Henry, ¿puedes explicarme lo que significa «en realidad, no»? No entiendo nada.

—Oh… —titubeó su hijo—. Quiero decir que no me comentó cuándo volvería. Sólo que se iba.

—Que se iba… ¿a dónde?

El suelo se movía bajo sus pies. Grace no podía mantener el equilibrio.

Henry se encogió de hombros. Por un momento pareció un adolescente que hablara (o no hablara) con sus padres. Ese encogimiento de hombros que venía a decir *Por favor, dejadme en paz. No me metáis en vuestras historias.* Grace siempre se había burlado un poco de ese gesto universal porque a ella nunca le había pasado, y rogaba que no empezara a pasarle justo hoy.

—No se lo pregunté. Llamó para avisar que se iba.

Grace le agarró el hombro con una mano que incluso a ella le pareció una garra.

—¿Puedes recordar exactamente lo que dijo? Las palabras exactas.

El chico la miró a los ojos. Luego apartó la mirada, como si no le hubiera gustado lo que veía.

—Henry, por favor.

—No, ya sé. Estoy intentando recordar. Dijo: «Tengo que irme un par de días». Me llamó al móvil.

—¿Cuándo te llamó?

La cabeza le daba vueltas. Se agarró a su bolso como si fuera una tabla de salvación.

De nuevo ese encogimiento de hombros.

—Sólo me comentó que se marchaba.

—Que se marchaba a… Cleveland, a un congreso.

—No lo sé. Supongo que hubiera debido preguntárselo.

¿Era el principio de la culpa? ¿Era en este momento cuando se abría una herida psicológica, una pequeña preocupación que acabaría por convertirse en: *Yo hubiera podido evitar que mis padres…*

No. *No.* Se estaba volviendo loca.

—Henry, esto no es culpa tuya —le dijo con tacto, con demasiado tacto, igual que una persona borracha que pretende convencer a los demás de que está sobria—. Es que me gustaría que hubiera explicado mejor sus planes.

¡Qué bien me ha quedado! Grace se sentía muy ufana. Había sonado un poco inquieta, pero también despreocupada. *¡Ya sabes cómo es tu padre!*

—Me comentó algo de Cleveland, pero luego se dejó el teléfono en casa, lo que es un engorro. Y ya sabes a quién no le gustará nada. De modo que prepárate para estar esta noche más simpático que nunca.

Henry asintió. Ahora parecía incapaz de mirarla. Se quedó en la acera con los pulgares bajo la ancha correa de su cartera, con la mirada perdida en algún punto al otro lado de la Cuarta Avenida. Por un instante, a Grace se le pasó por la cabeza la posibilidad de que Henry supiera algo importante sobre Jonathan, que supiera dónde estaba o cuánto tiempo tardaría en volver, algo que ella no supiera, pero era tan intenso el dolor que le causaba esta idea que no podía pensar. Finalmente no dijo nada. Continuaron juntos el camino a casa. Henry tampoco volvió a hablar.

Esta noche le daba pavor a Grace. Su padre era un hombre más bien distante, lo que en ocasiones podía resultar una bendición (como ahora), pero por desgracia estaba casado con una auténtica metomentodo, y lo que siempre ocurría era que cuando Eva sacaba a relucir un desacuerdo en algo o una falta de decoro, su padre se veía obligado a pedir explicaciones, como un dentista que acaba de descubrir un agujerito en el esmalte. ¿Por qué se empeñaba Grace en coger cada día el metro para llevar a Henry a un jardín de infancia en el West Village (una de las clásicas preguntas de Eva) cuando había un jardín de infancia estupendo —uno de los mejores de la ciudad— en la Cuarta Avenida con la calle Setenta? Grace le tuvo que explicar que, para empezar, a Henry lo habían rechazado, como a casi todo el mundo que quería entrar en Episcopal. Cualquier otra persona, o por lo menos cualquier persona mínimamente conocedora de las absurdas políticas de admisión de los jardines de infancia neoyorquinos, hubiera respondido a esto con un encogimiento de hombros. Pero no así su madrastra, ni por lo tanto su padre. *Pero ¿por qué habían rechazado a Henry?*, le preguntó a Grace. Y los hijos sobrehumanos de Eva, criados con música de ópera y sabiéndose superiores, que tras graduarse en Ramaz y en Yale fueron directos a sus respectivas tierras prometidas (Jerusalén y Greenwich/Wall Street) contemplaron a Grace con estupor, como si nunca hubieran oído nada parecido.

Lo cierto era que Henry estaba muy unido a Eva y a su abuelo, aunque parecía entender sus limitaciones. Los placeres de una cena en casa de los Reinhart (buena comida, un chocolate excelente, el mimo y la atención de dos personas que lo querían) estaban indisolublemente unidos a la formalidad y las buenas maneras. Sentarse a la ancha mesa de caoba del comedor de Eva o posarse sobre uno de sus delicados e incómodos sofás requería concentración y esfuerzo, para Grace desde luego, y no digamos para su hijo de doce años. Aunque tal vez hoy esta incomodidad sería buena como distracción.

La tarde se había despejado. Los árboles de las medianas de la Cuarta Avenida tenían luces navideñas azules y amarillas que parpadeaban. Grace y Henry caminaban lentamente a unos pasos de distancia uno de otro, sin decirse nada. Ella estuvo a punto de decir algo un par de veces, pero comprendió que o no era cierto o no serviría de nada y se contuvo. No tenía reparos en decir una mentira en ese momento: mentir no estaba bien, pero si le ayudaba a mantener la ficción que le había explicado a su hijo no le importaba. Por desgracia, ahora ya no sabía cuál era exactamente esa ficción, y dónde empezaba a apartarse de la realidad. Tampoco sabía cuál era la realidad. No sabía nada. El abismo que se abría ante ella era oscuro y cambiante en cuanto a forma y dimensiones; como si alguien le aullara al oído.

Grace se arrebujó en el abrigo. El cuello de lana le rascaba en la nuca.

Henry caminaba un poco encorvado, como si no estuviera preparado para ser alto, con la mirada fija en el suelo, excepto cuando pasaba un hombre o una mujer paseando a un perro. Henry llevaba años pidiendo un perro, lo deseaba desesperadamente. Para Grace, que nunca había tenido un animal, los perros eran algo extraño. Jonathan tuvo de niño un labrador negro llamado *Raven* (en realidad era de su hermano, el mimado), pero no estaba dispuesto a tener más perros. *Raven*, le explicó a Grace, desapareció un día cuando él estaba en noveno curso. Era un día en que no había nadie en casa, y el misterio de su desaparición (¿se habían dejado la puerta abierta?, ¿lo habían robado?) fue motivo de dolor para todos y de acusaciones. Jonathan dijo que le culpaban a él, le culpaban por la huida, la pérdida o lo que fuera de un perro que ni siquiera era suyo. Algo típico de esa familia disfuncional. Así y todo, a Grace le pareció terrible.

Además, Jonathan tenía alergia a la caspa de los perros.

Eva tenía un perro cuando el padre de Grace empezó a salir con ella. Dos perros, en realidad, dos teckel de la misma camada, *Sacher* y *Sigi*, sobrealimentados, y cuyo único interés se limitaba a sí mismos. Costó incluso que le hicieran un poco de caso a Henry. Ya hacía tiempo que habían muerto. Los reemplazó un pomerano (tonto como un zapato y al que se le caía el pelo a mechones) que murió de una enfermedad exclusiva de su raza y más tarde *Karl*, otro teckel que era sólo un poquito más simpático. Al parecer, era el padre de Grace el que se encargaba de sacar a pasear a *Karl* (a ella todavía le sorprendía ver a su padre con el perro). Su padre siempre había jugado a tenis dos veces por semana, pero ahora, como tenía molestias en las rodillas y las caderas, ya no hacía deporte, de modo que le convenía este tipo de ejercicio.

Grace reconoció a su padre y el perro cuando cruzaron la Cuarta Avenida con la calle Setenta y tres. Henry corrió a saludar a su abuelo. Cuando lo vio tan alto junto al abuelo, Grace se preguntó si su padre estaría reduciéndose. Se abrazaron, y el abuelo apenas rebasaba al nieto. Por un momento ella se los imaginó creciendo en direcciones opuestas, hasta que uno desaparecía bajo la tierra y el otro se perdía entre las nubes. La imagen le provocó escalofríos.

Se acercó a ellos.

—Hola, *Karl*.

Henry saludó al perro y logró despertar su interés como para hacer que moviera un poco la cola. El chico le felicitó demasiado efusivamente. Friedrich Reinhart le entregó la correa a su nieto, y este dirigía al perro a los árboles de la acera.

—Grace —dijo su padre, dándole un abrazo—. Dios mío, qué alto está.

—Ya lo sé. Te prometo que a veces, cuando lo despierto por la mañana, lo veo más largo en la cama, como si hubiera caído en manos de Procusto*.

—Espero que no —la tranquilizó su padre—. ¿Jonathan vendrá del hospital?

Grace se había olvidado de llamar a Eva para decirle que su marido no iría a cenar. Se sintió terriblemente mal.

—No estoy segura —titubeó—. A lo mejor sí.

Tal vez no estuviera diciendo una mentira, pensó. A lo mejor Jonathan aparecía como por arte de magia.

—Muy bien —zanjó su padre—. Hace frío, ¿verdad?

¿En serio? Grace se sentía acalorada. El cuello de lana del abrigo le picaba en la nuca. Observó la línea perfectamente recta del pelo blanco grisáceo de su padre, que quedaba a poco más de un centímetro del cuello de su pesado abrigo. Eva se lo cortaba personalmente con un par de afiladas tijeras. Era una habilidad que conservaba de su primer matrimonio, cuando su difunto marido (tan ascético como ella, lo que no dejaba de ser sorprendente, con el dinero que tenían) ideaba nuevas formas de ahorrar dinero. De hecho, Grace había permitido en más de una ocasión que Eva le cortara el pelo a Henry. Su madrastra era la primera en notar si llevaba

---

* Procusto: un personaje de la mitología griega. Su nombre significa literalmente «el estirador». *(N. de la T.)*

el pelo demasiado largo, algo que le molestaba, y al parecer le hacía feliz cortarle el pelo al único nieto de su marido. Además manejaba perfectamente las tijeras mientras se empleaba en la (hermosa) cabeza de Henry. Montones de su (bonito) pelo se desparramaban por las baldosas del cuarto de baño. A Eva le gustaba señalar lo que estaba desordenado y luego arreglarlo.

Grace entró en el vestíbulo detrás de su padre. Lo cierto era que Eva cuidaba bien de él, desde luego; no era la primera vez que lo pensaba. Saberlo debería ayudarle a querer más a su madrastra; también esto lo había pensado en más de una ocasión.

—Carlos —le dijo su padre al ascensorista—. ¿Te acuerdas de mi hija y mi nieto?

—Hola —saludó Grace, adelantándose por una milésima de segundo a Henry.

—Hola —respondió Carlos, sin apartar la mirada de los números en lo alto.

Era un ascensor antiguo de esos que requieren una cierta habilidad para lograr que se detengan al nivel del rellano. Subieron en silencio hasta el cuarto piso y el ascensorista abrió la puerta y les deseó buenas tardes. Henry le quitó el collar a *Karl*, que se dirigió a una de las dos puertas. Cuando el padre de Grace abrió la puerta, les recibió un olor a zanahorias.

—Hola, Nana —saludó Henry, entrando con el perro en la cocina.

El padre de Grace se quitó el abrigo y colgó juntos el suyo y el de su hija.

—¿Te apetece beber algo?

—No, gracias. Sírvete tú.

Como si necesitara su permiso.

El piso estaba igual que la primera vez que Grace lo visitó, al año siguiente de casarse con Jonathan, en una cena un poco aterradora en la que conoció a los hijos de Eva y a sus parejas. Rebecca, que era un poco mayor que Grace y que acababa de tener su segundo hijo (al cuidado de una niñera en un dormitorio de la casa), vino expresamente desde Greenwich. En cuanto a Reuven, que ya entonces pensaba en inmigrar a Israel, llegó de la calle Sesenta y siete con su irritable mujer, Felice. Fue la noche en que los tres «chicos» supieron que sus progenitores iban a casarse. Se estableció una fecha para dos meses más tarde. Sorprendentemente, el padre de Grace decidió tomarse dos meses de vacaciones, algo sin precedentes, para irse con su mujer de luna de miel por Italia, Francia y Alemania.

Hubiera sido difícil saber cuál de los tres «chicos» estaba menos emocionado con la noticia. Grace se alegraba por su padre, estaba feliz de que hubiera encontrado una compañera y de que el objetivo de Eva, desde el principio, fuera cuidar y organizar la vida de Frederich Reinhart, quien desde la muerte de la madre de Grace no se organizaba bien y necesitaba que le echaran una mano. Pero Grace no había logrado cogerle cariño a Eva y se temía que no lo haría nunca. En cuanto a los hijos de Eva, nunca les tuvo simpatía.

La cena fue por supuesto de *sabbat*, y los hijos de Eva apenas pudieron contener su desaprobación cuando vieron lo mal que conocían Jonathan y Grace los rituales judíos. No era una cuestión de creencias (no importaba si ella y su marido creían, ni si los hijos de Eva creían), sino de su patente falta de conocimiento de lo judío. Grace y Jonathan se acercaron a la mesa con las viandas del *sabbat* con la intención de observar y de imitar lo que hacían los demás, pero a los hijos de Eva no se les escapó nada.

—¿No conoces el *kiddush*? —le preguntó Reven a Jonathan.

Lo dijo en un tono tan desdeñoso que el ambiente general —ya no especialmente alegre— cayó en picado.

—Me temo que no —respondió Jonathan sin darle importancia—. No somos judíos practicantes. En mi casa incluso poníamos un árbol de Navidad.

—¿Un árbol de Navidad? —intervino Rebecca.

Su marido, banquero de inversiones, hizo una mueca de disgusto. Grace lo vio, pero no tuvo el valor de decir nada. Tampoco su padre se atrevió a añadir que también ellos celebraban la Navidad —mazapán, la música de Händel y los postres navideños de William Greenberg— cuando Grace era pequeña. Además les encantaba.

—Ah.

Eva apareció por el pasillo, seguida de Henry y de *Karl*. Besó a Grace en ambas mejillas.

—Henry dice que Jonathan no vendrá a cenar.

Grace miró a su hijo, que estaba inclinado y le daba palmaditas en el lomo a un teckel que no le hacía el mínimo caso. Eva, en cuyo rostro se leía una educada expresión de desaprobación, llevaba puesto uno de sus conjuntos de cachemira. Los tenía en todos los tonos de beis, desde un tono tan pálido que parecía blanco hasta el que rozaba el marrón, pero llevaba sobre todo los intermedios como el de esta noche, que era de color papel manila. Estos conjuntos le favorecían en dos sentidos: ponían de relieve sus impresionantes clavículas y realzaban su pecho, que tenía un aspecto tremendamente juvenil y voluptuoso.

—¿De qué estáis hablando? —preguntó el padre de Grace, que salía del salón con su vaso de whisky.

—Al parecer Jonathan no viene a cenar —comentó su mujer en tono crispado—. Habíamos quedado en que me avisarías si no venía.

Era cierto, pensó Grace. Era lo que ella le había dicho. Era cierto que se le había olvidado. Pero ¿tenía tanta importancia?

—Oh, Eva, lo lamento mucho —se excusó, buscando el perdón de la corte—. Se me olvidó totalmente. Esperaba saber algo más.

—¿Saber algo más? —repitió su padre indignado—. No lo entiendo. ¿Cómo que esperas «saber algo más» de tu marido?

Grace les dirigió a los dos una mirada de advertencia que no contenía ni una mínima parte de su desaprobación. Le preguntó a Henry si tenía deberes.

—Ciencias —respondió el chico desde el suelo, donde le rascaba al ingrato *Karl* detrás de las orejas.

—¿Por qué no vas al salón a hacerlos, cariño?

Henry obedeció. El perro se quedó.

Grace se preguntó si debía contarlo todo. Tal vez ocurriría un milagro y por una vez Eva y su padre lo dejarían estar.

—No he sabido nada de él —reconoció Grace con una risita forzada—. La verdad es que no tengo ni idea de dónde está. Es mal asunto, ¿no?

Pero el milagro no se produjo, claro.

Los dos se miraron. Eva con una expresión tan glacial que Grace se estremeció y se metió en la cocina, dejando a su padre con la copa en la mano y una expresión de indignación.

—No entiendo cómo te olvidaste —reconvino a Grace—. Ya sé que te preocupan los sentimientos de tus pacientes, pero me parece raro que nunca pienses en los sentimientos de Eva.

Su padre se sentó en el salón. Ella tenía que hacer lo mismo, pero lo que él acababa de decirle la dejó un instante paralizada.

Te preocupan mucho los sentimientos de tus pacientes. No era la primera vez que lo oía, en realidad. Su padre no sentía simpatías por la terapia en general, y desde luego nunca se mostró ilusionado con la profesión que Grace había escogido. Pero ¿qué tenía que ver esto con Eva?

—Lo siento mucho —repitió—. La verdad es que se me olvidó totalmente. Esperaba que Jonathan llamara para preguntarle por sus planes.

—¿No pensaste en llamarle tú? —preguntó su padre, como si Grace fuera una niña de diez años.

—Claro, pero…

Pero mi marido ha hecho lo necesario para estar ilocalizable. Y me aterra tanto lo que esto pueda significar, porque desde luego quiere decir algo, que no puedo pensar con claridad. Y mucho menos voy a preocuparme de si tu esposa, que no me tiene simpatía ni por supuesto cariño, y por la que nunca sentiré más aprecio del estrictamente necesario, ha colocado en la mesa el número apropiado de platos o si tendrá que sacar uno.

—Pero ¿qué? —insistió su padre.

—No tengo excusa. Ya sé lo importantes que son estas cenas para ella.

Y mira, peor todavía. Hubiera podido decir: *Si de mí dependiera, estaríamos en Shun Lee comiendo costillas y langosta a la canto-*

nesa, en lugar de venir aquí una vez por semana para soportar la edu-
cada hostilidad de Eva, quien decidió hace tiempo que no soy tan
buena como el fruto de sus entrañas y que merezco su famoso lengua-
do con croquetas de patata, por no hablar de su simpatía o su...
¿Cómo denominar a lo que una mujer madura debería sentir por la
única hija de su amado esposo, una hija huérfana de madre? Ah, sí, lo
llamaríamos afecto. Afecto maternal. O algo parecido, aunque fuera
por guardar las apariencias y por respeto al amado esposo.

Pero no dijo nada de eso.

Lo que hizo fue intentar lo que a veces intentaba en situaciones
así, imaginarse que era una paciente. *Echo de menos a mi madre*, le
diría Grace la paciente —una mujer de treinta o cuarenta años, casada y con un hijo, con una consulta relativamente exitosa— a Grace la terapeuta.

Quiero mucho a mi padre, claro. Cuando volvió a casarse después
de que mamá muriera me alegré por él, porque me preocupaba que se
quedara solo, ¿sabe? Me hubiera gustado tener una buena relación
con su mujer. Reconozco que quería volver a tener una mamá, aunque
ya sabía que no era mi madre. Pero me hacía sentir como si me hicie-
ra un favor, o mejor dicho como si le hiciera un favor a mi padre. Creo
que en el fondo hubiera preferido que yo no formara parte de la esce-
na familiar.

Entonces Grace la paciente se pondría a llorar porque en el
fondo sabía que ya no había una escena familiar de la que pudiera
formar parte. Esa era la verdad.

Grace la terapeuta miraría a esa mujer con el corazón destrozado en su sofá y le diría que era una lástima que su padre no mostrara más afecto por su única hija. Y las dos —Grace la paciente y
Grace la terapeuta— meditarían unos instantes sobre lo triste que
era esto. Pero al final llegarían a la única conclusión posible: su
padre era un adulto y había hecho una elección. Podía cambiar de
opinión, pero no porque así lo quisiera su hija.

En cuanto a la esposa.

No es mi madre, pensó Grace. *Mi madre está muerta y se acabó.*
Y la he ofendido gravemente porque no le he dicho que mi marido no

vendrá a cenar. Le tenía que haber dicho: «Adivina quién no viene a cenar».

Esto la hizo sonreír.

—No entiendo dónde le ves la gracia —dijo su padre.

Grace lo miró.

—No tiene gracia.

No, pensó. *No elegimos a nuestra familia, y sin embargo debemos llevarnos bien con la que nos toca, porque es la que tenemos.* ¿Era esto lo que ella había hecho en esta casa, por lo menos cuatro veces al mes, durante años, desde que su padre invitó a Eva Scheinborn a cenar en Ginger Man después de asistir a la obra *Four Last Songs?* En todos estos años no había detectado en Eva muestra alguna de cariño, ni interés por ella o Jonathan. *Sin embargo, sigo viniendo cada semana cumpliendo con mi deber*, pensó. *Sin perder las esperanzas.*

Qué tonta, desde luego.

Su padre seguía enfurruñado. Mientras Eva, haciendo un esfuerzo titánico, se llevaba a la cocina el pesadísimo plato extra, la servilleta, los cubiertos de plata y las copas de agua y de vino de Jonathan, Grace pensó que podría marcharse en este mismo momento sin importarle lo que pensaran.

Dicho de otra manera, podría despedirse con uno de esos besos que dan las famosas con sus labios rellenos y decirles: *La verdad es que ya paso de esto.*

Pero no lo dijo. Lo que dijo fue:

Papá, algo va mal. Estoy muy asustada.

Espera: a lo mejor no llegó a pronunciar estas palabras. Estaba a punto de decirlas cuando el sonido del móvil desde el fondo de su bolso anunció una remota posibilidad. Grace se olvidó de todo —de su padre, de su dignidad— para descolgar el bolso del hombro y rebuscar en el interior, apartando a un lado todo lo que encontraba. El monedero, el cuaderno de notas, la billetera, los bolígrafos, el iPod que llevaba meses sin usar, las llaves, el formulario por el que daba permiso para que Henry fuera con la clase a Ellis Island y que se había olvidado de devolver, la tarjeta de un vendedor de violines que Vitaly Rosenbaum le había recomendado, ya que el instrumento de Henry se había quedado pequeño…, hasta que consiguió dar con esta pequeña esperanza. Debió de parecer un animal buscando frenéticamente algo de comida, o el héroe de una película de acción al que le quedan unos segundos para encontrar y desactivar la bomba. Pero el caso es que no hubiera podido evitarlo, aunque hubiera querido. *¡No te atrevas a colgar!* Le ordenó mentalmente al móvil. *¡No te atrevas a colgar, Jonathan!*

Por fin lo encontró y lo sacó del bolso como si extrajera una perla de las profundidades. Parpadeó al ver la pantalla, porque en ella no aparecía el estetoscopio que absurdamente esperaba ver (¿cómo podía ser? Salvo que Jonathan hubiera vuelto a casa, hubiera recuperado su teléfono móvil del lugar donde lo había ocultado, junto a la cama). Tampoco aparecía un número del Medio Oeste («¡Qué idiota soy! No sé dónde he dejado el móvil»), sino la palabra NYPMENDOZAC. De todas las cosas molestas que podían haber aparecido, esta era la peor de todas.

Entonces se le ocurrió que Jonathan estaba muerto. Habían encontrado su cadáver y la llamaban para comunicarle la espantosa noticia. Pero qué coincidencia que fuera el mismo agente de policía, de todos los que podían haberla llamado. A lo mejor era su agente personal, lo mismo daba que conociera remotamente a la víctima de un asesinato o que tuvieran que informarla de la muerte de su marido. ¿Cuántos agentes de policía habría en Nueva York, para cuántos neoyorquinos? Y era extraño que el suyo se pusiera en contacto con ella dos veces en sólo dos días.

Bueno, pues no pienso contestar, pensó. Y todo solucionado.

Pero su padre la seguía mirando.

—¿Es Jonathan? —le preguntó.

Grace levantó el móvil, como si pudiera cambiar de opinión y ser Jonathan, después de todo. Pero no lo era.

—Papá. No sé si antes me he explicado bien, pero no sé dónde está Jonathan. Creía que estaba en un congreso en el Medio Oeste, pero ya no estoy segura.

—¿Le has llamado? —preguntó su padre, como si Grace fuera tonta.

El móvil dejó de sonar. *Qué fácil*, pensó ella. *Deseo concedido.*

—Sí, claro que lo he intentado.

—Bueno, ¿y el hospital? Seguramente ellos sabrán dónde está. *¿A qué se dedica ahora Jonathan?*

Grace se estremeció.

El móvil se estremeció también en su mano. Había empezado a sonar. NYPDMENDOZAC tenía empeño en hablar con ella.

Entonces, en un remoto lugar del interior de su ser, un lugar tan escondido que Grace ni siquiera sospechaba de su existencia ni su ubicación, algo pesado y metálico pareció abrirse con un chirrido y dejó escapar una idea terrible: todo lo que se había levantado en torno a ella estaba a punto de confluir.

—Tengo que contestar a esta llamada —le dijo a su padre.

Él salió de la habitación.

Grace hizo algo muy curioso. Se dirigió a uno de los sofás largos e incómodos de Eva y colocó su bolso cuidadosamente sobre la carísima alfombra Kirman. Luego, con una voz tan severa y formal que no la reconoció inmediatamente como propia, se mintió a sí misma, pensó que todo saldría bien.

12

Chasquido, Chasquido

Llamaron a Grace desde el vestíbulo, y allí la esperaron a que bajara el ascensor. Pero en esta ocasión no le permitieron hablar en el vestíbulo, y eso que el de la casa de Eva era más elegante y tenía un mobiliario mejor. Pero no.

En esta ocasión le pidieron formalmente que los acompañara a lo que llamaron «la oficina», donde tendrían más privacidad.

¿Privacidad para qué?, les preguntó Grace. Y como no le respondieron de inmediato, insistió:

—No lo entiendo. ¿Estoy arrestada?

Mendoza, que iba al frente del grupito, se detuvo. Ella observó —con cierta satisfacción que estaba fuera de lugar— que su grueso cuello sobresalía por encima del abrigo.

—¿Por qué cree que tendríamos que arrestarla?

Grace estaba exhausta. Se dejó llevar. Dejó que le abrieran la puerta del coche y se deslizó en el asiento trasero junto a O'Rourke, el de la barba incipiente. Como si fuera una delincuente.

—No lo entiendo —insistió, esta vez sin mucha convicción.

Cuando vio que ninguno de los policías decía nada, continuó hablando.

—Ya les he comentado que apenas conocía a la señora Alves.

Mendoza, que estaba al volante, le respondió con amabilidad.

—Hablaremos cuando lleguemos.

A continuación, y eso fue lo más curioso, dadas las circunstancias, encendió la radio. Sintonizó una emisora de música clásica. Nadie dijo una palabra más.

Al parecer, donde tenían que llegar era a la Comisaría 23 de la calle Ciento dos, a tres kilómetros del barrio donde había pasado Grace su infancia y donde ahora criaba a su hijo. Una distancia inferior a la que solía recorrer sin problemas, muy inferior a la que hacía en la cinta del gimnasio de la calle Ochenta con la Tercera Avenida, las pocas veces que iba. Y, sin embargo, Grace no había estado en su vida en la calle Ciento dos. Subieron por la Cuarta Avenida, pasaron delante de Lenox Hill, donde tanto ella como Henry habían nacido, y por delante de la iglesia donde se casaron dos ex compañeros de Rearden, y por delante del edificio de apartamentos de la calle Noventa y seis, donde vivía su amiga Vita, un edificio que estaba justo en el límite de lo que los padres de Grace consideraban Manhattan. Todos sus puntos de referencia quedaron atrás.

La ciudad de la juventud de Grace se acababa bruscamente en la calle Noventa y seis con la Cuarta Avenida (que después de un descenso subía justo en ese punto para luego precipitarse en el Harlem hispano, donde el metro emergía de su recorrido subterráneo). Tan estricta era la prohibición de su madre —también neoyorquina nativa— en cuanto a aventurarse más allá de la calle Noventa y seis que era como si hubieran colocado uno de esos carteles del fin del mundo con la advertencia: «Abandonad toda esperanza los que aquí entráis». Grace y Vita nunca desobedecieron esta norma, aunque de vez en cuando se rebelaban un poco y recorrían la susodicha calle desde la Quinta Avenida —con sus casas de piedra rojiza, el no va más de la elegancia— en dirección a East River, que era casi tan peligroso como Marjorie Reinhart temía.

De mayor Grace había estado muchas veces en Harlem, claro. Ahora no era tan peligroso. Había estudiado en la Universidad de Columbia, para empezar (Columbia, por formar parte del grupo de universidades más selectas del país, no entraba en la prohibición de rebasar la calle Noventa y seis), y trabajó de becaria en el refugio de mujeres de la calle Ciento veintiocho. Un día fue a una espantosa obra de teatro en la calle Ciento cincuenta y nueve donde la madre de un amigo de Henry encarnaba a un personaje tan experimental que se llamaba simplemente «La Mujer». Grace fue con Henry y Jonah, cuando ellos dos todavía eran amigos. A Jonathan le encantaba el restaurante Sylvia's, un entusiasmo que Grace no compartía, y en ocasiones arrastraba hasta allí a su mujer y a su hijo para tomar costillas de cerdo en salsa y macarrones. Y por supuesto tenían amigos que se habían instalado en una de las casas típicas de lo que fue un barrio sin ley, donde por el precio de lo que te costaría una caja de cerillas en el Upper East Side podías comprarte una casa de tres plantas de antes de la guerra, con un jardín trasero y con el único inconveniente de que venir andando desde el metro daba un poco de miedo. Grace había leído en alguna parte que ahora incluso había una agencia inmobiliaria de Brown Harris Stevens.

A pesar de todo, cuando entraron en Harlem Grace se puso tensa.

Abandonad toda esperanza los que aquí entráis.

Resultó que la Comisaría de Policía número 23 era un edificio que parecía imitar el cubo de Rubick, pero en tonos beis. Entraron y recorrieron rápidamente un pasillo que llevaba a un cuartito de reuniones. Para hacer la situación más surrealista, el detective O'Rourke le ofreció a Grace un capuchino. Ella casi sonrió.

—No, muchas gracias —dijo.

Mejor un trago de whisky, estuvo a punto de decir, pero en realidad tampoco quería beber.

O'Rourke fue en busca de un café para él. Mendoza le preguntó a Grace si quería ir al lavabo. Ella le contestó que no. ¿Eran siempre tan educados? Entonces vio que Mendoza miraba el reloj (¿ya estaba aburrido?) y anotaba la hora.

—¿Necesito un abogado? —les preguntó Grace.

Los policías se miraron.

—Diría que no es necesario —respondió O'Rourke.

Ahora los dos escribían. Uno tomaba notas en un bloc de páginas amarillas y el otro rellenaba un formulario. De sus vasos de café se elevaba una columna de vapor.

—Señora Sachs —intervino de repente Mendoza—. ¿Está usted cómoda?

¿A qué venía eso? Claro que no estaba cómoda. Grace lo miró con expresión grave.

—Claro. Pero no entiendo nada.

—Comprendo —replicó el policía con un gesto de asentimiento.

Y salvo que ella se equivocara de lleno, ese gesto de asentimiento y la expresión amable y evasiva que lo acompañaba, así como el tono suave y vagamente musical de su voz, eran el abecé de cualquier manual para terapeutas. Esto la irritó. Y se irritó todavía más cuando Mendoza observó:

—Esto tiene que ser muy difícil para usted.

—Ni siquiera sé a qué se refieren con «esto» —repuso Grace, mirando alternativamente a uno y otro policía—. ¿A qué se refieren con «esto»? Ya saben que apenas conocía a Málaga Alves, no tenía sentimientos hacia ella, ni buenos ni malos. Lamento mucho que haya sido…

¿Qué?, se preguntó Grace. ¿Cómo iba a finalizar esa estúpida frase?

—Que haya sido… atacada. Es terrible. Pero ¿pueden decirme qué hago aquí?

Los policías se miraron. Grace pudo ver el silencioso diálogo que se estableció entre dos personas que se conocían muy bien. No estaban de acuerdo. Prevaleció la opinión de uno de ellos.

O'Rourke se inclinó hacia delante, apoyó los codos sobre la mesa y preguntó:

—Señora Sachs, ¿dónde está su marido?

Grace se quedó sin habla. Sacudió la cabeza, intentando entender. Era una situación absurda.

—No entiendo. Pensaba que se trataba de la señora Alves.

—Así es —confirmó Mendoza muy serio—. Se trata de la señora Alves. Se lo preguntaré de nuevo: ¿dónde está su marido, señora Sachs?

—No creo que mi marido conociera a la señora Alves.

—¿Dónde está? ¿Se encuentra en su apartamento, en la calle Ochenta y uno?

—¿Cómo dice? No, por supuesto que no.

—¿Por qué «por supuesto que no»? —preguntó O'Rourke con lo que parecía sincera curiosidad.

—Bueno, porque…

Porque si Jonathan estuviera en el apartamento ella no se habría pasado las últimas veinticuatro horas en semejante estado de terror. Sabría dónde estaba. Tal vez no lo entendería, pero al menos lo sabría. Claro que esto no lo podía decir. Lo que fuera que le pasaba a Jonathan, a ellos dos como pareja, no era asunto de la policía.

—¿Por qué iba a estar en casa? Les he dicho que se encuentra en un congreso médico. Y si estuviera en la ciudad, estaría trabajando. Pero no está.

Los policías la miraron muy serios. O'Rourke frunció los labios, inclinó la cabeza. La luz del fluorescente se reflejó en su calva.

—¿Y *dónde* estaría trabajando?

Lo preguntó con un tono como si no quisiera pasarse de la raya. Había en su pregunta lástima y crueldad al mismo tiempo. Era una mezcla tan radiactiva que Grace se encogió como si la hubieran pinchado. Los policías la miraban fijamente, esperando su respuesta. No se habían quitado la chaqueta, y la verdad era que hacía un poco de calor en el cuarto. ¿Era a propósito? O tal vez el ayuntamiento tendía a caldear demasiado sus dependencias. El hecho era que hacía calor. Grace se había quitado el abrigo y lo tenía sobre el regazo. Lo agarraba con fuerza, como si se le fuera a escapar. Tenía calor, por eso se lo había quitado. De otra forma no lo habría hecho, porque quitarte el abrigo significa que vas a quedarte un rato, y ella no tenía intención de quedarse ni un segundo más del necesario. ¿No tenían calor ellos dos? O'Rourke, el calvo, parecía acalorado. Se le había formado una fina película de sudor en la frente, o en la calva, o donde fuera que tendría que estar su pelo si lo tuviera. El otro también parecía incómodo. Aunque tal vez era a causa de las chaquetas que llevaban, que les tiraban de la sisa.

De repente Grace se vio a sí misma colgando de un precipicio, sujeta por unas cuerdas. Había muchas cuerdas, las suficientes como para sentirse segura. Siempre había tenido cuerdas, eso lo sabía: estabilidad, buena salud, dinero, educación. Era lo bastante lista como para darse cuenta. Pero las cuerdas se estaban rompiendo, una a una. Podía oír cómo se quebraban. Todavía no era grave, todavía había muchas que la sujetaban. Y tampoco pesaba tanto. No necesitaba demasiadas.

—En el Memorial Sloan-Kettering —respondió, reuniendo toda la autoridad de la que fue capaz.

Si no era por respeto a ella, por respeto a la institución. Normalmente bastaba con mencionarla. Aunque en esta ocasión se preguntó si era la última vez que la mencionaría.

—Es un médico del Memorial.

—¿De qué especialidad?

—Oncología infantil. Cáncer —contestó Grace, por si acaso no lo entendían—. Cáncer de *niños*.

Mendoza se recostó en la silla. Estuvo un largo rato así, mirándola como si quisiera desentrañar una información codificada. Luego tomó una decisión.

Había una caja sobre la mesa. Una caja normal, de las que contienen documentos. Ya estaba sobre la mesa cuando entraron, y tal vez por eso Grace no le prestó mucha atención. Pero Mendoza acercó la caja, le quitó la tapa y la puso en la silla junto a él. De allí sacó un expediente. No era muy grueso. Esto era buena señal, ¿no? Por lo menos, en lo que se refiera a los expedientes médicos, era mejor que fueran finos que gruesos. Cuando Mendoza abrió la carpeta, Grace vio con sorpresa que los papeles tenían el logo del hospital, un caduceo en el que el bastón de Esculapio era una flecha que apuntaba hacia arriba y las serpientes se habían convertido en cruces posmodernas. Grace no podía creer lo que veía.

—Señora Sachs —intervino O'Rourke—, puede que no esté al corriente de que su marido ya no trabaja en el Memorial.

Chasquido.

Grace no podía decidir si lo que le extrañaba más era la noticia de que Jonathan no trabajaba en el hospital o que el policía hubiera empleado la abreviatura habitual.

—No. No es posible. Quiero decir, no lo sabía.

O'Rourke levantó el papel y lo observó atentamente, mientras Grace contemplaba el logo del hospital.

—De acuerdo con el doctor Robertson Sharp…

El Zurullo, añadió Grace.

—El doctor Jonathan Sachs dejó de trabajar para el hospital el primero de marzo de este año.

Chasquido. Chasquido.

O'Rourke miró a Grace por encima del papel.

—¿No sabía nada de esto?

No digas nada, le advirtió una vocecita en su interior. *No les des nada que puedan usar para empeorar la situación.* Hizo un gesto negativo.

—¿Quiere decir que no, que no tenía noticia de esto?

Para la posterioridad, pensó Grace. *Para que quede constancia.*

—No tenía noticia —consiguió responder.

—¿Y no sabía tampoco que la rescisión del contrato se debió a dos acciones disciplinarias previas del hospital?

No. *Chasquido, chasquido.*

Bueno, ¿a qué se dedica ahora Jonathan?

—Me gustaría parar —solicitó a los policías—. ¿Podemos parar?

—No, por desgracia no vamos a parar.

—¿Y seguro que no necesito un abogado?

—Señora Sachs —replicó O'Rourke enfadado—. ¿Para qué quiere un abogado? ¿Está usted escondiendo a su marido? Porque, en ese caso, necesitará un abogado muy bueno.

—Pero… ¡claro que no!

Grace notó que le ardían las mejillas, la garganta. Pero no lloraba, no iba a llorar.

—Pensé que estaba en un congreso médico.

La explicación le sonó floja incluso a ella misma. Grace la terapeuta hubiera querido darle un grito.

—En el Medio Oeste.

—Es una zona muy amplia. ¿En qué parte del Medio Oeste? —preguntó Mendoza.

—Creo que… Ohio.

—Ohio.

—O… Illinois.

O'Rourke soltó una carcajada.

—O Indiana, o Iowa. Todos nos suenan igual, ¿no?

Y así era, a oídos de un neoyorquino. Como la famosa frase de Saul Steinberg sobre su visión del mundo: más allá del Hudson, todo se reducía a «ahí fuera».

—No recuerdo lo que me dijo. Había un congreso de oncología pediátrica. Él es…

Grace se estremeció. Porque al parecer ya no lo era. *Dios mío, Jonathan.*

—Y no está en su apartamento.

—¡No! —gritó—. Ya se lo he dicho. No está.

—Pero, de acuerdo con Verizon, su teléfono sí que está allí.

—Ah, sí. Su teléfono está en casa.

O'Rourke se inclinó hacia ella. Parecía haberle crecido la barba en la última hora. *Debe de afeitarse dos veces al día*, pensó vagamente Grace. Jonathan se afeitaba por la mañana, y a veces no lo hacía si tenía mucha prisa.

—El teléfono de su marido está en su apartamento, pero su marido no.

Ella asintió. Esto no podía negarlo.

—Así es.

—Podía haber mencionado este detalle —refunfuñó O'Rourke molesto.

Grace se encogió de hombros. Casi le gustó verle tan enfadado.

—No me preguntaron por su teléfono, sino dónde estaba él. Se dejó el móvil en casa. No es la primera vez que le ocurre.

Buen discurso, pensó Grace a modo de conclusión. Pero Grace la psicóloga pensó: *¿Esto tiene sentido?*

—Y esto le parece lógico —continuó Mendoza.

Ella estuvo a punto de soltar una carcajada. Por supuesto que no era lógico. Casi nada de esto tenía sentido.

—Miren, esto que me cuentan sobre Jonathan, bueno, no digo que se lo hayan inventado. Es terrible, y desde luego tengo que asimilarlo, pero sigo sin entender qué tiene que ver con ustedes. Quiero decir que si a Jonathan lo han despedido del trabajo y no me ha dicho nada, tendremos que hablarlo…

Hizo una pausa. Inspiró. Le había costado bastante llegar hasta aquí.

—Él y yo tendremos mucho de qué hablar. Y será bastante duro, pero será entre nosotros dos. ¿Por qué estamos hablando de ello en una comisaría de policía?

O'Rourke volvió a coger la carpeta y pasó algunas páginas. Luego, con un suspiro, la cerró y tamborileó con los dedos sobre las tapas grises.

—Mire, lo que no entiendo es que no haya preguntado qué hizo para que le despidieran. ¿No lo quiere saber?

Grace se quedó pensativa. Y la verdad era que no, no quería saberlo. No quería saberlo de ninguna manera. Claro que un día se enteraría. Por supuesto, Jonathan y su jefe nunca se habían llevado bien. Si te llevas bien con alguien no lo apodas el Zurullo. Su marido siempre le dio a entender que Robertson Sharp representaba lo peor de la vieja escuela en cuanto al trato con los enfermos. Solamente le importaban los resultados clínicos, y no mantenía más que un trato superficial con los pacientes y sus familias. A medida que el hospital había incluido algunos sistemas de apoyo a los pacientes, él se había retirado todavía más. Los defensores del paciente, los consejeros de familia y los terapeutas de todos los colores y tendencias podían encargarse de la parte más sensible. El doctor Sharp se limitaba a examinar y evaluar a los pacientes, pedir las pruebas y recetar medicamentos. Es lo que les enseñaban en las facultades de medicina de la década de 1960; no podías culparle. Y en cuanto a su personalidad…, bueno, hay gente a la que no le importa caer mal.

—¿Señora Sachs?

Grace se encogió de hombros.

—El Memorial nos entregó ayer los archivos.

Ella se incorporó.

—Consiguieron sus archivos confidenciales.

—Sí, por orden judicial.

—¿Los archivos de su relación con el hospital? —preguntó Grace incrédula.

—Así es. Los archivos de su relación con el hospital. Gracias a una orden judicial emitida ayer por la mañana. Los tengo aquí. ¿En serio no sabe nada?

Ella negó con la cabeza. Estaba intentando respirar.

—De acuerdo. Entre 2007 y 2012 hay varias citaciones por acoso a personal del hospital. Dos citaciones por dinero en metálico recibido de los familiares de los pacientes, otras dos por contacto inapropiado con familiares del paciente...

—Oh, un momento —lo interrumpió Grace—. Ahora eso... Esto es absurdo, desde luego.

—En enero de este año —continuó O'Rourke— hubo una amonestación formal después de un enfrentamiento físico con un médico del hospital, con resultado de heridas. El otro médico no quiso presentar cargos.

—Vale —rió Grace.

Jonathan hiriendo a alguien. ¿Habían *visto* a su marido alguna vez?

—¿Heridas?

—Dos dedos rotos y un corte que requirió dos puntos para la otra persona.

Chasquido, chasquido, chasquido. Grace se apoyó en la mesa. Oh, no, pensó. *Alguien ha decidido escribir una historia de horror basándose en mi vida.* Como esas personas que cogen tus memorias familiares y las convierten en una canción para la celebración de las bodas de oro. Pero no del todo. Este cuento de miedo, por ejemplo, explicaría el diente que se había mellado Jonathan al caer por la escalera.

—No fue así como se melló el diente —comentó.

—¿Disculpe? —preguntó Mendoza.

—No fue así como se lo rompió. Tropezó y se cayó por la escalera.

¡El hospital tuvo suerte de que no les pusiera una denuncia!

—El otro médico tuvo que ser atendido de urgencias en el Memorial. Los hechos se produjeron en presencia de testigos, y la víctima hizo una declaración ante el tribunal disciplinario.

Los hechos. La víctima. Tribunal disciplinario. Igual que si hubiera pasado de verdad. Pero no había pasado, era una locura.

—Se cayó por las escaleras y tuvo que ponerse un implante dental. No pudieron salvarle el diente,

¿No sentís un poco de compasión?, pensó.

—Si lo miras de cerca, se ve una diferencia de color.

—Finalmente, el pasado mes de febrero hubo una vista ante el tribunal disciplinario por supuesto contacto inapropiado con otro familiar de un paciente.

—¡Escuchen!

El grito fue tan agudo que Grace no estaba segura de haberlo emitido ella.

—¡Es cáncer! Son niños con cáncer. Jonathan es un hombre afectuoso. No es uno de esos capullos que te sueltan sin más que tu hijo se va a morir. Él se preocupa por la gente. Quiero decir, hay médicos que se limitan a cumplir, te comunican la peor noticia de tu vida y salen por la puerta. Pero Jonathan no es así. Es posible que haya… abrazado a alguien, tocado a alguien, pero eso no significa…

Se detuvo para coger aire,

—Es una acusación horrible.

Mendoza movía la cabeza a un lado y a otro. La grasa de su cuello pasaba de un lado a otro. Grace detestaba ese cuello, detestaba a ese hombre.

—El nombre de la paciente…

—¡Es confidencial! —gritó Grace—. No me digan el nombre de la paciente. No es asunto mío.

Y no lo quiero saber, pensó. Porque en realidad ya lo sabía, y era demasiado horrible. Sólo le quedaba una cuerda, una fina cuerda de seda que la sostenía sobre el precipicio, y allá abajo, tan abajo que no podía ver el final, había un lugar donde ella no había estado nunca, ni siquiera en los peores momentos de su vida, cuando murió su madre, o cuando los niños que tanto deseaba no llegaban, o llegaban y se iban demasiado pronto. Ni siquiera eso fue tan malo.

—El paciente de su marido era Miguel Alves, diagnosticado con un Wills... —Mendoza bizqueó al intentar descifrar el texto. Miró a su compañero.

—Wilms —rectificó O'Rourke en tono monótono.

—Un tumor de Wilms en septiembre de 2012. La madre de Miguel era Málaga Alves, claro.

Por supuesto. Todo lo que subía tenía que converger.

—De modo que perdone que se lo pregunte, señora Sachs. Me enfadaré de verdad si sigue diciéndome que no tengo razón, que todo es un error y que su marido está en un maldito congreso de niños con cáncer y se olvidó su teléfono. No sé lo que piensa hacer a continuación, pero ya se lo dije: *no lo proteja.* No sería una decisión... ¿cómo lo dicen ustedes?, saludable. No sé si es usted buena en su trabajo, pero yo soy muy bueno en el mío, y encontraré a Jonathan dondequiera que esté. De modo que si sabe usted algo, este sería el momento de decirlo.

Pero Grace guardó silencio, porque tenía la boca llena de viento, porque ya nada la sostenía y estaba cayendo y cayendo. Nada la detendría.

13

Los espacios entre las casas

Probablemente hubo más. Tuvo que haber más, porque Grace tardó dos horas en salir. O tres, o... el caso es que era muy tarde cuando salió a una calle del Harlem latino en plena noche. En otro día cualquiera de su vida le habría preocupado, pero hoy no le importaba en absoluto. Hoy, esta noche, lo único que sentía era el frío adormecedor de diciembre y el sueño de la hipotermia. Al parecer no era la peor manera de morir. Eso le había dicho Jonathan, que era un gran conocedor de lugares fríos, polares. La noche en que se conocieron estaba leyendo un libro sobre Klondike, y había leído muchos más desde entonces. En la pared de su cuarto, en el piso de arriba, que Grace visitó aquella misma noche, había una postal con la famosa imagen de la larga hilera de peregrinos de la Fiebre del Oro subiendo lentamente por las escaleras de oro de Chilkoot Pass, en Alaska, en busca de su fortuna. Iban en fila india, con el cuerpo encorvado, azotados por el viento, en medio de un frío helador. Ese relato de Jack London que tanto le gustaba a su marido, sobre el hombre y el perro y la hoguera que se apaga en el frío de la noche ártica... acabó en hipotermia. Si Grace se quedara parada ahí mismo, en la acera, también era posible que muriera de hipotermia.

Los policías no se ofrecieron a acompañarla a casa, y de haberlo hecho, ella probablemente no habría aceptado. No podía esperar a salir de allí, de esa horrible comisaría mugrienta con la sala de espera rebosante de personas desgraciadas: mujeres y hombres exhaustos, a veces familias enteras, como en la sala de urgencias de un hospital. (¿Qué hacían ahí?, se preguntó Grace cuando pasó rápidamente ante ellos y corrió a la puerta de salida, como si escapara de una casa llena de humo. ¿Qué podían ofrecerles los agentes de la Comisaría 23 a esta hora de la noche?) Apenas la miraron cuando pasó ante ellos, pero Grace no lograba quitarse de la cabeza la idea de que captaban algo en ella —*sobre* ella— que ella misma no era capaz de ver. Se ponía enferma sólo de pensarlo. Una vez fuera, corrió por la calle Ciento dos en dirección a Lexington, y siguió adelante. No había nada abierto, salvo una bodega en la esquina con Pampers que exhibía refrescos mexicanos en las ventanas y una puerta cubierta de anuncios de lotería. A media manzana se quedó sin aliento, pero era porque estaba llorando.

Cuando llegó a la esquina de la Cuarta Avenida, comprendió que no podría seguir haciendo las cosas normales de su vida normal. La Cuarta Avenida no significaba aquí lo mismo que seis manzanas más allá. Llegó a las vías elevadas del metro, que parecían extenderse hasta el infinito sin que se viera ningún punto de acceso. No había autobuses, por supuesto. Y la Cuarta Avenida no tenía línea de autobús. (Aunque siempre había vivido alrededor de la Cuarta Avenida, era la primera vez que se preguntaba por qué esta calle estaba exenta de autobuses.) Finalmente giró hacia el sur y caminó a paso rápido junto a las vías. El viento helado le azotaba las mejillas y la desolación aullaba junto a ella.

Pensó que Henry seguiría en casa de Eva y su padre, claro. No lo habrían llevado a casa, y ella no había tenido ocasión de dar instrucciones. Cuando recibió la llamada de la policía, les dijo que tenía que ir al hospital a ocuparse de uno de sus pacientes, una mentira que se le ocurrió tan rápidamente, con tal naturalidad, que se maravilló de su propia capacidad de engaño. *¿Cuándo he aprendido a mentir tan bien?*, se preguntó ahora mientras atravesaba la calle Noventa y nueve y divisaba la seductora imagen de la Cuarta Avenida con la calle Noventa y seis y sus edificios con toldo.

En cuanto vuelva a ver a Jonathan, pensó Grace furiosa, le pediré que me explique cómo habían sufrido semejante metamorfosis, cómo se habían vuelto capaces de tanta falsedad. Era una capacidad que siempre le sorprendía cuando la descubría en uno de sus pacientes. Le fascinaba la gente que tenía esa agilidad para tomar un hecho indiscutible, modificarlo sobre la marcha, y devolverlo convertido en algo totalmente diferente. Así es como una pelea con un colega puede convertirse en una caída por las escaleras. Así es como una pareja de policías que esperan en el vestíbulo se convierte en un paciente que ha intentado suicidarse y necesita a su psicóloga.

Pero lo que ella había hecho no era lo mismo. Personalmente, no le importaba contarle la verdad a Eva o a su padre. Podría haberles explicado sus problemas y aliviar así su carga de preocupación, pero su instinto —mentirles había sido una reacción puramente instintiva— le había indicado que se guardara todo el veneno para ella.

Luego pensó: *¿Y cómo sé que esto no es lo mismo que hace Jonathan? ¿Cómo puedo saber que no hay… algo de lo que nos quiere proteger? Una amenaza, una información que le ha hecho la vida imposible…* Esta idea tan rebuscada le dio esperanza, pese a que carecía totalmente de base. Podía ser. Era posible que hubiera querido protegerles a ella y a Henry de algo terrible, igual que ella había querido proteger a su hijo y a su padre. Jonathan los estaba protegiendo, dondequiera que estuviera, apartando esa cosa terrible de sus seres queridos.

Para, se dijo. Y le sorprendió comprobar que lo había dicho en voz alta.

Como en respuesta a su orden, un coche —viejo, oscuro, Grace no sabía nada de coches—, redujo la marcha a su lado. Ella cruzó corriendo la calle Noventa y ocho. El coche tuvo que esperar en el semáforo.

Subió corriendo colina arriba y pasó por delante del lugar donde los trenes emergían al exterior. Y como si lo hubiera pedido, un taxi se materializó a su lado en cuanto llegó a la esquina de la calle Noventa y seis con la Cuarta Avenida. Grace se apresuró a cogerlo.

—Cuarta Avenida con la Ochenta y seis, por favor.

El conductor, si es que había conductor, apenas miró alrededor. La pantalla de vídeo que había en el panel de separación cobró vida con una incomprensible historia de las rebajas del fin de semana en

Park Slope. Grace se pasó un minuto intentando sin éxito quitarle el sonido, y acabó tan frustrada que casi se tapó los oídos.

Rebajas. Los hubiera matado. Hubiera matado a cualquier persona que se le venía a la cabeza.

En la calle Ochenta y seis tuvieron que pararse ante el semáforo en rojo. El conductor tamborileaba los dedos sobre el volante. No le había dirigido ni una mirada, ni había mirado por el retrovisor, pensó Grace. Le recordó al taxista fantasmal del relato de Elizabeth Bowen, *La amante del demonio*, en que una mujer se ve transportada por «una red de calles desiertas». La Cuarta Avenida, el eje central de la mayor parte de su vida, le parecía ahora algo nuevo y preocupante, un lugar desconocido, un camino sin retorno.

El semáforo cambió a verde.

Grace pagó al taxista en efectivo y se bajó en la esquina. Recorrió la calle ahora silenciosa, el tramo de calle que habría recorrido unas veinte mil veces o así desde que nació. No había cambiado tanto, pensó. Los árboles que su madre pidió al ayuntamiento a través de la asociación de vecinos ya estaban crecidos, y allí seguía la boca de riego donde ella tropezó cuando tenía seis años, con resultado de dos fracturas en el codo, y aquí, frente a la consulta del cardiólogo, estuvo mirando cómo Henry se bamboleaba sobre la bicicleta y empezaba a pedalear. Vita se refirió una vez a la calle Ochenta y uno, entre Madison y la Cuarta Avenida, como «una calle que escapa al radar», porque no tenía ningún edificio singular, ninguna iglesia emblemática, ningún hospital o colegio de importancia. La mayoría de las calles de esta parte de Manhattan contaban por lo menos con unas cuantas casas adosadas que podían seducir a un magnate o a un nuevo rico, pero su calle no tenía nada de eso. Sólo había cuatro edificios de apartamentos (tres de ellos de los de piedra caliza de antes de la guerra, y el cuarto, más moderno, de un ladrillo blanco bastante feo, pero que por lo menos no era llamativo). Había consultas de médicos entre los apartamentos, o en la planta baja, junto al vestíbulo. Era un pequeño remanso para familias como la de Grace, tanto para su familia de origen como para la que había formado.

Pues sí, pensó. *La familia que he formado.*

El conserje le abrió la puerta, la saludó con el acostumbrado «Buenas tardes» y la acompañó al ascensor. Grace apartó la vista del sofá y la butaca del vestíbulo. Le resultaba difícil imaginar un tiempo anterior a la aparición de O'Rourke y Mendoza, un tiempo en que no hubiera visto de cerca las carnes de Mendoza rebasando el cuello de la camisa o las pecas rojizas que salpicaban el rostro de O'Rourke. Se dio cuenta de que sólo había que remontarse hasta ayer, o mejor dicho —dado que ya era más de medianoche— a anteayer. Sin embargo, ya los tenía tan grabados a fuego en su memoria que se colaban en cualquier otra cosa que intentara pensar. Intentó olvidarse de ellos, pero tras un par de intentos fallidos lo dejó estar.

El conserje sujetó la puerta del ascensor para que Grace entrara y esperó a que se cerrara.

En cuanto llegó a su apartamento, el peso de todo lo sucedido se le vino encima. Atravesó a trompicones el recibidor y, víctima de un ataque de náusea, se sentó en una silla y colocó la cabeza entre las rodillas, tal como solía aconsejar a sus pacientes que hicieran cuando les parecía que perdían el control. Notaba fuertes palpitaciones en la cabeza, y lo único que le impedía vomitar era que sabía perfectamente que no tenía nada en el estómago. No había comido nada desde… casi le aliviaba tener un problema concreto que resolver… desde la mañana. Esta mañana. No era extraño que se encontrara tan mal, pensó. Debería comer algo para poder vomitar y sentirse mejor.

El apartamento estaba a oscuras. Grace se levantó y encendió una luz. A continuación, como si fuera un día normal en que hubiera vuelto a casa después de visitar pacientes o de trabajar en la captación de fondos para el colegio de su hijo, entró en la cocina y abrió la nevera. No había gran cosa dentro. No había comprado nada desde… era difícil recordarlo. Un momento: las costillas de cordero y la coliflor. Esto lo compró en Gristedes antes de encontrarse con los policías en el vestíbulo. ¿Cuánto tiempo hacía de eso? Había, como siempre, cartones de leche y de zumo, condimentos, una caja abierta de *muffins* ingleses y un recipiente con las empanadas sobrantes del restaurante cubano donde ella y Henry habían cenado el lunes por la noche, el día en que su marido se marchó. Grace no quería comérselas. Las detestaba. Abrió con furia la puerta del cubo de basura y arrojó las empanadas dentro. Y eso era todo lo que había, aparte del queso.

Siempre había queso en la nevera, grandes pedazos de queso envuelto en un grasiento papel de celofán que ocupaban un compartimento casi por entero. El queso lo había comprado Jonathan. Era lo único que compraba de comer, salvo que Grace le pidiera algo concreto o le hiciera una lista. Compraba quesos redondos enteros o grandes pedazos, como si le preocupara quedarse sin, pero no solía comprar otra cosa que los quesos más comunes de Wisconsin y de Vermont. Unas navidades ella le regaló una suscripción al «queso del mes», y mensualmente les llegaban ofertas de quesos exóticos y artesanales provenientes de los puntos más remotos de la cocina americana. Jonathan se los comía y parecía apreciarlos, pero en cuanto se acababan volvía a las porciones de queso pálido y aburrido. Cuando era estudiante de medicina, era este queso el que tenía siempre en su neverita, junto con los artículos propios de los que no pueden dormir, como el café helado, y de los malnutridos, como las vainas de edamame (que en aquel entonces eran muy exóticas). Los estudiantes de medicina son criaturas muy básicas, le comentó a Grace por aquel entonces; tenían que ir tan deprisa y trabajaban tanto que sólo les quedaba tiempo para cumplir con las necesidades básicas: *ingerir proteínas, vaciar la vejiga* y, sobre todo, *dormir*.

A Grace no le gustaba mucho el queso, sobre todo el *cheddar*, pero hoy era un día especial. *Ahora soy una criatura básica*, pensó. *Tengo que ingerir proteínas, vaciar la vejiga, salvar a mi hijo, salvarme a mí misma*. Cortó un pedazo de queso y se obligó a comerlo. Acto seguido sufrió un nuevo ataque de náuseas.

Después volvió a extraer el cubo de basura corredizo, cogió el *cheddar* con las dos manos y lo arrojó dentro.

Al cabo de un instante estaba vomitando sobre el fregadero de la cocina.

Si no hay proteína, no hay culpables, reflexionó. Y todavía inclinada sobre el fregadero rompió a reír sin parar.

En este apartamento tranquilo y oscuro se le habían pasado por alto una combinación de cosas, o una red de cosas. Había un sistema que funcionaba más allá de su comprensión que había partido su vida en pedazos. Y ahora tenía que interpretarlos para unos hombres horribles que esperaban que les mostrara el camino que iba de la comparecencia ante un tribunal disciplinario hasta el asesinato de una mujer. Pero ella no sabía nada ni de una cosa ni de otra. Apenas unas horas antes le habían ido mostrando y encajando esos pedazos. ¿Una tarjeta de cajero automático? ¿Una cuenta de la que nunca había oído hablar… de Emigrant Bank? ¿Qué querían que les dijera? (Por cierto, ¿Emigrant Bank? Parecía algo salido de otro siglo. ¿Dónde estaba?, ¿en Lower East Side?) Y un par de pantalones de pana. Les interesaban mucho los pantalones de pana. Pero Jonathan tenía muchos pantalones de pana. Los encontraba cómodos y le sentaban bien. ¿A qué pantalones se referían? Su marido nunca había llevado pantalones de pana hasta que Grace fue con él de compras años atrás, en Boston. ¿La hacía eso responsable de algo?

¿Y cómo iba a explicar lo que fuera si ni siquiera podía sacar la cabeza del fregadero?

Arriba, se dijo Grace. Se apoyó con fuerza en los bordes de granito del fregadero de acero. No podía soportar la idea de lo que ocurría, de las verdades que se le habían escapado. De haber habido posibilidad de dormir, tal vez habría esperado hasta el día siguiente, o la noche siguiente, pero no podía esperar, no podía hacer nada hasta terminar con esto.

Entró primero en el dormitorio de Henry. Era el lugar menos probable, y por lo tanto el primero que había que mirar.

Miró en las paredes, en los cajones, en las estanterías, en el armario. No había nada que no hubiera colocado ella misma o que hubiera visto hacer a su hijo: dibujos, ropa, un libro de autógrafos del campamento, carpetas de partituras de violín con severas anotaciones del señor Rosenbau («*Forte! Forte!*»). En las estanterías estaban los libros que su hijo había leído, los libros de texto del curso anterior, una arrugada fotografía de Henry un tiempo atrás con su amigo Jonah, el que ya no le dirigía la palabra (Grace, que tenía ganas de tomarla con alguien, la rompió en pedazos), y una foto enmarcada de Henry y Jonathan en su graduación de sexto curso. Alzó la foto y observó sus rostros, tan parecidos y tan felices. Ambos estaban un poco acalorados (era el mes de junio y hacía calor en la zona de recreo detrás del colegio). Ella tomó la foto. Esto era algo seguro.

En el cuarto de Henry no había nada.

Su hijo no estaba en su cuarto. Estaba donde ella lo había dejado, en casa de Eva y de su padre, y allí pasaría la noche, esto Grace lo tenía claro. A estas alturas, incluso su madre y la mujer de su padre habrían comprendido que había ocurrido algo grave que iba más allá del número de comensales en la mesa y la buena educación. Ahora Henry necesitaría cosas. Algunas serían más fáciles de conseguir que otras.

Encendió la lámpara que había sobre el escritorio. *El señor de las moscas* yacía boca abajo, abierto por una de las últimas páginas. Grace le dio la vuelta y leyó el párrafo que parecía describir la muerte de Piggy, pero era un texto tan oscuro que tuvo que leerlo varias veces para comprender cómo lo habían matado, hasta que comprendió que no tenía importancia. Volvió a poner el libro en su sitio. Henry lo necesitaría mañana, pensó, mirando alrededor. Y su carpeta de mates, y su libro de latín. Intentó recordar si ensayaba con la orquesta. Intentó recordar en qué día de la semana estaba.

Abrió el armario de su hijo y sacó una camisa de manga larga, un jersey azul, pantalones vaqueros. De los cajones de la cómoda sacó ropa interior y calcetines. Metió la ropa y los libros en una vieja bolsa Puma de deportes que había en su armario. Había pertenecido a Jonathan, pero el año anterior ella le compró una bolsa nueva, más bonita —de cuero marrón con una larga correa— y él le pasó la vieja a Henry, que por alguna incomprensible razón de adolescente había decidido que la marca Puma era más *cool* que la ubicua Nike. Grace contuvo el aliento. La bolsa de deportes de

Jonathan. Hacía tiempo que no veía esa bolsa de cuero con la larga correa.

Coge la bolsa de deportes con las cosas y llévala a la puerta de entrada para que tu traumatizado cerebro no la olvide mañana ante el inicio de un aterrador día de trabajo.

Se dirigió al pasillo y pasó ante uno de los excéntricos retratos escolares de 1940 y 1950 que había ido comprando, sobre todo en el rastrillo Elephant's Trunk, en Connecticut. Eran retratos de modelos de expresión adusta, hechos con poca gracia. Las fotos eran bastante malas, y juntas conformaban una suerte de galería de rostros poco agraciados que parecían juzgarte:

¿Vas a salir así vestida a la calle?

Yo no lo haría.

Espero que no te sientas orgullosa de esto.

El cuadro del pasillo representaba a una mujer de expresión severa, más o menos de la edad de Grace, con una media melena y una nariz que parecía demasiado pequeña para su cara y su expresión. Estaba colgado sobre una de esas mesas inglesas o irlandesas de estilo minimalista que se importaron a montones. Grace y Jonathan la compraron en el Pier Show, pero no fue una decisión acertada, porque no era tan vieja como el vendedor les aseguró, y les costó demasiado cara para lo que era. Y precisamente porque les costó tan cara se sintieron obligados a conservarla. En el único cajón de la mesa había pilas, cinta adhesiva y folletos de gimnasio. ¿Había pensado Jonathan en cambiar de gimnasio? No, los folletos eran suyos, recordó Grace. De hacía un año. Nada importante.

Rebuscó en el armario del vestíbulo, metió la mano en cada bolsillo y solamente encontró pañuelos de papel arrugados y un envoltorio de chicle. Los abrigos los había comprado ella, los reconocía todos: Brooks Brothers, Towne Shoppe en Ridgefield, la parka favorita de Henry, de Old Navy, con su falso ribete de piel, el abrigo de piel de zorro que había pertenecido a su madre y que Grace no se ponía nunca porque no llevaba pieles, pero del que no se podía deshacer porque era de su madre. Podía responder de cada guante, de cada bota y de cada paraguas, y había comprado también todas las bufandas del estante superior, excepto una que Jonathan trajo un día a casa, dos años atrás.

Grace la sacó para mirarla. Era de lana verde, nada fea. ¿Estaba tejida a mano? No tenía etiqueta. Estaba bien tejida, tenía una textura rústica muy auténtica. Ella misma la podría haber comprado en una tienda para su marido. Pero no fue ella. De repente se sintió furiosa con la bufanda que se había introducido tan subrepticiamente en su casa, a saber con qué propósito. La agarró cuidadosamente entre el índice y el pulgar y la dejó caer al suelo antes de pasar a la siguiente habitación.

Los sofás y las butacas del salón los compraron unos años antes aprovechando que renovaban los muebles en el cuarto piso de ABC Carpet & Home (no querían nada que pareciera demasiado barato). Aquel día Jonathan estuvo allí, y también Henry, sentado en una butaca leyendo *Narnia* mientras sus padres compraban los muebles. Todo era comprobable. Había dos cuadros, dos estudios del mismo joven —sin duda de la misma escuela artística, pero hechos por dos pintores muy diferentes—, también de Elephant's Trunk. Estaban enmarcados en idéntica madera negra, como para resaltar las diferencias. En una versión, el hombre estaba delineado con trazo tan grueso y rígido que rozaba el cubismo. La camisa blanca del hombre y sus pantalones kaki estaban dispuestos en una postura tan rígida (las piernas cruzadas, el torso inclinado hacia delante, el codo colocado sobre el muslo en un gesto imposible) que parecía tremendamente incómoda. En la otra versión, el hombre tenía un aspecto tan sensual que Grace daba por supuesto que había habido un flirteo entre el modelo y el artista (aunque necesariamente silencioso). No se imaginaba qué extraño destino había llevado, a esta pareja tan distinta, desde la creación por separado pero simultánea hasta quedar el uno junto al otro en el rastrillo de la carretera 7, y de allí al Upper East Side de Manhattan.

Siguió con su búsqueda. En el pasillo que llevaba al dormitorio principal había un armario de ropa blanca: toallas con olor a humedad, juegos de sábanas (las superiores perfectamente dobladas, las bajeras ajustables mucho menos), jabón, enjuague bucal, y en el

estante superior el champú anticaspa de Jonathan que ella compraba en grandes cantidades. Nada. Nada. El cabestrillo de cuando
Henry se torció la muñeca, los tratamientos de fertilidad a los que
Grace había recurrido. Hacía años que no los miraba, pero todavía
no se había decidido a tirarlos (también guardaba en alguna parte
el test de embarazo que dio positivo y que anunció la llegada de
Henry; cada vez que lo veía pensaba en el mito de Meleagro, cuya
vida duraría solamente lo que tardara en consumirse el tronco que
ardía en la chimenea en el momento de su nacimiento. Su madre,
entonces, sacó el tronco del fuego y lo guardó). No había nada más.
Nada que fuera de Jonathan, nada que hiciera sospechar que pudiera haberse llevado un hombre que tenía acceso a todos los medicamentos que quisiera. Por supuesto que no.

Un poco más tranquila, Grace entró en el dormitorio principal
y se detuvo pensando por dónde empezar. El único armario del
dormitorio tenía la puerta entreabierta por la que asomaba la bolsa
de plástico de lo que ella misma había traído de la tintorería el lunes
por la tarde.

Abrió la puerta del armario dividido en dos partes más o menos
iguales. Estaba bastante ordenado, sobre todo porque ni ella ni Jonathan eran aficionados a comprarse ropa; sólo compraban lo que
necesitaban. En su lado había colgadas blusas y jerséis, así como
faldas de lino y de lana que para ella simbolizaban una elegancia
que no dependía de las modas. Buen género. Buen corte. Colores
suaves. Alhajas discretas, cuanto más antiguas mejor. Nada que resultara chillón u ostentoso. Nada que llamara la atención, porque
Grace nunca había deseado llamar la atención. Sólo quería que
pensaran: *He aquí a una mujer que sabe estar*. ¡Y así era!, pensó al
mirar sus prendas clásicas, casi al borde de las lágrimas. ¡Así era!
Pero no había venido a examinar sus cosas.

Al igual que Grace, Jonathan también hacía tiempo que había
tomado sus decisiones importantes acerca de la ropa. Cuando ella
lo conoció, podía llevar pantalones de chándal y una camiseta de
Hopkins un poco mugrienta, pero poco después Grace le tiró la
mayor parte de la ropa (algunas prendas de la universidad, y hasta

del instituto) y se lo llevó de compras. Compraron pantalones de pana, pantalones de color kaki, camisas de rayas, y era lo que Jonathan había llevado todos estos años. Como a muchos hombres, a él no le importaba demasiado lo que se ponía. Después de todo, iba a ser médico. ¿A quién le importaba lo que llevaban los médicos debajo de la bata blanca? En la parte derecha del armario estaban colgadas las camisas de rayas azules, las de rayas marrones y las de rayas verdes, unas cuantas de colores lisos y otras cuantas blancas.

La tintorería había devuelto seis camisas juntas en una bolsa de plástico: más camisas rayadas, incluida la de rayas rojas que era una de sus favoritas, y otra con una mezcla de rayas azules y verdes que Grace le compró un día en Gap. Pero había algo más que vislumbró vagamente tres días atrás, cuando trajo la bolsa de la lavandería, cansada tras un largo día de pacientes, la clase de violín y la cena con Henry en un restaurante cubano. En aquel momento no quiso investigar; si en la tintorería le habían dado una camisa equivocada, tendría que devolverla, lo que era un engorro, una cosa más a añadir a la lista de tareas. Ahora la observó de cerca. Era una camisa como las demás, pero ni rayada ni lisa. Grace rompió el plástico y apartó las perchas para mirarla. *Fantástico*, pensó. Era una camisa con uno de esos estampados de estridentes colores rojizos y anaranjados parecido al de las alfombras navajo producidas en serie, pero con solapas de color negro. Era horrible, y destacaba entre las demás prendas de Jonathan como una bailarina de Las Vegas en el cuerpo de ballet de Balanchine. Grace levantó el cuello para comprobar si había un nombre, pero el único nombre era «Sachs», lo mismo que ponía en las demás camisas de Jonathan. La sacó del colgador, desabrochó los botones y la extendió sobre la cama para contemplar su fealdad. ¿Qué estaba buscando? ¿Pintalabios en el cuello? (En realidad nunca entendió por qué tenía que haber pintalabios en el cuello de una camisa. ¿Quién besaba el cuello de una camisa?) No encontró nada, por supuesto. La olió, pero acababa de salir de la tintorería. Lo más probable era que perteneciera a otra persona —¡con muy mal gusto!— y se había colado en su entrega semanal de la tintorería, entre sus camisas clásicas de botones y sus jerséis de cachemira. Grace no tuvo compasión. No sabía de dónde venía la camisa, de modo que la tiró al suelo.

Pero esto no contaba, porque desde el principio de esta… especie de búsqueda había estado pensando en la prenda extraña que había detectado en la bolsa de la tintorería. No era una búsqueda del tesoro, ni la de un especulador inmobiliario, sino más bien la excavación de un arqueólogo que tiene una teoría que demostrar o —todavía conservaba una mínima esperanza— desechar. No se olvidó de la camisa, o quizás sí, pero le vino a la mente mientras rebuscaba en el armario de la entrada. *¿Cuándo me había sentido así?*, pensó al hallar la bufanda de color verde.

Un momento más tarde, en el bolsillo de una gruesa chaqueta que Jonathan no solía ponerse, encontró un condón.

Supo lo que era nada más cogerlo, antes incluso de sacarlo entre dos dedos apretados, como si se fuera a escapar, oscilando entre el conocimiento y el absoluto desconcierto. Un condón. En el mundo de Grace no tenían sentido los condones. Ella y Jonathan nunca los habían usado, ni siquiera antes de casarse, cuando eran universitarios y sabían que todavía no les convenía tener un bebé. Grace estuvo un año tomando anticonceptivos, y luego se puso el horrible DIU al que consideraba responsable —irracionalmente, porque había visto los estudios— de todos los meses de fracaso que seguirían, y sobre todo de los embarazos interrumpidos. Pero nunca usaron condones. Nunca.

Sin embargo, encontró un condón en el bolsillo superior de esta chaqueta que, como todas las demás prendas de ropa de su marido, había comprado ella. Esta chaqueta la compró en Bloomingdale's, en rebajas. Pero era una chaqueta difícil de ponerse, demasiado calurosa para el verano y también para el invierno. No recordaba cuál era la última vez que había visto a Jonathan con esa chaqueta, ni por qué le había dado otra oportunidad cada vez que repasaba los armarios para hacer limpieza de ropa.

El envoltorio del condón era de color rojo. No estaba abierto. Era incomprensible, totalmente incomprensible.

Grace lo apartó de sí y lo tiró también al suelo.

—¡A la mierda! —exclamó.

Eran las dos de la mañana.

¿Qué es lo que sé? ¿Y qué es lo que no sé? Cualquier cosa que supiera, comprendiera o pudiera verificar lo dejaría de momento quieto. Todo aquello que no hubiera visto o no pudiera asegurar, lo dejaría abierto como un artefacto que devolvería más tarde, cuando tuviera fuerzas, cuando volviera a pensar con claridad, si es que llegaba ese día. Una bufanda misteriosa, una camisa horrible y un condón sin abrir. Después de tanto buscar, no era mucho, la verdad. Incluso podría tener su explicación. La bufanda la podría haber traído por accidente, confundiéndola con la suya. Jonathan no se fijaba mucho en estas cosas. Había muchos hombres que no prestaban atención a estas cosas. O tal vez un día tuvo frío, entró en una tienda y la compró. No era ningún pecado. ¡No tenía por qué pedirle permiso para eso! En cuanto a la camisa horrible, Grace ya se había convencido de que la culpa era de la tintorería. El «Sachs» que habían escrito en la etiqueta, junto a la mezcla de algodón y poliéster (otro cargo)… Bueno, «Sachs» no era un apellido tan raro en Nueva York. La explicación podía ser algo tan fácil como esto. ¿Una tintorería en el Upper East Side de Manhattan? ¡Vamos! ¿Cuántos Sacher, Seicher y Sakowitz podía haber en las calles de alrededor? ¿Cuántas familias que se apellidaran Sachs? En serio, lo raro era que no hubiera pasado antes.

Pero el recuerdo del condón arrancó a Grace de su momentáneo alivio.

Se quedó quieta, intentando asimilar la sensación ya familiar que la invadía. Era como si le vertieran ácido en el cráneo. El ácido bajaba a través de su cuerpo y llegaba hasta las puntas de los dedos de las manos y de los pies, dejando a su alrededor un charco de sustancia negra y pegajosa. Ya empezaba a acostumbrarse, empezaba a saber cómo reaccionar. *No luches, abandónate, deja que pase.* En unos minutos pudo volver a moverse.

Podía haber otros objetos escondidos que fingieran ser lo que no eran. Grace sacó los libros de las estanterías del dormitorio, que estaban muy apretados y un poco polvorientos. No había mucho espacio detrás. Había biografías, algunos libros sobre política. Tanto a Jonathan como a ella le gustaban; habían compartido una fascinación por el Watergate que se extendió a áreas adyacentes: Vietnam, Reagan. McCarthy, los derechos civiles, el escándalo Irangate. Ahora mismo no importaba cuál de ellos dos había llevado qué libro al apartamento. Uno de los libros no era un libro, en realidad, sino una caja en forma de libro con el interior de plástico. Se lo regaló un par de años atrás un paciente cuya empresa compraba libros y los adaptaba para este propósito. Grace le preguntó si los autores podían sentirse ofendidos si veían su libro en una estantería y descubrían que ahora servía para guardar collares y pulseras. El paciente rió.

—¡Nadie se ha puesto nunca en contacto con nosotros para quejarse! —dijo.

Tuvo que admitir que era una buena idea.

—Los ladrones no suelen sentir interés por los libros —le informó su paciente.

Grace supuso que era cierto. Nunca había oído hablar de un atraco en el que se hubieran llevado libros de Stephen King o de John Grisham.

Este libro era una novela de la saga prehistórica de Jean Auel, un género que no era muy del agrado de Grace. Lo abrió para mirar el receptáculo interior de plástico y recordó lo que metió allí la noche en que le regalaron el libro, pero antes incluso de abrirlo supo que había un problema, porque el libro era demasiado ligero. Y cuando lo agitó suavemente, no emitió ningún sonido. Cuando lo abrió… bueno, era un libro hueco. Lo que tenía que haber dentro no importaba, porque estaba claro que no habría nada. Esto lo supo al instante.

Dentro hubiera tenido que estar el reloj bueno de Jonathan, el que ella le regaló cuando se casaron. Era un Patek Philippe de oro, y él apenas se lo había puesto, pero había ocasiones en que Grace le pidió que se lo pusiera, como la boda de Eva y su padre, o el *bar mitzvah* de uno de los nietos de su madrastra. En tales ocasiones hubiera sido un problema que Jonathan llevara el reloj de diario, el Times o el Swatch de turno. También tenían que haber estado los gemelos que el padre de Grace le regaló un año a Jonathan por su aniversario; eran los que le había regalado la madre de Grace... y bueno, era bonito que se quedaran en la familia. Y algunas cosas de ella que prefería no guardar con las alhajas de su madre que se guardaban en el viejo tocador con espejo, como un cameo victoriano que le regaló un antiguo novio (el novio no lo conservó, pero le gustaba el cameo), un collar victoriano que Grace compró en un viaje a Londres con Vita en su segundo año de universidad y una sarta de perlas grises de la calle Cuarenta y siete. También hubiera tenido que estar —y la hirió como una puñalada en el corazón— el clásico brazalete de Elsa Peretti que se compró el año pasado, la misma semana en que se vendió su libro a la editorial. Siempre había querido uno de esos brazaletes. Era la primera vez que Grace se permitía un regalo tan caro, no absurdamente caro, pero desde luego fuera de lo ordinario. Se lo había puesto pocas veces, porque lo cierto era que no resultaba muy cómodo de llevar. De modo que lo dejó dentro del libro.

Ahora el libro estaba vacío.

Grace se sentó en el borde de la cama, con el libro, que no era el libro auténtico, cualquiera que fueran sus méritos literarios, sino una estúpida caja con una tapa romántica y un agujero en medio. Un cero en medio de un objeto sigue siendo un cero. Lo más gracioso era que tenía ganas de reír.

Miró al otro lado del cuarto con un temor creciente en el pecho.

¿Cómo se atrevía? ¿Cómo se había atrevido?

El tocador era uno de los pocos objetos de su madre que seguían todavía en el apartamento.

El piso de clase media donde Grace había pasado su infancia se había redecorado por completo. Las telas floreadas y los tonos beis se sustituyeron por tonos marrón y azul pálido, y la moqueta se eliminó para dejar al descubierto el parquet. Las paredes de la cocina estaban ahora repletas de dibujos de Henry y de fotos de los

tres, o de Jonathan y Grace en el lago. El resto de las habitaciones
tenían las pinturas del rastrillo o de Pier Show, excepto dos que
provenían del mercado de Clignancourt en París, el año antes de
que naciera Henry.

Su hijo dormía ahora en el cuarto que había sido de Grace.
Había sido un cuarto amarillo con una alfombra afelpada de color
verde; ahora era de azul verdoso, con una cenefa blanca. Henry,
que era muy ordenado, lo tenía siempre perfecto. Grace había tenido sobre la cama un enorme tablón de anuncios cubierto de fotos
de sus ídolos, recortes de revista de la ropa que le gustaba, instan-
táneas de sus amigas (sobre todo de Vita), certificados de Rearden
y del Turn Verein de la calle Ochenta y seis, donde iba a clase de
atletismo y de gimnasia. *Mi mente en un tablón de corcho*, pensó
Grace, parafraseando uno de los anuncios antidroga de su juventud. Henry, en cambio, tenía sobre la cama una sola foto de él y su
padre pescando en el muelle del lago. Grace compró las cañas de
pescar para el cumpleaños de Jonathan. Seguramente fue la única
vez que su marido y Henry las usaron.

Pero el tocador de la habitación que finalmente se obligó a
dejar de llamar «el dormitorio de mis padres» era una isla de in-
movilidad, un lugar rodeado por un círculo mágico que lo preser-
vaba del paso del tiempo. Seguía luciendo el clásico delantal flo-
reado y la gastada banda de tachuelas de latón. A lo largo de la
mesa había cajoncitos con espejos pensados para que una mujer
guardara sus armas —anillos, pendientes, brazaletes, collares—,
pero la madre de Grace no los usaba todos. Cuando su marido, el
padre de Grace, le regalaba una joya —una aguja de perlas y esmeraldas, o una pulsera de rubíes y diamantes—, solía dejarla sobre la fría superficie de cristal. Tal vez era una forma de compen-
sar el hecho de que nunca se ponía estos objetos (Grace sólo la
recordaba con collares de perlas y sencillos pendientes de oro).
Tal vez le gustaban más como objetos de arte, hechos para ser
admirados. Tal vez no había querido que su marido se diera cuenta de lo poco que encajaban estas joyas con sus gustos. Él siempre
se había mostrado sentimental con estos objetos, empeñado en

que pasaran cuanto antes a manos de Grace, como su madre hubiera querido. Apenas una semana después de que su madre falleciera, cuando Grace estaba haciendo el equipaje para regresar a Boston, su padre entró en su cuarto (que ahora era el de Henry) y depositó las joyas sobre su cama, una bolsa repleta de diamantes, rubíes, perlas y esmeraldas.

—Ya no puedo mirarlas —le dijo.

Fue el único comentario que hizo al respecto.

Grace atravesó la habitación y se sentó frente al tocador, en el banquito a juego. Con la manga limpió los cajones de espejo. Algo le impedía seguir. Había seguido guardando aquí las joyas de su madre, pero no a la vista. Lo mismo que su madre, ella prefería las joyas discretas: un collar de perlas, una alianza matrimonial. Las alhajas más grandes y ostentosas, las agujas con piedras irregulares y las gargantillas con pedruscos las había dejado en los cajones de espejo, que raramente abría. Sin embargo, le encantaban estos objetos y sabía lo mucho que significaban para su padre, que los regaló, y para su madre, que los recibió. Aunque ella nunca se los pusiera, aunque los veía más bien como cartas de amor, seguían siendo tan potentes como un fajo de cartas que se guarda en una caja especial, atadas con una cinta. Jonathan, que era más expresivo con respecto a sus sentimientos de lo que el padre de Grace había sido jamás, no necesitaba regalar joyas para decir algo. De hecho, en todos los años que llevaban juntos sólo le había dado una joya a Grace: el anillo de prometida con un diamante que le compró en Newbury Street. Era un anillo modesto, un solo diamante de corte cuadrado con la llamada montura Tiffany, en una banda de platino. Un anillo tan clásico que ella hubiera podido haberlo heredado (pero no era una herencia). Y nada más. Ni siquiera se le ocurrió hacerle un regalo con motivo del nacimiento de su hijo (hay que decir que a ella tampoco se le había ocurrido. La primera vez que oyó el poco elegante término *regalo de parto* fue en el grupo de jóvenes mamás al que asistió brevemente con Henry). Pero de habérsele ocurrido hacerle un regalo, habría sido antes un libro o una obra de arte que una joya.

Y estaba el tema del precio, por supuesto. Es posible que ni la madre ni la hija se pusieran las joyas que se guardaban en el tocador de los espejos y que les concedieran un valor sentimental, pero por supuesto también valían dinero. A petición de Grace, Jonathan los incluyó en la póliza de seguros. Ella los consideraba como una posible ayuda para la universidad de Henry o para una posible entrada para otro apartamento, pero nunca se decidió a comprar una caja fuerte para guardarlos a buen recaudo. Prefería tenerlos a mano, cerca de ella, cerca de su familia. Un santuario para el tipo de matrimonio largo y amoroso que deseaba para sí misma.

No se atrevería, pensó de nuevo, como si pensarlo fuera suficiente. Abrió los cajones.

Vacío, vacío. El brazalete de leopardo, con diamantes amarillos y negros había desaparecido, lo mismo que los pendientes de diamantes de presilla que tanto le molestaron la noche de la captación de fondos. Habían desaparecido el collar de zafiros, la gargantilla de eslabones dorados y la aguja de una piedra rosada que sujetaban unas manitas de oro. Todos los cajones estaban vacíos. Grace intentó recordar los objetos: rojo, dorado, plateado, verde. Esos objetos extravagantes que su padre le había comprado a su madre a lo largo de los años y que su madre no se había puesto, y que Grace tampoco había lucido nunca, pero a los que tenía un cariño tremendo.

Continuó cerrando y abriendo los cajones, como si eso pudiera cambiar en algo la realidad. No tenía lógica hacer una y otra vez lo mismo y esperar resultados diferentes. Grace casi se rió. ¿No era la definición de locura?

Esto por lo menos explicaría muchas cosas, pensó.

Que desaparecieran los objetos del libro que no era un libro… bueno, a esto podía sobrevivir. El brazalete de Elsa Peretti le había hecho daño en la muñeca. Y las perlas… le gustaban, pero, bueno, las perlas eran perlas. No eran irreemplazables. Aunque no quería decir que las fuera a reemplazar. Ahora se habían ido al garete: una pequeña batalla perdida en una vasta conflagración. Pero los cajones vacíos, el aire en el lugar donde deberían haber estado las cosas de su madre… Grace no podía asimilarlo.

Se puso de pie tan rápidamente que se mareó y tuvo que apoyarse en el cristal de la mesa para no caerse. Volvió al pasillo y abrió la puerta de la tercera y más pequeña habitación del apartamento. En otro tiempo fue el saloncito de su padre, el único lugar de la casa donde su madre le permitía fumar en pipa. A Grace —tal vez eran imaginaciones suyas— todavía le parecía notar el olor a pipa. Hubo un tiempo en que Jonathan y ella esperaban que fuera el cuarto de un segundo hijo, y nunca le dieron un uso concreto. No habían *hablado del tema*, en realidad. Ella nunca se vio con fuerzas para hacerlo, y él, respetando sus sentimientos, tampoco dijo nada. Gradualmente, el cuarto fue adquiriendo un uso alternativo, aunque sin nombre. Se convirtió en el lugar donde Jonathan se encerraba a leer, o a escribir correos electrónicos, el lugar donde hacía sus llamadas a las familias de los pacientes que no había tenido ocasión de ver en el hospital. En teoría no lo habían decorado, pero en las estanterías se apilaban viejos números de las revistas *JAMA* o *Pediatric Research* y libros de texto de la Facultad de Medicina. Hacía unos años, Grace le trajo una poltrona y un escabel a juego, y un escritorio que encontró en Hudson, Nueva York (un pueblo, como le gustaba decir a Jonathan, al que se llegaba tanto subiendo como bajando.) Él también tenía aquí un ordenador, un Dell viejo y grandote que Grace no le había visto usar en mucho tiempo (normalmente usaba su portátil, por supuesto, el portátil que ahora no aparecía), y al lado del ordenador había una caja de fichas de pacientes, de esas cajas con asas robustas donde te llevabas tus cosas en tu último día de trabajo.

Aquí lo has pillado, Grace, pensó.

No le pareció bien mirar dentro de la caja o poner en marcha (intentar poner en marcha) el ordenador. O abrir los cajones de la mesa, o incluso entrar en el cuarto. *Hasta aquí, pero no más*, pensó. Salió al pasillo y cerró la puerta.

Se acordó del teléfono.

Volvió al dormitorio y abrió el armarito junto a la cama. Por supuesto, el teléfono seguía allí donde Jonathan lo había dejado, detrás de los listines. Estaba totalmente muerto, ya ni siquiera parpadeaba la luz de la batería. De todas formas, Grace lo levantó y miró los botones, intentando recordar cómo lo cogía Jonathan y qué hacía con él. Era uno de los modelos de uso aparentemente nada sencillo; recordaba vagamente a un artículo de la era espacial. Grace, que estaba por lo menos tres generaciones por detrás del género rápidamente mutante de los móviles (y las tecnologías asociadas), no sabía hacerlo funcionar. Pero entendía que incluso intentar hacerlo funcionar suponía cruzar una línea que no había cruzado todavía. Porque hasta ahora había inspeccionado su propia casa y mirado en los armarios y cajones que le pertenecían. Por alguna razón que no alcanzaba a entender, no podía ir más allá de esta línea, aunque sabía que tal vez era su última oportunidad de… bueno, de ayudar a Jonathan si podía. Y ayudar a Jonathan era lo que había hecho por instinto durante todos estos años. Ayudarle a estudiar para sus tribunales médicos, a salir de la residencia universitaria, a comprarse un traje decente, a matricular el coche, a cocinar un pollo, a entablillar un dedo roto, a hacer las paces con su tristemente inepta familia de origen, a ser padre, a ser feliz. Esto es lo que intentas cuando tienes pareja y esperas que sea para toda la vida. En esto consiste un matrimonio.

No era tan fácil dejar de ayudar.

Sin embargo, la policía conocía la existencia del teléfono, recordó. Sabían que el teléfono estaba en el apartamento, y por eso pensaron que Jonathan también estaría aquí. Seguro que le pedían el teléfono, y Grace tendría que entregárselo, porque si no… bueno, cometería un delito, ¿no? Y cuando les entregara el teléfono, la policía sabría —seguro que tenían medios de averiguarlo— que ella había hecho algo, que había leído o cambiado o eliminado algo. Y esto sería fatal para ella, fatal para Henry. Ahora Grace tenía que hacer las cosas bien, por Henry.

De modo que dejó el teléfono en el lugar donde estaba, para que lo encontraran cuando vinieran a buscarlo. Era la primera vez que se los imaginaba en su apartamento, buscando en los cajones y en los armarios, lo mismo que había hecho ella. Y en cuanto se lo imaginó entendió que era inevitable, de modo que abrió el armarito, sacó el teléfono y lo dejó allí encima, a la vista. Así no tenía un aspecto tan malo, tan... *incriminador* como cuando estaba escondido. Les había dicho que el teléfono estaba en el apartamento. No que Jonathan lo había ocultado. Esto era algo que podía hacer por él.

Ya sé que quiere protegerlo, le espetó uno de los policías, aunque ahora Grace no recordaba cuál de ellos.

Se tumbó en la cama, encima de la colcha, y cerró los ojos. Estaba agotada, tan agotada que se sentía vacía. Seguía pensando en los objetos que había descubierto —la bufanda, la camisa y el condón— que no explicaban nada; eran como runas o jeroglíficos que no podía entender. Esta pequeña pista de cosas en el suelo que no tenían explicación —la bufanda, la camisa y el condón— no era la auténtica pista. La pista correcta, pensó, era la de los objetos faltantes.

La bolsa de deportes, la de cuero que Grace le compró, y que normalmente estaba en el suelo del armario, no estaba. Jonathan tuvo que cogerla y pasearse por la habitación metiendo cosas dentro. ¿Qué cosas se llevaría? Ropa interior, camisas, pantalones, artículos de aseo. ¿Por qué les fascinaban tanto a los policías los pantalones de pana? Jonathan tenía por lo menos seis pares. ¿Cómo iba a saber a cuál de ellos se referían? Grace tenía que saberlo, porque todos se los había comprado ella, y ahora no quedaba ninguno de ellos en el armario, encima de la varilla. Había perchas vacías, cajones vacíos y una estantería vacía en el cuarto de baño, donde normalmente estaban su cepillo de dientes y su maquinilla de afeitar. No era extraño que no se hubiera dado cuenta hasta ahora. Ni siquiera ahora llamaba la atención. Todo parecía normal: un hombre que se va un par de días de casa —a un congreso médico en Cleveland, por ejemplo— y que volverá antes de quedarse sin ropa interior.

No lo que está aquí y no debería estar, pensó Grace, sino lo que no está y debería estar. Le recordó a ese poema de James Fenton sobre la guerra, no recordaba qué guerra.

No eran las casas, era el espacio entre las casas.
No eran las calles que existían, sino las que ya no estaban.

Lo añadido y lo sustraído, más y menos, pero sin una oración que equilibrara las cosas. Y las nuevas personas que habían entrado en su vida —la policía, los detectives, las víctimas de asesinato— no equivalían a la persona que se había ido. *No es una guerra cualquiera, es mi propia guerra*, entendió, y cerró los ojos. *Es mi propia guerra.*

14

Carrera hacia el final

Grace consiguió dormir. Cuando despertó a la mañana siguiente descubrió que se había pasado de su lado de la cama al de Jonathan, como si en estas horas terribles y agotadoras hubiera empezado a dudar de su marcha y necesitara asegurarse de que allí no había nadie. Pero no había nadie, no había ninguna cabeza (de pelo negro y rizado, de negra barba incipiente) creando el acostumbrado hueco en la almohada, no había un hombre que subiera y bajara sobre el edredón, ninguna presencia en absoluto. Se despertó con las mismas ropas que se había puesto veinticuatro horas antes, cuando solamente estaba preocupada, inquieta. Qué maravilloso le parecía ahora aquel estado.

Eran poco más de las seis de la mañana. No había amanecido. Se forzó a levantarse y a hacer lo que tenía que hacer —vestirse y asearse— lo mejor posible. El dormitorio tenía un aspecto desaliñado: las sábanas y el edredón arrugados, los zapatos en el suelo. La extraña camisa y el condón envuelto en papel de aluminio rojo destacaban como objetos malignos desde donde Grace los dejó, frente al armario. Parecía que los hubieran silueteado —igual que se hace con un cadáver— con un marcador fosforescente. Los apartó a un lado, eligió la ropa que se pondría y la colocó sobre estos objetos para ocultarlos. Se puso un nuevo suéter y una nueva falda similares a los del día anterior (le resultaba doloroso pensar en ropa). Luego hizo un par de cosas que también eran dolorosas, pero que pensaba hacer cuando se quedó dormida y que recordó nada más levantarse. Tenía claro que debía hacerlo.

De modo que abrió el portátil y canceló las citas de este día y el siguiente, sábado por la mañana. No se atrevía a pensar más allá. Como explicación alegó una «enfermedad en la familia» y anunció que volvería a ponerse en contacto con ellos para buscar otras fechas. Luego, haciendo un esfuerzo por superar su propia resistencia, marcó el número de J. Colton y dejó un mensaje diciendo que esta tarde le sería imposible hablar con la persona de *Cosmopolitan* y que, por favor, no le preparara nada para la próxima semana porque tenía un asunto familiar. Se pondría en contacto con ella tan pronto como pudiera. «Muchas gracias», le dijo a la grabadora silenciosa, aunque por supuesto no era una grabadora. Ya no había contestadores de grabadora.

Tras hacer estas dos cosas se sintió tan exhausta como si hubiera estado horas trabajando sin parar.

Cogió la bolsa de deportes Puma, bajó al vestíbulo y salió al frío de la madrugada, todavía agotada pero totalmente despierta, una combinación tremendamente incómoda. Había ocho manzanas entre su apartamento y el de Eva y su padre. El aire helado le dolía en los pulmones, pero seguramente resultaba tan terapéutico como otras sensaciones horribles. Las calles estaban prácticamente desiertas. Frente al imponente E.A.T. había varias furgonetas y cocineros y pinches de cocina. Grace dirigió una mirada de ensoñación al local, como si le estuvieran vedados los placeres sencillos de la ciudad. Mientras esperaba al semáforo en la calle Setenta y nueve, vio las facciones casi olvidadas de Málaga Alves en la portada de un periódico dentro de un dispensador de metal. El titular no se veía. La luz cambió y Grace siguió adelante.

Eva la recibió con expresión tensa y severa y la llevó a la cocina, donde Henry estaba tomando cereales en una de las tazas de porcelana china de la madre de Grace. Que Eva eligiera (¿para esta ocasión?, se preguntó la psicóloga, ¿o era la que usaba cada día?) una taza de porcelana china de la boda de sus padres, alrededor de 1955, como recipiente para los cereales de Henry no era más que una advertencia. Pero incluso en estas circunstancias, tuvo que hacer un esfuerzo por callarse.

A Eva le gustaba la porcelana china desde que se casó con el padre de Grace, pero no tanto como para usarla en las ocasiones especiales, como la Pascua judía o la cena del *sabbat*. El clásico juego *art déco* de Haviland Limoges, con un delicado reborde verde, lo sacaba para las tostadas de las mañanas, para las galletas danesas que su padre tomaba antes de acostarse y para la sopa enlatada que tomaban los nietos de Eva (esto último irritaba especialmente a Grace). Lo sacaba también en la visita semanal de Grace y su familia, lo que desde hacía años atormentaba a su auténtica (en su opinión) propietaria. Había que decir que a su madrastra no le faltaban platos. Tenía dos juegos inmensos de su primer matrimonio con el padre de sus hijos (un banquero riquísimo que murió de apendicitis aguda mientras se encontraba en una isla cercana a la costa de Maine; una historia penosa). Uno de estos juegos era también Haviland (el menos formal) y el otro era de Tiffany y se usaba en ocasiones muy especiales. Eva guardaba además en sus armarios un juego de loza blanco de Conran que servía divinamente para las ocasiones normales en que uno no pensaría en utilizar la porcelana china. Y, sin embargo, siguiendo con una extraña lógica incomprensible, cada vez que ella iba a verla Eva se empeñaba en sacar los objetos de su predecesora.

A Grace le habría gustado tenerlos, por supuesto. Se había quejado a Jonathan de lo injusto que era que ella (¡la única hija!) no pudiera tener los juegos de porcelana, cuando lo que mandaba la tradición (la de Emily Post, por lo menos) era que ella se hubiera quedado con la porcelana en cuanto su padre y Eva unieran sus hogares. No, no estaba siendo mezquina, Y sí, su padre le había dado muchas cosas, sobre todo el apartamento y las joyas de su madre (de las que ya no tenía ninguna), pero ese no era el tema.

Henry levantó la cabeza cuando vio entrar a su madre en la cocina.

—Me olvidé de mi libro de latín —dijo el chico, después de tragar.

—Lo he traído.

Puso la bolsa de deportes Puma sobre la silla.

—Y también te he traído las mates.

—Ah, sí. Me olvidé de las mates. Y necesito ropa.

—Vaya, ¡qué coincidencia! —exclamó Grace sonriendo—. Te he traído ropa. Siento lo de anoche.

Henry arrugó la frente. Se le formó una línea de preocupación entre las cejas que era igual que la de Jonathan.

—¿Qué pasó anoche?

Grace se sintió agradecida por el narcisismo natural de los niños de doce años. ¿No era fantástico pensar tan poco sobre lo que había pasado y sobre lo que había por delante y alrededor que hasta el peor cataclismo, la peor ruptura en la tela de la vida apenas te producía un impacto inmediato? Si ella y Henry caminaran por un espacio ilimitado, él estaría bien mientras ella pudiera irle poniendo pedazos de masa sólida bajo los pies. Qué maravilloso debía de ser no darse cuenta de que algo se había torcido totalmente en el mundo. Por lo menos por ahora.

—¿Nana te dejó que te fueras a dormir tarde? —le preguntó.

—No. Pude ver la tele con ellos, pero solamente hasta las noticias.

Bueno, eso está muy bien, pensó Grace.

—*Karl* durmió en la cama conmigo.

—Oh, muy bien.

—¿Dónde está papá? —preguntó Henry, rompiendo el equilibrio.

Fue bonito mientras duró.

—Ojalá pudiera responderte —replicó ella—. Pero la verdad es que no lo sé.

—¿No está donde dijo que estaría? ¿En Iowa o donde sea?

—Ohio —le corrigió Grace. Echó una mirada a su espalda, pero Eva los había dejado solos.

—No lo sé. No puedo ponerme en contacto con él.

—¿Por qué no le envías un SMS? —preguntó Henry, con la lógica de la generación del iPhone.

Grace miró a su alrededor en busca de un poco de café. Afortunadamente, la cafetera estaba medio llena.

—Lo haría, pero por desgracia se ha dejado el teléfono en casa.

Se sirvió una taza de café (con una mezcla de sentimientos) utilizando una de las tazas de su madre.

—Estoy asustado —comentó Henry a su espalda.

Grace dejó la taza sobre la mesa y lo abrazó. Él se dejó abrazar. Ella intentó no traspasarle su miedo. Pensó: *Yo me haré cargo de tu miedo*. Dejó escapar un largo suspiro estremecido y pensó en algo que pudiera decirle, algo que fuera cierto y que le pudiera ayudar al mismo tiempo, pero todo lo que pensaba entraba en uno solo de estos atributos. Era cierto pero no ayudaba, o ayudaba pero no era cierto, pero pocas veces las dos cosas. En realidad, nunca ambas cosas. ¿Estarían bien? ¿Sabría ella qué hacer? ¿Sería capaz de cuidar de él? Ni siquiera estaba segura de que pudiera cuidar de sí misma.

Comprendió que se estaba aferrando a una fina capa de resistencia. Una capa que no estaba el día anterior en Territorio Hospital, cuando se encontró con Stu Rosenfeld, ni cuando estaba con O'Rourke y Mendoza en aquel cuartito de la Comisaría 23 con la calefacción demasiado alta. Y tampoco estaba mientras rebuscaba en sus armarios y cajones, furiosa y desconcertada por lo que encontraba y lo que no encontraba. De alguna forma, en esas horas terribles se había materializado algo: una capa de determinación, todavía frágil, pero tangible. Le hacía sentir... no exactamente fuerte. No se sentía fuerte en absoluto. No se veía capaz de asaltar barricadas ni de enfrentarse con las madres de Rearden. Pero se sentía más ligera, diferente. *Porque*, pensó, estrechando los finos hombros de su hijo y apretando la mejilla contra la suya, aspirando el aroma adolescente, vagamente nuevo de su piel, *porque ahora tengo menos que proteger que antes*. En cierto modo esto hacía que las cosas fueran más fáciles.

Salió con Henry del apartamento sin ver de nuevo a Eva o a su padre. Se encaminaron en dirección al colegio, sin hablar apenas. El chico parecía haber dejado atrás la turbulenta necesidad que tuvo hacía unos momentos y ahora parecía tan tranquilo y contenido como cualquier otra mañana. Al doblar la esquina vieron el colegio y comprobaron que la presencia de los medios se había intensificado de forma tremenda.

—Guau —dijo Henry.

Guau, sí, pensó Grace.

No quería pasar junto a las furgonetas.

Las puertas del patio, que siempre habían estado abiertas, estaban cerradas. Hoy tampoco abundaban las niñeras. Las mamás abarrotaban las calles y se alineaban frente a las puertas del patio, de espaldas al colegio. Sus hermosos rostros impasibles miraban a las cámaras. Eran hermosas y estaban dispuestas a todo, como una manada de elegantes hembras de mamífero, preparadas para huir, pero en realidad dispuestas a luchar. Al parecer esto ya no les hacía ninguna gracia.

Grace señaló con el dedo.

—Mira, ¿ves dónde está la señora Hartman?

Jennifer Hartman, la madre del que fuera en otro tiempo el mejor amigo de Henry, Jonah, estaba a la entrada del callejón que discurría por detrás del colegio. Sostenía un portapapeles de apariencia más o menos oficial.

De modo que Robert había activado la segunda entrada.

—Vamos —animó Grace a Henry, y lo cogió del codo.

Llegaron con otros dos o tres, y todo el mundo —lo que era extraño, dada la falta de precedentes— supo lo que tenía que hacer.

—Phillips —dijo la mujer que iba delante de Grace, y echó un vistazo por encima del hombro de Jennifer Hartman—. Aquí está, Rhianne Phillips, segundo curso.

—Muy bien —replicó Jennifer, poniendo una marca junto al nombre—. Entraréis por detrás. Es bastante improvisado, como podéis imaginar.

—Hola, Jennifer —saludó Grace—. Veo que te han reclutado.

Jennifer alzó la cabeza, y por un instante no pasó nada. Pero de repente fue como si hubiera caído una lluvia helada, tan helada que Grace fue incapaz de pronunciar palabra y la sonrisa se le congeló en el rostro. Miró a Henry, pero su hijo miraba a la señora Hartman, la madre de su antiguo amigo. Era una mujer de altura mediana, pero de gran porte, con pómulos altos y unas cejas varios tonos más oscuras que su pelo rubio ceniza. Había formado parte de la vida de Henry desde que su hijo Jonah y él iban juntos al jardín de infancia, ocho años atrás, cuando la consulta de Grace y la empresa de Jennifer (hacía publicidad para chefs y restaurantes) adquirieron auténtico peso. A Grace siempre le gustó Jennifer y confiaba en ella, por lo menos hasta que el matrimonio Hartman empezó a naufragar. Entonces intentó darle un poco de respiro a Jennifer y se ofrecía a quedarse con Jonah por la noche o el fin de semana, pero por esa época fue cuando el chico empezó a distanciarse.

Ahora Henry estaba a dos pasos de Jennifer, contemplando su rostro hierático. ¿Entendía algo? Jennifer Hartman lo había llevado muchas veces a parques infantiles y a ver películas de animación. Había sido la primera en invitarlo a pasar la noche en su casa; algunas veces con llamada a medianoche para asegurar que todo iba bien. Lo llevó en dos ocasiones a Cape Cod en agosto, donde los acompañó a él y a Jonah a visitar la fábrica de patatas fritas y la Plymouth Plantation. En una ocasión incluso lo acompañó a la sala de urgencias con un codo fracturado. Henry se había caído del muro de piedra que rodeaba Central Park. Y desde la ruptura, desde el divorcio de Jennifer (lo que era comprensible, porque era adulta y desgraciada en su matrimonio), y el rechazo de su hijo al que había sido su mejor amigo (cosa que no era tan comprensible, pero que una madre no podía evitar), ella y Grace mantenían una relación formal y civilizada, el tipo de relaciones que establecen dos países que fueron aliados en su momento y que podrían volver a serlo. Pero esto...

—Hola, señora Hartman —saludó el guapo hijo de Grace, su dulce, inocente y bienintencionado hijo.

Jennifer apenas le miró.

—Pasa —ordenó con rigidez, y bajó de nuevo la mirada.

Grace cogió rápidamente a su hijo del brazo y entró con él.

El callejón despedía un intenso olor a mierda de paloma. Grace iba detrás de Henry. A medida que avanzaban se desvanecía el tumulto de fuera. Delante de ellos, la niña del jardín de infancia y su madre se detuvieron delante de la puerta trasera del colegio y tuvieron que pasar un nuevo control, esta vez a cargo de Robert y su asistente, una joven con gafas estilo John Lennon y una trenza. «Bienvenidas, bienvenidas», oyó Grace que Robert le decía a la madre de la pequeña. Vio que le estrechaba la mano como si fuera un día normal; tal vez el primer día del año y la puerta del colegio no fuera la pesada puerta trasera de hierro de Rearden, que normalmente estaba cerrada, sino la puerta principal que daba al vestíbulo de mármol que tanto impresionaba a los posibles clientes. La pareja siguió adelante y subió por la oscura escalera de incendios.

—Hola, hola —dijo Robert cuando vio a Henry, y saludó a Grace con una inclinación de cabeza.

Ella inclinó la cabeza a su vez. Si había algún guión para esto, ninguno de los dos parecía conocerlo. Pero aunque Robert no había dicho nada, avanzó el pie y le obstruyó el paso. Grace miró el pie. Miró a Robert.

—¿Puedo subir a la clase? —preguntó horrorizada.

El director pareció pensarlo. Ella lo miraba desconcertada. No comprendía nada.

—Me pregunto… —aventuró Robert.

—¿Mamá?

Henry se volvió a mirarla. Ya estaba subiendo por las escaleras.

—Espera, ahora voy —le dijo Grace.

—Es que dadas las circunstancias —observó Robert—, creo que Henry tendría que subir solo.

—Mamá, no pasa nada, estoy bien —voceó el chico.

Parecía irritado y confuso a partes iguales.

—Robert, ¿qué demonios estás haciendo? —preguntó Grace.

Él inspiró largamente.

—Estoy intentando que superemos este momento de crisis. Procuro que todos salgamos adelante.

A ella le pareció verlo a través de una película, como si estuviera al otro lado de un cristal o un metacrilato un poco sucio. Sólo alcanzaba a ver su contorno.

—Grace —dijo Robert, que de repente parecía otra persona—. Creo que es mejor que no entres.

Ella bajó la mirada. El director la había agarrado. Le había puesto una mano en el antebrazo, entre la muñeca y el codo. No era un gesto exactamente posesivo, sino más bien confortador, o eso intentaba.

Y entonces Grace lo entendió, por fin, por fin. Robert lo sabía. Por supuesto que lo sabía. Mendoza y O'Rourke se lo habían dicho. Él conoció antes que ella la historia entre Jonathan y Málaga Alves. Jonathan, su marido, y Málaga Alves, la fallecida. Robert sabía por lo menos algunas de las cosas que ella sabía. A lo mejor menos cosas. Y a lo mejor, pensó horrorizada, sabía más que ella. ¿Cuánto más? Ella ya había dejado de enumerar las cosas que sabía.

Lo miró a los ojos.

—¿Qué te han dicho? —le preguntó a bocajarro.

Entonces se acordó de Henry y echó un vistazo a las escaleras, pero su hijo ya se había marchado. La había dejado atrás.

Robert movió la cabeza. Grace le hubiera dado un tortazo.

—Quiero que sepas —respondió el director en voz baja— que Henry está a salvo aquí. Si necesita hablar conmigo, puede venir a verme al despacho siempre que quiera. Durante el recreo y después de las clases, por ejemplo. Y si alguien le dice algo, debería venir a verme directamente. He hablado con todo el mundo, y los profesores estarán atentos a su seguridad.

He hablado con todo el mundo. Grace lo miró con fijeza.

—Es un estudiante de Rearden. Y yo me tomo muy en serio a mis estudiantes —afirmó Robert.

La voz le flaqueaba un poco, como si supiera que Grace ya no lo tomaba en serio.

—Es para no empeorar las cosas... He visto cosas así. No a esta... escala, por supuesto. Pero he visto otros problemas en la comunidad escolar, y sé que es difícil pararlos una vez que se desencadenan. Es necesario culpar a alguien, ya sabes.

Grace casi se echó a reír. No entendía casi nada de lo que Robert le decía, salvo que era muy, muy malo y que tenía que ver con ella.

—De modo que yo en tu lugar no me acercaría por aquí. Y… si quieres recoger a Henry un poco más tarde para no encontrarte con todo el mundo, no hay problema. Él puede esperarte en mi despacho.

Grace guardó silencio. Estaba dividida entre las buenas maneras —sabía que Robert intentaba ser amable— y la más pura humillación. La humillación es un sentimiento que puede llevar a una persona a hacer cosas que la perjudican gravemente. Ella lo había visto muchas veces. Ahora había otros padres esperando detrás de ella.

—De acuerdo —contestó, y asintió con la cabeza—. Será… me parece una buena idea.

—Al final de la hora octava lo iré a buscar y lo llevaré a la oficina. ¿Por qué no me llamas cuando vengas de camino? Estaré aquí por lo menos hasta las seis.

—De acuerdo —repitió ella.

No logró darle las gracias. Dio media vuelta y se abrió paso entre las madres y los niños hasta llegar al callejón trasero, donde había más madres y más niños. La mayoría se apartaban amablemente para dejarla pasar, y nadie le prestaba demasiada atención. Pero entonces hubo un cuerpo que pareció quedarse rígido en el sitio y no se apartaba a un lado ni a otro. Grace alzó la mirada y se encontró con Amanda Emery flanqueada por sus hijas gemelas.

—Hola, Amanda —saludó.

Ella se limitó a mirarla.

—Hola, niñas —insistió Grace.

En realidad no conocía a las niñas Emery. Eran fornidas, con la cara redonda. Tenían el pelo castaño claro, que seguramente era el color natural del pelo de su madre. Amanda agarró con fuerza a sus hijas por los hombros, clavándoles unos dedos como garras. Grace casi dio un paso atrás. Una de las niñas miró a su madre con reproche. «Au, mamá», protestó. Era Celia, la que tenía el retrognatismo.

Grace vio la cola que se extendía hasta la esquina y desaparecía. Le produjo un inmenso temor.

—Adiós —le dijo como una tonta a Amanda Emery.

Qué tontería, ni que acabaran de tener un encuentro de lo más agradable. No tuvo más remedio que pasar entre la cola de madres y niños, y apretarse entre ellos. La mayor parte de las veces no le hacían caso, pero a veces sí. Había otras Amandas, algunas conocidas y otras nuevas para ella. Pero a medida que avanzaba, notaba sus exhalaciones a sus espaldas, y algo más que al principio no identificó, pero que era igual de ruidoso: el silencio que venía después del sonido. Un silencio que la seguía como una ola.

Por fin logró pasar por el control de Jennifer Hartman y llegar a la calle. Los periodistas formaban un semicírculo alrededor de la entrada trasera. Agachó la cabeza y se dirigió rápidamente a un extremo, pero los periodistas parecían preparados; no estaban dispuestos a dejarla pasar. Habían formado una suerte de rebaño, y a Grace le pareció que se habían repartido las tareas de gritar y de escuchar. Era como si supieran quiénes tenían que acercarse con los micrófonos y quiénes tenían que quedarse atrás comprobando el sonido de sus equipos o preparándose para escribir en sus libretas. Pero se comunicaban como una sola criatura, y lo que esta criatura quería de ella era algo que ella no les podía dar sin enloquecer: aquí mismo en la acera, aquí mismo a las ocho y veinte de la mañana con todo un largo día por delante.

—Perdonen —se excusó bruscamente—. Déjenme pasar.

Y para su sorpresa, la dejaron pasar, porque por algún milagro todavía no se habían dado cuenta de que era diferente de la siguiente madre que salía del colegio, a la que también rodearon y gritaron.

No por mucho tiempo, pensó. Puede que fuera la última vez que pasaba desapercibida. Pero de momento la dejaron marchar.

Entonces alguien la llamó por su nombre.

Grace agachó la cabeza y siguió andando.

—Grace, espera.

Una mujer pequeña se le acercó y la cogió por el codo. Era Sylvia, y parecía decidida a quedarse a su lado.

—Tengo que… —empezó a decir Grace.

—Vamos, aquí hay un taxi —propuso Sylvia.

El taxi se había detenido en un semáforo en la esquina con la Cuarta Avenida, pero con la visión periférica que necesitaban tener los taxistas de Nueva York, venidos de todas las partes del mundo, el hombre vio a dos mujeres que caminaban rápidamente en su dirección y puso de inmediato el intermitente de la derecha, con la comprensible consternación del taxista que iba justo detrás. Cuando Sylvia abrió la puerta, el segundo taxista ya había hecho sonar el claxon dos veces.

—No puedo —repitió Grace cuando ya había montado en el taxi—. Lo siento.

—No, no te preocupes —se limitó a decir Sylvia, y le indicó al taxista que las llevara a Madison con la calle Ochenta y tres.

En medio de la niebla causada por su irritación y su tremenda angustia, Grace intentó recordar qué había en Madison con esa calle, pero lo único que recordaba era una cafetería en la esquina. No recordaba el nombre, pero era donde se había apostado Meryl Streep para vigilar a su hijo en *Kramer contra Kramer*. Por lo menos allí tenían una foto enmarcada de la escena, en la pared frente al cajero. Se sorprendió un poco al saber que era exactamente allí donde Sylvia le pidió al taxista que parara.

Se había abstenido de hablar durante los cinco minutos que duró el trayecto, y Grace empleó sus escasas fuerzas en no venirse abajo mientras iba en el asiento trasero de un coche con una persona a la que no conocía muy bien, rumbo a un destino incierto para un propósito desconocido, y también guardó silencio. Cuando vio que Sylvia le pagaba al taxista, se preguntó si debería saber lo que estaba pasando.

—Ven —le dijo la mujer—. Creo que nos irá bien un café. Salvo que tú necesites una copa.

Para su propia sorpresa, Grace se rió.

—Bueno, mejor que te lo tomes así —comentó la otra.

Se instalaron en una mesa al fondo, justo debajo de un póster de la maniobra Heimlich. Sylvia le ladró al camarero: «Dos cafés, por favor», y el hombre respondió con el clásico gruñido neoyorquino. Grace no tenía nada que decir y no sabía a dónde mirar. El mero hecho de estar allí en compañía de Sylvia Steinmetz le parecía sorprendente. ¿Por qué ella? ¿Tal vez porque era la única que había hecho el esfuerzo?

Pero entonces se le ocurrió que esta Sylvia Steinmetz era lo que tenía como amiga en la vida. Parecía imposible, pero así era. No entendía cómo había llegado a este extremo.

Sylvia mencionó algo que Grace no comprendió. Le pidió que lo repitiera.

—Digo que no tenía ni idea de lo que te pasaba hasta esta misma mañana, cuando me lo contó Sally en un correo.

—A la mierda Sally —replicó Grace.

Volvió a reír, esta vez un poco fuera de tono.

—Bien, pero eso es irrelevante. Los periodistas no estaban allí porque Sally se lo hubiera dicho.

—Pero…

Grace hizo una pausa al llegar el camarero con dos tazas de café bastante llenas.

—Pero no creo que me conocieran. No me prestaron más atención que a cualquier otra persona.

Sylvia asintió.

—Esto no durará mucho. Creo que te quedan unas pocas horas. Yo no contaría con tener más tiempo.

Grace entendió entonces que estaba demasiado acostumbrada a pensar en su vida de una forma errónea, de una forma espacial que ya no era viable. Ahora no tenía importancia, por ejemplo, que se viera como parte de una pequeña familia formada por padres y colegas, luego por conocidos, y luego por la ciudad donde siempre había vivido. Que esta topografía fuera acertada era lo de menos, porque lo que contaba desde esta mañana era la realidad temporal, no la topográfica. Lo que importaba era el hecho de que su vida, la vida que tanto apreciaba, estaba llegando a su fin, estaba a punto de estamparse contra una pared, y no había nada que pudiera impedirlo.

—Lo siento —dijo Sylvia—. En una ocasión vi cómo le pasaba lo mismo a una clienta. En ese caso teníamos algo más de tiempo.

A Grace le daba vueltas la cabeza. Por lo general hubiera querido satisfacer primero su propia curiosidad. Sylvia era abogada de empleados que habían sido injustamente despedidos o que habían sufrido diversos tipos de acoso. ¿De qué clienta hablaba? ¿Qué había hecho, o qué le habían hecho? ¿Era algo que ella podía haber leído, en el *Times* o en la revista *New York*? Normalmente a ella le encantaban este tipo de historias. Eran fascinantes. Era fascinante ver los estropicios que hacían las personas con sus vidas.

Pero ahora no podía distraerse.

—¿Qué hicisteis? —preguntó.

Sylvia frunció el ceño.

—Bueno, le conseguimos una nueva casa. Cambiamos sus cuentas bancarias (tenía cuentas conjuntas con su socio), pero él desapareció con una gran parte del dinero. También contratamos para ella a una persona experta en crisis.

Miró a Grace.

—Pero es diferente. Ella ya era una persona conocida.

Grace nunca había oído a Sylvia hablar de su trabajo, o por lo menos contar detalles. La Sylvia que estaba sentada frente a ella vertiendo un poco de leche de una jarra metálica en su café hasta que casi se desborda era otra persona.

—¿Y cómo salió? —preguntó Grace.

—Fue un viaje muy largo. Pero es mejor no pensar en ello. Ahora tenemos que centrarnos en qué hacer.

Grace se estremeció. Se sintió como se había sentido durante un tiempo en la universidad, cuando la convencieron de que fuera el timonel del equipo femenino de remo. Era bastante buena fijando el rumbo, e incluso diseñando la estrategia de la carrera, pero no podía soportar la hora antes de empezar. Era una hora de puro terror, de absoluta convicción de que ella —y no cualquiera de las otras ocho tripulantes— lo echaría todo a perder.

Se inclinó hacia delante. Posiblemente fue el vaho del café, al entrar en contacto con los ojos, pero no sabía si estaba a punto de llorar o si ya estaba llorando.

—De acuerdo.

Respiró hondo y se incorporó. Sylvia parecía esperar su respuesta.

—Pero primero… —prosiguió Grace—, antes que nada, tengo que hacerte una pregunta. ¿Qué es lo que sabes?

Sylvia movió la cabeza con firmeza.

—No *sé* nada de nada. Tengo que ser clara en esto. De lo que me hayan podido comentar, no he dado nada por bueno. Yo necesito pruebas mucho más sustanciales que un comentario.

—De acuerdo —concedió Grace. Y le pareció apropiado añadir—: Gracias.

—Lo que me han dicho es que Jonathan tenía una relación con Málaga, y que la policía quiere hablar con él, pero que ha desaparecido. Y también dicen que tú sabes dónde está y no se lo dices. Esto no me lo puedo creer.

—Bien —dijo Grace, como si esto la aliviara.

—¿A qué te refieres? —preguntó Sylvia.

Abrió un sobre de sacarina y lo vertió en su café.

—Me refiero a que no te creas que yo sé dónde está y lo estoy escondiendo. No soy lo bastante valiente, o lo bastante loca para eso. No sé dónde está. Yo… esto es…

Dejó la frase inacabada.

—¿La conocía? ¿A Málaga?

—Bueno, el niño era un paciente del Memorial. Es lo que me dijeron, y supongo que es verdad. El resto es…

Grace no terminó la frase. ¿Era qué? ¿Una mentira? Sabía que no era así. Sabía que había más, aunque intentara asimilarlo todo lo lentamente que podía. Y no le diría a nadie que Jonathan era inocente. Que fuera él mismo quien lo dijera y se personara, muchas gracias.

—Bueno —comentó Sylvia—, esto tiene sentido.

—¿Lo dices en serio?

—Sí. Voy a contarte algo que tal vez ya sepas. Pero si no lo sabes, quiero que finjas que sí. Aquí estoy pisando un terreno muy delicado.

Grace la miró asombrada.

—¿Debería entender lo que me estás diciendo?

Sylvia suspiró.

—Supongo que no. Esperaba que lo entendieras, pero me temía que no.

—Estás actuando como una abogada —manifestó Grace.

La frase sonó poco amable, pero no se sentía amable en ese momento. La otra tendría que adaptarse.

Sylvia hizo girar la taza de café entre sus manos. Giró el asa hasta que quedó entre las diez y las dos.

—Jonathan me contrató el pasado mes de febrero.

—Te contrató a ti —dijo Grace con incredulidad.

Sonó como un insulto, y esto la incomodó.

—Sí, me llamó, me pidió una cita y firmó un documento para que le representara legalmente.

—Mierda —refunfuñó Grace—. En febrero.

—Tenía que presentarse ante un tribunal disciplinario. Quería consejo.

Sylvia tomó un trago de café e hizo una mueca de disgusto. Dejó la taza sobre la mesa.

—¿Tú sabías algo del tribunal disciplinario?

Grace negó con la cabeza.

Sylvia empezó de nuevo a hacer girar la taza entre las manos.

—Nunca le pregunté claramente si tú lo sabías. Durante estos meses, cada vez que nos encontrábamos o quedábamos para algo de la recaudación de fondos, me preguntaba qué sabrías. Pero no podía decir nada hasta que él te trajera a mi despacho. Era información privilegiada, ya entiendes.

Grace asintió. Lo entendía. Ella también tenía un acuerdo parecido con sus clientes. Pero no conocía a otras personas de su vida. No iba andando al colegio con ellos ni se sentaba con ellos en comités de recaudación de fondos. No era justo.

—Teóricamente sigue siendo información privilegiada —precisó Sylvia—. No debería mantener esta conversación contigo. El hecho de que ahora sea un sospechoso, o de que nosotras seamos amigas no es relevante. Y no puedo correr el más mínimo riesgo de que me inhabiliten.

Se detuvo, como si esperara una respuesta. Pero Grace no sabía qué debía decir.

—No puedo permitir que me inhabiliten. Soy madre soltera —dijo Sylvia.

De nuevo se quedó esperando. Grace la miraba.

—Grace, ¿quieres que siga?

—Oh. Ya lo entiendo. No te haría esto.

Sylvia suspiró.

—Está bien. Sólo vino a verme una vez. No le gustó el consejo que le di, que era pedir perdón a la administración del hospital y aceptar el trato que le propusieran. Cualquier cosa para evitar el despido. Pero esto no era lo que él tenía pensado.

—¿Y qué... era lo que tenía pensado?

—Quería atacar a sus jefes. Alegó que uno era un plagiador y el otro un pedófilo. Quería que yo les advirtiera que él hablaría con la prensa si seguían adelante con el tribunal disciplinario. Que era para eso para lo que me pagaba, que tenía que hacerlo. Es habitual que los clientes piensen esto —recalcó, intentando ser amable—. Pero aunque tuviera alguna prueba, aunque fuera relevante para su caso, lo que estaba claro que no lo era, yo no tengo estómago para hacer estas cosas. Necesito poder mirarme al espejo cuando me cepillo los dientes, ¿sabes?

Grace asintió, pero estaba perdiendo el hilo. ¿Quién era el plagiador? ¿Era Robertson Sharp el Zurullo? Era difícil creer que Jonathan, que no paraba de soltar diatribas contra Robertson Sharp, no hubiera mencionado nunca un delito tan clamoroso y fácil de demostrar como el plagio.

—Miré los documentos que me había traído y le dije que eran muchas cosas contra él. El hospital tenía lo suficiente para despedirlo, le dije. Habla con ellos y diles que irás a rehabilitación...

—¡Rehabilitación! —Grace casi gritó—. ¿De qué?

—De lo que ellos le pidieran —contestó Sylvia—. Como querían presentarlo como una incapacidad, sería ideal. Le estaban ofreciendo algo así, pero él no quería ni oír hablar del asunto. Me dijo...

Sylvia se detuvo. Inspiró profundamente, levantó la taza y la volvió a dejar sobre la mesa.

—De hecho —continuó, recordando una cosa graciosa, algo que no fuera tan terrible—, me espetó que me fuera a la mierda. Pero sé que estaba bajo una enorme presión. Le deseé buena suerte, y lo dije en serio.

Grace cerró los ojos con fuerza. Tenía que dejar de disculparse.

—Ni siquiera sé si se celebró el tribunal disciplinario —prosiguió Sylvia.

Grace respiró hondo.

—De acuerdo con la policía, lo despidieron —dijo. Y así dicho no parecía nada nuevo—. No supe nada hasta la noche pasada. Todos estos meses...

Tomó aire.

—Cuando me decía que estaba en el trabajo, no era verdad.

Qué frase tan lamentable, pensó. Era la frase más lamentable que había pronunciado jamás.

—No sé nada. No sé cómo voy a soportar esto.

—Bueno, deja que te ayude —propuso Sylvia—. Por lo menos puedo intentarlo. De modo que escúchame, porque tengo que decirte dos cosas. En primer lugar, si sabes dónde está, díselo a la policía.

Grace negó enérgicamente con la cabeza.

—No lo sé. No tengo ni idea. Ya se lo he dicho.

El camarero se les acercó. ¿Iban a querer algo más? Sylvia le pidió la nota y esperó a que se marchara para seguir hablando.

—Es importante que cooperes con ellos. Cuanto antes sepan que no estás implicada, mejor te tratarán los medios de comunicación.

—De acuerdo —replicó Grace, aunque detestaba la idea de «cooperar» con Mendoza y O'Rourke.

—Y la otra cosa, de hecho lo mejor que puedes hacer es marcharte de aquí con tu hijo.

Sylvia se inclinó hacia ella y colocó a un lado la taza de café.

—Jonathan ha decidido largarse. No tendrá que sufrir estar aquí cuando se desate el huracán esta noche o mañana a más tardar.

Pero tú estás aquí, y ellos necesitan apuntar a alguien con la cámara. Coge a Henry y márchate lejos de aquí. Márchate de Nueva York.

—¿Por qué fuera de Nueva York? —preguntó Grace horrorizada.

—Porque por el momento es una historia de Nueva York. Y mientras sea una historia circunscrita a Nueva York, los periodistas de fuera de la ciudad no le prestarán demasiada atención. Y los medios neoyorquinos no enviarán periodistas a… Arizona, o a Georgia. Sobre todo por ti. Si él apareciera sería distinto, pero ahora no tienes que pensar en él.

Grace había seguido el discurso hasta el momento, pero aquí se perdió y le pidió a Sylvia que se explicara mejor.

—Quiero decir que cuando lo encuentren, y en algún momento lo encontrarán, el tema estará presente en todas partes. Tienes que… convertirte en otra persona hasta que pase esto, y que cuando pase te encuentre fuera de aquí.

Sylvia hizo una pausa.

—Me olvidaba. ¿Tus padres viven aquí?

—Mi padre —contestó Grace.

—¿Tienes hermanos?

—No.

—¿Amigos íntimos?

Vita, pensó Grace inmediatamente. Pero hacía tanto tiempo que no hablaba con ella. Y no había nadie más. ¿Cómo había llegado a esta situación?

—No, la verdad es que no. Siempre éramos…

Siempre éramos Jonathan y yo, quería decir. *Yo y Jonathan*. Habían estado casi veinte años juntos. ¿Quién llegaba a los veinte años hoy en día? ¿Quién tenía ahora esos matrimonios duraderos de los que disfrutó la generación de sus padres, con safaris a África con toda la familia, vacaciones familiares en el lago o en la costa y grandes fiestas de cumpleaños? *Solamente las psicólogas matrimoniales*, pensó con sorna.

—Pero… —empezó a protestar.

Estaba pensando en sus pacientes. No podía abandonarlos. Esto no estaba bien, no era ético. Lisa y su marido gay desaparecido, sus niñas que no comprendían nada. Sarah y su furioso guionista fracasado que había osado volver con ella. Tenía responsabilidades.

Y su libro. ¿Qué pasaba con su libro?

No podía soportar pensar ahora en su libro.

De repente se sintió como si hubiera destapado un frasco muy antiguo que estaba dentro, muy dentro de ella, y hubiera dejado que se escapara el contenido por una pequeña fisura. Pero incluso esta pequeña fisura era suficiente para tumbarla, porque por allí se había escapado la esencia más venenosa para el ser humano: la vergüenza. En unos instantes se sintió invadida de vergüenza.

—Lo siento —dijo Sylvia.

Pero si realmente lo sentía tuvo la delicadeza de no mostrar lástima.

—Escucha, Grace. Ya sé que no es que seamos grandes amigas, pero quiero que sepas que puedes contar conmigo.

Frunció el ceño y miró a la psicóloga a los ojos.

—¿Quieres que lo diga otra vez?

Grace hizo un gesto negativo, pero la verdad es que había dejado de escuchar y no estaba segura de nada.

15

Busca y captura

—Están arriba —le advirtió el conserje.

Como si ella no lo supiera. Grace vio los coches y las dos furgonetas en cuanto dobló la esquina de Madison, una marcada con las siglas NYPD y la otra con algo que no pudo descifrar. Se quedó un largo rato mirándolas resignada, preguntándose por qué no podía mantenerse de pie. (*Porque no has comido nada, se recordó. Porque tienes que comer algo pronto, idiota, o te desmayarás.*) Después entró mansamente, como un cordero que va al matadero.

—Está bien —le dijo al conserje. Luego, sin venir a cuento, le dio las gracias.

—Tenían una orden de registro. Tuvimos que dejarles entrar.

—Claro.

El conserje se llamaba Frank. En verano tuvo una hija, y Grace le compró un regalo. La niña se llamaba Julianna.

—¿Cómo está Julianna? —le preguntó.

Él se limitó a sonreír. Como si fuera un día normal, la acompañó al ascensor y esperó hasta que se cerró la puerta.

Grace se apoyó en la pared del ascensor y cerró los ojos. *¿Cuánto durará esto?*, se preguntó. *Si aguanto hoy y aguanto mañana. ¿*Cuánto durará? ¿Qué día podría volver a su vida?

Mientras tanto su vida se escurría, se desestructuraba y se convertía en pedacitos que salían volando. Era tanto lo que había perdido en tan poco tiempo que ni siquiera podía valorar las pérdidas. Y todo desde el miércoles y las noticias sobre Málaga. No, desde el lunes, cuando Jonathan se marchó. El día en que murió Málaga. (Grace todavía no podía pensar en ello, no estaba preparada.) No, un momento, había empezado antes, mucho antes de eso. ¿Cuánto tiempo hacía? ¿Hasta dónde había llegado?

Pero este problema ya lo resolvería en otro momento. El ascensor se detuvo en su planta. Cuando se abrió la puerta, vio la nota de la policía, una mala fotocopia pegada a la puerta con una cinta adhesiva que seguramente se llevaría parte de la pintura cuando la despegaran. Grace comprendió con tristeza que ni siquiera le importaba, porque ella ya no vivía aquí.

¿Cuántas veces se había mudado de casa? Una vez para ir a la universidad, otra vez para formar un hogar con su marido. Cada ocasión la alejó un poco más del lugar de su niñez, donde había gateado, luego andado y luego corrido y jugado al escondite con sus amigos; el lugar donde había aprendido a cocinar, a salir adelante y a conseguir un diez en casi todas las asignaturas. Pero viviera donde viviera, estas habitaciones y este pasillo habían significado para ella el hogar. A Grace siempre le gustó este apartamento. No recordaba que nunca hubiera deseado más espacio, una ubicación diferente o unas mejores vistas. Esta era su casa y le parecía suficiente. Jonathan y ella estaban de alquiler en un piso bastante feo de la Primera Avenida cuando el padre de Grace conoció a Eva, quien llevaba mucho tiempo acomodada en su piso de la calle Setenta y tres y no tenía intención de abandonarlo. El día en que su padre habló de la posibilidad de poner el piso a su nombre —lo mencionó como de pasada, un día que comían juntos—, Grace lloró de alegría cuando llegó a su casa. ¿Cómo hubieran podido Jonathan y Grace —ninguno de los cuales tenía un salario alto ni un fondo de inversión— darle a Henry la infancia que ella quería darle? Hubieran tenido que seguir en aquella caja de cerillas de ladrillos blancos, o en otro sitio similar, hasta que su hijo fuera a la universidad.

Pero ahora su casa tenía una nota oficial de la policía neoyorquina pegada a la puerta, que estaba entreabierta. Se oían voces y pasos dentro. Grace vislumbró un uniforme blanco, como si ya estuviera en marcha un proceso muy poco prometedor. De hecho, tuvo que retenerse para no llamar con los nudillos.

—No puede entrar aquí —le advirtió una desconocida en cuanto la vio.

—¿Ah, no?

No tenía ganas de discutir, pero tampoco quería irse. ¿A dónde querían que fuera?

—¿Quién es usted? —preguntó la mujer.

Era una pregunta tonta. ¿Acaso no se veía?

—Vivo aquí —respondió Grace.

—¿Tiene alguna identificación?

Le enseñó el carnet de conducir, y la mujer —una agente, probablemente— lo cogió.

Era una mujer fornida, muy pálida. Llevaba el pelo teñido de un color poco favorecedor para cualquiera, pero Grace no sintió ninguna simpatía por ella.

—Espere aquí —le ordenó la mujer.

Dejó a Grace en el umbral y recorrió el pasillo que llevaba al dormitorio principal.

Dos hombres vestidos con monos blancos salieron del cuarto de Henry y pasaron junto a Grace de camino al comedor sin pronunciar palabra. Ella se inclinó un poco para ver lo que hacían y vio la esquina de una mesa, una mesa portátil que no era suya. Pero en realidad no quería salir del lugar donde le dijeron que se quedara. Era una especie de desafío. Además, cuanto más veía lo que estaba pasando, menos quería saber.

Mendoza se acercó y le entregó el carnet de conducir.

—Nos quedaremos un rato —le anunció.

Grace asintió.

—¿Puedo ver la orden de registro?

—Sí, claro.

Mendoza mandó a la agente al comedor. Volvió con una versión más larga del documento que había pegado en la puerta.

—Voy a leer esto —comentó Grace tontamente.

El policía tuvo la gentileza de no sonreír.

—Claro —replicó—. ¿Por qué no se sienta?

Grace recorrió el pasillo con el bolso en una mano y los papeles grapados en la otra, y se sentó en una butaca. No era la misma butaca que le gustaba a su padre, pero ocupaba la misma posición, entre las dos ventanas que daban a la calle Ochenta y uno, de cara al pasillo. Su padre solía sentarse en una butaca de aspecto bastante imponente, aunque un poco incómoda, que se había llevado a casa de Eva. Se sentaba con una pierna sobre otra, normalmente con un vaso de whisky en la mano, uno de esos vasos pesados que todavía se guardaba en el mueble bar de la esquina (al parecer no era tan sentimental con los vasos como con la butaca). Desde esa butaca llevaba el peso de la conversación, y de vez en cuando se levantaba para preparar bebidas para los demás y para él. Sus padres habían sido unos anfitriones excelentes, como correspondía a su tiempo, con los papeles bien repartidos y perfectamente coordinados. Entonces todos bebían bastante y nadie tenía «problemas» con el alcohol (o tal vez todos lo tenían). ¿Y quién podía decir que no era mejor así? Incluso había cigarreras de plata repletas de cigarrillos en las mesitas auxiliares. Grace las abría a veces para inhalar el olor, y se imaginaba a sí misma soltando el humo como Dorothy Parker mientras decía algo ingenioso. Las cigarreras de plata hacía tiempo que ya no estaban, por supuesto, pero el mueble bar seguía allí. Estaba hecho a partir de otro mueble de estilo inglés que probablemente servía para guardar sábanas o ropa doblada, pero que estaba todavía lleno de botellas de la época de sus padres: whisky de centeno, crema de menta, bitters, cosas que nadie bebía ya. Cuando Grace y Jonathan tenían invitados a cenar, les ofrecían vino, y como mucho un *gin-tonic* o un whisky. Consumían tan poco estas bebidas que tenían más que suficiente con la botella que de vez en cuando les regalaba un paciente. Aunque lo cierto era que Grace no recordaba cuándo habían tenido invitados por última vez.

Volvió la atención al permiso de registro que tenía en la mano, pero se quedó atrapada en el lenguaje oscuro de los documentos legales. *La Audiencia Judicial de la Ciudad de Nueva York. Honorable Joseph V. DeVicent. Autorizo y ordeno llevar a cabo un registro en las siguientes condiciones.*

Y debajo estaba su propia dirección, la que Grace había tenido toda su vida hasta hoy: *35 Este, Calle Ochenta y uno, Apartamento 6B*.

Y debajo:

Tiene por lo tanto la autorización para entrar a fin de buscar y conseguir…

Aquí disminuía el cuerpo de letra, como si hubieran querido poner demasiadas cosas en poco espacio. Lo que no tenía sentido, porque sólo se mencionaba un objeto.

Un teléfono celular de marca y modelo desconocidos.

¡Pero Grace se lo habría entregado! O por lo menos les hubiera dicho dónde encontrarlo. Sólo tenían que preguntarle. ¡Si fue ella quien confirmó que el teléfono estaba aquí!

Entonces comprendió lo que pasaba. No era el teléfono lo que les interesaba. Lo que querían era encontrar a Jonathan, o por lo menos encontrar su vínculo con Málaga, viva o muerta. Cualquier cosa que pudieran encontrar mientras buscaban el teléfono. Cerró los ojos y escuchó. Los edificios antiguos no estaban tan mal insonorizados como los nuevos, pero ella llevaba demasiados años viviendo en este apartamento como para no reconocer los ruidos de gente moviéndose. Había gente hablando en el comedor, y alguien estaba rebuscando en el armario del pasillo. Oyó que se cerraba la puerta del armario de Henry y también la puerta del frigorífico en la cocina. ¿Cuántas personas en total?

Se puso de pie, se acercó al extremo del salón y echó un vistazo por el pasillo en dirección a su dormitorio. La puerta, que estaba segura de haber dejado abierta esta mañana, estaba cerrada. Ya sabían que el teléfono estaba aquí, pensó Grace. Habían mirado, lo habían visto y habían cerrado la puerta para no «encontrarlo» demasiado pronto. Así podían seguir buscando por toda la casa. Por un instante se sintió tan furiosa que no podía moverse. Cuando se le pasó, volvió a sentarse en la butaca.

Dos agentes pasaron ante ella y se dirigieron al vestíbulo. Uno transportaba el ordenador que Jonathan tenía en el cuartito. El otro llevaba una caja de archivos.

Bueno, esto era de esperar.

¿Y los cajones que había en el cuarto, repletos de viejos talonarios? ¿Y las agendas de Jonathan? Grace sabía que las tenía en alguna parte. Acabarían por encontrarlas, porque al contrario que ella, tenían los medios.

El primero de los agentes, el que había salido con el ordenador, volvió a pasar delante de ella, entró en el cuartito y salió con la caja de ficheros que ella no había mirado la noche anterior. El otro agente volvió y salió al pasillo. Grace oyó hablar a Mendoza, que estaba en la puerta del dormitorio. Oyó que se abría la puerta y se preguntó cuál de los agentes la habría abierto.

En el salón se oyó la risa de una mujer.

Grace se recostó en el hondo sofá. Se imaginó a los policías entrando en el dormitorio, mirándolo todo. A lo mejor decidían ver el teléfono, a lo mejor no. ¿Cuánto tiempo podrían estar legalmente sin encontrar el teléfono? ¿Qué otras cosas verían mientras tanto?

En el suelo habría prendas de ropa. No deberían estar en el suelo, pero eso Mendoza no lo sabría, ¿no? No sabría que la fea camisa marcada como «Sachs» era más que una fea camisa. Tal vez ni siquiera notara lo fea que era. No entendería lo que había significado para ella encontrar ese condón. No le importaría de dónde era la bufanda, o qué le había pasado a la sarta de perlas grises o al collar de zafiros que había sido de su madre, o a la bolsa de deportes de cuero. Mendoza buscaba respuestas a preguntas que Grace nunca había preguntado. Inspiró profundamente, tan profundamente que casi le dolió. Por primera vez en muchos años deseó fumar.

Mendoza recorrió el pasillo en dirección a la puerta principal. Parecía haberse olvidado de su existencia. Grace vio con sorpresa que llevaba el cepillo de pelo de Jonathan en una bolsa de plástico.

No cabía duda de que era el cepillo de su marido, uno de esos caros de madera que vendían en esa farmacia antigua tan bonita de Lexington con la calle Ochenta y uno, de cerdas de un animal que Grace no recordaba. Se suponía que estos cepillos duraban toda la vida. La mera visión del cepillo era como recibir una inyección de adrenalina. Ningún neoyorquino que hubiera vivido el 11 de Septiembre y sus consecuencias podía pasar por alto la visión de un cepillo en una bolsa de plástico. Era uno de esos objetos que habían sido arrancados de la vida real y colocados en un museo iconográfico del tormento: los cuerpos cayendo, el avión, los pósteres de los desaparecidos, los edificios. Quería decir... bueno, podía significar algunas cosas, todas ellas terribles.

Por un momento olvidó que lo que estaba sucediendo ya era bastante terrible.

—¡Eh! —gritó—. Espere un momento.

Ella misma se quedó sorprendida.

Se levantó y atravesó el cuarto. Fue al vestíbulo al encuentro de Mendoza. Señaló la bolsa de plástico.

—¿Está muerto? —Fue más un sollozo que una pregunta.

El policía la miró.

—Mi marido, ¿está muerto? —preguntó Grace de nuevo.

Mendoza estaba serio. Parecía perplejo.

—¿Piensa usted que está muerto?

—No me venga con esa mierda freudiana —le espetó ella.

Era exactamente lo que le dijo Lisa, su paciente... ¿cuándo? ¿El día anterior?

Él parecía mucho más calmado que ella. Ni siquiera le había alterado con su pregunta, dedujo Grace.

—Señora Sachs, no tengo ni idea. ¿Por qué me lo pregunta?

—¡Porque sí! —replicó ella irritada—. ¿Por qué se lleva su cepillo de pelo?

Mendoza miró la bolsa que llevaba en la mano y se quedó pensativo.

—Nos llevamos objetos que puedan ayudarnos en la investigación. ¿Le preocupa el fundamento jurídico de la orden de registro? Puedo pedirle a uno de mis hombres que se lo explique.

—No, no —contestó Grace, negando con la cabeza—. Pero... explíqueme por qué es importante este cepillo en la investigación.

Mendoza pareció pensarlo. Le pidió que se sentara en el salón. Estaría con ella en un par de minutos y se lo explicaría.

Grace hizo lo que le habían pedido. Se sentía dócil, manejable. Ya no recordaba si alguna vez había sido capaz de plantar cara. Se sentó en el salón con las piernas cruzadas y los brazos cruzados y esperó. Mendoza no la hizo esperar mucho. Volvió y se sentó a su lado en el sofá.

—Señora Sachs, creo que quiere usted ayudarnos.

—¿Por qué demonios iba a hacerlo? —respondió ella, pero comprendió que Mendoza tenía razón. Algo se había alterado en el fondo de su ser y la había llevado a adoptar una nueva posición. ¿Cuándo, exactamente?

Él se encogió de hombros. Inclinaba la cabeza ligeramente a un lado, como solía. Grace sólo lo conocía desde hacía un par de días, pero ya se había familiarizado con sus posturas. Conocía la forma de su papada. No lo conocía lo bastante bien como para decirle que se comprara camisas de cuello más ancho, y esperaba no llegar nunca a ese punto de intimidad.

—Porque creo que en este momento está usted más enfadada con él que con nosotros. Y si le digo la verdad, tiene toda la razón.

—No sea condescendiente conmigo —replicó Grace en tono molesto.

Pero en el fondo sabía que Mendoza sólo había intentado ser amable.

—Lo siento. He visto esta situación muchas veces. Bueno, no exactamente esta situación, pero he visto maridos que han ocultado muchas cosas a sus mujeres, y cuando yo entro en escena, es porque ha habido algún robo, o un fraude, o un atraco. Estas circunstancias son más serias, pero he visto a muchas mujeres inteligentes pasando por algo parecido a lo que usted está viviendo ahora. Y quiero decirle que lo siento. Siento mucho ser yo quien la haga pasar por esto.

No intente manipularme, quería decirle Grace, porque eso era lo que estaba haciendo Mendoza. Pero ya no le quedaban fuerzas para protestar.

—Necesitamos el cepillo para el ADN —aclaró el policía—. Necesitamos el ADN por… un par de razones.

—Quiere decir para la escena del crimen —sugirió Grace.

Mendoza no pareció impresionado.

—Sí, y también para una prueba de paternidad. Supongo que sabe que la señora Alves estaba embarazada cuando la mataron. Salió en el *Post*, ya ve qué bien. El departamento de patología es un maldito coladero. Da igual que grites y amenaces. Siento que tuviera que enterarse por un medio de comunicación sensacionalista como el *Post*.

Grace estaba boquiabierta.

—¿Señora Sachs? —inquirió Mendoza.

—No diga tonterías.

Ella sintió como si la cabeza le rodara por el suelo. Cuando volviera a tenerla sobre los hombros, si es que volvía a tenerla en su sitio, sólo podría reír como una loca. Era absurdo, tan absurdo que no podía ser verdad. Si Mendoza se creía que iba a tragarse una cosa tan absurda, podía olvidarse del tema de que ahora «eran amigos» y se llevarían bien. Porque ella no era tan estúpida para tragarse esto.

Al otro lado del pasillo, en el comedor, sonaron unas carcajadas. La mujer de la puerta, pensó Grace. El hombre con el ordenador. ¿Cuántas personas había en su casa?

—Bueno, no importa —dijo Mendoza—, de todas formas tenemos que hacer un control. La señora Alves... es normal que su marido quiera llevarse el cadáver de su esposa a Colombia lo antes posible. Celebrarán allí el funeral, y el marido quiere acabar cuanto antes con sus asuntos. Al parecer no quiere volver aquí. Le entregaremos el cadáver, pero él no quiere llevarse a la niña, al bebé. Ya me entiende.

Pero Grace no entendía, no comprendía lo que quería decir el marido, y negó con la cabeza.

—Quiere que hagamos una prueba de paternidad. Dice que no es el padre. Y desde luego no podemos obligarle a llevarse a la niña. Pero es un asunto que tenemos que dilucidar. Los Servicios Sociales insisten en que lo averigüemos cuanto antes.

Miró a Grace. Estaba empezando a ver algo, y ella lo observaba. Así fue como se vio a sí misma.

La mujer había empezado a llorar, pero no se dio cuenta hasta que Mendoza le dio un pañuelo, un pañuelo de verdad, no de papel. Grace se tocó la cara mojada.

—Lo siento —dijo él, mientras le daba unas palmaditas en la espalda—. Lo siento muchísimo. Yo pensaba... estaba convencido de que usted lo sabía.

PARTE III

Después

16

La señora de la abundancia

En 1936, cuando eran pocos los vecinos que tenían un lugar al que pudieran llamar trabajo, el abuelo materno de Grace, Thomas Pierce, se levantaba cada día a las cinco de la mañana y cogía el tren de Stamford para ir a Nueva York. Su empleo en publicidad no era lo que había soñado de joven, pero se trataba de una empresa solvente, y el presidente de la compañía le había dado a entender que valoraban su trabajo. Además, cuando para salir de la estación central tenías que pasar por encima de cadáveres y veías la cola que se había formado para recibir ayuda social en la calle de la oficina, y cuando la esposa que te esperaba en Connecticut estaba en avanzado estado de gestación, te sentías satisfecho de tu situación e intentabas no pensar en lo que podía pasar.

Ya tenían un niño, Arthur, y Thomas esperaba que el segundo bebé también fuera un varón. Pero Gracie estaba segura de que sería una niña y quería llamarla Marjorie Wells. Wells era su nombre de soltera.

A las seis y media de la tarde Thomas Pierce llegaba a su curiosa casa de piedra (rematada por una especie de torreta que imitaba la madera) en el barrio Turn of River de Stamford y se tomaba una copa mientras su mujer acostaba al bebé y preparaba la cena para ellos dos. Gracie cocinaba bastante bien, sobre todo teniendo en cuenta que había tenido siempre servicio y que nadie le había enseñado nada. Solía seguir las recetas de *El libro de cocina de la Señora Wilson*, que contenía el tipo de comidas a las que Thomas estaba acostumbrado y otros platos bastante atrevidos, como *chop suey*, un plato oriental a base de cerdo, col, cebollas y una espesa salsa marrón. Más tarde Gracie descubrió otro libro, cuyas recetas de bizcochos de agujero en medio y panqueques de pan ácimo le emocionaban y le hacían sentir un poco culpable. Thomas nunca le contó que su madre era judía.

Una noche Thomas coincidió a la salida del trabajo con un nuevo colega, un tal George contratado para escribir guiones de radio. Resultaba que George estaba viviendo temporalmente en casa de la familia de su hermana en el pueblo de Darien, una circunstancia un poco difícil. Cuando el tren llegó a Greenwich, Thomas Pierce había invitado a su colega a cenar a su casa. No había manera de avisar a Gracie. El teléfono de la estación no funcionaba, y cuando fueron a la farmacia para llamar, había dos personas esperando y un solo teléfono. Thomas metió a su amigo en el coche y llegaron a casa cuando ya se estaba poniendo el sol.

A Gracie no le hizo gracia, desde luego, pero preparó una copa a cada uno y se metió en la cocina para decidir qué hacer. Para colmo, aquella noche no había *chop suey*, sino una cena mucho más difícil de repartir. Aquella mañana Gracie había comprado cuatro, solamente cuatro chuletas de cordero en la carnicería. Lo único que se le ocurrió fue pelar y hervir más patatas. Una vez que hubo acostado al bebé, se sirvió una copa de jerez y se unió a los hombres en el salón.

Por lo menos no estaban hablando de trabajo, sino sobre la hermana de George, casada con un tipo duro que pensaba que todos los que habían ido a la universidad eran unos maricones. Gracie, por su parte, había decidido que George era marica, pero esto era lo de menos.

—Es una pena, su pobre hermana —dijo.

—Sí. Es una mujer inteligente. No entiendo por qué se casó con él.

Bebieron otra copa. Gracie asó las chuletas en la parrilla y puso la mesa para los tres. De haber sabido que tenían un invitado un par de horas antes habría hecho un estofado y todos tendrían suficiente para comer. Había una receta que tenía ganas de probar, un estofado de Brunswick que podía haber hecho con pollo en lugar de ternera. Gracie era especialista en hacer cosas con poco dinero. En los cuatro años que llevaba casada con Thomas, y pese a que había coincidido con cuatro años de la Depresión, había logrado ahorrar algo de lo que Thomas le daba para los gastos de la casa. Cada vez que necesitaba dinero para la casa o para el bebé, o incluso para Thomas, Gracie decía que le costaría un poco más de lo que costaba en realidad, y se quedaba con la diferencia. Era casi como tener un trabajo. La primavera pasada incluso abrió una cuenta en First Stamford. Era, por supuesto, una cuenta conjunta, aunque Thomas no sabía nada.

—Ojalá pudiera —oyó que decía el invitado cuando Gracie entró en el comedor con las chuletas. George y su marido se mostraron muy educados, aunque George estaba muerto de hambre, y ninguno de ellos comentó nada sobre la cena de Gracie, que consistía únicamente en patatas hervidas. El invitado hablaba sin parar mientras masticaba la comida, y ella tuvo que soportar ver cómo daba buena cuenta de las chuletas de cordero que tanto le gustaban a ella, pero intentó centrarse en sus patatas hervidas y seguir la conversación.

Había un apartamento en la ciudad, en un lugar llamado Tudor City, en el East Side de los años cuarenta, que estaba a un buen paseo de la oficina. George lo fue a visitar con su «amiga» (Grace hizo un esfuerzo por no preguntar) y era un sitio muy mono. Tal como estaban ahora las cosas en la ciudad, y con la cantidad de apartamentos vacíos que había, el sitio podría comprarse por poco. Pero lo único que tenía él era su salario y una casa que nadie quería en el noroeste de Connecticut.

—¿Cómo se llama el pueblo? —preguntó Thomas, sólo por educación.

El pueblo más cercano se llamaba Falls Village. No estaba muy lejos de Canaan, aclaró George. La casa estaba junto a un lago, y había sido de su madre, pero ahora le pertenecía a él. Hacía un par de años que no iba y la había puesto en venta a través de un agente inmobiliario de Lakeville. El peor momento, ¿no? Nadie había ido a verla, siquiera.

¿Cómo es la casa?, quiso saber Gracie. Tuvo que decirle que no había más chuletas de cordero, pero le pasó el bol de las patatas.

Era una casa vieja. George creía que construida en la década de 1880. Sus padres le añadieron una extensión hacia 1905, con una cocina en la planta baja y un dormitorio en el piso de arriba, de modo que ahora había dos dormitorios. La propiedad tenía unos cuantos acres de terreno, pero él vendió parte antes de la caída de precios, de modo que ahora sólo tenía medio acre, justo el terreno que llegaba al lago, un laguito que se llamaba Childe. Este era su apellido: Childe.

—¿Por cuánto lo quieres vender? —preguntó Gracie, que había dejado de comer.

Cuando él le mencionó la cantidad, ella subió al dormitorio y cogió el talonario de cheques que guardaba en el cajón de la cómoda. Costaba abrirlo porque tenía tapas de cuero. Gracie nunca había pagado con un cheque.

Era difícil decir cuál de los dos hombres estaba más asombrado.

Mi mujer, la señora de la abundancia, diría de vez en cuando Thomas Pierce muchos años después de aquella noche, haciendo un amplio gesto con la mano. Era un hombre rico, un señor, y le gustaba contemplar sus dominios. Le gustaba sentarse en el porche con sus invitados a contemplar el prado que descendía hasta la orilla del lago y mirar cómo sus hijos, Arthur y Marjorie, jugaban a pescar en el pequeño embarcadero. Cada verano pasaba allí el mes de agosto. Después de la guerra (Thomas consiguió volver del Pacífico; su colega George Childe no fue tan afortunado), le dijo a su esposa que cuando se encontraba allí fuera, lejos de casa, y no podía dormir, pensaba en el sonido de la lluvia sobre el lago.

La casa de piedra de Stamford con su torreta imitación de madera la heredó Arthur, que la vendió y se trasladó a Houston. Grace Reinhart Sachs, su sobrina, nunca llegó a conocerlo.

La casa del lago la heredó Marjorie, la madre de Grace, quien pasaría allí por lo menos una semana todos los veranos, excepto —ironías de la vida— el año en que dio a luz a su hija. Y cuando Marjorie murió, Grace heredó la casa. Adoraba la casa, lo mismo que su madre, su abuelo y su tocaya, su inteligente y ahorradora abuela. Pero ninguno de ellos había necesitado tanto la casa como ella la necesitaba ahora.

¿A dónde, si no, hubiera podido ir esa tarde en que debía salir de su piso en la calle Ochenta y uno? Llevaba una bolsa de lona con ropa de su hijo, una maleta de libros y portátiles, una bolsa de basura a rebosar con su ropa interior, jerséis y artículos de aseo y un carísimo violín. Ya se habían instalado dos furgonetas de los medios delante del edificio. Estaba tan iluminado que parecía el estreno de una película, con un montón de cableado eléctrico y un grupo de personas que charlaban mientras esperaban a que alguien saliera. El lobo había encontrado la guarida de su presa y se preparaba para atraparla, pero uno de los conserjes, en un acto inesperado de compasión, acompañó a Grace al sótano, se colgó al hombro la bolsa de lona, cargó con la maleta y la condujo hasta el callejón trasero del 35 Este de la calle Ochenta y uno. Cuando llegaron a Madison ayudó a Grace a cargar los bultos en un taxi y no quiso aceptar propina. Por otra parte, parecía incapaz de mirarla a la cara.

Tres horas más tarde, ella y Henry se dirigían rumbo al norte en un coche de alquiler. El frío exterior era equiparable a la atmósfera silenciosa y fría que reinaba dentro del vehículo. Grace le dijo a su hijo que sólo podía decirle que el abuelo estaba bien, que Eva estaba bien y que había pasado algo. Sí, claro que se lo contaría y no le diría mentiras (o no demasiadas, pensó) pero ahora no, porque ahora tenía que concentrarse en conducir. Eso era totalmente cierto. La carretera Saw Mill, que ya era difícil de por sí, estaba muy resbaladiza, y un par de veces le pareció ver (no eran imaginaciones suyas) placas negras de hielo en el pavimento. En un par de ocasiones imaginó el coche dando vueltas como una peonza, con ella y el niño dentro. Agarraba el volante con tanta fuerza que le dolía la espalda. Y por primera vez pensó —y le resultó terrible—: *Te odio por esto, Jonathan*.

Había sido el amor de su vida, el compañero, el socio, el esposo. Era todo lo que le decía a sus clientes varones que debían ser, todo lo que les decía a sus lectoras imaginarias de su libro que debían buscar en un hombre. Y ahora no podía evitar detestarlo, lo detestaría cada día de su vida. Era como si tuviera que cambiar cada célula de su cuerpo que adoraba a Jonathan por una célula que lo despreciara y lo rechazara, como si tuviera que conectarse a una monstruosa máquina de diálisis que la purificaría completamente. Pero la nueva Grace purificada no funcionaba como un cuerpo humano normal. No podía ocuparse como era debido de Henry mientras conducía a la velocidad correcta por una carretera sinuosa donde podía haber hielo. Estaba tan concentrada en llegar al lugar que no tenía ni idea de lo que haría cuando llegara.

Por lo menos conocía el camino. Lo había recorrido tantas veces que se le antojaba un camino mítico. Primero en el vagón forrado con paneles imitación de madera, cargado de todos los objetos que ella y su madre iban a necesitar para el verano. (Cada viernes recogían a su padre, que venía en el tren de Peekskill y lo volvían a llevar a la estación el domingo por la tarde.) Cuando iban al instituto, Grace y Vita fueron a la casa solas para diversas actividades ilícitas (a veces con novios), y en una ocasión, ya universitarias, celebraron un fin de semana nostálgico con amigos del colegio en que se dedicaron a beber cerveza Rolling Rock y a mirar los anuarios del cole. La primavera después de conocer a Jonathan, Grace vino sola para escribir su tesis. Él se quedó haciendo el rotatorio de enfermedades infecciosas en Brigham y en Women's Hospital, pero ella lo echaba tanto de menos que se pasó el tiempo leyendo las viejas novelas amarillentas de su madre y apenas consiguió escribir nada sobre Skinner.

Y aquí fue donde celebraron la boda unos meses después, en el prado en pendiente. Un poco precipitado, habría dicho su madre, pero es que era un poco anticuada (en su opinión, todas las parejas deberían tener un noviazgo al estilo de Edith Warton). Pero su madre había muerto y no podía objetar nada. Y en cuanto a su padre, bueno, la verdad era que Grace no estaba pidiendo una boda por todo lo alto. Querían casarse, eso sí; la boda era importante para ambos. O por lo menos era importante para ella, y Jonathan se acomodaba a sus deseos. No querían una ceremonia religiosa ni un despliegue de lujos. Eran dos personas felices de haberse encontrado. Los dos estaban empezando en su profesión y querían el mismo tipo de vida: comodidad, dignidad, hijos y una vida dedicada a ayudar a los demás a sufrir menos. Querían una vida satisfactoria, sentir que hacían algo de provecho, querían que su trabajo y su altruismo se emplearan en servicio de los demás. No era nada del otro mundo. No era tan… —Grace buscó la palabra mientras conducía hacia el norte en medio de la oscuridad invernal—, tan desmesurado.

En cuanto a la familia de Jonathan, bueno, de esto hablaron largamente. Ella los conoció en una incómoda y tensa comida en un restaurante chino seguida de un paseo por el Rockefeller Center. Jonathan apenas los veía desde que empezó la universidad, y por supuesto no recibía ninguna ayuda de ellos desde que comenzó los estudios. Había podido estudiar gracias a un préstamo universitario, a su trabajo a tiempo parcial y a la ayuda de una señora mayor de Baltimore que se interesaba por él y que no tenía hijos. Jonathan la conoció un día mientras colocaba sillas en una fiesta, y acabó alojándose en su cuarto de invitados el último curso universitario. Cuando Grace mostró una natural curiosidad por su familia, él le explicó que nunca lo habían querido, que no entendían su empeño en ser médico y que jamás se sintieron obligados a prestarle ayuda. Sin embargo, se trataba de una boda, una ceremonia que iniciaba una nueva vida. Valía la pena intentarlo. De modo que los invitaron, pero la familia de Jonathan no respondió. Más tarde, cuando miraba las fotos que habían llevado a revelar, Grace descubrió que había un joven en la boda —alto y fornido, con el mismo pelo oscuro y rizado que Jonathan, pero sin su sonrisa y su aspecto relajado— que era su hermano pequeño, Mitchell. Vino, asistió a la ceremonia y se marchó sin decirle a Grace ni media palabra.

Menuda familia, pensó ella.

¿Cómo habían producido a un hombre tan abierto como Jonathan?

Como traje de novia Grace llevaba un vestido anticuado que encontró en una tienda de ropa de época que descubrió cerca de Harvard Square —de 1900, según el vendedor—, unos zapatos de Peter Fox que compró en el Village y un collar del tocador de su madre. La única invitada era Vita, porque Grace no tenía ganas de avisar a los amigos de la universidad: las tres con las que había compartido habitación en Kirkland House, las dos con las que compartió un verano en Martha's Vineyard, trabajando como camareras de un *catering*, las mujeres de su primer seminario sobre Virginia Woolf, con las que hizo tanta amistad que durante año y medio se reunían una vez al mes para tomar té y fumar cannabis. Sólo invitó a Vita, que era anterior y estaba por encima de cualquier otra amistad que hubiera entablado desde que empezó la universidad.

Excepto Jonathan, por supuesto.

Jonathan superó a Vita.

Esto fue evidente desde la misma noche en la Facultad de Medicina, o mejor dicho en el sótano de la facultad, cuando Vita fue en busca de Grace, que quiso ir al lavabo y se encontró con este estudiante de medicina sonriente y apasionado, con una cesta de la ropa sucia y un libro sobre Klondike.

Oh, qué bien, ya no hará falta que salga con chicos.

Grace y Jonathan no se movieron apenas de aquel tramo de pasillo. Él se movió lo justo para llevar la ropa sucia a la lavandería, que estaba cerca. Sin embargo, era increíble lo mucho que avanzaron. En media hora, o incluso menos, Grace supo cuáles eran las coordenadas de Jonathan —dónde transcurrió su infancia, cómo era su familia, los colegios a los que había ido, su beca— y cuál era la geografía más íntima de su mundo y lo que quería hacer con su vida. Y fue todo facilísimo, nada de fingir ni de dar rodeos. Jonathan no tuvo miedo de preguntarle a Grace quién era y qué quería. Y cuando ella se lo contó, él también le confesó sin tapujos lo que quería.

Cuando media hora más tarde llegó Vita, se quedó preocupada, muy preocupada, pero Grace volvió hacia su amiga un rostro sonriente y arrobado y le dijo: «Vita, este es Jonathan Sachs». No añadió, porque no era necesario decírselo a su mejor amiga, que la había visto salir con hombres que eran muy inferiores a él: *Mira quién está aquí. Este es el hombre que buscaba.*

Mira a este hombre.

Vita, por supuesto, se mostró educada con Jonathan Sachs, el hombre de pelo alborotado pero adorable, listo como el hambre, ambicioso, capaz de compasión, ya decidido a ser pediatra (lo de la oncología vino más tarde). Se mostró igual de educada como Grace la había visto con los profesores más detestados de Rearden, con su padre, al que apenas soportaba, con los padres del chico con el que había estado saliendo —y que ahora se encontraba en la fiesta, esperándola— que por supuesto creían que le hacían un favor al no expresar su evidente antisemitismo. Educada, educada, educada… *odiosa*. Era preocupante, pero ya mejoraría, pensó Grace. Tenía que mejorar, porque ella no renunciaría a su mejor amiga, y tampoco renunciaría a este hombre inteligente y fascinante. Intentó esperar a que las cosas mejoraran, pero no lo hicieron, y Grace se sintió irritada. Por supuesto, en este primer periodo de enamoramiento —no es que Grace tuviera mucha experiencia— no tienes demasiado tiempo para los amigos. Bastante complicado era vérselas con las clases y las guardias de Jonathan y con el trabajo que ella tenía con el curso, que no era ningún paseo, como para incluir a Vita en sus actividades (que normalmente eran bastante privadas y se daban en lugares bastante privados), pero en las pocas ocasiones en que quedaron los tres, la tensión entre ellos era evidente. Jonathan intentaba —Grace sabía que lo intentaba en serio— preguntarle a Vita sobre su vida, lo que le gustaba, lo que quería hacer, y le prestaba la atención que sólo se presta a la mejor amiga (y compañera de habitación) de la mujer de la que te has enamorado. Pero ella no le permitía acercarse.

—¿Has pensado que puede tenerte envidia? —le preguntó Jonathan aquel otoño.

—No seas bobo —le contestó Grace.

Vita había tenido su opinión, buena o mala, sobre cada chico con el que Grace salía desde que eran niñas. A algunos los apoyaba con entusiasmo y de otros pensaba que eran indignos de su amiga en algún aspecto (o en todos). Pero ese rechazo desde el primer momento en que se vieron en el sótano hasta el día después de la boda, un año más tarde, cuando Vita se marchó y no volvieron a verla, era radical. Y al parecer permanente.

El coche era un Honda, o algo parecido. Grace no prestó mucha atención. Se limitó a señalar el listado amarillo plastificado y pensó: *coche*. No sabía mucho de coches, le importaban muy poco. Durante un tiempo tuvieron uno, un Saab que Jonathan le compró al padre de uno de sus pacientes, pero ese chisme del garaje era carísimo, y en realidad solamente lo usaban en verano. Desde hacía dos años, Grace pagaba un alquiler a una agencia en el lado oeste, pero hoy esa parte de Manhattan quedaba muy lejos, y además no tenía ganas de acercarse allí. No podía soportar la idea de acercarse a nadie que la conociera, aunque solamente fuera de nombre y por un contrato de alquiler del 1 de julio al 31 de agosto.

Tocó los botones hasta que encontró el que bajaba la luna de la ventanilla y pudo beber el aire fresco.

Cuando llegaron a la carretera 22, que empezaba en Brewster, donde acababa la 684, ya era negra noche. Había rutas más rápidas. A lo largo de los años, Grace había probado diversos itinerarios, pero al final este era el que más le gustaba, y conocía bien los pueblos por los que pasaba: Wingdale, Oniontown, Dover Plains. Después de Armenia entraban en Connecticut. Henry, que se había quedado dormido mientras intentaba leer, se incorporó y se ajustó el cinturón de seguridad.

—¿Tienes hambre? —le preguntó Grace.

Él le respondió que no, pero ella sabía que no habría nada en casa, y no querría volver a salir cuando llegaran, de modo que se pararon a tomar una pizza en Lakeville y ocuparon la única mesa que no estaba repleta de estudiantes de Hotchkiss. La pizza estaba reluciente de grasa, y la ensalada que pidió estaba tan empapada en aliño que pareció que se licuaba por momentos. Comieron como si no tuvieran ningún motivo de preocupación. Antes de reemprender el camino entraron en la tienda de alimentación y compraron leche y manzanas. Grace intentó encontrar otra cosa que le apeteciera comer, pero no lo consiguió. Incluso la leche y las manzanas suponían un esfuerzo. Se imaginó diciéndole a Henry: *A partir de ahora nos alimentaremos de leche y manzanas*. Pidió un helado de chocolate con almendras de Ben & Jerry, pero solamente tenían de chocolate sin más.

—¿Cuánto tiempo nos quedaremos? —preguntó el chico.

—¿Cuánto es un puñado?

Así solía contestar Grace a las preguntas sin respuesta.

Desde la carretera había un camino que llegaba hasta la casa, pero ella no quería ir con el coche cuesta abajo en diciembre, de modo que transportaron las bolsas hasta el porche trasero. Hacía mucho frío, y Grace le dio prisa a Henry para que entraran en casa, pero dentro hacía tanto frío como fuera. El chico encendió la luz y se quedó perplejo en medio del salón.

—Ya lo sé —dijo Grace—. Vamos a encender el fuego.

No había leña. Emplearon toda la que había al principio de septiembre, cuando cerraron la casa. Y las mantas que había en el piso de arriba estaban pensadas para las noches frescas de verano, o para las tormentas, no para el frío intenso que se metía por todas partes. La casa no estaba acondicionada para el invierno. Grace intentó no pensar en ello.

—Mañana compraremos un par de calefactores —le informó—. Y leña para el fuego.

No siguió hablando. Había estado a punto de comentar que esto era como una aventura, como un experimento, pero en las dos últimas horas Henry había dejado de ser el niño que hubiera podido creerse algo así. Ahora era un chico que subía al asiento trasero de un coche de alquiler cargado con sus pertenencias de cualquier manera sin decir nada y se preparaba para entrar en terreno desconocido. Era un fugitivo de los delitos de otra persona. Los dos lo eran, en realidad.

—¿Henry?

—¿Sí?

Su hijo no se había movido. Seguía con las manos en los bolsillos de su chaqueta, por la boca echaba nubecillas de vapor.

—Me ocuparé de esto —manifestó Grace, y le sorprendió el aplomo con el que lo dijo.

No había pensado más allá de «escapar». No pensó en lo que pasaría al día siguiente, ni dentro de una semana. En Rearden quedaban siete días de clase hasta las vacaciones. Había pacientes de los que ocuparse; había un coche de alquiler que no podía quedarse para siempre; estaba a punto de publicar un libro. Existía la posibilidad de que su propio nombre —Dios mío, y su cara— aparecieran en las noticias locales o en una página web donde podía verla un colega, un paciente, padres de Rearden, cualquiera que hubiera conocido a su marido mejor que ella misma. Pero incluso estas cosas terribles le parecían demasiado abstractas para emplear lo que le quedaba de cordura. Su mundo se había hecho pequeño, despoblado. Se extendía hasta donde llegaba el aliento.

—Estaremos bien —le dijo a Henry.

Y luego, con la esperanza de que su hijo al menos la creyera, lo repitió.

17

Suspensión de la incredulidad

Tiempo después Grace se asombró de lo fácil que había sido desmontar su vida. Una vida —tuvo que recordarse— tan estable y continuada que, salvo breves interrupciones, había conservado la misma dirección desde el día en que nació. La consulta del pediatra donde habían sido pacientes primero ella y luego su hijo, el bonito paseo por Madison Avenue, donde únicamente habían cambiado los nombres de las tiendas y los estilos de los carísimos productos, los cafés, las paradas de bus, las niñeras venidas de todos los rincones del planeta que llevaban a los niños a los juegos de la calle Ochenta y cinco...; todo esto se desvaneció en los primeros días, se perdió en la búsqueda de calor y de medios de vida y en su terca suspensión de la incredulidad.

Al día siguiente llevó el coche a Pittsfield, en Massachusetts, donde con una facilidad sorprendente compró en la agencia de alquiler un vehículo de segunda mano, un Honda muy normalito. A continuación fue con Henry a un centro comercial cerca de Great Barrington, donde compraron edredones, botas abrigadas y esa ropa interior larga que Grace suponía que llevaban los esquiadores. En un centro de cosas para la casa adquirió un calefactor que, según el vendedor, era de lo mejor y una pistola para calafatear que Grace no estaba segura de saber usar, ni de que sirviera de mucho aunque supiera cómo usarla. A continuación pasaron por el supermercado. A la vuelta siguió una señal que llevaba a una cabaña de madera y consiguió que un hombre desconcertado con una parka sucia accediera a llevarle a casa una carga de leña. Grace acostumbraba a comprar la leña en Food Emporium en fardos envueltos en plástico, y no tenía ni idea de cuánto era una carga de leña, pero el hombre prometió que se la llevaría por la mañana, y eso ya era algo. Henry, que normalmente no pedía nada, le hizo una sola petición en todo el día (aparte del helado de chocolate con almendras) y era —curiosamente— una antología de textos sobre deporte que encontró en el supermercado. Grace se la compró encantada.

Al llegar a casa, extendieron los edredones sobre la cama de matrimonio y se metieron debajo. Henry con el libro que ya había empezado a leer en el viaje de vuelta. Grace con el cuaderno en el que intentaba reconstituir su lista de clientes y priorizar los que veía en los próximos días. Por lo menos tenía que enviarles un mensaje de correo. Y a la mayoría debería telefonearlos. Pero de momento no quería pensar en ello. La habitación, que no era la que usaba para dormir en las noches de verano de su juventud, sino la que todavía consideraba «de sus padres», adquiría un aspecto extraño con la lechosa luz de invierno. Las nudosas paredes de pino parecían pálidas, como si les faltara algo que solamente podía obtenerse cuando hacía calor, como si tuvieran que esperar a reponerse. Los viejos cuadros, algunos de tiempos de sus abuelos, otros de sus propias incursiones a Elephant's Trunk en la carretera 7, estaban cubiertos por una suerte de membrana, y los colores parecían apagados. Al mirar alrededor, comprendió, primero sin darle importancia y luego con una nueva sensación de pérdida, que no había ni un objeto que supusiera una verdadera conexión con lo que ella consideraba su auténtica vida. Nada en absoluto. Las reglas a las que se había atenido para comprar los objetos de su apartamento de Nueva York volvían a su pensamiento. Grace interrogaba a cada cosa, intentando averiguar por qué estaba ahí, en lo que ahora consideraba su realidad. Las viejas fotografías, los objetos que habían pertenecido a cuatro generaciones, parecían inútiles; y, sobre todo, las fotografías de ella y Jonathan eran un ataque. Los trabajos manuales de su infancia y los de Henry, los objetos curiosos recogidos en los bosques o junto al lago, los libros que se había traído de la ciudad para leer y que una vez leídos dormían en las estanterías, los artículos arrancados del *New Yorker*, los números atrasados de tres o cuatro revistas profesionales a las que estaba suscrita… ¿Qué tenía todo aquello que ver con ella, acurrucada bajo un edredón recién comprado, tumbada en la cama de sus padres con su hijo de doce años? ¿Cuánto tiempo estarían así? ¿Hasta el final de la noche? ¿Hasta que cambiaran las noticias? ¿Hasta que acabara el año?

¿Hasta que acabara el invierno nuclear y alguien (¿quién?) les avisara de que podían salir?

Esto era imponderable, de modo que Grace se negó a ponderarlo. Hizo las listas de cosas que hacer, cosas que cambiaban su vida por completo, como si se tratara de una lista de tareas normal para el lunes por la mañana. Y trabajó en la redacción del mensaje a sus pacientes. «Debido a sucesos de gran importancia ajenos a mi voluntad, tendré que ausentarme de mi consulta. No puedo expresarle lo mucho que lamento tener que suspender nuestro trabajo, y me gustaría ser capaz de decirle cuándo podré regresar. Por supuesto, mientras tanto puedo ayudarle a encontrar otro psicólogo, de modo que si necesita referencias o quiere estudiar posibilidades, no dude en contactar conmigo vía correo electrónico…»

No era una oferta vacía, aunque de momento no disponía de correo electrónico. El verano anterior pagó a una empresa local para que le instalara una conexión wifi, y durante un tiempo funcionó, aunque un poco lento. Pero ni Grace ni Henry habían conseguido que volviera a funcionar. De modo que Grace, por necesidad, aunque muerta de miedo, empezó a hacer incursiones en la biblioteca David M. Hunt del pueblo, una casa de estilo Reina Ana, tan severa que parecía perfectamente apropiada para su objetivo. En la media hora que le estaba permitido navegar por Internet cortaba los lazos con las personas —hombres y mujeres— que le habían pagado para que los aconsejara. Ahora no querrían mi consejo, se decía, y pulsaba «Enviar» una y otra vez, cortando así la confianza que tan ingenuamente habían puesto en ella, negando el bien que les hubiera podido hacer. (Y cada vez que lo hacía, cada vez que escribía y enviaba uno de esos mensajes idénticos —porque se obligaba a hacerlo cada vez de nuevo, porque no quería destruir su carrera con un mensaje general—, era como recibir otro golpe en el mismo sitio, sobre el mismo cardenal, con el máximo sufrimiento.) Luego se recostaba en la butaca mirando el monitor del ordenador que reposaba en el anaquel de la silenciosa biblioteca y se maravillaba de haberlo hecho todo sin ruido. O no precisamente sin ruido, sino como un susurro en el silencio de una cueva, que en ocasiones parece estruendoso y luego desaparece totalmente. En realidad, casi no hubo respuesta, el silencio era prácticamente completo. Una mujer que sólo venía a la consulta cuando estaba en plena crisis escribió para preguntarle por una referencia. Lisa, la esposa abandonada cuyo marido vivía ahora con un Rothko y un hombre en Chelsea, le envió un mensaje cariñoso y muy bien escrito en el que le decía que esperaba «que todo le saliera bien». (Grace no soportaba pensar cuánto sabría ahora Lisa.) Y Steven, el guionista que estaba siempre enrabiado encontró un momento en su apretada agenda para escribirle y llamarla «zorra plañidera».

Esto casi la hizo sonreír. Casi.

Curiosamente, la persona que más protestó por su marcha no fue uno de sus pacientes, ni tampoco el director del colegio (Robert respondió a su nota de despedida con un breve texto en el que decía que Henry podía volver al colegio cuando quisiera; Grace confiaba en que fuera así), ni tampoco su padre (que estuvo aliviado de tener noticias suyas, pero hacía tantas preguntas que ella fingió que el teléfono se cortaba y colgó). Quien más protestó fue Vitaly Rosenbaum, pues quería saber por qué su estudiante había dejado de acudir a clase y preguntaba si entendían lo mucho que perjudicaría esta interrupción a la educación musical de Henry. Grace leyó su mensaje con una suerte de agradecimiento por la miopía de los demás. Normalmente, el profesor de violín era un extraño en la cosmología de los correos electrónicos. Sólo se decidió a aprender cuando uno de sus alumnos le llevó un ordenador viejo y le explicó (además de imprimirle las instrucciones) todos los pasos que tenía que llevar a cabo para escribir, enviar y recibir correos electrónicos a falta de otra forma de comunicación. Sin embargo, el señor Rosenbaum logró expresar (en tres líneas de palabras tensas y mal escritas) su profundo disgusto por la ausencia de Henry y se atrevió a sugerir que Grace estaba faltando a sus deberes de madre por permitir que sus razones egoístas mantuvieran a su hijo apartado de sus clases.

Estaba claro que Vitaly Rosenbaum no era un consumidor de noticias. No era lector del *New York Post*, el *Times* o la revista *New Yorker*. Ni debía ver las noticias de las seis de la tarde. Ni escuchaba la emisora NY1.com. Al parecer vivía tan encerrado en su mundo que no tenía ni idea de lo que podía significar la ausencia de Henry Sachs.

Grace deseó que el mundo en general fuera igual que él.

Cada vez que terminaba con su asignación de minutos de ordenador y se preparaba para dejar escapar otro globo —una persona, una cita, un filamento de normalidad— que flotaba por encima de su cabeza, tenía que contener el rugido de información que estaba tan cerca, a su alcance, rozándole las puntas de los dedos. Sólo un chasquido separaba los susurros de la biblioteca de Connecticut y el diluvio que bramaba unas horas más al sur. Grace se sentaba en la butaca giratoria, con las manos colocadas sobre el teclado, conteniendo las ganas de saber, inhalando su propia ansia. Era una lucha que tenía que empezar cada vez de nuevo, desde el principio hasta el amargo final. Cada vez era una victoria de la ignorancia.

Después cerraba la sesión cuidadosamente y se levantaba de la silla para ir en busca de Henry, que había acabado la antología deportiva y estaba leyendo una biografía del beisbolista Lou Gehrig. Y volvían los dos a la casa helada junto al lago helado para otro día de no saber. Grace encendía el fuego en la chimenea (ahora lo hacía muy bien), ponía una manta alrededor de su hijo en el sofá y preparaba algo caliente para los dos. Y mientras el aire frío de la tarde se convertía gradualmente en el aire brutalmente helado de la noche, a veces se dedicaba a examinar sus circunstancias con la mayor ecuanimidad posible.

Por simple lógica entendía que Jonathan todavía se encontraba —dondequiera que estuviera— fuera del alcance de Mendoza,

O'Rourke y la Policía de Nueva York. Y por lo que sabía, también fuera del alcance del FBI o Interpol. Debía de ser así. De otro modo, Mendoza la habría llamado al móvil. El policía la llamaba de vez en cuando. No sólo para saber si había oído algo de Jonathan, sino también para preguntar qué tal estaban ella y Henry. (Grace contestaba a sus llamadas porque le había dado permiso para salir de la ciudad, o por lo menos no le puso dificultades para que se fuera. Le debía un tanto.) Solamente contestaba cuando llamaban Mendoza o su padre, pero su teléfono se había convertido en un grifo abierto, imposible de cerrar. El teléfono de su consulta, que aparecía en todos los directorios de psicólogos de Nueva York (subespecialidad: parejas), remitía al teléfono móvil, que no paraba de sonar hasta que ella lo dejó en silencio; entonces vibraba y destellaba constantemente. Grace no escuchaba los mensajes si veía quién llamaba. Si no sabía quién era, a veces contestaba y luego marcaba «Borrar». Una tarde, el viejo teléfono que estaba colgado en la pared de la cocina empezó a sonar con un timbre anticuado que parecía salido de una serie de televisión de los años cincuenta. Sonó una y otra vez, desde las dos de la tarde, unos días antes de Navidad, y siguió sonando por la tarde. El teléfono no indicaba quién hacía la llamada, por supuesto. Grace estaba segura de que el viejo teléfono de baquelita no podía revelar la identidad del que llamaba, y probablemente no sonaba desde el verano pasado. Puso la mano sobre el aparato sin decidirse a contestar.

Cuando por fin levantó el receptor, hubo un silencio, y luego una tensa voz de mujer preguntó: «¿Hablo con Grace?»

Grace colgó el receptor suavemente, como si no quisiera alarmar a la mujer que estaba al otro lado de la línea. Luego recorrió el feo cordón del teléfono hasta el anticuado enchufe en la pared y lo desconectó.

De modo que había alguien que sabía dónde estaban, pero por lo menos no había venido nadie. Eso estaba bien. Para eso se habían marchado, ¿no? Para irse un poco más lejos de lo que estaban dispuestos a seguirlos. Y por lo visto, no tenían intención de seguirlos hasta el Connecticut rural. A sólo un estado de distancia, pero ella no era —o la *historia* no era— tan importante como para que la siguieran hasta aquí. Esto le hizo sentirse esperanzada.

Pero luego Grace recordó que había una persona muerta y dos niños huérfanos. Sus esperanzas se desvanecieron.

Qué fácil era desmembrar su vida. Seguramente era un privilegio que tampoco merecía, sobre todo cuando pensaba en el «apartamento lleno de sangre» y en lo que Miguel Alves tenía que haber encontrado allí. Grace sabía (había pasado media hora de humillación al teléfono con un tipo de Morgan Stanley que no conocía) que la mayor parte del dinero que pensaba que tenía unas semanas atrás lo seguía teniendo, a pesar de que el lunes por la tarde habían retirado veinte mil dólares de las reservas de efectivo a través de un cajero. Fue el 16 de diciembre, el día en que mataron a Málaga Alves.

Con esto y unas cuantas joyas puedes llegar muy lejos, pensó amargamente Grace.

El hecho de que ella y Henry hubieran escapado a una casa (aunque helada) donde podían quedarse todo el tiempo que quisieran, porque era suya, con comida y leña que ella podía permitirse, era una más en una larga lista de ventajas inmerecidas, desde la admisión preferente para los hijos de antiguos alumnos o un (gran) peldaño más en la escalera de la propiedad inmobiliaria de Manhattan. No era que Grace se sintiera… *culpable* a causa de esto. No se sentía *culpable*. En realidad siempre hubo una especie de orgullo a la inversa en el hecho de que no le importaba mucho el dinero ni aspiraba a comprar cosas extravagantes. Pero ahora no podía no preocuparse por el dinero. Eso también lo sabía.

Y ahora que estaba tiesa de frío en la cama de sus padres, en una casa que cuatro generaciones de su familia habían considerado su hogar (por lo menos en los cálidos meses de verano), y su hijo junto a ella (absorto en la vida de Lou Gehrig), con una nevera repleta de comida comprada con la tarjeta de crédito y un coche de segunda mano (aunque nada lujoso) comprado con la misma tarjeta de crédito, Grace pensó: *No tengo nada por lo que disculparme*.

Pero esta actitud desafiante no duró mucho.

Algunas noches, cuando Henry ya estaba dormido, Grace se ponía la parka y salía al exterior con un paquete de cigarrillos que había encontrado en un cajón de la cocina. No tenía ni idea de quién eran ni de cómo habían llegado hasta allí, pero bajaba por el prado en pendiente, se tumbaba en el embarcadero helado y encendía uno por el puro placer de sentir cómo entraba el humo en las profundas cavidades de sus pulmones y en su torrente sanguíneo. Contemplaba cómo ascendía en la noche la nubecilla de humo, prueba visible de que por lo menos en este momento ella estaba aquí, viva y más o menos funcionando. Esta era la droga, se decía, la simple prueba de su existencia. Era embriagador. Una certidumbre necesaria y brutal.

Hacía dieciocho años que no fumaba, desde la noche en que conoció a un futuro oncólogo en el sótano de la Facultad de Medicina de Harvard, y no recordaba que el acto de fumar hubiera tenido nunca tanto significado como ahora. Cuando inhalaba y contemplaba cómo se elevaba la blanca nube de humo se sentía como si desde el momento en que conoció a Jonathan hubiera pulsado un inmenso botón de «Pausa». Sólo ahora había apartado el dedo para poder ponerse en marcha otra vez, y de repente había vuelto a aquel preciso momento, volvía a ser una estudiante universitaria con las grandes decisiones y los momentos importantes todavía delante de ella. Aunque esta vez ya tenía un hijo y una profesión.

Y un libro a punto de publicarse. O por lo menos ese era el caso cuando abandonó la ciudad. Veía constantemente en el móvil los nombres de Sarabeth, Maude y J. Colton, la publicista. Ni siquiera había escuchado sus mensajes. Se preguntó qué explicación debían haber ofrecido. El artículo para *Vogue* no saldría nunca, y en *Today Show* ya no querrían entrevistarla, excepto tal vez para preguntarle por Málaga Alves. Y en cuanto al libro... ¿Quién querría (se obligó a completar este pensamiento) *el consejo de una experta en parejas cuyo marido se había liado con otra mujer, había tenido un hijo con otra mujer, había robado, mentido y abandonado a su mujer en un estado de insoportable...?*

Bueno, no de dolor exactamente. Lo que sentía Grace mientras estaba tumbada de espaldas y aterida de frío, expulsando el humo a la noche helada, no era dolor. Pero eso no significaba que el dolor no estuviera cerca. Estaba muy cerca, muy cerca, pero al otro lado de la pared. Y nadie sabía cuánto tiempo aguantaría la pared en pie.

Inhaló una nueva bocanada de humo y lo expulsó, mirando cómo se elevaba. Hubo un tiempo en que le gustaba fumar, aunque nunca había dudado de que fuera nefasto para el cuerpo, y ella nunca había querido morir. No era una ignorante, y tampoco era masoquista. La noche de la fiesta en la Facultad de Medicina, Grace volvió al apartamento que compartía con Vita cerca de Central Square y salió a la escalera de incendios para fumar sus últimos cigarrillos mientras pensaba en Jonathan y en lo que él quería hacer en su vida. Ella nunca le contó que fumaba. No era relevante para lo único que le pareció importante después de esa noche, porque todo lo importante empezó esa noche. ¿La convertía esto en una mentirosa?

¿Cuántos caminos habían divergido en aquel interminable sótano, y por qué le había costado tan poco elegir uno? ¿Tenía importancia que fuera un camino más o menos trillado? Grace pensaba ahora que probablemente no. Probablemente ahora ninguno de estos puntos tenía importancia. Lo que importaba era que había cometido un error y lo había ido arrastrando sin darse cuenta durante demasiado tiempo. Y ahora estaba aquí en una noche de invierno, en su embarcadero, aterrada, paralizada, comportándose como una adolescente, con su propio hijo preadolescente, huérfano de padre, tapado con un edredón en una casa sin calefacción, arrancado de su propia vida y con una auténtica necesidad de alguien que lo guiara y le explicara las cosas.

Ya me pondré a ello, pensó Grace, expulsando el humo.

La nubecilla de humo se elevó en el cielo negro como la tinta, tachonado de estrellas. Las estrellas y la luna eran las únicas luces que se veían, aparte de la lamparita que había dejado encendida en su salón y la luz del porche, un viejo farol con tres bombillas de las que solamente funcionaba una. Las demás casas estaban desocupadas, excepto una casita de piedra que se levantaba en un extremo del lago, y de cuya chimenea se elevaba una fina voluta de humo. Había un gran silencio aquí, mucho silencio. En ocasiones Grace oía retazos de música que traía el viento de alguna parte. Era una música extraña, que parecía de violín, pero no del tipo de violín que podía gustarle a Vitaly Rosenbaum. Los sonidos le hacían pensar en las montañas del sur, en personas sentadas en el porche mirando en dirección a los árboles. Algunas noches oía solamente un instrumento y otras veces había más, un segundo violín o una guitarra. En una ocasión le pareció oír voces, risas, y se concentró en escuchar, como si apenas pudiera recordar cómo era oír risas y conversaciones.

Pero normalmente no había nada que escuchar, salvo el crujir de los troncos en la chimenea o el sonido que hacía una página al pasarla.

Ya se acercaban las navidades. Grace no había pensado en ello, y se despertó el día de Nochebuena como si le hubiera cogido por sorpresa. Por primera vez dejó a Henry solo en la casa y se fue con el coche hacia el norte, a Great Barrington, en busca de algo que pudiera regalarle, pero cuando por fin llegó al centro comercial vio que algunas tiendas ya estaban cerrando. Empezó a correr de un lado a otro, mirando desesperada los objetos inútiles, inservibles. Al final entró en la librería y recorrió los pasillos mirando algo que le sirviera, pero estaba claro que dentro de los estrechos límites que ella misma se había puesto no había nada que pudiera interesar a Henry. No había nada para su hijo, nada que pudiera arrancarle más que un educado gracias, porque estaba educado para dar las gracias siempre que alguien se mostraba amable con él. Pero esto no era suficiente ahora, pensó Grace.

De modo que entró en la sección de deportes y se obligó a mirar los libros uno a uno. Una historia de los Yankees. Vale. Un libro sobre las Ligas Negras de béisbol; por lo menos esto era historia. Y compró también un libro sobre la NFL, la Liga Nacional de Fútbol, porque cuando lo abrió leyó una frase que estaba bastante bien. Y otro libro sobre baloncesto que compró sin leer porque se sentía como una horrible esnob. Compró también unos cuantos DVD de la serie *Baseball* de Ken Burns y Lynn Novick que a lo mejor incluso podían ver juntos. Hizo que se lo envolvieran todo para regalo.

Cuando salía de la tienda pasó por delante de la sección de libros sobre matrimonio y familia, y aminoró el paso para mirarlos. Unos años atrás, en un pasillo parecido a ese en Manhattan, estuvo mirando los libros que podían ser de utilidad a sus pacientes y a todo el mundo. Cómo conseguir que te inviten a salir, que se comprometan contigo, que se casen contigo. Cómo asumir los impedimentos que tú te has creado para tener la vida que mereces. Cuánto engaño, cuánta concesión. ¿Dónde estaba la objetividad que empleabas cuando por ejemplo querías comprarte un sujetador que te fuera bien o un perro de la raza adecuada para tu estilo de vida? ¿Encontrar una pareja no era por lo menos tan importante? ¿No merecía que le dedicáramos más discernimiento, más claridad? ¿Por qué las jóvenes no interpretaban el auténtico significado de los signos, en lugar de ver un arco iris de interpretaciones?

Las lectoras de estos libros sobre cómo conseguir pareja y mantenerla habían ido a su consulta y le habían confesado su fracaso, a menudo cuando sus vidas ya estaban destrozadas. Estaban convencidas de que no habían sabido hacer lo correcto para conseguir a su pareja y mantenerla. Si su marido flirteaba con otras mujeres, era porque ellas habían ganado peso. Si un hombre se mostraba distante con su bebé (y con su familia política y también con los amigos de su mujer y con su propia mujer), era porque ellas ya no podían dedicarse tan intensamente al trabajo y si tenían otro hijo seguramente ya no la harían socia del bufete. La responsabilidad siempre era de las mujeres. Ellas eran las culpables de todos los delitos, reales o inventados. No habían pensado bien las cosas, no lo habían intentado con suficiente ahínco, no se habían dedicado lo suficiente. El avión se estrellaba por la simple razón de que ellas habían dejado de agitar los brazos.

Lo peor de todo, pensó Grace aquel día, en el pasillo de relaciones de parejas de la librería Barnes & Noble de Broadway, era que en realidad *eran* culpables, aunque no de la manera que pensaban. No habían hecho nada malo al conseguir pareja ni al mantenerla. Habían elegido mal. Eso era todo. ¿Y dónde estaba el libro que se lo explicaba?

Empezó a escribirlo tímidamente una tarde, cuando una clienta no se presentó y Grace se encontró con que tenía una hora libre. Los miembros de la pareja que acababa de irse estaban muy enfadados, y la consulta todavía reverberaba con su tensión. En la hora que se le presentaba por delante, Grace se sentó ante el escritorio y escribió una especie de manifiesto sobre el estado de su profesión en el que lamentaba que los psicólogos no explicaran lo que seguramente conocían bien, o por lo menos deberían tener muy claro. ¿Cuántas veces habrían pensado, mientras escuchaban la letanía de quejas de un marido o de una mujer: *Pero eso ya lo sabías*? Ya lo sabías cuando empezaste a salir con él. Lo sabías por lo menos cuando os hicisteis novios. Sabías que siempre estaba endeudado, ¡pero si tú pagabas sus deudas! Ya sabías que cuando salía por la noche volvía borracho. Sabías que pensaba que no estabas intelectualmente a su altura porque él había ido a Yale y tú a la Universidad de Massachusetts. Y si no lo sabías, deberías haberlo sabido, porque estaba clarísimo desde el primer momento.

Para sus pacientes ya era demasiado tarde, pensó Grace. Ahora lo único que se podía hacer era intentar que aceptaran las relaciones por las que habían ido a verla, hacer que funcionaran. Pero sus lectoras —porque entonces Grace ya había empezado a pensar en sus lectoras— todavía estaban a tiempo. A ellas les podía decir que estas cosas se advierten desde el primer momento si estás atenta, si mantienes los ojos y los oídos abiertos. Entonces puedes saberlo y no olvidarlo, aunque él te quiera (o te parezca que te quiera), aunque él te elija (o parece que te elige), aunque te prometa hacerte feliz (algo que nadie en este mundo puede prometerte, en realidad).

Y una parte de Grace quería ser la persona que les dijera esto a las lectoras. *Porque soy una persona tan competente y tan sabia*, se reprochó.

Lo mismo que todos los autores de esos libros, Grace también quería elevarse por encima del nivel de los meros mortales y declarar sus ideas al pueblo agradecido. *¡Hurra por nosotros! ¡Hurra por mí!*, pensó Grace.

Bien, pues eso se había acabado.

En el camino de vuelta a casa, con una bolsa de alimentos que se antojaban apropiados para las celebraciones navideñas y otros regalos para Henry, Grace sujetaba tan fuerte el volante que le dolía la espalda. La temperatura había vuelto a desplomarse, y tenía que ir con precaución para no encontrarse con el fatídico hielo negro. Vio una placa de hielo justo después de Childe Ridge, la carretera que conectaba la mayoría de las casas que daban al lago. Iba a paso de tortuga y vio a un hombre junto al buzón de la casita de piedra, la otra casa del lago que estaba ocupada. Ni siquiera su deseo de estar sola pudo superar el deseo de estar en buenas relaciones con los demás seres humanos de la vecindad. Ahora que estaban en pleno invierno y en un lugar tan aislado no era mala idea tener buena relación con los vecinos.

El hombre saludó levantando el brazo. Grace detuvo el coche.

—Hola —dijo el hombre—. Ya me pareció que eras tú.

Grace bajó la ventanilla del lado del pasajero.

—Hola, soy Grace —replicó en un tono que sonó demasiado alegre.

—Oh, ya lo sabía.

El hombre llevaba una vieja chaqueta de plumón que iba soltando plumas. Parecía de la misma edad que Grace, tal vez un poco mayor, y tenía el pelo corto y gris. Acababa de recoger el correo: periódicos, folletos, cartas.

—Soy Leo, Leo Holland. A tu madre la volvíamos loca.

Grace soltó una carcajada que la sorprendió.

—Oh, Dios mío, es verdad. Lo siento.

Se dio cuenta de que se estaba disculpando por su madre por algo que había pasado décadas atrás. Marjorie Reinhart nunca olvidó los veranos en que la casa de sus padres era la única casita del lago. Los chicos que vivían al otro lado del lago la irritaban tanto con sus barcas de motor fueraborda y sus esquís acuáticos que ella les enviaba continuamente notas pidiéndoles que no hicieran ruido. *Las dejaba en este mismo buzón*, pensó Grace.

—No pasa nada —dijo Leo Holland de buen humor—. Es agua pasada. ¡Hace tanto tiempo!

—Tienes razón —replicó Grace—. ¿Ahora vives aquí todo el año?

—No, la verdad es que no.

Cogió el correo con el otro brazo y se metió la mano en el bolsillo.

—Estoy disfrutando de un año sabático. Estaba en casa intentando acabar un libro y no paraban de llamarme. Reuniones del departamento, revisiones de tesis…, hasta problemas disciplinarios. De modo que pensé que decidí venir aquí a pasar el resto del año. Tú no estás preparada para el invierno, ¿no? Lo siento, no quiero meterme donde no me llaman.

Lo comentó sonriendo.

—No, mi casa no está preparada. ¿Y la tuya?

—Más o menos. No llega a caldearse, pero me puedo quitar el plumón. Entonces, ¿cómo te las arreglas?

—Oh, ya sabes —Grace se encogió de hombros—. Con calefactores, muchas mantas. Estamos bien.

Leo Holland frunció el entrecejo.

—¿Con quién estás?

—Con mi hijo. Tiene doce años. Y ahora debería irme, porque es la primera vez que lo he dejado solo.

—Bueno, pues ahora no está solo —observó Leo—. Hay un coche aparcado junto a la carretera. Acabo de pasar por delante.

Grace casi se quedó sin respiración. Intentó calcular cuántas horas llevaba ausente…, no más de dos horas. O tres. Estaba aterrada.

Un estado más allá no era tanta distancia, después de todo. O tal vez ella era más importante de lo que creía, la historia era más importante de lo que creía.

—¿Pasa algo? —preguntó Leo Holland, ahora muy serio.

—No... tengo que irme.

—Por supuesto. Pero me gustaría que vinierais un día a cenar. Los dos. ¿A lo mejor después de Año Nuevo?

Es posible que Grace asintiera; no estaba segura. Condujo por la carretera flanqueada de oscuros árboles que bordeaba el lago. La superficie helada del lago destellaba entre los árboles a su derecha. Pasó por delante de la segunda casa, la tercera, la cuarta y la quinta, muy juntas. Sólo podía pensar que Henry podía estar —*estaba*— a solas con alguien, con un reportero. Un redactor de mentiras, uno de esos observadores tan bien informados que trabajaría para la revista *People* y Court TV, y que se sentían autorizados a meterse en las pesadillas de los demás. Grace intentaba evitarlo, pero no podía dejar de pensar que su hijo estaría con alguien en aquella casa helada; estaría sentado en el sofá, y una persona le haría preguntas acerca de algo que no tenía nada que ver con ellos, y estaría preocupado. O tal vez le estaban diciendo cosas sobre su padre (se dio cuenta de que este era su mayor temor) que Henry no estaba preparado para oír (y ella tampoco).

Lo que más la aterraba —y la idea se le ocurrió tan rápidamente que no cabía duda de que había estado siempre allí— era que pudiera ser Jonathan. Esperaba que no fuera Jonathan. No podía volver. No podía hacerles esto, pensó Grace, no se atrevería a hacerles esto.

La carretera hacía una curva a la derecha. Clavó la vista en la oscuridad al frente y divisó la casa y el coche aparcado delante. Su sorpresa fue casi tan grande como su alivio. Porque allí mismo, en el espacio donde había estado aparcado su coche apenas dos o tres horas antes, había un coche alemán de una marca que ningún judío con sensibilidad debería conducir, pero Eva —que decidía sobre el apartado de los coches— no era una persona especialmente sentimental. El padre de Grace había venido sin avisar y contra toda lógica para Navidad.

18

Navidades en la aldea judía

Henry y su abuelo estaban instalados frente al fuego en el sofá verde lleno de bultos, con los pies apoyados sobre un viejo tronco y una taza de té caliente en la mano. Grace observó que ya no hacía tanto frío en la casa, y se preguntó si habría algo importante que ella no había comprendido sobre la caldera o el sistema de distribución de calor. Pero no era más que el fuego que ardía en la chimenea. Su padre había hecho un fuego estupendo; siempre había sido muy bueno en esto, lo que era raro en un hombre de ciudad.

—¡Eh, hola! —saludó su padre muy animado.

Henry tenía en la mano un objeto que Grace no reconoció inmediatamente, un reproductor portátil de DVD en el que los dos habían estado mirando algo que ella no identificó. Por un momento se sintió molesta.

—Papá, ¿cuándo has llegado?

Su padre miró a Henry. El chico, con un ojo en la pequeña pantalla, se encogió de hombros.

—Hace una hora más o menos. He encendido el fuego.

—Ya veo. ¿Y esto es un regalo adelantado de Navidad?

El abuelo miró el objeto que su nieto tenía en la mano.

—Pues no. En realidad es mío. Pero pensé que Henry podría usarlo mientras estuviera aquí.

Se volvió a mirarla.

—¿No te parece bien?

—Claro, muchas gracias —añadió a regañadientes—. Henry, ¿le has dado las gracias a tu abuelo?

—Por supuesto que sí —confirmó su padre—. Es un niño muy educado.

—Estoy viendo *2001* —añadió Henry—. Acaban de encontrar esa parte de dominó en la luna.

Grace frunció el entrecejo sin comprender. Y por un momento se olvidó de su irritación.

—¿Dominó?

—El monolito —corrigió Frederich Reinhart—. Cogí lo primero que encontré. Uno de los chicos me dio su colección de las mejores películas de ciencia ficción de todos los tiempos.

Uno de los chicos. Uno de los hijos de Eva, en otras palabras.

Tú sólo tienes un nieto, estuvo a punto de decirle.

—Hay como diez películas —intervino Henry. Estaba encantado.

Si había algo que a Grace le desagradara más que los niños obsesionados con los anuncios eran los niños obsesionados con la ciencia ficción. Su hijo violinista, tan sensible y culto, había empezado a leer libros sobre béisbol y a ver películas sobre naves espaciales. Henry no tocaba el violín desde que llegaron, y —lo que era menos comprensible— ella no se lo había recriminado.

—Bueno, es muy amable de tu parte —dijo.

—Le echaba de menos —comentó su padre.

Le había pasado el brazo a Henry sobre los hombros y le apretaba contra él. Llevaba un suave jersey de cuello alto de color gris. Eran los jerséis que le compraba la madre de Grace. Ahora se los compraba Eva.

—Os echaba de menos a los dos —añadió su padre—. Quería asegurarme de que estabais bien.

Grace entró en la cocina. Una vez que reconoció el coche del visitante, se desvaneció el miedo, juntó tranquilamente todas las compras en el maletero de su coche, porque hacía demasiado frío fuera para hacer más viajes de los necesarios. Distribuyó los objetos y metió las latas en las estanterías de madera como si fueran elementos aislados de percusión.

Os he echado de menos…

¡Sí, claro!

A los dos...

¡Por supuesto!

Cuando Grace llegó al Berkshire Co-op lo encontró cerrado, de modo que tuvo que ir a Price Chopper, que no era precisamente una tienda de exquisiteces. Compró dos botes de jalea de arándano, del tipo que sacabas entera y cortabas con un cuchillo. Compró una lata de cebollas fritas y otra de crema de champiñones. No cabía duda de que eran unas navidades retro. Todo se le había ocurrido demasiado tarde. Confiaba en que su padre no esperara un festín.

—¿Grace?

Su padre estaba en la puerta de la cocina. Ella estaba cogiendo el pavo que se había quedado en el fondo de la bolsa, debajo de las judías congeladas. En realidad no era un pavo entero, solamente la pechuga. Y lo había comprado ya asado.

—¿Qué?

—Tenía que haberte preguntado primero. Lo siento.

—Sí —replicó Grace—. Una persona en la carretera me comentó que había visto un coche aquí aparcado. Me he asustado. Tenías que haber llamado.

—Oh, en cuanto a eso... Te llamé. Intenté llamar. Mira —insistió, señalando el teléfono de la cocina—. Supongo que cuando llamé ya te habías marchado.

Grace suspiró. No tuvo el valor de decirle que había desconectado el teléfono.

—Lo siento. Hemos estado viviendo como reclusos. Reclusos luditas. Lo hemos hecho a propósito.

—De modo que no sabes lo que está pasando —dijo su padre.

No era una pregunta. Era una afirmación que contenía un deje de desaprobación. Su padre pensaba que esta era precisamente una parte del problema. O tal vez Grace se lo imaginó.

—En detalle, no. Pero sé lo suficiente como para estar segura de que es mejor que nos quedemos aquí.

Él asintió. Tenía aspecto cansado. La piel bajo los ojos parecía fina como el papel. Grace pudo ver la fina redecilla de vasos sanguíneos incluso desde el otro lado de la habitación. En pocas semanas su padre había envejecido diez años. *Muchas gracias también por esto, Jonathan*, pensó.

—Me gustaría echarte una mano —ofreció Frederich Reinhart—. He venido para ver si te puedo ayudar en algo.

Grace sintió un estremecimiento. Estaban en terreno desconocido, como dos viajeros solitarios que se encontraran en un estrecho paso de montaña. La cuestión no era quién dejaría pasar al otro, sino cuál de ellos aceptaría que el otro se apartara. Era un problema absurdo, pensó Grace.

Para ocultar su incomodidad fue a guardar el pavo en el refrigerador, pero cuando lo abrió lo encontró repleto de bolsas blancas y naranjas. Antes de pensar, se entusiasmó.

—He ido a Zabar's —aclaró su padre, aunque era evidente—. Quería traeros algo con sabor a casa.

Grace asintió, todavía con la puerta del refrigerador abierta. No le sorprendió comprobar que estaban a punto de saltársele las lágrimas.

—Muchas gracias.

—A Henry le gusta el hígado picado. He traído una buena cantidad para que la congeles. El *strudel* también se puede congelar.

—¿Cuándo te has convertido en un mago de la casa?

Grace lo preguntó riendo, pero su padre pareció tomarlo en serio.

—Eva es buena cocinera, pero no le gusta comprar en sitios como Zabar's. Hace tiempo que me di cuenta de que si quería seguir comiendo ensalada de pepino y salmón ahumado tendría que conseguirla por mi cuenta. He traído también estas galletas que te gustaban —añadió, señalando los pastelillos.

Eran unas galletas con rayas verdes y naranjas, con bizcocho blanco y cubiertas de chocolate. Eran las favoritas de Grace. Sólo de verlas ya se sentía un poco más contenta.

—Creo que he traído un poco de todo —dijo su padre—. Incluso sopa de bolas de pan ácimo.

—Tendremos una Nochebuena muy judía —comentó Grace sonriendo.

—Supongo que sí.

Su padre le ayudó a hacer sitio para el pavo en el congelador.

—Navidades en la aldea judía.

—Oh, estrellita de Bukowsko —rió su padre.

Bukowsko había sido la aldea de su padre en Galitzia, que ahora forma parte de Ucrania.

—Uf.

—A mi abuela no le habría importado. Su hermana fue la que me dio a probar el cerdo por primera vez. Una salchicha deliciosa, todavía la recuerdo.

—Y aquí estamos. En el infierno —sentenció ella.

—No, solamente lo parece —sugirió su padre, abriéndole la puerta de la nevera—. Saldrás de esta, Grace. Eres una mujer fuerte.

—Ya lo sé.

—Y Henry es un chico fuerte. No digo que no haya sido un golpe duro. Pero ha sido un niño muy querido, y es listo. Si todos podemos ser sinceros con él, saldrá adelante.

Grace estaba a punto de decir algo a la defensiva (y probablemente no muy amable) cuando se dio cuenta de que no había sido sincera con Henry. En su intento de protegerlo le contó muy poco de lo que le había ocurrido —de lo que le estaba ocurriendo— a su familia. Pero cada vez que se imaginaba teniendo con él esa conversación, se venía abajo. Y mantenerse de una pieza era lo que regía su vida ahora. Era su mantra.

—Seré sincera con él —dijo—. Pero no ahora mismo. Hay demasiadas cosas que ni siquiera yo entiendo. Tengo que hacer lo posible para instalarnos aquí. Tengo que establecer unos parámetros.

—Los parámetros son importantes —comentó su padre—. Es importante que Henry tenga estabilidad, seguridad, por supuesto. Entonces, ¿os quedaréis aquí?

Grace se encogió de hombros.

—¿Y la consulta?

—La he cerrado de momento.

Era la primera vez que lo decía en voz alta.

—Tenía que cerrarla.

—¿Y el colegio de Henry?

—Hay colegios en Connecticut.

—Pero no hay un Rearden en Connecticut.

—Tienes razón —replicó Grace en tono cortante—. ¿Bastará con Hotchkiss?

Su padre cerró la nevera y la miró.

—Te estás adelantando a los acontecimientos.

—Sí, es cierto.

Pero no había sido así hasta el momento. Lo de Hotchkiss lo había dicho sin pensar.

—¿Y tus amigos?

Grace se acercó al cajón donde guardaba su paquete de cigarrillos y sacó un sacacorchos. Luego bajó una botella de vino tinto de la estantería superior.

¿Qué quería que le dijera? ¿Que ninguna de las amigas o conocidas de lo que ahora denominaba en broma «su pasado» se había tomado la molestia de buscarla? Esto era así. Cuando miraba las llamadas de su teléfono sin sonido, veía que no había ninguna llamada de sus amigas. Lo único que veía eran periodistas pesados, los detectives y las insistentes llamadas de Sarabeth y Maud, a las que tampoco hacía caso. Pero ninguna amiga.

La sola idea la dejaba sin respiración.

—Parece que los he perdido a todos —respondió finalmente.

Su padre asintió con tristeza. Grace pensó que probablemente pensaría que sus amigos la habían abandonado debido al escándalo. Pero lo que ella quería decir era que no tenía amigos. Esto era lo que había descubierto.

—Bueno, Vita llamó —comentó su padre—. Le dije que estabas aquí. Ella vive en algún lugar de Berkshire. Creo que me dijo dónde, pero no lo recuerdo. ¿No te ha llamado?

Grace estaba perpleja. Miró el viejo teléfono de la pared. ¿Cuántas veces sonó antes de que lo desenchufara? Y la vez que oyó una voz de mujer… Esa periodista, ¿era realmente una periodista? Cuando introdujo el sacacorchos en el tapón de corcho, le temblaba un poco la mano.

—Deja, ya lo hago yo —propuso su padre.

Grace le entregó la botella.

—Entonces, ¿no te ha llamado?

Ella se encogió de hombros. Todavía no lo podía creer.

—Le dije cuánto me alegraba oírla. Me pareció que estaba muy preocupada por ti.

Bueno, bienvenida al club, pensó Grace, mirando el vino que su padre estaba sirviendo. De nuevo recordó que no había ningún club. No había suficiente gente que se preocupara por ella como para formar un club. Además, fue horrible que Vita se marchara y la dejara, pero todavía era más horrible que volviera ahora.

—Bien, bien —comentó, cuando su padre le entregó la copa.

—Está haciendo algo en un… bueno, lo llamó un centro de rehabilitación. No le pregunté detalles. ¿Ella no era también psicóloga?

No lo sé, pensó Grace.

—Estaba estudiando para serlo. Ha pasado mucho tiempo. La verdad es que no tengo ni idea.

—Bueno, a lo mejor volvéis a ser amigas. A veces ocurre. Cuando tu madre murió, me llamó gente que hacía años que no veía. Lawrence Davidoff. ¿Te acuerdas de él?

Grace asintió. Tomó otro sorbo de vino y tuvo una sensación de calor en la boca del estómago.

—Y Donald Newman. Estuvimos juntos en Corea. Llevábamos años viviendo a cinco manzanas de distancia y nunca nos encontramos. Fue quien me presentó a Eva, ya sabes.

Grace miró a su padre.

—¿En serio?

—Su mujer era agente inmobiliario. Eva y Lester le compraron a ella el apartamento de la calle Setenta y tres. Cuando murió tu madre, Donald decidió presentarnos.

Grace hubiera querido preguntarle: *¿Cuánto tiempo hacía que mamá había muerto?* Era un punto que nunca le había quedado claro.

—No necesito que una amiga me presente a nadie, gracias.

—No creo que Vita pensara en esto. Como te dije, me pareció que estaba preocupada. Y si tú supieras... que a ella le ha pasado algo así en su vida... supongo que también querrías verla.

Grace no contestó. No estaba segura. Abrió el armario y sacó los platos, los cubiertos y las servilletas. Abrió la nevera para decidir qué podían cenar.

Su padre había comprado un poco de todo: pasta para untar, queso, diversos contenedores de plástico con los platos preparados de Zabar's, además de una *baguette,* una bolsa llena de *bagels* y un pan de centeno cortado en rebanadas. En la encimera junto a la nevera había una pila de las barras de chocolate que solían exponer junto a las cajas.

—¡Guau! —exclamó Grace.

Desenvolvió un paquete de salmón cortado en finas láminas protegidas con hojas translúcidas.

—Esto es fantástico. Te lo agradezco de verdad.

—No es nada.

Su padre le puso la mano en el hombro. Estaba detrás de ella, mirando la nevera.

—¿Crees que es suficiente?

—¿Para alimentar a toda la población del lago? Sí, creo que sí. De hecho solamente estamos nosotros. Y hay alguien en la casa de piedra.

—¿Al final del lago?

—Sí.

Su padre sonrió.

—¿Los chicos que hacían esquí acuático? ¿Te refieres a esa casa?

—Sí. Uno de ellos es ahora un profesor universitario. Me ha dicho que se ha tomado un año sabático. Está escribiendo un libro.

—¿Está la casa acondicionada para el frío?

—No lo creo. Él me preguntó lo mismo. Pero el frío no durará siempre. Si sobrevivimos a enero, lo demás será más llevadero, estoy segura. Y si resulta demasiado duro podemos ir a un motel.

Su padre no pareció quedarse tranquilo. Se quedó mirando cómo Grace colocaba el queso sobre una tabla y calentaba la sopa en un cazo de acero inoxidable.

—Preferiría que no tuvieras que vivir así —dijo muy serio, como si se tratara de un auténtico despropósito.

No me digas. Grace casi se rió, pero entonces pensó en su propia casa, su vida en la ciudad, y se angustió. Aquí había silencio, aislamiento, muchísimo frío…, pero por lo menos no se encontraban en medio del escándalo. No podía volver a Nueva York.

—¿Qué harás cuando salga el libro? —preguntó su padre—. Tendrás que volver. ¿No te iban a hacer entrevistas? Me hablaste de una entrevista en un programa de televisión.

Grace interrumpió lo que estaba haciendo y miró a su padre.

—Papá, eso ya se acabó. No habrá nada de eso.

Su padre se quedó sin habla. La miraba perplejo y consternado.

—¿Es lo que te han dicho?

—No hace falta que me digan nada. No hace falta que me expliquen que las únicas preguntas que querrán hacerme versarán sobre mi matrimonio, y no puedo hablar de eso. No puedo hablar de eso con nadie, y menos por televisión. Se reirán de mí…

Su padre quiso objetar algo, pero Grace le hizo callar con un gesto. No insistió.

—Pensé que mi libro podría ser de ayuda para alguien. Pensé que tenía algo que decirle a la gente sobre su elección de pareja, pero es evidente que no. Es obvio que no tengo nada que decirles. Soy una consejera matrimonial cuyo marido tenía una amante a la que podría haber matado.

Su padre pareció sorprendido.

—Grace, ¿podría haberla matado?

Ella negó con la cabeza.

—No estoy intentando negarlo. Lo que pasa… es que de momento tengo que quedarme en «podría haberla matado». No estoy preparada para ir más allá.

Miró alrededor. Fuera ya era totalmente oscuro. Era plena noche invernal.

—La mujer estaba embarazada —añadió Grace—. ¿Lo sabías?

Su padre tenía la mirada puesta en el suelo de madera y no respondió. De la habitación contigua llegó el sonido de *El Danubio azul* en el reproductor de DVD.

—Debería haber sospechado algo —contestó Frederich Reinhart—. Vino a pedirme dinero.

Grace sintió la punzada de dolor que antecede a las malas noticias.

—¿Cuándo?

—Oh... —Su padre meditó un momento—. Mayo, tal vez. Dijo que estabas preocupada por el pago de Rearden, que a lo mejor tenías que sacar a Henry del colegio.

—No es cierto —replicó Grace sorprendida—. No teníamos problemas de dinero.

—Ahora lo entiendo. Pero me aseguró que estabas muy preocupada por el dinero, aunque nunca me lo dirías. Por supuesto le dije que no os inquietarais. Solamente tengo un nieto, y gracias a Dios puedo ayudar a pagar su educación. Me pidió que no te comentara nada, de modo que no lo hice.

Grace tuvo que apoyarse en la encimera para no caerse, porque el suelo se movía bajo sus pies.

—Papá, lo siento mucho. Nunca te habría pedido dinero. ¡No lo necesitaba! Estábamos bien.

—Ya lo sé. Jonathan se mostro muy persuasivo. Me recordó que la oncología pediátrica no es la especialidad mejor remunerada. Dijo que no podía soportar la idea de que tú y Henry tuvierais que renunciar a algunas cosas porque él no ganaba lo suficiente. Añadió que esto no era justo para ti.

Grace sacudió la cabeza.

—En mayo Jonathan no trabajaba ya en el hospital. La policía me informó de que hubo una vista disciplinaria, creo que en febrero pasado. Le despidieron. Yo no sabía nada.

Su padre estaba apoyado en la mesa de la cocina, con los brazos cruzados, los ojos cerrados.

—Le di cien mil dólares. No quería que tuviera que pedirme dinero otra vez. No quería que tuvieras que pedírmelo tú. Pensé que era para el colegio.

—Bueno, es posible que fuera para el colegio —concedió Grace—, pero no para Henry. Al parecer Jonathan pagaba los recibos de otro niño. Esto es lo que deduje.

—Para… no entiendo. ¿No era un bebé?

—Para el otro niño. Había sido paciente de Jonathan en el Memorial. Fue así como se conocieron. El niño se convirtió en alumno de Rearden. El director… creo que pensaba que Jonathan y yo éramos los benefactores de Miguel. Tal vez porque el niño había superado un cáncer y porque Jonathan lo trató. Pero yo no sabía nada del niño. Di por supuesto que tenía una beca —soltó Grace con un suspiro—. Y supongo que así era, pero la beca la pagaba Jonathan. Quiero decir, al parecer la pagaste tú. Lo siento muchísimo.

Su padre sacudió la cabeza. Cuando Grace volvió a mirarlo, le llevó un momento comprender que estaba temblando.

—¿Papá?

—No, estoy bien.

—Lo siento.

—No, no te preocupes. Es que… estoy tan enfadado conmigo mismo. Estoy furioso con él, pero sobre todo conmigo mismo. ¿Cómo permití que te hiciera esto?

Entonces Grace comprendió que su padre también estaba muy dolido, y tal vez no sólo por esto. Tal vez «esto» había empezado mucho antes, y ella había tenido algo que ver con ello. Durante años había dejado que su padre la viera como un producto acabado, una mujer con un matrimonio sólido, profesionalmente bien situada, madre de un estupendo nieto. Se había mantenido teóricamente cerca de su padre, pero nunca era cariñosa con él. A decir verdad, no había sentido interés por él, por lo que le importaba, por lo que era su vida, ni ahora ni antes. Cenaba con él cada semana, pero mantenía conversaciones estrictamente controladas y no se sentía cercana a su padre ni creía que él pudiera mostrarle cariño.

Era la primera vez que pensaba que su padre quería una relación de cariño con ella.

¿Y si se había equivocado? ¿Y si su padre quería algo de Grace y la necesitaba, pero ella no había querido darse cuenta? Como si no necesitara a su padre. ¡Como si no echara de menos a su madre! Como si ganaras puntos por hacerlo todo sola y alguien estuviera vigilándote para que no hicieras trampas. Menuda arrogancia, pensar que podías crear tus reglas y conseguir que todo el mundo se atuviera a ellas.

—Tú no tienes ninguna culpa —dijo, dejando el vino sobre la mesa—. Él es el único culpable.

—Yo pensé que os estaba ayudando a Henry y a ti —comentó su padre—. Pensé que, bueno, ya sé que eres muy reservada. Nunca me pedirías ayuda, no sé por qué. De modo que me sentí agradecido a Jonathan. Le di las gracias por darme la oportunidad de ayudar. —Movió la cabeza con amargura y suspiró—. A Eva le encanta darles cosas a sus hijos —añadió, como si tuviera que disculparse por ello—. Pero tú nunca necesitas nada.

—Oh, yo quería montones de cosas —le corrigió Grace—. Pero las tenía todas, o eso creía. Ya sabes, se supone que querer lo que tienes es el secreto de la felicidad —replicó sonriendo—. No recuerdo quién lo dijo.

Hubo un borboteo en la cazuela al fuego. Grace cogió una cuchara de madera del cajón y removió la sopa.

—¿Tener lo que deseas?

—No, desear lo que ya tienes.

—Ah, qué sencillo —zanjó su padre.

Ahora tenía mejor aspecto. Grace se sintió aliviada. Dejó un momento la cuchara y lo abrazó.

Henry apareció en la puerta de la cocina y sacudió la cabeza.

—Esta película es muy rara —les dijo—. El astronauta se convierte en bebé. No entiendo nada.

—Yo tampoco —reconoció su abuelo—. A lo mejor Stanley Kubrick contaba con que toda la audiencia estuviera bajo los efectos de alguna droga psicodélica. Pero tu abuela y yo sólo nos tomamos un Martini antes de verla en el cine. Creo que no era suficiente.

Grace les pidió que pusieran la mesa. Era la primera vez que usaban el comedor desde su llegada. Era la primera vez que Henry y ella no comían en el sofá, con el plato sobre el regazo y una pesada manta sobre los hombros. Seguía haciendo frío, pero la sensación era de más calidez.

Tomaron la sopa y *bagels* con salmón, porque desde el momento en que Grace vio el salmón y los *bagels* le entraron unas ganas locas de comerlos. Bebió más vino y luego probó el chocolate negro. Y la verdad era que no estuvo nada mal. Para ser una cena de Nochebuena en una casa helada, después de haber dejado su vida atrás, y en compañía de su padre y de su hijo, que habían sido profundamente heridos por Jonathan Sachs, el amor de su vida, no estuvo nada mal. Hablaron de béisbol, nada menos, por lo menos su padre y Henry. Grace descubrió con asombro que su padre hubo un tiempo en que iba a los partidos y que de joven era seguidor de un equipo llamado Montreal Expos. Y hasta conocía las reglas, lo que parecía muy fácil, pero era en realidad complejo. Le prometió a Henry que se las enseñaría, tal vez mañana mismo. Luego el chico subió a la habitación, pero antes de que Grace se levantara a retirar los platos, ella y su padre compartieron un agradable rato de silencio. Frederich Reinhart le preguntó si tenía idea de a dónde se habría ido Jonathan, y cómo lograba que no le encontrara la policía.

—Dios mío, no —contestó Grace sorprendida—. No tengo ni idea. Si lo supiera, se lo diría a la policía.

—Debo decir que me sorprende que no lo encuentren, porque ahora no puedes hacer nada ni gastar dinero sin que lo vean montones de personas. Es increíble que nadie lo haya reconocido. Está por todas partes. Su cara está en todas partes.

Grace inspiró hondo. Intentaba no procesar lo que eso significaba.

—Seguramente ya tenía pensado cómo desaparecer. Tuvo tiempo de pensarlo.

Su padre pareció perplejo.

—¿Quieres decir que lo planeó, que planeó lo que iba a hacer con...?

No siguió hablando. A lo mejor había olvidado el nombre, o simplemente era incapaz de pronunciarlo.

Esto era algo que Grace no había sido capaz de pensar tampoco. Sacudió la cabeza.

—Quiero decir que se le escapaba todo de las manos. Tengo la sensación de que las cosas se le habían descontrolado mucho antes de que se fuera. Tuvo tiempo de pensar dónde se escondería. A lo mejor tenía incluso un lugar adonde ir.

Pero más que en un lugar, estaba pensando en una persona. Tal vez Jonathan tenía una persona, o era otra persona. Tal vez su marido se estaba escondiendo en el interior de otra persona. Tal vez «Jonathan Sachs» era otra persona en la que había estado escondido. La idea le produjo tal malestar que tuvo que cerrar los ojos y esperar a que pasara.

—Jonathan es muy listo, ¿sabes? —dijo finalmente—. En este sentido no ha cambiado.

Era una de las pocas cosas que no habían cambiado en él.

—Pero tú también eres muy lista —insistió su padre—. Tu trabajo consiste en adivinar lo que les pasa a los demás. Has escrito un libro sobre ello...

Se detuvo aquí, pero ya no importaba. Ya estaba dicho.

—Adelante —dijo Grace—. No te preocupes, no me estás diciendo nada que no sepa.

Su padre negó con la cabeza. Hacía girar la copa de vino a un lado y a otro entre sus largos dedos. En su rostro se pintaba la tristeza, y ella observó que tenía el pelo más largo de lo normal. ¿Se estaría volviendo Eva descuidada? Pero nada más pensarlo, se dio cuenta de que no era eso. Lo que pasaba era que su propio cataclismo había sido tan intenso y destructivo que incluso Eva tenía dificultad en mantener las costumbres y los rituales de siempre. Y esto no era baladí. Le debía una disculpa a su madrastra, y se dio cuenta de que lo lamentaba sinceramente. De hecho, lamentaba su comportamiento con Eva en general. Cuántas veces se lo habría dicho a sus pacientes resentidos: cuando un buen matrimonio se acaba, el miembro de la pareja que sobrevive busca casarse de nuevo, a veces rápidamente. Era muy sencillo. Su padre había sido feliz con la madre de Grace, y quería volver a ser feliz. Conoció a Eva y pensó que podía ser feliz con ella. ¿No era preferible esto a una vida de permanente duelo? ¿Hubiese preferido que su padre viviera en duelo? ¿Por qué le había molestado que se casara otra vez? *Terapeuta, cúrate a ti misma*, pensó con tristeza.

—Creo que tenía una idea de lo que era una buena familia, una familia sólida como la que formabais tú y mamá. Quise tener una familia que se le pareciera. Hice lo que hizo mamá, y Jonathan parecía...

Grace buscaba la palabra adecuada, pero no la encontró.

—Y pensaba que Henry era feliz, espero que fuera feliz.

Era brutal decirlo todo en pasado.

—Sólo quería un matrimonio como el vuestro. Quería ser feliz como vosotros.

Por un momento pensó que había empezado a llorar. Tampoco es que le hubiera sorprendido mucho ser capaz de empezar a llorar sin darse cuenta. Ahora ya no se sorprendía de nada. Pero de hecho no era ella la que lloraba, era Frederich Reinhart, abogado, que estaba sentado al otro lado de la mesa de madera de pino y sollozaba con la cabeza enterrada entre las manos de largos dedos. Por un momento, Grace no fue capaz de asimilarlo, luego le cogió por la muñeca.

—¿Papá?

—No, no lo éramos —dijo su padre, moviendo la cabeza.

¿No lo éramos?, pensó Grace. ¿Qué quería decir?

Tenía que acabar de llorar. Le llevó un rato. Y Grace no pudo hacer otra cosa que esperar.

Finalmente, su padre se levantó y fue al cuarto de baño. Grace oyó vaciarse la cisterna y correr el agua en el lavamanos. Cuando volvió, tenía un aspecto más o menos presentable. Se parecía a su propio padre, que Grace recordaba como un hombre envejecido, con los ojos llorosos, una presencia incómoda que permanecía en un rincón en sus fiestas de cumpleaños. También el padre de Grace había sido un hijo único, lo mismo que ella y que Henry, y la relación con su propio padre no fue muy buena. Grace no sabía gran cosa de su abuelo, aparte de una serie de direcciones en sentido inverso (Lauderdale Lakes, Rye, Flushing, Eldridge Street, Montreal, Bukowsko) y un funeral al que se resistió a asistir con todas sus fuerzas porque le obligó a perderse el más importante *bar mitzvah* de su clase de Rearden aquel año. Ahora ni siquiera recordaba para quién era el *bar mitzvah*, pero en aquel entonces le parecía un evento que no se podía perder.

—No éramos felices —anunció de repente su padre, con esa voz entrecortada que se te queda después de llorar—. Yo no era feliz, y sé que Marjorie tampoco. Yo lo intenté. Primero con ella y luego sin ella. Creo que hubiera intentado cualquier cosa.

—Pero... nunca me di cuenta de eso —dijo Grace—. Nunca —insistió, como si su padre no pudiera estar en lo cierto. Como si ella, que era una niña entonces, pudiera evaluar mejor la situación—. ¿Y qué me dices de...?

Grace buscó un ejemplo que demostrara que su padre se equivocaba, y recordó las joyas del tocador de su madre, las alhajas que dejaba sobre el mueble.

—¿Y esas joyas tan bonitas que le comprabas? Las agujas y las pulseras. Siempre le estabas comprando joyas como muestra de tu cariño.

Su padre negó con la cabeza.

—No era una muestra de cariño en absoluto. Yo salía con gente, y luego decidía que no quería vivir así. Entonces volvía, le pedía perdón y le hacía un regalo.

Su padre se detuvo para ver si Grace seguía con él, pero su hija ya no estaba. Su mente había salido disparada y revoloteaba por la habitación.

—¿Por eso le comprabas joyas? ¿Para pedirle perdón?

Estaba tan sorprendida que no sabía ni lo que decía.

Su padre se encogió de hombros.

—Nunca se las ponía. Para ella eran venenosas. Me lo comentó en una ocasión, cuando nos estábamos preparando para ir a un evento. Había una aguja con una esmeralda, y le insinué que le quedaría muy bonita con lo que llevaba. Me contestó que sería como ponerse la «A» escarlata de Hester Prynne.

Grace cerró los ojos. Recordaba aquella aguja. Jonathan se la había llevado también. Esperaba no verla nunca más.

—Tendría que haber sido capaz de parar —dijo su padre con un movimiento de cabeza—. Hubiera debido dejar de comprar joyas. No me hacía sentir mejor, y tampoco a Marjorie. Cada vez que miraba las joyas sabía lo que significaban. Ni siquiera recuerdo cuáles eran mis motivos. Es posible que llegara un momento en que ya no pretendiera disculparme. A veces, cuando volvía a casa, tu madre había dejado alguna joya sobre la mesa del tocador. Era como si me dijera: ¿recuerdas esto? ¿Y esto? ¿Cómo lo aguantaba? Entiendo que me hiciera pasar por esto, ¿pero ella?

—Deberías haber ido a terapia —zanjó secamente Grace—. ¿No lo pensaste?

—Si quieres que te diga la verdad, no. Para mi generación no era una posibilidad. Si vivías en una buena casa, si por lo menos erais capaces de convivir, seguíais juntos. Si no, te divorciabas. Entonces no nos hacíamos tantas preguntas, no sé por qué. Hubiéramos podido ir a un psicoanalista, pero me parecía una tontería gastar tanto dinero para estar horas y horas echado en un diván intentando recordar algo que me pasó cuando llevaba pañales y que sería la explicación a todo. En realidad no me importaban demasiado mis neurosis, sólo quería irme.

—¿Y por qué no te fuiste? —preguntó Grace.

Por fin una muestra de rabia.

Su padre levantó la mirada y pareció sorprendido de encontrarse con la mirada de su hija, porque la apartó enseguida.

—Le pedí el divorcio, pero sin un consentimiento nominal, por lo menos, no valía la pena intentarlo.

—Ya entiendo. Ella te respondió que no.

—Se negó en redondo. Nunca lo entendí. Comprendí que no

hiciera un esfuerzo por mi felicidad, pero ¿y la suya? Yo desde luego no quería hacerle daño. No más del que le había hecho ya.

Grace estaba agarrada a la mesa. Apretaba la madera entre los pulgares y los índices.

—De modo que seguimos juntos. Cuando fuiste a estudiar a Radcliffe, lo intenté de nuevo, y creo que ella se lo estaba pensando, pero entonces sufrió su apoplejía.

Permanecieron unos minutos en silencio. Grace descubrió con asombro que podía seguir bebiendo sorbos de vino y que la casa no se había venido abajo. Todo seguía funcionando. *¿Qué me falta por descubrir?*, pensó.

—Lo lamento muchísimo —dijo por fin.

—Yo también. Durante años me pregunté qué podía haber hecho para mejorar las cosas. O qué podía haber hecho de otra manera. Me habría gustado tener más hijos.

—¿Por qué? —preguntó Grace asombrada.

—Me gustaba ser padre. Me encantaba verte aprender cosas. Eras una niña muy curiosa. No me refiero al colegio, aunque eras una buena estudiante. Pero mirabas las cosas con mucha atención, y yo solía decirle a tu madre: «Esta niña piensa mucho. Lo mira todo».

Lo mira todo, pensó Grace. *Y no ve nada.*

—Podías haber empezado de nuevo cuando mamá murió —replicó Grace con cierta crueldad—. Sólo tenías cincuenta años. Podrías haber tenido hijos.

Su padre se encogió de hombros, como si lo pensara por primera vez.

—Supongo que sí. Pero conocí a Eva, y me sentí tan cómodo con ella. Y necesitaba sentirme cómodo. Resultó que tampoco era tan difícil lo que necesitaba. Ella ya tenía hijos y nietos, y luego nació Henry, y he sido muy feliz.

Miró a su hija con franqueza.

—Pensar que basabas tu ideal de pareja en mi matrimonio con tu madre me duele terriblemente, Grace. Debería haberte contado esto hace muchos años.

—Yo hubiera podido preguntarte. Como adolescente, hubiera debido fastidiar a mis padres, y nunca lo hice. Hay una razón para la rebelión adolescente. Supongo que yo me sentía por encima de eso.

Dibujó círculos con la copa de vino y observó cómo se movía el poso que había en el fondo.

—Oh, bueno. Mejor tarde que nunca.

—Eva te admira. Sabe que no te cae bien. Esto le resulta doloroso.

Grace asintió. Todavía no estaba preparada para mostrarle cariño y comprensión a Eva, pero podía intentarlo. Sin pensarlo, le pidió a su padre la porcelana china de su madre. Justo ahora que el mito del matrimonio de sus padres se había hecho añicos, ella seguía queriendo conservar los objetos que lo simbolizaban. Pero eran símbolos materiales, que ocupaban espacio en el mundo.

—Me gustaría quedarme con la porcelana —le dijo a su padre—. Es importante para mí.

—¿A qué te refieres? —preguntó su padre sin comprender.

—A la porcelana china de mamá. El juego de Haviland de vuestra boda. Me duele cuando veo que se usa a diario. Ya sé que parece una tontería…

—¿Te refieres a las tazas y los platos? —preguntó su padre, sin comprender totalmente.

—Sí, ya sé que son un poco anticuadas. Pero esos objetos son de vuestra boda. Creo que debería tenerlos yo. Ya sé que no suena muy bien —añadió, porque era la primera vez que lo decía en voz alta y no sonaba bien—. Por lo general no me importan los objetos, pero eran de mi madre y yo soy su hija. No me parece bien que hayan ido a parar a tu segunda mujer. Eso es todo —concluyó, sin saber muy bien lo que quería decir con eso.

—Pues claro que puedes quedarte con los platos. Con todo lo que quieras. Eva siempre me dice que deberíamos desprendernos de algunas cosas, y ella tiene otras vajillas. Supongo que yo tenía cariño a esas cosas, y pensé que te gustaría que cuando vinieras a cenar usáramos los mismos platos que cuando eras pequeña. Pero claro que los puedes tener. Te los traeré aquí.

Grace se sintió como una idiota.

—No, es igual. Pero cuando esto se acabe, si es que se acaba un día, quiero que Henry pueda tener cosas que no tengan nada que ver con su padre. Quiero darle objetos de mi pasado. Quiero tener un pasado que le pueda dar a mi hijo. No hace falta que sea perfecto, basta con que sea real.

Y al decir esto en voz alta pensó que ella también empezaba a estar preparada para ello.

19

El gran error

Grace no se esperaba que Henry, que había asistido a un colegio privado desde el primer día de guardería hasta la mañana en que le dieron su diploma de la escuela primaria, se adaptara tan fácilmente al séptimo curso de la escuela de enseñanza media de Housatonic Valley. No se requería ningún papeleo especial, desde luego nada parecido al espantoso ritual que había que llevar a cabo en Manhattan para averiguar cuántas plazas libres quedaban o quién de entre sus conocidos podía tener relación con el consejo directivo o con la oficina de admisiones. De hecho, cuando Grace los llamó muy nerviosa unos días después de las vacaciones navideñas, lo único que le pidieron, y con mucha amabilidad, fueron unos cuantos documentos perfectamente razonables que no suponían problema alguno: el certificado de nacimiento de Henry, un recibo de la casa del lago a nombre de sus padres o de su tutor, una copia de la documentación de su escuela anterior, que Robert Conover se apresuró a enviar por correo electrónico, y que básicamente consistía en una serie de elogios a la persona de Henry.

Sin embargo, Grace se pasó los primeros días del año convencida de que su hijo iba a enfrentarse a una prueba de fuego, el descenso del Parnaso de la educación de Manhattan a una escuela situada en el peldaño más bajo. O bien la escuela estaría a un nivel muy por debajo de Rearden —no habrían pasado de las sumas y restas en clase de mates, por ejemplo, ni de los cuentos de niños en literatura— o sus compañeros de clase serían unos garrulos adictos a los juegos de ordenador y a esnifar pegamento que verían a Henry como un intelectual y lo detestarían desde el primer momento. Pensó que no se relacionarían con él, porque así eran los niños de esta edad en todas partes (excepto en lugares como Rearden, donde los profesores aseguraban que estaban siempre atentos a cualquier episodio de acoso escolar).

Afortunadamente se guardó estos temores para sí, porque Henry estaba deseando dejar la soledad de su casita en el lago y volver al mundo de los chicos de doce años. La primera mañana Grace lo llevó en coche al colegio, sin entender que ahora su hijo iba a un colegio público y por lo tanto tenía derecho a ir y volver en el autocar municipal, y se quedó mirando hasta que lo vio entrar. Luego volvió directa a casa, se metió debajo del edredón y se desmoronó.

Se desmoronó de verdad, de una forma que no se había permitido desde el momento en que empezó a parpadear la lucecita de su móvil, cuando su vida se vino abajo y tuvo que escapar a Connecticut y ocuparse de que la casa estuviera caliente (más o menos), y hubiera comida. Luego vino la distracción de las navidades, la visita de su padre y los preparativos para que Henry volviera al colegio. Grace había sido en todo momento la persona que hacía que las cosas funcionaran, que no se detuvieran. Aunque otras cosas de su vida se habían derrumbado, Henry tenía a su madre que se ocupaba de él y se aseguraba de que desayunara por la mañana y tuviera ropa limpia que ponerse. Pero hasta que el chico no empezó a irse cada día un rato de casa, a otro lugar donde estaba a salvo, Grace no entendió el esfuerzo tremendo que había tenido que hacer para que la vida tuviera un aspecto de normalidad. Cuando por fin lo entendió, la fuerza centrífuga que la mantenía en pie empezó a ir más despacio hasta detenerse.

Grace se metía en la cama sin hacer nada. Aunque le dolía todo, estaba en cama muchas horas, a ratos durmiendo y a ratos despierta. Luego, temiendo que se le pudiera pasar la hora en que debía recoger a Henry (todavía no sabía que había un autocar escolar que podía traerlo a casa) se obligaba a incorporarse para poner el despertador a las 14:45 y volvía a tumbarse en la cama y a mirar al vacío.

Así un día detrás de otro. Se convirtió en un trabajo. Llevar a Henry al colegio, volver a la cama, estar unas horas tumbada, levan-

tarse, volver al colegio. Grace se mostraba diligente con estas obligaciones, cumplía sus horarios a rajatabla. No sentía nada, salvo
una silenciosa desesperación, y a veces cierta sensación de mareo
porque se le había olvidado comer. De vez en cuando se preguntaba: *¿Cuánto tiempo durará esto?* Pero en general no pensaba en
nada. El vacío que sentía en el lugar donde había estado su mente
era inmenso, una habitación con ventanas sucias y un suelo resbaladizo. Aquí era donde vivía ella, por lo menos cuando Henry no estaba. Y cuando sonaba la alarma a las 14:45, Grace se levantaba, se
vestía, abría la nevera, hacía una lista de la compra y se iba a buscar
a su hijo. Esta era toda su vida. No podía hacer nada más. Y así
seguía un día tras otro. Por lo menos los días de colegio.

Mientras tanto, la atroz prueba que tendría que haber sufrido
Henry no se materializó. El primer día entró sin miedo en su nueva
aula y se encontró con un sonriente grupo de niños que no sentían
la menor curiosidad por los motivos que lo habían llevado al profundo Connecticut rural en mitad de curso. Cuando salió de clase
el primer día, ya tenía no uno sino dos amigos que querían saber
«qué le molaba» y que estuvieron encantados de saber que le molaba el *anime*.

—¿Animación? —Grace no lo entendió.

—Anime. Dibujos animados japoneses. Ya sabes, como *El viaje
de Chihiro*.

—Oh. No estaba segura de saber a qué se refería su hijo.

—¿Te suena Miyazaki?

—No la he visto.

—No, es un director de cine. Es como el Walt Disney japonés,
pero mucho mejor que Disney. Bueno, el caso es que Danny tiene
un DVD de *El castillo en el cielo*, y me ha invitado el sábado a su
casa para verlo. ¿Puedo ir, verdad?

—Por supuesto —dijo Grace, fingiendo entusiasmo, como si
no le costara un tremendo esfuerzo dejar que no pasara el fin de
semana entero con ella—. ¿Has dicho… *Una cabaña en el cielo*?

Recordaba que era el título de un musical, pero no se podía
imaginar que le interesara a los niños de doce años.

—No, un castillo. Está en parte basado en Jonathan Swift y en parte en una leyenda hindú, pero también sale el País de Gales. Miyazaki tiene muchas cosas «en parte».

Henry rió, encantado de su propia broma, si es que era una broma. Grace estaba perpleja,

—Pero Danny tiene la versión japonesa con subtítulos en inglés, que siempre es mejor.

—Oh, qué bien. Claro. Así que *anime*. ¿Desde cuándo te interesa? Nunca te había oído mencionarlo.

—El año pasado papá me llevó a ver *El castillo ambulante*.

—Oh… —Grace asintió con una amplia y forzada sonrisa—. Muy bien.

Rápidamente cambiaron de tema.

La segunda sorpresa que se llevó Grace sobre el colegio era lo bueno que era académicamente. En ciencias sociales estaban estudiando el trabajo de la antropóloga Margaret Mead en Samoa, y en historia empezaron muy en serio con la Guerra Civil con un montón de textos de la época. En clase de inglés tenían una lista de libros para leer donde se encontraban la mayoría de los clásicos —*La letra escarlata*, *Matar un ruiseñor*, *De ratones y de hombres*—, pero sin ninguno de los libros alternativos que las escuelas privadas de Nueva York habían ido añadiendo para demostrar lo políticamente correctos que eran. Y en mates estaban más adelantados que en Rearden. A Grace le complació saber que Henry tenía que estudiar para un examen de francés y que debía presentar un trabajo sobre Jem Finch para el viernes siguiente.

El chico quería formar parte del equipo de béisbol.

—¿Y qué pasa con el violín? —le preguntó Grace. Era la primera vez que sacaban el tema.

—Bueno, se supone que debo elegir entre orquesta y banda. O coro.

Grace suspiró. Una habitación repleta de violinistas que rascaran con desgana el tema de *Forrest Gump* quedaba muy lejos del saloncito polvoriento de Vitaly Rosenbaum, pero por el momento…

—Creo que sería mejor la orquesta, ¿qué te parece?

Henry asintió sin entusiasmo. Por lo menos ya habían abordado uno de los temas difíciles.

Grace todavía lo llevaba al colegio y lo iba a buscar por la tarde, y curiosamente Henry no protestaba, aunque sin duda veía que sus compañeros se bajaban de los autocares amarillos cada mañana y volvían a subirse cada tarde. Era posible que comprendiera lo importante que era para ella acompañarlo, pensó Grace. A lo mejor entendía que estos dos viajes diarios dotaban de una estructura a sus días dedicados a dormitar bajo el edredón, a fijar una mirada vacía en la pared del dormitorio.

Más tarde tuvo que mirar en el calendario para hacerse una idea de cuánto tiempo llevaba así. Una mañana de finales de enero, después de dejar a Henry en el colegio, en lugar de volver a la casa del lago para meterse en la cama y poner el despertador, Grace se dirigió hacia el norte, a la biblioteca de Falls Village, donde se sentó a leer en una de las butacas de alto respaldo que había debajo de los retratos del siglo XIX, con elaborados marcos, cuadritos de flores y el diario *Berkshire Record*, con sus artículos de equipos locales y sus editoriales sobre la junta local de urbanismo. Unos días más tarde lo repitió.

A veces veía a Leo Holland en la biblioteca, y una mañana de principios de febrero fueron a tomar un café en Toymakers Café, cerca de la calle Mayor. Leo ya no era un desconocido para ella. Ya no era un personaje vagamente recordado de los veranos de su infancia, especialmente memorable por sus ruidosas travesuras y el efecto que producían en su madre. Desde el día de su encuentro en el buzón había estado dos veces en casa de Grace, una vez con un recipiente de plástico de lo que denominó estofado de pollo (probablemente porque no era un hombre lo bastante pretencioso, o no quería parecerlo ante Grace, como para llamarlo *coq au vin*, aunque realmente era un *coq au vin*), y otra vez con una hogaza de pan hecho en casa. Le explicó que las dos cosas provenían de las cenas que celebraba en casa con su «grupo» cada quince días. Ella no entendía muy bien a qué se refería con el término «grupo». ¿Un grupo de estudio? ¿Un grupo de terapia? Como le dio tan pocos detalles, tanto podía ser un grupo de costura como un grupo de Amnistía Internacional. Pero sentía curiosidad, y la mañana en que tomaron café Grace le preguntó a qué tipo de grupo se refería.

—Oh, es una banda —contestó Leo—. Bueno, preferimos llamarla «grupo». Somos gente de edad madura a los que les gusta tocar instrumentos de cuerda. «Banda» tiene un regusto a jóvenes que tocan en el sótano, ¿no te parece? El otro violinista de música folk es un adolescente. Es el hijo de mi amiga Lyric, que toca la mandolina.

—Lyric* —repitió Grace—. Es un nombre ideal para un músico.

—Sus padres eran *hippies* —prosiguió Leo—. Pero a ella le va muy bien. Da clases de mandolina en Bard. Yo también estoy en Bard. Creo que ya te lo dije.

—Pues no —dijo Grace, mientras removía el azúcar de su capuchino—. Me dijiste que te habías tomado un año sabático. No me dijiste dónde dabas clase.

—Oh, en Bard. Es un sitio estupendo para enseñar, pero no tanto para tomarse un año sabático —respondió Leo con una carcajada.

El café donde estaban tenía una mesa rústica de madera en un rincón. Había un grupo de mamás allí reunidas (Grace no pudo evitar acordarse de su propio grupo de madres, que se reunía alrededor de una mesa parecida) y tomando notas. Había una pila de libros de fotos de motocicletas, rematada con una foto firmada de Liza Minnelli que tendría veinte años por lo menos.

—Aquí estoy a menos de una hora de camino, pero es suficiente distancia como para que no me llamen. De otra forma me sería imposible trabajar. En cuanto a mi grupo, llevamos más de cinco años tocando juntos. Al principio no les hizo gracia venir hasta aquí, pero desde el primer día les encantó. Les gustó mucho estar solos en el lago, o casi solos —se corrigió—. Ahora, cuando vienen,

---

* *Lyric* significa, entre otras acepciones, «letra de una canción». *(N. de la T.)*

lo convertimos en una especie de fiesta. Rory es nuestro violinista folklórico. Y preparamos buenas cenas.

—De las que yo estoy encantada de beneficiarme —apuntó Grace.

—Ah, sí. Muy bien.

—Oh, ahora entiendo de dónde venía la música que oía a veces —comentó Grace—. No siempre tienes clara la dirección. A veces parece como si viniera del bosque. ¿Es la banda? Quiero decir, ¿el grupo?

—Tenemos un pequeño grupo de seguidores en Annandale-on-Hudson —bromeó Leo—. Ya sabes, parejas, colegas, estudiantes que quieren mejorar la nota. Tenemos un nombre: Windhouse. Es el nombre de unas ruinas en las islas Shetland. Según Colum, están encantadas. Es uno de los miembros del grupo, es escocés y solía ir de excursión a las islas Shetland. Siempre nos lo preguntan —dijo, sin demasiada convicción, porque Grace no se lo había preguntado. Pero seguro que lo habría hecho.

—Bien, pues por lo poco que he oído sonáis muy bien.

Leo parecía haber decidido que no quería seguir hablando de sí mismo. Se quedaron en silencio, contemplando sus tazas de café. Al otro lado, las mujeres —Grace reconoció a una de las madres del colegio de Henry— parecían a punto de acabar la reunión. Se abrió la puerta y entraron dos hombres enormes. La cocinera, una mujer con largas trenzas grises enrolladas en la cabeza, se acercó corriendo al mostrador y les dio un abrazo.

—¿De modo que estás escribiendo un libro? —preguntó Grace.

—Sí. Espero tenerlo terminado en junio. Este año tengo que dar clase en el curso de verano.

—¿De qué es el libro?

—De Asher Levy —respondió Leo—. ¿Has oído hablar de él?

Grace iba a negar con la cabeza, pero lo pensó mejor.

—Espera, ¿se llama también Asser Levy*?

---

* Asser Levy fue uno de los primeros colonos judíos en la colonia holandesa de New Amsterdam, o Manhattan. (N. de la T.)

—¡Exacto! —exclamó Leo. Parecía encantado de que ella lo hubiera adivinado—. Asher, a veces conocido como Asser. Había olvidado que eras una judía neoyorquina. Claro que conoces a Asser Levy.

—Sólo de oídas —protestó Grace—. Creo que hay un colegio que lleva su nombre en el East Village.

—Y un parque en Brooklyn. Y un centro recreativo. ¡Y una calle! El primer propietario de tierras judío de Nueva York, y posiblemente el primer judío americano. Esto es lo que intentaré demostrar.

—No tenía ni idea… —rió Grace—. O sea que fue el primer terrateniente judío de Nueva York. ¿Crees que hubiera podido imaginar el Harmonie Club, o el templo de Emanu-El?

—¿Te refieres a Nuestra Señora de Emanu-El? —preguntó Leo—. Mi padre siempre lo llamaba así. Estuvo yendo un tiempo, luego, cuando conoció a mi madre, se hizo cuáquero. Decía que la mitad de los miembros de su clase de *bar mitzvah* se hicieron cuáqueros o budistas. Decía que prefería meditar sentado en un banco que en el suelo, y que por eso se hizo cuáquero. Además, tenían pegatinas para el parachoques.

—¡Me acuerdo de él! —O eso creía—. Llevaba un jersey muy ancho, ¿verdad? De un color verde claro.

—Ah, sí. Era una cruz para mi madre. Estuvo años escondiéndoselo, confiando en que se olvidaría de él y se pondría otra cosa que no le llegara a las rodillas. Pero mi padre siempre lo encontraba, siempre sabía en qué cajón o en qué armario lo había escondido mi madre. Sin embargo, cuando mi madre murió, mi padre tiró el jersey. Lo vi un día en el cubo de la basura. Nunca le pregunté por qué.

Grace asintió. Estaba pensando en su padre y en las joyas, en la bolsa de las alhajas, tan venenosa que su padre no podía ni mirarla.

—Mi madre también murió —dijo, sin saber por qué.

Leo asintió con la cabeza.

—Lo siento.

—Yo también siento lo de tu madre.

—Gracias.

Estuvieron un minuto sentados en silencio, pero no resultaba tan incómodo como podía haber sido.

—La muerte de tu madre no la superas nunca, ¿verdad? —preguntó Leo.

—No. Nunca.

Leo bebió un sorbo de café y se secó los labios con el dorso de la mano, sin pensar.

—De hecho mi madre murió en la casa del lago. Mi padre y mi hermano se fueron y ella se quedó para cerrar la casa. De esto hace once años. No sabemos lo que pasó exactamente, probablemente un envenenamiento por monóxido de carbono, pero la autopsia no fue concluyente. De todas formas mi padre cambió la caldera. Le hizo sentirse mejor.

—Es terrible —comentó Grace. No recordaba qué aspecto tenía la madre de Leo.

—¿Y la tuya?

Grace le contó que cuando volvió a Cambridge después de las vacaciones de primavera, en su penúltimo año de carrera, oyó que el teléfono sonaba sin parar en su habitación de la residencia. Ella estaba en el pasillo, buscando las llaves en el bolso, y supo sin ninguna duda —incluso en aquella época prehistórica anterior a los móviles— que esa llamada era por algo serio, algo malo. Y así fue. Su madre sufrió una apoplejía una hora después de que ella saliera del piso. Grace volvió a Nueva York y se quedó unas semanas revoloteando alrededor de sus padres en el hospital, aunque su madre no llegó a recobrar la conciencia. Finalmente comprendió que o bien dejaba el curso o regresaba a la universidad. Y en cuanto regresó, por increíble que pareciera, volvió a pasar exactamente lo mismo. Ella buscaba desesperada las llaves al otro lado de la pesada puerta de roble de Kirkland House, y el teléfono sonaba sin parar, anunciando una mala noticia. Tuvo que volver de nuevo a Nueva York, esta vez para lo que quedaba del trimestre, y recuperar el curso en verano.

Ese otoño dejó la residencia del campus para compartir piso

con Vita, y luego, casi inmediatamente, conoció a Jonathan. Habría
sido un buen momento para tener madre, pensó. ¿Qué le habría
dicho Marjorie Wells Pierce Reinhart —que se enamoró de su marido en una cita a ciegas en 1961 y tuvo un matrimonio infeliz— a
su única hija cuando esta la llamara emocionada para describirle al
hombre tierno, ambicioso y bueno, de aspecto un poco descuidado, que se había enamorado de ella?

Le habría dicho: *Ten cuidado. No vayas tan deprisa.*

Le habría dicho: *Grace, por favor. Me alegro mucho por ti, pero
usa tu cabeza.*

Usa mejor tu cabeza, en otras palabras.

—Lamento no haberla conocido como adulto —dijo de repente Leo—. Quiero decir, siendo yo un adulto. Ya sé que no le caía
muy bien cuando era un adolescente.

—Oh, no era culpa tuya —matizó Grace—. Creo que no era
una mujer muy feliz.

Era la primera vez que decía algo así. *La primera vez*. Grace
escuchó con horror el silencio que se hizo entre ellos dos. Se sintió
fatal, como si hubiera hecho algo terrible. Lo había *dicho*. Qué cosa
más terrible.

—A veces las cosas ocurren de una forma tan repentina, tan
inesperada —prosiguió Leo—, que tenemos que inventarnos una
historia. Con la muerte nos pasa mucho.

—¿Qué quieres decir? —preguntó Grace.

—La historia. Volviste a la universidad y sonó el teléfono. Volviste una segunda vez y el teléfono volvió a sonar. Tal como lo cuentas es como si te sintieras responsable de su muerte.

—¿Crees que soy narcisista? —preguntó Grace.

No sabía si sentirse ofendida.

—Oh, no. No me refería a eso, aunque claro, todos somos narcisistas. Somos los protagonistas de nuestra vida, de modo que nos
parece que estamos al timón. Pero no lo estamos. Simplemente pa-
sábamos por ahí.

Grace rió. Y cuando se dio cuenta de que se estaba riendo,
volvió a reírse.

—Lo siento —se excusó Leo—. Nunca consigo mostrarme demasiado académico. Parafraseando a Mamet: *Compórtate siempre como un académico.*

—No importa —replicó Grace—. No había pensado en ello. Y eso que se supone que soy psicóloga.

—¿Cómo que se supone?

Grace no le respondió. No sabía qué decirle. Llevaba semanas sin pensar en sus pacientes. Y todavía hacía más tiempo que no se consideraba capacitada para aconsejarle a alguien cómo tenía que vivir su vida.

—Me refiero a mi profesión —respondió ella—. Pero prefiero no hablar de ello.

—De acuerdo —contestó Leo.

—Yo también estoy en una especie de año sabático.

—Muy bien. Ahora estamos hablando del tema.

—No —le contradijo Grace.

Lo dejaron aquí y pasaron a otros temas. El padre de Leo no se había vuelto a casar, pero tenía una novia que se llamaba Prudie, nada menos. El hermano de Leo, Peter, era abogado en Oakland. Leo tenía una hija.

—Bueno, más o menos —añadió.

—¿Tienes más o menos una hija?

—Estaba con una mujer que tenía una hija, Ramona. Así se llamaba la hija, no la mujer. Decidimos tener la mejor ruptura posible, y eso significaba que Ramona seguiría formando parte de mi vida, lo que fue estupendo para mí, porque la adoro.

—La mejor ruptura posible... —repitió Grace—. Suena muy bien. Muy volteriano.

Leo se encogió de hombros.

—Es un ideal, por supuesto. Pero no puedo imaginarme una mejor razón para intentarlo que cuando tienes hijos, aunque sea una especie de hija.

Leo la miró, y Grace comprendió que estaba intentando decidir si le preguntaba algo. Ella estaba en la casa del lago, sola con su hijo. Tuvo que mirar su propia mano para comprobar si todavía llevaba la alianza. Y todavía la llevaba. En todas estas semanas no había pensado en sacársela.

—Y… ¿os veis a menudo?

—Un fin de semana al mes. Su madre vive en Boston, de modo que es pesado, pero se puede hacer. En verano viene a pasar unas semanas conmigo, pero eso también es cada vez más complicado. Por culpa de los *chicos* —dijo con ironía.

Grace sonrió.

—Sí, ¡he dicho los chicos! Al parecer son importantes para una niña de catorce años. Y no hay *chicos* en esta preciosa casa junto al lago. He intentado explicarle que los chicos no valen la pena, pero de todas formas está decidida a ir de campamento con esas horribles criaturas, y yo tendré que contentarme con recogerla en Vermont y llevarla una semana a Cape Cod.

Grace rió y apuró su taza de café.

—Y espero que te contentes con eso si quieres tener la fiesta en paz —le aconsejó—. Las niñas de catorce años son unos pedacitos de ectoplasma muy complicados. Deberías estar feliz de que por lo menos quiera verte.

—Y lo estoy, muy feliz —gruñó él—. ¿No ves lo feliz que estoy?

De nuevo los invitó a cenar y de nuevo Grace puso objeciones, aunque sin tanta energía como la última vez y la vez anterior. Más tarde lo atribuyó a Henry, porque pensó que seguramente a su hijo le caería bien Leo, y a que sería bueno que se conocieran, ya que los tres vivían junto al mismo lago en medio del bosque. Leo había dicho que estaría bien que Henry se trajera el violín cuando vinieran a su casa. A Leo le gustaría mucho oírle tocar. ¿No le gustaría a Henry traer el violín folk el fin de semana y acompañar a la banda? Grace estuvo a punto de contestar que su hijo no «acompañaba», no era así como le habían enseñado a tocar. De hecho, incluso imaginarse a un alumno de Vitaly Rosenbaum «apoyando» a otros músicos (aunque el adusto húngaro seguramente ni siquiera hubiera considerado a Leo y a los demás miembros de Windhouse como músicos) le resultaba harto difícil. Pero no dijo nada. Por otra parte, tampoco aceptó la invitación de Leo. En lugar de eso, le preguntó —con un tono irreverente que hizo que Leo se olvidara de la invitación— cuál era la diferencia entre un violín folk y un violín clásico. Y él le respondió que la única diferencia estaba en la actitud.

—La actitud —repitió Grace en tono incrédulo—. ¿Lo dices en serio?

—Es tan sencillo como eso —respondió Leo muy satisfecho.

—¿Pero actitud… hacia qué?

—Oh, te lo podría decir, pero entonces no sería responsable de lo que pasara a continuación. ¿Lo dejamos aquí de momento?

—De acuerdo —aceptó Grace muy seria. Lo dejarían estar de momento.

Se levantaron y se marcharon juntos. Leo se despidió con la mano de la mujer que estaba detrás del mostrador. Y Grace, que por lo menos había conseguido pasar la última media hora sin pensar en lo que ocurriría a continuación, subió al coche y se dirigió hacia el norte.

Su breve conversación con Vita tuvo lugar unos días antes por teléfono. Grace había vuelto a conectar el aparato para la ocasión. Le costó unos treinta segundos encontrar el número de Vita en la biblioteca David M. Hunt, y le costó algo más reunir el valor para llamarla. La charla fue… bueno, un poco demasiado formal dadas las circunstancias, pero cuando Vita la invitó a pasar a verla por su oficina de Pittsfield, Grace aceptó de inmediato.

No era exactamente esto lo que quería.

Pero, bueno, no sabía lo que quería.

Se inclinó hacia delante, atenta a las placas de hielo en la carretera 7, sobre todo en las curvas. Ahora la carretera le resultaba familiar. Y Great Barrington se había convertido en la «metrópolis» de su vida. Iba allí siempre que necesitaba algo que no podía encontrar en Canaan o en Lakeville, es decir casi siempre. (Era tan grande su afición a ir a Berkshire Co-Op que su antigua querencia por Eli's en el Upper East Side parecía una nimiedad, y mucho más económica en comparación.) Conseguía perder el tiempo en un par de los mejores restaurantes, en la carnicería y en una tienda que sólo vendía objetos antiguos de porcelana china, incluida una vajilla completa de Haviland que le habían prometido que sería para ella.

Great Barrington siempre le había parecido a Grace un pueblo bonito. Contaba con una de esas calles mayores tan americanas, y el pueblo estaba dispuesto alrededor de un par de zonas que si bien no eran auténticos «centros» resultaban lo bastante agradables como para que tuvieras ganas de aparcar el coche y dar una vuelta. Y era un lugar lleno de recuerdos para ella: la tienda ya desaparecida donde su madre venía a comprar los zapatos, el Bookloft de Stockbridge Road, donde Grace había pasado tardes enteras sacando a la luz libros antiguos de psicología, la tienda de antigüedades donde ella y Jonathan compraron el cuadro de unos hombres cortando heno, y que ahora estaba colgado en su comedor de su casa de Manhattan.

¿Seguía siendo de ambos el cuadro? ¿Seguía siendo *su* comedor? Como le pasaba con todo lo que había en ese museo de la vida previamente conocida como su matrimonio, Grace ya no estaba segura de querer volver a verlo.

El cielo era de un gris plomizo cuando salió de Lenox y se dirigió hacia el noroeste, hacia la dirección que le había dado Vita. La carretera dejaba atrás el mundo acomodado de Berkshire y Tanglewood y Edith Wharton, y entraba en un área de granjas dispersas y de restos de industrias de Pittsfield (donde tenía su sede —¿cómo olvidarlo?— una de las compañías objeto de la Ley de Recuperación Ambiental). Esta era la frontera norte de la infancia de Grace. Había ido un par de veces para ir al Colonial Theatre, y por lo menos una vez al año, cuando había tormenta, la llevaban al Museo de Berkshire. Era muy probable que Vita hubiera ido con ella en una de esas expediciones, porque se quedaba a menudo invitada en la casa del lago. Era muy extraño pensar que su amiga trabajaba ahora en uno de los sitios que Grace le había enseñado de pequeña. Pittsfield era una de esas viejas ciudades que atravesabas para ir a otra parte, uno de esos sitios a los que llegabas porque era donde paraba el tren o el autocar. Era una ciudad en decadencia, con grandes mansiones que ahora quedaban en zonas algo peligrosas, y parques umbríos donde te lo pensarías dos veces antes de entrar por la noche.

El Porter Center estaba ubicado en uno de esos edificios de ladrillo rojo de la antigua Stanley Electric Manufactoring Company que formaban una especie de campus. Pero el letrero de la puerta (y el guardia que se acercó cuando Grace aminoró la marcha para leerlo) le indicaron que tenía que dirigirse a un edificio verde y blanco con un letrero que ponía «ADMINISTRACIÓN». Aparcó el coche y se tomó un momento para prepararse. Vita, de acuerdo con lo que indicaba su correo electrónico, era la directora ejecutiva del lugar, que al parecer no existía solamente en este campus postindustrial, sino también como una serie de centros esparcidos por todo el condado que llegaban hasta Williamstown en dirección norte y hasta Great Barrington por el sur. De acuerdo con la página web a la que Grace había echado un vistazo en la biblioteca, hacían todo tipo de tratamientos: deshabituación de drogadicciones, programas para madres adolescentes, terapias individuales, grupos de tratamiento de la ansiedad y la depresión, cursos prescritos por orden judicial para drogadictos y agresores sexuales. *Un lugar donde encontrarás todo lo relacionado con la salud mental*, pensó, contemplando los edificios de ladrillo. No era el tipo de salida que anticipaba para su amiga unos años antes, cuando iban a entrar en la escuela de posgrado (Vita para convertirse en trabajadora social y Grace para graduarse en psicología, aunque las dos querían especializarse en terapia individual).

No hay duda de que era muy buena para adivinar cómo acabarían las cosas, pensó con amargura.

Se subió la cremallera de la parka, cogió el bolso y cerró la portezuela del coche.

Dentro del edificio, en el rehabilitado salón frontal, la calefacción estaba al máximo. Una mujer que tendría la misma edad que Grace, pero sufría un grave problema de caída de pelo y se estaba quedando calva, la invitó a sentarse en el remilgado sofá blanco con círculos de encaje. Echó un vistazo a las revistas que se ofrecían (*Psychology Today*, *Highlights*) y al libro de fotografías del Pittsfield histórico. Cogió el libro y lo hojeó: postales coloreadas a mano de las plantas de Stanley Electric, avenidas flanqueadas de elegantes casas victorianas trasplantadas a Nueva Inglaterra, algunas de las cuales seguramente había visto por el camino, familias en un día de asueto al aire libre, y béisbol, mucho béisbol. Al parecer, en Pittsfield siempre había habido mucha afición al béisbol. Grace tomó nota mentalmente para decírselo a Henry.

—Gracie.

Era la voz de Vita, no cabía duda de que era su voz. Un poco entrecortada, como si siempre le faltara aire. Grace se volvió hacia la voz con una sonrisa.

—Hola.

Y se levantó. Las dos mujeres se quedaron mirándose.

Vita siempre había sido más alta, y Grace siempre había sido más delgada. Y así seguían, pero su amiga había cambiado radicalmente en casi todo lo demás. Antes llevaba el pelo castaño peinado como un paje —su madre pensaba que esa melenita favorecía a todo el mundo— y ahora lo llevaba muy largo, suelto y gris. En realidad parecía que no se lo peinara en absoluto; dejaba que se rizara y se ondulara a su aire. Esta visión del pelo de Vita cayéndole por la espalda y sobre el pecho era tan inesperada para Grace que se quedó unos momentos sin habla. Iba con pantalones vaqueros y botas altas, una camisa negra de manga larga y un pañuelo de Hermès —nada menos— anudado al cuello. Grace no podía dejar de mirarla.

—Oh, me lo he puesto en tu honor —dijo Vita—. ¿Lo reconoces?

Grace asintió sin palabras.

—Lo fuimos a comprar juntas, ¿no?

—Así es —respondió Vita sonriendo—. Fue en el cincuenta cumpleaños de mi madre. Dudábamos entre este y uno de una batalla naval, y me hiciste elegir este. Y tenías razón, claro.

Se volvió hacia una mujer en el mostrador de recepción que seguía la conversación atentamente.

—Laura, es mi amiga Grace. Crecimos juntas.

—Hola —saludó Laura.

—Elegimos este pañuelo para regalárselo a mi madre por su cumpleaños —comentó Vita—. A mi madre le encantó. Nunca me equivocaba si seguía el consejo de Grace.

A lo mejor en cuestión de ropa, no, pensó Grace.

—¿Quieres acompañarme?

Vita se dirigió hacia la parte trasera del edificio. Grace la seguía. Subieron por unas escaleras estrechas a lo que en otro tiempo habría sido un dormitorio.

Vita mantuvo la puerta abierta para dejarla pasar.

—Tengo que advertírtelo, porque quiero que estés preparada. Voy a darte un abrazo, ¿vale?

Grace se rió, que era mucho mejor que llorar.

—Está bien —respondió emocionada.

Se abrazaron. Y Grace estuvo a punto de echarse a llorar. Fue un abrazo largo y sincero, sin ninguna vacilación, salvo un poco al principio por parte de Grace.

El despacho no era muy grande. Tenía una ventana que daba a uno de los edificios de ladrillo y al aparcamiento. Había un árbol en lo que en otro tiempo debió de ser el jardín que tapaba un poco la escena. Grace podía imaginarse a una niña viviendo aquí, con fotos de estrellas de cine clavadas con chinchetas en las paredes y cortinas con cenefas en zigzag. En uno de los estantes detrás de la silla de Vita, entre los libros de texto, los periódicos y los cuadernos había fotos de niños enmarcadas.

—¿Quieres una taza de té? —preguntó Vita.

Salió un momento y volvió con unas tazas.

—Veo que sigues bebiendo Constant Comment —dijo Grace.

—Es una constante en mi vida. Estuve flirteando un tiempo con el té verde, pero volví a mi marca de siempre. Hace unos años se rumoreó que iban a dejar de vender este té. En Internet compré todo el que pude. Incluso escribí a la compañía Bigelow, y me aseguraron que no era verdad que iban a dejar de vender este té, pero por si acaso compré unas cien cajas.

—No puedes fiarte de estas compañías de té —comentó Grace, inhalando el aroma.

El olor a té la había transportado en un momento al apartamento que habían compartido en Cambridge.

—Desde luego que no. ¿Qué clase de empresa puede ganar dinero con un producto llamado Sleepytime? No cabe duda de que ahí hay algo raro. ¿Te acuerdas de cuando dejaron de producir el perfume favorito de tu madre? Tu padre quería contratar a alguien que lo reprodujera. Nunca se me ha olvidado. Ahora puedes entrar en eBay y aprovisionarte, pero entonces... no recuerdo cuándo era, ¿en los años ochenta? Entonces, si dejaban de producir una cosa, tenías que ocuparte personalmente del asunto. Era un asunto delicado, ¿no te parece?

Grace asintió con la cabeza. Tan delicado como comprar una alhaja cada vez que tenías una aventura con otra mujer. En cierto modo, también eso inspiraba ternura. Hacía tiempo que no recordaba el perfume de su madre. Durante meses fueron llegando a su casa botellitas de prueba del laboratorio: Marjorie I, Marjorie II, Marjorie III... Cuando su madre murió, Grace olió una botellita tras otra antes de tirarlas por el sumidero. Todos los aromas eran terribles. Pero muy tiernos, eso sí.

—Me enteré de lo de tu padre —dijo Grace—. Lo siento mucho. Tendría que haberte llamado.

—No, no. Estás excusada, las dos estamos excusadas. La verdad es que lo echo en falta más de lo que imaginaba. Al final estábamos muy unidos. Ya sé —continuó, sonriendo—, a mí también me sorprende. Bueno, mi madre estaba más sorprendida. No paraba de preguntar: «¿De qué hablabais en esa habitación?»

—¿Qué habitación? —preguntó Grace.

—Los últimos seis meses apenas se levantaba de la cama. Venía una enfermera a casa. Charlábamos. ¿Sabías que mis padres se habían trasladado aquí? Bueno, a Amherst. Mi madre vive todavía en Amherst. Está muy bien.

—Oh, dale recuerdos de mi parte, por favor.

—Lleva una vida muy interesante. Está con un grupo de percusión. Se ha hecho budista Zen.

Grace rió.

—Entonces Amherst le gustará mucho.

—Vendieron su apartamento por una fortuna increíble. En el mejor momento para vender. Fue idea de mi madre. Dijo: «Jerry, mira estos precios. Vamos a vender ahora mismo». ¡Aquel apartamento pequeño que no era nada especial!

—Pero estaba en la Quinta Avenida —le recordó Grace.

—Sí, pero no era nada especial. Y no daba a la Quinta Avenida.

—¡Pero con vistas sobre el parque!

—Es cierto —reconoció Vita—. ¿Sabes? Hace tiempo que no hablo de los precios inmobiliarios de Manhattan. Aquí no les interesa mucho. Lo echo de menos.

Grace también lo echaba un poco de menos. Últimamente se había planteado la posibilidad de vender su piso y no volver nunca a Manhattan. Pero cada vez que pensaba en el tema le resultaba muy doloroso.

—¿Cuánto hace que vives aquí? —le preguntó a Vita.

—¿En Pittsfield? Desde el 2000, pero antes estaba en Northampton. Llevaba una clínica de trastornos alimentarios en el hospital Cooley Dickinson. Luego me enteré de que necesitaban a alguien aquí en Porter para llevar el programa, lo que representaba un gran desafío para mí. Ya te imaginarás que aquí hay mucho menos apoyo institucional para los servicios de salud mental que en Northampton. Pioneer Valley es como el paraíso de la salud mental. De todas formas, esto me encanta. Tuve que convencer al resto de la familia, pero todo ha ido muy bien.

Esta frase le causó un impacto a Grace. Le parecía increíble (aunque era evidente) que Vita tuviera una familia de la que ella no sabía nada. ¡Grace también tenía su propia familia! O por lo menos la tuvo hasta hacía poco.

—Quiero que me hables de tu familia.

—Oh, ya los conocerás, claro. Una de las razones por las que quería verte era para poder invitarte a casa a cenar mientras estés aquí.

—Creo que me quedaré bastante tiempo.

—Estupendo. Tu padre no supo decirme cuánto tiempo te quedarías.

Grace no pudo evitar ver en el gesto de asentimiento de su amiga una intención vagamente terapéutica. Habían llegado al nudo del asunto. Una de las partes en una amistad rota hacía un tiempo acababa de atravesar una crisis vital de tremendas proporciones, y ahora la otra parte de la amistad (que se suponía que no había experimentado una crisis tan importante) estaba en posición de decirle: «Ya te lo dije», o «Esto te pasa por no hacerme caso», o algo parecido. Vita era demasiado educada y tenía demasiada confianza en sí misma para decirle esto, pero seguro que lo pensaba. ¿Acaso no lo pensaría ella?

Grace se hizo la pregunta y pensó: *Seguramente no*. Tomó aire.

—Bueno, hay muchas cosas que no sé todavía. Tengo que pensarlo. Tengo un hijo que está conmigo. Es un chico estupendo.

—Eso tengo entendido —comentó Vita sonriendo—. Por lo menos su abuelo lo cree así.

—Va al colegio de la zona. ¿Sabías que la escuela de Housatonic Valley está en realidad adelantada con respecto a la clase de mates de Rearden? No sabía que me había convertido en una mujer tan esnob.

Vita se rió.

—A mí también me sorprende. Tuvimos que buscar una escuela privada para una de mis hijas, pero no porque pensáramos que la educación fuera mejor, sino por otros problemas. Queríamos que fuera a una escuela pequeña donde la vigilaran de cerca, ¿sabes? Pero estoy segura de que Rearden ha preparado a tu hijo...

—Henry —dijo Grace.

—Ha preparado perfectamente a tu hijo para ir a cualquier sitio. Recuerdo que fue lo que pensé cuando entré en Tufts. Pensé que me habían educado bien porque no tuve ninguna dificultad en ponerme a la altura de los demás. En los colegios como Rearden te dan las herramientas que necesitas. ¿Qué tal con los demás padres? —preguntó con sincera curiosidad.

Grace no pudo evitar una sonrisa.

—Es una sensación muy rara. ¿Te acuerdas de Sylvia Steinmetz?

Vita asintió.

—Es la única de nuestra época que tiene una hija de la edad de mi hijo. Era la única persona sensata del grupo de padres. Los demás... Oh, Dios mío, tienen tantísimo dinero. No te puedes imaginar lo creídos que son.

—Oh, sí que me lo imagino —suspiró Vita—. Todavía recibo el *New York Times*. Bueno, esa parte no la echo de menos. Pero confieso que cuando comprendí que mis hijos no irían a Rearden me dolió. Era tan maravilloso estar en un lugar tan idealista de pequeñas. Esas canciones sobre los hijos de los obreros, ¿te acuerdas?

Grace sonrió y cantó:

¡Aquí todos los obreros encontrarán
una clase donde afinar el pensamiento!

Sí que se acordaba. Entonces recordó que Jonathan también le había arrebatado esto. Había matado a otra madre de Rearden. Estaba claro que Henry no volvería a ese colegio, pero tampoco volvería Grace. Tal vez no parecía una gran pérdida, pero era una pérdida de todas formas.

Le preguntó a Vita por sus hijos. Tenía tres: Mona, que iba a una escuela privada en Great Barrington y se dedicaba en cuerpo y alma a la natación; Evan, que tenía catorce años y estaba obsesionado con la robótica, y Louise, tan mimosa y adorable que en la familia la llamaban «el patito», y que sólo ahora, a los seis años, empezaba a mostrar algún interés por el mundo exterior, sobre todo por los caballos. Vita estaba casada con un abogado especializado en litigios medioambientales, de los que había muchos en Pittsfield, incluso después de la Ley de Responsabilidad Medioambiental.

—Ya los conocerás —dijo Vita—. Te hartarás de nosotros.

—¿No estás enfadada conmigo? —preguntó Grace, rompiendo el silencio.

Era un momento incómodo de silencio, pero no más incómodo que los anteriores.

—Quiero decir —explicó Grace—, y perdona si digo una tontería, pero ¿ya no estamos enfadadas? Porque yo por lo menos estaba enfadada.

Vita suspiró. Estaba sentada al otro lado de la mesa, un escritorio pesado y feo donde se apilaban montones de carpetas de distintos colores.

—No sé qué decirte —respondió—. Ya no estoy enfadada. Si acaso, estoy enfadada conmigo misma. De hecho estoy enfadada conmigo misma. Creo que me rendí demasiado pronto. Le permití que me echara a patadas. Creo que te abandoné.

—Que te… —dijo Grace, sin entender—. ¿A qué te refieres?

—Permití que tu marido, de quien desconfié profundamente desde el primer momento, me separara de mi queridísima amiga. No opuse la suficiente resistencia, ni tampoco te expliqué, que yo recuerde, lo que sospechaba de él. Y esto no me lo he podido perdonar nunca. Me gustaría pedirte perdón por ello, ¿de acuerdo?

Grace la miraba fijamente.

—No espero que me perdones así como así, no te preocupes. Es algo que me ha tenido muy preocupada. Gracias a Dios, vivo en la zona oeste de Massachusetts, donde hay un terapeuta detrás de cada árbol. No te creerás cuántas veces me han aconsejado que te explicara esto mismo. Pero no lo hice, obviamente. Bueno, dicen que los terapeutas somos los peores pacientes.

Vita soltó una breve carcajada y siguió hablando.

—No era que no me cayera bien. Aquel tipo con el que estuviste saliendo en tu primer año de universidad era un idiota. Y no tuve problemas en decírtelo.

—Así es —confirmó Grace con un suspiro.

—Pero no podía entender qué te atraía de Jonathan. Estaba claro que tenía carisma. Era simpático, muy inteligente. Pero cuando me miraba, incluso aquella primera noche, ¿recuerdas que bajé al sótano a buscarte y estabais en el pasillo? Me miró como diciendo: *Ni se te ocurra acercarte. Esta mujer es mía.*

Grace estaba sin habla. Sólo pudo asentir con la cabeza.

—Desde el principio comprendí que sería un tema delicado. Éramos adversarios. Al principio intenté que no me afectara. Intenté que me cayera bien, o por lo menos mostrarme neutral con él. Pero no sirvió de nada. Luego esperé a ver si empezabas a sentir lo mismo que yo, si lo descubrías por tu cuenta. A continuación me preocupé; quería saber todo lo que hacíais. Intenté hablar contigo.

—No lo intentaste —opuso Grace.

Pero nada más decirlo recordó una noche de primavera, cuando se habían ido de copas, porque era el cumpleaños de Vita. Nunca lo habían hecho, y parecía necesario hacerlo por lo menos una vez mientras estabas en Cambridge. Aquella noche… no recordaba gran cosa. Era difícil recordar los detalles, salvo una combinación de ginebra, ron y vodka.

—Sí que lo intenté —reiteró Vita sin alterarse—. No digo que fuera un buen intento, pero lo intenté. Tal vez no es el tipo de intento que uno puede hacer en un estado de ebriedad, pero sin la bebida no hubiera sido capaz. Te pedí que me dijeras qué cosas te gustaban de él, te pedí que me dijeras cómo sabías que esas cosas eran verdad. Y tú me dijiste más o menos que lo sabías porque sí. Te pregunté por qué creías que estaba tan alejado de su familia, por qué no parecía tener amigos. Te pregunté si no te preocupaba lo rápidamente que se había convertido en la persona más importante de tu vida. Te pregunté si la razón por la que te parecía tan perfecto para ti era porque le habías explicado qué necesitabas, y él te daba exactamente todo lo que querías… Y recuerdo…

—Espera —dijo Grace—. ¿Qué hay de malo en eso? ¿Crees que es malo encontrar a alguien que te dé lo que buscas? ¿No era eso lo que todas queríamos?

—Sí —respondió Vita, mirando la taza vacía—. Eso es justamente lo que me dijiste entonces. Me dijiste esto mismo. Pero en ese caso no era tan simple. No había en él nada simple. O tal vez me lo pareció después. Yo seguía preguntándome: *¿Por qué no me gusta? A Grace le gusta. Y ella es más lista que yo.*

—Vita, eso no es cierto —opuso Grace, como si ahora importara el tema.

—Bueno, yo te consideraba más lista que yo. Por lo menos entonces me sentí muy tonta. Para empezar, no lograba entender qué me pasaba. Jonathan parecía un buen partido. Estaba en la Facultad de Medicina de Harvard, por el amor de Dios. Iba a ser pediatra. No bebía ni fumaba, como nosotras. ¿Te acuerdas?

—Ya lo creo.

—Y estaba loco por ti. Desde el primer momento. Totalmente pendiente de ti. De modo que empecé a preguntarme: *¿Estaré celosa? ¿Tengo celos de él?* Entonces yo salía con un chico, ¿te acuerdas? También estaba allí esa noche.

—Joe —reconoció Grace—. Claro que me acuerdo de él.

—De modo que no eran celos. Me sentí como esa chica de *La calumnia*. Empecé a pensar si a lo mejor albergaba sentimientos sexuales hacia ti. Pero tampoco era eso.

—Oh, Vita —replicó Grace, sin poder evitar una sonrisa.

—Ya. Es que… me enloquecía no entender lo que me pasaba. Incluso fui al centro de ayuda psicológica de Tufts. Se limitaron a decirme: «Es normal. Resulta doloroso ver que tu amiga tiene menos tiempo para ti». Pero yo sabía que no era eso. Era Jonathan. Me alteraba de una forma negativa, y no sabía exactamente por qué. Entonces no lo sabía —añadió sombríamente—. Creo que hoy podría decirlo.

Ahora era Grace la que estaba alterada. *Estamos a punto de descubrirlo*, pensó. Estaban a las puertas, pero seguían cerradas, y al mismo tiempo entreabiertas, y tras estas puertas estaba el mundo que había mantenido tanto tiempo alejado de ella. No estaba preparada para descubrirlo. No quería. Pensó rápidamente cómo podría evitarlo. No estaba preparada para seguir por este camino.

—Bueno —comentó en tono despreocupado—, las cosas siempre son diferentes vistas en retrospectiva. Lecciones de la vida.

—Mira —dijo Vita—, estoy segura de que esto te ha pasado también a ti con tus pacientes. A veces me encuentro con pacientes que están inmersos en el «Gran Error» que piensan que han cometido. Así es como lo llamo: el «Gran Error». Normalmente es la primera vez que beben, o que se drogan. A veces es una relación, o seguir el mal consejo de alguien. Y pase lo que pase después, siempre vuelven a aquel momento o a aquella mala decisión, y están convencidos de que todo estaría bien si hubieran actuado de otra manera. Y cuando los oigo decirlo, yo siempre pienso: *Así es como sucede en las novelas o en las películas, pero en la vida real es otra cosa.* En la vida no se nos suele presentar esta bifurcación tan clara de caminos, ¿sabes? Y muchas veces da igual lo que hicieras en esa bifurcación, porque seguirías estando en el mismo sitio. No digo que no fuera un error, sino que es más complicado de lo que parece. No tienes que enfadarte contigo misma por una decisión que te dio algunas cosas preciosas. Como tu hijo, por ejemplo.

Pero Grace no mordió el anzuelo. Sí, Henry era estupendo. No, no lamentaba ninguna de las decisiones tomadas, aunque hubieran provocado un cataclismo, porque también le dieron a Henry. Pero estaba pensando en lo que Vita acababa de decir, porque se parecía mucho a su propio punto de vista como psicóloga. Ella normalmente veía la vida humana como una serie de decisiones importantes, algunas de las cuales te concederían una segunda oportunidad, pero no así la mayoría. Muchos pacientes acudían a ella sabiendo ya que habían cometido su Gran Error, sabiendo perfectamente que se habían equivocado. A veces ya estaban lejos, a veces el paciente ya había recorrido un buen trecho de su camino equivocado cuando llegaba a la conclusión de que había cometido su Gran Error, pero en general, el trabajo de Grace como terapeuta consistía en volver al momento en que percibían su error. Para ella era muy importante señalarles ese momento en que elegían el camino equivocado. Porque sólo así, reconociéndolo, podían seguir adelante.

¿Se trataba de culpa? Bueno, hablar de *culpa* era un poco fuerte. Podía resultar contraproducente. Pero ¿creía ella que una decisión se enlazaba con otra y con la siguiente, y que así se iba escribiendo el guión de una existencia?

Sí, por supuesto que lo creía.

Por eso había deseado tantas veces poder decirles a sus pacientes, o mejor dicho *antes* de que se convirtieran en sus pacientes: *No cometáis el Gran Error.*

Como hice yo, pensó Grace.

—A lo mejor necesito un psicólogo —aventuró en voz alta, como si su amiga hubiera seguido el hilo de sus pensamientos.

—Es posible —concedió Vita—. Si quieres, conozco algunos muy buenos por aquí.

—Nunca he ido a terapia —confesó Grace—. En la facultad nos hicieron ir, por supuesto. Pero, aparte de eso, nunca he ido.

Se quedó un instante pensativa.

—¿Te parece raro?

—¿Raro? —Vita apretó los labios—. No más raro que un dentista que no se pasa el hilo dental. Sólo me sorprende un poco.

—Deduzco que tú sí que has ido.

—Oh, sí. Un montón de veces. Algunos son mejores que otros, pero siempre me ha sido de alguna ayuda. Si Peter y yo no hubiéramos ido a terapia en un momento dado, Louise no habría nacido. Doy las gracias por ello.

Miró directamente a Grace.

—¿Gracie?

Grace le devolvió la mirada. Vita la había llamado Gracie, era la única que la llamaba así. Cuando desapareció de su vida, nadie la volvió a llamar así, y eso le produjo tristeza. La madre de Grace le contó a Vita que a su propia madre la llamaban así.

—Yo cometí un Gran Error —reconoció Grace con tristeza—. No podía aconsejar a nadie qué hacer con su vida. No entiendo cómo me atrevía a hacerlo.

—Oh, eso es una tontería —comentó Vita—. La gente necesita que su psicólogo les dé ternura, y tal vez necesitan aprender a quererse más a sí mismos, pero también necesitan claridad. Y eso lo haces muy bien. Eres una estupenda psicóloga.

Grace levantó la mirada.

—Eso no lo sabes. Cuando estábamos en el año de especialización ya no nos hablábamos. ¿Cómo sabes si era una buena psicóloga?

Vita hizo girar su pesada silla giratoria y posó la mano sobre un objeto que había sobre la mesa. Un objeto que le resultaba familiar a Grace, pero tan inesperado que no entendió cómo era posible que estuviera aquí ni cómo no lo había visto hasta ahora.

—Este trabajo es muy bueno —opinó su amiga, empujando hacia ella las galeradas del libro.

Válgame Dios, pensó Grace. Casi lo expresó en voz alta. Las galeradas habían pasado por varias manos. No cabía duda de que las habían leído, y seguramente más de una vez. Era la primera vez que veía una galerada de su propio libro que ya hubiera sido leída, con algunas esquinas de las páginas dobladas. Cuántas veces se había imaginado, como les pasaría a otros autores, que veía a una persona en el metro, por ejemplo, leyendo su libro. Se había imaginado a sus colegas leyendo su libro, deseando que algunas cosas se les hubieran ocurrido a ellos. Se había imaginado a sus profesores leyendo su libro, aprendiendo algo de ella, que había sido su alumna. A Mama Rose, sobre todo. Se la imaginaba en su cenador, sentada en uno de los kilim que alfombraban el suelo, con las galeradas abiertas sobre el regazo, asintiendo con la cabeza y convenciéndose de que Grace, que había sido su pupila, ¡era ahora su igual, casi su maestra! Pero esto no había ocurrido, y ya no ocurriría.

—No lo entiendo. ¿Cómo es que tienes esto? —le preguntó a Vita.

—Hago reseñas para el *Daily Hampshire Gazette* cuando tienen libros de psicología. Pero para ser sincera, este lo pedí. Tenía curiosidad. Y me ha encantado, Grace. Si me preguntas si estoy de acuerdo con todo lo que dices, te diré que no. Claro que no, como tampoco tú estarías de acuerdo con todo lo que yo diría si escribiera un libro. Pero se nota que te preocupas por tus pacientes, y comprendes cómo nos engañamos a nosotros mismos. Esto es muy valioso.

Grace negó con la cabeza.

—No. Lo único que hago es decirle a la gente que se ha equivocado. Lo único que hago es ser una cabrona.

Vita echó la cabeza hacia atrás y soltó una carcajada. Su cabellera larga y plateada se agitó sobre la camisa negra como una cascada. Se rió largamente, más de lo que merecía la frase.

—¿Te parece gracioso? —preguntó Grace.

—Sí, muy gracioso. Estaba pensando que a las mujeres como nosotras nos parece más insultante que nos digan que somos buenas a que nos llamen cabronas.

—¿Mujeres como nosotras?

—Duras, judías, cabronas, feministas. Mujeres neoyorquinas. Como nosotras, sí.

—Ah, bueno… —concedió Grace sonriendo—. Dicho así…

—Y lo cierto es que el mundo está lleno de terapeutas que se sientan a escucharte, te dicen algo para aumentar tu autoestima y te mandan para casa sin ayudarte en absoluto a entender cómo creaste las circunstancias que te llevaron al lugar donde te encuentras.

Grace asintió. Estaba totalmente de acuerdo.

—Es como si dijeran: «Veamos a quién podemos culpar. Le echamos las culpas de todo y ya está». ¿Necesitamos psicólogos así? No, para nada. ¿Le sirven a alguien de ayuda? Bueno, a veces. Hay ocasiones en que cualquier cosa puede ayudar a un paciente. Pero yo, que trato con pacientes que tienen que enfrentarse a adicciones terribles, te puedo decir que darles solamente simpatía es como darles un espagueti y decirles que con esto pueden enfrentarse al dragón.

Se reclinó en la butaca y apoyó las piernas en la pared, donde ya se veía una marca oscura.

—Si te soy sincera, creo que mostrar simpatía es la parte fácil. La mayoría de la gente es simpática por naturaleza, de modo que no les cuesta mostrarse amables. Pero se necesita algo más para ayudar a los pacientes. Y tal vez tu trabajo, Gracie, lo digo en serio, se encuentra al otro lado del espectro. Fantástico. Tal vez en tu caso necesites cultivar un poco más de empatía con los pacientes. Y eso lo puedes hacer. Pero tienes mucho que ofrecer. Cuando estés preparada, quiero decir.

—¿A qué te refieres? —preguntó Grace, desconcertada.

—Cuando estés preparada para volver a trabajar. Si quieres, yo te puedo ayudar. Puedo presentarte a gente. Colaboro con una clínica en Great Barrington, por ejemplo.

Grace no acababa de entender a qué se refería su amiga. Intentó procesarlo, sin éxito y se dio por vencida.

—¿Qué quieres decir?

Vita se incorporó en la butaca.

—Digo que me gustaría ayudarte. ¿Te parece bien?

—¿Ayudarme a integrarme en una clínica? —preguntó Grace con asombro.

Era la primera vez que se daba cuenta de que había dicho adiós a la idea de seguir trabajando como psicóloga. Había dejado su trabajo en una placa de hielo flotante y lo había perdido de vista, sin decirle ni siquiera adiós.

Esto significaba que estaba en un lugar perdido del Ártico, a punto de empezar ese declive que tanto había fascinado a Jonathan. En el relato de Jack London sobre el hombre, el perro y la hoguera que se apagaba, el hombre apenas lucha un instante. Enseguida se resigna a su suerte y permite que el frío lo entumezca y acabe con su vida, mientras que el perro sigue adelante sin dudarlo, en busca de otro hombre y otra hoguera. El perro no se queda angustiándose por lo que le pasa. Está programado para vivir. Grace supuso que así era Jonathan. Si una situación no funcionaba, simplemente seguía adelante a través de la nieve hasta encontrar algo mejor.

Miró a Vita. Ya no recordaba cuál era la pregunta, ni si Vita le había respondido.

—No sé, Todavía no sé lo que haré.

Su amiga sonrió.

—No intento presionarte. La oferta sigue en pie. Me entristecía… pensar que tal vez necesitabas un hombre en el que apoyarte y no te dabas cuenta de que tenías a una amiga cerca. Tiene que haber sido muy duro pasar por lo que has pasado, Grace.

Hubo una pausa, y luego añadió, un poco incómoda:

—Creo que te lo he dicho. Todavía estoy suscrita al *New York Times*.

Grace la miró a los ojos, intentando ver en ellos una expresión de desaprobación o incluso un secreto placer por su desgracia.

Pero en el rostro de Vita solamente leyó esa fragilidad humana que denominamos ternura. No supo qué decir.

¿Qué tal si le daba las gracias?

—Gracias —dijo Grace.

—No, no me des las gracias. Me siento jodidamente afortunada de estar en la misma habitación que tú; haría cualquier cosa para que te quedaras. Metafóricamente hablando, por supuesto. Seguramente tienes que ir a alguna parte.

Grace asintió. Sí que tenía que ir a alguna parte. Tenía que ir a buscar a Henry al colegio Housatonic Valley y llevarlo a comer una pizza a Lakeville. Se puso de pie y se sintió tremendamente torpe.

—Bueno, esto ha sido muy agradable.

—Oh, cállate —se burló Vita, yendo a su encuentro—. ¿Tengo que avisarte esta vez? ¿O ya puedo simplemente darte un abrazo?

—No —respondió Grace, aguantándose la risa—. Todavía necesito que me avises.

20

Un par de dedos que faltan

Por razones en las que Grace prefirió no indagar, Robertson Sharp III le comunicó que era preferible que no se vieran en su despacho. Llegó con retraso a la cita y casi antes de sentarse a la mesa ya le había informado de cuál era su conflicto.

—Quiero que sepas —gruñó— que la junta directiva no quiere que hable contigo.

Como si esto fuera todo lo que podía decirle, cogió la carta y empezó a estudiarla.

La carta era amplia. Robertson Sharp había elegido para su encuentro el Silver Star en la calle Sesenta y cinco con la Segunda Avenida, una cafetería tan antigua que Grace recordaba haber quedado allí años atrás para romper con un chico con el que salía. Había una larga barra en la que podías tomar un combinado de los antiguos, como un *gimlet* o un whisky con soda en vaso largo. Junto a la puerta había una vitrina giratoria con pasteles, *éclairs* y milhojas.

Grace guardó silencio; no le parecía necesario contestar, y tampoco tenía ganas de mostrarse hostil si no era estrictamente necesario. Robertson Sharp le estaba haciendo un favor, incluso aunque la junta directiva no hubiera tenido nada que objetar. Suponía que debía agradecerle que accediera a quedar con ella, la esposa de un ex empleado al que habían despedido. Pero eso no le impedía tener deseos de darle una patada en la espinilla.

Sharp era un hombre alto y de piernas largas. Iba muy elegante, con una corbata de pajarita, una camisa de rayas marrones y blancas y una chaqueta blanca muy bien planchada. Llevaba su nombre

—su auténtico nombre, y no el que Jonathan le había dado— bordado en el bolsillo superior, donde asomaban dos bolígrafos y un teléfono móvil. En un tono amable, como si su anterior comentario perteneciera a otro momento, le preguntó a Grace:

—¿Qué vas a tomar?

—Un bocadillo de atún. ¿Y tú?

—Lo mismo que tú.

Cerró de golpe la pesada carta metalizada y la dejó sobre la mesa.

Se quedaron los dos mirándose.

Robertson Sharp, al que durante años Grace había conocido como «el Zurullo», jefe de Jonathan durante los cuatro primeros años en el Memorial y más tarde jefe de pediatría, parecía haber olvidado momentáneamente por qué estaban allí. Al cabo de un rato pareció recordarlo.

—Me pidieron que no me reuniera contigo.

—Sí. Ya me lo has dicho.

—Pero pensé que si te habías tomado la molestia de llamarme personalmente, te merecías por lo menos una explicación. Esto tiene que haber sido una experiencia terrible para ti. Y para... —indagó en su memoria, al parecer sin resultado—. Para tu familia.

—Gracias. Ha sido duro, pero ya estamos bien.

Esto era bastante cierto, por lo menos en lo que se refería a su «familia». Curiosamente, Henry estaba encantado con su colegio y había hecho un grupito de amigos que eran aficionados al *anime* japonés y a la obra de Tim Burton. Además, se había puesto en contacto con la liga local de béisbol y esperaba tener la ocasión de jugar con los Lakeville Lions. Incluso parecía haberse acostumbrado al frío, aunque esta misma mañana cuando iban camino a la ciudad le pidió a su madre que le trajera prendas de abrigo de casa. Grace tardó más tiempo del esperado en llegar a Manhattan y tuvo que dejar a Henry en casa de Eva y de su padre e ir directamente al restaurante.

Se acercó a su mesa un camarero griego que probablemente no hubiera podido ser más antipático de lo que era. Grace le pidió un té además del bocadillo. Se lo sirvieron envuelto en papel sobre el platillo de la taza de té.

En estos pocos minutos, Grace había decidido que el doctor Sharp podía ser un poco autista. No cabía duda de que era inteligente, pero padecía ciertos problemas de relación. No la miraba a la cara, salvo que fuera estrictamente necesario, y siempre para enfatizar algo que él afirmaba, nunca para entender mejor lo que ella decía. Aunque en realidad Grace no decía gran cosa. No era necesario. A Sharp, tal como Jonathan comentara tantas veces, le gustaba escucharse, se embelesaba con el sonido de su propia voz. Con cierta falta de delicadeza empezó a analizar lo que él llamaba «el problema de Jonathan Sachs». Y Grace se esforzó por escucharle con atención. Ponía su interés en escucharle para no saltarle al cuello en defensa de Jonathan.

Ya no hay ningún Jonathan al que puedas defender, pensó. Pero eso no le ayudó a sentirse mejor.

—Yo no quería contratarle. No te imaginas el nivel de la gente que quiere trabajar aquí.

—Por supuesto —replicó Grace.

—Yo quería que mi opinión prevaleciera sobre la del jefe de residentes, que lo quería contratar. El tipo estaba fascinado.

Grace frunció el ceño.

—Vale.

—Y lo entiendo, en serio. Cuando conocías a Sachs, te decías: *Vaya, este tío sí que tiene personalidad*. Y te diré una cosa, no puedes ser médico sin tener el mayor respeto por el efecto placebo. La personalidad puede ser un placebo. Cuando yo era residente en Austin, tuve un jefe que era cirujano y estaba especializado en una operación muy difícil, un tipo de tumor que se aloja en la aorta. ¿Sabes un poco de anatomía?

Sharp miró a Grace a la cara. Era casi la primera vez que la miraba abiertamente desde que se sentó con ella a la mesa. No cabía duda de que la pregunta lo merecía.

—Sí, claro.

—Pues la gente venía a Austin, Texas, desde todas partes del mundo para que los operara ese cirujano. Hacían bien, porque es uno de los mejores del mundo en este tipo de operación. Y aquí viene lo interesante. A este tipo le faltan dos dedos de la mano izquierda. Fue un accidente de montaña. Se los aplastó una roca cuando estaba escalando.

—Vale.

Estaba intentando seguirle, intentaba vincular lo que le decía con lo que se suponía que tenían que hablar. Y también se preguntaba si ahora podía pararlo. En realidad no le interesaba ese cirujano de Austin, Texas.

—Bueno, ¿cuántas personas crees que miraron la mano del cirujano y pensaron: *Creo que prefiero que si alguien me opera para quitarme un tumor del corazón tenga todos los dedos* y fueron en busca de otro cirujano?

Grace esperó. Luego comprendió que Sharp esperaba que le respondiera.

—No lo sé. ¿Ninguna?

—Nadie. Ningún paciente, ningún familiar. Aquel tipo tenía personalidad. Tenía tanta personalidad que era como una droga. ¡Placebo! ¿Entiendes lo que te estoy contando? Yo nunca lo tuve.

No me digas, pensó Grace.

—No es que piense que en la ciencia no sean importantes los diagnósticos. Era lo que pensábamos hace una generación. Pero tu marido apareció en un momento especial. Los pacientes llevaban años intentando decirnos algo, y por primera vez les prestábamos atención. Es decir —prosiguió, riéndose para sí—, intentamos prestarles atención. Intentamos pensar en la atención que les damos a los pacientes, más allá de los cuidados médicos, no sé si entiendes lo que quiero decir.

¿Lo entendía?, se preguntó Grace. Pero Sharp no la miraba, de modo que no tenía que contestar.

—En la década de los ochenta y en la de los noventa nos mirábamos el ombligo y nos preguntábamos qué hacía falta para ser un buen doctor, para tener un buen hospital. Ya sabes, no deberíamos obligar a los pacientes y a sus familias a correr detrás del médico preguntándole qué tienen que hacer, o qué significa su enfermedad. En pediatría esto es elevado al máximo. No sólo se preocupan por sí mismos, sino por lo que pensará el niño cuando comprenda que pasa algo grave. Los padres nos lo han dicho muchas veces. Y estábamos tratando de enfocarlo de otra manera cuando apareció Jonathan Sachs de Harvard.

Lo dijo sin mirar a Grace, por supuesto. Miraba fijamente al camarero que se acercaba con dos platos idénticos y los depositó ante ellos. Ella le dio las gracias. Sharp no le quitaba la vista de encima.

—De modo que me dejé convencer por el jefe de residentes. Y, sorpresa, Sachs se convierte en el médico preferido de los pacientes. Lo adoran. Nos llegan cartas preciosas. «Fue el único médico del hospital que nos dedicó tiempo al niño y a nosotros», «Los demás ni siquiera sabían nuestros nombres cuando nuestro hijo llevaba cuatro meses en el hospital». Un padre nos contó que, cuando fue el cumpleaños de su hijo, el doctor Sachs le regaló un muñeco de peluche. De modo que pienso, vale, me he equivocado. No hace falta que acierte en todo. Ser un buen médico es algo más que saber lo que tienes que hacer —comentó Sharp, mientras mordía con fruición su ramita de eneldo—. Cuando tu hijo está enfermo, resulta un consuelo que la persona que está al mando tenga personalidad. Conozco a médicos muy buenos que saben trazar un plan de tratamiento, pero que no se comunican bien con los padres ni con los hijos.

Lo manifestó con semblante preocupado. A Grace le maravilló que no pareciera advertir su propia insuficiencia. Eso en sí mismo era una estrategia de supervivencia, pensó.

—Si a los padres de un niño enfermo les das a elegir entre un médico que a lo mejor ni les mira a la cara y otro que se sienta con ellos y les dice: «Miren, señores Jones, estoy aquí para intentar que su hijo se cure», ¿a cuál de los dos piensas que elegirán? ¿Tienes hijos, verdad?

Ahora miraba a Grace. Y ahora era ella la que quería apartar la mirada.

—Tenemos un hijo, Henry.

—De acuerdo.

Sharp siguió hablando. Sostenía el bocadillo delante de la boca, un poco a la izquierda.

—Pues digamos que Henry está en el hospital. Digamos que tiene... un tumor. Un tumor cerebral, digamos.

Grace se sintió enferma sólo de pensarlo,

—¿Qué tipo de médico querrías? Querrás un doctor que sepa conectar, ¿verdad?

Querré uno que lo cure, tanto me da su personalidad, pensó Grace. Pero sólo de imaginar que Henry pudiera estar con un tumor cerebral en el Memorial ya se sentía enferma. Y le enfurecía que Sharp, el zurullo de Sharp, le hubiera hecho imaginarse esta situación.

—Bueno... —concedió, deseando cambiar de tema.

—Pero la verdad es que estás pensando en el funcionamiento del equipo del hospital, que es la suma de todos, cada uno con su propio talento puesto al servicio del paciente. Todo va mejor si tenemos tanto a un Sachs como a un Stu Rosenfeld o a un Ross Waycaster. Entraron a trabajar el mismo año. Stu era el supervisor de Jonathan.

—Ya me acuerdo —dijo ella.

Dio un bocado al bocadillo para probarlo. Tenía demasiada mayonesa, pero eso ya lo esperaba.

—Lo que insinúas es que Jonathan tenía un tipo de... deficiencia. Como el médico al que le faltaban dos dedos. Pero tenía tanta personalidad que a nadie le importaba. ¿Es eso lo que insinúas?

—Una deficiencia muy importante —puntualizó Sharp con irritación—. Mucho peor que la falta de dos dedos. No te estoy diciendo nada que no sepas. Este es *tu* campo profesional, ¿no?

No, pensó Grace. Pero asintió de todas formas.

—¿Y cómo lo descubriste?

—Oh...

Sharp se encogió de hombros, como si eso no tuviera importancia.

—Al final del segundo o el tercer año llegaron comentarios a mis oídos. No de los pacientes ni de los familiares. Como te dije, lo adoraban. Pero no soy el único que sospechaba de él. A las enfermeras no les gustaba. Un par de enfermeras se quejaron el primer día en que empezó su residencia, pero no eran quejas que pudieras tener muy en cuenta. No creo que lo archivara, en realidad. Lo único que hice fue mandarme un correo a mí mismo y confiar en que nunca tuviera que releerlo.

—¿Y cuál era...? —empezó Grace, y esperó a que Sharp la mirara antes de continuar—. ¿Cuál era la queja?

—Oh, nada muy importante. Que era arrogante y tal y cual. No es la primera vez que oigo a una enfermera quejarse de eso.

A Grace se le escapó una carcajada.

—No, supongo que no.

—Flirteaba con algunas mujeres. Esto no les gustaba. Bueno, supongo que a algunas no les gustaba, y a lo mejor a otras sí.

Ni siquiera al decir esto se dignó a mirar a Grace.

—Pero no era nada concreto, a mi entender, así que lo dejé pasar. Y tengo otras personas con mucha personalidad en mi servicio. Ya sabes, los tímidos y apocados no se dedican a la oncología, por lo menos en este hospital. Tenemos generaciones enteras de médicos en el hospital que no es que se crean los representantes de Dios, pero piensan que tienen derechos adquiridos. Es esta especialidad —aclaró, para convencer a Grace.

Ella no pudo evitar mostrarse un poco escéptica.

—Pero no creo que Jonathan se creyera Dios. ¿Es esto lo que intentas decirme?

—No, no... —opuso Sharp, sacudiendo la cabeza—. Bueno, puede que al principio lo pensara, pero estuve mucho tiempo fijándome en lo que hacía. Sobre todo porque no podía evitarlo..., era una persona que me llamaba la atención. Y empecé a darme cuenta de que no era que ese hombre *se comportara* de distinta manera con distintas personas, es que *era* otra persona según con quién estaba. Stu Rosenfeld nunca tuvo una queja de él. Estuvo años haciendo las sustituciones de tu marido.

—Se hacían las sustituciones mutuamente —le corrigió Grace.

—No. A Rosenfeld lo sustituían otros, diferentes personas. Sachs se libró de eso por alguna razón. Estuvo años sin hacer ninguna sustitución, pero nunca oí que Rosenfeld dijera nada. Tenía una debilidad por tu marido, como muchos otros. Ya te digo que yo también sentía fascinación por él. Casi llegó a caerme bien.

No era mutuo, pensó Grace. Cogió una patata frita del plato, la miró y la volvió a dejar.

—Pero lo que me convenció finalmente fue el artículo en la revista *New York* sobre los Mejores Médicos. ¿Sabes lo que declaró?

Claro que lo sabía. Había leído varias veces el artículo. Pero no recordaba nada raro.

—Declaró que era un privilegio poder acompañar a alguien que estaba pasando el peor momento de su vida, cuando lo único que quería era decirte que te largaras. Pero no podía hacerlo porque tú eras la persona que podía salvar la vida de su hijo. Afirmó que esto era un honor y le hacía ser humilde. Cuando lo leí pensé: *¡Ajá!* Ahí estaba. Salvo que él no se sentía humilde para nada, de eso estaba seguro. Cualquier cosa menos humilde.

Grace miró al médico a la cara.

—No sé lo que quieres decir.

—Quiero decir que se alimentaba de esta situación. Le gustaba estar en medio de emociones intensas. Le colocaba. Incluso aunque no pudiera ayudar al paciente, incluso aunque no pudiera *salvarlo*, ¿entiendes lo que te digo? Le gustaba la emoción que se desprendía. Creo que la emoción le fascinaba. Bueno, aunque eso ya lo sabes —añadió—. La psicóloga eres tú. Eso ya lo sabes.

Grace no lograba concentrarse. Hizo un esfuerzo por mirar a Robertson Sharp III a la cara. Miraba el espacio entre sus cejas, que era una especie de ceja continua. No era un rasgo bonito, pero era interesante.

—No entiendo por qué la gente piensa que no puede haber psicópatas en un hospital. ¿Por qué iban a ser lugares especiales? ¿Es que los médicos son santos? —preguntó Sharp riendo—. Yo no lo creo.

Ahora no la miraba. Al parecer lo que estaba diciendo no le parecía tan importante como lo que mencionó sobre la aorta. Y no era tan sensible como para darse cuenta de que Grace respiraba con dificultad. La palabra que Sharp había usado la hirió en lo más profundo. Y él volvió a pronunciarla.

—Un psicópata es una persona. Un médico es una persona. ¡Y ya está!

Le hizo una seña al camarero. Al parecer quería pedirle algo.

—Se supone que curamos a los demás, y que por este motivo somos personas muy compasivas. Pero esto es una suposición como cualquier otra. Es una tremenda tontería. ¡Cualquiera que pase tiempo en un hospital sabe que están repletos de los más grandes cabrones que hayas visto jamás!

Sharp se rió de su propio comentario. Al parecer hay cosas que nunca cambian.

—Puede que sean muy buenos para curar una enfermedad, pero seguirán siendo cabrones. Tuve en una ocasión un colega… no diré su nombre. Ya no está en el Memorial, y al parecer ya no ejerce la medicina, lo que seguramente es mejor. En una ocasión estábamos en una reunión con el director del voluntariado de pediatría, una reunión muy larga para hablar de los espacios de juego y del entretenimiento de los niños. Cuando acabamos, le comenté que había sido una reunión muy larga, ¿y sabes lo que me respondió? «Oh, me encantan los que hacen el bien, porque siempre me hacen sentir mejor.» Por primera vez desde que se habían sentado a comer, a Grace se le ocurrió que podía marcharse. Podía irse en cuanto quisiera.

—Yo creo que a Jonathan… le importaban sus pacientes —declaró, sin saber por qué lo decía.

—Bueno, puede que sí, puede que no. Puede que ni siquiera sepamos lo que «preocuparse por alguien» significa para Jonathan Sachs.

Sharp dio otro inmenso bocado a su bocadillo y empezó a masticar como un rumiante.

—Te diré una cosa. No le importaban sus colegas en ningún sentido. Los manejaba como si fueran fichas de ajedrez. Le gustaba el drama. Si se aburría, le contaba algún chismorreo a alguien sobre lo que otra persona había dicho, o sobre quién salía con quién. Quién sabe si lo que decía era verdad o no. No podía formar parte de ningún equipo con un objetivo común, sobre todo si había alguien que no le gustaba, y había mucha gente que no le gustaba. Ponía mucha energía en los familiares de los enfermos. Mucha. Y en algunas personas que trabajaban con él, si le hacían la vida más fácil. Pero no prestaba atención a ninguna persona si no la podía usar, aunque la viera cada día. Tenía que sacarle algún beneficio. De modo que había mucha gente a la que no prestaba atención, pero que se fijaban en él. Lo encontraban interesante, les gustaba ver cómo actuaba. La verdad es que requiere un gran esfuerzo llevar puesta la máscara que él llevaba.

Se quedó pensativo.

—Aunque supongo que la máscara no es el término científico.

No lo era, pero Grace había captado la idea.

—Esta gente que lo observaba vio muchas cosas, las partes más desagradables. Los comentarios que hacía, la manera que tenía de ignorarte. Si estaba en una reunión y no le apetecía, encontraba la forma de alterar la reunión, de modo que al final se alargaba más de la cuenta. Yo nunca entendí por qué lo hacía. Esos compañeros de trabajo, si él no los hubiera menospreciado tanto, no le habrían prestado tanta atención. Creo que en realidad era eso lo que él buscaba.

Sharp clavó el tenedor en el contenedor de cartón, ahora húmedo, de la ensalada de col. La porción de ensalada que se llevó a la boca goteaba.

—La primera persona que vino a quejarse fue una ayudante de radiología. Le pedí a Sachs que se reuniera conmigo. Estuvo de buen humor toda la reunión. Me dijo que tenía problemas en casa, pero que no quería que se enteraran en el hospital. Me confesó que él y esa mujer habían decidido romper.

Sharp dejó el tenedor. Tenía los diez dedos sobre la mesa y los movía como si estuviera tocando una melodía silenciosa, una pieza de piano bastante complicada.

—Pero luego volvió a pasar con una enfermera. Le dije: «Mira, de verdad que no pretendo meterme en tu vida. Esto no es asunto mío, pero no lo hagas en el hospital». Es normal que le dijera eso, ¿no? Y él siempre pedía disculpas y me daba alguna excusa, me aseguraba que no volvería a pasar. Un día tuve que llamarle la atención y aduje que lo estaban acosando. Quería que le aconsejara qué hacer. Estuvimos repasando el protocolo del hospital y debatiendo sobre si tenía que presentar una queja formal. Luego me dijo que yo era un gran ejemplo, y que si un día él llegaba a ser jefe esperaba ser tan buen líder como yo y todo eso... Tonterías, pero cuando me lo contó presté atención, intenté ver qué había detrás de sus palabras. A partir de ese día tuvo más cuidado, o por lo menos nadie vino a quejarse. Pero luego hubo una historia con la doctora Rena Chang. Y tuve que intervenir, porque su supervisor vino a quejarse. Luego la doctora se marchó y el tema quedó olvidado. Se fue a una ciudad del suroeste. Santa Fe, tal vez.

Sedona, pensó Grace con un escalofrío.

—Creo que ha tenido un bebé —comentó Robertson Sharp III.

—Perdona un momento —dijo Grace con educación.

Ni siquiera estaba segura de que era ella la que hablaba. Se puso de pie y atravesó tambaleante la habitación. Entró en el cuarto de baño y hundió la cabeza entre las rodillas.

Oh, Dios mío, pensó. *Oh, Dios, oh, Dios, oh, Dios*. ¿Por qué había querido saber? Notaba en la boca un horrible sabor a atún. Notaba la cabeza a punto de estallar.

Rena Chang. La del palo sucio. La de las «estrategias de curación paralelas». Jonathan se había reído de ella. Los dos se habían reído de ella. ¿Cuánto tiempo hacía de eso? Grace intentó concentrarse. ¿Antes de que naciera Henry? No, tuvo que ser después. ¿Ya estaba Henry en el colegio? Ni siquiera sabía por qué le parecía importante este detalle. No supo cuánto tiempo había estado en el lavabo.

Cuando volvió a la mesa, el camarero se había llevado los platos. Grace se sentó y dio un sorbo a su té, que ya estaba muy frío. Sharp tenía el móvil sobre la mesa. Tal vez había aprovechado la espera para resolver algún asunto.

—Robertson —dijo Grace—, sé que Jonathan tuvo que presentarse ante un tribunal disciplinario en 2013. Me gustaría saber algo sobre ello.

—Tuvo algunas vistas disciplinarias —gruñó Sharp.

Ya era un poco tarde para gruñir, pensó Grace.

—Una por aceptar dinero del padre de un paciente. Presuntamente —rectificó Sharp—. El padre no quiso hablar con el abogado del hospital. Tuvimos que dejarlo. Luego hubo el incidente con Waycaster, en la escalera.

Fue cuando Jonathan se cayó, en otras palabras. Se cayó por la escalera y se melló un diente. Tuvo que arreglarse el diente, y ahora tenía un color un poco distinto del diente de al lado. Grace suponía que era ese incidente. Ahora sabía que no se había caído porque sí.

—Waycaster.

—Ross Waycaster. Al principio era el supervisor de Jonathan. Yo creía que se llevaban bien. Nunca oí que tuvieran problemas entre ellos. Pero Waycaster le reprochó abiertamente la situación con la madre de Alves. Y se liaron a golpes. Cuatro o cinco personas vieron la pelea, y a Waycaster le tuvieron que dar unos puntos. Incluso así tuve que insistir para que presentara una demanda. Hubo un tribunal disciplinario. Y luego otro sobre la relación con la señora Alves.

Aquí Sharp se detuvo y miró a Grace como si por fin se diera cuenta de su presencia.

—Supongo que sabías que tenía esa relación.

—Lo sabía.

Le alucinaba que se lo preguntara. Después de que la mujer muriera apuñalada, después de la desaparición de su marido y del apodo (cortesía del *New York Post*) que había calado en la prensa sensacionalista, sería realmente preocupante que ella no se hubiera enterado. El apodo en cuestión era «El médico asesino». Grace se había enterado la semana pasada a través de una noticia de AP en el *Berkshire Record* (la vio justo al lado de un texto muy inocente sobre cómo reducir la factura de la calefacción). Era además la primera noticia que tenía de que ella —la doctora Grace Sachs— había sido eliminada de la lista de sospechosos del asesinato de Málaga Alves. Esto hubiera debido confortarla, pero enterarse de que la habían considerado sospechosa —aunque por poco tiempo— le impidió sentirse aliviada.

—La policía no me ha contado gran cosa —le dijo a Sharp.

El hombre se encogió de hombros. No sabía nada sobre lo que la policía había hecho o dejado de hacer.

—Quiero decir que si puedes contarme algo, estaré encantada de oírlo —insistió Grace.

Sharp apretó los labios. Lo que la mujer supiera o no, le importaba un bledo.

—El paciente era un niño de ocho años con el tumor de Wilms. El doctor Sachs era su médico. La madre venía al hospital a diario. Una de las enfermeras me llamó. Estaba preocupada.

Grace tuvo que empujarle para que siguiera.

—Estaba preocupada.

—No eran discretos. Ni siquiera intentaban disimular. Las enfermeras estaban muy inquietas, sobre todo porque Jonathan ya había recibido un aviso. De modo que tuve que llamarlo a mi despacho y le dije que parara o presentaría una queja contra él y volvería al tribunal disciplinario. Esto fue en otoño pasado. Otoño de 2012. En noviembre… creo. Me prometió que ya lo habían dejado. Me contó que estaba atravesando un mal momento. Que seguía una terapia y que estaba en fase de exoactuación de sus impulsos. *Exoactuación* —repitió Sharp con disgusto—. Me pregunto de dónde lo habrá sacado.

Pero Grace lo sabía perfectamente.

—El caso es que no cumplió con lo que me había prometido. Lo siguiente fue el incidente con Waycaster en la escalera. Y había testigos, como te he dicho.

—Sí, ya me lo has dicho.

—Y con resultado de heridas.

Grace asintió. No le parecía necesario repetir las cosas.

—De modo que fueron dos incidentes separados y dos vistas separadas. Pero la segunda fue la definitiva para el despido. Aunque quiero que sepas que incluso entonces le ofrecí una salida. Le dije: «Mira, podrías entrar en un programa de rehabilitación. Con internamiento en un centro. Dada la gravedad de la situación, de otra forma no te curarías». Pensé que podría convencer a la junta directiva de que aceptara una baja médica. Podríamos haber encontrado una forma de evitar el despido. Aunque no estoy seguro de que pudiera curarse —concluyó Sharp—. Dicen que su trastorno no se cura, ¿no? ¿No lo crees así?

Quería apelar a ella como profesional, pensó Grace.

—Hiciste lo que tenías que hacer —respondió ella. No estaba dispuesta a decir nada más.

—Como te digo, el problema no era su capacidad como médico. Era muy bueno en lo suyo. Tenía todo lo necesario para ser un buen médico, pero su situación en el hospital era insostenible.

El móvil de Grace empezó a vibrarle en el bolsillo de la chaqueta. Era su padre. O por lo menos era el teléfono de su casa.

—¿Hola? —saludó ella, aliviada por la interrupción.

—¿Mamá?

—Hola, cariño.

—¿Podemos ir al cine? A la película de las tres y media. La que me gusta la dan en la calle Setenta y dos con la Tercera Avenida.

—Oh, vale. ¿Irás con el abuelo?

—Con el abuelo y con Nana. ¿Te parece bien?

—Claro. ¿A qué hora saldréis?

La película acababa a las seis. Se quedarían a dormir en casa del padre de Grace. Era la primera vez que volvían a Nueva York desde aquel día de diciembre.

Cuando terminó la llamada, Sharp la estaba mirando. Había hecho falta que sonara el móvil para que se diera cuenta de su presencia.

—¿Tu hija?

—Mi hijo. Henry.

Que no tiene un tumor cerebral, estuvo a punto de añadir.

—Va a ir al cine con los abuelos.

—Jonathan no hablaba nunca de sus padres —dijo Sharp. Volvía a mirar hacia otro lado—. Hasta el año pasado no supe que creció en un pueblo cercano al mío, en Long Island. Era de Roslyn. Yo me crié en Old Westbury.

Lo mencionó como si fuera importante, aunque Grace no entendió por qué. Para alguien de Manhattan, Long Island es una entidad en sí misma. No había distintos grados de importancia.

—Ya sabrás que los candidatos a la lista de los Mejores Doctores normalmente los propone el hospital. Les piden a los de la oficina de prensa que sugieran unos cuantos nombres. Luego hacen encuestas, por supuesto, pero la primera lista la entrega la oficina de prensa. Esta vez no fue así. La primera vez que el hospital tuvo noticia fue cuando llegó un ejemplar de la revista. En la oficina de prensa estaban furiosos, como te puedes imaginar. Me preguntaron si sabía algo de esto. Claro que no sabía nada. ¿Por qué iba la revista *New York* a designar a Jonathan Sachs mejor médico? Quiero decir, normalmente el médico tiene a su haber algún éxito nacional o internacional, ¿no? Yo estaba tan sorprendido como cualquiera. Y entonces vino a mi despacho una asistenta, cerró la puerta y puso en mi conocimiento que había una explicación. Una persona de la revista es tía de una niña paciente de Jonathan Sachs. Me explicó que llevaba tiempo debatiéndose sobre si debía decir algo o no. Pero finalmente pensó que era mejor que alguien lo supiera. La relación iba más allá de lo permitido, me confió.

—Un momento —intervino Grace—. No entiendo…

—Se refería a la relación entre Sachs y los familiares de la paciente. En concreto con la tía. ¿Entiendes?

Grace miró su taza de café. Estaba mareada. No entendía por qué había solicitado esta reunión, por qué se había castigado de esta forma. ¿Qué sentido tenía? ¿Jonathan le había arrebatado a Robertson Sharp el Zurullo su sueño de convertirse en uno de los Mejores Doctores de la revista *New York*? ¿Tenía que pedir ella disculpas porque un subordinado de Robertson se había acostado con la directora de la revista?

Sacó la cartera del bolso y la puso sobre la mesa. No había nada más que decirse.

—No, no —protestó Sharp—. Esto corre de mi cuenta. —Miró a su alrededor, buscando al camarero—. Espero que te haya servido de algo —dijo muy serio.

Más tarde, ya en la acera frente al Silver Star, Grace le estrechó la mano.

—Voy a tener que testificar, por supuesto —anunció Sharp—. Si lo encuentran. No me quedará otro remedio.

—Claro.

—Lo que no sé es qué parte de la acusación interna contra él se convierte en una acusación judicial. Eso lo sabrán los abogados. Yo no entiendo nada, la verdad —comentó Sharp, con un encogimiento de hombros.

Eso no me importa, pensó Grace. Y le sorprendió comprender que era cierto.

Se separaron y se marcharon en direcciones opuestas. Sharp hacia el norte, donde estaba el hospital. Grace al principio no tenía ni idea de adónde iba. No iba a su apartamento, no se sentía capaz. Y no había ningún sitio en especial al que quisiera ir. Pero cuando se acercó al lugar donde tenía el coche aparcado, echó un vistazo al reloj. La película de Henry empezaba a las tres y media y acababa a las seis. Eso era mucho tiempo para un sábado con poco tráfico y un coche a su disposición. Era suficiente para ir a casi cualquier parte, incluso a un sitio extraño. De modo que no lo pensó más para no cambiar de idea y decidió ir allí, precisamente.

21

El Último de la Fila

En todos los años que estuvieron casados Jonathan la llevó en una sola ocasión a casa de su familia. Y fue solamente un momento, un fin de semana de otoño en que regresaban de los Hamptons. Grace estaba embarazada, y él había podido escapar por una vez de su intenso trabajo de residente. Después de dormir bien, tomar una sopa de almejas y respirar el aire salado de la playa de Amagansett, ambos estaban relajados. Jonathan no quería pasar por casa de sus padres, pero ella insistió porque tenía curiosidad, aunque sabía que su marido se entristecía cada vez que veía a sus padres y a su hermano. Ella tenía ganas de ver la casa donde Jonathan creció, la casa de la que escapó: primero a Hopkins y a Harvard y luego formando su propia familia con Grace. «Venga —le instó—. Enséñame dónde vivías.»

De modo que salieron de la autopista de Long Island y entraron en las calles estrechas de la parte antigua del pueblo, donde las casas eran de las décadas de 1950 y 1960. Eran pequeñas, nada que ver con las mansiones más recientes de varias plantas y varias alas. Estaban en los días más bonitos del otoño; los arces todavía lucían sus hojas, y Grace recordó que había pensado que aquello no era tan horrible como se lo había imaginado. Pensaba que entrarían en un barrio descuidado y desnudo, de casas horribles con niños solitarios y padres severos, o ambas cosas. Se había imaginado que todo estaría impregnado de desesperanza y que por eso su adorado marido había tenido que escapar de allí solo y sin ayuda. Se encontró en cambio con un barrio de casitas bien cuidadas, con aparatos de gimnasia en los dormitorios, según se veía desde la calle.

Claro que eso no importaba. Uno podía tener una infancia terrible en un barrio bonito y en una casa bien cuidada. Estaba claro que por lo menos para Jonathan había sido terrible. Él no quería oír lo bonito que estaba todo, ni lo bien cuidado que estaba el jardín de su casa de Crabtree Lane, con un coche familiar en el garaje. No quiso parar a comprobar si sus padres (o su hermano Mitchell, que vivía en el sótano) estaban en casa, no quiso enseñarle la habitación donde pasó dieciocho años horribles hasta que pudo ir a la universidad a estudiar medicina y conoció a Grace. Pasó despacio con el coche por delante de la casa donde se había criado, y ni siquiera quiso parar. No quiso hablar sobre el tema, y el resto del viaje estuvo silencioso y ceñudo. La sensación de libertad y de paz que habían conseguido en los Hamptons quedó arruinada. Esto era lo que le había hecho su familia. Así fue cómo destruyeron su felicidad, su equilibrio interno. Grace nunca volvió a pedirle que la llevara allí.

Curiosamente, aunque sólo estuvo allí en una ocasión, no le resultó difícil encontrar la salida de la autopista y girar en cada intersección hasta que llegó sin problemas a Crabtree Lane. Eran sólo las cuatro y media y las farolas ya estaban encendidas. Grace pensó que si se presentaba sin avisar podía parecer agresivo, aunque no sentía ninguna hostilidad hacia la familia de su marido, o por lo menos ya no sabía si debía sentirla. Ya no sabía nada. No sabía nada del hombre del que se había enamorado y con el que había vivido los últimos dieciocho años, con el que tenía un hijo. Excepto que no existía.

Paró el coche junto al bordillo y se quedó mirando la casa con el motor en marcha. Era una casita blanca con los postigos negros y la puerta roja, con un caminito que pasaba junto al garaje, donde en esos momentos había dos coches aparcados. Se veían luces encendidas. Incluso a esta distancia Grace percibía que era una casa cálida: cortinas verdes, muebles de madera rojiza. Alguien pasó por delante de la ventana de la cocina, y de la ventana de la buhardilla salía el destello azulado de un televisor encendido. Era una casa pequeña para vivir con dos chicos, pensó. La pequeña habitación de arriba podía ser la de Jonathan. O tal vez la de Mitchell. Seguro que era la de Mitchell, pensó con cierto disgusto, aunque no entendía por qué iba a molestarle que un hombre de más de treinta años viviera en su propia casa.

De repente golpearon con los nudillos en la ventanilla. Grace se sobresaltó. Rápidamente puso un pie en el pedal del acelerador, y con la mano pulsó el botón que bajaba el cristal. Fue una confrontación entre el impulso de educación y el de huida.

La persona junto a la ventanilla era una mujer mucho mayor que ella, con un grueso abrigo de plumón que se mantenía cerrado con la mano.

—Hola —dijo la mujer.

Grace pulsó el botón y bajó el cristal de la ventanilla.

—¿Puedo ayudarla? —preguntó la mujer.

—No, yo sólo…

Pero no se le ocurrió ninguna excusa.

—Sólo estoy de paso…

La mujer la miró fijamente. Parecía decidir qué hacer.

—¿Por qué no nos dejan en paz?

No parecía tanto enfadada como exasperada.

—En serio, ¿qué quiere ver? Es ridículo. No entiendo lo que pretende.

Grace la miró. Todavía no había asimilado lo que le decía aquella desconocida.

—¿No tiene nada mejor que hacer? ¿Quiere hacer que se sientan peor de lo que están? Voy a anotar su número de matrícula.

—No, por favor —suplicó Grace, horrorizada—. Me voy. Lo siento mucho. Me voy ahora mismo.

—¿Carol? —inquirió otra voz.

Un hombre salió de la casa. Era alto, mucho más alto que Jonathan. Grace lo reconoció al instante.

—Voy a anotar su número de matrícula —le advirtió la mujer del abrigo de plumón.

Pero el hombre se acercó.

—¡Ya me voy! —exclamó Grace—. Por favor, saque la mano, ¿vale? Tengo que cerrar la ventana.

—¿Grace? —preguntó el hombre—. Eres Grace, ¿verdad?

—¿Quién dices que es? —preguntó a su vez la mujer llamada Carol.

—¡Lo siento! —replicó Grace.

—No, no te vayas.

La petición era de Mitchell, el hermano de Jonathan. Grace hacía años que no lo veía. No lo había vuelto a ver desde el día de su boda, o mejor dicho desde después de la boda, cuando vio las fotos. Ahora lo tenía ahí delante, y le hablaba como si se conocieran.

—No pasa nada. La conozco —le informó Mitchell a la otra mujer.

—¡Ya lo creo que pasa! —protestó la mujer.

Al parecer se tomaba la intrusión más en serio que el propio Mitchell.

—Primero todos esos periodistas y ahora los mirones. Creen que lo tenéis escondido en el sótano. Esta gente no ha hecho nada malo —le espetó enfadada a Grace.

—Tienes razón, pero esto es diferente —terció Mitchell—. Ella está invitada.

No es cierto, pensó Grace, mirando al hermano de Jonathan. Pero él seguía intentando calmar a la vecina.

—Yo sólo quería… Estaba por aquí cerca y pensé venir, pero no quería molestarles.

—Por favor —insistió amablemente Mitchell—. Por favor, entra en casa. A mamá le encantará. —Esperó un momento y volvió a insistir—: Por favor.

Grace cedió. Apagó el motor del coche, intentó tranquilizarse. Cuando abrió la puerta, la mujer y el hermano de Jonathan tuvieron que apartarse.

—Me llamo Grace —le informó a la mujer del abrigo—. Siento haberla preocupado.

Carol le dirigió una última mirada de amarga desaprobación, dio media vuelta y volvió a entrar en su casita de ladrillo enfrente de la de los Sachs.

—Lo siento —se excusó Mitchell—. Esto ha sido muy difícil para todos hasta mediados de enero. Llegaban cantidad de furgonetas y de coches que se detenían aquí, a la entrada de la casa. Desde entonces, nada nuevo, pero de vez en cuando viene gente que se aposta delante de la casa. Mis padres llevaban tan mal lo sucedido que no podían hablar con los vecinos del tema. Aunque, entre nosotros, no se habrían desahogado precisamente con esta vecina.

¿Entre nosotros? Si era la primera vez que hablaban en todos los años en que fueron teóricamente familia. Por otra parte, lo que Mitchell decía tenía sentido.

—Claro, por supuesto —dijo Grace.

—Es una calle pequeña. Estoy seguro de que muchos de los vecinos lamentan lo sucedido, pero no lo pueden decir mientras mis padres no aborden el tema, de modo que todo se queda en pequeñas escaramuzas como esta. Carol intenta ayudar. Bueno, entra en casa.

—No quería molestaros —replicó Grace—. En realidad no sé lo que quería, pero no quería molestaros.

—No nos molestas. Ven, aquí fuera hace demasiado frío.

—De acuerdo —accedió por fin ella.

Olvidando que estaba en una calle residencial de Long Island, cerró la puerta del coche y siguió a Mitchell.

Su cuñado le abrió la puerta de la casa para que entrara.

—¿Mamá?

La madre de Jonathan estaba en el umbral de la cocina. Era una mujer menuda —Jonathan había heredado su cuerpo menudo— con una cara delgada y ojeras moradas bajo los ojos oscuros. Estaba mucho más envejecida que la última vez que Grace la vio en el hospital, cuando nació Henry. También parecía mucho mayor de la edad que Grace sabía que tenía, sesenta y un años. Parecía aterrorizada, aunque no sabría decir si era por verla a ella o por ver a cualquier persona.

—Mira a quién he encontrado —anunció Mitchell.

Grace confió en que supiera lo que hacía.

—Bien —resonó una voz al otro lado del salón.

Era el padre de Jonathan, David. Estaba al pie de las escaleras.

—¡Hola! —Y luego, como Grace no respondiera, preguntó—: ¿Grace?

—Sí. —Hizo un gesto de asentimiento—. Lamento haberme presentado así. Estaba por los alrededores...

No siguió dando explicaciones. Todos tenían que saber que mentía.

—¿Has traído a Henry? —preguntó la madre de Jonathan.

Se llamaba Naomi, pero Grace nunca tuvo la oportunidad (ni las ganas, por decirlo claramente) de llamarla por su nombre. Había contestado con un cierto temor visceral, pero se tranquilizó. No sabía quiénes eran estas personas, pero habían contribuido a formar a Jonathan. Estaba claro que no eran buenas personas, o a lo mejor ya no estaba tan claro. Sacudió la cabeza.

—Está en la ciudad con su... con mi padre. No vivimos... hace un tiempo que vivimos en otro sitio.

Se preguntó si los demás entendían algo, porque ella no sabía muy bien lo que decía.

—No es cierto que estuviera por los alrededores —confesó—. Si he de ser sincera, no sé por qué he venido.

—¡Bueno, a lo mejor yo puedo ayudarte a entenderlo! —exclamó David, el padre.

En tres zancadas atravesó el espacio que les separaba y abrazó a Grace. Le pasó un brazo por los hombros y el otro brazo por la cintura, y apretó una mejilla áspera de barba incipiente contra su oreja. La mujer estaba tan sorprendida que fue incapaz de reaccionar. Su suegro no la había prevenido como hizo Vita.

Mitchell rió.

—Papá, no la aplastes.

—No la aplasto —protestó con guasa el aludido—. Estoy recuperando el tiempo perdido. Es la madre de mi nieto.

—El nieto que no has visto nunca desde que nació —sentenció Naomi en tono de amargura.

—No porque no lo haya intentado.

David soltó finalmente a Grace y le habló mirándola a la cara.

—El caso es que cualquiera que sea la razón por la que has venido, estoy muy, muy contento de verte. Y cuando Naomi se recupere, también te demostrará lo contenta que está. Pero tendrás que darle un poco de tiempo.

—¿Más tiempo? —intervino la madre de Jonathan—. ¿No hay bastante con todos los años de vida de mi nieto?

El padre se encogió de hombros.

—Ya te he dicho que necesita un tiempo para recuperarse. Vamos a tomarnos un café, ven a la cocina —instó a Grace, y la invitó a acompañarlo con un gesto—. Naomi, ¿tenemos Entenman's, verdad?

Mitchell sonrió.

—¿Has visto que estamos en Long Island? Hay una forma de saber que estás en Long Island, y es que te ofrezcan café y Entenmann's. Ven, Grace. ¿Te apetece un café?

—De acuerdo. Gracias.

Los muebles de la cocina eran los Harvest Gold de la década de 1970 con una mesa de fórmica. Mitchell le ofreció una silla a Grace y se dispuso a preparar el café. Sus padres entraron también. David se sentó frente a su nuera, mientras Naomi, que todavía guardaba un significativo silencio, abrió la nevera y sacó la leche y la caja azul y blanca de las galletas. La cocina estaba limpia, extraordinariamente limpia, pensó Grace, pero también se veía que le daban mucho uso. En la estantería sobre los fogones había botecitos de cristal con especias, cada uno con su etiqueta y la fecha escrita a mano. Los cazos que colgaban de los ganchos eran de acero inoxidable y estaban muy gastados. Grace miró a su suegra, pero ella no le devolvió la mirada. Jonathan siempre había dicho que era muy fría, una madre muy dura. Por lo menos en esto había dicho la verdad. Pero no había comentado nada de su forma de cocinar.

Mitchell cogió un cuchillo y cortó una porción del bizcocho de almendras, que era un roscón cubierto de azúcar glasé. Se la dio a Grace, sin preguntarle si le apetecía, y ella la aceptó sin decir nada.

David cogió de manos de Mitchell su porción de bizcocho.

—Esto tiene que haber sido terrible para ti —dijo—. Hemos pensado mucho en ti, quiero que lo sepas. Y en un par de ocasiones intentamos llamarte, pero nadie cogía el teléfono en Nueva York. Nos imaginamos que te habías ido. Hiciste muy bien.

Grace asintió. Le resultaba extrañísimo estar hablando con ellos, y sobre esto, nada menos. Sobre su hijo y lo que había hecho. Y lo que les había hecho a ella y a Henry. Sin embargo, le parecieron tan irresponsables. Como si no fuera con ellos. Como si no supieran que habían contribuido con su falta de atención a Jonathan, con sus adicciones (el alcoholismo de Naomi, la adicción a los medicamentos de David), con su descarada preferencia hacia Mitchell, que no acabó el instituto y nunca había tenido más que trabajos de bajísimo nivel, y que incluso a su edad estaba viviendo en casa de sus padres. ¿Iban a reconocerlo ahora, en esta reunión familiar para tomar café en una casa de los suburbios? Grace los miró a los tres y por un momento comprendió el resentimiento y la tristeza de Jonathan con respecto a sus orígenes. Aquí estaba, sentada con una familia que tenía que haber actuado como tal. A Jonathan le habían hecho mucho daño. De esto no tenía la culpa.

—Me llevé a Henry a Connecticut —les explicó—. Tenemos una casa allí, una casa de verano.

—Donde se celebró la boda —comentó alegremente Mitchell mientras les servía el café.

—Sí, es verdad. Tú estuviste allí.

—Claro. Entonces todavía lo intentaba.

—¿Intentabas? ¿Qué intentabas?

—Relacionarme con mi hermano —respondió Mitchell, todavía sonriente. Al parecer, siempre estaba sonriendo—. Soy el optimista oficial de la familia —añadió, como para confirmar la impresión de su cuñada—. No lo puedo evitar. No sé hacerlo de otra manera. Vi que se casaba con una mujer lista y simpática que estaba interesada en la psicología. Me enteré de que iba a convertirse en psicóloga y estaba encantado.

Encantado, pensó Grace. Un nuevo concepto para ella.

—Pensé: *Grace le animará a volver a relacionarse con sus padres.* Pero por supuesto nos pidió que no fuéramos a la boda.

—Estabais invitados —dijo Grace sorprendida.

Ella misma había enviado las invitaciones.

—Sí, ya lo sé, pero nos llamó y nos pidió que no fuéramos. Como yo soy el optimista oficial, fui de todas formas. Me dolió tener que marcharme en mitad de la fiesta. Espero que lo sepas.

Grace no lo sabía, por supuesto. ¿Cómo iba a saber cómo se sentía? Murmuró algo sin importancia y bebió un sorbo de café. Sabía a avellana y le provocó una ligera náusea.

—Me pidió que me fuera.

Grace dejó la taza sobre la mesa.

—¿Quién te lo pidió? ¿Jonathan?

Mitchell asintió.

—Claro. Justo después de la ceremonia. Se me acercó y me espetó: *Fantástico. Ya has hecho lo que querías hacer. Ahora márchate.* Yo lo último que quería era incomodar a alguien, de modo que me fui.

Mitchell se puso una cucharada de azúcar en el café y lo removió.

—La ceremonia me pareció muy bonita, por cierto. Me gustó lo que dijo tu amiga acerca de tu madre. Me hizo llorar. Y apenas te conocía, y nunca había visto a tu madre. Pero cuando habló tu amiga, se notaba que os queríais mucho, tu madre y tú. Y también tú y tu amiga.

—Vita —aclaró Grace.

Hacía años que no pensaba en las palabras de Vita sobre su madre. Ahora que las recordaba, el dolor de una pérdida se vio agravado por el dolor de la otra.

—Sí, lo que dijo fue muy bonito.

—¿De modo que habéis estado viviendo en Connecticut, tú y Henry? ¿Qué tal le va en la escuela?

—Va al centro de enseñanza media de la zona. De hecho, en este sentido ha ido muy bien. Creo que está más contento en su nuevo colegio. Ha hecho amigos. Está en la orquesta del colegio.

—¿Toca un instrumento? —preguntó Naomi.

Era la primera vez que abría la boca desde que se habían sentado.

—El violín. Iba a clase de violín en Nueva York. Estudiaba muy en serio —comentó, sin que viniera a cuento.

—¡Aja! —exclamó David—. Otro Sachs que toca el violín folk. Mi abuelo tocaba música *klezmer* en Cracovia. Mi tío lo toca todavía. Tiene más de noventa años.

—No, no… —aclaró Grace sacudiendo la cabeza—. Estudia violín clásico. Tiene un profesor muy estricto que sólo admite a alumnos que… —pero entonces se oyó a sí misma y se interrumpió—. Bueno, espero que siga tocando. Tiene mucha facilidad. La verdad es que un vecino en Connecticut se ha ofrecido a enseñarle a tocar música folk de violín. Una especie de música escocesa, como el *bluegrass*.

—¡Es una prima segunda del *klezmer*! —exclamó David encantado—. Justo lo que yo decía. ¿Va a tener Henry un *bar mitzvah*?

Grace estaba estupefacta. ¿Cómo era posible que hablaran de esto? De esto, precisamente. Como si su hijo, al que llevaban décadas sin ver, no hubiera matado a una mujer y huido abandonándolos a todos.

—No. De momento no. A decir verdad, no estaba entre mis planes. Sobre todo ahora.

—Vamos, papá —intervino Mitchell—. ¿Quieres que la pobre, que está viviendo en pleno Armagedón, encuentre el momento de organizar un *bar mitzvah*? Grace, hiciste bien en llevarte a Henry a Connecticut. Hiciste bien en marcharte. ¿Y la consulta?

—De momento la he suspendido. Tal vez… es posible que empiece con una nueva consulta. Lo he estado pensando. Pero la de Nueva York se ha acabado.

—Estáis viviendo en la casa de verano.

—Sí, y hace mucho frío. Por si queríais preguntarlo.

Grace los miró. A lo mejor no era eso lo que querían preguntar.

—¿La casa no está preparada para el frío? —preguntó Naomi—. ¿Eso no es malo para Henry?

—Nos abrigamos bien. Y dormimos tapados con muchas mantas.

Grace suspiró.

—Mi hijo quiere un perro. Dice que los esquimales no pasan frío porque duermen junto a un perro.

—¿Y por qué no? —preguntó David—. ¿No puede tener un perro?

Grace estuvo a punto de decir: *Jonathan es alérgico*. Esa era la razón. Pero entonces recordó la otra razón: el perro llamado *Raven* que se escapó de la casa cuando él no era más que un niño. Entonces todos culparon a Jonathan, aunque el perro era de Mitchell, ni siquiera era suyo. Esto hizo que su marido cogiera manía a los perros. Fue terrible lo que le hicieron. A saber qué otras cosas más le harían.

—Teníais un perro —les dijo Grace—. Jonathan me explicó lo que le pasó.

Los tres la miraron con asombro. Naomi se volvió a su marido.

—¿Qué ha dicho? —le preguntó.

—Espera.

Mitchell extendió el brazo como cuando estás conduciendo y pisas el freno de repente y no quieres que nadie se dé un golpe contra el salpicadero.

—Espera un momento, déjame preguntar.

—Nunca hemos tenido un perro —insistió Naomi—. ¿Te dijo que teníamos un perro? ¿Y que al perro le pasó algo?

—Espera, no lo sabemos —intervino David—. No teníamos ningún perro —le aclaró a Grace—. Nos habría gustado, pero los chicos eran alérgicos.

De modo que esto era cierto, pensó ella con una curiosa sensación de alivio. Jonathan siempre dijo que era alérgico.

—¿Y qué dijo, sobre ese perro imaginario? —quiso saber Naomi.

—Dijo que… —Grace intentó recordar los detalles. Ahora parecían importantes—. Teníais un perro que se llamaba *Raven*. Era el perro de Mitchell, y un día Jonathan estaba solo con el perro, y el animal desapareció. Se escapó y nadie volvió a verlo. Y le echasteis la culpa porque él era el único que estaba en casa.

Intentó recordar si se había dejado algo.

—Eso es todo.

Se hizo un silencio largo e incómodo hasta que Naomi habló con voz entrecortada.

—No fue así. No fue así en absoluto.

—Cariño, no te enfades —la instó David—. Eso es lo que le contó a Grace.

Esta se sentía aterrorizada. El corazón se le aceleró en el pecho. Latía tan fuerte que lo podía oír. No entendía lo que pasaba.

—Por favor —suplicó—. Decidme lo que pasó.

—No fue un perro —intervino Naomi, que en algún momento había empezado a llorar. Sus ojos estaban ahora llenos de lágrimas—. No era un perro; era su hermano. No tenía un perro, tenía un hermano. Supongo que de esto no te dijo nada.

—Claro, ¡Mitchell! —exclamó Grace.

No entendía nada de lo que pasaba.

—No era Mitchell —le aclaró Naomi.

—No era yo —dijo su cuñado casi al mismo tiempo.

Ahora no sonreía. Ni siquiera su tradicional optimismo podía soportarlo.

—Era otro hermano. Aaron. Tenía cuatro años.

Grace sacudió la cabeza sin entender.

—¿De verdad no te contó nada? —le preguntó David.

Podría irme, pensó Grace. *Puedo marcharme ahora mismo y no saber más de este tema. Si me quedo, lo sabré. Lo sabré para siempre. Sea lo que sea, lo sabré para siempre.*

Pero en realidad no podía decidir. Estaba en sus manos, obligada a escuchar lo que le dijeran, pensaría más tarde. Claro que más tarde ya no era la misma persona.

Un sábado de invierno por la mañana, cuando Jonathan tenía quince años y Mitchell tenía trece, Aaron Reuben Sachs, de cuatro años, al que su madre llamaba Boo y su padre el Último de la Fila, y al que sus hermanos (que después de todo eran mucho mayores y tenían su propia vida) no llamaban con ningún nombre especial, amaneció muy acatarrado, con fiebre. Y justo ese día se celebraba el *bar mitzvah* de la hija de unos amigos íntimos de David y de Naomi. Se esperaba que los cinco miembros de la familia Sachs acudieran a la sinagoga y a la fiesta. Pero Jonathan se negó a ir. No le gustaban los amigos de David y Naomi, ni le gustaba su hija, que iba al colegio dos cursos por detrás de él y no era guapa. De modo que quiso quedarse en casa en su cuarto, con la puerta cerrada. El día anterior había habido una discusión al respecto. David insistió en que Jonathan tenía que ir al *bar mitzvah* con el resto de la familia. Pero a la mañana siguiente su hijo mayor dijo que se quedaba en casa, no iba a ninguna parte.

Y Aaron tenía fiebre. Esto lo cambió todo. Naomi vio otra posibilidad en esta confluencia de eventos. Una opción que le permitiría evitar confrontaciones y además le daría la oportunidad a Jonathan de pasar un rato con su hermano pequeño. Tal vez todavía podían encontrar un vínculo entre los dos que fuera más allá de compartir la experiencia de vivir con los mismos padres y en la misma casa, aunque en momentos diferentes. Naomi siempre tuvo esperanzas, aunque Jonathan nunca había mostrado un sentimiento fraternal hacia sus hermanos, ni siquiera por Mitchell, que tenía solamente dos años menos que él. La llegada de Aaron los sorprendió a todos, y alejó a Jonathan todavía más del resto de la familia.

Esto fue lo que pensó Naomi esa mañana mientras se vestía para la sinagoga, comprobaba por última vez la temperatura del pequeño (38,3 grados), lo metía en la cama y le ponía una cinta de *Fable Forest*.

Unas horas más tarde telefoneó a casa y Jonathan le aseguró que todo iba bien.

—Jonathan nos explicó que Aaron quería jugar en el jardín —dijo Mitchell—. Primero nos dijo esto, pero supongo que luego se dio cuenta de que esta explicación no funcionaba. No parecía buena idea dejar que tu hermanito de cuatro años jugara en el jardín si tenía fiebre y se supone que tú lo estás cuidando. Esto no convence a nadie. De modo que luego alegó que no tenía ni idea de que Aaron estuviera en el jardín, que pensaba que no se había movido de su cuarto. Le dijo al médico que entró varias veces a comprobar si Aaron estaba bien, pero a nosotros no nos dijo esto. Sabía que mis padres no se lo creerían.

—Espera... —intervino Grace. Levantó las manos para indicarle a Mitchell que se detuviera—. Espera, me estás diciendo... ¿Quieres decir que Jonathan tuvo la culpa de que le pasara algo a Aaron?

—Así es —remachó David con tristeza—. Intenté no pensarlo así durante mucho tiempo, aunque no tanto como Naomi. Ella no quería creer que fuera cierto.

Naomi tenía la mirada perdida. Su rostro estaba tan lleno de pena que parecía hinchado.

Mitchell suspiró.

—Aaron estaba en el jardín, de eso no cabe duda. No sabemos durante cuánto tiempo, no sabemos si quiso salir o bien Jonathan le dijo que saliera. Resulta difícil imaginarse la cadena de acontecimientos. Y, desde luego, el cerebro humano es muy hábil inventando cosas que te hacen sentir mejor cuando te enfrentas a algo insoportable. De modo que yo siempre he querido creer que Aaron se encontró mejor y quiso jugar en el jardín, porque allí estaba el columpio que tanto le gustaba, con una escala y una cuerda. De modo que sale al jardín y se lo pasa de miedo jugando con el columpio, y cuando vuelve, ni siquiera se da cuenta de que se encuentra mal. Se mete en la cama y se queda dormido. Y así lo encontramos al volver de la fiesta.

—Pero entonces tenía más de cuarenta grados de fiebre —dijo Naomi con voz monótona—. Lo llevamos al hospital, a urgencias, pero no pudieron hacer nada. Era demasiado tarde.

—Aunque no fue así como ocurrió —intervino Mitchell—. Yo quería creerlo, pero no fue así. La policía lo sabía también. Le hicieron contar la historia una y otra vez. A Jonathan, quiero decir. Él decía cada vez una cosa distinta. Que sabía dónde estaba Aaron, que no lo sabía, que tal vez lo supiera. Sin ninguna emoción, sin ninguna preocupación en absoluto. Por otra parte, él no había hecho nada. No había nada de lo que pudieran acusarle. Además, creo que intentaron vernos como a una familia. Sabían que nos costaría sobrevivir a esto, y que declarar a Jonathan legalmente responsable de los hechos no haría más que empeorar las cosas. Creo que pensaron que él ya tenía bastante con su propio sentimiento de culpa. Hacerle pasar por una acusación y un juicio no arreglaría nada, ni para él ni para nosotros. Pero se equivocaron en una cosa. Jonathan no sufría. No sabía lo que era el sufrimiento.

Grace intentaba respirar, pero todo se movía a su alrededor. La mesa y la silla oscilaban. La cocina giraba como si se hubiera convertido en un gigantesco manchón borroso. Pero mientras veía que todo flotaba y daba vueltas, comprendió que no era el mundo exterior, era ella. Ella misma, Grace, se había despegado al fin de su propia vida. Estaba totalmente despegada. Sin explicaciones, sin excusas. Ya no intentaba entender lo que le había pasado a Jonathan. Ya no había nada que entender después de lo que le sucedió a Aaron, el último de la fila, el que no llegó a cumplir los cinco años. No había nada que entender. Era evidente, era brutal, y no tenía nada que ver con ella. Así era Jonathan a los quince años: no quiso ir al *bar mitzvah* ni quiso tener un hermano.

—Nunca manifestó que lo sentía —añadió David—. Nunca, ni una sola vez. Aunque hubiera sucedido todo como él dijo, por lo menos hubiera podido decir que lo sentía. Pero no lo hizo.

—Bueno, es que no lo sentía —observó Naomi, secándose las lágrimas con el dorso de la mano—. ¿Por qué iba a decirlo? Nunca más mencionó el tema. Siguió viviendo aquí hasta que tuvo la oportunidad de marcharse, y no volvió nunca más. No nos llamaba, y cuando le llamábamos, no nos contaba nada personal. Nos dejó que le pagáramos la matrícula; nos parecía un logro que nos permitiera pagarle la matrícula. Luego se fue a vivir con esa mujer que era mucho mayor que él, y que le pagaba la matrícula. Y le compró un coche.

—Un BMW —precisó David, sacudiendo la cabeza—. Eso me mató. Ningún judío debería conducir nunca un BMW. Es lo que siempre he dicho.

—La marca del coche no importa —comentó Naomi.

Pareció que David iba a responder algo, pero lo pensó mejor y lo dejó estar.

—Cuando Jonathan empezó a estudiar medicina —terció Mitchell—, pensé: *Qué bien. Es una forma de expresar sus sentimientos por lo que le pasó a Aaron.* Pensé: *tal vez necesita tiempo, tal vez nos dará otra oportunidad.* Sobre todo a mí —añadió, sonriendo de nuevo—. Porque cuando éramos niños yo lo admiraba. Yo estuve un tiempo esperando que pasara algo. Fui el último que perdió la esperanza. Papá ya la había perdido hacía mucho tiempo, un año o dos después de la muerte de Aaron. Mamá siguió esperando durante años.

Mitchell miró a su madre, al otro lado de la mesa. Ella apartó la mirada.

—Cuando Jonathan —prosiguió— se convirtió en pediatra pensé: *Todo este tiempo ha estado consumido por la culpa. Por eso no nos mira, no quiere estar con nosotros, porque es doloroso para él. Como pediatra puede salvar a otros niños de morir, puede evitar a otras familias la tragedia de perder a un pequeño.* Esto me pareció muy digno y lo respeté, aunque él no quisiera vernos y aunque no conociéramos a Henry. Pero la verdad es que ya no creo que sea cierto. No lo entiendo. Creo que nunca lo he entendido.

—No, no podías —comentó Grace. Ella misma se sorprendió al oírse, pero decidió que debía ofrecer su opinión profesional—. Su mente es diferente. No sois responsables de esto —le aseguró a Naomi—. No hubierais podido arreglarlo. Nadie entiende por qué se produce.

Lo verdaderamente extraño, pensó mientras le hablaba a Naomi en tono profesional, tranquilizador, no era que Jonathan hubiera nacido en una familia terrible, desestructurada, y que se hubiera convertido en un médico de niños, un profesional, un ciudadano del mundo. Lo sorprendente era que hubiera podido mantenerse tanto tiempo entero. Tenía que haberle resultado muy difícil, agotador. Pero seguramente le habría compensado de alguna forma. Grace prefería no pensar en ello.

—Los expertos en este tema no lo entienden —concluyó, incapaz de añadir nada más.

Para su sorpresa, Naomi asintió.

—Ya lo sé, eso ya lo sé. Pero no siempre soy capaz de asimilarlo. Sigo dándole vueltas, pensando que hice algo mal, que tuvimos la culpa de alguna forma, que no fui una buena madre. Pero sí que fui una buena madre. Intenté serlo.

Se le quebró la voz y rompió a llorar. Mitchell le pasó el brazo sobre los hombros, pero no la interrumpió. La dejó llorar hasta que Naomi paró y se dirigió a Grace.

—Pero muchas gracias por decirlo.

—Mi mujer opina que lo único que puedes hacer si te encuentras con una persona como mi hermano es apartarte de su camino —le confió Mitchell a Grace—. Ha investigado mucho el tema. Aunque no es su campo, por supuesto.

—¿Tu mujer? ¿Estás casado?

—¡Es verdad! —exclamó David riendo—. Les ha llevado doce años tomar esta decisión. Mucho tiempo para decidirse, ¿no?

—Pero… yo pensaba…

Grace repasó lo que había pensado, lo que había creído. ¿No le habían dicho que Mitchell era un inmaduro, un niño mimado, y que seguía viviendo en el sótano de casa de sus padres, a su costa?

—¿Dónde vives? —le preguntó.

Mitchell la miró socarronamente.

—No vivo lejos. Vivimos en Great Neck, pero estamos a punto de trasladarnos a una casa en Hempstead. Mi mujer es fisioterapeuta en el Saint Francis Hospital, cerca de aquí. Deberías conocerla, Grace. Creo que os llevaríais muy bien. Ella también es hija única.

Ella asintió. No sabía qué decir.

—¿Y en qué…? Lo siento, Mitchell, pero no sé en qué trabajas.

A él le hizo gracia su comentario.

—No te preocupes. Soy el director de una escuela primaria en Hempstead. Trabajé muchos años en una escuela de educación secundaria, pero el año pasado me cambié a una escuela primaria. Y estoy feliz con el cambio. Me encanta estar con los críos. Creo que esto se debe a lo que nos pasó, ¿sabes? No le hice demasiado caso a Aaron, y me afectó mucho su muerte. Después de eso me interesé por los niños y su forma de aprender.

Levantó su taza de café y la de su madre.

—¿Quieres otro café?

A Naomi no le apetecía otro café y le dio las gracias.

—Grace, nos gustaría mucho, muchísimo, conocer a nuestro nieto —comentó Naomi—. ¿Qué te parece?

—Por supuesto. Ya nos inventaremos algo. Puedo traerlo aquí. O podemos encontrarnos un día en Nueva York. Siento muchísimo no haber sabido nada de esto. No sabía nada.

David sacudió la cabeza.

—No hace falta que nos lo digas. Jonathan no nos quería en su vida ni en la de Henry. Esto fue difícil de aceptar. En particular cuando nació nuestro nieto. Yo no quería que nos presentáramos en el hospital de aquella manera, pero Naomi tenía que ir. Creo que fue la última vez en que tuvo esperanzas de que Jonathan cambiara. Naomi se aferró a la posibilidad de que ser padre le hiciera cambiar.

Grace cerró los ojos. Se imaginó en una situación similar y pensó que también ella se hubiera aferrado a esa esperanza.

—Le obligué a llevarme —intervino Naomi. Era la primera vez que Grace la veía esbozar una sonrisa—. Le obligué. Le dije: «Es nuestro nieto y lo vamos a ir a ver. Y ya está». Y quería darle el arrullo, ¿te acuerdas? ¿Recuerdas el arrullo que le llevé a Henry?

Grace asintió. Se sentía fatal.

—¿Lo habías hecho tú?

—Oh, no. Lo hizo mi madre para mí. Lo usé con los tres chicos. Con Jonathan también, claro. Y quería dárselo a Henry, aunque fuera la única cosa que le pudiera dar. ¿Lo tienes todavía?

La ilusión con la que lo preguntó le resultó a Grace dolorosa.

—No estoy segura. La verdad es que hace tiempo que no lo veo.

El rostro de Naomi se entristeció, pero se recuperó enseguida.

—Bueno, no importa. Conocer a Henry es mucho más importante que conservar un viejo arrullo. Además, estoy haciendo otro.

Y en ese momento sonó un pitido que venía de un rincón de la cocina. Grace vio que en un enchufe había un monitor de plástico parecido al que ella usaba cuando Henry era un bebé.

—Hablando del rey de Roma —anunció Naomi con voz animada, y se puso en pie de un salto.

—Ya voy yo —se ofreció Mitchell.

—No, voy yo. Y será mejor que le expliquéis esto a Grace.

Dicho esto, Naomi se inclinó y le dio un beso en la mejilla a su nuera, que estaba demasiado asombrada para hablar. La mujer salió de la cocina y subió por las escaleras.

—Grace —dijo Mitchell.

—Vaya, o sea que tu mujer y tú tenéis un bebé. Felicidades.

—Gracias. De hecho, estamos esperando un hijo. Laurie dará a luz en junio. Pero es verdad que tenemos un bebé. Lo tenemos entre todos, aunque te parezca extraño. Y ahora que sabes lo que pasó en nuestra familia, podrás entender mejor por qué hemos hecho lo que hemos hecho. Lo que estamos haciendo.

—¡Oh! —exclamó David, poniéndose en pie con dificultad—. No lo puedo soportar. Es una explicación tan larga como el Discurso de Gettysburg.

—Papá, quería que Grace entendiera que para nosotros es distinto que para otra familia donde no han perdido a un niño.

—¿Quieres un poco más de pastel? —le preguntó David a Grace.

Ella, que, solamente por educación, había probado la porción que le habían servido, negó con la cabeza.

—Estábamos destrozados, lo estamos aún, por lo que hizo Jonathan. Por lo que presuntamente hizo, lo que creemos que hizo. Y sabíamos que la mujer que murió tenía dos niños. Suponíamos, como todo el mundo, que el marido se llevaría a los niños a Colombia. No pensábamos involucrarnos en esto más de lo necesario. Ya tuvimos que hablar de Jonathan con la policía y les prometimos que les avisaríamos si se ponía en contacto con nosotros, lo que ya les dije que no haría de ninguna manera. Pero antes de Año Nuevo, uno de los policías nos telefoneó y nos dijo que el padre se había llevado al niño a Colombia, pero que no quería saber nada de la niña.

—No era su hija —afirmó David.

Metió en la nevera el paquete de Entenmann's, sacó un biberón preparado y empezó a agitarlo vigorosamente. Luego lo llevó al grifo, abrió el agua caliente y mojó con ella la botella del biberón.

—Nos dijeron que la niña iba a pasar a los servicios sociales de Manhattan, pero que primero tenían que contactar con los parientes y darles la oportunidad de adoptarla. Y hablamos del tema.

—¡No nos costó decidirnos! —exclamó David con una carcajada.

—No, no tuvimos que hablarlo mucho.

—Oh, Dios mío —dijo Grace.

—Sí, lo siento. Supongo que para ti es difícil de asumir.

No más difícil que descubrir que tu marido mató a su amante o causó la muerte de su hermano pequeño, pensó Grace. Esto no la ayudó mucho.

—Pero la niña no tiene la culpa de nada. Eso era lo que nos decíamos una y otra vez. Es una niña preciosa que ha tenido un comienzo desgraciado en la vida. Tendrá que enfrentarse a muchas cosas cuando sea mayor. Creo que a Abigail le espera mucho sufrimiento. Y es mi sobrina.

—Mi nieta —le corrigió David.

—¿Me das un vaso de agua?

Grace tendió las dos manos. David abrió el armario, sacó un vaso, cerró el grifo de agua caliente y abrió el de agua fría. Puso la mano debajo del chorro para comprobar la temperatura. Nadie pronunció una palabra hasta que ella se bebió el agua.

—¿Abigail? —preguntó Grace.

—Por Aaron. En realidad, el nombre lo elegimos Laurie y yo. Mantendremos Elena como su segundo nombre.

—Me gusta el nombre de Abigail —comentó David.

Mitchel había vuelto a poner el biberón debajo del agua caliente.

—Es la mujer del rey David en la Biblia. Aunque nadie me preguntó mi opinión.

—Pero… —Grace no sabía cómo hacer la pregunta—. ¿Quiénes son los que adoptan a la niña?

Mitchell se demoró en contestar.

—Laurie y yo hemos iniciado el proceso de adopción. Ahora estamos en una fase de espera, porque todavía no nos hemos mudado a la nueva casa y mi mujer ha tenido un trabajo infernal este primer trimestre. De modo que Abigail está pasando una temporada con los abuelos. Y no es que se quejen…

—La queremos mucho —manifestó David.

Grace, que todavía estaba intentando controlarse, hizo un gesto de asentimiento muy propio de psicóloga.

—Por supuesto. Es vuestra nieta.

—Nuestra nieta. La hija de mi hijo, al que también quería, por cierto. Aunque parezca increíble.

—No, no es increíble —replicó Grace—. Yo también lo quería.

O por lo menos, pensó, *quería al hombre que creía que era*. Era una puntualización importante.

Oyeron que Naomi bajaba las escaleras alfombradas. La respiración de Grace se agitó. No estaba preparada. Por primera vez desde su llegada pensó seriamente en salir corriendo de la casa, pero la idea de que una mujer adulta como ella tuviera miedo de una niñita le hizo sentirse fatal. Se aferró al asiento y volvió el rostro sonriente hacia la puerta.

La mujer que apareció con la niña en brazos había sufrido una transformación. Llevaba el pelo negro y suelto, enmarcándole el rostro, y a pesar de que cargaba con la niña —Elena, Abigail— a la manera de todas las madres de la historia, sobre la cadera, se movía con más ligereza. Hasta la piel parecía de otro color, más luminosa. Naomi Sachs se había convertido en una mujer capaz de ser feliz.

—Se lo habéis dicho, ¿no? —les preguntó a su marido y a su hijo.

Grace se puso de pie. Nadie se lo había pedido, ninguno de ellos se lo pediría, y era comprensible. Tendió los brazos hacia la pequeña. No había pensado hacerlo, y ni siquiera estaba segura de querer hacerlo. Pero lo hizo.

—¿Puedo cogerla? —le preguntó a su suegra.

Naomi no respondió, pero levantó a la niña que estaba apoyada en su cadera y Grace la cogió. Elena ya no era el bebé moreno que había incomodado a las mujeres del comité benéfico al mamar de los pechos (*los dos* pechos) de Málaga Alves. Ahora era una niña robusta con una corona de suave pelo castaño, dos profundos hoyuelos en las mejillas y piernecitas musculosas que mostró un vivo interés por la oreja de Grace. También era hija de una tragedia, una niña cuyo padre había matado a su madre, cuyo otro padre la había rechazado, y cuyo hermano había desaparecido de su vida para siempre. Sólo tenía seis meses. Y seguía teniendo las largas, preciosas pestañas que ella recordaba de la primera vez que la vio.

Igual que las pestañas de Henry, que también eran largas y preciosas.

—Tendría que irme —anunció Grace.

Naomi se quedó con la niña. David y Mitchell la acompañaron al coche. Los dos insistieron en volver a abrazarla.

—No te librarás de nosotros —sentenció David—. Ahora tendrás que cargar con nosotros, lo mismo que Henry.

—Papá... —rió Mitchell—. No le hagas caso, Grace. Esperaremos a que te pongas en contacto con nosotros. Y si no nos dices nada, te perseguiremos sin piedad. No, eso no tiene gracia; no quería decir eso.

—A mí me ha hecho gracia —comentó David.

Grace les aseguró que se pondría en contacto con ellos y subió a su coche y encendió el motor. No tenía ni idea de la hora que era.

Cuando ya estaba en la carretera, telefoneó a su padre.

—¿Estás bien? —preguntó enseguida él, un poco nervioso—. ¿Has recibido mi mensaje?

—No, lo siento. ¿Estáis cenando?

—Sí. Bueno, no todos. Estamos en Pig Heaven.*

Grace no pudo evitar una carcajada.

—¿Cómo habéis convencido a Eva para ir a Pig Heaven?

—Henry le aclaró que «Pig» era una metáfora. —Empleó la palabra «metáfora».

---

* Pig Heaven significa, literalmente, «El paraíso del cerdo». *(N. de la T.)*

—¡Increíble! —exclamó Grace.

—Y cuando se sentó a la mesa y vio el menú, le pedí un cóctel *mai tai*. Ahora ya se ha repuesto del susto. Tu hijo está comiendo algo llamado lechoncito, y no cabe duda de que se siente en el Paraíso del Cerdo.

—¿Puedo hablar con él? —preguntó Grace.

Le pidió a su padre que le llevara a casa una ensalada de pato.

Henry se puso al teléfono. Estaba tan contento como sólo puede estarlo un chico de doce años que se encuentra de nuevo en su restaurante favorito.

—¿Dónde estás? —preguntó.

—Vamos a tener un perro —replicó ella.

22

Lo primero que dirán de mí
cuando salga de la habitación

Henry quería un perro listo. Quería un border collie, que según sus investigaciones era el perro más listo de todos, pero en las perreras de Connecticut Oeste no había perros de esa raza. La mayoría eran pit bulls o mezclas de pit bull. Finalmente eligieron un sabueso, el único perro que había ese día en la perrera municipal de Danbury que no fuera un pit bull. Grace y Henry entraron en la autopista 7 dispuestos (en el caso de ella, todo lo dispuesta que podía estar) a convertirse en propietarios de un can. Y tuvieron suerte, porque era un perro de un año y tamaño regular, muy listo y cariñoso. Tenía el cuerpo cubierto de manchas negras y marrones, y en los cuartos traseros unas manchas especulares que parecían un test de Rorschach. En el trayecto de vuelta a casa, el perro se instaló directamente en el regazo de Henry, exhaló un hondo suspiro que agitó su cuerpo y se quedó dormido. El chico, que ya consideraba probada la inteligencia del animal, decidió que lo llamaría *Sherlock*.

—¿Estás seguro? —preguntó Grace desde el asiento del conductor—. Es una carga muy pesada para un perrito.

—Podrá llevarla —respondió Henry—. Este perro es un genio.

Al parecer era un can sureño. Cuando comprobó los papeles del chucho, el empleado de la perrera les explicó que las perreras de los estados del sur tenían demasiados animales y en ocasiones les mandaban los perros y gatos más sociables. *Sherlock* procedía concretamente de Tennessee. A lo mejor ladraría con acento sureño.

—¿Podemos pararnos a comprar en una tienda de mascotas?

—Ya hemos comprado comida.

—Ya lo sé, pero quiero comprarle un bol especial. *Sherlock* debería tener un collar especial. El perro de Dan, *Gerhard*, tiene un collar especial con su nombre.

Gerhard era un schnauzer de pura raza que estaba siempre yendo a concursos caninos. Los padres de Danny (su madre, Matilda, insistió en que tanto Henry como Grace la llamaran Til, «porque así es como me llaman los amigos»), resultaron ser acogedores y francamente divertidos. Una noche en que fue a su casa a recoger a Henry la invitaron a cenar y le explicaron anécdotas divertidísimas sobre los concursos de perros, especialmente sobre la peluquería y el acicalado de los animales. Grace estuvo toda la cena riéndose como no lo hacía desde hacía mucho.

Sin embargo, le explicó a Henry que no pensaba tratar a *Sherlock* igual que la familia de Daniel trataba a *Gerhard*.

—¿A qué te refieres? —le preguntó asombrado su hijo.

Grace se lo explicó.

Sobre el rostro de Henry caía un espeso rizo. Ella miró a su hijo por el retrovisor y pensó que era milagroso lo rápido que había crecido. Cuando era pequeño, el pediatra le aseguró a Grace que los niños podían crecer en una noche. Se acostaban, y por la mañana tenían las piernas más largas, la cabeza más grande; ocurría así de verdad. En los últimos años ella recordó a menudo estas palabras del pediatra. Como cuando Henry tenía siete años y se despidió de repente de la infancia con una exclamación: ¡Ya está! O dos años atrás, cuando fue a Great Barrington a comprarle unas zapatillas de deporte que le iban un poco grandes y una semana más tarde empezó a quejarse de que le apretaban. Volvieron a la tienda y tuvieron que comprar unas zapatillas dos tallas más grandes. Ahora había vuelto a ocurrir, pero no tanto con respecto a su altura, su anchura o el diámetro de su cabeza. Mientras Grace miraba hacia otro lado, distraída por el desastre que se desarrollaba en su familia, Henry se había desprendido de buena parte de su infancia y la había sustituido por una cierta actitud de adolescente. Grace comprendió que su hijo estaba en la antesala de la adolescencia, ese lugar donde los chicos de pelo largo y una higiene personal más que dudosa esperaban descubrir en qué eran diferentes las chicas y si eso les importaba. Pero Henry parecía feliz. Parecía... ¿era posible? Daba la sensación de sentirse a gusto en su piel, en absoluto triste ni deprimido. De hecho parecía un chico normal, con amigos en el colegio, un examen de ciencias el lunes por la mañana, la responsabilidad de tocar en la orquesta del colegio y un nuevo puesto (como jardinero) en el equipo de béisbol Lakeville Lions (que estaba apadrinado por la pizzería Smitty's de Lakeville, la misma donde cenaron una pizza grasienta la noche que ahora Grace consideraba la de su huida de Nueva York). En otras palabras, no parecía un chico con un padre al que llamaban «El médico asesino», aunque fuera en otro estado. Y tampoco un niño cuyos padres acabaran de separarse de forma poco corriente y cuya madre le hubiera hecho cambiar totalmente de vida: otra casa, otro colegio, otros amigos. *Y un perro*, pensó Grace. ¿Era posible que su hijo estuviera... feliz, realmente?

—A lo mejor tendríamos que haberle comprado esa jaula de la que hablaban —comentó ella.

Se le acababa de ocurrir que *Sherlock*, el primer perro que entraba en la casa en treinta años por lo menos, podía decidir hacer sus necesidades en el interior de la vivienda.

—No, quiero que duerma en mi cama —dijo Henry desde el asiento trasero—. Si ensucia algo lo limpiaré. Es mi perro. Es mi responsabilidad.

Grace ahogó una exclamación. Era la primera vez que oía a su hijo pronunciar estas palabras: *Es mi responsabilidad*. Hasta la voz de Henry había cambiado. Ahora era un poco más grave, más baja. Ya no era la voz de un niño. Esto había ocurrido también mientras ella miraba hacia otro lado, pensó dolida.

Porque esta era su responsabilidad. Lo pensó por primera vez unas semanas atrás, cuando por fin pudo levantar la tapa de su rabia, de su pena, su inmenso dolor de que Jonathan no estuviera allí (de que su familia con Jonathan, su vida o lo que había considerado como su vida por razones evidentes, ya no *existía*). Y lo que vio bajo esa inmensa y horrorosa tapa fue un dedo que la apuntaba a ella directamente. Esto no tendría que haber sucedido, o por lo menos no tendría que haber sucedido de una forma tan trágica: el asesinato de Málaga Alves, los dos niños huérfanos de madre, su propio ridículo y escarnio personal y profesional, el fin de sus ambiciones como psicóloga. Y mucho más en realidad: las grietas que se habían abierto entre ella y Vita, entre Henry y sus abuelos, entre la idea displicente que tenía de sí misma y la cruda y dura realidad. Jonathan lo había hecho, pero ella se lo había permitido. Tras tantas semanas de tristeza, de mañanas metida en la cama, de pasarse horas fumando en el embarcadero y mirando las estrellas, como si allí fuera a encontrar una explicación, de horas rastreando en Internet informaciones sobre su supuesto conocimiento del crimen (en el mejor caso) o incluso de su complicidad (en el peor), incluso después de todo esto, no tenía ni la más remota idea de cómo había sucedido.

Agarró con fuerza el volante para controlarse y que Henry no percibiera su desaliento.

De modo que había decidido creer en la realidad que se le ofrecía, la realidad que no había examinado de su vida con Jonathan. ¿Por qué tenía que avergonzarse? Después de pasarse los días sentada en su consulta, viendo desfilar ante ella a personas que habían hecho una mala elección y le aullaban sus desgracias desde el sofá de color beis, después de ver tantas parejas desgraciadas..., ¿cómo no sentirse agradecida por lo que tenía en casa? Jonathan le había mostrado siempre adoración y admiración, la había apoyado, les había dado cariño a ella y a Henry. Había sido su mejor amigo, aunque sonara a cliché. En realidad, pensó, con una nueva punzada de tristeza, había sido su único amigo. De eso se aseguró él. Por eso la separó de Vita y apoyaba a Grace cuando mostraba desagrado por alguien. El mensaje era que nadie estaba a la altura de Grace. Nadie más que él la merecía.

Ella pensó que habría detectado esto en otras personas. Lo había detectado muchas veces en los hombres que venían a su consulta, los maridos y los novios que de forma delicada o brutal habían cortado los vínculos que sus parejas tenían con amigos, familia o incluso hijos, de modo que no pudieran rehacer su vida sin ellos, de modo que estuvieran tan desmoralizadas que no lo intentaran siquiera. Como los border collies que separan a una oveja del rebaño y la mantienen apartada. Los border collies son unos perros muy listos.

—Creo que tiene hambre —dijo Henry.

Sherlock se había desperezado y apretaba el morro húmedo contra el cristal de la ventanilla.

—Pronto llegaremos a casa.

Al bajar del coche le pusieron la correa y entraron con él. En el salón pareció como si *Sherlock* fuera a levantar la pata. Henry lo llevó afuera y le explicó las cosas, como si el perro las fuera a entender.

—No, no, *Sherlock*, tienes que hacerlo fuera. Tienes todo un jardín para ti.

Grace abrió la puerta del porche y bajó las escaleras hasta el borde del lago, donde vio a Henry ajustarle un collar especial al perro.

—¿Estás listo? —le preguntó Grace.

El chico asintió, pero no parecía preparado. Unos días antes, un hombre de la compañía Invisible Fence enterró un cable que delimitaba el perímetro del terreno con ayuda de una herramienta especial. Unas banderitas blancas señalaban la localización del cable, que rodeaba la casa y bajaba hasta el lago. Había suficiente espacio para que el perro pudiera correr. Ahora tenían que enseñarle que no podía traspasar ciertas líneas.

—No tengo ganas de hacerlo —protestó Henry.

El perro tiraba de la correa. Se moría por explorar los alrededores.

—Ya lo sé, pero tenemos que hacerlo —insistió Grace—. Tiene que saber lo que pasa si atraviesa la línea. Una descarga será suficiente, por lo menos si es tan listo como pensamos.

—Es que no quiero hacerle daño.

—Se hará mucho más daño si atraviesa la carretera y le atropella un coche, Henry.

Su hijo se encogió de hombros con ademán triste.

—¿Te acuerdas de lo que nos dijo el tipo que puso el cable?

—¿Lo harás conmigo?

—Claro.

Llevaron al perro al borde del perímetro. En cuanto se acercó a una de las banderitas, se oyó el pitido de aviso del collar. *Sherlock* ladeó la cabeza, pero no estaba impresionado.

—¡No! —advirtió Grace al perro—. ¡No! ¡No! ¡No!

Sherlock los miró mansamente y dio otro paso hacia el perímetro.

—Lo siento, cariño —se disculpó Grace con su hijo—. Es la única manera de que lo entienda.

Henry asintió y dejó que el perro se acercara al perímetro. Estaba siendo muy valiente, pensó Grace.

Sherlock dio un paso y el collar volvió a pitar; avanzó dos pasos más, y de repente chilló y saltó hacia atrás. Había sido un chillido agudo que incluso a Grace le resultó doloroso. No cabía duda de que se había hecho daño.

Henry se arrodilló junto al perro.

—Lo siento, chico. Lo siento mucho. No volverá a pasar.

Eso esperamos, pensó Grace. *Si eres un perro tan listo como creemos*.

—Henry, veamos qué pasa. Intenta que vuelva a traspasar la línea.

El chico lo intentó, pero esta vez *Sherlock* no quiso. Se detuvo incluso antes de que el collar emitiera el pitido de advertencia.

—¡Buen chico! —dijo Grace.

—¡Buen chico! —repitió Henry.

Pasearon al perro alrededor del jardín para que oyera el pitido un par de veces más. Cuando *Sherlock* se negaba a traspasar la frontera, le felicitaban y le daban unas palmaditas. Al llegar al lago, el perro se metió en las frías aguas y miró a lo lejos. Levantó la cabeza y dio un aullido que se oiría a kilómetros de distancia en los bosques de los alrededores.

—Oh, vaya —dijo Henry.

Grace soltó una carcajada.

—Bueno, creo que se siente en casa.

Henry le quitó la correa y se separó del perro con ademán vacilante. Pero no pasó nada. *Sherlock* no lo aprovechó para salir corriendo; se quedó donde estaba, con las patas metidas en las aguas oscuras y mirando la otra orilla con arrobo. Volvieron al porche. Grace le pasó el brazo a su hijo sobre los hombros y estuvieron unos minutos contemplando al animal.

—Es un buen perro —comentó.

Henry asintió.

—Lamento haber tardado tanto. Creo que me gustará tener un perro —añadió Grace.

El chico no contestó. Se limitó a encogerse de hombros. Parecía absorto en sus pensamientos.

—¿Qué pasa? —le preguntó su madre.

—Quiero hablar de lo que ha pasado. Es decir, ¿cuándo lo hablaremos?

Grace inspiró profundamente sin hacer ruido.

—Claro.

—Pero ¿cuándo? No me gusta que no lo hablemos. No quiero que estés preocupada.

—No tienes que protegerme, Henry. Y si quieres, lo hablamos ahora. Ahora mismo, si quieres. ¿Te apetece que lo hablemos?

Henry dejó oír una risa que sonó a cualquier cosa menos alegre.

—Ahora me parece bien. Le diré a mi secretaria que lo confirme con la tuya, pero en principio me parece bien.

Grace se volvió hacia su hijo. El frío había remitido un poco la última semana, y habían pasado de las parkas a chaquetas más ligeras. Negros rizos se escapaban de la capucha de Henry. Sobre la sudadera llevaba una pesada chaqueta de tela vaquera que había sacado del armario de arriba y que en otro tiempo perteneció a Jonathan.

—Yo lo sabía —dijo Henry.

—¿Qué sabías?

—Lo de papá. Lo vi un día con la madre de Miguel. En septiembre o en octubre. Tenía que habértelo dicho. Si te lo hubiera dicho, a lo mejor no habría pasado nada.

Soltó la parrafada de golpe. Apartaba la mirada de su madre.

Ten cuidado, pensó Grace. *Ahora debes tener mucho cuidado. Es importante cómo enfoques esto.*

—Tuvo que ser difícil para ti —replicó, intentando mantener un tono de voz mesurado—. Lamento que lo vieras. Pero no tenías obligación de decírmelo.

—No estaban haciendo nada —prosiguió Henry—. Quiero decir que no estaban… No vi que hicieran nada como besarse. Pero lo supe en cuanto los vi, no sé por qué. Estaban en las escaleras exteriores y había gente alrededor. En cuanto los vi… no sé, lo adiviné. Cuando me vio, papá se comportó con total normalidad, ya me entiendes. Se apartó del lugar donde había estado con ella y no me la presentó ni nada. Yo no le dije nada.

Grace sacudió la cabeza.

—Henry, esto es algo que ningún hijo debería ver.

—En el camino de vuelta, papá se comportó normal, no sé. En plan: «¿Qué tal el colegio? ¿Te ha hablado hoy Jonah?» Pero sabía que yo me había dado cuenta.

Henry se interrumpió y se quedó pensativo, como si tomara una decisión.

—Hubo otra vez.

—Con… —Grace lo miró sin entender—. ¿Con la… madre de Miguel?

—No, fue hace mucho tiempo. Fue con otra persona.

Grace se obligó a controlarse. Esto ya no era solamente sobre ella.

—¿Quieres que lo hablemos? Ya sabes que no tienes por qué, si no quieres.

—No, ya lo sé. Yo estaba con Jonah, cerca de su casa. Estábamos en la acera, esperando a que su madre saliera de la tienda. Era cerca del hospital. Entonces vi a papá.

Grace asintió. Los Hartman habían vivido en la calle Sesenta y uno Este, a pocas manzanas del Memorial, hasta que los niños cumplieron once años. Entonces los padres se separaron y Jennifer se fue a vivir con Jonah y su hermana al West Side. Fue entonces cuando la amistad entre los chicos se estropeó. Pero antes de eso Henry estaba a menudo en el barrio de Jonah, el barrio del Memorial.

—Vi que papá se acercaba hacia donde nos encontrábamos. Estaba atravesando el parque. ¿Recuerdas el parque infantil de la calle Sesenta y siete, donde solíamos jugar?

Grace asintió.

—Estaba con una mujer, una médico. Y estaban… quiero decir que no hacían nada. No parecían hacer nada, de modo que al principio no vi nada raro. Iban andando y hablando. Ella también llevaba la misma bata que papá. Al principio él no me vio. Tampoco me vio cuando cruzó la calle. Iba a pasar justo a mi lado con la… con ella. Le grité: «¡Papá!», y se sobresaltó y me miró. Entonces reaccionó en plan «¡Hola, chico!» y «¡Hola, Jonah!» Me abrazó y nos pusimos a charlar de algo que no recuerdo. Pero yo me volví porque la doctora que lo acompañaba siguió adelante, y papá no la miró ni una vez. Me pareció tan extraño. Era… no sé describirlo, pero igual que en el caso de la madre de Miguel, lo supe. Bueno —se corrigió—, no es que lo *supiera*. No sabía exactamente lo que veía, sólo que era algo… que no estaba bien. ¿Entiendes lo que digo?

Grace asintió con tristeza.

—A lo mejor hubiera debido decirte algo.

—No, cariño.

—Entonces a lo mejor te habrías divorciado.

—No hay nada que pudieras hacer bien o hacer mal. No era tu responsabilidad.

—Vale, de acuerdo. Pero, entonces, ¿de quién es la responsabilidad?

El perro se había cansado del agua fría y volvía lentamente a la casa.

—De papá y mía. Creo que papá llevaba mucho tiempo comportándose así, pero…

Grace se incorporó. Le disgustaba decir lo que iba a decir, pero no quedaba más remedio.

—Hiciera lo que hiciera tu padre, espero que sepas que siempre te quiso. No creo que sus acciones tuvieran nada que ver contigo. Conmigo sí, probablemente, pero contigo no.

—Pero *tú* no hiciste nada malo.

A Grace se le encogió el corazón cuando vio que su hijo estaba llorando. Seguramente no era la primera vez que lloraba por este motivo. Lo abrazó, y Henry se dejó abrazar. Era un niño todavía, pensó ella. Detestaba que hubiera sido necesario un golpe así para sacar al niño que llevaba dentro. Siguió abrazándolo y le olisqueó el pelo, que estaba sucio.

—Tal vez no hemos de pensar en términos de bueno y malo. Tal vez es más complicado que eso.

Grace inspiró hondo.

—Yo no he sido perfecta. Y no me enteraba de lo que pasaba con papá, pero creo que hubiera debido enterarme. Era mi responsabilidad.

El perro, los miraba implorante desde el pie de las escaleras del porche. Pero Grace no soltó todavía a Henry. Aún tenía algo que decirle.

—Me he pasado muchas noches pensando en ello. Noches y días —dijo, al recordar los días en que después de dejar a Henry en el colegio se metía en la cama del piso de arriba—. Podría pasarme años pensando en papá y en lo que estará haciendo. Y en la señora Alves. Y en el pobre Miguel, ese pobre niño. Pero creo… que no lo haré. Tengo otras cosas que hacer. No quiero que mi vida entera gire en torno a esto. Y desde luego no quiero que tu vida gire en torno a esto. Te mereces algo mejor, Henry.

Él se apartó de ella. Al no tenerlo ya junto a ella, Grace sintió frío. El perro vio su oportunidad, subió los escalones con delicadeza y se acercó a Henry, quien le rascó detrás de las orejas.

—Lo llaman «El médico asesino» —anunció el chico—. Danny y yo lo buscamos en Internet.

Grace asintió con una punzada de dolor.

—Ya entiendo.

—También hay fotos de ti. De tu libro. Hablan mucho sobre ti. ¿Lo sabías? —preguntó, mirando a su madre.

Grace asintió. Sí que lo sabía, desde hacía un par de semanas.

Una mañana dejó a su hijo en el colegio, como de costumbre, fue a la biblioteca, como de costumbre, y se sentó como siempre ante el ordenador. Pero esta vez se sintió preparada para empezar a buscar información. Se vio a sí misma a través del velo deformante de una comunidad global de perfectos desconocidos. Era un torrente de información que no se acababa nunca. Los artículos ya eran duros de por sí, pero los comentarios a continuación eran ridículos. La pintaban como una mujer gélida que presenció con indiferencia cómo su marido usaba, abusaba, abandonaba y por fin asesinaba a la mujer que lo amó. Otros decían que era una hipócrita que tenía el descaro de juzgar a los demás, de ofrecer «consejos» a los demás sobre relaciones personales, de escribir un libro —las críticas más feroces eran por *haber escrito* un libro— ofreciendo su pretendido conocimiento. Su foto de solapa estaba por todas partes. Y había algunas citas de su libro que se presentaban como justamente lo contrario de lo que había querido decir.

Fue tan terrible como se temía. Pero no fue *más* terrible, por lo menos.

—¿Cuánto tiempo durará esto? —le preguntó Henry.

¿Cuánto es un puñado?

—Lo importante es que todo irá bien.

—De acuerdo —replicó él.

Sonó valiente, pero no del todo convencido.

—En una ocasión tuve una paciente a la que le pasó algo terrible.

—¿Qué le pasó? —preguntó Henry, con natural curiosidad.

—Bueno, tenía un hijo que estaba enfermo. Padecía esquizofrenia. ¿Sabes lo que es?

Sherlock eligió ese momento para intentar subir al regazo del chico, quien se rió y le ayudó.

—Eeh…, ¿estaba loco?

—Sí. Bueno, «loco» es un término legal. Estaba muy enfermo. Tenía una grave enfermedad mental.

—¿Eso era lo terrible?

—*Era* algo terrible, pero no me refería a eso. Lo que pasó fue que el chico murió a causa de su enfermedad. Tenía solamente diecinueve o veinte años.

—No sabía que pudieras morir por estar loco.

Grace suspiró. No quería dar detalles, pero supuso que era inevitable.

—Lo que ocurrió fue que su enfermedad le llevó a suicidarse. Y como puedes imaginarte, su madre, mi paciente, estaba muy triste. Tenía que encontrar una manera de salir de esa tristeza. Un día me confió: «Por el resto de mi vida, a partir de ahora, será lo primero que digan de mí cuando salga de la habitación». Y recuerdo que pensé que tenía razón. No podemos evitar lo que digan los demás sobre nosotros. No podemos controlarlo, y ni siquiera deberíamos intentarlo. Lo único que podemos hacer es… bueno, estar presentes en la habitación cuando estemos allí y no pensar en ello cuando no estemos allí. Cualquiera que sea la habitación que nos toque, debemos estar presentes —concluyó sin mucha convicción.

Le pareció que Henry no captaba totalmente lo que había querido decirle. ¿Cómo iba a captarlo? Para un chico de doce años, esto era demasiado abstracto, y seguramente también un poco femenino, propio de una mamá de mediana edad. Y lo cierto era que tampoco Grace sabía muy bien cómo estar totalmente presente allí donde estaba. Hasta hacía poco había pensado demasiado en lo que había pensado, lo que había dicho y hecho, y no lo suficiente sobre cómo… ser, simplemente. No ayudaba el hecho de que había pensado, dicho y hecho algunas cosas poco agradables. Pero en este momento estaba en el porche trasero de su casa, contemplando el lago que conocía desde niña, junto a Henry. Los dos acariciaban a un sabueso de Tennessee que no estaba precisamente limpio. No era una mala situación. De modo que ella no se encontraba mal en este momento. En cuanto a Henry…, tampoco parecía que se sintiera mal. Aunque seguramente se sentía fatal si considerábamos las circunstancias. Y esto sería lo primero que diría la gente de ellos cuando no estuvieran. Sería así toda su vida, una idea que no resultaba agradable, desde luego. Por otra parte, era algo que no podían cambiar, y resultaba un alivio saber que ni siquiera valía la pena intentarlo.

Henry acercó el rostro a la cara del perro. *Sherlock* se la lamió. Grace se esforzó por no decir nada.

—¿Quieres decir que papá está loco? —preguntó el chico de repente.

—No. Por lo menos no en este sentido. No se hará daño a sí mismo, Henry. De eso estoy segura.

Volvía a hacer frío y había oscurecido. Grace se acercó a su hijo y al perro. El cuerpo del animal desprendía calor.

—¿Dónde crees que está? —preguntó Henry.

Grace sacudió la cabeza.

—No lo sé, no tengo ni idea. En ocasiones espero que lo encuentren porque estoy muy enfadada con él y quiero que lo castiguen. Y otras veces espero que no, porque mientras no lo detengan no tendré que enfrentarme a si lo hizo él o no.

Cuando se dio cuenta de lo que había dicho en voz alta, delante de su hijo, se quedó horrorizada.

—¿Crees que lo hizo él? —preguntó Henry.

Grace cerró los ojos. Esperó todo lo que podía esperar, que no era mucho. Porque su hijo había hecho una pregunta y ella tenía que responder.

23

El fin del mundo

Vita bajaba cada martes a Great Barrington para reunirse con la dirección de una de las clínicas que dependían de Porter, y salvo que hubiera algún impedimento comía después con Grace en la ciudad. Volver a tener relación con Vita era recuperar importantes retazos de su propia vida, recuerdos que había dejado que se atrofiaran o que había apartado a un lado porque le entristecía demasiado no poder compartirlos con su amiga. Ahora estos recuerdos volvían a asaltarla en los momentos más inesperados. Mientras viajaba por la autopista 7 o esperaba a Henry a la salida del gimnasio donde se entrenaba el equipo de béisbol en invierno, le venían a la memoria los libros que habían leído, la ropa que habían comprado y compartido, y por la que en algún momento incluso habían discutido. Recordaba a la madre de Vita y a su tía, una mujer ligeramente excéntrica —probablemente un poco bipolar, pensaba ahora— que algunas noches se quedaba con ellas en casa de Vita cuando los padres salían. En cuanto se quedaban solas, la tía les daba a escondidas un caramelo. Grace recuperaba recuerdos que no eran nada en sí mismos, pero que para ella constituían un desordenado puzle de su vida. Estaba encantada de recuperarlos y daba las gracias por ello.

Después de comer se iban juntas a Guido's, donde Vita podía comprar las cosas que no encontraba en Pittsfield («un desierto para los *gourmets*», según ella), y fue así como Grace descubrió el pollo Marbella de Guido, su mejor logro culinario. Había preparado muchas veces pollo Marbella en su cocina, y siempre pensó que le salía riquísimo, pero el de Guido's era mejor. Muchísimo mejor.

Henry y Grace se acostumbraron a comer pollo Marbella los martes por la noche, y ella seguía sin entender por qué esta versión del plato era mucho mejor que la suya. Esto le molestaba, pero no lo bastante como para rechazarla. El martes se convirtió en su día preferido de la semana.

Un viernes por la noche, a finales de febrero, Grace se decidió a llevar a Henry a la casa de piedra para conocer al grupo Windhouse. Ella y Leo habían estado viéndose bastante últimamente, y no siempre con la excusa de encontrarse en la biblioteca. Leo había avanzado mucho con su libro sobre Asher Levy y estaba casi seguro de que podría acabar el primer borrador antes de junio, cuando acababa su año sabático, aunque todavía no había logrado demostrar que Levy (y su barco de refugiados de Recife) habían sido los primeros judíos en llegar a lo que hoy es Estados Unidos. Al parecer hubo un comerciante que llegó a Boston cinco años antes, en 1649.

—Menuda frustración —decía Leo, pero lo decía riendo.

Grace tenía previsto cocinar algo para la cena con el grupo Windhouse, pero aquel mismo día fue a visitar a un agente inmobiliario en Great Barrington para alquilar una oficina. Resultó que había una oficina vacante en un almacén reconvertido en espacio para profesionales, entre los que había abogados, asesores y psicólogos de todo tipo. Las oficinas daban a un campo (donde el granjero cultivaba heno y maíz, según el agente) y eran cálidas y soleadas, incluso en esta poco propicia época del año. Grace intentó imaginarse allí el sofá de color beis, la mesa y la silla abatible que tenía en la consulta de Nueva York, la caja de cuero para los pañuelos de papel, el *kilim*…, pero descubrió que no los quería en este lugar tan bonito. Compraría un nuevo sofá, una nueva caja para los pañuelos. Se quedaría con el tazón de cerámica donde ponía sus bolígrafos. Lo había hecho Henry en el campamento y a Grace le encantaba. Al fin podría librarse del póster de Eliot Porter. Ya era hora.

Regresó a la inmobiliaria con el agente, y después ya no le quedaba tiempo para volver a casa y cocinar, de modo que acabó comprando una enorme cazuela de pollo Marbella en Guido's antes de recoger a su hijo, que salía de ensayar con la orquesta. Henry parecía un poco cansado y se había olvidado de que no iban a casa, pero se animó cuando olió el aroma del pollo Marbella en el asiento delantero.

—¿Habrá más niños? —preguntó, un poco preocupado.

—Me parece que no.

Grace recordó entonces a la hijastra de Leo. No la mencionó la última vez que se vieron.

—Leo tiene una hijastra de tu edad, más o menos. Un poco mayor.

—Estupendo.

El comentario de Henry estaba cargado de ironía. Para un chico de doce años sólo hay algo peor que una tarde con adultos, y era una tarde con adultos y una chica un poco mayor.

—No tendré que tocar el violín, ¿no?

—No, no —le tranquilizó Grace.

Tocar el violín no formaba parte del plan. Pero ¿no había dicho algo Leo sobre que Henry podía «acompañarles»? Su hijo le hizo prometer que dejarían el violín en el coche.

Cuando llegaron a la casa de piedra, tuvo que dejar el vehículo en el estrecho espacio que quedaba al final del empinado camino de entrada, detrás de un Subaru que lucía una pegatina donde ponía: «BARD COLLEGE QUIDDITCH» y otra donde se leía: «LOS VIEJOS BARDOS NO MUEREN… SIMPLEMENTE DEJAN DE DARLE AL TRASTE».

—¿Puedo coger un libro? —preguntó Henry.

Grace titubeó.

—De acuerdo. Pero quiero que les des una oportunidad, ¿vale?

—Vale.

Henry salió del coche. Ella cogió la cazuela de pollo y se dirigió a la parte trasera de la casa, seguida de su hijo.

Dentro estaban tocando y no oyeron a Grace cuando golpeó con los nudillos en la puerta. Volvió a llamar. Como no contestaron, se encogió de hombros y abrió. Henry la siguió.

La música se detuvo.

—¡Eh, hola! —exclamó Leo, entrando en la cocina—. ¡Qué bien que hayáis venido! —Se inclinó hacia Grace y le dio un beso casto, pero muy cálido de bienvenida—. Y tú eres Henry, el nuevo violinista folk que estábamos esperando.

—Ejem, no —dijo el chico—. Yo no toco música folk. Toco música clásica.

—Eso son detalles —declaró Leo—. Entrad, hemos encendido la chimenea. ¿Quieres algo para beber, Henry?

El muchacho pidió gaseosa. Lo hizo a propósito, porque en su casa no bebían gaseosa.

—Oh, lo siento, no tenemos. ¿Te gusta el zumo de arándanos?

—No, es igual. No quiero nada.

Grace aceptó un vaso de vino y bebió un sorbo un poco nerviosa. No se había dado cuenta hasta el momento de que lo estaba, pero de repente pensó que en el cuarto contiguo la esperaban tres de los mejores amigos de Leo, y que para ella era importante caerles bien.

Sólo en una ocasión, hacía muchos años, había estado dentro de esta casa, cuando una tormenta de verano dejó sin luz durante dos o tres días a las viviendas junto al lago. Los vecinos, en un acto de buena vecindad sin precedentes (que no se repitió), se reunieron en la casa de piedra para cocinar en la chimenea la comida que les quedara en la nevera. No tenía ningún recuerdo concreto de Leo, pero sí que recordaba la casa, o por lo menos su rasgo más destacado: el frontal de la chimenea, hecho de piedras de río, que ocupaba casi toda la pared. Al entrar en el salón comprobó que su memoria no había exagerado el tamaño ni el impacto que producía. El frontal llegaba al techo y superaba ampliamente el ancho de la chimenea, como si el cantero se hubiera dejado llevar por la belleza de las piedras que tenía a su disposición, que iban de todos los tonos de marrón hasta el gris y el rosado. Más o menos en el centro, la pared de piedra se interrumpía para formar la repisa propiamente dicha. En cuanto entraron, Grace vio que los ojos de Henry se dirigían hacia la chimenea y la recorrían de arriba abajo, igual que hizo ella cuando era niña. El fuego que ardía en ella era también de gran tamaño. Las llamas bailaban, lamían los troncos y arrojaban su calor. Tal vez por este motivo los tres músicos —sentados en el sofá y en la butaca— se habían apartado del hogar. Uno de ellos, un hombre fornido y con entradas en la frente, se puso de pie para recibir a Grace y a Henry.

—Este es Colum —les indicó Leo.

El que había nacido en Escocia, recordó ella. Le estrechó la mano.

—Hola. Soy Grace. Este es Henry.

—Hola —saludó el chico, y le estrechó la mano.

Los tres que estaban sentados en el sofá les saludaron con la mano. La mujer se llamaba Lyric (la de los padres *hippies*) y tenía una nariz larga, acabada en una punta redondeada y el regazo repleto de partituras («Por favor, no te levantes», le dijo Grace). Llevaba la larga y oscura cabellera sembrada de canas plateadas. En Manhattan sería casi imposible que una mujer de su edad se dejara el pelo así. El chico que estaba a su lado, su hijo, se puso de pie con el violín en la mano. Se llamaba Rory.

—Siento interrumpiros —se disculpó Grace.

—No nos interrumpes, has traído la cena, que es diferente —comentó Colum.

Grace notó incluso en esta breve frase su fuerte acento escocés.

—Pollo —precisó Leo—. Lo calentaré en el horno.

—Tengo mucha hambre —manifestó Rory.

Se parecía a su madre, con la misma nariz —una nariz que podría tildarse de aguileña— y el pelo oscuro, pero era un poco más redondeado.

La madre de Rory soltó una carcajada.

—Tú siempre estás hambriento —bromeó, y se volvió hacia Grace—. Alimentar a Rory es un trabajo a jornada completa.

El muchacho se había vuelto a sentar y empezó a tocar una melodía con el violín, lo bastante bajito como para no interrumpir. Su mano parecía moverse sola, como si perteneciera a otra persona. Grace observó que Henry lo miraba con atención.

—Estoy tan contenta de saber por fin de dónde venía la música —dijo—. A veces me sentaba en el embarcadero a escucharla.

—¡Tenemos público! ¡Por fin! —exclamó Leo con una sonrisa.

—Oh, pero si me dijiste que teníais admiradores. Que tenías «una modesta audiencia».

—Modesta, eso es —corroboró Colum, que había cogido la guitarra que estaba apoyada en el brazo de la butaca—. Tenemos... bueno, diría que una decena.

Henry frunció el ceño.

—Te refieres a... ¿diez personas?

—Exactamente.

Colum se sentó y se puso la guitarra en el regazo.

—No son muchas.

—Tienes razón —concedió Leo—. Pero ahora que tú y tu madre estáis aquí, las cosas pintan mejor. Afortunadamente no buscamos fans enloquecidos.

—Afortunadamente —intervino Lyric con una risita.

—Lo que buscamos es... el amor en forma de arte.

—Yo pensaba que queríamos conocer chicas —comentó Rory.

Grace observó que Henry parecía cautivado por el adolescente.

—Las chicas que tú quieres conocer, cariño —matizó su madre—, no son las que van a oír bandas de instrumentos de cuerda.

—Un momento —dijo Henry—. ¿De modo que sois un cuarteto de cuerda?

—Una *banda* de cuerda —le corrigió Leo—. Teóricamente, cualquier grupo compuesto sólo por instrumentos de cuerda es una banda de cuerda. Y eso significa que un cuarteto de cuerda también sería una banda.

—Sí, claro —dio por sentado Rory, con exquisito desdén adolescente.

—Pero sobre todo tocamos *bluegrass* y música escocesa e irlandesa. Lo que se conoce también como música de raíces. ¿Conoces esta música, Henry?

Él negó con la cabeza. Grace casi soltó una carcajada al imaginarse lo que pensaría Vitaly Rosenbaum de la música de raíces.

—En Nueva York no es muy conocida —comentó.

Se había sentado junto al fuego, con las piernas cruzadas y alejadas de la chimenea.

—Oh, no te creas —opuso Colum—. Ahora se ha puesto de moda en la ciudad. Sobre todo en Brooklyn, pero estamos a punto de conquistar Manhattan. Hay muchas actuaciones en Paddy Reilly's, en la calle Veintinueve. Y en el Brass Monkey. Allí es donde voy los sábados por la noche cuando estoy en la ciudad. Cualquiera puede ponerse a tocar.

—¿En serio? No tenía ni idea —terció Grace—. Supongo que no estaba atenta a esto.

Leo, que iba camino de la cocina, comentó:

—Por supuesto, es muy *Zeitgeist*.

—Bueno, pues eso explica mi ignorancia —reconoció Grace—. Estoy muy alejada del *Zeitgeist*.

—¿A qué se refieren? —preguntó Henry. Y Rory procedió a explicárselo en sus propias palabras.

Grace entró en la cocina y ayudó a Leo a preparar la comida. Aparte del pollo Marbella había una ensalada enorme, calabacines al horno con mantequilla y dos hogazas de pan hechas por el anfitrión.

—Es un chico estupendo —dijo Leo.

—Oh. Muchas gracias. Sí que lo es.

—Creo que le interesa tomar parte en el grupo. ¿Qué crees tú?

—Lo que creo es que harías cualquier cosa por tener otro violinista.

El hombre dejó el cuchillo con el que estaba cortando el pan y le sonrió.

—Es posible —replicó—. Pero aunque no lo convenza de pasarse a nuestro bando, sigue siendo un chico estupendo.

—Sí. Estoy de acuerdo.

La cena estaba lista, de modo que hicieron entrar a los demás. Todos se sirvieron la comida y volvieron a sentarse en el salón junto a los instrumentos. A Henry se le derramó un poco de mantequilla fundida fuera del plato. Grace fue en busca de una toalla de papel.

—El pollo está delicioso. ¿Lo has hecho tú? —le preguntó Colum.

—No, es de Guido's en Great Barrington. Yo también lo sé hacer, pero hay algo en el pollo de Guido's que no está en el mío. Y sabe mucho mejor. Me gustaría saber qué es. Supongo que alguna hierba.

—¿Orégano? —sugirió Leo.

—No, yo le pongo orégano.

—Es el vinagre de arroz —dijo Lyric—. Tiene un poco de vinagre de arroz, lo noto.

Grace, que estaba a punto de meterse una porción de pollo en la boca, se la quedó mirando.

—¿En serio?

—Pruébalo —sugirió Lyric.

Grace se metió el tenedor en la boca. El sabor le recordó al *sushi*, a col china, a pepinillos japoneses…; todo lo que asociaba con el vinagre de arroz. Lo notó nada más probar el pollo: allí estaba el vinagre de arroz impregnándolo todo.

—Oh, Dios mío. Tienes toda la razón.

Esto la hizo ridículamente feliz. Miró encantada a su alrededor.

—¿Trabajas en Great Barrington? —le preguntó Colum.

—Soy psicoterapeuta. Voy a trasladar la consulta a Great Barrington.

—¿Estás en Porter? —le preguntó Lyric—. Tengo una compañera de trabajo cuya hija se trató un trastorno alimentario en Porter. Le salvaron la vida.

—No, tengo una consulta privada —respondió Grace—. Pero una amiga mía de Nueva York es la directora de Porter. Bueno, mi amiga vivía en Nueva York y ahora vive en Pittsfield. Se llama Vita Klein.

—Oh, ya sé quién es —terció Leo—. Vino a mi universidad hace años para dar una charla sobre adolescentes y redes sociales. Estuvo muy bien.

Grace asintió. Se sentía orgullosa de Vita. Era una sensación agradable.

—¿Y por qué asististe tú a una charla sobre adolescentes y redes sociales? —preguntó Rory con escepticismo.

Leo se encogió de hombros. Estaba untando una rebanada de pan con mantequilla.

—Eh, tengo una hija adolescente. Y acaba de decirme que la forma más rápida de comunicarme con ella es escribir algo en su muro. A la vista, para que lo vean sus trescientos veintitantos amigos, o los que sean. En realidad ahora es casi un círculo íntimo. Ramona había llegado a tener más de setecientos amigos la última vez que entré.

—¿Te ayudó la charla de Vita? —preguntó Grace.

—Sí, mucho. Nos dijo que no teníamos que verlo como una sustitución de las relaciones personales, aunque ellos mismos lo vean así. Pero ellos son críos y nosotros somos adultos. Esto no implicaba que las relaciones fallaran, en especial los vínculos entre padres e hijos, aunque ellos lo pensaran. Me animó mucho. Y también me alivió saber que no tenía por qué entrar en Facebook. Soy muy anti-Facebook.

—Pero Windhouse está en Facebook —señaló Rory.

—Así es. Y resulta muy útil.

—Para comunicaros con vuestros diez seguidores quieres decir —comentó Henry maliciosamente.

—Son doce seguidores, Henry. ¿Por qué te crees que os estamos dando de cenar a ti y a tu madre? Para lograr vuestra adhesión, por supuesto.

Henry tuvo un momento de duda en que no sabía si Leo había hablado en serio. Pero luego sonrió.

—Bueno, primero quiero escuchar la música.

Después de cenar, tocaron. Tocaron melodías que Colum oía en Escocia cuando era pequeño, y canciones que habían compuesto ellos. Al parecer, Rory era la fuente principal de las canciones originales. Manejaba el arco del violín de una forma que a Vitaly Rosenbaum le habría parecido intolerable, pero lo movía con pasmosa agilidad sobre las cuerdas. Grace observó que su hijo se fijaba en todo lo que hacía. Los dos violines (*folklóricos*, se recordó Grace) parecían bailar juntos, luego se separaban de repente, volvían a cruzarse (probablemente habría un término musical para esto), mientras la mandolina y la guitarra les proporcionaban una suerte de estructura sobre la que apoyarse. Las canciones tenían nombres como «Innishmore», «Loch Ossian» y «Leixlip» (el nombre de un pueblo irlandés que significaba «el salto del salmón», según les explicaron a los invitados). Grace, con la copa de vino en la mano, escuchaba y se sentía cada vez más feliz. Le pareció reconocer algunas melodías que había oído aquellas noches heladas en que se tumbaba en el embarcadero junto al lago mirando el cielo, pero lo cierto era que no los distinguía muy bien. Le extrañó ver que Henry estuviera tanto rato sin decir nada. Ni siquiera le pidió su libro.

Alrededor de las ocho hicieron un receso para tomar una taza de café y un trozo del pastel que había traído Colum. De repente Rory le ofreció a Henry su violín.

—¿Quieres tocar algo?

Él pareció un poco asustado.

—Me parece que no sabría.

—Oh. Leo nos contó que tocabas el violín.

—Sí, pero lo que toco es música clásica. Bueno, en Nueva York tocaba piezas clásicas. Ahora toco en una orquesta en el colegio. —Hizo una pausa, dudando sobre cómo seguir—. Era bastante bueno, pero no lo suficiente como para ir al conservatorio. La mayoría de los alumnos de mi profesor eran profesionales, o iban al conservatorio.

Rory se encogió de hombros.

—Como quieras. Inténtalo.

Henry miró a su madre.

—¿Por qué no? Si Rory te lo deja...

—Claro que sí. Me gusta mi violín —dijo Rory—, pero no es un Stradivarius.

Henry cogió el violín, al principio con mucho tiento, como si nunca hubiera tenido un instrumento semejante entre las manos, como si no se hubiera pasado una hora esa misma tarde, después del colegio, ensayando el concierto de invierno de la orquesta. Se colocó el violín debajo de la barbilla, tal como le habían enseñado a hacer.

—Esta postura no debe de ser muy cómoda —comentó Rory—. Puedes coger el violín como quieras.

Henry bajó un poco la mano izquierda y la voluta del instrumento descendió. Grace se imaginó a Vitaly Rosenbaum rezongando con furia. Su hijo debió de imaginarse algo parecido.

—Afloja la mano del arco. Sacúdela un poco —le propuso Rory.

Henry obedeció.

—En *bluegrass* a nadie le importa cómo sostienes el arco. Puedes poner la muñeca como te plazca; como si lo quieres coger con el puño cerrado —añadió Rory.

—Pero mejor que no lo hagas —sugirió Leo, que observaba con atención la escena desde su butaca—. Te harías daño en la espalda.

—El caso es que te sientas cómodo.

Rory le entregó a Henry su arco de violín.

—Bueno, tócanos algo.

Grace pensó que su hijo tocaría «You Raise Me Up», el tema principal que la orquesta de la escuela Housatonic Valley iba a tocar en el concierto, para el que ya quedaba poco tiempo. Para su sorpresa, sin embargo, Henry (después de hacer unas escalas para acostumbrarse al instrumento) empezó a tocar la *Sonata para violín n.º 1 en sol menor* de Bach, el movimiento Siciliana. Era la pieza que estaba ensayando en Nueva York antes de que se produjera el desastre. Grace llevaba meses sin oírla. Que ella supiera, su hijo no la había ensayado desde que se fueron de Nueva York, pero aunque la tocó sin tanta seguridad como antes, no le salió mal; nada mal. Y la verdad fue que le emocionó oírla otra vez.

—Qué bonito —dijo Lyric cuando Henry acabó de tocar.

—No he practicado mucho. Aparte de los ensayos con la orquesta, quiero decir.

Bajó el violín con cuidado y se lo tendió a Rory.

—¿Sabes tocar una jiga?

Henry rió.

—Ni siquiera sé lo que significa.

—Ojalá tuviéramos otro violín —se lamentó Rory—. Cuando las tocas con alguien, se aprenden rápido. Si ya sabes tocar, es la mejor forma de aprenderlas.

—Tengo el violín en el coche —comentó Henry.

Leo miró a Grace.

—Creo que tendremos un gran concierto —dijo ella.

—Te acompaño al coche.

Cuando Leo y Grace salieron de la casa, soplaba una brisa proveniente del lago, pero no hacía frío. Hacía un par de semanas que había pasado lo peor del invierno, el suelo empezaba a deshelarse y algo comenzaba a brotar bajo sus pies. Grace nunca había pasado la estación del barro en la casa del lago y no sabía cuánto tardaría en producirse el deshielo. Tenía la sensación de que la tierra alrededor de la casa de Leo se había reblandecido bajo sus pies.

En cuanto se cerró tras ellos la puerta de aluminio, Grace supo que algo había cambiado, y sabía lo que era. La idea en sí le resultó tan sorprendente que se le olvidó preocuparse. Sonrió al comprender que en realidad no tenía de qué preocuparse. Al abrir la puerta del coche se encendió la luz de dentro, y Leo vio su sonrisa.

—¿Qué pasa? —le preguntó.

—Me parece que voy a besarte —contestó ella.

—Oh.

Él asintió muy serio, como si le acabaran de proponer unas obras de conservación del lago. Luego dijo:

—Oh, vale.

Y la besó sin añadir nada más. Él había esperado más que ella. Para Grace era el primer «primer» beso en casi diecinueve años. Cuando por fin separaron sus labios, ella le advirtió:

—No quiero que sepan nada todavía.

—Oh, ya lo saben —comentó Leo—. Mi grupo lo sabe. Nunca había invitado a nadie a una noche de ensayo. Tendrías que haberlos oído antes de que llegaras. Estaban emocionados como chiquillos.

Soltó una carcajada.

—Grace, la verdad es que me gustas mucho, mucho —confesó, como si fuera necesario.

—¿Mucho, mucho?

—No te había dicho que una vez te vi en el embarcadero con tu biquini azul.

—Pero no ahora, claro.

—No, cuando tenía trece años. Esas cosas un chico no las olvida.

Grace se rió.

—Bueno… no sé si tendré todavía ese biquini.

—No importa. Usaré mi imaginación.

Ella metió la cabeza en el coche, sacó el violín de Henry y se lo entregó a Leo.

—¿Te importa si voy un momento a casa? Quiero darle de comer al perro y ver qué tal está. Se ha pasado casi todo el día solo. Vuelvo enseguida.

—Claro que sí. Tómate todo el tiempo que quieras —repuso Leo—. Estamos descubriendo a un nuevo violinista folk. Cuando vuelvas, estará tocando «The Devil Went Down to Georgia».

—Y supongo que eso… es bueno, ¿no?

Leo le estampó un beso en la frente a modo de respuesta. Esto no le aclaraba a Grace si la canción era buena, pero no le importó. Entró en el coche y tomó el camino a casa, por delante de las casas oscuras y silenciosas. Bajó la ventanilla para aspirar el aire húmedo. De momento no quería pensar demasiado en lo que había pasado; lo dejaría para otro día. El hecho de que hubiera entrado en su casa como una vecina y se marchara —de momento— como una persona que le gustaba «mucho, mucho» significaba que habían llegado a una especie de Rubicón, o que lo habían cruzado, incluso. Pero todo había sido tan… «amable», fue la palabra que le vino a la cabeza. De nuevo pensó en la noche en que conoció a Jonathan y en la sensación instantánea que habían tenido los dos de haber encontrado al amor de mi vida, y que en aquel momento parecía una prueba indiscutible de que todo iba a salir bien. Se equivocaron, desde luego. Tal vez era mejor así: un sentimiento menos exclusivo, menos imperioso. No buscar tanto lo perfecto, como lo *bueno*. Lo bueno ya sería excelente.

Se detuvo ante el buzón porque vio cartas que sobresalían y sacó un montón de papeles, catálogos y correspondencia. *Sherlock* ladró desde el jardín y corrió al porche a recibirla, apoyándole en las piernas las patas sucias de barro (esta exuberancia era el único borrón en sus modales, que por lo demás eran exquisitos). Grace le dio de comer, se limpió el barro del pantalón, encendió las luces y llevó la correspondencia junto a la papelera para tirar todo lo que no servía. Con suerte ya habría llegado el presupuesto del contratista que había venido a verla la semana pasada para acondicionar la casa para el invierno, y posiblemente también el camino de entrada. (Una de las peores cosas de este invierno había sido tener que aparcar el coche junto a la carretera y caminar hasta la casa por un camino en pendiente muy resbaladizo.) Por un lado, temía la llegada del presupuesto, pero por otra parte quería verlo.

El presupuesto del contratista no había llegado, pero en cambio vio un sobre muy blanco, muy corriente, con el sello habitual de correos y la dirección (*su* dirección, *su* dirección de Connecticut) escrita a mano con la típica letra de médico de su marido, Jonathan Sachs. Grace se quedó tan asombrada que durante un buen rato se olvidó de respirar; hasta que la parte de su mente que necesitaba el oxígeno tomó el control del cuerpo y se lo recordó de golpe. Se inclinó sobre el fregadero de la cocina y vomitó el pollo Marbella que había cenado, con su orégano, su hoja de laurel y su vinagre de arroz.

Llega en mal momento, pensó vagamente, como si una carta así pudiera llegar en buen momento. Ahora era un mal momento porque hacía apenas unos minutos se había sentido feliz, orgullosa (muy orgullosa) de Henry, y feliz de que hubiera en el mundo un Leo al que ella le gustara (y mucho). Estaba feliz de pensar que podía encontrar un trabajo que le permitiera ayudar a otras personas, feliz de haber recuperado a su querida amiga, o de estarla recuperando, de que su hijo fuera a conocer a sus abuelos y de pensar que el próximo invierno su casa no estaría tan helada. No era una felicidad *total*, por supuesto. Tal vez no estaba preparada todavía para la felicidad *total*, y a lo mejor no lo estaría nunca después de lo que había ocurrido, pero tampoco lo pretendía. Era una felicidad modesta, y ya era mucho más de lo que había esperado conseguir.

No tengo por qué abrirla, pensó. Y para asegurarse de que lo entendía, lo repitió en voz alta: «No tengo por qué abrirla».

Dentro del sobre había dos hojas de papel escritas con la letra de Jonathan, perfectamente dobladas en tres partes. Grace las desplegó y las contempló sin ver las palabras escritas, como si no las entendiera, como si fueran los símbolos de la piedra Rosetta. Esto resultaba tranquilizador, pensó. Ojalá siguieran así. No le importaba la carta si seguía sin entenderla. Pero de repente los trazos se delimitaron sobre el papel y adquirieron sentido. *De acuerdo*, pensó Grace. *La leeré, si no me queda más remedio.*

Grace:

Escribir esta carta es lo más difícil que he hecho en mi vida, pero cada día que he pasado sin por lo menos intentar hablar contigo me ha dolido, y no te imaginas cuánto. Esto tiene que haber sido terrible para ti, por supuesto. No pretenderé saber cuánto. Pero sé lo fuerte que eres y estoy seguro de que podrás superarlo.

Creo que todo se reduce a que no supe valorar lo que tenía contigo, la familia que habíamos creado; la familia que somos. Pase lo que pase a partir de ahora, nada cambiará el hecho de que somos una familia. O por lo menos eso me digo en los peores momentos.

Cometí un error terrible, terrible. No puedo creer que hiciera lo que hice. Fue como si hubiera enloquecido, perdí el control. Llegué a creer que había una mujer que me necesitaba desesperadamente porque su hijo estaba grave y yo podía ayudarle a curarse... Dejé que esto fuera razón suficiente para perder de vista mis principios. Respondí a esta mujer, no inicié la relación. Sé que esto ahora no te parecerá relevante, pero para mí es importante que lo sepas. Esa mujer me daba mucha pena, supongo que me dejé llevar por mi deseo de ayudarla. Cuando me dijo que estaba embarazada, pensé que si la mantenía contenta y me ocupaba de algunas cosas lograría que no se acercara a ti y a Henry, aunque esa tensión me estaba matando. No entiendo cómo lo soporté. Pero pese a todo lo que había hecho por ella y por su hijo, que hoy está sano gracias a mí, ella volvió a quedarse embarazada. No estaba agradecida, sino que quería destruir nuestra familia, y yo no podía permitírselo. Quise protegerte a toda costa. Espero que me creas cuando te digo que mi prioridad siempre fuisteis Henry y tú.

No puedo escribir sobre lo que pasó en diciembre. Lo único que puedo decir es que ha sido lo peor que me ha ocurrido nunca. Fue espantoso, espantoso, y cada vez que pienso en ello me quedo desconsolado. No puedo ponerlo sobre el papel, imposible, pero un día, si tengo una suerte que no merezco, me gustaría poder hablarlo contigo, si es que me puedes escuchar. Ha habido muchos momentos en los que he pensado: qué suerte tengo de que me escuchen, de que me quieran. Sufro terriblemente cuando pienso en ello.

¿Recuerdas la noche en que nos conocimos? Menuda pregunta. Lo que quiero decir es si recuerdas el libro que estaba leyendo y el lugar al que te dije que quería ir. Te decía en broma que quería ir allí en pleno invierno, y tú me decías que lo último que haría una persona en su sano juicio sería ir al fin del mundo. Estoy aquí, y es un lugar tan desolado como tú decías. Creo que aquí estoy a salvo, al menos de momento. No me quedaré mucho tiempo; ningún lugar será lo bastante seguro. Antes de irme quiero darte la oportunidad de hacer algo que sé que no me merezco. Debes saber que no creo que vengas. Pero si me equivoco, Grace, me sentiré muy feliz. Lloro al pensar en la posibilidad de que vengas, que vengáis los dos, y que intentemos empezar de nuevo en otra parte. Creo que lo lograríamos. He pensado una manera. Hay un país al que seguramente podríamos ir y donde estaríamos bien. Yo encon-

traría trabajo, y es un buen lugar para Henry. Evidentemente, no puedo poner los detalles por escrito.

No sé cómo puedo pensar que vayas a dejar tu propia vida para venir aquí, pero te quiero lo bastante como para pedírtelo. Aunque no vengas, sabrás que te quiero, y por eso vale la pena que te lo pregunte. Ven por lo menos para que pueda hablar contigo. Si luego no quieres o no puedes quedarte, lo entenderé, pero podré despedirme de ti y de Henry, y deciros que no os abandoné porque sí.

Mejor que no vengas en avión; seguramente ya lo sabes. Hay lugares a unas horas de camino donde puedes alquilar un coche. Y asegúrate por favor de que nadie te siga. He alquilado una casa cerca del pueblo; bueno, a una distancia que se puede hacer a pie, porque no tengo coche. Suerte que me gusta andar, ya sabes. Casi todas las tardes paseo por la orilla del río, incluso en esta época del año. Está oscuro, pero no hace tanto frío como te imaginas. Hay un barco convertido en museo que se llama igual que el libro que leía la noche en que te conocí, cuando me enamoré de ti. Estaré esperándote. Por favor, hazlo por mí. Y si no quieres o no puedes hacerlo, no olvides que nunca he querido ni querré a otra mujer más que a ti. No te preocupes por mí.

No llevaba firma. No era necesario.

Grace no se dio cuenta de la fuerza con que sujetaba el papel hasta que se le rompió en las manos y, asustada, lo dejó caer al suelo. No quería recogerlo porque era veneno, pero tampoco soportaba la idea de dejarlo en el suelo, de modo que se agachó y lo cogió. Lo dejó sobre la mesa de madera, el objeto inanimado que pretendía ser.

Luego no supo hacer otra cosa que volver a leer la carta.

Se imaginó a Jonathan caminando sobre la nieve con la cabeza gacha, medio oculta por la capucha de la parka. Tenía las manos hundidas en los bolsillos y llevaba ropa que a Grace no le resultaba familiar. Probablemente se había dejado crecer el pelo y la barba.

Estaba atravesando un río helado, junto a un barco reconvertido en un museo que se llamaba Klondike. Atisbaba por debajo de la orla de imitación de piel de su capucha para ver si veía a una mujer menuda que pareciera fuera de lugar y muerta de frío y que se comportara como si buscara a alguien. ¿Qué pasaría cuando estas dos personas se encontraran? Se preguntaba si sería igual que aquella noche en el sótano de la residencia, cuando Grace vio a un joven que llevaba una cesta de ropa sucia y un libro sobre Klondike que se dirigía hacia ella. Parecía que se estuvieran buscando el uno al otro. ¿Volvería a sentir una sensación de alivio, a pensar *Oh, qué bien, ya puedo dejar de salir con chicos*, como le explicó una paciente en una ocasión? ¿Sentiría el alivio del reencuentro, la pasión y el amor profundo que tan importantes son, después de tantos años juntos? ¿Y después, qué pasaría? ¿Volverían a la habitación del hotel donde su hijo —el hijo de ambos— los estaría esperando? ¿Y luego? ¿Se irían más lejos, al país que Jonathan tenía pensado, donde estaba bastante seguro de que se encontrarían a salvo?

Grace cerró los ojos. De acuerdo. Tendría que hacerlo. Había llegado hasta aquí.

Sin embargo, su mente quería arrastrarla a otra parte y Grace no tenía fuerzas para resistirse, de modo que se dejó llevar al sótano de la residencia de la Facultad de Medicina en Harvard. Recordó la habitación desordenada del piso de arriba, donde Jonathan le hizo el amor por primera vez *(los estudiantes de medicina son criaturas tan básicas)* y repasó a continuación, una a una, todas las habitaciones en las que habían hecho el amor desde entonces. Pero eran demasiadas, y muy distintas. Maine, Londres, Los Ángeles, y el apartamento cerca del Memorial, y el piso de la calle Ochenta y uno, donde Grace vivió de niña. También aquí, en esta misma casa donde, como ahora sabía, hacía un frío increíble en invierno. Y París. Durante sus años de matrimonio estuvieron tres veces en París, en distintos hoteles. ¿Cómo se iba a acordar de todas las habitaciones?

Recordó su embarazo, el nacimiento de Henry, las noches en que se tenía que levantar porque el bebé estuvo mucho tiempo sin dormir bien. Jonathan lo cogía en brazos y le decía a Grace: «No pasa nada, vuelve a la cama». Recordó la zona de juegos de la Primera Avenida donde en las tardes de verano se había sentado con Henry en su cochecito mientras esperaba a que Jonathan pudiera escapar un momento del hospital y se sentara con ellos media hora. Era el mismo parque infantil donde más tarde su hijo jugaba con Jonah, que un día dejaría de hablarle, el mismo lugar donde un día Henry vio a su padre y lo llamó, mientras la desconocida que iba con él seguía adelante en silencio. Recordó las entrevistas con evaluadores de jardines de infancia de Manhattan (porque tenía miedo de que no admitieran a Henry en Rearden, un miedo estúpido), cuando Jonathan les explicaba con entusiasmo el tipo de educación que quería para su hijo y se los metía a todos en el bolsillo. Henry fue admitido en casi todos. Recordó lo bien que se portaba en las cenas en casa de Eva, y las cenas en el comedor de su propia casa, y en la cocina, y en la mesa a la que se sentaba ahora mismo. Ah, sí, y también el día en que Jonathan fue a verla a la consulta con hamburguesas de Neil's, pero no las comieron enseguida. Primero hicieron el amor sobre el sofá de la consulta. Ya casi se había olvidado de aquellos tiempos.

Pensó en todas las habitaciones de su piso en la calle Ochenta y uno, el piso donde ella había sido niña y luego esposa y madre. Y luego, durante un corto periodo de tiempo, el caparazón de una persona muerta de miedo que esperaba que la aniquilaran. El parquet de madera en el vestíbulo, los postigos del salón, que su madre siempre había mantenido cerrados y que Grace siempre abría. El cuarto de Henry, donde ella dormía de niña; y el despacho de Jonathan, que fue la salita de su padre. Y la cocina, que había sido de su madre y ahora era suya; la bañera, la cama, las botellas de Marjorie I, Marjorie II y Marjorie III cuyo contenido se había ido por el desagüe. Y las joyas, una por cada infidelidad de su padre, que seguía amando a la madre de Grace, pero no era feliz con ella.

De repente comprendió que no volvería a vivir allí. Ese piso, ese hogar había desaparecido para siempre. Lo mismo que su matrimonio. Lo mismo que su marido, que ahora estaba en un lugar frío a miles de kilómetros de distancia y le pedía que le perdonara.

Un momento, no era eso lo que le pedía Jonathan. Grace estaba segura de que no ponía eso en la carta, pero volvió a leerla de todas formas para asegurarse, porque le pareció que era un punto importante, muy importante. En la carta, él le decía que quería protegerla y que había perdido el control. Hablaba de su propio sufrimiento. Decía que ella lo superaría. Pero en ningún momento le pedía perdón. Tal vez porque pensaba que había demasiado que perdonar, tanto que no cabía en una sola carta. O tal vez no pensaba que hubiera nada que perdonar.

Grace volvió a recordar. Esta vez repasó sus recuerdos más a fondo. Fue con el pensamiento más allá de su propia historia con Jonathan, se remontó a la historia anterior, y a lo que había tras esa historia, y poco a poco todo empezó a tener un aspecto muy distinto al de unos minutos atrás. Esta vez vio al hermanito de Jonathan que estaba enfermo y no pudo ir al *bar mitzvah*. Vio a los padres que su marido había abandonado, al hermano al que tildaba de desastre, del que decía que era un mimado, que nunca había trabajado y que vivía en el sótano de la casa de sus padres. Vio a la mujer de Baltimore con la que Jonathan había convivido misteriosamente mientras iba a la universidad. Recordó la ocasión en que desapareció durante tres días mientras era residente. Y el dinero que le había sacado a su padre para pagar la matrícula de un niño en el colegio de su propio hijo. Y pensó en el médico al que Jonathan había atacado: Ross Waycaster. Y en la abogada a la que consultó sobre el despido del hospital y a la que mandó a la mierda. Pensó en los pacientes a los que Jonathan *no* admitió en el hospital esa tarde y en el funeral de Brooklyn por el niño de ocho años muerto de cáncer al que *no* asistió. Recordó a la directora de la revista *New York* que era la tía de un paciente de Jonathan. Pensó en el congreso de Cleveland, o Cincinnati, o alguna parte del Medio Oeste que en realidad no tenía lugar en ninguna parte porque era mentira. Y en Rena Chang, que tal vez vivía ahora en Sedona con un niño que podría ser hijo de Jonathan. Grace no conocería al niño. Y entonces recordó el otro bebé, la niña que viviría en Long Island. La niña a la que ella nunca habría conocido.

Pensó también en Málaga Alves, que estaba muerta.

Le costaba respirar. Se levantó y salió al porche trasero. *Sherlock*, que estaba en el embarcadero, atento a algún animal oculto en el bosque, movió vagamente la cola cuando la oyó salir, pero no se dejó distraer. Grace bajó los escalones, se acercó al perro y se preguntó qué estaría viendo u oliendo. Debía de haber algo en el bosque, aunque todavía parecía un poco pronto. En verano, el bosque estaba repleto de animales y había gente en las casas. Incluso el lago se llenaba de vida. Todo lo que ahora estaba dormido se despertaba; volverían los pájaros, como cada primavera. Acarició la cabeza del perro.

Retazos de música de violín llegaban flotando sobre las aguas del lago, arrastrados por el viento. Ahora que Grace sabía de dónde venía la música y lo que era, le pareció que se oía mucho mejor que las primeras semanas en la casa del lago, cuando se había sentado en el embarcadero y se había preguntado quién tocaba y qué clase de música era. Pero esta música sonaba un poco titubeante, no era tan rápida y segura como otras veces. Sonaba un poco insegura, pero era bonita. Comprendió que no eran Rory o Leo quienes tocaban, sino Henry. Su hijo estaba tocando música folk.

Fui feliz en mi matrimonio, pensó de repente. No entendía por qué le parecía tan importante admitirlo, pero ya lo había hecho. Y su matrimonio se había acabado.

Grace entró en casa en busca de la tarjeta que tiempo atrás le dejó el detective Mendoza.

24

Una persona totalmente distinta

—Ya era hora, joder —dijo Sarabeth, que apenas había dejado que sonara el teléfono—. ¿Sabes cuántos mensajes te he dejado?

—Lo siento —respondió Grace.

Sabía que no era suficiente con decir que lo sentía, pero era lo único que podía hacer.

—No, en serio, creo que te dejé, no sé, veinte mensajes. Espero que sepas que quería apoyarte.

Grace hizo un gesto de asentimiento, como si Sarabeth pudiera verla.

—Salí huyendo —replicó—. Lo que quería era perderme.

—Y lo entiendo perfectamente.

El tono de Sarabeth cambió por completo.

—Lo que quiero decir es que me tenías muy preocupada. Aparte del trabajo, estaba preocupada como *amiga*.

—Entiendo… —Grace exhaló un suspiro—. Te lo agradezco. Y te pido disculpas. Lamento muchísimo haberte dejado en la estacada. Te prometo que no volverá a pasar.

Claro que era imposible que volviera a pasar, pensó. Porque después de esta conversación no volverían a hablar. Y dudaba mucho que Sarabeth siguiera siendo su *amiga*.

—Espera, no cuelgues…

Grace oyó que Sarabeth le decía algo a otra persona: «*Dile que lo llamaré más tarde…*»

—Escucha, Grace. ¿Por qué no vienes y hablamos? Lo mejor sería que las tres nos sentáramos y decidiéramos qué hacer.

Grace miró disgustada la mesa de madera. Estaba en su casa de

Nueva York, en la calle Ochenta y uno. La mesa llevaba tiempo sin limpiarse y se veía mugrienta.

—La verdad es que preferiría no hablar del tema. Ya sé que tendrán mucho que decirme y estará totalmente justificado. Puedo compensarles económicamente. Hace tiempo que no miro el contrato, pero soy consciente de que tengo unas obligaciones y pienso cumplirlas.

Hubo un largo momento de silencio, lo que tratándose de Sarabeth resultaba inusitado.

—Bueno, esto es lo que pasa cuando la gente no responde a veinte mensajes, que se imaginan lo que les dicen los demás y nunca aciertan. Por ejemplo, te puedo asegurar que Maud no espera que la compenses económicamente. Eliminaron el libro de la lista de novedades de enero, por supuesto, pero todavía quieren publicarlo.

Grace oyó la lluvia y miró por la ventana de la cocina. Las gotas caían sobre el aparato de aire acondicionado, y había oscurecido. No entendía de qué le estaba hablando Sarabeth.

—Mira, no quiero ser grosera, pero lo cierto es que has pasado de ser la autora novel de un libro inteligente y fascinante a ser un tipo de autora muy distinto, la autora de un libro que mucha gente querrá leer. Es un paso importante, y tenemos que darlo con cuidado y de una forma digna. Te puedo asegurar que tu editora no tiene intención de aprovecharse de ti.

Grace no pudo evitar soltar una carcajada.

—Vale. Me lo creo.

—Bien. Conozco a Maud desde hace más de diez años. He hecho por lo menos veinte libros con ella. Es inteligente, muy buena en su trabajo, pero si no fuera además buena persona, yo no le habría dado tu libro. Y ahora que ha pasado esto, me alegro especialmente de que esté en sus manos. De hecho, si hoy me vinieras a ver con tu libro, Maud es la primera persona en la que pensaría para publicarlo.

Grace guardó silencio. Pero por lo menos estaba pensando en el tema.

—¿Dónde estás? ¿Te das cuenta de que no tengo ni idea de desde dónde me llama? ¿Dónde has estado estos últimos tres meses?

—Me llevé a mi hijo a Connecticut, donde tenemos una casa. Es una casa de verano, nunca habíamos vivido allí en invierno, pero la verdad es que nos ha ido bien. Nos quedamos allí. Ahora estoy en Nueva York, recogiendo el apartamento.

—¿Y qué pasará con tu consulta?

—Abriré una consulta en Great Barrington, Massachusetts.

—Espera, ¿dices que ahora estás en Nueva York? ¿Podrías pasar por la oficina?

—No, estoy recogiendo. He vendido el apartamento y los de la mudanza vendrán dentro de tres días. No tengo tiempo que perder. Además, he de pensármelo. La verdad es que... pensaba que el libro ya no saldría adelante. Me olvidé del tema.

—Pues te equivocaste —le soltó Sarah con una carcajada—. De hecho, estoy segura de que Maud querrá que reescribas el prólogo. Y puede que haya otras partes del libro que quieras revisar. La verdad es que creo que estamos ante un libro más rico en matices, más vibrante. Un libro con la capacidad de llegar a mucha gente, Mira, Grace, lamento muchísimo lo que te ha ocurrido, en serio, pero sé que por lo menos podemos sacar algo bueno de esto. ¿Cuándo podrás venir para que lo hablemos?

Grace sugirió un día de la semana próxima, luego lo pensó mejor y aplazó la visita un par de semanas, porque era el día de la escritura. Después dijo que lo sentía y propuso otra fecha. Sarabeth respondió que no se preocupara. Y así quedaron.

Había arreciado la lluvia y hacía frío en el apartamento. Marzo siempre era un mes sombrío. Incluso en esta ciudad donde le gustaban casi todas las estaciones, febrero y marzo eran una excepción. Cierto que Nueva York le gustaba demasiado a Grace para abandonarla totalmente, pero esta época del año no le importaba perdérsela.

Era el segundo día que estaba en la ciudad ocupada en recoger el piso, en seleccionar y descartar cosas. Era un momento que había temido, como es lógico, y le sorprendió la prontitud con la que el simple peso de la logística había sofocado su tristeza. Había miles de objetos, cada uno con una historia banal o profunda, tremendamente feliz o profundamente triste, y era necesario desembarazarse de todos y cada uno antes del jueves, cuando llegaban los de Mudanzas Moishe. Grace tenía casi cuarenta años, y por fin se marchaba de casa.

Afortunadamente llevaba unas semanas planificándolo todo. Había que llevarse muchas cosas a Connecticut. Casi todas las cosas de Henry, para empezar, salvo la ropa que se le había quedado pequeña. Gran parte de su propia ropa, aunque no toda, porque ahora iba sobre todo en vaqueros al trabajo. En Nueva York no hubiera sido posible, pero a sus pacientes de Great Barrington (de momento tenía tres) no parecía importarles. También se llevaría sus libros, así como algunos muebles y cuadros que le gustaban y unos cuantos artilugios de cocina que había echado de menos en la casa del lago.

Esta era la parte más fácil.

Pero había muchas cosas que no pensaba llevarse, y esas cosas se amontonaban en una inmensa habitación imaginaria hasta llenarla por completo. Todo lo de Jonathan, por ejemplo: las cosas que le pertenecían, las cosas que le gustaban. Y objetos que no eran de Grace ni de su marido, pero que estaban vinculados a su vida matrimonial: las tazas de café, los teléfonos, un paragüero. Se desharía de todo eso, no quería verlo nunca más.

Esta parte también le resultó sorprendentemente fácil.

El bolso Birkin, el único objeto indicativo de estatus que Grace había deseado tener, ese hermoso objeto que guardaba celosamente en el armario y que había usado en raras ocasiones... ya no lo quería, porque era un regalo de Jonathan. Sin embargo, le dolía deshacerse de él. Lo metió con cuidado en la suave bolsa naranja y lo llevó a Encore, en Madison Avenue, donde se había resignado a venderlo por una ínfima fracción de su precio. Pero en la tienda lo rechazaron.

—Es una imitación.

La francesa que estaba al cargo de la caja de Vuitton, Chloé y Hermès chasqueó la lengua con desagrado por haber tocado un objeto falso.

—Es una buena imitación, pero una imitación al fin y al cabo.

Grace quiso protestar.

No, no. Estaba segura de que el bolso era auténtico, totalmente segura. Rodeada de prendas de ropa y de mujeres, en el segundo piso de la tienda, recordó su cumpleaños y la caja naranja que le trajo Jonathan. Recordó cómo se rieron cuando él le contó su metedura de pata en Hermès, cuando creyó que entraría sin más y saldría con un bolso Birkin. Era una historia graciosa que demostraba su sencillez, una historia que hizo que Grace le quisiera más por su ingenuidad, por su capacidad de pasar por alto la altanería de los vendedores que sin duda se habían mofado de él. Pero resultó que también esta historia era inventada. Grace salió de la tienda con el Birkin y lo abandonó, dentro de la bolsa naranja, en la papelera de la esquina de la calle Ochenta y uno con Madison Avenue.

Al final, tampoco esto había sido doloroso.

Lo que sí le dolía, en cambio, eran las fotografías, los álbumes y las fotos enmarcadas en las paredes donde aparecían ella, su marido y su hijo, en algunas fotos juntos y en otras separados. Era imposible borrar a Jonathan de las fotos, y no quería tirarlas porque formaban parte de su historia, de la historia de Henry. Pero como no soportaba la idea de tenerlas en casa, las llevarían a la casa de Eva en Long Island, nada menos. En un acto muy de agradecer, su padre vendría mañana a buscar las fotos y se las llevaría a un lugar seguro hasta que Henry —o incluso ella, algún día— quisiera verlas. Su padre le traería además los juegos de porcelana *art déco* de Haviland Limoges. La propia Eva los preparó para dárselos, y Grace encontraría un lugar donde guardarlos en la casita rústica de Connecticut. En medio de la aflicción general, sentía un cierto júbilo. Aunque intentó hacerle saber a Eva cuánto apreciaba su gesto, se temía que no lo había logrado, porque a la mujer de su padre le incomodaba tanto el tema como a la propia Grace. «No seas tonta», le dijo. «No tenía ni idea de que los querías, nunca me comentaste nada. Ya sabes que tengo más vajillas de las que necesito, Grace.»

De modo que lo dejaron aquí.

Estaba sacando sábanas de la secadora y doblándolas lo mejor que podía cuando sonó el interfono y el conserje le comunicó que había un detective esperando en el vestíbulo. Grace pensó por un momento en fingir que no sabía de qué le estaban hablando. La sábana que tenía en las manos estaba tibia. Era de buena calidad, una sábana cara, de color... cáscara de huevo, o crudo. En otro tiempo habría dicho que era beis. Era una sábana perfectamente normal, salvo por el hecho de que en ella Grace había dormido y hecho el amor con Jonathan, y no quería empezar su nueva vida con las sábanas de su matrimonio.

El detective llegó a los pocos minutos. Ella lo recibió con otra sábana en la mano, la bajera. Nunca había aprendido a doblar correctamente una bajera ajustable. Le estaba saliendo muy mal

Cuando salió del ascensor, O'Rourke parecía estar pensando en otra cosa.

—Hola —saludó Grace—. ¿Dónde está su compañero del alma?

O'Rourke miró a sus espaldas. La puerta del ascensor se cerraba.

—Lamento interrumpirla —dijo—. ¿Está haciendo la colada?

—Estoy recogiendo. Voy a donar las sábanas, pero quería lavarlas primero.

O'Rourke echó un vistazo al interior del apartamento.

—Ya veo. Vaya, está vaciando el piso de verdad.

—Sí, lo dejo.

Grace se estaba poniendo nerviosa. Tuvo que hacer grandes esfuerzos para contener su impaciencia.

—¿Puedo entrar un momento?

—¿Por qué no me lo dice de una vez? Supongo que ha venido a decirme algo.

O'Rourke asintió con expresión seria.

—He venido para decirle que hemos localizado a su marido. Mi compañero ha viajado allí para solicitar su extradición. ¿Por qué no se sienta? —le preguntó, como si ella no estuviera en su propia casa.

Grace cerró la puerta y contempló su mano, que parecía separada de su cuerpo, aunque ella fingió que no pasaba nada.

—Debería sentarse —dijo O'Rourke—. Es un golpe muy fuerte.

Como si ella no lo supiera.

Pasaron a la cocina. Grace metió la sábana mal doblada en la caja destinada a donaciones y se sentó obediente a la mesa de la cocina, enfrente de O'Rourke.

—¿A dónde se muda? —preguntó el detective.

—A Connecticut.

—Oh, muy bonito. El condado de Mystic. He estado allí.

—No, al otro lado. En el noroeste, donde estamos viviendo desde diciembre.

Hizo una pausa al comprender que el policía ya sabía dónde habían estado viviendo.

—¿Dónde está? ¿Dónde está Jonathan? ¿En Canadá?

—No, en Brasil.

Grace se quedó confundida. No lo entendía. No tenía sentido que estuviera en Brasil.

—No lo entiendo. ¿Y la carta?

—Oh, la carta era auténtica. Estaba enviada desde Minot, en Dakota del Norte. Pero estamos seguros de que no la envió él. Probablemente le pagó a alguien para que lo hiciera, o encontró a una persona dispuesta a hacerlo. Como usted sabe, es muy hábil convenciendo a la gente para que hagan lo que él quiere.

Grace sacudía la cabeza. Tenía la mano abierta y los dedos separados sobre la pegajosa mesa de la cocina.

—Pero… ¿por qué lo hizo? ¿Por qué tenía que decirme que estaba en otro sitio?

—Bueno… —explicó O'Rourke—, Minot está a menos de una hora en coche de la frontera. Hay más de mil quinientos kilómetros de frontera sin vigilancia y una reserva india, Chippewa. No será difícil encontrar a alguien que te lleve al otro lado. Es un buen sitio si quieres salir del país sin que nadie se entere. Es donde iría yo —dijo, como si esto fuera un argumento definitivo.

—Pero él no fue allí, obviamente. *Brasil.*

Grace todavía no acababa de creerlo. Seguía aferrada a la idea de Jonathan caminando junto al río helado en Whitehorse, Yukon, Canadá. Lo veía pasear junto a un barco restaurado, Klondike, convertido en museo, esperando que ella apareciera en cualquier momento. Comprendió que en su imaginación lo había vestido para esta escena; le había puesto una gruesa camisa de franela y en la cabeza un gorro de lana por debajo del cual asomaban oscuros mechones. Se lo había imaginado con la cabeza baja y las manos en los bolsillos, esperándola, deseando verla. No podía quitarse esta imagen de la cabeza.

—¿Por qué me escribió esa carta?

—Tal vez sólo para hacerle más daño aún —le contestó O'Rourke—. Hay gente que aprovecha cualquier oportunidad para putearte, sin ninguna razón en concreto. Es lo que les va, lo que les pone. Antes intentaba comprenderlo. Me preguntaba qué sacaban con ello. Pero ahora pienso… *a la mierda.* Nunca lo entenderé. Me limito a limpiar lo que han ensuciado.

Se encogió lentamente de hombros, como si tuviera todo el tiempo del mundo para reflexionar sobre este y otros misterios de la existencia.

—Pero a usted no hace falta que le explique nada. ¡Es psicóloga!

Cierto, pensó Grace.

—Escribió un libro sobre este tema, ¿no?

No, pensó ella. *El libro lo escribió otra persona totalmente distinta.*

—Además, también nos jodió a nosotros. Mató a muchos pájaros de un tiro. Enviamos agentes a Minot, y también a Whitehouse. Pedimos ayuda a la policía canadiense. Estuvieron vigilando los caminos, los alrededores del barco que describió en la carta, comprobaron todos los coches alquilados desde diciembre… No encontraron nada. Entonces recibimos una llamada de la Interpol. Lo habían encontrado en Brasil. No cabe ninguna duda. Mendoza fue allí hace un par de días para rellenar una petición formal de extradición. Llevará un tiempo, pero al final lo entregarán. Normalmente sólo nos ponen problemas si se trata de un ciudadano brasileño. Tenemos un tratado de extradición con ellos.

O'Rourke hizo una pausa.

—¿Y usted cómo está?

—Bueno…

Grace sacudió la cabeza, incapaz de continuar.

—Queríamos que se enterara por nosotros. Yo diría que hasta dentro de un par de días no lo sabrá nadie, aunque por supuesto podría ser un poco antes. Pero queríamos decírselo nosotros. Le agradecemos que quisiera ayudarnos.

Ella asintió.

—Seguramente pensó que no lo encontrarían en una ciudad grande como Río.

—No, no está en Río. Está en un lugar que yo no había oído nunca, junto al Amazonas. Una ciudad llamada Manaos. No sé si lo pronuncio bien. Supongo que es un nombre español.

O portugués, pensó Grace. Pero no le corrigió.

—Está justo en medio de la selva tropical. No se puede llegar en coche. Tienes que ir en avión o en barco. Creemos que llegó en barco, pero no estamos seguros todavía. Nos llevará un tiempo tener todos los detalles. Y desde luego también nos gustaría saber cómo salió del país; de momento creemos que en barco. Manaos es un puerto importante. Mendoza llegó allí el sábado. Me ha llamado esta mañana; dice que hay un teatro de la ópera, un inmenso edificio de color rosa en medio de la ciudad. Transportaron el material desde Inglaterra hace un siglo, más o menos. El hombre está loco de alegría —comentó O'Rourke con una amplia carcajada—. A Mendoza le entusiasma la ópera. En una ocasión en que su mujer no se encontraba bien, me invitó a acompañarle a una representación en el Lincoln Center. Fueron las cuatro horas más lamentables de mi vida.

Grace no pudo evitar una carcajada.

—¿Qué ópera era?

—Dios mío, no lo recuerdo. Había un caballo en el escenario, lo que no lo hacía más interesante. Pero reconozco que no me esperaba que hubiera un teatro de la ópera en medio de la selva amazónica.

Grace se recostó en el respaldo. Tenía tantas cosas en la cabeza. Casi tenía ganas de volver a las tareas de lavar, empaquetar, meter las cosas en las cajas para enviar... Quería que el detective la dejara sola.

—*Fitzcarraldo* —dijo ella—. Es una película sobre la construcción de una ópera en medio de la selva del Amazonas.

—¿Fitz...?

Grace le deletreó la palabra y O'Rourke sacó su libretita y la escribió.

—Se lo diré a Mendoza. Seguro que la quiere ver.

Echó un vistazo a la cocina.

—Parece que lo tiene todo muy bien organizado.

—Oh, sí. Algunas cajas son para Connecticut, pero la mayoría son para donar a Housing Works. Me estoy deshaciendo de casi todo. Ustedes ya tienen cuanto necesitan, ¿no?

O'Rourke la miró sin comprender.

—Me refiero a las cosas de Jonathan. Si quieren algo más, es el momento de decirlo.

—No, ya estamos. Salvo que haya algo que crea que debemos ver, claro.

Grace negó con la cabeza; ya había hecho lo suficiente. A partir de este momento era cosa de ellos.

O'Rourke se levantó.

—Bueno, entonces me iré.

Aliviada, se puso de pie y acompañó al detective a la puerta.

—¿Dónde está el chico? —preguntó el detective.

—Con sus abuelos. Son sus vacaciones del trimestre.

—Ah, ya conocí a su padre. Hablamos con él el pasado diciembre.

—No, con sus otros abuelos. Está en Long Island con los padres de Jonathan.

O'Rourke se detuvo asombrado.

—Esto es… bueno, qué sorpresa. Hablamos con ellos y nos dijeron que nunca los veían, ni a usted ni al chico.

—El mes pasado cenamos juntos en Nueva York. Parecieron entenderse bien con Henry, y le invitaron a pasar un par de días con ellos. Él aceptó.

O'Rourke asintió. Como siempre, tenía el cuello tan mal afeitado que parecía hecho de retazos.

—Estupendo. Me parecieron buenas personas. Y han sufrido mucho.

Todos hemos sufrido mucho, pensó Grace. Pero ¿para qué decirlo?

O'Rourke pulsó el botón de llamada del ascensor.

Grace se quedó indecisa en la puerta. No sabía cuál era el protocolo. Fue un momento curioso. Desde que era niña, siempre había despedido a sus visitas con la puerta abierta hasta que llegaba el ascensor, ya fueran amiguitos, niñeras o invitados. Aquí despedía de joven a sus novios y salía al descansillo para prolongar la despedida hasta que llegaba el ascensor. Normalmente charlabas mientras esperabas el ascensor, pero esta no era una situación normal, y ella no tenía nada que hablar con el detective O'Rourke. Por otra parte, tampoco podía cerrarle la puerta en las narices.

—Escuche —dijo de repente él—. No me lo perdonaría si no se lo dijera.

Grace se agarró con fuerza al marco de la puerta, como preparándose para un duro golpe. En un momento se le ocurrieron varias cosas a las que podía estar refiriéndose el detective, y ninguna era buena. No tenía ganas de oír eso tan importante que tenía que decirle, ya fuera una acusación, un agradecimiento o algún sabio consejo acerca de su situación. Pero tampoco quería que O'Rourke regresara para decírselo.

—Conozco una familia en Brownsville, en Brooklyn.

Grace le devolvió la mirada.

—Vale.

—De hecho, el año pasado arresté a uno de los hijos. Pero en realidad es un buen chico, lo que pasa es que iba con malas compañías. Entonces hicimos que se perdiera la denuncia. ¡Eh! —dijo con una risita—, eso pasa a veces, no se crea.

Grace estaba cada vez más confusa.

—Bueno, el caso es que han estado viviendo en un albergue para gente sin hogar y hace unas semanas consiguieron un apartamento de renta protegida. Ya sabe, para gente con pocos recursos. Es estupendo. Pero no tienen nada, están durmiendo en el suelo. Y como le digo, conozco a la familia. Son buenas personas.

Ella oyó que el ascensor arrancaba desde el vestíbulo.

—Quiero decir, usted va a donar estas cosas a Housing Works. Es fantástico. Pero me preguntaba si no le importaría…

—Oh.

Grace entendió finalmente lo que O'Rourke le pedía.

—Oh, claro, por supuesto. Me parece estupendo. Que se lleven lo que necesiten. Hay sábanas, toallas, camas. Hay sartenes y cazuelas.

La cara de O'Rourke se transformó, iluminada por una alegría infantil. Parecía un hombre joven: el joven agente O'Rourke. Fue instantáneo.

—Para ellos sería estupendo. No se lo puede imaginar.

Rápidamente acordaron cómo hacerlo. O'Rourke vendría dentro de un par de días acompañado por el padre, dos de los hijos y una furgoneta prestada.

—Son buenas personas —repitió el detective—. Créame, he visto un montón de familias terribles, y esta es una familia de buenas personas.

—Estoy segura de ello —dijo Grace.

Ya no tenía ni idea de lo que podía ser una buena familia, pero suponía que el detective lo tenía más claro.

—No haría que se perdiera una denuncia por cualquiera.

—No —respondió O'Rourke, levemente avergonzado—. Eh, y quería decirle una cosa. Sabíamos que usted no sabía nada de su marido. Lo supimos desde el primer día que hablamos. Lamentamos el mal rato que le hicimos pasar. Estábamos seguros de que era usted una buena persona.

Grace notó que se ruborizaba. Asintió sin mirar a O'Rourke.

—Supongo que elegí… malas compañías, ¿no?

—Eligió al hombre equivocado. Sucede a menudo.

No hace falta que me lo diga, pensó Grace.

El ascensor llegó por fin al rellano. O'Rourke entró y se despidió de ella con la mano. Grace se quedó con la puerta abierta hasta que el ascensor desapareció de su vista. No entró en el apartamento, sino que permaneció allí escuchando los familiares chasquidos y crujidos del ascensor que bajaba al vestíbulo, hasta que oyó que se abría la puerta en el vestíbulo y el detective salía a la oscuridad y la lluvia de la calle donde ella había vivido.

Agradecimientos

Quiero agradecer a Phil Oraby y a Ann Korelitz sus conocimientos en temas psicológicos, en especial sobre esta criatura que por desgracia podemos encontrar en todas partes: el *homo sociopathicus*. Su experiencia y consejos en esta materia me han sido de inestimable ayuda. También doy las gracias a Nina Korelitz Matza por sus agudas observaciones sobre las escuelas privadas de Nueva York, y a Tim Muldoon por ayudarme a comprender el modus operandi de los detectives de la policía neoyorquina. Gracias, James Fenton, por permitirme usar tu precioso poema «A German Requiem». Y mi agradecimiento como siempre a Deborah Michel, la mejor lectora que se puede tener. No podré agradecer lo suficiente a Suzanne Gluck, Deb Futter, Dianne Choie, Sonya Cheuse, Elizabeth Sheinkman y Sarah Savitt su apoyo a esta novela.

No me olvido de mi familia y amigos, de todos los que estaban a bordo en la travesía Semester at Sea (donde escribí gran parte de esta novela) en la primavera de 2012, ni de Karen Kroner, Paul Weitz, Kerry Kohansky Roberts, Anna DeRoy y Tina Fey, que me recordaron que el trabajo creativo es una conversación, aunque lo hagas en solitario.

ECOSISTEMA DIGITAL

NUESTRO PUNTO DE ENCUENTRO

www.edicionesurano.com

2 AMABOOK
Disfruta de tu rincón de lectura
y accede a todas nuestras **novedades**
en modo compra.
www.amabook.com

3 SUSCRIBOOKS
El límite lo pones tú,
lectura sin freno,
en modo suscripción.
www.suscribooks.com

DISFRUTA DE 1 MES
DE LECTURA GRATIS

1 REDES SOCIALES:
Amplio abanico
de redes para que
participes activamente.

4 QUIERO LEER
Una App que te
permitirá leer e
**interactuar con
otros lectores.**